EVEREST 1009

W0209095

AYŞE KULİN

1. *Güneşe Dön Yüzünü* (Öykü)
2. *Bir Tatlı Huzur* (Biyografi)
3. *Foto Sabah Resimleri* (Öykü)
4. *Adı: Aylin* (Biyografik Roman)
5. *Geniş Zamanlar* (Öykü)
6. *Sevdalinka* (Roman)
7. *Füreya* (Biyografik Roman)
8. *Köprü* (Roman)
9. *İçimde Kızıl Bir Gül Gibi* (Deneme)
10. *Babama* (Şiir)
11. *Nefes Nefese* (Roman)
12. *Kardelenler* (Araştırma)
13. *Gece Sesleri* (Roman)
14. *Bir Gün* (Roman)
15. *Bir Varmış Bir Yokmuş* (Öykü)
16. *Veda* (Roman), *Veda* (Çizgi Roman)
17. *Sit Nene'nin Masalları* (Çocuk Kitabı)
18. *Umut* (Roman)
19. *Taş Duvar Açık Pencere* (Derleme)
20. *Türkan-Tek ve Tek Başına* (Anı-Roman)
21. *Hayat-Dürbünümde Kırk Sene* (Anı-Roman)
22. *Hüzün-Dürbünümde Kırk Sene* (Anı-Roman)
23. *Gizli Anların Yolcusu* (Roman)

Ayşe Kulin, *Foto Sabah Resimleri* ile 1995 yılında Haldun Taner Öykü Ödülü'nü, 1996 yılında Sait Faik Hikâye Armağanı'nı, 2007 yılında *Veda* ile Türkiye Yazarlar Birliği En İyi Roman Ödülü'nü, 2008 yılında ise *Nefes Nefese* ile European Council of Jewish Communities tarafından verilen en iyi roman ödülünü kazandı. 2011 yılında Dublin Impac Edebiyat Ödülü'ne aday gösterildi. Birçok kez iletişim fakültelerinin, çeşitli okulların, kurumların, dergilerin ve derneklerin anketlere dayalı ödüllerini aldı.

Sevdalinka'nın Bosna-Hersek telif geliri savaş mağduru çocuklara, *Kardelenler*'in telif geliri Kardelen Projesine, *Sit Nene'nin Masalları*'nın telif geliri UNICEF Anaokulu Projesine, *Türkan-Tek ve Tek Başına*'nın özel baskısının ve *Türkan* tiyatro oyununun telif gelirleri ise ÇYDD eğitim projelerine bağışlanmıştır.

GİZLİ ANLARIN YOLCUSU

Ayşe Kulin

§

Yayın No **1009**
Türkçe Edebiyat **347**

Gizli Anların Yolcusu

Ayşe Kulin

Yayına hazırlayan: Çiğdem Su
Kapak tasarım: t.AG/Ali Gürevin
Mizanpaj: Bahar Kuru Yerek

© 2011, Ayşe Kulin
© 2011; bu kitabın tüm yayın hakları
Everest Yayınları'na aittir.

1. Basım: Kasım 2011 (100.000 adet)
2. Basım: Ocak 2012 (25.000 adet)
3. Basım: Nisan 2012 (25.000 adet)

ISBN: 978 - 975 - 289 - 951 - 3
Sertifika No: 10905

EVEREST YAYINLARI
Ticarethane Sokak No: 53 Cağaloğlu/İSTANBUL
Tel: (212) 513 34 20-21 Faks: (212) 512 33 76
e-posta: info@everestyayinlari.com
www.everestyayinlari.com
www.twitter.com/everestkitap

Baskı ve Cilt: Melisa Matbaacılık
Matbaa Sertifika No: 12088
Tel: (0212) 674 97 23
Faks: (0212) 674 97 29

Everest, Alfa Yayınları'nın tescilli markasıdır.

GİZLİ ANLARIN YOLCUSU

Bu kitaptaki tüm şiirler Tekin Gönenç'in *Karanfil Sesleri* adlı şiir kitabından alınmıştır. (Varlık Yayınları - Cep Kitapları)

GİZLİ ANLARIN YOLCUSU

vakitsiz birer ölüm sanki geceler
bir bakımlık ay düşüyor herkesin payına
ve hiç dönüp de soran olmuyor
*eklenen hangi düşler bir sonraki sabaha**

Polis memuru adımı sordu. Söyledim. Yaşımı, adresimi, ne iş yaptığımı...

Kapıyı onlara açtığımdan beri, sinirlerim bir kerpetenle teker teker alınmışçasına sakindim. Dalgasız, çarşaf gibi bir denizde, sırtüstü kendimi tamamen suya bırakmış gibi... kaderime teslim!

"Ölen kişinin adı?" Onu da söyledim.

"İlişkiniz?"

"Sahibi olduğum yayınevinde yaratıcı bölümde çalışıyordu."

Arkasından diğer sorular geldi, elimden geldiğince yanıtlamaya çalıştım.

"Pekâlâ, buraya hangi amaçla geldiniz?"

"Özel bir şey konuşacaktım."

"Özel konuşma bir ölümle sonuçlandı öyle mi?"

---

* Tekin Gönenç.

"Maalesef."

"Nasıl oldu?"

"Bir kitap yazıyordu, yazdıklarını okumak için bilgisayarını almak istedim... Balkondaydık... Bu kaza oldu."

"Yani onu siz itmediniz, kendi düştü?"

"Evet."

"Neden okumak istediniz yazdıklarını?"

Kızardım. Yanaklarım yanmaya başladı. Gözlerimi polisten kaçırıp duvara baktım ve o âna kadar hiç fark etmediğim bir çatlağı gördüm karşı duvarda. Ne zaman çatlamış sıva? Ben niye daha önce hiç görmemişim? Adeta kıpırdıyordu bir büyük örümcek gibi... Yoksa örümcek ağına takılmış bir böcek gibi mi? Şu anki halime çok benzettim duvardaki çatlağı; örümcek ağına takılı böcek. Ben!

"Evet, sizi dinliyorum."

"Şey... Benimle ilgili bazı şeyler yazdığından şüphelendim... Sadece ne yazdığını görmek istemiştim.

"Siz ikiniz yalnız mıydınız evde?"

"İkimizdik. Başka kimse yoktu."

"Saat kaçta oldu bu olay?"

"Vallahi tam olarak bilemiyorum. Ne desem yanlış olur. Dün akşam o kadar çok şey oldu ki... Bir arkadaşla buluşup bir meyhanede içtik, sonra bir kaza yaptık (alnımdaki pansumanı işaret ettim elimle), karakoldu, şuydu, buydu... Sonra ben buraya geldim, saat kaçtı hiç bilmiyorum. Zaten o düştükten sonra bir baygınlık geçirmişim balkonda... Onu tutmak isterken bir ip vardı, ipe tutundum, koptu ip, o anda iple birlikte her şey koptu... Ben yere düşmüşüm, kendime geldiğimde balkonda yerde yatıyordum...Önce hiçbir şey hatırlayamadım, doğruldum, aşağı baktım, aman Allahım dedim, biri düşmüş, biri var aşağıda! Sonra yerine geldi hafizam. İşte o zaman hemen aradım sizi. Aradığım saati siz biliyorsunuz ama kaza ne zaman oldu... bilemiyorum."

"Doktor otopsiden sonra söyler ölüm saatini," dedi polis, "gerçek her zaman çıkar ortaya. Ailesi nerede? Nasıl ulaşılır onlara?"

"Hiçbir fikrim yok. Sanırım İstanbullu değil; ama nerelidir diye sormak aklıma hiç gelmedi."

"Siz hiçbir şeye dokundunuz mu evde? Yerlerini değiştirdiğiniz eşya oldu mu?"

"Şey... yerlere gazeteler filan saçılmıştı, birine basınca ayağım kaydı, onları toparlayıp sehpaya bıraktım. Başka hiçbir şeye dokunmadım."

"İlhami Bey, karakola gideceğiz. İfadenizi asıl orada alacağız. Buyurun çıkalım."

İki polis evde kaldı, ben diğer iki polisin arasında çıktım evden. Beni ortalarına alıp arkaya koltuğa oturttular. Apartmanın önünde polis arabasını gören insanlar toplanmış, merakla bizi seyrediyorlardı. Biz hareket etmeden önce bir ambulans sirenlerini öttürerek yanaştı kapıya. Aniden midem bulandı, arabada yanımda oturan polisin üzerine kusmaktan korktum. Şoför çalıştırdı arabayı, sabah trafiğinde on dakikalık yolu yarım saatte zor aldık. Karakolun bulunduğu sokakta lağım patlamış, kazı yapmışlardı, araba giremediği için yolun başında indik, dar sokakta binanın önüne kadar yürüdük. Eski taş yapının içi rutubet kokuyordu, midem daha fena bulandı.

Komiserin odasında, masanın karşısında oturdum. Biri koyu bir çay koydu önüme. İçemedim. Evde sorulan soruların yanıtlarını bir kere daha tekrarladım.

"Avukat çağırma hakkınız var," dedi sorgulayan memur.

"Avukata ihtiyacım yok," dedim, "her şey anlattığım gibi oldu."

"Pekâlâ. Gerekirse çağırırsınız. Hakkınız baki."

Komiserin odasından çıktık, bir aşağı katta daha küçük ve içinde sadece bir masayla üç sandalye bulunan bir başka odaya alındım. Beni sorgulayacak olan iki kişinin karşısına oturdum ve aklıma o güne kadar seyretmiş olduğum polisiye filmler geldi. Yanıtlarımı beğenmezlerse, yumruklarlar mı beni acaba, döverler mi diye düşündüm. Keşke! Keşke beni öldüresiye dövseler, ellerinde kalsam. Çekilsem sahneden, perde kapansa! Sevdiğimin yanına gitsem; bir an evvel!

Karakola ilk defa düşüyordum, bu işler ne kadar sürer hiçbir fikrim yoktu. Ama mademki zaman, benim için ışık hızıyla geçmeye başlamıştı, herhalde yine çok bekletmeyecekti beni yukardaki. Felek ne çok ilk yaşatmıştı bana şu son yılda! Aşkı, tutkuyu, ihaneti, kıskançlığı, korkuyu en yüksek dozda tattırmıştı.

Bir yılda bin yaşamak! Kırkların ortasında, dört yüz yaşında hissetmek!

Yirmi dört saatin içinde kılıktan kılığa girmek!

Bunlar filmlerde, dizilerde olurdu ancak.

Ama hayatta da olmuştu işte!

Dün sabah uyandığımda, karısı, çocuğu, evi, barkı, işi gücü, ortağı, bir de gizli aşkı olan, sıradan bir adamdım.

Tam yirmi dört saat sonra, her şeyini kaybetmiş bir zanlıydım.

"İlhami Bey, bu ölen şahıs ve onunla ilişkiniz hakkında her şeyi anlatın bize," dedi iskemlesini gıcırdatarak biraz öne çeken ve masanın üzerinden bana doğru uzanan polis.

Bu ölen şahıs hakkında her şeyi onlara anlatamazdım ama bu şahsın, hayatımın nasıl vazgeçilmez bir parçası haline geldiğini sizlere anlatmayı çok istiyorum. Onunla geçirmiş olduğum her ânı ayrıntılarıyla hatırlamak, bir kez daha yaşayabilmek için.

Sanırım beni ona götüren ilk adımı ben bir balo gecesinin sonunda attım, karımın geri dönülmez şekilde benden uzaklaştığını anladığım o gece!

Sonrası, beni gizli anların yolculuğuna çıkarmak için tasarlanmış tesadüfler dizisidir sadece!

Bir başka deyişle, alın yazım!

KARIM ETEĞİNİ SAVURARAK DÖNÜYOR DÖNÜYORDU

çok bekledim
*yoktunuz**

Karım pistin tam orta yerinde, kollarını çaprazlayarak dans partnerinin ellerini tutmuş, kırmızı eteğini savurarak dönüyor, dönüyordu. Kumral saçları da eteği gibi bir o yana bir bu yana savruluyordu o döndükçe.

Sesini duyamıyordum ama kahkahalar attığını görüyordum. Gözleri bana takıldığında, aşırı neşesinden rahatsız olduğumu anlamasını istemediğim için ona bir öpücük yolladım oturduğum yerden. Keyfini çıkarsın diye düşündüm, hem gecenin hem de sarhoşluğunun.

"İçkiyi fazla kaçırdı galiba," dedi Nihat, kulağıma eğilerek.

"Olsun. İlk kez çıktık bu akşam. Bırak dağıtsın biraz, buna ihtiyacı var."

"Ama bak sendeliyor, düşmesin sakın."

---

*. Tekin Gönenç.

“Düşmez.”

Nihat dostça omuzuma vurdu bana destek vermek ister gibi, “Haklısın,” dedi, “kolay değildi yaşadığı, varsın dağıtsın keyfince.”

Eda, kırmızı elbisesinin içinde dans ederken, sadece kendi başını değil, pek çok başı daha döndürüyordu o gece. Kadınların dahi gözleri kayıyordu savrulan eteklerinden gözüken düzgün bacaklarına. Partnerinden ayrılmış, kolları havada, tek başına dans etmeye başlamıştı. Aşırı coşkusundan tedirgindim ama birazdan müzik ara verdiğinde nasıl olsa geri gelecekti masaya, hele gelsin, bir daha yollamam piste diye düşünüyordum.

Bir reklam ajansının her yıl aşağı yukarı aynı tarihlerde tekrarlanan geleneksel kutlama gecelerinden birindeydik. Reklamcılar tam takım gelmişlerdi yine. Bu tür akşamların olmazsa olmaz “kamberleri” sahneye yakın ön masalara serpiştirilmişlerdi. Medya dünyasının patronları, önemli köşe yazarları, televizyon yapımcıları, birkaç ortalıkta gözükmeyi seven ressam, edebiyatçı, tiyatrocu, sahne sanatçısı ve elbette İstanbul sosyetesinin dedikodu dergilerinden, kuaför magazinlerinden hiç eksilmeyen “sosyete” seçkinleri, son moda smokinlerini giymiş, yanlarında sırf bu gece giyilmek üzere satın alınmış marka giysili zarif eşleriyle oturuyorlardı, onar kişilik gruplar halinde ön masalarda. Tamamen bir düğün formatındaydı gece. Tek eksiği, bu tür eğlencelere alışık olmayan utangaç tavırlı eşleri, hoyrat korumalarıyla, ciddi gözükmeye gayret eden bıyıklı politikacılardı. Onlar Ankara’ya aittiler, İstanbul gecelerinde boy göstermeye başlamamışlardı henüz.

Oturduğum yerden Eda’yı olduğu kadar masaları da göz hapsine almıştım. Lüks lokantaların öğle yemeklerinde masalara saksı gibi dizilen LV veya Hermes çantaların yokluğu dikkatimi çekti. Ah, aptal kafam! Biz bir gece davetindeydik ve bu yüzden masalara çoğu Chanel marka, portföy çantalar serpiştirilmişti. Bu çok pahalı küçük çantaların sahipleri, birbirlerine ikiz kardeşler gibi benzeyen kedi ifadeli güzel yüzlerinde donuk tebessümleriyle, fısıldaşarak tatlı dedikodular yapıyorlardı.

Gecenin anlamı üzerine konuşmalar, ödül dağıtımları bittikten sonra sahnede sanatçılar önem sırasıyla yer almaya başladılar. Sayıları fazla değildi. Önce bir standap-up'çı ağabeyimiz birkaç espri yaptı, sonra ilk sanatçıyı davet etti sahneye. Genç irisi güzel bir kız, üzeri Swarovski taşlarla süslü kemanıyla gelerek, klasiklerden uyarlanmış hareketli parçalar çaldı, alkışladık, çaldıklarının kendi uyarlaması olduğunu öğrenince daha da çok alkışladık. Ardından küçücük bisikletiyle dar alanda marifetler yapan genç çocuğu seyrettik ve nihayet asla yaşlanmayan, dünya durdukça genç kalmakla cezalandırılmış efsanevi süper starımız sahne aldı. Gözucuyla kadınlara bakıyordum. Hepsi de dikkat kesilmiş, boşuna bir gayretle kusur aramakla meşguldüler sahnedeki fenomenin üzerinde. Görülmemiş bir enerjiyle hoplayıp sıçrayan "mucize"de hiç kusur yoktu! O bir sahne canavarıydı, sadece sahnede yaşamak için dünyaya gelmiş, sahneye yakışan, sahneyle bütünleşen, ete kemiğe sanki sadece sahnedeyken bürünen, sahnede can bulan bir varlıktı. Sahnedeyken insanüstüydü.

"Sen bunu bir de gündüz gözüyle gör, korkarsın," diyordu masada karşı tarafımda oturan hanım, yanındaki hanıma.

"Siz de o zaman gündüz gözüyle görmeyin, sahnede seyredin sadece çünkü o, bu sahnede kalmak ve gözlerimizi kamaştırmak için yıllardır olağanüstü bir çaba harcıyor. O, herhangi biri değil ki, herkes gibi olsun!" diye söylenirken buldum kendimi.

"Aaa, İlhami Bey, siz ona âşık mısınız yoksa?"

Yanımdaki hanım, tatsızlığı önlemek için atıldı, "İlhami Bey haklı, sahne hali muhteşem," dedi. "Estetisyeni kimdir acaba, söylemişlerdi ama unuttum. Öğrenmek lazım!"

Eda, ters bir şey söylememem için kolumu dürtüyordu.

"Merak etme, uslu duracağım," dedim karımın kulağına.

Çılgın alkışlarla son bulan konser faslından sonra sahne alan orkestranın şantözü dansa davet etti konukları ki, Eda da işte o andan beri değişik kavalyeleriyle pistte uçuşup durmaktaydı. Diğer konuklar onun kadar eğleniyorlar mıydı, emin değilim ama herkes son derece şık ve hoş görünüyordu. Bu kadar büyük bir kalabalığa servis edilen yemekler haliyle sıradandı fakat içki su gibi akıyordu. Kısacası oldukça başarılı bir geceydi!

Halkla ilişkiler danışmanımız Berrin Hanım, yanında zarif ve esmer bir kadınla masamıza yaklaştı. Kadını masadakilere tanıştırdıktan sonra, yanımdaki boş yere oturtup uzaklaştı. O sandalye şu anda pistte dans etmekte olan karıma ait diyemediğim için, yanımda oturan ve müziğin gürültüsünden adını tam duyamadığım genç kadınla nezaket icabı havadan sudan konuşmaya çalıştım ama aklım pistteydi.

"Birinin yerine oturdum galiba?" dedi tedirginliğimi sezen kadın.

"Eşimin yeriydi fakat hiç önemi yok çünkü şu anda dans ediyor ve uzun süre gelmeye de niyetli görünmüyor." Kadın gözlerimi takip ederek hedeften vurdu Eda'yı.

"Eşiniz kırmızı elbiseli hoş hanım mı?"

"Bingo!"

"Güzel dans ediyor."

Yanıtlamadım.

"Çok güzel bir gece düzenlemişler, öyle değil mi?" diye sordu yine esmer kadın.

"Mükemmel."

"Reklamcıların düzenledikleri geceler her zaman kusursuzdur zaten."

"Haklısınız."

"Siz hangi ajanstansınız?"

"Ben reklamcı değilim; yayıncıyım."

"Yaa!"

"Bizim yayınevinin burada topluca bulunmasının nedeni, bu gece ödül alan şirketin broşürlerini, afişlerini bizim basıyor olmamız."

Bu bilgi genç kadının ilgisini pek çekmemiş olmalı, bir süre diğer tarafında oturan Nihat'la sohbet etti, sonra yine bana döndü.

"Balo iyi düzenlenmiş de sizin pek keyfiniz yok sanki."

"Nereden çıkarttınız bunu?"

"Anlarım ben."

"Psikolog musunuz?"

Güldü, "Bir nevi."

O bana bir şeyler anlatırken, aklım onda değildi, gözlerimle dans pistini tarıyor, Eda'yı göremiyordum. Telaşlandım. Yanımdaki kadının söylediklerini hiç duymuyordum artık. Bakışlarımla dört bir yanda karımı aradım, diğer masalara göz attım, ayağa kalkıp pistin diğer ucunu görmeye çalıştım. Eda Yoktu! Oturdum yine yerime.

"Affedersiniz, birine bakmıştım da," dedim yanımdaki kadına.

"Önemli değil," dedi ve bıraktığı yerden devam etti konuşmasına. Dinlermiş gibi yapıyordum komşumu. Bir müddet sonra izin isteyip kalktım.

"Müsaadenizle... Birazdan dönerim."

"Müsaade sizin," dedi biraz alaylı.

Pistin ortasından dans edenleri yararak geçip tuvaletlere yöneldim. Eda tuvalete gitmiş olmalıydı. Kadınlar tuvaletinin önünde küçük bir kuyruk vardı. Kuyruktaki kadınların arasına dalıp içeri girmem imkânsızdı. Masalarda Handan'ı aradım bu sefer. Kapıya yakın bir masada, Erdallarla birlikte oturuyordu. Hemen seğirttim yanına.

"Handan, senden bir şey rica etsem..."

Şaşkın şaşkın yüzüme baktı.

"Eda'yı arıyorum da..."

"Demin dans ediyordu."

"Sana zahmet olmazsa, hanımlar tuvaletine kadar gidip bakabilir misin, orada mı acaba? Ben gittim ama içeri giremedim o kalabalıkta."

"Tuvalettedir herhalde. Meraklanma."

"Düşüp etmesin içerde."

"Niye düşsün ayol?"

"İçkiyi biraz fazla kaçırdı. Ben de mani olmadım, keyfini bozmak istemedim."

"Eda çocuk değil ki, işini bitirince masasına döner."

"Ya kusuyorsa, ne bileyim, ya yardıma ihtiyacı varsa? Ben giremiyorum onca kadının arasına."

Handan biraz isteksiz, ayağa kalktı. O önde ben peşinde tuvalete yollandık. Handan içeri girdi, az sonra dışarı çıktığında yüzünde endişeli bir ifade vardı.

"Eda içerde değil," dedi.

"Her yere baktın mı?"

"Baktım. Seslendim de. Tuvalette yok."

"Sen masana dön," dedim koşar adım kapıya yönelirken, "belki bahçeye çıkmıştır."

"Seninle geleyim mi?"

"Yok hayır. Teşekkür ederim. Masana dön, eğlenmene bak sen."

Bahçeye açılan kapıyı zorlukla itip dışarı çıkınca soğuk hava tokat gibi çarptı yüzüme. Gözlerimle bahçeyi taradım. Eda az ilerdeki çam ağacının dibinde yüzünü göğe dönmüş, öylece duruyordu. Yanına gidip usulca sarıldım karıma arkasından.

"Kaçak seni!"

Başını göğsüme yasladı.

"İyi misin?"

"İyiyim. Hava almaya çıktım."

"Haydi içeri girelim, üşürsün yoksa."

"Ben artık üşümüyorum."

"O da ne demek öyle?"

"Üşümüyorum işte!"

"Burada bir on dakika daha kal, görürsün üşüyüp üşümediğini."

"Soğuğu hissetmiyorum İlhami. Hiçbir şeyi hissetmiyorum, biliyor musun, acıkmıyorum, susamıyorum, sevinmiyorum, telaşlanmıyorum. Beş duyum da uykuya yatmış gibi."

"Oysa ben bu gece eğlendiğini sanmıştım. Çok neşeliydin pistte."

"Sadece dans ediyordum."

"Zamanla eğleneceksin de gör bak. Haydi gel, içeri girelim."

Eda'yı adeta çekiştirerek balo salonuna geri götürdüm. Kapalı mekânlardaki sigara yasağına rağmen, sigara dumanından sislenmiş salona girince, aklıma onun iskemlesinde o esmer yabancı kadının oturduğu geldi.

"Değişiklik olsun, Handan'ın masasına ilişelim mi?" diye sordum.

"Olur." Onu Handan'ın masasındaki boş iskemleye oturttum.

"Çantanla etolün bizim masada kaldı, alıp geleyim onları."

Masama döndüm. Eda'nın yere kaymış etolünü ve masanın üzerindeki ufak çantasını alırken, adını bilmediğim kadın, "Gidiyor musunuz?" diye sordu.

"Birazdan. Eşim yoruldu da."

Sesini alçalttı, "Alkol sorunu mu?"

"Hayır!" dedim. Sesim sertti.

"Kızmayın canım, siz öyle meraklanınca, peşine düşünce... Bildiğim bir durumdur da maalesef... Anlarım bu işlerden."

"Bu işi hiç anlayamamışsınız hanımefendi. Eşim uzun bir tedaviden sonra ilk kez bu gece dışarı çıktı."

"Ah bu derdi hiç bitmeyen güzel kadınlar, hayattan ne beklerler acaba?"

Eğilip kolunu sıkıca tuttum, gözlerinin içine baktım.

"Biz bir trajedi yaşadık, çocuğumuzu kaybettik. Acısıyla başa çıkabilmek için uzun bir tedavi gördü eşim ve ilk defa bu gece kalabalık içine çıktı."

"Özür dilerim. Çok özür dilerim."

Yanıtlamadım Allah'ın cezası kadını. Arkamı döndüm, elimde Eda'nın eşyalarıyla Handanların masasına yürüdüm. Eda, yüzünde belli belirsiz bir gülümsemeyle önüne bırakılmış tabaktaki dondurmayı yiyordu uslu bir çocuk gibi. Yüzündeki mutluluğu görünce, "Dans etmek ister misin yine?" diye sordum.

"Yeterince dans ettim," dedi, "çok yoruldum, eve dönelim mi?"

"Sen dondurmanı bitir, ben ev sahibimize veda edip geliyorum."

Ukala kadının yanına bir kere daha gitmemek için uzaktan, ayrılmakta olduğumuzu elimle işaret ettim Nihat'a. Birkaç arkadaşa daha veda edip karımı almak için masaya döndüm, o çoktan ayağa kalkmış, beni bekliyordu.

Eda'nın neşeli havası arabayla evimize dönerken, patlamış balon gibi aniden söndü. İkimiz de hiç konuşmadık yol boyunca. Belki gerçekten yorulmuştur diye üstüne varmadım; ama biliyordum bir süredir almakta olduğu bu baş belası ilaçları ben; ya insanı bulutların tepesine taşırlar, ya kuyuların dibine indirirlerdi.

"İyi eğlendin bu gece, güzelim. İyi ki gittik." Kucağında duran eline uzanıp okşadım Etiler'e saparken.

"Dağıttım biraz değil mi?"

"Canın sağ olsun, karıcığım."

"Mesele tam da bu İlhami, sağ olması gereken can benimki değildi."

Eda'nın, koltuğunda yüzünü bana dönmüş, yanıtımı beklediğini görüyordum gözucuyla. Yüzünde kırılgan bir ifade, gözpınarlarında yanaklarına dökülmeye hazır yaşlar vardır şimdi diye düşündüm. Yanıtlamadım karımı. Çünkü biliyordum ki ne desem boştu! Ne yaparsak yapalım, ne konuşursak konuşalım, mutlaka hep aynı noktaya geliyordu Eda. Ya bir kelimeden, ya bir görüntüden yola çıkıyor; ya bir müzik parçası duyuyor ya da burnuna bir koku çarpıyor ve çocuğumuzu kaybetmiş olmanın dayanılmaz acısını sil baştan yaşatmaya başlıyordu ikimize de. Bu gece, dans pistinde dans etmeyi çok seven karımın değişik adamların kollarında dönüp durmasını, savrulmasını seyrederken içimde hep bir ümit vardı, bu aylar süren ağır ilaç ve terapi seansları nihayet bir netice verdi diye düşünüyordum. Eda bu gece gereğinden fazla coşkulu ama olsun varsın, nihayet o korkunç bunalımı geride bıraktık, artık yola normal insanlar gibi devam edeceğiz, diyordum. Hatta karım bu geceden itibaren neşelenmek için içkiye meyledecekse, ona bile şükredecektim. Çünkü bir alkoliği taşımanın, kederden yaşama sevincini yitirmiş birini taşımaktan daha kolay olduğuna emindim. Boşuna ümitlenmişim. Eda'nın geçici neşesinin altında, esiri olduğu matemi yatıyormuş.

Bir bitkinlik çöküverdi üzerime.

Eda gözlerini kapayıp başını arkaya yasladı. Ben elimi elinin üzerinden yavaşça çekip direksiyonu kavradım. Eve varana kadar ikimiz de hiç konuşmadık bir daha. Arabayı park ettim, dolanıp kapısını açtım. İndi arabadan, etolünü yerde sürüyerek eve yürüdü. O anda gözlerine takıldığımız yabancılar için gece gezmesinden dönen içkili bir çifttik veya muhtemelen ben kırmızı dekolte elbisesinin askılarından biri omzuna düştüğü için göğsü nerdeyse dışarı fırlamak üzere olan sarhoş bir kadını evine atmakta olan bir gece çapkınıydım.

Eve girer girmez, doğru yatak odamıza yürüyüp smokinimi çıkartmadan yatağa uzandım. Odamızın tam karşısına düşen banyonun aralık kalan kapısından Eda'nın kırmızı elbisesini sıyırmasını, aaa sutyen takmamıştı, musluğa eğilip koltukaltlarına su çarpmasını seyrediyordum. Bir havlu çekip dolgun beyaz memelerini kuruladı. Saçlarını bir firkete ile başının üzerinde toparlamak için kollarını yukarı kaldırdığında göğüsleri de yukarı doğru meyletti. İki çocuk emzirmiş olduğu halde göğüsleri hâlâ dik ve biçimli olduğu için adeta gurur duydum onun adına. Ne kadar zaman oldu biz sevişmeyeli? Bir yıl mı? İki mi? Unuttuğumu sandığım bir sızı yokladı kasıklarımı. Eda, kalçalarına düşürdüğü kırmızı elbisenin içinden tamamen sıyrılıp siyah külоduyla kaldı. Yere yığılan kıpkırmızı kumaşın yanında büsbütün beyaz gözüken biçimli bacaklarıyla, uzun beyaz boynuyla hüzün denizine süzülmeye hazırlanan bir kuğuya benziyordu karım. Hayır, müsaade etmeyecektim o karanlık denize dalmasına! Etmeyecektim! Fırladım yataktan, ceketimi çıkarıp yatağa savurdum, banyoya doğru giderken pantolonumun düğmelerini de çözüyordum bir yandan. Ayaklarıma dolanan pantolondan kurtulup sekerek banyoya vardığımda, beni birdenbire kapıda görünce ürktü Eda.

"Ahh! Sen miydin? Kokuttun beni..."

Dudaklarını ağzımla kapatıp konuşturmadım karımı. Bir elimle onun donunu aşağı çekerken, diğeriyle kendiminkini indirdim, abandım duvara yasladığım çıplak bedenine. Bir an çırpındı kollarımda, sonra bıraktı kendini. Banyo kapısının arkasında asılı olan ne varsa yere fırlatıp, bornoz, havlu, gecelik kümesinin üzerine yatırdım; boynunu, yüzünü, göğüslerini öptüm. Yere düşmüş elbisenin kırmızı şifonu üzerinde yanlara açıldı bacakları, içine girdim. Kan rengi giysi, değişik çağrışımlarla büsbütün azgınlaştırıyordu beni. Hırpalayarak seviyordum karımı. Eda ne katılıyordu bana ne de itiraz ediyordu. Tek oyuncusu bendim sevişmenin, o seyircisiydi. Kollarını da bacakları gibi yanlara açmış, tam bir teslimiyet içinde yatıyordu yerde. Buna da razıydım. Bunca zamandır içimde birikmiş enerjiyle, özlemle, hırsla gidip geliyordum üzerinde. Çabuk tükeniyor ama pes etmiyordum. Gözlerinden sürekli akan yaşları görmezliğe gelerek, dudaklarımda gözyaşlarının tuzu, rasgele öpüyordum her yerini. Bir kere daha... bir kere daha... Sırtüstü devrildim nihayet. Ağırlığımdan kurtulan Eda usulca kalktı, yerdeki buruşmuş elbisesini toparlayıp hiç konuşmadan yatak odamıza geçti. Fayansın soğuğu içime işleyince ben de doğruldum serildiğim yerden. Aynadaki suretime baktım banyonun çiğ ışığında. Karşımda gözlerinin içi kanlı, altı morarmış, yorgun ve mutsuz bir erkek yüzü vardı.

Yatakta yan yana yatıyorduk yine hiç konuşmadan. Karıma, ona dokunmayı, onu öpmeyi, ona şehvetle sahip olmayı nasıl özlemiş olduğumu anlatabilmek istiyordum. Hayatımızın ve ilişkimizin yine eskisi gibi süregelmesi gerektiğini, bir çocuğumuz daha olduğunu, o çocuğumuza karşı sorumluluklarımızı, bu bitmek tükenmek bilmeyen mateme dayanabilmemin giderek imkânsızlaşmaya başladığını anlatabilmek... Hele onu yeniden sevmiş olduğum bu geceden sonra, şimdi hemen bir kere daha sevişmek istediğimi, yarın da, öbür gün de, daha sonraki günlerde de sevişmek isteyeceğimi bildiğimi... Artık dünya gezegenindeki yaşama dönmek istediğimi söylemek ve yalvarmak istiyordum buna izin vermesi için. Eda, düşüncelerimi okumuş gibi, yumuşacık bir hareketle elimi tuttu, bana doğru döndü, nefesimi tutup bekledim, gözlerimin içine bakıp kırılgan bir sesle sordu: "Bizi sevişirken görmüş müdür sence?"

"Kim?"

"O."

"Eda! Yapma bunu. Yalvarırım yapma!"

"Ruhlar hep aramızdaysa, bize görünmeden hep bizlerle birlikteyseler... Niye öyle bakıyorsun düşman gibi, bana bunu tekrar tekrar söyleyen senin annen değil miydi? Çocuğun hep seninle birlikte olacak diyen?"

"Yeter artık!"

Doğrulup kalktım yataktan. Kapının arkasındaki çengele asılı pijama ceketini üzerime geçirip dışarı çıktım, bir sigara içmek için salona geçtim. Kanepeye iliştim. Tarifsiz mutsuzdum. Umutsuzdum. Biliyordum hiç kazanamayacağımı bir daha. Son eli az önce kaybetmiştim ben!

HANDAN KAPIYI ÇARPARAK ÇIKTI ODADAN

aka aka bitmez sandığım
upuzun nehirlerdiniz
*tüm ücra denizleri kılcallarıma taşıyan**

"Neyin var İlhami? Toplantı boyunca haşlayıp durdun çocukları. Oysa ne kadar güzel bir kampanya hazırladılar. Günlerdir hiç ara vermeden çalışıyorlar. Sonra git de gönüllerini al bari," dedi Handan.

Duymamazlığa geldim. Üstelemedi. Önümüzdeki dosyaları açtık, sessizce incelemeye başladık reklam şeritlerinin fiyatlarını. İtirazımın olduğu hususları sırayla işaretleyip uzattım Handan'a. Bakmadan önce izmarit dolu küllüklerin leş kokusunun sindiği havayı değiştirmek için pencereye yürüyüp camı açtı Handan. Toplantı biteli nerdeyse yarım saat olmuştu ama biz hâlâ, dosyalar önümüzde, masanın iki başında karşılıklı oturmuş, tartışıyorduk.

"Bu kadar sigara içmeseler, koku öyle bir sinmiş ki havalandırmak bile fayda etmiyor," diye şikâyet etti Handan. "Ben de

* Tekin Gönenç.

içiyorum ama bir haddi var. Bütün işyerleri sigara yasağı uygulaması başlattı, biz niye yapmıyoruz, anlamıyorum. Bina içinde sigara içmek yasak diyeceksin, bitecek bu iş!"

"O zaman da kafaları çalışmıyor."

"Kafasının çalışmadığını iddia edene kapıyı gösterirsen, o kafa öyle bir çalışmaya başlar ki şaşar kalırsın!"

"Önüme yeni bir mücadele alanı açma ne olur Handan. Bu sene çıksın hayırlısıyla, seneye düşünürüz."

"Bay Sorunları Erteleme Şampiyonu! Derdin büyük ama sağlığını da düşünmen lazım. Bu kesif sigara dumanıyla yaşanmaz ki! Sıkıntıdan içiyorsun, biliyorum da, geçen geceye bakılırsa, evde durumlar yoluna giriyor galiba. Eda içkiyi fazla kaçırdı ama çok neşeliydi... Aman aman, şeytan kulağına kurşun!"

Handan parmaklarıyla tahtaya vururken gülümsemekle yetinip, lafı değiştirmek için, "Yeni kitabın kampanyasına ayırdığımız kaynak seni tatmin etti mi?" diye sordum.

"Etmedi ama daha fazlasını göze alamayız. Son kampanyada güvendiğimiz dağlara kar yağdığını unuttun mu? Biliyor musun İlhami, aslında iyi kitabın reklama ihtiyacı olmuyor ama gel de bunu yazara anlat!"

"Anlatamayacağına göre boşuna nefesini tüketme. Ben kitap eklerinin dışında, hafta sonu eklerine de yarımşar sayfa girsek derim."

"Ben de girmeyelim derim. Aynı günlerde piyasaya başka kitaplar da çıkacak. Ya istediğimiz satışı yapamazsak?"

"Reklamsız hiç satış yapamayız. Bakma yüzüme öyle kötü kötü, kitap piyasasının bu hale gelmesinin sebebi benmişim gibi."

"Kötü kötü bakmıyorum, sadece diyorum ki, yazarların izlenme payı yüksek bir televizyon programına çıkmaları, on gazete reklamına bedel oluyor. Sen televizyonları ayarlamaya bak, hiç değilse onlara para ödemiyoruz."

"Yakında ödemeye başlarsak hiç şaşmam!"

"Yok artık!"

"Nasıl yok? Her gün daha bayağılaşan, daha yozlaşan bir toplumda yaşamıyor muyuz? Para herkesin Allah'ı olmuş!"

"İlhami, konuyu dağıtma! Kampanyanın sınırını bugün buradan ayrılmadan belirlememiz gerekiyor."

"Ben fikrimi açıkladım."

"Ben de reklama ayırmak istediğin miktarı abartılı buldum."

"Bu kitabın yayımlanmasını sen istedin. Bütçeyi biliyordun, kitabı esaslı bir kampanya olmaksızın satamayacağımızı da biliyordun. O yüzden şikâyet etme de bir çare üretmeye bakalım."

Bir sigara daha yaktım. Handan'la her yeni kitap öncesi yaşadığımız olağan görüş ayrılıklarından birini daha yaşıyorduk. Hiçbir zaman korktuğumuz başımıza gelmemiş, yayımladığımız kitaplar, masraflarını çıkartmadan elimizde kalmamıştı. Bizimle kıyaslandığında dev sayılacak firmaların ve holding yayıncılarının arasında ayakta kalmayı başaran hatta son on yıldır prestijini sürekli artırmakta olan küçük bir yayıneviydik. Babamdan kalan matbaayı onun ölümünden sonra, nicedir hayalim olan yayınevine dönüştürdüğümde Handan editörümdü. Benimle çalışmaya başlarken kocasından yeni boşanmıştı, kendini bütün gücüyle, benliğiyle işine vermişti. Birlikte gece gündüz, geç saatlere kadar çalışa çabalaya, yeni işimizi ikinci yılın sonunda çok başarılı bir yere getirmiştik. Sonra Handan'ın annesi hastalandı, Miami'de yaşayan erkek kardeşinden başka kimsesi olmadığı için annesinin bütün sorumluluğu omuzlarına yüklendi. Bir yıl boyunca işini ihmal etmesine göz yummuş, hatta eksiklerini kapatması için ona bir de asistan tutmuştum. Handan annesinin vefatından sonra, yaşlı kadının yıllardır tek başına oturduğu aileden kalma eski İstanbul evini satışa çıkardı. Sonra da elinde anlamlı miktarda bir sermaye ve cazip bir teklifle karşıma geldi. Bana baskı makinelerini yenilemeyi, işimizi büyütmeyi ve ortak olmayı teklif ediyordu.

Ortak olduk, davetiye, afiş, broşür de basmaya başladık. İşyerimizde iki ortağın olağan fikir çatışmalarının dışında hiçbir sorunumuz yoktu. İşimiz tıkır tıkır yürüyor, hatta umduğumuzdan çabuk gelişiyordu.

Sonra hayatımızı altüst eden o kaza!..

Can'ın ölümünde, annesinin hastalığı süresince benim ona gösterdiğim anlayışı, Handan da benden esirgemedi. Benim dibe vurduğum günlerde, bürodaki yükümü ortağım üstlenmişti ve öyle anlaşılıyordu ki kararları tek başına almaya alışmıştı. Ama ben, matemimi sonlandırmayı başarmış olarak, bir süredir yeniden işimin başındaydım, Handan varlığıma tekrardan alışacaktı çaresiz.

Bir saate yakın süren bir tartışmanın sonunda, Handan'ı ikna etmeyi başardım. Masanın üzerine yayılmış dosyaları toparladık, bilgisayarlarımızı kapatmaya başladık.

"Haa İlhami, sana söylemeyi unuttum, bizim Bora bir dosya getirmişti bana bir ara. Bir arkadaşı yazmış. Israr ettiydi bir göz atmam için. Bir kenara atmıştım dosyayı, unutup gitmişim," dedi Handan. "Geçen hafta okuyup okumadığımı sordu, utandım biraz. Fuar için Bursa'ya giderken dosyayı yanıma almıştım araba vapurunda göz atarım diye. Kitap bir sarsın beni, vapur iskeleye yanaşmış, öylesine dalmışım ki farkına bile varmadım yanaştığımızın."

"Eee?"

"E'si şu, inanmayacaksın ama son zamanlarda okuduğum dosyaların içinde en iyisiydi."

"Bora'nın arkadaşının kitabını mı basalım istiyorsun Handan?"

"Niye olmasın? Sen de bir göz atmak istemez misin?"

"İstemem."

"Beş para etmez romanları, üzerine bilmem kaç dile çevrildi diye yalan yanlış bantlar koyarak çok satanlar listesine sokuyorlar, reklam furyalarıyla destekledikleri uyduruk öykülerden, çok satan yazarlar yaratıyorlar diye şikâyet eden sen değil miydin, kuzum? Şimdi ben sana iyi bir roman yakaladım diyorum, oralı olmuyorsun."

"Bizim ne müritlerine sırtımızı dayayacak cemaatimiz var, hanımefendi, ne de emirle kitap aldırma gücümüz! Parmağımızı şıklatınca televizyon kanallarından, kitap ya da hafta sonu eklerinden istifade edeceğimiz medya kuruluşlarımız da yok. Adı duyulmamış birinin ilk romanını nasıl sattırabiliriz, hiç düşündün mü?"

"Bir yolu bulunur."

"Az önce, tanınmış bir yazarın reklam bütçesini bile fazla bulan sen değil miydin? Kitap üç beş ilanla satılmıyor ne yazık ki. Okur desteği, yazar desteği, hatta (elimle tespih çeker gibi yaptım) cemaat desteği gerekiyor."

"İyi edebiyatın satışı için hiçbirine gerek yok."

"Ama medya desteğine gerek var. Tanınmayan birini roman yazdı diye televizyonlar kapışır mı sanıyorsun?"

Anlaştık, uzlaştık diye düşünürken, incir çekirdeğini doldurmayacak bir şey için yeniden başlamıştık tartışmaya.

"Elimizde iyi bir kitap varsa, yolunu buluruz. Hiç mi televizyoncu dostumuz yok?"

"Televizyonlar sadece medyatik kızları çıkartıyorlar artık. Bari genç ve güzel miymiş arkadaşı?"

"Sormak aklıma gelmedi doğrusu. Kim bilir belki de sevgilisidir, uzun bacaklı, fıstık gibi bir kızdır. Yani bakarsın, iyi satış imkânı yakalarız." Alaycı ve küçümseyen bir ifade var yüzünde ortağımın.

"Öyle demek istemediğimi biliyorsun, üstüme gelme lütfen. Bugünlerde moralim çok bozuk, Handan."

Handan'ın bakışları yumuşadı, telefona uzanıp iki kahve ısmarladı sekretere. Sonra yüzünde anlayışlı bir ifadeyle gözlerimin içine baktı.

"İşleri bırakalım da biraz senden konuşalım. Balo gecesi her şey yolunda görünüyordu?"

Kalktığım iskemleye tekrar oturdum.

"O gece ben de ümitlenmiştim Eda dans ediyor, gülüyor eğleniyor nihayet diye ama o neşe sahteymiş, içkinin etkisiyleymiş, eve dönünce anlaşıldı."

"Teselliyi öyle bulacaksa, bırak içsin."

"Olur mu yahu! Teselliyi içkide bulmaya kalkarsa, alkolik olup çıkar. Bir çocuğumuz daha var bizim. O çocuğa da bana da yazık günah değil mi, Allah aşkına?"

Handan bu sefer, çokbilmiş bir ifadeyle baktı gözlerimin içine: "İşte aynı mantıkla ben de sana diyorum ki İlhami, evindeki huzursuzluğu evinde bırak, yayınevine taşıma. Mutsuzsun diye hepimizin canına üfürüyorsun ne zamandır. Buradakilere ve bana yazık günah değil mi?"

"Hasssiktir!"

Bu söz ağzımdan nasıl fırlayıverdi, hiç bilemiyorum. Küfürlü konuşan biri olmadığım için Handan kadar ben de şaştım kaldım. Sesim ağzımdan fırlayıp kulağıma çarptığı an yerin dibine girdim, kızardım, soğuk terler döktüm ama olan olmuştu. Handan irkildi, bir kaşı havaya kalktı, bir şey söyleyecek gibi oldu ama hiçbir şey söylemeden, aniden iskemlesinden fırladı, hızla kapıya yürüdü ve kapıyı sertçe çarparak çıktı odadan.

"Affedersin! Çok affedersin... Handan, öyle demek istemedim," diye seslendim ama sesim kapının gürültüsüne karıştı gitti. Uzun masanın ucunda omuzlarım düşmüş, başım önümde öylece oturdum bir süre, sonra cebimden sigaramla çakmağımı çıkarıp bir sigara yaktım.

Neler oluyordu bana?

Dağılıyordum.

Üç yıl önce, oğlumun ölümünü tüm acısıyla omuzladığımda dahi bu halde değildim ben. Kızımın ve karımın sorumluluğunu taşıdığım için dik durmaya, metin olmaya, ailemi bir arada tutmaya çalışıyordum. Eda'nın tedavisinin sonuç vermediği gerçeğiyle yüzleşmeye başladığımda mı bitti gücüm? Bu noktaya nasıl geldim? Yüküm giderek ağırlaştı, taşınamayacak hale geldi ve galiba geçen gece nihayet tükendi pilim.

Ben ne yapacaktım şimdi? Yeni bir hayat kurmak için çok geçti, her şeyi terk edip inzivaya çekilmek içinse erkendi henüz. Karımı gözden çıkarsam, kızım vardı. Üzerinden ölüm tecrübesi yeni geçmiş bir kız çocuğu, genç kızlığa adım atarken ailesindeki bir ikinci kırılmayı kaldırabilir miydi? Ben bunu ona yapabilir miydim? Derya, benim kocaman, mahzun gözlü kızım, kırılgan incecik bedeniyle beni çelik zincirlerle bağlıyordu artık manası kalmamış evliliğime.

Üç yıl öncesine oranla bir süredir daha sakindim oysa, yüreğimin yangını sönmüş görünüyordu ama anlıyordum ki yangının alevi ilk bir yıl boyunca tüm harıyla sürer, gözümün yaşı dinmezken, başımıza gelen felaketin tam anlamıyla farkında değilmişim. Bildiğim, bir evlat kaybettiğimizdi, onun acısıyla kavruluyorduk. Evimiz dost ve akrabalarla, konu komşuyla dolup dolup boşalıyordu. Her kafadan bir ses çıkıyordu. Koyu gri bir yağmur bulutunun içinde yaşıyordum sanki, hiçbir şeyi net hatlarıyla göremeden. Eda sürekli beni ve kendini suçluyordu. Kazanın olduğu sabah Can'ı her zamanki gibi ben okula bırakacak olsaydım, çocuğumuz hayatta olacaktı. Ama ben iş gezisindeydim. Arabamla Anadolu şehirlerinin birindeki kitap fuarına, yayınevimize verilecek ödülü almaya gitmiştim. İşim her zaman ailemin önüne geçtiği için, kazayı öngöremediğim için, hatta sezemediğim için suçluydum. Yokluğum sırasında oğlumu, bütün diğer çocuklar gibi okuluna bir servis minibüsüyle yollatacağıma, bu görevi beş günlüğüne karıma yüklediğim için de suçluydum.

Can, okul çıkışında, karşı kaldırıma yanaşmış duran annesinin arabasını görünce sağ tarafına bakmadan caddeye fırlamış ve hızla gelen bir minibüs...

Ben o anda kaza yerinden kilometrelerce uzaktaydım ama kazayı öğrendikten sonra, çocuğumun ona çarpan aracın hızıyla havalanıp aynı aracın önce üzerine, sonra da yere düşen bedeninin sesini kulaklarımda geceler boyu duymuştum. Aylarca, gözlerimi her kapattığımda, incecik çocuk bedeninde kırılan kemiklerinin çıtırtısını dinlemiştim. O yüzden gözlerimi kapatamaz olmuştum. Ne tuhaftır, aynı zamanda karımın benden medet uman, insanlıktan çıkmış, acıya dönüşmüş yüzünü görmemek için kör olmayı dilemiştim. Sesini duymamak için sağır olmayı... Yüreğimin acısını unutmak için hafızamı kaybetmeyi... Bir başka kazada ölüvermeyi... Biz kederlerden kederlere savrulurken, oğlumuz acilde, çektiklerimizden habersiz, gözleri kapalı, huzur içinde yatıyordu, beyin ölümü gerçekleşmiş olarak. Eda'nın da benim de gerçeği kabullenmemiz, bizi çoktan terk etmiş çocuğumuzdan kopuşumuz uzun sürmüştü. Günlerce, gecelerce, çırpınmalarca, ikna, nasihat konuşmalarınca, itirazlarca, cılız umutlarca, mucize bekleyişlerince, yatırlara bel bağlamalarca, ayazmalarda, kiliselerde mum yakmalarca...

Karı koca çaresiz insanların inadının gücüyle direnmiştik. Hiç ikna olmamıştık ama sonunda çekilmişti fiş. İnsanoğlu, ne yaparsa yapsın, vakti geldiğinde, doğduğu gibi ölüyordu işte! Bu kesin emre ne para, ne güç, ne kudret ne de dualar karşı gelebiliyordu.

Eda ile, oğlumuzun sadece küçük bedeninin bizden alınışına izin vermiştik, ruhunu kesinlikle kendimize saklamıştık. Bir süre, Can ölmemiş gibi davrandık. Hafta sonları onu dört yaşına kadar sık sık yaptığımız gibi, yatakta sanki ortamıza alıyor ve nefesinin yüzümüze değdiğini hissediyorduk. Onu ezmemek, rahatsız etmemek için kıpırdamaya korkarak uyuyorduk. Sofrada yerine servis açıyordu Eda. Onun sevdiği televizyon programlarını kimse seyretmese de açık bırakıyorduk. Odasını olduğu gibi tutuyorduk. Benim de yüreğim yanıyordu ama tüm bu akıldışı işleri Eda'nın hatırı için yapıyordum. Daha doğrusu, o yapıyor, ben ona uyuyordum. Paramparça olmuş karımı hoşnut etmek, gönlünü yapmak, acısını hafifletmek için. Ne var ki insanın laf olsun diye yaptığı işler, zaman içinde alışkanlık haline gelmeye başlıyordu.

Karım ve onun dümen suyundaki ben, adım adım cinnetin sınırına yaklaşıyorduk ama kızımızı bu tımarhanenin dışında tutmayı becerebilmiştik. Derya'yı önce anneannesinin, sonra evi okula daha yakın diye babaannesinin evine yollamıştık. Duvarları arasında karı-koca birlikte çıldırdığımız, acıdan, üzüntüden ve içmekten helak olup etrafı kırıp döktüğümüz, çilehaneye dönmüş evimizden uzaklaştırmıştık onu.

Koca bir kış böyle geçti ve bahar geldi. Bize bir çocuğumuzun daha olduğunu hatırlattı yakınlarımız. Sırf onun hatırı için toparlanmamız gerekiyordu artık.

Kendi ıstırabımızın kuyusunda boğulurken, onun da acı çekebileceği nasıl da kaçmıştı gözümüzden. Oysa Derya'nın matemi bizimkinden de derindi. O hem kardeşini hem de annesiyle babasını kaybetmişti bu kazada. Bu nedenle, bu kez de kızımızın hatırı için psikologlara, doktorlara gittik, avuçla ilaç yuttuk ve zombi gibi geri döndük yanı başımızda harıl harıl akmakta olan hayata.

Derya, yeni yaşına basarken, doğum gününü olağan formatının dışında kutlamak için onu yurtdışına götürmek benim fikrimdi. Çünkü kızımız onu kasvetli evimizden uzaklaştırdık diye, onu başımızdan atmak istediğimizi düşünüyor, kendini ihmal edilmiş, dışlanmış hissediyordu. Ona önemsendiğini, sevildiğini göstermeliydik. Tıpkı kardeşi doğduğunda yapmış olduğumuz gibi.

Can dünyaya geldiğinde Derya, kardeşini ilk yıl çok kıskanmış, kendi pabucunun dama atıldığını düşünmüştü. Bebekliğinde sürekli ağlayarak ilgiyi üstünde toplayan, ayaklandıktan sonra ablasının eşyalarını karıştıran, defterlerini yırtan kardeşiyle hep didişip durmuştu ama kavga etmeyen, birbiriyle çekişmeyen kardeş var mıydı bu dünyada? Olmadığını bilecek yaşta ve tecrübede değildi Derya, hayattayken geçinemediği Can'ın ölümüyle vicdan azabı çekmeye başlamıştı ve biz bunu görememiştik.

Kızımızı nasıl ihmal etmiş olduğumuzu fark edince, günah çıkarmak adına, güzel bir seyahat programı yapmıştım. Önce Londra'da bir hafta geçirecek, sinemaya, tiyatroya, müzelere gidecektik, sonra da ver elini İskoçya'nın yemyeşil Göller Havzası.

Ailece mutlu olmak üzere yollara düşmüş, tarifsiz mutsuz olmuştuk. Eda sanki Can hayatı boyunca Londra'da yaşamış gibi, her köşe başında onu hatırlamıştı. Her vesileyle gözlerine yaşlar dolmuş, boğazına tıkaçlar oturmuş, konuşurken sesi titremişti. Oysa, birkaç yıl önce hep birlikte gezdiğimiz müzelerin hiçbirine, özellikle girmemiş, Hyde Park'a hiç uğramamıştık. Daha önce alışveriş ettiğimiz mağazalarla yemek yediğimiz lokantaları da listeden düşünce, kısıtlı bir programla kalakalmıştık. Akşam yemeklerini kaldığımız otelin lokantasında yerken kendimizi hep aynı konuyu konuşur buluyorduk üstelik.

Derya, pişmanlıklarıyla yüzleşmek için bu yolculuğu beklemiş gibiydi. Keşke kardeşinin ara sıra koynuna girmesine, kitaplarını karıştırmasına izin verseydi. Keşke odasının kapısını o girmesin diye kilitlemeseydi. Keşke onu ölümünden sadece bir hafta önce öyle azarlamasaydı. Keşke... keşke... Annesi ise, onu sesiyle teselli ederken yüzünde beliriveren, "gitti işte kardeşin, memnun musun şimdi," ifadesine mani olamıyordu. Ayrıca, baş ağrılarını da hiçbir ilaç geçiremiyordu.

Derya'nın doğum gününü sabırla beklemiş ve kızımızın doğum gününü kutladığımız gecenin ertesinde, bu mutluluk oyununu sürdürmekten pes edip İstanbul'a geri dönmüştü Eda.

Biz baba kız baş başa gittik İskoçya'ya. İyi oldu. Annesini üzmekten çekindiği için diken üstünde oturan, gülmekten, gülümsemekten korkan çocuk rahatladı, tedirginliğini attı, an geldi ağlayarak içini döktü, an geldi kahkahalarla güldü. Baba kız hiç olmadığımız kadar yakınlaştık, bütünleştik. Ama bir akşam var ki, bakışları ve sözleri, benim Can'ı kaybettikten sonraki hayatımın dönüm noktası oldu.

St. Andrews'da, şatodan dönüştürülmüş otelimizin lokantasında yemeğimizi yemiş, hesabı ödemiş, masadan kalkmak üzereyken bir gaydanın sesi doldurmuştu lokantayı. Önce müziğin içerde çaldığını sandık. Etrafımıza bakındık, kimseyi göremedik. Sonra, penceremizin önünden mavi-yeşil ekose eteği, püsküllü çoraplarıyla bir İskoç'un boynuna astığı gaydasıyla içli bir melodi çalarak geçmekte olduğunu fark ettik. Asker adımlarıyla bahçede tur atan İskoç'a hayretle baktık. Çamların süslediği yemyeşil çimende gayda çalarak yürüyen adam, çalışırken bir yandan da şarkısını söyleyen bir ağustosböceği gibiydi. Yavaş yavaş uzaklaştı, gaydanın sesi de giderek zayıfladı ve duyulmaz oldu. Çok güzel ve özel bir andı. Derya uzandı, elimi tuttu, "Keşke annemle kardeşim de burada olsalardı," dedi.

"Keşke!"

"Ya da keşke hepimiz aynı kazada ölseydik, baba!"

Çok samimiydi kızımın sesi. Dondum kaldım. Beni içine düştüğüm elem uykusundan uyandıran, kendime getiren bu cümleydi işte. Gözpınarlarında yaşlar titreşiyordu Derya'nın. Avucumdaki elini sıktım.

"Sakın böyle düşünme, sakın! Senin önünde harika bir hayat var. Hepimizin önünde yaşanacak bir hayat var. Tanrı, yanına almak için kardeşini seçti. Biz yaşamaya devam edeceğiz."

"Ama artık hiç mutlu olamadan."

"Senin mutlu olman için elimden geleni yapacağım," dedim, "sen mutsuz olmak için henüz çok gençsin Deryam."

"Baba, annemle sen mutlu olamazsanız, ben nasıl olurum?"

"Biz mutluyduk kızım, değil miydik? Bize zaman ver, yine olacağız."

Garsonu çağırdım, iki kadeh şampanya ısmarladım. İçkilerimiz gelince birini elime aldım, diğerini kızıma uzattım, "Bu gece yeni hayatının başlangıcı olsun Derya," dedim. "Bu yeni hayatına elem, üzüntü, keder hiç değmesin kızım. Canım kızım."

Bardaklarımızı tokuşturup kızımın yeni hayatına içtik.

O gece Derya ilk içkisinin tesiriyle, yanımdaki yatakta mışıl mışıl uyurken ben sabaha kadar düşündüm. Kahvaltıda kızıma, "Okula burada devam etmek ister misin?" diye sordum.

"İskoçya'da mı?"

"İngiltere'de. Sık sık gelir, görürüz seni. Her tatilde İstanbul'a getiririz. Ne dersin?"

"Beni kışa yine büyükannelerimin yanına postalayacaksanız neden olmasın."

"Seni kederli ortamdan kurtarmak için göndermiştik. Postalamak da ne demek?"

"Eğer bu kışı da evimde, sizin yanınızda geçiremeyeceksem, yatılı okula gitmeyi tercih ederim."

"Bak Derya, annenin tedavisi sürüyor. Gürültüye, yüksek sesle müzik çalınmasına sinirleniyor hâlâ. Londra'ya dönünce hazır gelmişken birkaç okul bakalım. Hoşuna giden bir tanesine kaydını yapalım dönmeden önce. Kararını İstanbul'a dönünce verirsin. Annen itiraz ederse veya sen fikir değiştirirsen, gitmezsin olur biter."

"Annem itiraz etmez. Memnun bile olur, yasını rahatça tutmak istiyor baba, ben etrafında dolandıkça onu tedirgin ediyorum."

"Ne biçim laflar bunlar, kızım? Sen onun yegâne teselli kaynağısın."

"Annem teselli olmak istemiyor ki."

Kızımın o an annesininkileri çok andıran, endişe dolu gözlerine bakarken ürpermiştim. Nazar mı değmişti bize? Kaza öncesinde mutlu bir aileydik. Yuvamız huzurluydu. İşimi büyütüyor, refah seviyemi yükseltiyordum. Aileme daha iyi bir yaşam sunacağım için seviniyordum. Sonra dikkatsiz bir şoförün yüzünden eksildik, savrulduk, darmaduman olduk. Birbirimizi ve etrafımızı kıran, mutsuz, acılı bir aileye dönüştük.

Hanife Hanım, elindeki tepside iki fincan kahveyle içeri girdiğinde zincirleme tüttürdüğüm üçüncü sigaramı tepeleme dolmuş küllüğe bıraktım, "Sana zahmet olacak, Handan Hanım'ın kahvesini odasına götürüver Hanifanım," dedim. Kadın benim kahvemi masama bırakırken ayağa fırladım, "Dur, dur, ben götüreyim Handan Hanım'ın kahvesini, zaten yanına gidecektim." Kadının elinden tepsiyi kapıp doğru Handan'ın odasına yöneldim. Kapıyı tıklattım. Yanıt gelmeyince kapıyı araladım, kafamı içeri uzattım. Handan odasında yoktu.

"Handan Hanım nerede?" diye sordum sekretere.

"Çıktı," dedi.

"Aaa! Ne zaman çıktı?"

"Epey oldu efendim. Sizin toplantı biter bitmez gitti."

Bana ne kadar çok kızmış olmalı ki, haber bile vermeden gitmiş! Ağzımdan fırlayan sözü üzerine alınmış. Ne saçmalık! Tipik kadın davranışı işte! Öküzün altında buzağı arama, buluttan nem kapma hali! Şarkıdaki gibi, "*kırıldım, küstüm, incindim, gücendim*" hali! Hani benim yedi yıllık hem iş hem de dert ortağımdınız hanımefendi! Hani şirketimi birlikte kurduğumuz, nice sıkıntıya birlikte göğüs gerdiğimiz değerli iş arkadaşımdınız, erkek gibi kadındınız! Gerçekten erkek olsaydınız bir siktir de siz bana çekerdiniz, biter giderdi. Bir bunalım anında ağzımdan kaçan bir söze alınıp kaçmak yakışıyor mu sizin erkek kadınlığınıza?

İşin yoksa bağışlanmak için didin dur şimdi, dedim kendi kendime. Elimde tuttuğum tepsiyi sekreterin masasına bıraktım, "Kahveyi sen iç bari, Nadide."

Odama geri dönerken cep telefonumdan numarasını tuşladım. Telefonu kapalıydı. İçeri girince masanın ardındaki koltuğa çöktüm. Evimdeki sorunlar yetmiyormuş gibi, şimdi de büromdaki gerginlikle uğraşacaktım.

Bora yarı açık kapıyı tıklatıp kafasını içeri uzattı.

"Ne var Bora?"

"İlhami Bey... Kapakla ilgili konuşmak istemiştim..."

"Şimdi değil. Sonra bakarız."

"Acil demiştiniz de kapak için..."

"Sonra dedim ya! Ha, baksana, Handan Hanım nereye gitti, biliyor musun? Bir resim sergisinin açılış kokteyli vardı bu akşam, oraya mı gitti acaba?"

"Handan Hanım çıkmış mı?"

"Çıkmış. Ben de çıkıyorum. Kapaklara yarın bakarız artık."

"Kitap vaktinde yetişmezse beni suçlamayın ama."

Israrla yüzüme bakıyor. Kocaman mahzun gözlerini ilk kez fark ediyorum Bora'nın. Dik yakalı siyah kazağından dolayı büsbütün solgun duran ince yüzünde kocaman tuhaf renkli gözleriyle, kapının yanında mutsuz bir hayalet gibi dikiliyor... Hayalet mi dedim ben? Eda'nın terminolojisini kapıyorum farkında bile olmadan. Ruhlar, hayaletler!

Bora gidince tekrar aradım Handan'ı. Bir kere de ofisten çıkmadan önce aradım, telefonu hep kapalıydı.

"Handan Hanım sergi açılışına uğrayacak mıydı bugün? Size bir şey söyledi mi?"

"Hayır efendim," dedi Nadide.

Arka sokağa park ettiğim arabamı çalıştırmadan bir kere daha düşündüm aramızda geçen konuşmayı. Ben resmen "hassiktir" demiştim Handan'a! Nasıl yaptım bunu yahu? Neden yaptım? Bir kadına, üstelik bir sevgili dostuma, hiç suçu ve hiç gereği yokken ağız dolusu bir "hassiktir!" çektim. Ben bir eşeğim! Bir hıyarım! Ayıyım ben, ayı!

Cep telefonumu çıkarıp bu kez evi aradım. Satı açtı.

"Eda'yı versene, Satı," dedim.

"Üst kattaki komşulara çıktı," dedi Satı. "Ruh çağıracaklarmış, tövbe tövbe!"

"Yine mi?"

"Hıı."

İki kat üstümüzde oturan çatlak ihtiyarların ruh çağırma seansına gitmiş yine!

"Geldiğinde benim biraz gecikeceğimi söyle. Bir işim çıktı. Beklemesin yemeğe, gecikebilirim."

"Sizin yemeği tepsiye hazır eder, bırakırım mutfağa."

"Gerek yok. Dışarıda yiyeceğim." Kapattım telefonu. Sergi açılışında atıştırırım diye düşündüm, Handan mutlaka oradadır. Ulaşamayayım diye kapalı tutuyor telefonunu. Arabayı çalıştırıp kokteylin verildiği bankaya doğru yola düzüldüm. Bankanın sokağa bakan salonunun buzlu pencerelerine içerdeki kalabalığın gölgesi yansıyordu. Yüzlerce kişiye selam verip geyik yapma mecburiyetini düşününce ter bastı birden. Orada olacağından emin olduğum bir arkadaşın telefonunu tuşladım, o gürültüde telefonunu duymasını dileyerek. Birkaç çalıştan sonra açıldı telefon.

"Mekin, ben İlhami... Biraz acelem var da... Bizim Handan'ı gördün mü? Orada mı acaba?"

"Henüz gelmedi. Ben de çıkmak üzereyim, belki daha sonra gelir..."

Kapattım telefonu. O kalabalığa girmekten kurtulmanın sevinci içinde, arabamı ilk köşe başında ters yöne çevirip Handan'ın evine doğru yollandım. Yolda bir çiçekçinin önünde trafiği tıkamayı göze alarak durdum ve beyaz güllerden bir buket yaptırdım. "*Evet haklısın, çok suçluyum, özür diliyorum,*" yazdığım kartımı küçük bir zarfa koyup bukete iliştirdi çiçekçi. Eğer Handan evinde değilse veya kapıyı bana açmayacak olursa, buketi kapısının önüne bırakacaktım. Aslında yüz yüze gelmeye utandığım ve dil dökmeye üşendiğim için, evde olmamasını temenni ediyordum. Bu durumda evime dönüp Eda'nın anlatacaklarını başımı onaylarcasına sallayarak, ispritizma seansının saçmalıklarını dinleyecektim. Çünkü doktoru tarafından tembihliydim, onu rahatlatacak, kendini iyi hissettirecek şeylere hiç itiraz etmemeye. Kendini dine de verebilir, ruhlara da, içkiye de; hepsine göğüs gereceksiniz, zaman içinde her şey yoluna girecek dendiği için evliya sabrıyla bana söyleneni yapmaya çalışıyordum ama bu akşam Handan'dan özür dilemek mi, Eda'yı eylemek mi daha zordu, kararsızdım.

İstanbul trafiğinde on beş dakikalık yolu kırk dakikada aştıktan sonra Handan'ın sitesinin içinde dört dönüp zor bulduğum yere arabamı park ettim, elimde kocaman buketle koşturdum apartmana doğru. Ana kapı henüz kapanmamıştı. Asansörü çağırdım. Üçüncü kat mıydı, dördüncü mü? Hep karıştırırım. Belirleyici olan, üzeri güneş resimli paspastı! Dörde basıp, paspası göremeyince bir kat aşağı yürüdüm, zili çaldım, kapının gözünden bakıyorsa, beni görmesin diye az yana kaçarak bekledim.

Kapı önünde uzun süre bekletmedi beni Handan. Açtı kapıyı, beni görünce kenara çekilip içeri girmem için yol verdi. Üzerinde uçuk pembe bir sabahlık vardı.

"Kokteyle gitmemişsin..."

"Gidecek hal mi bıraktın!"

Oturma odasına geçerken çiçekleri uzattım, elimden alıp antredeki konsolun üzerine bıraktı.

"Gülleri sana getirdim."

"Yaptığın terbiyesizliği birkaç sap gülün unutturacağını mı sanıyorsun?"

Birkaç sap olur mu hiç! Gülün en pahalı olduğu mevsimde tam on iki adet! Belli ki uğraştıracaktı beni.

"Handan, önüne diz çöküp özür dileyeyim, istersen. Pişmanım. Üzgünüm. Öyle demek istemedim, bir anda fırladı ağzımdan. Sen de görüyorsun, o kadar büyük bir stres altındayım ki, bazen ne yaptığımı ben de bilmiyorum, inan."

"O zaman karınla birlikte sen de git doktora. Senin de tedaviye ihtiyacın var, İlhami. Yoksa yakında yanında tek kişi bile kalmayacak."

"Doktora gitmek çare olsaydı keşke. Eda gidiyor da ne oluyor? Bu akşam yine ruh çağırmak için o çatlak kadının evine gitmiş. Oğluyla konuşabileceğini sanıyor."

"En azından böylece rahatlıyor ve önüne gelene küfür etmiyor."

"Ben de önüme gelene küfür etmiyorum."

"Demek sadece bana ediyorsun! Neden?"

"Sen benim en yakınımsın. Beni en iyi anlayan kişisin, ortağımsın, dostumsun... Bana bir içki versene."

"Viski mi istersin, şarap mı?"

"Viski, sadece buzla."

"Biliyorum nasıl içtiğini. Üstüme bir şey geçireyim de..."

"Yok, yok! Allah aşkına giyinmeye filan kalkma. Ben içkimi içip hemen gideceğim."

Buz getirmek için mutfağa yöneldi Handan. Gözucuyla konsolun üzerindeki gülleri de mutfağa taşıdığını görüp sevindim. Vazoya koyacağına göre demek ki bitti bu iş, bağışlandım diye düşündüm. Az sonra içine bol buz attığı bir bardak viski ve bir kadeh de kırmızı şarapla geri döndü. Gülleri vazoya koymamış!

"Evime gelen birine nezaketsizlik etmek istemem. Viskini iç ve git lütfen."

"Tamam. Ama önce yapmış olduğum eşekliğin özrü için bir kadeh kaldırayım." Viskimden kocaman iki yudum aldım.

"Uzatma İlhami. Ben de uzatmayacağım. İyi değilsin, görüyorum. Bunalımın eşiğinde değil, tam içindesin."

"Haklısın."

"Sen iznini yazı beklemeden kullansana! Ben idare ederim işleri. Bu arada mutlaka bir doktora da görün."

İki kocaman yudum daha... viskiyi bitirdim bile.

"Benim derdimi doktor halledemez Handan. Benim kaderimin yazısını değiştirmek lazım, o da mümkün değil."

"Doğru, mümkün değil."

"O halde sen bana bir viski daha koy. O mümkün herhalde."

Handan mutfağa gidip elinde buz kovası ve viski şişesiyle geri döndü. Kendi şarap kadehini de yeniden doldurmuş olarak.

"Handan, hayatım parmaklarımın arasından kayıp gidiyor."

"Avucunu sıkarak hayatının parmaklarının arasından akıp gitmesini engellemek senin elinde, ama yapmıyorsun. Hiçbir şey yapmıyorsun İlhami, Eda'nın seni içine çektiği kuyuda dibe vurmana ramak kaldı."

"Ne yapabilirim ki, karımı terk mi edeyim? Ona bir darbe de ben mi vurayım? Eda'ya olabileceklerin sorumluluğu da mı yıkılsın üzerime?"

"Öyle bir şey demedim."

"Ne dedin ya?"

Handan'ın doldurduğu ikinci viskiyi de yine kafama dikip bir kerede yarıladım. Başım dönüyor, midem kazınıyordu. Handan bir şeyler anlatıyordu ama söylediklerini anlayamıyordum. O susar gibi olunca bu kez ben başladım konuşmaya. Durmadan, nefes almadan konuşuyordum. Neler anlattığımın farkında bile değildim, sigaradan çatallaşmış sesim yankılanıp duruyordu kulaklarımda. Handan mutfağa kadar gidip gelmekten üşenmiş olmalı ki, içindeki buzların erimeye yüz tuttuğu buz kovasını ve yarı yarıya boşalmış viski şişesini yanımdaki sehpaya bırakmıştı, kapağı açık olarak. Sürekli içerken ve konuşurken galiba ara sıra da ağlıyordum. Kendimle hesaplaşma, içimdekileri boşaltma halindeydim. Neden bir ruh doktorunun muayenehanesinde değil de, benim saçmalıklarımı dinlemek zorunda olmayan Handan'ın evinde ve ona yapıyorum bu günah çıkartma işini, gerçekten bilmiyorum. Ama içtikçe konuşuyor, konuştukça ağlıyor, ağladıkça rahatlıyordum. O kadar rahatlıyordum ki, bir ara mavi kanepede ayakkabılarımı çıkarmış, başım Handan'ın dizlerinde uzanırken buldum kendimi. Handan, bana doğru eğilmiş, yumuşak hareketlerle saçımı, şakaklarımı okşuyordu. Ninni söyler gibi yumuşacık bir sesle mırıldanıyordu, "Geçti canım… geçti… Hepsi geçti, geride kaldı... Üzülme, her şey yoluna girecek. Biraz zamana ihtiyacın var, hepsi bu... hepsi bu..."

Handan'ın üzerime doğru sarkan iri göğüslerinin sıcağı yüzüme vuruyordu. Annemin bana çok küçükken kucağına yattığımda yaptığı gibi, Handan beni kendine çekip sardı kollarıyla. Annemi özledim birden. Dertsiz tasasız çocukluğumu özledim. Hafif bir karanfil kokusu tütüyordu göğüslerinden, burnuma doğru. Koluna asılarak kendimi ona daha da yaklaştırıp yüzümü göğsüne gömdüm. Handan çekmedi kendini, hatta biraz daha eğildi bana doğru, sağ koluyla beni kavrarken, sol eliyle saçımı okşamaya devam etti. Burnumu Handan'ın düğmeleri çözülmüş sabahlığının içine, memelerinin arasına sokup hıçkırdım.

"Hişşş, hişşş," diyordu Handan, bir bebeği sallar gibi hafif hafif sallıyordu beni tek koluyla. Bir bebeği sallar gibi... Bir bebektim evet, minicik, savunmasız, süt emmek için ağzıyla annesinin memesini arayan bir bebeciktim... Sonra büyüdüm azıcık, ağzımın nerdeyse içine dolmakta olan memeyi dişledim. Biraz daha büyüdüm, ergenlik çağına yakın bir yaşa geldim, bir sancı girdi kasıklarıma, bir zonklama... Sertleşiyordum. Allahım, o güne kadar bir an dahi kadın gözüyle bakmadığım ortağımın kucağında yatarken, bir an dahi çekici bulmadığım bu iri, uzun, balık etinde kadının memelerinden yükselen karanfil kokusuyla başım dönerken sertleşiyordum. Nasıl oluyordu bu? Ben çıldırıyordum herhalde. Deliriyordum. Başımı kolunun üzerinden kaydırıp kucağına, tam bacaklarının bitiştiği noktaya bıraktım. Bir elim memesini kavrıyordu Handan'ın, diğeriyle sabahlığın eteğini aralayıp donunu çekeliyordum. Bir an gerildi yay gibi, sonra bıraktı kendini, burnum şimdi artık memelerinin değil, bacaklarının arasındaydı. Donunu yana itiştirmiştim, yüzüm onun sıvılarıyla sırılsıklamdı. Sabahlığı sıyırdım üzerinden. Beni itmiyor, bana kızmıyor, başını kanepenin arkalığına yaslamış, hafif hafif inliyordu. Elini alıp kendimi tutturdum. Güçlü, sıcak, kavrayan bir eli vardı, ipek gibi yumuşaktı teni. Hayret, Handan'ın memeleri de, kolları da, elleri de ipek gibiydi, ipek kadife gibiydi! O, giderek hızlanan bir tempoyla benimle oynarken ben başımı iyice soktum bacaklarının arasına. Ben ne yapıyordum? Ne yapıyordum? Çok pişman olacağım bir yoldaydım, cehennemime doğru kaydığımın, içinden çıkılamaz bir kuyuya düştüğümün farkındaydım... Yaptıklarımı yapmak asla istemiyordum, tek arzum kalkıp evime dönmekti ama durmuyor, duramıyordum. Durulmaz noktadaydım artık.

LOŞ BİR ODADA MAVİ BİR KANEPEDE YATIYORDUM

o gecelerden biri daha başlardı
gözü dönmüş lodos gibi
*çarpıp giden kıyılarımıza**

Gözlerimi açtım. Loş bir odada, mavi bir kanepede yatıyordum, üzerime bir şal örtülmüştü. Kafam çatlıyordu. Dilim zehir zemberekti. Neredeydim ben? Başımı zorlukla yana çevirdim. Yanımdaki alçak sehpanın üzerindeki tablalar sigara izmaritiyle doluydu. Bir boşalmış viski şişesi, boşalmış bir şarap şişesi, içilmemiş son bir yudum şarabın rengiyle dibi kararmış, yan yatmış şarap kadehi... Yerde bordo çizgili, tanıdık gelen bir kravat...Bir çift erkek ayakkabısı... Aman Tanrım! Fırladım yattığım yerden ama kalkmamla birlikte yer, gök oldu. Düşer gibi bıraktım kendimi sırtüstü kanepeye, bu kez gözlerimi de sımsıkı yumarak. Görmek istemiyordum. Hatırlamak istemiyordum. Bilmek istemiyordum.

Gözlerimi yeniden açtığımda, toz zerreciklerinin dans ettiği ışık huzmesinin halıdaki yerinden, güneşin iyice yükseldiğini anladım. Demek uyumuşum yine ve bu uyanışımda, heyhat, kafam

---

* Tekin Gönenç.

berraktı. Ağzımın kuruluğuna, kemiklerimin sızlamasına bir de tarifsiz utanç duygusu eklendi. Ölmek istiyordum ama istemekle ölünmeyeceğini bildiğimden doğruldum, başımın dönmesinin geçmesini bekledim, sonra yavaşça kalktım, kalçalarıma inmiş pantolonumu çekeledim, kravatı yerden alıp cebime tıkıştırdım, koltuğun üzerine bırakılmış ceketimi giydim, muhtemelen odasında uyumakta olan ev sahibini uyandırmadan kaçabilmek için ayakkabılarım elimde, parmak uçlarıma basarak sokak kapısına doğru yürüdüm. Oysa çıkmadan önce yüzüme su çarpmak, zehir tadındaki ağzımı çalkalamak ve işemek istiyordum ama çıkaracağım gürültüden uyanma ihtimali olan Handan'la karşılaşmaya cesaretim yoktu.

Ayakkabılarımı, usulca kapattığım sokak kapısının dışında giyip merdivenleri indim, ana kapıdan sabahın ayazına çıkınca esaretten kurtulmuş gibi rahat bir nefes aldım. Ceplerimde boşuna sigara arandım. Bulamayınca sinirlendim, panikledim.

Saat yedi sularında evimdeydim. Eda uyuyordu. Sabah güneşi panjurdan süzülüp yatak odasının halısına ince, karımın çıplak sırtına çok daha enli bir çizgiyle düşmüş. Perdeyi yavaşça çekip kapattım uyanmaması için. Dün gece yine geç gelmiş olmalı komşuya "seans"a çıktığı için. Satı henüz gelmemişti. Sessizdi ev. Yatak odasından çıktım, misafir tuvaletinde yüzümü yıkayıp Derya'nın aylardır boş duran odasına geçtim, ayakkabılarımı fırlatıp attım, ceketimi, bumburuşuk pantolonumu çıkartıp gömleğim ve donumla uzandım yatağa sırtüstü. İşte şimdi tam zamanıydı bir gece önceki rezaletin muhasebesini yapmanın! Ama hayır, halim yoktu. Gözlerim kapandı, uyku üzerime ağır tüylü bir battaniye gibi çöktü, dalıp gitmişim.

"Niye burada uyuyorsun, İlhami? Ne zaman döndün sen, hiç duymadım?"

Eda başucumda durmuş, gözlerinde binlerce soruyla dikiliyordu.

"Ahhh! Ohhh! Başım çatlıyor! Satı'ya söyle de bana bir çay versin."

"İlhami, sana soruyorum, niye burada yattın?"

"Şey... Dün akşam sergiden sonra arkadaşlarla barda takıldık... Şu Lucca'da... Şey... İçkiyi fazla kaçırmışım. Döndüğümde uyuyordun, ben de seni rahatsız etmemek için burada yattım."

"Yaa?"

Yeterince inandırıcı olamadım mı? Seni aldattığımı ola ki kokumdan anlarsın diye yanına uzanmaya çekindiğimi söylesem ne yaparsın Eda? İlgilenmez misin, yoksa ilk işin, iki kat yukarı koşup komşun vasıtasıyla beni Can'a şikâyet etmek mi olur? Oğlumuzun hayaleti cezamı kesmeye gelir mi sence? Bana odaklanınca böylece, senin peşini bırakır mı dersin? Yok, bir faydası olmaz çünkü o senin değil, sen onun peşindesin.

"Sen ne yaptın dün akşam, seansın iyi geçti mi?" diye sordum lafı değiştirmek için.

"Umurunda sanki de..."

Doğruldum, ayaklarımı yere sarkıttım yataktan. Uzanıp elini tuttum karımın: "Elbette umurumda. Senin mutluluğun hep umurumda benim."

"O halde sergiye gideceğine benimle seansa katılsaydın."

"Lütfen Eda! Ruhlar âlemi diye bir şey yok! Bu tür saçmalıklara inanmıyorum ben."

"Kendine tek bir şans bile vermiyorsun ki... Bir kerecik gelseydin benimle, anlardın, inanırdın."

Eda çıkınca kalkıp yatak odamıza geçtim. Yatağın başucunda içki bardağı yoktu, demek ki oğluyla iletişim kurduğunu sanarak memnun ayrılmış seanstan. Bunlara inanabiliyor mu, gerçekten? İnanıyorsa, sonucu ne olacak? Hangisi daha hayırlı karım için: Kırk katır mı kırk satır mı? Kendini içkiye vurması mı, seanslara vurması mı? Sonuç aynı olduktan sonra, hangisini dilerse onu yapsın. Her iki halde de kafayı yiyerek bir hastane odasına kapatılmak değil mi sonu? O gün geldiğinde ben ne halde olacağım? Karısını kederin pençesinden kurtarmayı başaramamış, yeterince çabalamamış bir beceriksiz koca! Görünmez bir el boğazımı öylesine sıkıyordu ki, dün geceyi bir an için unuttum.

Duşumu aldım, tıraş oldum, kurulanıp giyindim, saatimi koluma taktım, gömleğimle aynı renkte olan gri çoraplarımı seçip ayaklarıma geçirdim.

"Çayın hazır," diye seslendi Eda mutfaktan, "yumurta ister misin?"

Böööğ, düşüncesi bile kusturabilirdi beni. "Hayır. Sadece bir dilim kızarmış ekmek."

"Balla mı?"

"Beyazpeynirle olsun. Midem allak bulak."

"Bari bu gece bara takılma da eve erken dön."

İtirazı içkiyse eğer, konuşana bak, dedim içimden, mutfağa yürürken. Peynirli ekmeğimi hazır edip tabağıma bırakmış karım.

"Satı yok mu? Niye sen hazırlıyorsun kahvaltıyı?"

"Markete uğrayacaktı. Gelir birazdan. Kaçta dönersin diye sordum sana."

"Bugün en geç altıda evdeyim güzelim. İstersen bir sinemaya gideriz akşam."

"Bu gece diziler var."

"Ben seyretmesem olur mu?"

"Cezanı ödersen seyretmeyebilirsin."

Cezanın ne olduğunu biliyordum. Çocukları eğiten derneklerden birine yardım parası isteyecekti. Can'ın kazasından önce, haftada üç gün, yoksul mahallelerden birinde, okula çeşitli nedenlerle yollanmayan çocuklara okuma yazma öğretiyordu.

"Kardelen projesine mi? Daha yeni ödedim ya!"

Hem de ne büyük bir sevinçle ödemiştim, arkadaşlarından birinin kızlara iyilik yapmaktan çok, Eda'ya iyilik yapmasına, onu vazgeçtiği bu uğraşa yeniden heveslendirmesine, ilgisini Can'dan öte bir yere çekmiş olmasına minnettar kalarak.

"Hayır, bu sefer, 'Anadolu'da bir kızım var, öğretmen olacak,' projesine gidecek bağış."

"Birilerinin kızı ileride öğretmen olacak. Benim de bir kızım var ama hiçbir şey olacağı yok. Çünkü annesiyle babasının ona ayıracak vakitleri yok."

"Ben mi istedim yurtdışına yollanmasını? Bunun için beni mi suçluyorsun?" dedi Eda.

"Seni değil, kendimi suçluyorum. Onu ben yolladım Londra'ya çünkü onunla gerektiği gibi ilgilenemiyordum. İlgilenmiyorduk!"

"Suçlama kendini! O hayatta! Piyango ona vurmadı. En kötü ihtimalle, benim gibi anne olur bir gün. Ama inşallah daha şanslı bir anne olur." Gözlerine yine yaşlar doldu Eda'nın. Birkaç damla yanaklarına doğru süzülmeye başlamadan hızla çıktım mutfaktan, antredeki dolaptan ceketimi kapıp kapıyı açtım, "Akşama görüşürüz," diye seslendim.

Ohh! Sokaktaydım yine. Evimin dışında, artık serinleşmeye başlayan sonbahar havasındaydım. Ölümün soluğunu bana her an hissettiren karımdan kurtulmuş, suçumun çirkinliğiyle yüzleşmek üzere, ortağımın beni beklediği işyerine doğu yürümeye başladım. Ayaklarım geri geri gidiyordu. Arabama binmedim, çok yakın değildi ama yürüyecektim büroma. Yürürken, ayık kafayla yüzleşecektim kendimle. Ben ne yapmıştım dün gece? Ne halt etmiştim? Kontrolsüz içtiğim için bir kâbus mu görmüştüm yoksa? Niye olmasın? Buna inanmaya çalışıyordum ama için için biliyordum dün gecenin bir kâbus değil, gerçek olduğunu. Çiselemeye başlayan yağmur beni cezalandırırcasına ıslattıkça büsbütün ayılıyor, büsbütün utanıyordum. Handan'ın yüzüne nasıl bakacaktım? En iyisi sanki hiçbir şey olmamış gibi davranmak, dün geceyi hatırlamamaktı! İlla bir hesap verme durumu olursa, şöyle diyebilirdim: O gece elimde çiçeklerle ona özür dilemeye gitmiştim, ben içimi dökerken çok içmiştik. Sonunda sızmış kalmışım kanepenin üzerinde, başka da hiçbir şey hatırlamıyordum dün geceye dair. Benim için yoktu daha sonrası! Hiç yaşanmamıştı!

Yaşanmamış olmasını istediğim günlerin sayısı neden katlanarak çoğalıyordu hayatımda? Nereye saldıracağını, nerede duracağını bilemeden koşuşturan başıboş bir at gibiydim çocuğumu kaybettiğimden beri.

İLK DEFA BUGÜN FARK EDİYORDUM KAPIYI HEP AYNI TIKIRTIYLA ÇALDIĞINI

yarı dalgın soyunup
avuntunun beyaz çarşaflarına
*yıldızlar serperdik**

Ofisin bulunduğu binaya girince asansöre binmeyip merdivenleri tırmandım, üçüncü kattan sonra nefes nefese kalarak ulaştım büroma. Zile basmadan önce nefesimin düzelmesini bekledim. Kapıyı açan sekreterimi aceleyle selamlayıp odama yürüdüm. Bilgisayarımın kapağını kaldırıp açılmasını beklemeye başladım. Nadide kapıyı tıklatıp odama girdi, dumanı tüten büyük boy kahve fincanını ve o sabah gelmiş, çoğu çeşitli açılışlara ait davetiyeleri önüme bıraktı.

"Arayan oldu mu?" diye sordum, aşırı içki, sigara ve endişeden tarazlanmış sesimle.

"Henüz kimse aramadı. Sesinize ne oldu öyle, kahve yerine bir ıhlamur getireyim mi size?"

"Sağ ol Nadide. Handan Hanım geldi mi?"

---

* Tekin Gönenç.

"Daha gelmedi. Odanıza yollayayım mı geldiğinde?"

"Yoo. Çıkacağım zaten birazdan."

"Bora Bey sizi görmek ister."

"Hemen şimdi değil, ben haber veririm."

"Çıkacağım dediniz de... Dün de görüşemedi ya sizinle."

"Kafam çatlıyor Nadide. Handan Hanım gelince ona göstersin kapakları."

"Peki efendim. Şey... Aspirin ister misiniz?"

"Alka Seltzer'in var mı?"

"Var, getireyim mi?"

"Nöbetçi eczane gibisin Nadide. Getir, açılsın şu kafam."

"Üzüntü gideni geri getirmiyor," dedi Nadide usulca, kahve fincanını önümden alıp odadan çıkmadan önce.

Bilgisayar açıldı nihayet, postalarıma girdim. Bora dün bana eskizleri gösteremeyince bilgisayarıma postalamış kapakları beş ayrı dosya halinde. Hepsini art arda açtım. Ne kadar yetenekli bir çocuktu bu! Her kapak bir diğerinden güzeldi. Seçimde zorlanacağım, Handan'ın fikrini almalıyım... Ah yine bir an için unuttum dün geceki rezaleti... Nasıl yanına gideceğim ve hiçbir şey olmamış gibi davranacağım acaba? Hay Allah kahretsin beni, kahretsin de tez vakitte oğlumun yanına göndersin bari, madem burada işleri berbat edip duruyorum. Belki öte yanda daha çok işe yararım, daha mutlu olurum. Nadide, erirken bardakta fizz diye ses çıkaran Alka Seltzer'iyle girdi yine odama. Bardağı önüme bırakırken, "Handan Hanım geldi," dedi.

Gözlerimi kaldırıp Nadide'ye bakamadım. Başımı sallamakla yetinip bilgisayarımın ekranındaki kapak resimleriyle ilgileniyormuşum gibi yaptım. O çıktıktan sonra da nerdeyse bir saate yakın dikkatimi hiçbir şeye veremeden, hep diken üstünde oturarak, Handan'ın kapıdan içeri girivermesinden ya da çalan telefonların ucunda sesini duyuvermekten korkarak, internette gezindim, gazete haberlerine girdim çıktım. Sonunda, kapının öte yanında, kedi tırmalar gibi ortağımın parmaklarının sesini duydum... İlk defa bugün fark ediyordum hep aynı tıkırtıyla kapımı çaldığını. Her zamanki gibi gir dememi beklemeden odamın ortasındaydı Handan!

"Hayrola, hiç sesin sedan çıkmadı bugün? Merak ettim, iyi misin?"

"Çok içmişim dün gece. Kafam çatlıyor." Gözlerim hep internetteydi.

"Söyledi Nadide. Geçer birazdan. Öğle yemeği yemedin mi sen?"

"Canım istemedi."

"Olmaz işte böyle! Ben kendime çift kaşarlı tost istettim, sana da söyleyeyim bari." Kapıya yürüyüp dışarı seslenerek bana da tost ısmarladı.

"Bugün yemeğe çıkacak vakit yok, adamlar saat ikide gelecekler biliyorsun."

Nihayet başımı kaldırıp baktım yüzüne.

"Ahh! Alkanlar'la toplantımız vardı değil mi? Unutmuşum tamamen. Dedim ya kafam kazan."

"Yeni kapakları da henüz görmemişsin İlhami. Tostunu beklerken Bora'nın yanına gidelim de seçimimizi yapalım. Çok güzel çalışmış çocuk yine."

"Evet, bilgisayardan baktım."

Handan kapının yanında durmuş, benim yerimden kalkmamı bekliyordu. Kalktım, peşi sıra yürüdüm koridorda. Bugün çoğu zaman yaptığı gibi pantolon giymemişti. Boyu bileklerine kadar inen ama her adımda bacaklarının üst kısımlarını bir an açıkta bırakıveren, yırtmaçlı bir tüvit etek ve eteğin renklerini yakalamış bir bluz giyiyordu. Saçlarını da toplamamış, açık bırakmıştı. Peş peşe Bora'nın küçük odasına girdik. Bora hazır ettiği kapak resimlerini teker teker gösterirken biz Handan'la yan yana, masaya eğilmiş vaziyette durduk. Önüne akan saçlarındaki şampuan kokusu genzimi yakan kadına değmemek için aşırı gayret içinde olduğumu fark ettim.

"Bence sarı zemin üzerinde olan en iyisi," dedi Handan.

"Haklısın."

"Sarıyı bir ton koyultalım."

"İyi olur."

"Amblemi de azıcık büyütsek?"

"Doğru."

"Aaa! Sen gerçekten kendinde değilsin bugün, hiçbir şeye itiraz etmediğine göre hasta olmalısın."

"O kadar aceleci olma," dedim, "kitap adının karakterleri değişmeli, yazarın adı daha belirgin olmalı..."

"Ben aynı fikirde değilim," dedi Handan, "adı büyütürsek, denge bozulur."

"Bozulsun. Kitabı sattıracak olan denge değil, yazarın adı."

"Kapağın estetiği de aynı oranda önemli."

"Yazar adı büyümeli!"

"Belki sadece rengi koyulaşmalı... Büyütmek olmaz!"

Harika! Tartışıyorduk işte! Hiçbir zorlama olmaksızın, her zamanki doğal halimize dönmüştük. Belki de gerçekten hiç yaşanmadı dün gece. Hepsi benim kafamda, hayalimde cereyan etti. Bora, ekranda renkleri koyulaştırıyor, harfleri küçültüp büyütüyordu. Handan'la bir şeyler konuşuyorlardı, ben dışındaydım kapak seçme olayının, endişelerimin denizinde yüzüyordum.

"İlhami Bey, yüzünüz sapsarı. İyi değilsiniz siz, ayakta dikilmeyin, benim iskemleme oturun isterseniz," diyen sesini duydum Bora'nın, ayağa kalkmış, bilgisayarın önündeki yerini bana ikram ediyordu.

"Dün gece içkiyi fazla kaçırdık," dedi Handan, "İlhami, istersen evine dön, dinlen bugün. Öğleden sonraki toplantıyı yarına aldırayım. Kapak da son halini alınca postalarız sana, ne dersin?"

"İyi olur. Kusura bakmazsın değil mi Handan?"

"Ne demek!"

Kapıya yöneldim, çıkarken, "Tost ısmarlamıştım, bari ye de öyle git," dedi Handan. Bir an tostu Bora'ya ver demeyi düşündüm, sonra hemen vazgeçtim. Kaçmanın, suçlu gibi davranmanın âlemi yoktu. Belki tıpkı benim gibi Handan da dün geceyi hatırlamıyor veya hatırlamak istemiyordu. Hiçbir şey olmamış gibi davrandığına göre, kesin öyleydi. Aslanım Handan! Görmüş geçirmiş, olgun, medeni kadın işte! Ben odama geçerken, Bora'nın masasındaki telefona uzanmış, toplantıyı ertelemek için Nadide'ye Alkanlar'ı bağlattırıyordu.

KENDİNİ DAR ALANLARA SIKIŞTIRAN BİR APTAL

yok deme
hırsız gözlerindeydi
ilk gören ben oldum
*el koyuyordu rüyalarıma**

Eve döndüğümde Eda bilgisayarında bir şeyler okumakla meşguldü. Beni erkenden evde görünce şaşırdı, telaşlandı.

"Grip oluyorum herhalde, üzerimde bir halsizlik var, biraz uzanacağım," dedim.

"Sinemaya gideriz demiştin ya, neler oynuyor diye bakıyordum. Boşuna araştırmayayım o halde."

"Yoo, bak sen. Ben bir iki saat uyursam hiçbir şeyim kalmaz. Altı seansına gideriz."

"Sen grip olmuyorsun İlhami, dün gecenin bedelini ödüyorsun!" İrkildim, kızardım.

"Söylenir dururdun bana içkiyi fazla kaçırıyorum diye, gördün mü bak, sıra şimdi sana geldi. Ama ben sana dırdır etmeyeceğim. Halden anlar oldum. Haydi git uzan, uyu biraz."

---

* Tekin Gönenç.

"Uyuyakalırsam, beni beş sularında uyandır emi canım," dedim, utanç ve suçluluk duyguları içinde yatak odamıza yürürken. Alelacele soyunup don gömlek girdim yatağa, anında uyuyakaldım.

Uyandığımda başucumdaki saat dört kırk yediyi gösteriyordu. Bir bardak soğuk su içmek için don paça mutfağa yürürken, salondan gelen seslerle irkildim. Kim gelmiş olabilirdi ki, kimseyi beklemiyorduk, hatta Eda, Satı'ya izin bile vermişti yarın sabaha kadar. Yavaşça camlı kapıya doğru yaklaştım, kulak kabarttım. Aman Tanrım, Handan'ın sesiydi bu! Eda ile ne konuştuklarını duymaya çalıştım. Mutfaktan elinde çay tepsisiyle çıkan Satı beni o halde görünce, "Ayyy!" diye bağırdı.

"Satı! Sen gitmedin mi daha?"

"Ben tam çıkarken misafir geldi, çayı vereyim de öyle gideyim dedim."

Hızla gerisin geriye, yatak odama koştum. Duşumu aldım, giyindim ama salona gidemedim. Pencerenin önündeki koltuğa oturup gazeteleri karıştırmaya başladım. Biraz sonra Eda girdi odaya, "Madem giyindin ettin, salona gelsene. Uyandığını bilsem haber verirdim, Handan geldi," dedi.

"Evet, duydum."

"Ayol duydunsa niye yanımıza gelmedin? Âlemsin vallahi! Kadın benim için gelmedi herhalde buraya kadar."

Kızardım.

"Ne demek o?"

"Kitap kapağı mı ne getirmiş sana. Yürü haydi içeri..."

Yerimden kalkmadığımı görünce, "Ayıp oluyor ama," dedi, "ayağına kadar gelmiş kadın. Allahtan rahatsız olduğunu biliyor, hatta eve o yollatmış seni... Haydi toparlan da gel, ona yeni uyandığını söylerim... Haydi ama!"

"Tamam tamam, geliyorum. Yalnız bırakma, git içeri."

Kalktım, aynada üstüme başıma çeki düzen verdim. Saçlarımı ellerimle geriye doğru yatırdım, çıktım yatak odasından, isteksizce salona yürüdüm.

"Bak vallahi daha iyi görünüyorsun," dedi Handan beni görür görmez, "yüzüne renk gelmiş. Bugünün toplantısını çarşambaya kaydırdık. Sana kapakların son halini de getirdim." Evrak çantasından çıkardığı dosyayı uzattı, aldım.

"Zahmet etmeseydin Handan, buraya kadar geleceğine mail atsaydın keşke."

"Ne zahmeti canım, yolumun üstü zaten," dedi Handan.

Dosyayı açtım, arka kapak yazısını okur gibi yaptım.

"Siz çalışacaksanız, sinema biletlerini iptal edeyim," dedi Eda.

"Sinemaya mı gidecektiniz? Ay pardon, programınızı bozdum."

Eda benden yanıt beklercesine yüzüme baktı. Gözlerimi kaçırdım. Sinemaya gitmeye itiraz etmediğimi görünce, "Yoo bozmadın Handancığım, film altı kırk beşte başlıyor. En azından yirmi dakika da reklam gösterirler... Yetişiriz yani... Bak ne diyeceğim, sen de bizimle gelsene," dedi Eda, "çok methediyorlar bu filmi... Yönetmeni şeydi... Söylesene adını İlhami."

"Ben gelmeyeyim, şimdi bilet de bulamayız bana," dedi Handan.

"Buluruz bulmasına da yan yana olmaz belki."

"Siz gidin. Ben başka zaman görürüm."

"Hemen telefon edeceğim," dedi Eda, "İlhami sen kitap kapaklarına bakadur, gazetede telefon numarası vardı sinemanın, bir bilet daha ayırtacağım, yanımızda yer yoksa, bizim yerimizi de değiştirsinler, üçlü yer versinler, bu saatte hafta içi kim gider sinemaya? Bomboştur eminim."

Eda içeri geçince, Handan, "Ayıp oldu, kendimi böyle empoze ettim size," dedi.

"Estağfurullah! Aramızda teklif mi var?"

"Böyle habersiz gelmedim ki hiç!"

"Ne fark eder ki? Biz arkadaş değil miyiz?" dedim ama asıl söylemek istediğim, "Ne diye geldin o zaman? Dosyalara yarın bakamaz mıydım sanki?" idi.

Eda geri geldi, neşeyle, "İnanmayacaksınız, yan yana üç kişilik yer buldum," dedi. "Haydi İlhami, hazırlan da kaçırmayalım filmi."

Ben odama yürürken, "Teşekkür ederim Edacığım, ne zamandır sinemaya gitmemiştim, iyi oldu," diyordu Handan, genizden gelen hafif boğuk sesiyle.

Sinemada yerlerimize otururken önce Handan'a, sonra da Eda'ya yol verdim. Handan geçti oturdu yerine, Eda, "Sen geç," diye direndi.

"Geçsene canım Handan'ın yanına..."

"Sen ortamızda ol!" Çaresiz geçip oturdum. Sabırla reklamların bitmesini bekledik. Salonun ışıkları karardı, film başladı. Handan'a değmemek için karımın tarafına doğru iyice kaykıldım, Eda sokuldu, elini kolumun üstüne koydu. Handan oturduğu yerden benim sağ tarafımı görebilecekmiş de nispet yaptığımı sanacakmış gibi sanki, bundan da rahatsız oldum, hafifçe çektim kendimi. Film boyunca dikkatimi ekrana veremeden, kollarım kontrollü, ellerim dizlerimin üzerinde, dimdik oturdum koltuğumda. Orada, burada, şurada Handan'a değmek veya değmemek endişesiyle mi yaşayacaktım bundan böyle? Kendini dar alanlara sıkıştıran ne aptal bir adamdım ben!

Sinema sonrasında, Eda hemen oracıktaki pizzacıya gitmemiz için ısrar etti. Bir gece önce fazla kaçırdığım içkiden dolayı midemin kötü olduğunu, eve gitmek istediğimi söyledim. Bir taksiye bindik, Handan'ı evine bırakıp yola devam ettik. Handan arabadan inince, Eda, "Handan'la aranızda bir şey mi oldu?" diye sordu.

"Nasıl yani?"

"Her zamanki tartışmalarınızın ölçüsü mü kaçtı?"
"Yoo!"
"Neden surat asıp durdun o halde? Ayıp oldu kadına."
"Abartma."
"Tek kelime konuşmadın İlhami, suratın desen bir karış..."
"Dedim ya, geceden kaldım."
"Laf, ilk kez içmiyorsun ki. Kesin kavga ettiniz siz!"
"Kapak konusunda biraz atıştık. Uzatılacak bir şey değil."
"Uzatma o halde!"

Uzatmadım. Ertesi gün yayınevinde doğal davranmak için zorladım kendimi. Çarşambaya aktarılan toplantıda, Alkanlar'ın temsilcilerinin karşısında yan yana otururken Handan da ben de iyice rahatlamıştık.

Sarhoşluğun sebep olduğu bir kaçamağı ucuz atlattığımı düşünüp sevinmiştim.

Ertesi hafta başı, Handan odama girdi ve bana, "Nasıl buldun?" diye sordu.

"Neyi nasıl buldum?"

"Beni!"

Önce hayretle, sonra da dikkatle baktım karşımda dikilen kadına. Saçlarını kısaltıp perçemlerinin rengini açtırmış. Işık vurdukça ışıldıyordu saçları. Gözlerine hafif far ve bolca rimel, dudaklarına şeftali rengi ruj sürmüştü. Karşımda eski ortağıma pek benzemeyen, hoş bir kadın duruyordu. Samimiyetle, "Saçların çok yakışmış," dedim ama eskisine göre daha bir özenle giyinmiş olduğunu fark etmemiş gibi davrandım. Takip eden iki haftayı, hiçbir şey olmamışçasına, her zamanki tempomuzda geçirdik. Giderek, o gecenin gerçekten bir rüya olduğuna inanmaya başlamıştım. Her şey, her zaman olduğu gibiydi.

Birkaç hafta sonra, Eda, "Pazar günü sinemaya bilet ayırtırken Handan'a da bir bilet aldım, geçen sefer bir pizzayı çok gördün kadıncağıza, kabalığını bu sefer telafi edelim, olur mu?" diye sordu.

"Nasıl istersen," dedim.

O pazar sinemada Handan ve Eda'nın arasında otururken geçen seferki gerginliğimden eser kalmamıştı. Sinemadan çıktıktan sonra Boğaz'a balık yemeğe gittik. İkinci dublelerimizi yarılamış, sarhoş olmanın eşiğindeki o kendini salıvermişlik duygusunun rahatlığı içinde oradan buradan konuşuyorduk.

"Siz nasıl tanıştınız?" diye soruverdi Handan.

"Gençler en çok hangi ortamda tanışır sence?" dedi Eda.

"Bir akraba düğününde mi?"

"Yok, o kadar romantik değildi bizim ortam. Biz İlhami'yle üniversite kantininde tanıştık."

"Yaa!"

"O son sınıftaydı, benimse ilk yılımdı. Başka masa yokmuş gibi, elinde tepsisiyle benim arkadaşlarımla oturduğum masaya geldi ve itiş kakış yanımıza sıkışmaya çalıştı."

"Yok canım!"

"Vallahi. Sonra da peşimden koştu bütün kış."

"Sen sanki benim peşimden hiç koşmadın! Hangi rengi, hangi kokuyu severim, hangi müziği dinlerim, ne yerim, ne okurum... Biliyor musun Handan, hep araştırma yapmış arkamdan, bu."

"Sahi, hangi kokuyu ve rengi seversin?" diye sordu bana Handan, "bunca yıldır beraberiz, hiç fark etmemişim."

"Giyimde sarı renkten hoşlanmaz, maviyi sever, kırmızıyı ve yasemin kokusunu da çok seksi bulur nedense," diye atıldı Eda, "ben gençliğimizde onu baştan çıkarmak istediğimde hep kırmızı giyer, yasemin esanslı kokular kullanırdım."

"Gençliğimizde beni baştan çıkarmak için çabaya ihtiyacın yoktu ki," dedim karıma, o günlerimizin samimi özlemiyle.

"Siz ikiniz hâlâ genç sayılırsınız," dedi Handan.

"Çok yıprandık Handan... Biliyorsun işte... Çok yıprandık."

"Edacığım, bundan böyle geriye bakmak yok," dedim, "ne söz vermiştik birbirimize?"

"Tamam İlhami, hatırın için oyuna devam, ama bil ki sadece hatırın için... Bir de Derya için."

"Sahi, Derya nasıl? Memnun mu okulundan?"

"İyice alıştı artık," dedim. "Tatillerde bile gelmek istemiyor. Son tatilde arkadaşlarıyla İrlanda'ya gitti. Geçen yıl da Amerika'ya gitmişti, unuttun mu? Az mı uğraşmıştık vizesi için?"

"Biz erken doğmuşuz! Bir sırt çantasıyla dünyayı dolaşıyorlar bugünün gençleri. Ben daha Amerika'yı göremedim."

"Orada kardeşin vardı değil mi, onu ziyarete gitsene Handan," dedi Eda. Handan içini çekti, "Yayınevini bırakabilirsem..." Göz göze geldik, "her şey yolunda giderse, niye olmasın?"

"Her şey yolunda gidecek, merak etme! Bu yaz, benden sana söz, yayınevinin bekçisi olmaya adayım."

"Kızı güneye indirmeyecek misiniz bu yaz?"

"Sanmam. Derya'nın bu yaz tatilinde İstanbul'da kalmak isteyeceğine eminim."

"Nereden biliyorsun?" dedi Eda.

"Geçen yaz güneydeydik, hiç memnun kalmadı. Madem bu yıl bekçisi olacağız İstanbul'un, senin bir Amerika yapmanın tam sırası, ne dersin, Handan?" diye sordum.

"Bakarız," dedi Handan. Amerika'ya gitmeye pek istekli görünmüyordu.

Dönüşte Handan'ı evine bıraktıktan sonra kendi evimize yollanırken, "İlhami, Handan'ın İstanbul'da kimi kimsesi yok mudur?" diye sordu Eda, "Pek yalnız, zavallı, baksana! Ara sıra eve de çağıralım, ne dersin?"

"Benim bütün günüm zaten burun buruna geçiyor Handan'la," dedim.

"Ben de ara sıra dedim İlhami. Öyle sıkıcı bir insan değil yani, sohbeti var, esprisi var. Daha sık görüşebiliriz aslında."

"Bakarız."

"Aaa sizin yayınevinde çalışanlara bir şeyler olmuş. Ne bu böyle, her ikinizin de ağzında bir 'bakarız'!"

Cevap vermedim karıma. Eve yaklaşırken Eda, "Boşanalı beri tek başına mı Handan, bir sevgilisi filan yok mu?" diye sordu.

"Ne bileyim ben?"

"Bilmen lazım, her gün berabersiniz, hiç konuşmaz mısınız?"

"Aşk hayatımızdan konuşmayız hiç."

"Bizim Nihat da karısı öldüğünden beri yapayalnız, diyordum ki..."

Lafını kestim: "Çöpçatanlık mı yapacaksın?"

"Niye olmasın? Bir gün ikisini de yemeğe davet ederdik..."

"Onlar tanışıyorlar, flört etmek isteseler sana ihtiyaçları olmazdı."

"Haa! Peki, başka birini düşüneyim öyleyse," dedi Eda.

Birkaç hafta daha geçti. Cuma günü yeni kitabımızın kapağı hazır oldu, düzeltmeleri yapıldı, baskıya gireceği gün tayin edildi, tanıtımı planlandı. Yayınevinde akşam yedi buçuğa kadar çalıştık. Sekize doğru tüm çalışanlar gittiler, sadece Nadide, Handan ve ben kaldık.

Toplantı odasından, çantamı, ceketimi almak için kendi odama geçtim, masanın üzerini toparlıyordum ki kapıda kedi tırmalayışları...

"Gel," dedim Handan'a, arkam kapıya dönüktü ama Handan'ın içeri girdiğini, sonra da anahtarın kilitte döndüğünü duyunca başımı çevirip baktım. Handan, kilitlediği kapıya yaslanmış, gözlerini kısmış, bana bakıyordu. Gün boyunca işlerin yoğunluğundan fark etmemişim, üzerinde koyu kırmızı, kloş bir etek, birkaç ton daha açık, yakası V şeklinde, derin kesimli bir bluz vardı. Bilinmeyen bir tehlikeden korunmak istercesine, hızla masamın arkasına geçip koltuğuma oturdum. Kendimi arkasında korumaya aldığım masayı hiçe saydı, kararlı adımlarla bana doğru yürüdü, eteklerini sıvayıp ata biner gibi kucağıma oturdu, yüzüme eğildi.

"Beni özlemedin mi?" dedi kulağıma.

"Handan... Lütfen Handan..."

"Ben seni çok özledim İlhami!" Eğildi, dudaklarımı ağzının içine aldı. Dudaklarımı kurtarıp konuşmaya çalıştım.

"Yapma...malıyız... Nadide her an..."

"Nadide çıktı. Bizden başka kimse yok."

"Biz arkadaşız... biz..."

Saçları yasemin kokuyordu.

"Arkadaşız evet, öpüşen arkadaşlarız."

Eğilince bluzunun derin kesiminden göğsünün çatalını gördüm, göğsüne doğru eğildim ben de, memeleri de yasemin kokuyordu. Kulakmememi ısırdı, sonra dilini ağzımın içine zorladı.

"Yapma," dedim nefes nefese.

"Yapacağım."

"Bizim aramızda bir ilişki olmamalı... Eda... ben..."

"Bizim aramızda duygusal ilişki olmayacak. Söz! Bir iş arkadaşlığı gibi sadece seks arkadaşlığı... İkimizin de ihtiyacı var buna." Dilini bu kez kulağımın etrafında dolaştırdı, "Ne diye yabancı insanlara gidelim?.." Boynumu öptü, "Tehlikeli olabilecek ilişkilere girelim?" Tekrar kulağıma döndü, "birbirimiz varken?" Kurtardım kendimi, "Nereden çıkardın benim şeye ihtiyaç duyduğumu?"

"Kendin anlattın ya o gece! Hatırlamıyor musun?"

"Hayır. Çok sarhoştum."

"Ben senin kadar sarhoş değildim, hatırlıyorum."

Yeniden öpmeye başladı dudaklarımı. Ellerim istemeden, hiç ama hiç istemeden eteğinin altına girip kalçalarını kavradı. Ah! Don giymemişti! Bir an sonra yerde, halının üzerindeydik.

O günden sonra yayınevine gelirken eskiden hep yaptığı gibi hiç pantolon giymedi Handan. Hep bol kesimli, kırmızılı etekler giydi.

NE MUTLU NE DE MUTSUZ

kim çizmeye kalkışsa
yanlış çizerdi aşkı
*farkında değildiniz.**

Halkla ilişkiler danışmanımız Berrin Hanım, yeni bir kitabın yayın aşamasında değilsek, haftada sadece bir gün uğrardı yayınevine. Bugün gelmeye karar verdiğine ve bunu bize daha önceden bildirdiğine göre, bir söyleyeceği olmalıydı.

"Berrin'in geliş nedenini biliyor musun?" diye sordum Handan'a.

"Hiçbir fikrim yok," dedi.

"Tanıtım programında bir aksama mı oldu acaba?"

"Sanmıyorum, öyle olsa telefonda söylerdi."

Biraz huzursuz bekledik. Acaba son kitabımız için hazırladığımız kampanyada bir aksilik mi olmuştu.

"Nadide'ye haber vereyim de aşağıdaki fırından sıcak poğaça aldırsın, Berrin sever."

"İşe mi geliyor, çaya mı?" diye sordu Handan.

---

* Tekin Gönenç.

"Her ikisine de," dedim, ses etmedi.

"Hem almışken fazla alsın eve de götüreyim. Eda da sever."

Handan'ın gözlerine Eda'dan ve evimden söz ettiğimde düşen gölge, bir an gelip geçti yine bakışlarından.

"Ben söylerim," dedi odamdan çıkarken. Arkasından utançla, biraz da korkuyla baktım, artık metresim de olan iş ortağıma.

Herkesin işine iyice daldığı ya da ofis boşaldıktan sonraki zamanlara denk getirdiğimiz, odalarımızdaki kaçamakların heyecanı bambaşkaydı. Vakit darlığından ve yakalanma korkusundan hem Handan'ın beklentisi azdı hem de benim aceleciliğimden rahatsız olmuyordu. Ama o, bu kaçamaklarla yetinememişti, birkaç ay sonrasında, en az on günde bir Handan'ın evinde buluşmaya başlamıştık. Ben düşmemek için çok dikkatli yürüdüğü halde, bahçesindeki kuyuya arkasından zorla itilmiş bir çocuk gibiydim. Her seferinde Handan'ın çağrısına isteksizce ama mutlaka gidiyor, şarabımı ya da viskimi içiyor, sarhoş oluyor, Handan'la sevişmekten tuhaf bir haz alıp pişmanlık duyguları içinde evime dönüyordum. Her seferinde bir daha gitmemeye karar veriyordum ama Handan'ın bir süredir saçlarında tüten yasemin kokusu, arsız ağzı, kalın bacakları, geniş kalçaları, üzerime eğildiğinde yüzüme sürtünen memelerinin ve en çok da oburca sevişmesinin hayali beni tahrik ediyordu. Gidiyordum çünkü Handan bana haz veriyordu. Gidiyordum çünkü sevişme sonrasındaki gevşeme hali bana iyi geliyordu. Gidiyordum çünkü hem sevişme öncesinde hem de sonrasındaki utancımdan hoşnuttum. Utancım, cezamdı benim. Ayıbımın bedeliydi. Günahkâr kulun cezasını vicdan azabı çekerek ödeme durumuydu biraz da benim için Handan'la sevişmek. Yanlış yolda yürüdüğümü, bombanın bir gün elimde patlayacağını bilerek gidiyordum. İşte o gün, bomba elimde patladığında, cezamın bütününü, böyle taksit taksit değil, faiziyle birlikte ödeyecektim. Oh olacaktı bana! Karımı, kızımı, itibarımı kaybedince layığımı bulacaktım. Başıma gelenleri hak etmiş olacaktım, yanlışında direnen ben! Yaptığım tek doğru ise, Handan'a asla umut vermeyişimdi. Karımla kızımı asla bırakmayacağımı biliyordu metresim... Ne tuhaf, sevgilim diyemiyordum Handan'a. Ne işimde ne de artık cinsel yaşamımda onsuz olamayacağımı bildiğim bu tuhaf kadına âşık değildim. Onu Eda'yı sevdiğim gibi de sevmiyordum.

Sevmiyorsam niye yatıyordum Handan'la?

Karmakarışıktı kafam. Sonra zaman, aradığım yanıtı bulmama yardımcı oldu. Handan'a âşık değildim, sadece alışıktım. Hayatım nihayet bir düzene girmiş gibiydi. Karım evimde, kızım uzaktaki okulunda, aklım işimde, cinsel ihtiyacım Handan'ın ellerindeydi. Hep aynı hatta gidip gelen bir kara trendim artık, ne mutlu ne de mutsuz! Herhangi biriydim, beklentisi, amacı, hayali olmayan. Sokaklarda mevsimleri, ağaçları, kuşları görmeden telaşla yürüyen binlerce kişiden biriydim ben. Eda'nın hayatımızda aniden zuhur eden ve ayda birkaç kez tekrarlanan gece toplantılarımdan kuşkulanmaya başlamasının dışında, bir sorunum yoktu.

KARDA YÜRÜYÜP İZİNİ BELLİ ETMEYENLER

yanlış bir köşesine koymuşlardı seni
*oyununa geldin yaşamın**

O sabah da evden çıkarken karıma, akşamüstü Berrin Hanım'ın yayınevine uğrayacağını, Handan'la belki ona bir yemek yedirebileceğimizi söylemiştim.

"Bu akşam fasılları yeni icadınız mı?" diye sormuştu Eda, "eskiden böyle âdetleriniz yoktu."

"Zaman değişiyor Eda."

"Zaman mı değişiyor, sen mi değişiyorsun İlhami?"

"Ne demek bu şimdi?"

"Bir düşün bakalım."

"Ben sana akşamları seansa gittiğinde böyle şeyler söylemiyorum ama."

"Aynı şey mi?"

Hem suçlu hem güçlü olmaktan rahatsızlık duyduğum için yanıtlamadım karımı, "Yemeğe çıkarsak sana da haber vereyim mi, gelmek ister misin bizimle?" diye sordum.

---

* Tekin Gönenç.

"Verme!"

"Bak gördün mü?"

"Tamam İlhami," dedi Eda, "uzatma."

Berrin o gün bize bir iş teklifiyle geldi. Çok yakın bir arkadaşı, yeni kurulan bir parti için çalışmaya başlamıştı, bu yeni partinin afişlerinin, broşürlerinin basımını yapmamızı teklif ediyordu. Hatta bu kadar güzel kapaklar hazırlayan, ödüllü bir grafikerimiz vardı madem, amblem çalışmalarını da ona yaptırabilirdik. Uzun nefesli, heyecan verici bir proje getirmişti bize, karşımızda oturmuş, yanıtımızı bekliyordu.

Handan'la bakıştık.

"Bir düşünelim bakalım," dedim ben.

"Biz politikaya hiç bulaşmadık bugüne kadar," dedi Handan.

"Politikaya bulaşmayacaksınız ki," dedi Berrin, "broşür, afiş basmak hatta amblem çizmek, profesyonellerin işi. Sizden partiye üye ya da yandaş olmanızı kimse istemiyor."

"Haklısın da, bir düşünüp taşınsak... Ne bileyim, haftaya haber versek?"

"Bakın, ben iyi ifade edemedim galiba, meseleyi bir de Jülide aktarsın size."

"Jülide kim?"

"Jülide partinin danışmanı. Partinin tanıtım işlerini, hatta amblem çalışmasını da o yönlendiriyor. Bir de onunla görüşün. Sonrasında istemezseniz siz bilirsiniz. Ben şahsen, danışmanınız olarak, bu işe girmenizde yarar görüyorum. Kârlı bir iş, prestijli bir iş. Söz konusu parti doğaya, hayvanlara, ekolojiye saygılı bir görüşü temsil ediyor. Size yakışır yani..."

"Hayır demiyoruz zaten de..."

"Kafanızda soru işaretleri var. Jülide'ye bir randevu verin, gelsin, tüm sorularınızı yanıtlasın."

"İyi olur."

"Bugün gelsin mi müsaitse?"

"Buyursun," dedim.

"Yok... Bugün hani şey işimiz vardı İlhami, hafta içinde başka güne ayarlayalım."

"Bir an önce karar verseniz iyi olur," dedi Berrin, "sıradaki diğer ajanslar işi kapmadan."

Handan'la bugün başka ne işimiz olduğunu hatırlamaya çalıştım, hiçbir işimiz yoktu, yayınevinden erken ayrılıp onun evine gidelim istiyordu besbelli. Burnuma bir halka takmış, beni istediği gibi oynatıyordu Handan. Canım sıkıldı, "Sorun bakalım bu Jülide Hanım'a, bugün gelebilecekse, biz Handan'la işimizi erteleyebiliriz," dedim.

Berrin telefonundan Jülide'yi ararken Handan gözlerimin içine baktı. Hayal kırıklığı bakışlarında açıkça okunuyordu. Gözlerimi kaçırdım. Handan'ı arzu etmediğim gibi, Eda'yı da kuşkulandırmak istemiyordum.

"Jülide yarım saat sonra burada olacak," dedi Berrin Hanım.

"Nadide'ye haber verelim de, konuğumuz gelince bize çay çıkarsın, sizin sevdiğiniz poğaçaları da hazır etmiştik," dedim Berrin'e, Handan'a hiç bakmadan.

"Berrin Hanım, şu anda bizim için daha acil olan konular vardı, lütfen onlara bir göz atalım," dedi Handan. "Son kitabın tanıtım planında birkaç aksama oldu, en önemli kanala haber sonrasında giremedik..."

"O kanal haber sonrasında kitap tanıtımı yapmıyor ama aynı kanalın kültür programına çıkardık yazarımızı, sabah programına da haftaya çıkacak, biliyorsunuz," dedi Berrin kırılgan bir sesle.

"Hiçbir program, haberler kadar çok izlenmiyor," diye ısrar etti Handan.

"Tamam da, kanal yayın politikasını bizim hatırımız için değiştiremez, öyle değil mi? Üç başka kanalda haber sonralarına girdik, biliyorsunuz."

"Sezgi Yayınevi yazarını her kanalın haber kuşağına sokmayı başarabiliyor, artık nasıl yapıyorsa..."

Handan belki de bir önseziyle sinir etmeye çalışıyordu Berrin Hanım'ı.

"Siz nasıl başardıklarını gayet iyi biliyorsunuz Handan Hanımcığım, sadece siz değil, herkes biliyor. Bilirsiniz İngilizce bir laf vardır, 'You can not eat your cake and have it,'* derler. Ya ardına kadar açılan kapılar, önünüze saçılan olanaklar ya da kendi hayat tarzınız! Hepsi bir arada olmuyor. Seçim sizin elbette."

"İnanmıyorum size."

"Bence inan Handan," dedim, "Berrin Hanım doğru söylüyor."

"Başımı mı örteyim istiyorsun, işim görülsün diye? Bu noktaya mı geldik? Mümkün mü bu?"

"Bugüne kadar tersi oluyordu, yani işinin görülmesi için bir başka görüntü vermek zorundaydık. Ama bundan sonra böyle. Atlar sürücü değiştirdi, kızım. Bir ülkede hukukun üstünlüğü yoksa, iktidarın üstünlüğü hüküm sürer. Bu ülkede hep iktidarların hükmü sürdü. Değişen düzen değil, sadece iktidar. Alış buna artık. Sıra şimdi bunlarda."

"Asla inanmıyorum. Birileri işini beceremeyince bahane bulmak gerekiyor..." Berrin Hanım, elini çat diye masaya vurunca sustu Handan.

"Benim işimi layığı ile yapmadığımı söylemeye çalışıyorsanız, birbirimize zincirlerle bağlı değiliz, efendim,"

"Aman Berrin Hanım, Handan'ın söylediklerinin sizinle hiç alakası yok. Lütfen! Rica ederim! Yanlış anladınız."

"Arif olan anlar, İlhami Bey!"

Handan'a cevap yetiştirmeye çalışan Berrin'in sesi de giderek tizleşiyordu. Handan'a kaş göz ettim.

"Sözüm size değildi," dedi Handan, "yani birileri hep işin kaymağını yiyince morali bozuluyor insanın."

"Kaymağı sadece biz yesek, mesele çıkmayacak," dedim şakaya vurup gergin ortamı sakinleştirmeye çalışarak. Berrin Hanım

---

* Her şeye birden sahip olamazsın anlamında.

ve Handan, gerginliği uzatmadılar. Günün siyasetini konuşmaya başlayan kadınları, kozlarını paylaşmaya bırakıp, sigara içeceğim bahanesiyle odadan çıkmak için kapıya yürüdüm.

"Burada sigara yasağı yeni bir uygulama mı?" diye sordu Handan.

"Evet. Sigara içilmesinden şikâyet edip duran sen değil miydin? Arzun üzerine başlattım işte odalarda sigara yasağını şu andan itibaren."

"Niye?"

"Berrin Hanım'ın hatırına."

"Sağ olun İlhami Bey," dedi Berrin Hanım, "bir astımlıya çok makbule geçti bu uygulama. Teşekkür ederim."

Çıktım odadan. Yaratıcı ekibin çalıştığı arka odalara doğru yürüdüm. Düzeltmen kızların kıkırdadıkları, Bora'nın da onlara bir şeyler anlattığı bölüme girdim. Canım gerçekten fena halde sigara çekiyordu ama sigara paketim odada kalmıştı.

"Bana sigara ikram edecek biri var mı aranızda?" diye sordum.

"Size bir de kahve söyleyelim," dedi Gaye, paketini bana uzatırken, "kuru kuru içmeyin sigaranızı."

Bir iskemle çekip aralarına katıldım. "Eee, niye gülüyordunuz, bana da söyleyin bakalım."

"Söyleyemeyiz, ıh, katiyen olmaz," dedi Gaye, Bora'ya kaçamak bir göz atarak.

"Beni mi çekiştiriyordunuz yoksa?"

"Aaa o nasıl söz! Ne münasebet!"

"Söyleyin o halde."

"Valla nasıl söylesek..."

"Bora söylesin," dedi kızlar.

"Tamam, Bora söylesin."

"Ama kızmak, gücenmek yok," dedi Bora.

Büsbütün merak ettim, "Haydi ama Bora, söz verdim işte..."

Bora yerinden kalktı, odanın ortasına geldi, "İlhami Bey," dedi, "yayıncılar arasında bir oylama yaptık, yani hoşluk, yakışıklılık açısından. Veee, siz kazandınız!"

Kızlar yine kıkırdadılar.

"Haksız rekabet," dedim, "üç yayınevinin sahibi seksene merdiven dayamış. İki yayınevinin sahibi de kadın. Olmadı çocuklar."

"Ama efendim, sürüyle yayınevi daha var," dedi Gaye.

"Bu oylama senin başının altından mı çıktı, Gaye?"

Gaye, dizi ve sinema oyuncuları başta olmak üzere, tüm yakışıklı erkeklere olan zaafıyla aramızda isim yapmış, tombul, şeker bir kızdı. Fazla kilolarından dolayı kendini cinsellik üstü bir konuma oturttuğu için, beğendiği erkekler hakkında konuşmaktan kaçınmazdı.

"Benim adım çıkmış ama bilseniz bu yarışma kimin fikriydi, zaten inanmazdınız. Karda yürüyüp izini belli etmeyenler var aramızda!"

İrkildim, kızardım. Aralarında dedikodu mu başlamıştı? Bir şey mi ima ediyordu Gaye, bu sözüyle? Handan'la çok daha dikkatli davranmalıydık. Gençlerle daha fazla yüzgöz olmamalıydım. Fena halde rahatsız olmuştum. Hanife'nin kahvemle odaya girmesiyle allahtan konu değişti ve sonra da beni içerden çağırdılar. Konuğumuz gelmişti. Kahvemden sadece tek bir yudum alıp, fincanı Gaye'nin masasına bıraktım, kalktım. Ben odadan çıkarken Bora uzanmış, kahve fincanımı alıyordu. Madem canı çekmişti, niye o da ısmarlamadı kendine bir kahve, benim artığımı mı içecek diye düşündüm bir an.

Belki de mahcubiyetindendi, ben varken kendine kahve ısmarlayamamıştı. Diğerleri gibi fırlama değil, sakin, içine kapanık bir çocuktu... Başka bir dünyada yaşar gibi.

Ofisin ön tarafına geçtim, toplantı odasının kapısını açtım, Handan'ın karşısında oturan kadın, beni görünce ayağa kalktı.

Aaa, ben tanıyordum bu kadını! Bu yüzü hatırlıyordum ama nereden?

"Ben Jülide Sukan," dedi elini sıkmam için bana uzatan esmer, ince, hoş kadın, "reklamcılar balosunda aynı masada oturduk sizinle İlhami Bey ama ben o geceyi hatırlamak istemiyorum çünkü bilmeden size kabalık ettim. O geceki münasebetsizliğim için, müsaade edin şimdi özür dileyeyim sizden."

"Ne oldu ki o gece?" diye sordu Berrin Hanım, "bana hiç bahsetmedin."

"Önemli bir şey değildi," diye atıldım, "bir yanlış anlama oldu, hepsi bu!" Tokalaştık.

"Buyurun oturun."

Jülide yerine yerleşirken, Handan'la göz göze geldik. Israrlı bakışlarıyla Jülide'yi nereden tanıdığımı soruyordu. Oralı olmadım, zaten Jülide Sukan, dosyasından çıkardığı broşürleri bize dağıttıktan sonra, hemen ayrıntılı bir açıklamaya girişmişti. Tonlaması etkileyici, sesi güzeldi. Konuşması bittiğinde ben ikna olmuştum. Hiçbir zaman ya da benim yaşam sürem içinde iktidara gelmesi mümkün olmayan ama mecliste ve memlekette var olmasından memnuniyet duyacağım, insana ve doğaya saygılı, çağdaş bir partinin programını sunmuştu bize. Yeni kurulmakta olan bu partinin broşürlerini, afişlerini basmak hatta amblem çalışmalarına katılmak, yayınevimize yakışacaktı. Benden yanıt bekleyen Berrin Hanım'a ve Jülide'ye görüşümü söyledikten sonra ortağıma dönüp, "Sen de aynı fikirdesin, değil mi Handan?" diye sordum.

"Bunu bana fikrini beyan etmeden sorsaydın keşke," dedi Handan. Şaşırdım. "Biz seninle bu konularda hep aynı görüşte olduğumuz için..."

"Aynı fikirde olmamız başka, benim fikrimi alman başka."

"Haklısın." Konuğumuza döndüm, "Jülide Hanım, biz Handan'la aramızda bir görüşelim, size son kararımızı hafta başında bildirelim, olur mu? Ben heyecana kapılıp hemen onayladım ama Handan'ın görüşlerini de dinlemem lazım."

“Elbette İlhami Bey. Ben şahsen, iş sizde kalsın çok isterim, doğrusu. Hem siz saygın bir firmasınız hem de ben düşüncesizliğimi telafi etme çabasındayım.”

“Rica ederim. Ben doğru dürüst hatırlamıyorum bile ne olduğunu. Herkes içkiliydi...”

“Ah, yine mi!” dedi Handan, bana göz kırparak. Handan’ın yersiz imasını hepimiz duymazlığa geldik.

“Siz kararınızı bana bildirirsiniz,” dedi Berrin Hanım, “ben Jülide Hanım’la temastayım zaten. İlhami Bey, poğaçalar yine her zamanki gibi nefisti. Diyeceklerimizi dedik, biz kalkalım müsaade ederseniz.”

Hepimiz ayağa kalktık, Handan konuklarımızla toplantı odamızda vedalaştı, ben hanımlara kapıya kadar eşlik ettim.

“Handan Hanım neden rahatsız oldu pek anlayamadım,” dedi Berrin Hanım.

Kulağına eğildim, “Rahatsız olmadı efendim, ben biraz aceleci davrandım, tavrı bana, size değil,” dedim, sonra diğer konuğuma döndüm, “hafta sonuna kadar, kararımızı veririz, Jülide Hanım.”

“Heyecanla bekliyorum.”

Uzattığı eli tuttum, dudaklarıma götürdüm. Berrin Hanım’la birlikte çıktılar kapıdan, çağırdığım asansörün kapısını açtım, girdiler. Düğmeye bastım. Asansör hareket edince, ofise girmek için arkamı döndüm ve Handan’la burun buruna geldim.

“Aşağı inip taksiye de bindirseydin bari,” dedi Handan. Kolundan tuttum ortağımın, odama doğru çekeledim. Kapıyı sıkıca kapattıktan sonra, “Bugünkü hırçınlığının bir izahı var mı?” diye sordum.

“Pardon?”

“Çocukça davranışlarının sebebini soruyorum.”

“Kadını gözüm tutmadı. İş peşinde değil, senin peşinde olduğuna dair bir his var içimde. Nereden tanıyorsun sen bu Jülide’yi?”

"Sana tekmil verme mecburiyetim yok, bunu bil. Ama ayağımıza gelmiş mis gibi işi bozmayasın diye söylüyorum, reklamcıların balosunda aynı masada oturduk."

"Atışacak kadar samimi mi oldunuz, bir gecede?"

"O, Eda'yı alkolik zannetti, ben de ağzının payını verdim ve masadan kalkıp gittim. Tatmin oldun mu?"

"Oldum ama bunu bu kadar kızmadan da söyleyebilirdin."

"Handan, bak, biz sevgili değiliz, nişanlı ya da karı koca değiliz. İş ortağıyız."

"Öyle mi?"

"Sen bana ne demiştin? İş arkadaşı gibi seks arkadaşıyız demiştin, hatırlıyor musun?" Cevap vermedi Handan.

"Sana sordum, hatırlıyor musun?"

"Evet, ne olmuş?"

"Olan şu: Sen anlaşmamızı bozdun bugün. Kadınların önünde beni ve kendini küçük düşürdün. Herhalde şu anda aralarında dedikodu yapıyorlardır."

"Eğer yapıyorlarsa, dedikoducu olduklarındandır çünkü hiçbir şey anlamadılar."

"Anlayacakları bir şey zaten yok! Bir daha böyle davranmayacaksın. Asla! Kendini tutamazsan, sadece arkadaşlığımız değil, ortaklığımız da bozulur."

"İleri gitmiyor musun?"

Ona avazım çıktığı kadar bağırarak, ileri giden hep sensin demek istedim ama hiçbir şey söylemeden çıktım odamdan, "Nadide ben çıkıyorum," dedim sekreterime. Handan odamda kaldı.

Caddeye inince, yan sokağa park ettiğim arabama binmedim. Açık havada kalmaya, sakinleşmeye ihtiyacım vardı. Çiseleyen yağmurda Etiler'e doğru hızlı adımlarla yürümeye başladım. Yağmur şiddetlenirse, taksiye binecektim. Şiddetlenmedi, ben şehrin ışıklarına karşı, hafifçe ıslanarak evimin istikametine doğru yürürken cep telefonum çaldı. Baktım, Handan arıyordu. Yanıtlamadan telefonu kapattım, yürümeye devam ettim. Yarım saat sonra evimdeydim.

Eda, televizyonun karşısına geçmiş, haberleri izliyordu.

"Siz bu akşam Berrin Hanım'ı yemeğe çıkarmıyor muydunuz?" diye sordu.

"Vazgeçtik."

"Ne oldu İlhami? Suratından düşen bin parça!"

"Bazen şu Handan'a çok sinirleniyorum, hiç laftan anlamıyor," dedim.

"Ne diye ortak yaptın, öyleyse?"

"Başında böyle ukala değildi. Değişti. Pişmanım!"

"Pişmanlığın faydası yok! Allah başka keder vermesin," dedi Eda. "Yemeğe geleceğini bilseydim bir şeyler hazırlardım. Evde yiyecek pek bir şey yok, Satı da çıktı."

"Gelmeseydim sen ne yiyecektin?"

"Bana bir salata yetiyor, biliyorsun."

"Gel seni yemeğe çıkarayım. Boğaza inip bir balık yiyelim... Aa, hay Allah, unuttum yahu, arabayı almadım ben... Neyse, taksiyle gider geliriz."

"Nasıl yani? Arabasız mı geldin?"

"Hıı."

"Niye?"

"Yürümek istedim."

"Yarın nasıl gideceksin işe?"

"Taksiye bineceğim, Eda."

"Sen sinirliyken yürürsün böyle. Bir şeyler olmuş belli, anlatmak ister misin?"

"Boş ver. Bak arabanı sattırtmasaydın, şimdi senin arabanla giderdik."

"Bir daha direksiyon başına geçebileceğimi hiç sanmıyorum İlhami," dedi Eda. Uzun zamandır hiç açmadığımız kaza konusuna döneceğiz diye yüreğim ağzıma geldi.

"Haydi git giyin güzelim, bir güzel balık ziyafeti çekeyim sana," dedim aceleyle.

"Araba da yok, çıkmayalım. Ben sana bir makarna yaparım hemen," dedi Eda, "benim de dizim vardı zaten."

Seansım vardı demediğine şükrederek, kendime bir bardak şarap almak için mutfağa yürüdüm. İçki yürüyüşten daha etkili bir sinir gevşeticiydi; gerçeklerin üstüne bir şal örtüyordu, en azından ertesi sabaha kadar. Ben mutfaktayken telefon çaldı. Eda'nın telefonda konuşan sesini duyuyordum yatak odasında. Biraz sonra karım elinde telefonla mutfağa geldi, dudaklarını büzerek kısık sesle, "Handan," dedi, "terslenme kadına emi canım."

Telefonu karımın elinden aldım, bezgin bir sesle konuştum: "Efendim Handan."

"Cebini açmadın İlhami, belki on kere aradım. Bana kızmakta çok haklıydın. Özür diliyorum. Bir daha olmayacak."

"İnşallah."

"Söz."

"Tamam. Yarın görüşürüz."

Kapattım telefonu.

"Siz hiç böyle dalaşmazdınız eskiden. Ne oldu size kuzum, nazar mı değdi?" Karşımda durmuş, meraklı gözlerle yüzüme bakan Eda'ya bir açıklama borçlu olduğumu hissediyordum.

"Bugün iyi bir iş teklifi aldık, yokuşa sürmek için Handan bin dereden su getirdi."

"Neden?"

"Teklifi getiren kişiden hoşlanmadığı için. Hiç profesyonelce değildi."

"Belki bir bildiği vardır."

"Hiçbir bildiği yok. Sadece kapris!"

"Fazla atışmaya başladınız, hayra alamet değil," dedi Eda, "çekil dolabın önünden de makarna çıkartayım sana."

"Uğraşma şimdi. Salata yeter, aç değilim. Poğaça yedik çayla... Hay Allah!" elimi alnıma vurdum, "bak, arabada unuttum senin için aldığım poğaçaları. Arabaya koyun demiştim çocuklara, arabayı almayınca..."

"Zarar yok," dedi Eda, yanıma sokuldu, sarıldı, masum bir öpücük kondurdu dudaklarıma, "sen şarabını al içeri geç, salatayı hazırlayıp geliyorum ben de."

Karımı mutfakta bırakıp şarap kadehimle salona geçtim. Elimle dudaklarını değdirdiği noktaya dokunurken, kızardığımı hissettim ve bütün kalbimle, Eda'nın yanılmasını, ruhlar âleminin palavradan ibaret olmasını diledim. Oğlumun öte tarafta, babasının ihanetini görmesini istemiyordum.

NEDEN BÖYLEYDİ KADINLAR?

sürükler miydiniz yoksa
umarsız bir şarkıyı
yangınlardan kaçırıp
*çekmek için gönderlerinize**

Kendi düştüğüm bu kuyuda huzuru bulmayı ve Handan'ı idare etmeyi öğrenmeliydim. Yoksa aile namına elimde kalanları da yitirecektim Handan'ın yüzünden.

Neden böyleydi kadınlar?

Yetinmeyi bilmeyen, sınır tanımayan, bencil, şımarık kadınlar!

Her ikimize de iyi gelebilecek bir ilişkiyi berbat etmek üzere kolları sıvamıştı Handan. İleride bir gün kendine bir sevgili bulmasına hiç itirazım olmayacağını bildiği halde kaçamaklarımızla yetinemiyordu. İlişkimize illa vıcık vıcık bir duygusallık, kıskançlık veya aşk -her neyse o- karıştırmasa olmazdı sanki!

Aşk için "her neyse o" demekle haksızlık etmiyor muydum kendime? Eda'ya sırılsıklam âşık olan ben değil miydim üniversite yıllarımda? Aylarca peşinden koşmuştum. Yokluğumda bir

---

* Tekin Gönenç.

başkasını bulur diye yurtdışına staja gidememiştim. Evliliğimiz süresince de çok sevdim karımı. Güzelliğine hayranlığım hep sürdü. Ama üç yıl boyunca insan yatağını paylaştığı kadına kardeşi gibi davranırsa, arzu, tutku, aşk kuş olup uçuyor, geriye sadece bir kardeşe duyulabilecek derin bir sevgi, merhamet ve koruma duygusu kalıyordu. Ben buna razıydım. Ailemden elimde ne kaldıysa, onu muhafaza etmeye kararlıydım. Bu nedenle de işte, içine ayaklarımla indiğim derin kuyuda bir başka hata yapma şansım hiç yoktu.

Ertesi sabah işler yolunda gitti. Güne güleç bir yüzle ve Handan'la aramızda hiçbir şey geçmemiş gibi başladık. Bir taksiye atlayıp yayınevine vardığımda Handan henüz gelmemişti. Nadide'ye Handan Hanım'ı gelince odama yollamasını söyledim. Handan bir yirmi dakika sonra odama elinde iki fincan kahveyle girdi.

"Dün akşam çok düşündüm," dedi, "sen şimdi hâlâ o kadına... neydi adı, Jale mi ne... Ona takıldım zannedeceksin ama bir siyasi partinin işine bulaşmak bana ters geliyor. Biz yayıncıyız, ne işimiz var partilerle? Zaten dün Berrin'le siz söylüyordunuz işlerin iyi yürümesi için hayat tarzının değişmesi lazım filan diye... İstersen acele karar vermeyelim, pazartesiye kadar zamanımız var madem, hafta sonu da iyice düşünelim."

"Haklısın," dedim, "hatta fikir alalım. Avukatımızı arayalım, görüş bildirsin. Bizim aile avukatımız vardır, baba dostu Hulki Bey, ayrıca onun da fikrini sorayım."

"Bu partinin reklam şirketleri hangisiymiş, öğrenmek lazım. Eğer reklam şirketleri varsa neden amblemi bizim yapmamızı istiyorlar, anlayamadım."

"Berrin Hanım'a sorayım bu hususu."

"Yanlış anlama ama bu Jale..."

"Jülide!"

"Jülide kimmiş, neyin nesiymiş, onu da öğrenelim."

"Tamam! Dediklerinin hepsini yapalım. Haklısın, ben çok aceleci davrandım."

"Çünkü güzel kadın başını döndürdü."

"Jülide güzel mi?" diye sordum sakin sakin.

"Evet, hoş kadın doğrusu. Çok havalı."

"Hiç o gözle bakmadım."

"Hadi hadi! Erkekler güzel kadın gördüler mi hiç kaçırmazlar."

İçimden, sen çok mu güzelsin diye sormak geçti ama buna hem terbiyem elvermezdi hem de bu sabah Handan'la aramı bozmaya değil, yapmaya kararlıydım.

"Handan, sen istersen avukatımızı ara, bir fikir al. Ben de internete girip bu parti hakkında bilgi edineyim," dedim. Handan kendi kahve fincanını alıp çıktı. Dünden beri göğsümün üzerine çöreklendiğini varsaydığım kara kedi yere atlamış gibi ferahladım. Kahvemden büyük bir yudum alıp sigaramı yaktım.

Aslında Handan haklıydı, ben karar vermekte aceleci davranmıştım ama bunda Jülide'nin hiç payı yoktu. Herhalde bilinçaltında, işim başımdan aşsın, bana düşünecek, Handan'ı arzu edecek ve ona ayıracak zaman kalmasın istemiştim.

Bütün haftayı parti hakkında araştırma yaparak, işi alıp almama konusunda tartışarak, avukatlarımıza fikir sorarak geçirdik. Akıl danıştığımız kişiler bize hep marjinal bir partiye bulaşmanın doğru olmadığı öğüdünü veriyorlardı. Çünkü normal bir zaman diliminde yaşamıyorduk. İktidar, hoşuna gitmeyen her kurumu ve kişiyi mahvetme usullerini çok iyi kullanıyor, kendi görüşlerine karşı olanları sindirmeyi büyük bir maharetle başarıyordu. Bir zamanlar okumuş olduğum kitaplardaki, izlediğim filmlerdeki geleceğe dair ürkütücü durum gerçekleşivermişti sanki. Ülke kocaman bir "gözaltı" halindeydi. Telefonlar dinleniyor, insanlar sudan sebeplerle tutuklanıyor, tutuklulukları yıllara yayılıyordu. Aile avukatımız Hulki Bey, "Bu partiye üye olsanız haydi neyse ama madem sadece iş olarak bakıyorsunuz, nenize lazım, yarın öbür gün belki başınız ağrır," demişti. "Size başka iş mi yok?"

Sonunda, Handan'ın dediğine geldik. İşi münasip bir lisanla reddedecektik.

"Haydi bakalım, ortak," dedim Handan'a, "istediğin oldu, şimdi nasıl nakit akıtacağız şirkete, sen onu düşünmeye başla."

Handan sazı eline almış, bizim afiş, broşür değil, kitap basmamız gerektiğini tekrar edip duruyordu. İyi bir roman yakalarsak (araya Bora'nın arkadaşının romanı mutlaka giriyordu), çok sattırmayı başarırsak, ihtiyacımız olmayacaktı afişe, broşüre. İyi de, o halde ne diye baskı makinelerine yatırım yapmıştık?

Pazartesi günü Berrin Hanım'ı aradım, teklifi geri çevirdiğimizi söyledim. Telefonda uzun bir sessizlik oldu, sonra Berrin Hanım, "Bu kararın kime ait olduğunu biliyorum İlhami Bey, keşke o gün Jülide'yi hiç çağırmasaydım. Handan Hanım nedense ısınamadı Jülide'ye," dedi.

"Bu bizim ortak kararımız," diye ısrar ettim, "yeni yılda elimizde çok kitap olacak. Makineler boş kalmayabilir. Bizim arzumuz sadece kitap yayıncısı olarak isim yapmak, bunu siz de biliyorsunuz."

Berrin Hanım biraz buruk kapattı telefonu. Ben telefonda konuşurken karşımda oturan Handan, "İnan bana isabet oldu," dedi, "bak ne diyeceğim, bu hafta hangi akşam boşsunuz?"

"Handan, bu hafta buluşmayalım."

"İlhami, Eda ile seni yemeğe çağırmak istiyorum."

"Hiç gerek yok zahmete girmene."

"Ne zahmeti! Beni kaç akşam yemeğe götürdünüz. Eda'yı nasılsa arayacağım da, önce sana sorayım dedim."

"Sen en iyisi onunla hallet. Sosyal işlerden o sorumlu."

Akşam eve girdiğimde karım müjdeyi verdi.

"Perşembe akşamı Handan'a davetliyiz. Sana da söylemiştir herhalde."

"Bilmez miyim," dedim, "aman ne iyi, onu çok özlemiştim."

"Hainlik etme!"

"Başkaları da davetli miymiş, sordun mu?"

"Sormadım ama sanırım baş başa olacağız."

"Bu daha da güzel," dedim, "mutlu bir üçlü oluruz! Menage a trois!"*

"Sen böyle huysuz değildin," dedi Eda, "huyun değişti. Kızını mı özlüyorsun, nedir?"

"Bak bu çok doğru. Kızımı özlüyorum. Tatillerinde mutlaka gelsin istiyorum. Öyle sırtına çantasını vurup oraya buraya gitmek yok, bütün yazı bizimle geçirsin."

"O zaman sana bir müjde vereyim, bugün mektup geldi Derya'dan. Yaza kadar beklemeyeceksin, ara tatilde gelmek istiyor."

"Harika bir haber bu," dedim gerçekten çok sevinerek, "Edoşum, ona çok güzel bir tatil geçirtelim, olur mu?"

Eda'nın irkildiğini gördüm. Uzun süredir karıma, "Edoşum," diye hitap etmemiştim. Daha doğrusu, edememiştim. Mutlu günlerimize ait sevgi sözcüklerini, birbirimize taktığımız isimleri, aile içi şakalaşmalarımızı tuhaf bir tutuklukla sakınır olmuştuk, sanki aksini yaparsak, kaybettiğimiz çocuğumuza saygısızlık olurmuş gibi.

"Öyle yapalım," dedi yorgun bir sesle, "buradan memnun ayrılması için elimizden geleni yapalım, İlhami."

Yanına gidip sarıldım karıma. Hiç konuşmadan bir süre birbirimizin kollarında kaldık.

"Saçların yine yasemin kokuyor," dedim.

"Geçen gün Handan'a söylerken aklıma geldi. Ne zamandır parfüm kullanmıyordum. Gidip kendime bir şişe Joy aldım."

---

* Üçlü ilişki.

"İyi etmişsin güzelim. Sana yakışıyor bu koku."

"Bilmez miyim!" dedi gülerek ve kim bilir neler hatırlayarak. Ona duyduğum merhametin dışında, bana hiçbir etki yapmadı ne yazık ki, karımın saçlarında tüten yasemin kokusu.

HEM SUÇLU HEM GÜÇLÜ KAFASI KARIŞIK SERSEM!

hangimiz nehir
hangimiz kıyı
akar gideriz sabahın sularında
*öteki yüzü başlarken sevişmenin**

Handan'ın evinde dört kişiydik. Handan o gece sofrayı dengelemek için Bora'yı da davet etmişti. Bora yerine keşke arkadaşlarından birini çağırmış olsaydı diye düşünmüştüm. İşyerinde çalışan bir elemanı çağırmış olması resmen işgüzarlıktı, hatta münasebetsizlikti. Yayınevinin dengelerini altüst etmekti. Ama yapılacak bir şey yoktu, çocuk elinde bir buket çiçekle ve yüreğinde Handan patronuna duyduğu minnetle gelmiş, karşımda oturuyordu. Lafa karışmıyor, sohbetin üçümüzün arasında dönmesine dikkat ediyor, içkisini de dudaklarına götürüp, içer gibi yapıp içmiyordu. Gerçekten terbiyeli bir gençti.

Karidesli avokadolarımızı yedikten sonra Handan ana yemeği getirmek için mutfağa gidince Bora da yerinden fırlayıp

* Tekin Gönenç.

Handan'a yardıma koştu. Az sonra Handan elinde somon balıklarının cızırdadığı bir payreks tepsi, Bora da içinde haşlanmış patates ve brokoli olan servis tabağıyla geri geldiler. Bora servisin yapılmasına yardım etti. Tam yerine otururken Handan limonları mutfakta unuttuğunu söyleyince Bora mutfağa koşup limonları getirdi. Şarap kadehlerimizi yeniden doldurdu. Sonra da Eda'nın yanındaki yerine oturdu.

"Yemekleri sen yaptıysan, çok iyi bir aşçısın," dedi Eda, Handan'a.

"Ben yaptım ama eksik olmasın, Bora da bana yardım etti," dedi Handan, "yoksa yetiştiremezdim."

"Senin mutfak marifetlerin de mi var, Bora?" diye sordum. Handan atıldı, "Yardım dedimse, yemek yapmadı, işten sonra alışverişe beraber gittik, torbalarımı taşıdı, salatayı, meyveleri yıkadı, soğanları doğradı. Sofrayı kurmama yardım etti. Daha ne yapsın?"

İçimden acaba Bora bu evde benim yerimi mi almak üzere diye düşündüm. Handan bu genç çocuğu, benden yeteri kadar alaka görmediği için bana karşı kullanmaya mı kalkmıştı? Hem tuhaf bir kıskançlık hem de müthiş bir rahatlama duydum.

"Bora, senin gözlerin ne renk Allah aşkına? Koyu yeşil desem değil, siyah hiç değil. Lacivert mi yoksa?" diye sordu Eda. Bu çocukta kendinden yaşlı kadınları çeken bir tılsım mı vardı ne? Bora'nın gözlerine ilk kez dikkatle baktım. Gerçekten çok derin ve tuhaf renkli gözleri vardı, daha önce fark etmediğim. Bora, bakışlarımdan rahatsız olmalı, hafifçe kızardı.

"Bilmiyorum," dedi, "galiba ışıkla değişiyor biraz renkleri."

"Her neyse, güzel gözlerin var," dedi Eda. Bora, karımın erkek çocuklara olan düşkünlüğünü inşallah yanlış anlamaz diye geçirdim içimden. Aslında "erkek çocuk" olabilecek yaşta değildi ama o kadar kırılgan ve savunmasız bir hali vardı ki, karşımda oturan delikanlı, bir genç adamdan çok, ergenlikten yeni çıkmış bir çocuğu andırıyordu. Sofrada açıkça sormaya çekindim, sahi kaç yaşındaydı bu Bora? İşe aldığımızda öğrenmiştim mutlaka ama aklımda kalmamış.

Meyvelerimizi yerken, biz Bora'yla oturma odasına yürümüş, son yılların ilginç kitap kapakları üstüne bir sohbete girmiştik. Masa başında kalan kadınlar da aralarında bir şeyler konuşuyorlardı ve benim kulağım Bora'nın söylediklerinden çok, onlardaydı.

"Sen niye bir daha evlenmek istemedin?" diye soruyordu Eda, Handan'a. Kulağım yemek odasına doğru uzuyordu sanki. Ara ara işitiyordum Handan'ın söylediklerini.

"Eda, ben de bir çocuk kaybettim sayılır, biliyor musun? Elbette aynı şey değil ama inan ki insan, yüzünü görmediği karnındaki bebeğe bile üzülebiliyor..." Eyvah diyordum, tehlikeli sulara giriyor Handan.

"Ölü mü doğdu bebeğin?"

"Doğamadı. Dış gebelik oldum. Rahmimi aldırmak zorunda kaldım. Artık çocuk doğuramayacağımı öğrenince kocam boşanmak istedi."

"Bu yüzden mi boşandınız?"

"Maalesef. Yirmi dört yaşındaydım Eda. Çok zor kabul ettim başıma gelenleri..."

Bora bir şey soruyordu, alelacele yanıtlayıp tekrar yemek odasına odaklanıyordum.

"Vah şekerim!" Eda'nın gözpınarlarına toplanan yaşları gördüm. O sırada Bora ilk kapak çalışmasıyla yılın en iyi kapak ödülünü nasıl kazandığını anlatıyordu bana. O tuhaf renkli gözlerini gözlerimin ta içine dikmiş, beni oturduğum yere çakmıştı ama dikkatim onda değildi.

"Handancığım, niye evlenmedin bir daha?"

Bora'nın pek de iyi duyamadığım sorusunu yanıtlamaya çalışıyordum, "Evet Bora... haa... yaa... gerçekten mi?"

Tekrar yemek odasına yöneliyordu antenlerim. "Aynı şey başıma bir kere daha gelsin istemedim," diyordu Handan, "çocuksuz erkekler benimle evlenmezdi, benim yaş grubumun çoğu da evli ve çocukluydu. Hayatıma birileri girdi, çıktı. Ben eli para tutan ve evi olan bir kadın olduğum için sevgililerim hep evime yerleşmeyi istediler. Bir süre sonra anladım ki, benden çok benim onlara sağladığım şartları seviyorlar. Soğudum ilişkilerden."

"Ama artık senin yaşına uygun, sürüyle boşanmış ve çocuklu adam var, bir daha çocuk sahibi olmak istemeyen."

"Doğru ama evlilik bana göre değil, üstelik tüm zamanımı alan bir işim var..."

Bora sorular soruyordu, ona cevap vermem lazımdı, lafın gerisini kaçırdım, tekrar kulak kesildiğimde, Eda ona karısını kaybettiğinden beri iki çocuğuyla yalnız yaşayan arkadaşımız Nihat'tan bahsediyordu. Bir yemek ayarlayacak, onları tanıştıracaktı. Seni gidi çöpçatan! Hayalet seansları bitti, koca ayarlama seansları mı başladı? Sana ne Handan'ın aşk hayatından! Atılıp, onlar tanışıyor demek istedim. Bora bir şeyler anlattı yine, duyamadım. Kulağım Handan'ın yanıtındaydı. Nihat'ı tanıdığını söylemedi nedense, Handan.

"Biliyor musun Eda, ben böyle iyiyim. Sorumluluk istemiyorum, hayatı vurkaçlarla yaşamak en güzeli... Canın kimi çektiyse... Hiç bağlanmadan, etmeden... Çok acı çektim ben çünkü..."

Karşımda konuşup duran genç adama nasıl boş bakmış olmalıyım ki, "İlhami Bey... İlhami Bey... Siz iyi misiniz?" dedi Bora.

"Şey... Şarap çarptı galiba."

"Ben size bir kahve yapıp getireyim."

Kalktı Bora, mutfağa geçti. Bu piç kurusu nereden biliyor kahvenin, cezvenin yerini? Ben kaç kere geldim bu eve, mutfağa adım atmışlığım yok! Yoksa Handan'ın vurkaçlarından biri de Bora mı? Benim yedeğim mesela! Odasındaki cam bölmenin ardında kızlar çalıştığı için kucağına oturamayacağından, yanına gidip göz mü kırpıyor Bora'ya canı sevişmek istediğinde? Az önce karıma imalarda bulunacak diye ödüm koparken, şimdi boynuzlu sevgili olma ihtimalinin kızgınlığı içindeydim. Sersem ben! Hem suçlu hem güçlü, kafası karmakarışık koca sersem!

"Boraaa, istemiyorum," diye bağırdım oğlanın arkasından, "kahve yapma bana, uykumu kaçırıyor."

Handan kalktı masadan, "Kahveleri ben pişireceğim, Eda sen de içer misin?" diye sordu.

"Sade olsun."

Bora benim itirazım üzerine salona geri döndü, Eda da geldi yanıma oturdu. Handan mutfakta kahve pişiriyordu.

"Tuvalete gideceğim," dedim, kalktım, yemek masasından içleri soyulmuş kabuklarla dolu meyve tabaklarını aldım mutfağa götürmek üzere. Mutfağa girdim. Handan ocağa sürdüğü cezvenin başında duruyordu. Tabakları musluğun içine bıraktım, içeri birinin girdiğini duyunca, başını çevirmeden, "Sen misin Boracığım?" diye sordu. Arkasında durup kalçasını avuçladım Handan'ın, çığlık atarak döndü, beni gördü, "Haa, sen miydin?" dedi.

"Kim sandın? Bora mı?" Hırsla dudaklarına asıldım Handan'ın, Eda'nın ya da Bora'nın mutfağa gelme ihtimalini hiçe sayarak hırsla, tutkuyla öptüm Handan'ı, kahve taştı, ocağa yayıldı, keskin bir yanık kokusu tüttü mutfakta. Dudaklarını bıraktığımda zafer ışıltıları gördüm Handan'ın gözlerinde. Mutfaktan çıkıp tuvalete koştum. Nefes nefeseydim. Sertleşmiştim. Zonkluyordum. Sifonu çektim, sesimin duyulmaması için yüzümü havluya gömüp su sesinin gürültüsünde boşaldım. Ellerimi yıkadım, alnıma, boynuma soğuk su çarptım. Salona döndüğümde Handan, Bora ve Eda kahvelerini içiyorlardı.

"Ne yaptın içerde, miden mi bozuldu?" diye sordu Eda, "merak ettim seni."

"İyi değilim, kahveni bitir de kalkalım," dedim karıma.

"Ne dokundu acaba, balık çok tazeydi oysa," dedi Handan.

"Şarap artık bana iyi gelmiyor," dedim.

"Bir kahve de sana yapayım."

"Yok. Biz kalkalım." Eda'ya elimi uzattım. Eda isteksiz kalktı.

"Bora, seni de bırakalım mı?"

"Ben kalıp toparlanmasına yardım edeceğim Handan Hanım'ın," dedi Bora.

"Gizli marifetlerin çoğalıyor!" Sesim sert çıktı, her üçü de hayretle yüzüme baktılar. Kimse gülümsemedi ama Handan'ın gözlerinin içi gülüyordu. Kapıda Handan'la vedalaşırken saçlarına asılarak kendime çektim yüzünü, yanağına konduracağım öpücük, başını kaydırınca dudağının kenarına geldi. Benden sonra Eda öptü Handan'ı, "Titriyorsun ayol, çok yorduk seni. Bence sen de toplanmayı filan bırak, hemen git yat," dedi şefkatle. Holde, Handan'ın arkasında durmuş, tuhaf karanlık gözleriyle bize bakan Bora'ya, belki de başoyuncusu olduğum bu trajik komediye dayanamadığım için olsa gerek, nedense göz kırptım tam çıkarken.

Arabada Eda bana, "Kimsenin iç yüzünü bilmeden fikir yürütmemek lazım," dedi. "Bak, Handan da neler çekmiş meğer. Tevekkeli değil ona karşı hep iyi duygular besledim."

"Sence Bora'yla aralarında bir şey mi var?"

"Ne tuhafsın İlhami! Bora neredeyse oğlu yaşında onun."

"Evin pek aşinasıydı da."

"Bir de kadınlara dedikoducu derler! Ben Handan'a Nihat'ı tanıştıracağım, yaşı da başı da uygun."

"Başka işin yok mu senin?"

"Yok!"

"Kendine çöpçatanlıktan gayrı bir iş edin o halde."

"Bunda kızacak ne var, seni tanımasam, Handan'da gözün var diyeceğim. Nihat'a itiraz, Bora'dan şüphelenmeler... Sen bana onlar tanışıyor dememiş miydin? Tanışsalar söylerdi Handan... Neyse, ne güzel gözleri vardı değil mi o çocuğun?"

"Kimin?"

"Bora'nın işte."

"Farkında değilim," dedim. Aklım Handan'a takılı kalmıştı. Ben ne biçim adamdım? Bir hafta önce kurtulmaya çalıştığım kadına, bir hafta sonra kıskanç âşık muamelesi yapmak için, deliriyor olmam lazımdı! Çocuğumuzu kaybetmenin travması, Eda da iyileşmeye yüz tutmuşken bende yeni baştan mı tezahür ediyordu acaba?

MAVİ SAÇLI BİR KIZLA LACİVERT CEKETLİ ÇOCUK APAYRI DÜNYALARININ İÇİNDE YÜRÜYORLARDI YAN YANA

artık herkes
tutsun da elinden kendi şiirinin
tersinden mi girsin
*ölü kelebekler sokağına**

Örgüleri çilli beyaz yüzünün iki yanında uzun birer sicim gibi sallanırdı koşarken kızımın. Hep koşardı Derya. Şimdilerde "hiperaktif" tanısı konan çocuklardandı herhalde küçükken. Öyle hareketliydi ki bebekken bile bıraktığımız yerde uzun süre kalamaz, ıkına sıkına döner, pat diye yere düşerdi divanlardan, yataklardan. Çocukluk dönemi uzun sürüyor, bir türlü olgunlaşamıyor diye hayıflanırken, kardeşinin ölümüyle birden büyümüş, durgunlaşmıştı. Onu Londra'da bir eylül başı yatılı okuluna bırakmış, aralık ayında görmeye gitmiştik. Süslenmekle alakası olmayan kızımızın örgülerini çözüp saçını atkuyruğu yaptığını görünce şaşırmıştık. İlk yaz tatilinde İstanbul'a gelmek istemedi, kabul etmedik. Tatilinin yarısını sınıf arkadaşlarıyla birlikte,

* Tekin Gönenç.

okulun hazırladığı bir gezide geçirdi, diğer yarısını da, gönülsüz olarak bizimle geldiği, Ege sahillerinde bir tatil beldesinde. Okuluna dönerken yüzünden çocukluğun tüm izleri silinmiş gibiydi.

Ertesi yıl yine aralık ayındaki Noel tatili için yanına gittiğimizde, gördük ki ensesindeki atkuyruğu çözülmüş, bu kez kızıl pırıltılı kumral saçları omuzlarına dökülmüştü. Etekleri mininin de minisiydi. Üzerine yırtık pırtık ceketler giyiyor, zincirler takıyordu. Bir kulağında üç, diğerinde beş adet küpe vardı, burnunun kenarında ise minik bir halka.

Aramızda uzun uzun konuşmuştuk annesiyle, ne yapmamız gerektiğini. Acaba onu Türkiye'ye geri mi getirseydik? Derslerinde sorunu yoktu ve mutluydu. Okulunda bıraktık.

Bir sonraki yıl bizi saçlarına dair daha büyük bir sürpriz bekliyordu. O güzelim yapıncak saçları didik didik kesilmiş, alnının üzerine isabet eden tutamı yeşile boyanmıştı. Kendimizi okul müdürünün odasında bulmuştuk. Kızımız aykırı bir tipe mi dönüşüyordu?

"Kızınız hâlâ ergenlik çağını yaşıyor, kişilik geliştiriyor. Müdahale etmeyin, kendi haline bırakın, yolunu bulacaktır," demişti müdür.

Eda telaşlıydı ama ben müdüre inanmıştım. Eda bile zaman içinde yolunu bulmuş, depresyonu geride bırakmamış mıydı? Londra'ya gittiğinden beri ilk kez Noel tatilini yanımızda geçirmeyi arzu eden kızımın da saçları eski halini nasılsa bulacaktı bir gün.

Son gelişinde onu karşılamaya ailecek gittik. Gelen yolcuları karşılayanların yığıldığı bariyerin arkasında, itişip kakışan insanların arasında gümrükten çıkmasını bekledik. Koyu maviye boyanmış saçlarından dolayı önce tanıyamadık kızımızı. İnce yüzü ve masum bakışlı gözleri hep aynıydı ama yüksek topuklu garip ayakkabılarından dolayı olduğundan daha uzun boylu görünüyordu. Her zamanki gibi siyah bir ceket vardı üzerinde.

"Aman Allahım!" dedi Eda, "ne hale sokmuş kendini!"

"Sakın tepki göstermeyin," diye acele tembih ettim hem ona hem annemle kayınvalideme. Yanımıza gelince sarıldık, öpüşüp koklaştık. O, annesi ve büyükanneleriyle taksiye bindi, ben onları valizlerini doldurduğum arabamla takip ettim. Dönüş yolu boyunca, Derya'yı nasıl eğlendirebileceğimizi düşündüm.

Arkadaşlarımızın onun yaşındaki çocukları üniversite okumak için sağa sola dağılmışlardı. Derya liseyi dışarıda okuduğu için, eski okul arkadaşlarından kopmuştu. Onu hoşnut etmek adına, birkaç tiyatroya ve bir dans gösterisine yer ayırtmıştık ama memnun kalacağından pek de emin değildik. Bizimle sıkılabilirdi.

Karı koca ne yapacağımızı bilemiyorduk. Kızımızın eğleneceği mekânlara biz gidemezdik, bizim yemek yediğimiz lokantalarda o sıkılacaktı. Birkaç günü aile ziyaretleriyle doldurduktan sonra, geriye kalan günlerde nasıl vakit geçirecekti Derya, neyle oyalanacaktı? Sıkılırsa, büsbütün kopacaktı bizlerden, tatillerde gelmek istemeyecekti. İyileşmeye yüz tutmuş Eda'nın manen de olsa bir çocuk daha kaybetmeye takati yoktu.

Birden aklıma bir fikir geldi! Aynı yaşta elbette değillerdi ama, Bora gençti, herhalde bir arkadaş çevresi de vardı. Bora'dan kızımla ilgilenmesini rica edecektim. Biletini hazır ettiğimiz rock konserine bizim yerimize, eğer hayatındaki kadın o gece şüphelendiğim gibi Handan değilse, kız arkadaşıyla birlikte Derya'yı da alıp gidebilirlerdi. Sonradan belki gençlerin dans ettiği bir yerlere takılırlardı. Derya'yı başka gençlerle tanıştırırlardı.

O hafta başı, yayınevine gelip e-postalarımı, mektuplarımı kontrol ettikten, günün akış programına baktıktan sonra Bora'yı odama çağırttım. Hemen geldi, "Yeni bir kapak çalışması mı var?" diye sordu.

"Yok, başka şey için çağırdım seni."

"Gazetelere kampanya mı hazırlıyoruz?"

"Bora, bu şahsi bir iş..." İrkildi.

"Şey... Benim kızımı biliyorsun, Derya'yı..."

"Evet bir iki kere gördüm, uğramıştı ya yayınevine, son geldiğinde."

"Şimdi Derya tatil için İstanbul'a geldi yine. Burada pek arkadaşı yok. Bizlerle de canı sıkılıyor. Genç kız işte! Diyordum ki, birkaç arkadaşın varsa... Bora, senin girl friend'in var mı?"

"Pardon?"

"Kız arkadaşın, sevgilin yani?"

Kızardı, "Yok," dedi.

"Hay Allah! Olsa iyi olurdu, Derya'yı da takardım peşinize. Bir rock konserine bilet aldım da, birlikte giderdiniz."

"Kız arkadaşım yok ama arkadaşlarım var... Eğer isterseniz..."

"İsterim Bora! Birileriyle gezecekse, bildiğim kişiler olsun. Sen yanında olursan içim rahat eder. Kollarsın onu."

"Peki efendim."

"Ama kendini mecbur hissetme. Derya, biliyorsun, üç dört yıldır dışarda... Buradan koptu biraz. Bizden uzaklaştı. İstiyoruz ki tatillerinde iyi vakit geçirsin, yine dönmek istesin, yani onun için şey ediyorum."

"Ben anladım. Merak etmeyin."

"Teşekkür ederim Bora," dedim, "bu akşamüstü iş çıkışında uğrayacak annesiyle, sizi tanıştırırım." Tam kapıdan çıkarken, "Bir dakika Bora," dedim, döndü, "senin bu iki hafta boyunca başka programların varsa, söyle bana mutlaka."

"Yok efendim."

"Handan Hanım'la filan bir planın varsa?"

Hafifçe gülümsedi, "Yok!" dedi. Usulca çıktı odamdan. Ben son soruyu sorduğuma pişman oldum.

Akşam evde Eda'ya niye ısrarla kızımı Bora'ya tanıştırmak istediğimi açıklarken anlayışsızlığına şaşıp kaldım.

"Bülent var, Hayri'nin oğlu, o ne güne duruyor?" diyordu.

"Sakıncalı buldum Eda."

"Neden ama? Hem arkadaşımızın oğlu, doğduğu günden beri tanıyoruz, hem de çok daha dengi dengine biri Derya için."

"Düşündüm ama bazı nedenlerle istemedim."

"Neymiş o nedenler?" Lafi dolandırdım ama nedenlerin ne olduğu üzerinde öylesine dırdır etti ki karım, sonunda başıma gelecekleri göze alıp, "Arabası var," dedim, "zengin adam çocuğu o!"

"Ne olmuş yani? 'Orospu çocuğu,' der gibi tonluyorsun adeta!"

"Kızımla çıkacaklar, gece kulüplerinde içecekler. Sonra babasının ona yeni hediye ettiği Porsche arabaya binip gazlayacaklar... Söyletme beni Eda! Bir kazaya daha..."

Eda, "SUS!" diye bağırdı. "Sus! Sus! Ağzından yeller alsın!"

"Bora'nın arabası yok. Taksi parasını ben koyacağım cebine. Anladın mı şimdi, niye Bora?"

Karım cevap veremedi çünkü ağlamaya başlamıştı. Yanına oturdum, "Gel," dedim. Kollarımın arasına sığındı.

"Ben de şey sanmıştım," dedi duyulur duyulmaz bir sesle.

"Ne sanmıştın?"

Elinin tersiyle gözyaşlarını sildi, "Hiç. Saçmaladım işte. Boş ver."

Aşağı yukarı biliyordum ne sandığını. Handan'ın evinde yemek yediğimiz günden sonra, birkaç kez daha birlikte olmuştuk Handan'la çeşitli vesilelerle çeşitli yerlerde. Bir gece Handan'dan ayrıldıktan sonra, "Sizin aranızda bir şey mi var Handan'la," demişti Eda.

"Ne?"

"Bir şey işte!"

"Deli misin sen Eda, ne olabilir ki?"

"Bilemem."

"Saçmalama! Nereden çıkarttın bunu?"

"Vücut dilinizden."

"Biz ortağız, iş arkadaşıyız, bütün bir günü çeşitli şeyleri konuşa tartışa, burun buruna geçiriyoruz, normal değil mi vücut dilimizde yakınlığımıza dair bir ipucu yakalamak?"

"Belki de haklısın," demişti karım ama ikna olmuş muydu, bilemiyordum. Handan'ın evinde yemek yediğimiz gece, Bora'yla yakınlığını kıskanmış olduğumu anladıysa, acaba kızımı devreye sokmaya çalıştığımı mı düşünüyordu? Yok artık! Pes!

***

İki gün sonra, Bora Derya'yı konsere götürmek üzere evimize geldi ilk defa. Üzerinde koyu lacivert bir kadife ceket, beyaz gömlek ve blucin vardı. Ceket o kadar yeni duruyordu ki, o akşam için özel olarak almış olabileceğini düşündüm. Bir paltosu yok muydu bu çocuğun? Bora'yı içeri buyur ettik, ikramda bulunmak istedik.

"Bu saatte trafik oluyor, vakit yok," diyerek kabul etmedi.

"Fazladan bir bilet daha var demiştim..."

"Bir arkadaşıma söyledim, o bizi kapıda bulacak," dedi Bora, "konserden sonra hemen getiririm Derya Hanım'ı."

"Allah aşkına Bora, böyle 'hanım'layacaksan beni, işimiz iş!" dedi Derya.

"Sen ona Derya de," dedi annesi.

"Peki efendim."

"Keşke sizinle gitseydim, nereden buldunuz bu kalem efendisini?" diye fısıldadı kızım kulağıma.

"Sen bu 'kalem efendisi' lafını nereden biliyorsun, bakayım," diye geri fısıldadım.

"Anneannemin lafıdır."

"Anneannene ne olmuş?" diye sordu Eda.

Derya yüzünde bıkkınlıkla baktı bize, "Bu annemle babam var ya, ağzımdan her çıkan lafın açıklamalı el kitabını da isterler," dedi, "seninkiler de böyle midir? Haydi bakalım Bora efendi, çıkalım biz."

Başına gelecekleri tevekkülle karşılamaya hazır gibi duran genç adam, kapıyı açıp yol verdi kızıma. Çıktılar. Pencereye gidip arkalarından baktık. Saçaklı bir şala bürünmüş, koyu mavi saçlı bir kızla, lacivert kadife ceketli bir genç, apayrı dünyalarının içinde yan yana yürüyorlardı caddeye doğru.

"Galiba iyi bir fikir değildi," dedim Eda'ya.

"Ha şunu bileydin!" dedi karım.

Akşam on ikide, yemek odasında unuttuğum telefonum çaldı. Televizyonun karşısında uyuyakalmış karıma duyurmadan telefona erişmek için deli gibi koştum koridorda. Bir terslik mi vardı? Kaza mı yapmışlardı? Bindikleri taksi çarpışmış olabilir miydi? Nefes nefese açtım telefonu, Derya'nın coşkulu sesini duydum, "Uyumuyordunuz değil mi baba? Beni bekliyorsunuzdur nasılsa diye düşündüm. Biz konserden çıktık, Beyoğlu'nda bir kafeye, bir şeyler içmeye gidiyoruz. Merak etmeyin diye arıyorum."

"Konser iyi miydi?"

"Süperdi!"

"Ne zaman gelirsin?"

"Ay baba, takılacağız işte biraz, ne bileyim ben, ne zaman gelirim. İki saatten önce değil herhalde. Beklemeyin sakın. Benim anahtarım var."

"Geç kalma," dedim.

"Öptüüüm."

"Geç kalma, annen merak ede..." Kapandı telefon. Oturma odasına döndüm. Eda kaykıldığı koltukta dikilmiş, beni bekliyordu.

"Kiminle konuştun bu saatte? Bu kız da gelemedi bir türlü!"

"Şimdi onunla konuştum. Hayatından memnundu. Bir şeyler içmeye gidiyorlarmış. Beklemeyin, dedi."

"Nereye gidiyorlarmış? Ne içecekler? Bu yaşta içki olur mu İlhami? İtiraz etmedin mi? Kaçta dönecek eve, sormadın mı?"

Karımı itiştirip yanına sıkıştım koltukta, "Kızımız büyüdü," dedim, "makul ol! Sakın eve döndüğünde soruşturma ne yaptın, ne içtin diye. Kocaman bir kız o, üstelik yanında da Bora var. Haydi Edoşum, gel gidip yatalım biz."

"Derya memnun olduğuna göre pek de fena bir fikir değilmiş ona Bora'nın kavalyelik yapması," dedi Eda, gözlerini ovuştura-rak yerinden kalkarken. Televizyonu kapatmak için uzaktan kumandaya bastım. Dikdörtgen bir ışık hızla küçüldü ve kayboldu ekranda. Bir an önceki renkli, gürültülü, hareketli ekrandan eser kalmadı. Kesin sessizlik ve renksizlik! Ölüm de böyle bir şey olmalı diye düşündüm. Aniden kararan ekran gibi.

Nereden aklıma gelmişti ölüm, durup dururken?

O veya bu şekilde hep evimizdeydi hınzır ölüm!

YALANLARIMDAN KORUNMAK İÇİN BAŞIMIN ÜSTÜNE KADAR ÇEKTİM YORGANI

korkuyla uyanıyordu çocuk
çığlık çığlığa her seferinde
dili yok ki söylesin
*gördüğü içimizden biriydi düşünde**

Oturma odasındaki divanda bir ara içim geçmiş, gözlerimi açar açmaz ilk iş saatime baktım. Dörde geliyordu. Gerindim yattığım yerde. Kemiklerim sızlıyordu, her bir yanım tutulmuştu, üşümüştüm. Dizlerimin üzerinde doğrulup pencereye uzandım. Bomboştu sokak. Eda her gece aldığı uyku hapının sayesinde derin uykudaydı. Ben endişe içinde kızımı bekliyordum, gözlerim sokak kapısında, kulaklarım asansörün sesinde. Neredeydi bu saate kadar Derya? İçeri girdiği anda hesap verecekti bana. Belki on kere cep telefonundan aramıştım. Uzun uzadıya çaldırmıştım. Açmamıştı telefonunu. Bora'nın telefon numarasını ise bilmiyordum. Şu ana kadar aklıma bile gelmemişti telefon numarasını sormak. Ah aptal kafam! İnsan kızını gezmeye götüren adamın

* Tekin Gönenç.

telefon numarasını almaz mı! Ne biçim babaydım ben! Hele bir gelsinler, gösterecektim ben o Bora denen herife! Sabahın dördü olmuş, hâlâ ortalıkta yoktular. Polisi mi arasaydım? Hastaneleri mi? Kimi? Nereyi? Ayağa kalktım, yumruklarım sıkılı odanın içinde bir aşağı bir yukarı gidip gelmeye başladım. Dakikalar geçmek bilmiyordu... Ya kızıma bir şey olduysa?.. Ya içkisine uyuşturucu karıştırdılarsa, ya hap içirdilerse?.. Ya içki duvarını aşmış bir sarhoşun arabası altında kaldıysa ya da Allah korusun, Bora ona kötü bir şey yaptıysa... Daha on sekizini bile doldurmamış kızı, tanıdığımı zannettiğim ama aslında hiç tanımadığım birine emanet etmiştim. Sahi, kimdi bu Bora, neyin nesiydi? Anası, babası kimdi? Yayınevinden çıkınca nereye giderdi, kimlerle buluşurdu, kimlerle düşer kalkardı? Ben onu sadece yayınevindeki haliyle tanıyordum. İşini çok iyi yapan, yetenekli, terbiyeli, dakik, sorumlu, herkesin yardımına koşan, kıkırdak kızlarla dahi iyi geçinen, kendi halinde bir gençti. Yayınevinin dışında onu sadece bir akşam yemeğinde, Handan'ın evinde görmüştüm, evin kâhyası gibi koşuşturuyordu. Ne biliyordum ki Bora'nın hakkında? Onu, arabası, fiyakası ve şımarıklıkları yok diye, elimde büyüyen arkadaş çocuklarına tercih etmiştim. Özel yaşamını hiç bilmediğim adama emanet etmiştim kızımı! Boncuk boncuk ter birikmişti alnımda. Karnıma bir ağrı saplanmıştı. Belli ki tansiyonum fırlamıştı çünkü ensem kaskatı kesilmişti. Kötü bir şey olursa, ben vebalini nasıl öderdim? Ellerimi açıp, "Allahım, yalvarırım Derya sağ salim dönsün evine, yalvarırım!" diye dua ettim ve kızımın cebini bir kere daha aramadan önce yine pencereye yürüdüm. Sokağımıza sapan bir arabanın farları...İnşallah! Perdenin arkasında durup bekledim. Kapının önünde duran taksiden önce Bora indi, sonra Derya. Fırlayıp aşağı inmek için hamle ettim ama tuttum kendimi. Bora, Derya'yla apartmana doğru gelmeye başlayınca, aşağıyı görebilmek için parmak uçlarımda yükseldim. Derya uzanıp bir öpücük kondurdu galiba kavalyesinin yanağına. Saklanmayı bırakıp yapıştım cama. Hayır, hayır, dudaktan öpüşmediler. Anahtarı elinde kapıya yürüdü Derya, bakış alanımdan kayboldu. Yine sakladım kendimi tülün ardına. Kar atıştırmaya başlamıştı. Yatak odama mı gideyim, kızıma hesap mı sorayım bilemeden durdum perdenin gerisinde. Kapıda anahtarın tıkırtısını duyunca telaşla kendimi divana atıp uzanmış gibi yaptım.

"Sen misin Derya?" dedim uykusuzluktan ve asabiyetten çatlamış sesimle.

"Aaa sen yatmadın mı baba? Beni mi bekledin yoksa?"

"Burada otururken dalmışım. Saat kaç kızım?"

"Bilmem. Beşe mi geliyor, ne?"

"Ne yaptınız bu saate kadar, kuzum?" Sakin olmaya çalışıyor, bir taraftan da Derya'yı inceliyordum. Sarhoş muydu, sallanıyor muydu, üstü başı didiklenmiş miydi?

"Baba, inanmayacaksın ama burada süper caz yapılıyormuş! Konserden sonra Beyoğlu'nun arka sokaklarında bir caz kulübüne gittik. Müthişti! Bu çocuklar Londra'da çalsalar, ohoohoo, yıkarlardı ortalığı!"

"Bu saate kadar caz mı dinlediniz?"

"Yok. Cazdan sonra acıktık, bir çorbacıya gittik Arnavutköy'de. Bora'nın arkadaşlarından biri götürdü."

"Kaç kişiydiniz hepiniz?"

"Konserde üç kişiydik, Bora, Memo, ben. Caza başkaları da geldi... Ay neydi isimleri? Serdar, Hilmi, Hakan galiba... Baba isimlerini karıştırıyorum."

"Hepsi erkek miydi Bora'nın arkadaşlarının?" diye sordum.

"Olur mu! Kızlar da vardı. Hah, hatırladım: Duru ve Melis... Melis de grafikermiş... Cumartesi akşamı davet ettiler beni, bu sefer bir başka kulübe gideceğiz müzik dinlemeye. Hayal Kahvesi mi, Rüya Kahvesi mi, her neyse..."

"Cumartesi anneannene yemeğe davetliyiz."

"Bu yerlere on birden sonra gidiliyor."

Karşımda mavi saçlarıyla dikilen kızıma, "Sonra konuşuruz, sabah oluyor, git yat!" dedim. Yanağıma bir öpücük kondurdu, "Teşekkür ederim babişko, bu gece için."

Odasına gitti. Yay gibi gerilmiş sinirlerimle yapayalnız kaldım salonda. Bunca stresten sonra odama kadar yürüyecek halimin kalmayacağını zannediyordum, oysa birdenbire cin çarpmış gibiydim. Eve sabahın beşinde dönen kızımı azarlayamamış, Bora'ya kızı geç getirdiği için çatamamıştım. Derya'nın eve sağ salim dönüşüne sevinememiştim bile! Nasıl sakinleşecektim ben? Bir sigara yaktım, biraz dolandım salonda, sonra ani bir kararla sigara paketimi, çakmağımı ve anahtarımı aldım, portmantoda asılı gocuğumu kapıp yavaşça çıktım evden. Sokağın köşesindeki taksi durağında eğer taksi yoksa, caddeye çıkar bir tane bulurdum nasıl olsa. Duraktaki taksiye bindim, Handan'ın adresini verdim. Sabahın bu saatinde telefonumu veya kapı zilini duyabilecek miydi bakalım? Uyanacak mıydı? Kapıda beni görünce ne yapacaktı? Bir aydan beri uğramamıştım evine. Kim bilir belki de biri vardı evinde, yatağında? Bütün bunları düşünmek için geç kalmıştım, bomboş sokaklardan uçarak geçen taksi, verdiğim adresin kapısında durdu.

"Buyur beyim," dedi şoför.

Paramı ödeyip sabahın ayazına indim. Handan'ın telefonunu tuşladım. Beşinci çalışta açıldı, uykulu sesiyle, "Alo," dedi Handan.

"Kapıdayım. Otomatiğe bas."

"Aman Allahım! Ne oldu?"

"Aç kapıyı Handan. Anlatırım."

Çok az bekledim. Kapı açılınca içeri girdim, merdivenleri koşarak çıktım. Handan geceliğiyle kapıyı aralamış bekliyordu.

"Ne oldu İlh..." Konuşturmadım Handan'ı, dudaklarına yapıştım, yatağın sıcaklığını taşıyan iri bedenine vahşi ve aç bir hayvan gibi saldırdım, geceliğini dahi çıkarmadan kapının hemen önünde hırsla, aceleyle sahip oldum ona. Gecenin bütün eziyetini, gerginliğini, kızgınlığını, duvara yasladığım kadından böyle çıkardım.

Sonra, "Haydi bir kahve yap bana," dedim.

Mutfakta karşılıklı oturmuş kahvelerimizi içerken ve Handan'ın çırptığı yumurtaları yerken, "Allah aşkına söyle, neydi bu İlhami?" diye sordu Handan.

"Gecenin bir yerinde uyandım ve canım seni çekti. Hepsi bu."

Handan masanın üzerinden uzandı, elimi tuttu, "Farkında değilsin ama, sen bana âşıksın, İlhami," dedi.

Kahvaltımı bitirince telefonla bir taksi çağırdım evime dönmek için. Saat yediye geliyordu. Yatak odasında tuvaletten çıkan Eda ile çarpıştım.

"Sen dün gece hiç yatmadın mı? Neredeydin Allah aşkına?"

"Yatmadım. Derya'nın eve dönmesini bekledim. Telefonlarıma cevap vermedi, çok geç geldi eve, meraktan çıldırdım."

"Kaçta geldi?"

"Beşe doğru."

Kocaman açtı gözlerini, "Nee! Nereye gitmiş? Ne yapmışlar o saate kadar?"

"Caz dinlemişler, sonra çorba içmişler filan."

"Sorarım hesabını ben ona! Keşke uyandırsaydın beni."

"İlaç almıştın Edoş! Ben tek başıma çektim kahrımı, o kadar gerilmişim ki, Derya eve dönünce stres atmak için yürüdüm biraz. Aman, sen sakın dün geceyi sorgulama, üstüne gitme! Hayatından memnun gözüküyor, keyfini kaçırmayalım."

"Olur mu ama, eve dönmenin de bir saati vardır."

"Eda, Londra'da başında mıyız her an, gece kaçta yatıyor, biliyor muyuz?"

"Yatılı okulda okuyor; uyku saati belli!"

"Seneye üniversiteye başlayacak. Ne yaptığını, nereye gittiğini hiç bilemeyeceğiz. Lütfen üstüne gitme Eda."

"O Bora denen piç kurusunda da mı hiç izan yok? Bari onunla konuş yayınevine gidince."

"Konuşacağım zaten, sen merak etme," dedim, "şimdi biraz uzanmak istiyorum, çok yorgunum Eda."

"Kaçta kaldırayım seni?"

"Dokuzda uyandır."

"Tamam. Kahvaltını da hazır ederim."

Az evvel kahvaltı ettim diyemeyeceğim için, kahvaltıyı artık ofiste hallederim dedim karıma, ben koca yalancı. Soyundum, Eda'nın sıcaklığını ve kokusunu hâlâ muhafaza eden yatağa girdim, dünyanın bütün dertlerinden, çirkinliklerinden ve kendi yalanlarımdan korunmak ister gibi yorganı başımın üzerine kadar çektim.

Rüyamda kızımı gördüm. Lacivert bir pelerin giymiş olan Bora'nın kolunda, bir kar bulutunun içinde, upuzun topuklarıyla düşe kalka yürümeye çalışıyordu. Üzerinde gelinlik gibi bembeyaz bir elbise vardı. Bir camın ardında durmuş, geri gelmeleri için bağırıyordum ama beni duymuyorlardı. Yıldız yıldız kar yağıyordu üzerlerine. Kar benim üzerime yağıyormuş gibi üşüyordum. Çok üşüyordum. Birden Bora döndü ve bana bakıp gülümsedi. Aman Tanrım, dişleri de gözleri gibi koyu lacivertti. Sonra Bora'nın lacivert gülüşlü yüzünün yerini Handan'ın yüzü aldı, Eda'nın yüzü aldı, yine Bora, Handan ve Eda, hızla dönen bir topacın üzerindeki desenler gibi birbirlerine geçerek, birbirlerinin içinde eridiler. Ter içinde uyandım, dikilip oturdum yatakta. Bir başka kâbusun korkusundan, uyumaktan vazgeçtim. Kalktım, duş almak için banyoya yürüdüm. Zor bir gün beni bekliyordu.

UZUN SOĞUK BİR KIŞ

UZUN SOĞUK BİR KIŞ

bir de bakıyorsun
uçsuz bucaksız ormanın sonunda
*dörtnala düşlerinden kaçıyorsun**

Derya'yı yolcu ettiğimiz sabah, bir gün önce verilen kar alarmı yüzünden tedirgindik. Kar gece yarısı başlamış, sabaha kadar aralıksız sürmüş, havaalanına giderken daha da şiddetlenmişti. Allahtan arabaya bir gün öncesinden kar lastikleri taktırtmıştım. Uzun kuyrukta sıramızın gelmesini beklerken, mavi saçlı kızımın Türkçe konuştuğunu duyanların alaylı imalarının farkındaydım. Biz Türkler, bize göre garip kıyafetlere bürünmüş insanları, eğer yabancıysa hoşgörüyle karşılar, bizdense alay edip laf atmaktan kendimizi alamayız. Rahatsız oldum, "Yaz tatiline gelirken saçlarının turuncu olma ihtimali var mı?" diye sordum Derya'nın kulağına eğilerek.

"Modaya bağlı, baba," dedi, "bakarsın hiç saçsız gelirim."

"Sen moda ikonu musun Derya?"

"Ben kendi paşa keyfimin ikonuyum."

---

* Tekin Gönenç.

Eda hafifçe kolumu çekiştirdi giderayak mesele çıkarmamam için.

"Genç onlar. Delilikleri şimdi yapmayacaklar da ne zaman yapacaklar?" dedi gülümsemeye çalışarak. İçimden, delilik yapmaları şart mı diye geçirdim, biz onun yaşındayken delilik yaptık mı? Onun imkânlarına sahip olduk mu? Liseyi yurtdışında okuyabildik mi? Derya'yı Londra'da okutmasaydım şu anda saçları herhalde kendi renginde olacaktı. Kızımızı yurtdışında okutma fikri zamanında doğru seçim gibi gözükmüştü, oysa şimdi pişmandım.

"Paşa keyfini çok abartma, Pak tatilinde annenle seni görmeye geleceğiz," dedim.

"Belki de ben gelirim yine, baba. Çok eğlendim bu son hafta. Bora ve arkadaşları ne şeker çocuklarmış!"

Karı koca ne diyeceğimizi bilmediğimiz için suskun kaldık. Kızımız tatilde gelecekse, bu bizim için değil, şeker arkadaşları için olacaktı. Burulduk.

Biniş işlemlerini tamamladıktan sonra, "Uçağın havalandığını öğrenmeden ayrılmayacağız terminalden," dedim kızıma, "eğer uçuşu iptal ederlerse, hemen telefon et, biz seni iç hatlarda bekliyor olacağız."

"Keşke etseler," dedi Derya, "ne iyi olurdu, sizinle eve dönerdim. Özlemişim evimi."

Eda'yla bir an bakışlarımız buluştu. Karımın yüzünden bir memnuniyet ifadesi geldi geçti. Evini özlemiş! Uzun zamandan beri bize dair ilk kez olumlu bir cümle çıkmıştı Derya'nın ağzından. Sımsıkı sarıldık kızımıza, beş yaşına kadar o tek çocuğumuzken yaptığımız gibi üçlü bir sevgi yumağı oluşurduk. İyi yolculuklar diledik, üniversite öncesi son yılında sıkı çalışmasını tembihledik.

"Merak etmeyin, derslerimde sorun yok," dedi. Tekrar sarıldık. Son sözü, "Bora'ya selam söyleyin, İstanbul süper bir şehirmiş meğer," oldu kızımın. Bu değişime neden Bora ise, çok şey borçlu olacaktım son zamanlarda bakışlarını hep üzerimde hissettiğim ve Handan'la ilişkimi sezdiğinden kuşkulandığım için sinirlendiğim genç adama.

Derya kalabalık pasaport kuyruğunda yavaş yavaş ilerledi, çıkış damgasını vurdurunca dönüp bize son kez el salladı. Gözden kayboluncaya kadar bekledik karı koca, sonra iç hatlar terminaline geçip salonun camına yapıştık. Uçakların üzerindeki karı püskürtmek için kullandıkları aletin çalışmalarını seyrettik, kalkan uçakların anonslarını dinledik. Birer kahve içtik. Tekrar dış hatlara geçip uçuş panosunu kontrol ettik. Derya'nın uçağının kalktığından emin olunca ayrıldık havaalanından. Arabada Eda gözpınarlarına biriken yaşları bana belli etmeden eşarbının ucuyla sildi. Ne iyi, oğlunun ölümüyle koparttığı bağı demek yeniden kuruyordu kızıyla.

Yayınevine dönünce Bora'ya Derya'nın selamını iletip iletmemek arasında bocaladım. Hem içimden ona kızımı hoşnut ettiği hatta bize yakınlaşmasını sağladığı için samimiyetle teşekkür etmek geliyordu hem de fazla yüzgöz olmaktan çekiniyordum. Derya'nın heyecanı geçiciyse, oğlanı boş beklentilere sevk etmenin âlemi yoktu. Ayrıca, ah o bir zamanlar Türk sinemalarının vazgeçilmez patron/patronun kızı/patronun çalışanı üçlüsü; bu üçgenin kalın çizgilerinden birini oluşturmaktan rahatsızdım. İçine düştüğüm durum hem benim artık yaşlanmaya yüz tuttuğumun bir göstergesiydi hem de yayınevinin garip bir "aşk evi"ne dönüşmekte olduğunun. Şikâyete ise hiç hakkım yoktu, Handan'la ilişkiye giren de bendim, Bora'yı kızıma kavalye olarak seçen de!

O gün, bir ara Bora bana bir şey sormak için odama uğramış, "Allah kavuştursun efendim," demekle yetinmişti. Ben de dilimin ucuna kadar gelen lafları yutarak sadece teşekkür etmiş ve oğlan odadan çıkar çıkmaz da hayıflanmıştım bu fırsatı iyi kullanamadığım için. Oysa neler sorabilirdim ona! Kızımı kimlerle tanıştırdın? Üç ayrı akşam, sabahlara kadar gerçekten caz kulüplerine mi gittiniz? Onu bu kadar etkileyen müziği kimler, nerelerde çaldı? Derya içki içti mi, sarhoş oldu mu? Bana verilen cevaplardan Bora'nın kızımı öpüp öpmediğini, aralarında bir yakınlaşma olduysa, nereye kadar gittiklerini anlayabilirdim. Belki bu konuşmanın sonunda kızımın iç dünyasına bir pencere aralardım. Neden burnunun kenarına halka, kulaklarına birkaç küpe birden takıyor, yırtık pırtık pantolonlar, nerdeyse kıçının gözüktüğü mini etekler giyiyor, gözlerini kömürlük penceresi gibi, saçlarını tuhaf renklere boyuyor, anlamaya çalışırdım... Hatta neden bizden uzaklaştığını, onu tekrar kazanabilmek için ne yapmamız gerektiğini de! Bora'yla aralarında yaş farkı vardı ama ne de olsa aynı kuşağın çocuklarıydılar. Herhalde o bizlerden çok daha iyi anlıyordu kızımın halinden. Ne var ki Bora benim bir çalışanımdı, ona aile sorunlarımı açık etmek yakışık almayacaktı. Susmuştum.

O akşam, mavi saçlı, çok küpeli, suratsız kızımızın varlığının eksildiği evde karı koca mahzunduk. Yemeğimizi fazla konuşmadan yedik. Tabakları mutfağa taşırken Eda, "Maç mı seyredecek-sin?" diye sordu.

"Bugün maç yok. Senin dizin var mı?"

"Var ama artık çok saçmaladılar, seyredesim gelmiyor."

Karımın gözlerinin içine baktım, ondan yardım ister gibi, "Sana bir teklifim var," dedim, "gel seninle Derya'nın müzik dinlediği yere gidelim, Bora kızımızı nasıl bir ortama sokmuş, tespit edelim."

"Şaşırdın mı sen? Oraları biz bilmeyiz ki!"

"Beyoğlu'nun arkalarındaki barlar, müzikholler işte. Kulübün adını hatırlıyorum, sora sora buluruz."

"Bizim ne işimiz var oralarda?"

"Eda, telaşlanan sen değil miydin? Bu kız geç saatlere kadar dönmeyince bir gece ben tek başıma, iki gece de birlikte endişe içinde sabahlamadık mı? Gidip görelim işte nasıl bir ortamda dolanmış."

Eda, mutfağa taşımak için tepsiye dizdiği bardakları ve sürahiyi masaya bıraktı, "Hazırlanıp geliyorum," dedi.

Az sonra, taksi çağırmak için telefona yürüdüm.

Yaklaşık bir saat sonra, karı koca kol kola İstiklal Caddesi'nin kalabalığında Galatasaray Lisesi'nden Tünel'e doğru yürümeye çalışıyorduk. Beyoğlu tahmin edemeyeceğimiz kadar kalabalıktı, ışıklıydı. Tek başına ya da gruplar halinde yürüyen insanları neredeyse göğüsleyerek, Odakule'nin pasajından Tepebaşı'na çıktık. Sokaklara taşmış masalar o soğukta bile tıklım tıkış doluydu. Masaların yanlarında, sigara içebilmek uğruna kış günü sokakta yemek yiyenleri ısıtmak için dev ısıtıcılar konmuştu. Aklıma büyükbabam geldi, sigara keyfi için harcanan onca elektriği görecek olsa kim bilir nasıl kızardı, boş odalarda yanan lambalara bile söylenen rahmetli. İnsanoğlunun ömrü iki kuşak ötesinin davranışlarına hayıflanmaması için mi seksenli yaşlarla sınırlandırılmıştı acaba, örneğin bir dede, torununun çocuğunun mavi saçlarını ve sokakları ısıtan dev ufoları görüp üzülmesin diye? Kavramlar ve değerler ne büyük bir hızla değişiyordu!

Yanar döner ışıklı çemberler satan bir sokak satıcısına gitmek istediğimiz yerin adını verip adresi sordum. Tarif etti. Köşe başını tutmuş bir lokantanın önünden sola kıvrıldık, aradığımız kulübün neon ışıklı levhasını hemen gördük. Kapısı kapalıydı. İçerden müzik sesi geliyordu. Kulübe kolayca buyur edilmedik. Rezervasyonumuz var mıydı? Orta yaşlı, biraz da tapon giyimli bir çift olarak, kızımızın tavsiyesi üzerine müzik dinlemeye geldiğimizi açıklamak zorunda kaldık. Sonuçta vize aldık ama canlı müziğin başlamasına daha iki saat varmış.

"Birer içki ısmarlayıp bekleyelim," dedi Eda.

"Daha iyi bir fikrim var, az ilerdeki otelin barına çıkalım, manzarası çok güzeldir, içkimizi orada içelim. Müzik başlasın, öyle geliriz," dedim.

Çıktık. Her geçen dakika sokak biraz daha kalabalıklaşıyordu. Kulüpten anacaddedeki otele kadar zorlukla yürüdük. Otelde asansöre binip en üst katın düğmesine bastık. Nihayet Mikla'nın barındaydık.

İstanbul, dört bir yanı ışıklar içinde, aydınlatılmış eski sarayı, camileri, kubbeleri, kalem minareleriyle, suyun üzerine asılmış bir peri masalının dekoru gibi uzanıyordu aşağıda. Bu muhteşem güzellik karşısında çarpıldım. Buraya ilk gelişim değildi ama manzaranın romantik ihtişamını unutmuşum. Daha çok bina mı ışıklandırılmıştı, bir peri gelip sopasını mı dokundurmuştu şehre, yoksa ben mi yaşlandıkça daha duyarlı oluyordum güzelliklere? Eda'ya baktım, o da benim kadar etkilenmişti manzaradan. Tarihi yarımadayı gören bir yere oturduk.

"Ne içersin?" diye sordum.

"Soda."

"Yok, soda içme. İkimize de birer kadeh şarap söyleyeceğim."

Tepemizde dikilen garsona şarap markalarını sordum. Kırmızı ve beyaz şarapları saydı bir de Blush vardı tavsiye ettiği. Roze şarapmış. Ismarladık. Az sonra gül pembesi, iki buz gibi kadehle gözüktü garson. İlk yudum boğazımda hoş bir serinlik, dilimde bir meyve tadı bırakarak aktı. Hoşuma gitti. Kadehi biraz çabuk bitirdiğimde hafifçe başım dönüyordu.

"Eda, ne kadar uzak kalmışız eğlence hayatının bazı tatlarından, şu Blush'ı mesela, bilmiyorduk."

"Annelerimizin gençliğinde de modaymış. Hatırlar mısın, hep buz atılırdı içine," dedi Eda. Hatırladım, sonraki yıllarda hiç içilmez olmuştu roze şarap, kalkmıştı piyasadan.

Biz yeni evliyken Eda'yla çok gezerdik. Her hafta sonu arkadaşlarımızla önce yemeğe çıkar, sonra dans etmeye gece kulüplerine giderdik. Çocuklar büyümeye başlayınca daha az gezer olmuştuk. Hafta sonlarını bizim gibi çocuklu arkadaşlarımızla, çocuklarla birlikte gidebileceğimiz yerlerde geçirmeye başlamıştık. Sonra Eda çocuklarına, ben işe kaptırdım kendimi. Eve geç dönüyordum, hafta sonları bile çalışıyordum. Evet daha çok para kazanıyordum, daha çok, daha çok para! Araba markamız, evimiz, semtimiz, giysilerimizin kalitesi, tüm hayat standardımız yükselmişti. İyi kitaplar basıyordum, yazarlarım da yayınevim de ödüller kazanıyordu. Tam da bu yıllarda şehrin mutena semtlerinde güzel kitapçılar açılmaya başlamıştı. Kitap, uzun bir kış uykusundan sonra uyanmış, görkemli bir dönüş yapmıştı. Çok satanların listeleri satışları körüklüyordu. Yayınevlerinin ve kitapçıların arasında hoş bir rekabet başlamıştı. Güzeldi hayat! Sonra o kaza oldu, yaşamımızı altüst eden!

Kazadan sonra, hayatın hoş ayrıntılarını kaçırmışız karımla... Yolculukları, tatilleri, keyifleri, güzellikleri, eğlenceli sokakları, yeniden ortaya çıkan roze şarapları, bin bir türlü içki çeşidini, müzik yapan kulüpleri, teraslardaki restoranları, geç saatlere sarkan gece gezmelerini, gezme yorgunluklarını... Gençliğimizin son günleri biz farkına varamadan uçup gitmiş elimizden!

Birer kadehle yetinemedik. Bir şişe iyi soğutulmuş Blush açtırdım. Ayaklarımızın altında serilen İstanbul'un güzelliğini seyrederek şarabımızın tadını çıkardık karımla. Saat on ikiye doğru kalktık, arka sokaktaki kulübe yürüdük. Kapının önüne kalabalık toplanmıştı. İçerden taşan müzik birkaç sokak öteye kadar ulaşıyordu. Güçbela girdik içeri. Kimi uzun saçlı, kimi tamamen dazlak, hepsi de yırtık pırtık blucinli erkekler, papağan gibi mavi, sarı, mor perçemli, kulakları, dudakları, burunları halkalı kızlar... Yerleri süpüren yün ceketlerinin altından gözüken kısacık etekleri, baş parmaklarına dahi taktıkları üçer beşer yüzükleriyle Londra havasını Pera'ya taşımışlardı.

"Eda, etrafına baksana, bunların hepsi bizim kızdan bin beter," dedim, "biz hayatı durdurduğumuz sırada, dünya değişmiş, haberimiz yok. Bu gençler de Derya gibi, başka gezegenden gelmiş gibiler."

"İlhami sakın bir daha kızımın saçının rengine, giyim tarzına laf etme emi! Onu yollamakla hata mı ettik? Gençlerle irtibatımız kalmadı. Geri mi getirsek acaba?"

"Bu çocuklar nerede olursa olsunlar, bir başka çağa ait karıcığım. Onları anlamaya çalışmaktan başka çare yok."

Gençliğin evrenselliğinin farkına geç de olsa varmış olmanın bilgeliği içinde, kalabalığın arasında, karımla el ele ayakta duruyorduk. İnce, hüzünlü bir ney sesi ruhumuza dokunarak perde perde yükseldi, sonra başka enstrümanlar girdi araya. Müzik bile bir aşama yapmış, müzisyenler Batı enstrümanları ile Doğu ezgileri çalmaya başlamışlardı. Gençlerin bir kısmı ayakta, kimi duvar diplerine oturmuş, müzik dinliyorlardı. Bulunduğumuz yerden ne ney üfleyeni görebiliyorduk ne de diğer müzisyenleri ama halimizden memnunduk. Yarım saat sonra ayakta durmaktan yorulduk.

"Gel evimize dönelim," dedim Eda'ya. Çıktık kulüpten, başımız biraz sersem, Beyoğlu'nun kalabalığına karıştık.

O gece yatağımıza yattığımızda, birbirimize arkamızı dönmüş uyumaya çalışırken, hayatı elimden erken kaçırdığıma bir kere daha hayıflandım. Yapacak bir şey yoktu, oğlumun ölümü hariç, bugüne kadar yaşamış olduklarıma şükredecek, bundan böyle iş ağırlıklı, sıkıcı hayatımla yetinecektim, iş-metres-ev üçgenimde. Hiç teselli mükafatım yok muydu? Olmaz olur mu, hâlâ güzel ama elimi sürmediğim bir karım, âşık olmadığım, nerdeyse zorla seviştiğim bir metresim vardı. Benim ikramiyem de buydu işte!

HAYATIMI DEĞİŞTİREN BUZLANMA

eğildim iyice baktım
umarsızdı yorgundu
yüzündeki çizgilerde
*yalnızlığım duruyordu**

Derya'yı yolcu ettiğimiz gün başlayan yoğun kar yağışı günlerce devam etti. Ara sokaklar kardan kapandı, okullar zamansız tatile girdi, işyerleri ulaşım kolaylığı sağlamak için günlerce vaktinden önce paydos etti. Yaklaşık on gün, sadece çocuklara keyif veren beyaz bir cehenneme döndü yaşam. Sonra bir sabah, gri gökyüzünde sarı bir leke belirdi ve güneş öğlene doğru aniden yırttı bulutları, yüzünü gösterdi. İlk güneşe dayandı kar, hemen vıcımadı. İki gün sonra erime başlayınca bu kez çamura battık, araba silecekleri camlardaki kiri temizlemeye yetersiz kaldı.

Ardından buzlanma geldi.

Benim hayatımı değiştirecek olan olaylar dizisine de işte bu buzlanma neden oldu! Şubat başında Handan evinin önündeki yokuşta, yayınevine gelirken kaydı, düştü ve bacağını kırdı. Öyle

---

* Tekin Gönenç.

kötü bir kırıktı ki, ameliyatsız düzeltilemedi. Hastanede geçirdiği bir haftanın sonunda, alçısı alınana kadar evinde istirahate çekildi.

Her işe burnunu sokmasından, her kararı ince eleyip sık dokumasından, her ayrıntıyı mesele haline getirmesinden şikâyet ettiğim ortağımın kıymetini, ancak bu zoraki yokluğu sırasında anlayabildim. Yayınevine gelen bütün telefonlar bana bağlanıyor, bütün şikâyetler bana yöneliyor, bütün fikirler bana soruluyordu. Odamda beş dakika boş kalamıyordum. Sabahları her zamankinden erken kalkıyor, yayınevine koşuyor, her şeye yetişmeye çalışıyor, yine de Handan'ın boşluğunu kapatmakta zorlanıyordum.

Handan ise üzerinde kırmızı bir sabahlık, alçıdaki bacağıyla pencerenin önüne çektirdiği divana uzanmış, kazasının keyfini çıkartıyordu. İlk günler, iş çıkışlarında ona uğrayıp ofiste olup biten hakkında bilgi veriyordum. Bazı dosyaların birlikte üzerinden geçiyorduk. Sonra ben kendime bir içki koyuyordum, biraz ofis dedikodusu yapıyorduk. Birkaç kadeh viski sonrasında veya şarap şişesinin dibi gözüktüğünde, Handan sanki yaşlı bir çapkın, masum bir genç kızı baştan çıkartıyormuş gibi usulca yanıma sokuluyor, avuçlarımın içine ipeksi dokunuşlarıyla helezonlar çiziyor, yüzünü yüzüme yaklaştırıp gözlerimin içine istekle bakıyor, beni uyandırıyor, sonra da ellerimi kendi elleriyle bedeninin kıvrımlarına, kuytularına yönlendiriyordu. O mavi kanepede onunla ilk yakınlaştığımız gecedeki gibi iyice sarhoş, böyle davranmamam gerektiğinin bilincinde iyice gönülsüz fakat arzumu gemleyemeyerek, kırmızı sabahlığın içinde daha da beyaz görünen dolgun bedenini öpüyordum, okşuyordum, sevişmeye üşendiğim akşamlarda ise avuçlarına boşalıyordum. Sonra, suçluların vicdan azabıyla başım öne eğik, kapısından sessizce süzülüp evime dönüyordum, alçısının çıkacağı günü, onu ziyaret mecburiyetinden kurtulacağım için iple çekerek.

Birkaç kere Eda da Handan'ı ziyarete benimle birlikte gelmek istemişti. Yayınevinden çıkınca eve uğrayıp karımı almış, Handan için pişirdiği çorbanın, böreğin, birkaç kap zeytinyağlının taşınmasına yardım etmiştim.

"Sen sakın yemekle uğraşmaya kalkma, Handan," demişti Eda, "ben sana her gün uğrayamam, biliyorsun, dernek çalışmalarım var ama yollatırım yemeklerini. Sen bana ne seversin onu söyle."

Handan, "Zahmet etmeseydin..." gibi bir şeyler gevelerken ben karımın gözlerine bakamamıştım utancımdan.

"Edoş, sen de zahmet etme, ben yayınevinin karşısındaki lokantadan yollatırım bir şeyler..."

"Aaa olur mu hiç İlhami! Ev yemeğine benzer mi senin yollatacağın şeyler. Şimdi çok iyi gıda alması lazım Handan'ın. Sen karışma, biz kadın kadına hallederiz aramızda."

Handan, fısıldar gibi, "Teşekkür ederim," demişti. Her ikisinin de yüzüne bakamadığım için, Handan da benim gibi utanmış mıydı, rahatsız olmuş muydu, anlayamamıştım. O hafta hiç gitmemiştim ziyaretine. Hafta başında Nadide'ye telefon edip son raporları istetmişti. İlhami Bey iş çıkışı uğrayıp bırakıversin, demiş. "Eda Hanım da yine yemek götürmek istiyordu zaten," diye gereksiz bir açıklama yapmıştım sekreterime, "birlikte gideriz akşama, raporları da götürürüm."

Akşamüstü, elimde yemek kapları, bir iki DVD, bir buket çiçek ve kolumda Eda ile yine kapısındaydım Handan'ın.

"Ben de İlhami'nin peşine takıldım bugün Handan, çünkü geçen hafta sana hiç uğrayamadım," demişti Eda, "bak sana DVD'ler de getirdim vakit geçiresin diye. Neden akıl edememişim daha önce..."

"Onu oyalayacak çok iş var, Gaye onun işlerini yüklendi, Handan da evinde, basılmak üzere bırakılmış dosyaları okuyor," diye lafa girdim.

"Basmaya değer bir şeyler var mı bari?" diye sordu Eda.

"Yaratıcılık giderek düşüyor, yayımlamaya değer hiçbir şey bulamıyorum ne yazık ki. Bazılarının Türkçe hatalarını görsen, şaşarsın. Hangi cesaretle roman yazmaya soyunmuşlar acaba?" dedi Handan.

"Ben imla hatalarına çoktan razıyım," dedim, "onları düzeltmek kolay, yeter ki okunmaya değer bir şeyler gelsin."

"Bir şey var ama İlhami, inat ettin bir kere, okumuyorsun."

"Neymiş o?"

"Hani şu şeyin arkadaşının dosyası..."

"Ha! İnat etmedim canım, okurum bir ara."

"Hangi ara?"

"Sen hele yayınevine dön de öyle. Ne kadar çok iş başıma yığıldı, bilsen!"

"Kıymetimi bil, İlhami."

"Biliyor, biliyor," diye atıldı Eda. "Değerini anlaması için bacağını kırman gerekiyormuş meğer."

Lafı değiştirmek istedim, "Haydi sana güzel bir havadis vereyim. Bu hafta sonu havalar iyi giderse, Karadeniz'e yolculuk görünüyor bana Handan," dedim, "Berrin Hanım aradı bugün, rahmetlinin yeğenlerini ikna etmiş, kitap haklarını beş yıllığına bize vermeyi kabul etmişler."

"Berrin ne zaman dönmüş seyahatten?"

"Yeni dönmüş ve hemen yazarın eşini aramış."

"Kim bu yazar?" diye sordu Eda. Handan benden önce atılıp adını söyledi yazarın.

"Aaa! Müthiş haber bu," dedi karım, "harika haber! Yeni baskılar yaparsınız artık, birbirinden güzel kapaklarla."

"Her şey tam olarak bitmiş sayılmaz henüz. Yazarın yaşlı ve huysuz ablası sorun çıkartıyor. İşte ben de onunla görüşmeye gideceğim."

"Bunamış olmasın?"

"Ne bunaması, iki kere telefonla görüştüm, kadın cin gibi, her işin de içinde. Mevcut kitapların kapaklarını beğenmiyormuş.

Bora'ya birkaç kapak çalışması yaptırdım. Birkaç kutu Hacı Bekir lokumu, kâğıt helvası ve simit de götüreceğim, İstanbul'u ve İstanbul tatlarını çok özlüyormuş. İkna etmek için elimizden geleni yapacağız işte."

"Bacağım alçıda olmasaydı, ben de seninle gelirdim."

"Yolda yalnız kalma diye ben de gelirdim ama biliyorsun bizim derneğin kermesi var," dedi Eda, "aylardır hazırlanıyoruz. Bu hafta sonuna rastlaması büyük aksilik oldu!"

"Kimsenin gelmesine gerek yok. Arabaya atladım mıydı üç, bilemedin dört saatte giderim. Yaşlı hanım beni ertesi sabah bekliyor. İşimi bitirince de hemen dönerim."

"İş uzarsa, sakın karanlığa kalma," dedi Eda, "bir gece daha kal, ertesi gün gel, emi İlhami."

Tam o sırada kapı çaldı.

"Birini bekliyor muydun?" diye sordum Handan'a.

"Komşulardan biri hatır sormaya uğramıştır," dedi Handan.

"Ben açayım mı kapıyı?"

"Samet açar."

Az sonra, bacağını kırdığından beri, Handan'ın yanında kalmakta olan kapıcının delikanlı oğlu Samet, peşinde Berrin Hanım'la salona girdi. Berrin Hanım'ın elinde koskocaman bir çiçek buketi vardı.

"Ah, sizi ne kadar iyi gördüm, canım! Yokluğumda tamamen iyileşmişsiniz."

"Samet, hanımefendinin çiçeğini al da şu vazoya koy getir, oğlum," dedi Handan, sehpadaki kristal vazoyu işaret ederek. "Ne diye zahmet ettiniz şekerim... Samet kahve yapsın... Nasıl içersiniz canım?"

"Zahmet olmasın şimdi..."

"Ne zahmeti! Şöyle buyurun, Eda Hanım'ın yanına."

"Nasılsınız Eda Hanım?"

"Sizi sormalı, Dubai'den tatilden dönen sizsiniz, anlatın bakalım bize, neler yaptınız, neler gördünüz?"

"Otelden ve alışveriş merkezinden başka pek bir şey göremedim valla," diye anlatmaya başladı Berrin Hanım. Hal hatır sorma ve yolculuk anıları faslı bitince, laf, rahmetli yazarın kitap haklarını almamıza ve Karadeniz seyahatine geldi.

"Yazarın eşi benim uzaktan akrabam olmasa, dünyada alamazdık hakları," dedi Berrin Hanım, "sağ olsun, o ikna etti yeğenleri."

"Ama bakın ablası ikna olmamış," dedi Handan.

"O biraz kaprislidir ama çocukları istedikten sonra o da sonunda pes edecek."

"Yeğenlerle kardeşin de söz hakkı var mı?" diye sordu Eda.

"Yazarın çocuğu olmadığından kardeşi de mirasçı oluyor yarı yarıya."

"Öyle ya da böyle, dananın kuyruğu bu hafta sonu kopacak! Ben umutluyum," dedim.

"Bu hafta sonu mu gidiyorsunuz?" diye sordu Berrin Hanım.

"Uzatmaya gelmez, bir başkası araya giriverir. Cuma akşamı yola çıkacağım."

"İlhami Bey, tesadüfe bakın! Bu hafta sonu bizim Jülide de Bartın'da olacak. İlçe komisyonunda bazı işleri varmış. Muhtemelen karşılaşırsınız, ne de olsa, orası küçük yer."

"Jülide kim?" diye sordu Eda.

Handan'ın sesi her zamankinden kalın ve boğuk çıktı: "İşini bilen bir kadın!"

"Siz de sevemediniz gitti nedense Jülide'yi, Handancığım," dedi Berrin Hanım, "o, samimiyetle istemişti sizlerle çalışmayı ama kısmet değilmiş."

"Ben tanıyor muyum bu hanımı?" diye sordu Eda.

"Hayır," dedim, "hiçbirimiz fazla tanımıyoruz aslında. Bir iş getirdi bize ama düşündük taşındık, kabul etmedik."

"Nasıl bir iş?"

"Bir siyasi partinin broşürlerinin, afişlerinin basımı filan... Siyasete dolaylı da olsa bulaşmayalım, dedik."

"İyi etmişsiniz," dedi Eda.

Berrin Hanım uzun oturmadı, kahvesini içtikten sonra, hasta ziyareti kısa olmalı, diyerek kalktı. Ben misafiri kapıya kadar geçirip salona döndüğümde, Handan Eda'ya Jülide hakkında bir şeyler anlatıyordu. Beni görünce sustu.

"Ne diyordun?" diye sordum.

"Diyordum ki, onca yolu tek başına gitmen doğru değil. Yanına mutlaka birini al."

"Ben gidemiyorum ne yazık ki..." dedi yine Eda.

"Madem öyle, Bora gitsin," dedi Handan.

"Ne münasebet!" dedim.

"Yollar kaygan, Allah korusun, bir kaza filan olur, iki kişi olmakta hayır var uzun yolda."

Handan, Eda'yı hınzırca yumuşak karnından vurmasını bilmişti. Endişeli bir sesle, "Evet, mutlaka yanına birini al İlhami ya da uçakla git," dedi karım.

"Oraya uçak yok," dedim.

"Trene bin."

"Tren de yok!"

"Ben seni dünyada yalnız yollamam."

Handan topu karıma attıktan sonra geri çekilmiş, yüzünde hain bir gülümsemeyle, yaptığı işten memnun, kırmızılı bir şeytan gibi oturuyordu köşesinde.

"İlhami, belki yorulursun, belki bir kramp girer, ne bileyim, bin bir türlü mahsuru var yalnız yola düşmenin. Bora'yla nöbetleşe kullanırsınız arabayı," diye ısrar ediyordu Eda.

"Bora'nın araba kullandığını sanmıyorum."

"Olsun," diye atıldı Handan, "kullanmasa da sana can yoldaşı olur, yolda iki çift laf edersiniz, uykun gelmez. Akşamı da yapayalnız geçirmezsin böylece."

"Baksana, Jülide de orada olacakmış, ne diye tek başıma kalayım..." diye sapladım hançerimi Handan'a.

"Ayol onun kim bilir ne işleri vardır. Siyasiler onu yalnız bırakırlar mı hiç!"

"Ha şunu bileydin!" dedim. Gerçekten de Jülide'nin bana ayıracak zamanı, istese de herhalde olmayacaktı, Handan boşuna telaşlanmıştı ama artık Eda'dan kurtulmam mümkün değildi. İlaçlarla, doktorlarla güçbela ayarlanan dengesinin gereksiz telaşlarla bozulmaması için yanıma Bora'yı almak zorundaydım. Handan'ın kıskançlığı iş açmıştı başıma. Ne konuşacaktım ben bu çocukla yol boyu? Her ikimiz de fazlasıyla sıkılacaktık herhalde!

Ertesi gün Bora'yı odama çağırıp hafta sonunda Karadeniz'e giderken bana eşlik etmesini rica ettim. Gözlerini hayretle açarak yüzüme baktı. Aklının ucuna dahi gelmemişti böyle bir teklif. Hafifçe kızardı.

"Emin misiniz?" dedi.

"Elbette."

Odamdan sessizce çıkan genç adamın arkasından bakarken olumlu düşünmeye çalıştım. Belki de ne zamandır çekmecemde durmakta olan arkadaşının dosyasına bir göz atmanın tam zamanıydı. Roman taslağını okursam, aramızda konuşabileceğimiz bir konu olurdu, görüş bildirirdim, önerilerde bulunurdum, Handan'ın göklere çıkardığı romanı kim bilir belki ben de beğenirdim, sevinirdi çocuk. Dostluğumuz böylece pekişince, Derya'dan söz açardım, sormak isteyip de soramadıklarımı sorardım. Gülümsedim kendi kendime, kızımın ruhunun gizli köşelerine Bora'nın ipine tutunarak inmeye çalışmamı komik buldum. Kendini saklayan bir çocuğun ana babası olmak, onun hayattan ne istediğini öğrenmek hiç de kolay olmadığı için, sonuçta iyi bir fikirdi galiba Bora'nın bana eşlik edecek olması. Derya'ya bir kapı aralayacaksa, evet, çok iyi bir fikirdi!

Akşamüstüne doğru bilgisayarıma bir mektup düştü.

"*Babişko,*" diye yazmıştı Derya, "*bana Pak tatilinde Londra'ya geleceğinizi yazmışsınız ama lütfen planınızı değiştirin. Nisan ayında ben İstanbul'a gelmek istiyorum. Hatta internetten biletimi ayırttım bile..."*

"*Biz de biletlerimizi ayırttık ve planımızı yaptık,*" diye yazdım, "*üstelik ben internetten birkaç müzikale ve tiyatroya yer de ayırttım. Annen pek heveslendi, sen planından vazgeç, yaza gelirsin. Seni sevgiyle kucaklıyorum.*

Baban."

Postayı gönderdikten sonra, bu yazışmayı haber vermek için Eda'yı aradım.

"İyi de ya ısrar ederse ne yaparız?" diye sordu karım.

"Kızımızın elinde oyuncak mı olacağız?" dedim.

"Başka çaremiz var mı?"

Olmadığını biliyordum ama "yok" diyemedim.

"Bekleyelim bakalım, ne diyecek."

"Bari zamanında cevaplasın da ayırttığımız yerleri iptal edelim."

"Gösteri biletlerinin iptal olacağını sanmıyorum."

"Neyse, dert etme olur olmaz şeyleri. Canın sağ olsun!"

Bunu söyleyebildiğine göre, Eda gerçekten iyileşmişti demek. Kendimi gayri ihtiyari masanın tahtasına vururken yakaladım ve hemen bir ince sızı yokladı yüreğimi, o hayata tutunmak için elinden geleni yapıyordu, ben ona ihanet ediyordum. Handan'ı öğrenecek olursa, hatta sezerse bir daha hiçbir terapi ya da doktor toparlayamazdı Eda'yı. Yerimden kalktım, önce odanın içinde sinirli sinirli dolandım, sonra pencereyi aralayıp bir sigara yaktım. Ciğerime dolan nikotini boşaltırken karar verdim, ne pahasına olursa olsun, Handan'la ilişkimi bitirmeliydim! Bu gece eve gidince, karıma daha önce onların zaten tanıştığını, bizim aracılığımıza ihtiyaçları olmadığını söyleyen ben değilmişim gibi, Handan'ı ve Nihat'ı birlikte yemeğe çağırmasını söyleyecektim. Herhalde hayrete düşecekti benden bunu duyunca.

Akşam yayınevinden çıkmadan son kez baktım postalarıma. Derya'dan mesaj vardı. Açtım.

"*Siz planınızı benim için bozmayın sakın, ben koca kız oldum, evde tek başıma kalırım, Satı bana bakar,*" diye yazmış.

Anlaşıldı, Londra'ya gidemeyecektik.

İnternet üzerinden ayırttığım etkinliklerin biletlerini ben iptal ettim, Nadide'ye de Londra uçak biletlerini iptal ettirmesini söyledim. Büromdan çıktım, merdivenleri üçer beşer indim ve bundan böyle hayatımı laf geçiremediğim üç kadının kaprislerinin şekillendireceği gerçeğini hazmedebilmek için arabama binmeden önce yarım saate yakın hızlı adımlarla yürüdüm yan yollarda. Yürürken telefonum çaldı. Handan arıyordu, güya bana iyi yolculuklar dilemek ama aslında akşam uğrayıp uğrayamayacağımı öğrenmek için.

"Bu akşam çok erken yatacağım," dedim, "malum, sabah sekizde yola çıkacağız, senin başıma sardığın, benim de Eda'yı memnun etmek için kabullendiğim Bora'yla birlikte."

"Derinliği olan bir çocuktur, iyi bir yol arkadaşı olacak sana," dedi Handan, sonra da ilave etti alaylı bir sesle: "Jale'ye rastlarsan, benden de selam söyle!"

Akşam evde huzursuz ve huysuzdum. Yemekten sonra, birikmiş dergileri ve Bora'nın arkadaşının dosyasını yanıma alıp yatak odasına gittim. Yatağın üzerine uzandım, önce dergilere göz attım, sonra dosyayı rastgele karıştırdım ve ortalarda bir yerden okumaya başladım.

GİZLİ ANLARA YOLCULUK

....

....

.........Bembeyaz karın üzerinde iki kara lekeydiler, insan boyunda kargalar gibi! Önde babam onu olduğundan daha heybetli kılan siyah kalın paltosunun içinde; üç beş adım ötesinde, babamın karısı değil de köpeğiymiş gibi peşi sıra yürüyen anam, üst üste giydiği el örgüsü hırkaların üzerine çektiği siyah çarşafıyla...

Bana doğduğum coğrafyadan kalan en sakin, en durağan resim buydu!

Kanıksadığım şiddeti içermeyen bu resim bile, iyi sıkıştırılmış bir kartopu olma isteği yaratıyor gönlümde. Bir kartopu, hatta içine taş konmuş bir kartopu olayım, fırlatsınlar beni hızla, babamın alnının ortasına çarpayım istiyorum! Babam, bu çarpmanın şiddetiyle, ölmesin ama sersemlesin ve uzun zaman öyle kalsın ki, pençesinin kıskacındaki bizler, başta anam olmak üzere rahat bir nefes alalım. Babam kendini bilmeden yatarken, anam evinin kapısından tek başına çıkıp köyün dışına doğru koşsun, yoldan geçen bir otobüse atlayıp kasabaya, oradan bir başka kasabaya, bir başkasına ve sonra da büyük şehre ulaşsın.

"Allahım, dünya ne büyükmüş, dünya ne güzelmiş!" desin. Biz erkek çocukları da, kasabanın tek bakkalının kapısının önüne dizilmiş gazetele-

ri ve dergileri karıştırıp bacakları, göğüsleri görünen kızların resimlerinin bulunduğu sayfaları, hep yaptığımız gibi, çaktırmadan koparıp aşırmayalım, bu kez parasını verip alalım; bize seyri yasak olan televizyonda istediğimiz kanalı açıp sere serpe seyredelim; yemek zamanı yere halka olduğumuzda, aramızda konuşup şakalaşalım, gülelim, kahkaha atalım... gülelim, kahkaha atalım, babamın bize "gülmek günahtır" tembihine boş vererek!

Öyle güzel bir gün geçirelim ki, babamın karanlık gölgesi üzerimize düşmesin, sesi cehennem ateşlerinde yanacağımızı hatırlatmasın.

Var olduğunu duyduğum ama hiç tanımadığım bir başka dünyanın gündelik hayatına dair ayrıntıları okurken bir el boğazımı sıkıyordu sanki. Nasıl bir Matruşka'ydı şu benim memleketim. Güneyinde tangalı turistlerin arasına karışıp denizin, kumun, yazın keyfini çok sürmüşlüğüm vardı da, bir başka kapak kaldırıldığında beliriveren, siyah-beyaz dünyanın yabancısıydım.

Kar beyazı üzerinde kara çarşaf siyahı!

Ülkemin batısındaki karlı dağlarda kayak yapmıştım sadece. Karın aylarca yerden kalkmadığı, törenin ve cehaletin sarmalında yaşayanların dünyasına yabancıydım. Bu nedenle ilgimi çekmeyebilirdi elimdeki roman taslağı ama o kadar sıcak bir anlatımla yazılmıştı ki, bırakamadım da. Bir on sayfa kadar atlayıp okumaya devam ettim.

Babam gülmezdi, anamın güldüğünü de hatırlamıyorum. Gülmediği gibi, pek konuşmazdı da. Çocuklarına yapması gerekenleri emir kipiyle söylerdi sadece. Git! Gel! Otur! Ye! İç! Avluyu süpür! Ateşi yak! Karı küre!

Anamın ağzından bu kadarcık laf çıkardı ancak!

Biz oğlanlar tarlada, okulda ya da Kuran kursundayken kızlarıyla neler yapardı bilemem ama ara sıra erkek çocuklarından birinin sırtını sıvazlardı yegâne sevgi göstergesi olarak. Ben beş kere nasibimi aldığımı hatırlıyorum mesela. Son seferinde ben sınava gitmek için çıkıyordum evden, bana dua et ana, demiştim. Gözlerinden bir ışık mı geçmişti, bana

mı öyle gelmişti? Sırtımı sıvazlayıp kapının dışına doğru hafifçe itmişti beni, cehennemimden kurtarmak istercesine.

Babam annemi ancak üç haftada veya ayda bir peşine takıp çarşıya götürürdü evin ihtiyaçlarını alması için. Kapının hemen yanındaki hiç ısıtılmayan daracık odaya istif ederdi erzakını anam, yedi çocuğuna, kaynanasına ve kocasıyla kumalarına yemek pişirirdi bu erzaktan. Günü yemek pişirmek, üç göz evi temizlemek, çocuklarını beslemek, bacakları tutmayan kaynanasının altını almak, sırtını ovmak ve hayvanları yemlemekle geçerdi.

Görüp göreceği dünya, kalın taşa oyulmuş dar pencerenin dışına resmedilmiş uçsuz bucaksız beyazlıktı. Her yıl eksiksiz yedi ay süren bembeyazlık!

Ha, bir de evinin doğusuna bir saatlik yürüyüş mesafesindeki ince uzun tarla vardı ve kocasının peşinde, yine bir saat yürüyerek ulaştığı kasabanın yegâne caddesindeki bir iki karanlık, kûhi, rutubetli dükkân! Hepsi buydu anamın coğrafyasının!

Kar erimişse, mayıs başında toprak göğerir, anam evin bir saat uzağındaki tarlayı çapalamaya giderdi. İşte ancak o zaman yüzüne renk, gözüne ışık gelirdi. Güneş vurduğunda kuyu diplerinin koyu yeşiline çalardı anamın gözleri. Kış günlerinde ise duman rengi olurdu. Hüzün, duman rengidir. Yağmur öncesi gök, bu nedenle hep hüznü ve anamı çağrıştırır bana.

Anam, Kuzey Anadolu'nun karla kaplı köylerinden birinde doğmuş, hep aynı köyde yaşamış, orada evlenmiş, orada çocuk doğurmuş, orada ölmüştü, hiç çocuk olmadan. Hiç genç olmadan. Hiçbir şey öğrenmeden, bilmeden. Öğrenmek, bilmek hatta yaşamak dahi istemeden.

Tek bildiği karın beyazı ve beyazın tonlarıydı anamın; mevsimine göre, göz alan bembeyazlık, maviye çalan beyazlık, kirlendikçe kahverengi kırçıllı sarı beyazlık, sonra kara toprakta yer yer, çamurlu beyazlık.

Tamam, hiçbir şey bilmezdi, cahildi, boynu eğikti erkeğinin karşısında ama bizi o doğurmuştu, anamızdı, bizim için bir şeyler yapsın istemiştim; mesela benim için ya da ablam için babama karşı çıksın, horozlansın, korusun oğlunu, kızını.

Ablalarımdan iriyarı olanını on yaşını doldurduğunda, diğerlerini on iki yaşlarında kocaya satmıştı babam, anam duman gözlerinden yağmurlar indirmiş, susmuştu. Bir bacağı aksayan taze dal kızını kocaya yollarken, babam, "Kocan ne derse yapacaksın, sakatsın sen, hasarlı malsın," demişti. Üzerinden dökülen çarşafının içinde dik durmaya çalışarak, aksadığını belli etmemek için sakat ayağının parmak ucunda bir keklik gibi sekerek giderken kızı, anam susmuştu.

Ağabeyimi çelimsiz oğlancıkken ırgat etmişti babam, anam susmuştu.

Üzerine üç ayrı genç kuma getirmişti, ses etmemişti. Kumalardan biri iki yıl sonra kötü hastalıktan öldüğünde, elleriyle yıkamıştı kendinden daha da bahtsız kadının genç bedenini. Kumayı evden son kez çıkardıklarında, gözündeki acıyı göstermemek için hep yere bakmıştı anam. Ben giderken de yere bakıyordu, gözlerime hiç değmemişti gözleri, beni götürdükleri sabah.

Baksa, bakışlarımdaki çığlığı görebilir miydi?

Ben çaresizliği görebilir miydim anamın gözlerinde?

"Ana, siper et göğsünü de verme oğlunu jandarmaya! Hayatımızı karanlığa boğan, bizi mahveden kocana diren, ana! Bir kere olsun kaldır gözlerini yerden. O gözler ki her şeyi görüp bildiler, bunca zaman şahitleridir o gözler suçun, günahın, ayıbın ve sınırsız mutsuzluğumuzun," diye bağırdıydım içimden!

Baksa yüzüme, kalbimin sesini duyar mıydı?

İki jandarma çavuşu, çipil muhtarla birlikte kapıda dikiliyorlardı. Ben, elimde sapını sımsıkı tuttuğum, içine kitaplarımı, anamın ördüğü lacivertmor çizgili kazağı ve bir çift patiska donumla, bir çift el örgüsü çorabımı koyduğum torba, şaşkın, onlara bakıyordum kulaklarıma inanamayarak.

Babamın muhtarla işbirliği yapıp yaşımı büyüttüklerinden hiç haberim olmamıştı. Çünkü ben meşguldüm. Bir mucize gerçekleştirmekle meşguldüm. Dışardan sınavlar vererek diploma almış, babamın kuran okuduğumu sandığı gecelerde üniversite sınavlarına hazırlanmış, güneyde bir üniversiteye girmeyi başarmıştım. Ben bile zor inanmıştım kendi başarıma. Çok çalıştığım için, çok çalışmaya alışık olduğum için, Kuran'ı hatmetmeyi, okuduğum tüm yazıları ezberime almayı iyi bildiğim, ezbere alışık olduğum için başarmıştım herhalde. Ya da sonradan keşfedeceğim gibi, göz hafızam çok güçlü olduğu için. Kafamda resimler oluşabildiği, resimler hafızama kazınabildiği, hayallerim de şekle bürünebildiği için!

İyi ki cisimleşebiliyordu hayallerim. Bir resim gibi değil, üçboyutlu gerçek oluyorlardı. Elimi uzatsam dokunacaktım nerdeyse gideceğim sınıfın kapısına. Hayalimdeki kapıdan geçip çok geniş sınıfa giriyordum, güzel bir kızın yanına oturuyordum. Gülümsüyordu bana. Ben gülümseyen bir kıza ne yapılır bilmediğim için hemen yerimi değiştiriyordum. Ayağa kalkarken kucağımdan kitaplar patır patır yere düşüyordu. Bir arkadaş, eğilip kitapları toplamama yardım ediyordu. Gidip onun yanına oturuyordum. O benim en iyi arkadaşım oluyordu. Bir daha hiç ayrılmıyorduk. Bu kadar canlı ve sahiciydi hayallerim.

Hayatımın gerçeğinden kaçıp hayallerime saklanamasam, ölürdüm ya da öldürürdüm kendimi.

Çipil muhtar ve iki jandarma yüzüme bakıyorlardı.

"Ben asker kaçağı değilim," demiştim, "bakın, yaşım tutmuyor. Üzerime giydiğim ceketin iç cebinden nüfus kâğıdımı çıkarmıştım.

Muhtar elinde bir başka nüfus kâğıdı tutuyordu.

"Oğlum, nüfuslar yenilendi, haberin yok mu senin?"

"Muhtar emmi, yeniletirim gittiğim yerde."

"Baban yeniletti geçende. Sendekinin hükmü yoktur."

Elimi uzattım, yeni nüfus cüzdanımı aldım çipil muhtardan.

"Aaa, yaşımı büyük yazmışsınız ama!"

"Burada ne yazıyorsa odur!"

"Olur mu? Ben okulumdan kayıt getireyim."

"Burada neyse odur."

Döndüm, arkamda babam duruyordu.

"Baba söylesene," dedim.

"Askerlik zamanın gelmiş, haydi yürü bakalım," dedi babam patlak gözlerini aça aça.

Odanın karanlığında duran anama baktım, "Ana beni sen doğurmadın mı? Sen söyle, burada yazan yaşımın doğru olmadığını."

"Okuma yazması mı var ananın?" dedi babam.

Anamın gözleri yerdeydi. Babam çocuklarını ne zaman belaya bulaştırsa, o hep böyle yere bakardı. Anam! Benim cahil, mutsuz, var ile yok arası anam! Üzülür müydü, çocukları için acı çeker miydi, onu bile bilemedim hiç.

Benim gidişime tek itiraz Çomar'dan geldi. Köpek iki ayağının üzerine dikilip zincirinin müsaade ettiği noktaya kadar uzandı, havladı, havladı, havladı.

İki jandarmanın arasında, hayallerimi rüzgâra savurup yürüdüm.

Ah hayallerim! Sabah ayazında rüzgâra karışarak önüm sıra uçuştular, yitip gittiler.

Hayallerimi ben, secdeye vardığımda kurardım. Dizimin üzerine doğrulup iki elimi duaya açtığımda kurardım. Hocayı dinlerken, abdest alırken, namaz kılarken, ilahi söylerken kurardım. Bir yandan ibadet eder, bir yandan hayalimi kurardım. Allah'ım, derdim, senden başka kimsem yok, bari sen anla halimden. Beni kurtar. Beni kurtar. Beni kurtar. Beni babamın pençesinden, hocanın değneğinden, bir de Taci'nin şehvetinden kurtar. Tez vakitte... Bana bir yol göster, bir kapı arala, bir incecik umut ışığı...

Duydu beni Rabbim.

Bir kapı araladı, bir ince ışık sızdırdı karanlığıma.

İnce ışık mı?

Dünyamı kaplayan, altın rengi bir ışık yağdırdı başımdan aşağı!

Güney illerindeki bir yüksekokulda okuyabilmek! Denizi, güneşi, sahili görmek, kuma bulanmak ve ısınmak güneşte. Beyaz bir cehennemden sonra mavi-yeşil bir cennet! Kurtuluş!

Muhtar iki jandarmayla gelmeseydi kapıma, ellerimi uzatıp dokunacaktım somutlaşmış hayallerime, sadece bir gün sonra.

Nihayet dokunacaktım!

Çipil muhtar ve babam, jandarmaların yanına kattılar beni.

"Senin yerin asker ocağı. Vaktin gelmiş," dedi yalancı babam.

Anamın gözleri yerdeydi.

Ben elimde torbam, jandarmaların arasında yürüdüm. Yolda, Taci evinin kapısından fırladı...

"Nereye bu?.."

"Vatan hizmetine," dedi jandarma.

Yok, kapıyı tamamen kapatmadı Rabbim bana! Penceresinden görünce iyi ki evinden fırlayıp önüme çıkmış Taci! Takkeli Taci'nin hizmetine domalmaktansa, vatan hizmetine giderim diye düşündüm, bu da bir çeşit kurtuluştur. Hayalim yüreğimde hep saklı kaldı. Hayalim ezberimde gittim askere.

"Aaa! Ben seni uyudu sanıyordum. Soyunmamışsın bile," dedi Eda.

"Dosyaya kaptırmışım. Kaç oldu saat?"

"İkiye geliyor. Haydi soyun da yat. Sabah erken kalkacaksın."

"Sen ne yaptın bu saate kadar?"

Bir sessizlik oldu, sonra biraz mahcup, "Yukardaydım," dedi Eda. Yüzümden tatsız bir ifade geçti, bir şey söyleyecekken tuttum kendimi. Hakkım var mı ben onu aldatırken onun hareketlerini kısıtlamaya, sırf ben ruhların var olduğuna inanmadığım için? İçimden üst kattaki kocakarıların ölmelerini değil ama başka bir yere taşınmalarını diledim Eda onlardan kurtulsun diye.

Karım soyundu, banyoya girdi çıktı, yatağa girmeden önce, "Nasıl?" diye sordu gözleriyle yorganın üzerine yayılmış dosya kâğıtlarını işaret ederek.

"Hikâye mi? Fena değil."

"İyi olmalı ki bu saate kadar uyutmamış seni. Bak, yine haklıymış Handan! Okumamaktaki ısrarın doğru değilmiş!"

Dayanamayıp patladım, "Ya senin de bu saate kadar yukarda ruh çağırman doğru mu?"

"Bana iyi geliyor."

"Bana da o iyi geliyor," dedim yavaşça. Duydu.

"Handan'la zıtlaşmak mı? Âlemsin İlhami. Haydi soyunsana, canım. Çantanı hazırladın mı sen?"

"Çanta hazır. Zaten bir diş fırçası iki de gömlek."

"Bir de pijama koy, üşütme oralarda. Saati kurayım mı?"

"Ben kurarım yatarken," dedim. Kalktım, dağıttığım kâğıtları toparladım, sayfa sırasına dikkat ederek dosyaya koydum, dosyayı özenle evrak çantamın ön gözüne yerleştirdim. Bunu yazan her kimse, keşke zımbalayarak kitap haline getirseydi, dedim içimden, okuması daha kolay olurdu. Yarın akşam, yemekten sonra Bora'yla odalarımıza çekildiğimizde, okumaya devam edecektim. Soyundum, dişlerimi fırçaladım, yatağa geri döndüm.

"Ben giderken sen uyuyor olursun. Sana şimdiden veda edeyim," dedim usulca sarılıp saçlarını kokladığım karıma, "ben yokken kendine iyi bak, emi!" diye fısıldadım.

"Sen de çok dikkatli sür arabayı," dedi Eda, "getireceğin bu yeni kitap hayırlı olsun, inşallah!"

"İnşallah Edoş."

Başucumdaki ışığı kapattım, bana tanıdık gelen her şey karanlıkta kaldı.

YOLCULUK

bir türlü bitmez dar geçitler
yol uzun kent uzak
kim bilir direncin tünellerinde
*daha nice zincirler kırılacak**

Bora'yı pencerenin önünde bekledim. Bir taksiden indi, elinde küçük boy bir spor torbası, omuzunda bilgisayar çantasıyla karşı kaldırımda dikilip pencereye baktı. El salladım, sonra pencereyi aralayıp, "Hemen iniyorum," diye seslendim.

Az sonra, trafiğin yeni yoğunlaşmaya başladığı yollarda yan yana gidiyorduk, arabada Beethoven'ın keman konçertosunu çalıyordum.

"Klasik müzik sever misin?" diye sordum, "içini bayarsa söyle, değiştireyim."

"İyi böyle," dedi.

"Bora, araba kullanmasını biliyor musun sen?"

"Askerde öğrenmiştim. Ehliyetim var ama arabam olmadığı için trafikte kullanmaya alışık değilim."

---

* Tekin Gönenç.

"Bir gün evlenir de çoluk çocuğa karışırsan, sen de edinirsin bir araba."

"Evlenmeyi düşünmüyorum," dedi.

Bir süre hiç konuşmadan gittik. Ben, bana bir mesaj mı veriyor acaba diye düşündüm, kızını gezdiriyorum ama benden daha fazlasını bekleme gibisinden. Neden sonra, "Bir gün karşına biri çıkar, yaşı yaşına başı başına uygun, seversin, anlaşırsın. O zaman düşünebilirsin evlenmeyi," demeyi uygun buldum.

"Kısmet," dedi.

Konuşkan değildi. Soruları ben soruyordum, o kısa cümlelerle yanıtlıyordu. Sen nerelisin diye sormuştum örneğin, kendimi Eskişehirli sayıyorum demişti. Ne demekti şimdi bu?

"Eskişehir'de doğmadın mı?"

"Hayır."

"Nerede doğdun peki?"

Doğu'da bir kasaba adı söyledi.

"Eskişehir'de büyüdün o halde."

"Eskişehir'de üniversiteye gittim. Yepyeni bir hayattı benim için. Yeniden doğmak gibi."

"Ben senin İstanbul'da okuduğunu sanıyordum."

"Yatay geçiş yaptım ikinci yılımın sonunda."

"Anladım," dedim ama pek bir şey anlamamıştım. Yanımda oturan genç adama üç gece boyunca kızımı emanet etmemiş olsaydım, beni nerede doğduğu, nerede okuduğu, yaşamının ayrıntıları hiç ilgilendirmeyecekti. Ah, bir de önümüzdeki uzun yol birbirimizle konuşmasak nasıl geçecekti ki?

"Ailen hâlâ Doğu'da mı oturuyor?" diye sordum sırf laf olsun diye.

"Annem vefat etti. Ablam, kız kardeşlerim evlendiler, sağa sola dağıldılar, erkek kardeşlerim yurtdışına çıktı... Babam kaldı sadece orada."

"Gider misin ara sıra onu görmeye?"

"Pek vaktim olmuyor," dedi sıkkın bir sesle.

Sonuna geldiği için bir kere daha başından çalmaya başlayan CD'yi yerinden çıkardım, yeni bir müzik koydum. Bir müddet gittik hiç konuşmadan. Yan gözle baktım yol arkadaşıma, başını arkaya yaslamış, gözlerini kapatmıştı, uyur gibi. Belki de gerçekten uyuyakalmıştı.

Öğlen yemeğini bir aşçı dükkânında yedik. Yemekten sonra arabaya binerken, "Kullanmak ister misin Bora?" diye sordum.

"Askerden beri kullanmadım... Bence siz kullanın yine," dedi.

Direksiyona ben geçtim.

"Bisiklete binmek gibidir bu iş, yıllarca binmesen de bir bindin miydi az biraz bocalarsın, sonra becerin geri gelir," dedim, "madem ehliyetin var, bir gün cesaret et boş bir yolda kullan. Bir saate kalmaz açılırsın."

"Pek boş vaktim olmuyor, daha doğrusu, boş vakitlerimde de çalışıyorum, biliyorsunuz, sizden izin almıştım çocuk kitaplarını desenlemek için."

"Çalışkansın maşallah. Kaç sene oldu sen bizimle çalışmaya başlayalı, askerden dönmüştün herhalde, üç sene oldu mu?"

"Üç sene dolacak yakında ama askerden dönmemiştim işe girdiğimde. Ben askere üniversiteden önce gittim."

"Yaa!" dedim biraz şaşırarak, "neden?"

"Öyle rast geldi."

"Benim kız da bu yıl üniversiteye başlayacak."

Bu konuda bir şeyler söylemesini boşuna bekledim. Ondan ses çıkmayınca yine ben sordum: "Derya sana nerede ve ne okumak istediğinden söz etti mi?"

"Daha karar vermemiş."

"Bize de öyle söyledi de biz şey zannettik... Onu etkilemeyelim diye bize söylemek istemiyor, sandık."

Bora bir şey sormayınca devam ettim konuşmaya.

"Kızımızla aramızda sanki bir iletişim kopukluğu oldu."

"Bu yaşta normal," dedi Bora, "bence büyüme sancıları çekiyor Derya. Üniversiteye başlayınca kendini bulur."

"Sana hiç açıldı mı Bora?"

"Hangi konuda?"

"Bizden söz etti mi, bize kızgın olduğundan filan."

"Hayır."

"Peki, ne konuştunuz üç gece boyunca, geç saatlere kadar?"

"Müzik konuştuk. Şikago'ya gitmiş, orada dinlediği müzikten etkilenmiş. Caz seviyor, çok iyi bir kulağı var. Benim arkadaşlarımdan biri, onu götürdüğüm kulüpte saksafon çalıyordu, çok hoşuna gitti kızınızın."

"Yaa, demek öyle!"

"Evet. Hayatından hiç şikâyetçi görünmüyordu."

"Teşekkür ederim bana anlattığın için. Biliyor musun, içim çok rahat etti. Annesiyle endişeleniyorduk aykırı giyim tarzından dolayı..."

"Bana hiç aykırı gelmedi kızınız İlhami Bey, tipik bir genç kız Derya."

Birden kulaklarıma kadar kızardım. Yanımda çalışan bir genç adamla kızımı konuşuyor, hakkında hafiyelik yapıyordum.

"Haklısın. Biz elimizde kalan tek çocuğumuz diye biraz abarttık düşkünlüğümüzü. Seni de sıktım, kusura bakma Bora."

"Rica ederim. Çocuğunuzu sevmeniz çok güzel bir şey," dedi.

Bu konuşmadan sonra ağzımı açıp tek bir kelime edemedim çünkü doğanın güzelliği nefesimi kesmişti. Çeşitli ağaç türlerinin birbiri içinde eridiği ormanın ortasına açılmış bir yolda akıyorduk. Tabiat o kadar muhteşemdi ki, yeşilin bin bir tonu karşısında ağlayası geliyordu insanın. Lacivert deniz karşımızda birdenbire belirene kadar ikimiz de konuşmadık. Sonra ben, "İşte nihayet Karadeniz!" dedim. Karadeniz onu ilk gördüğümüzde sakindi, biz yaklaştıkça hırçınlaşmaya başladı.

Odalarının, ağaç dallarının arasından denize baktığı bir motelde yer ayırtmıştı, Nadide. Bora anahtarını alır almaz odasına yöneldi, benim içim ezilmişti, odama gitmeden önce bir şeyler atıştırmak için bahçenin ilerisindeki yemek salonuna geçtim, kimseler yoktu. Resepsiyona geri döndüm.

"Açsanız size bir şeyler hazırlatırım," dedi resepsiyondaki genç kız, "akşam mutfağı henüz açılmadı ama tost yaptırabilirim. Çay ister misiniz?"

Bora'ya telefon bağlattım.

"Aç mısın Bora?" diye sordum.

"Pek değilim."

"Ben acıktım biraz, buranın restoranı kapalı, o yüzden şehre ineceğim, sen de gelmek ister misin?"

"Benim şu kapaklarla biraz daha oynamam lazım."

"Akşama restoranda buluşuruz o halde... Dönünce ararım seni."

Telefonu kapattım, kıza motelde başka konuklar da var mı diye sordum. Ankara'dan on beş kişilik bir grup varmış, biz gelmeden az önce ayrılmışlar. Hafta sonu da yirmi kişilik bir Japon grubu bekleniyormuş.

Küçük valizimi odama göndermelerini söyledim, evrak çantama attığım araba anahtarımı bulup elime aldım, kızdan şehir merkezine nasıl ulaşacağımı öğrenip arabama yürüdüm.

Şehrin merkezi çoğu Anadolu şehri gibi bir anacaddenin yanına sıralanmış dükkânlardan ibaretti. Farkı, bu caddenin normalden dar ve taş zeminli olmasıydı. Sokak başlarından deniz görünüyordu. Kendine özgü şirin bir bölge şehri olabilecekken, yolun her iki yanına inşa edilmiş çirkin ve çok katlı yapılar yüzünden sıradanlaşmıştı. Yerel ürünler satan bir dükkândan ofisteki kızlara armağan etmek için birkaç tane elde dokunmuş atkı ve örtü satın aldım, sonra da bir kahveye oturup çay ve poğaça ısmarladım. Sabah gazete okumaya vaktim olmamıştı. Yanıma aldığım gazetelere göz gezdirmeye başlayınca canım sıkıldı, yine ön sayfayı kaplayan töre cinayeti haberleri, yeni Ergenekon tu-

tuklamaları... Arka sayfalara atlayıp kültür sayfasını okumaya başladım.

Odaklanmışım okuduğuma, sırtıma biri dokununca gayri ihtiyari yerimden sıçradım. Başımı kaldırdım, Jülide elini beline dayamış, bana bakıyordu.

"İşte tesadüf buna denir," dedi, "ne yapıyorsunuz buralarda siz?"

Güldüm, "Gördüğünüz gibi gazete okuyor ve çay içiyorum."

"Bir çay da bana söyler misiniz?"

Ayağa kalktım, oturması için karşımdaki iskemleyi çektim. "Buyurun."

Oturdu. Garsona seslendim bir çay daha getirmesi için.

"İlhami Bey, hangi rüzgâr attı sizi buraya?"

"Bir yazarın vârisiyle görüşme yapmaya geldim. Ben size aynı soruyu sormayacağım çünkü hangi rüzgârın sizi buraya attığını biliyorum."

"Demek öyle! Hangi rüzgâr atmış beni?"

"Politika rüzgârı."

"İş teklifimi kabul etmediniz ama bakıyorum beni yakından takip ediyorsunuz."

"Müşterek bir dostumuz var, biliyorsunuz."

Önüne bırakılan çayından bir yudum içti, "Nerede kalıyorsunuz?' diye sordu. Motelin adını verdim.

"Ne kadar buradasınız?"

"Yarın işimizi bitirince döneceğiz."

"Yalnız değilsiniz yani. O hanım ortağınızla geldiniz. Vah vah! Sizi yakından tanıma fırsatını yine kaçırdım. Yalnız olsaydınız, sizi akşam yemeğine davet ederdim."

Yıldırım hızıyla bin bir düşünce geçti aklımdan. Karşımdaki güzel kadın bana bir kapı aralıyordu. Ne aralaması, ardına kadar açıyordu. Ona, o hanım ortağımla birlikte olmadığımı söyleyebilirdim. Bora'ya verilecek mazeret nasılsa bulunurdu.

Muhtemelen harika bir gece geçirirdim ama hayatım şu anda olduğundan daha fazla karışırdı. Ben iki kadın arasında bocalarken, üç kadını idare etmek zorunda kalırdım. Daha beteri de, karşımdaki bu güzel kadına âşık olabilirdim. İhtimali düşününce ürperdim.

"Bu fırsatı değerlendiremediğim için inanın pek çok üzgünüm," dedim.

"Hayır değilsiniz. Olsanız, değerlendirirdiniz."

"Belki de haklısınız Jülide."

"Ortağınız sizin gözünüzü iyice korkutmuş."

"Beni ortağım değil, hayat korkuttu. Çok iyi davranmadı bana. Maceralara takatim yok, biliyor musunuz... Keşke başka şartlarda karşılaşsaydık."

"Keşke," dedi Jülide. Çayını ağır ağır içti, bardağını bıraktı, "Çay için teşekkür ederim. Ben Kalyoncu Otel'de kalıyorum. Fikir değiştirirseniz yemek davetim akşam sekize kadar geçerli, aklınızda olsun."

Masanın üzerinde duran telefonumu eline alıp telefon numarasını girdi, ayağa kalktı. Ben de ayağa fırladım. Uzattığı elini iki elimin arasına alarak sıktım, sonra dudaklarıma götürdüm.

"Şimdilik Allahaısmarladık," dedi, "hayattan korkan İlhami Bey."

Uzaklaşırken biçimli bacaklarını ve her adım atışında sağa sola savrulan uzun saçlarını seyrettim. Gerçekten güzel kadındı. Aptallık mı ediyordum acaba? Karar vermek için sekize kadar vaktim vardı. Gazetelerimi topladım, hesabı ödedim, motelime geri döndüm.

İçeri girdiğimde Bora'yı resepsiyondaki koltukta oturmuş, beni beklerken buldum. Geldiğimi görünce sevindi, ayağa kalktı, "Akşam yemeğini burada yiyeceksek eğer, bize balık kızartacaklarmış," dedi.

"Pazarlık mı yaptın mutfakla?"

"Sanırım motelde bizden başka müşteri yok. Otel elemanları için tencere yemeği varmış ama eğer balık istersek..."

"Mevsim daha açılmadı da ondan," diye söze girdi resepsiyondaki genç kız, "yoksa aşçımız marifetli, yemeklerimiz çok güzeldir."

"Yegâne müşteri olmak seni rahatsız etmeyecekse, balıkla birlikte rakı da vereceklerse, bence burada kalalım. Bir kere daha araba kullanmayı gözüm yemiyor. Ne dersin Bora?"

"Memnuniyetle," dedi Bora.

"Saat sekizde lokantada buluşmak üzere o halde," dedim Bora'ya, sonra resepsiyondaki kıza döndüm, "mutfağa haber verir misiniz lütfen, aşçınızın marifetini görelim bakalım bu akşam."

Kız bir eliyle mutfağa bağlanacak telefonu çevirirken, diğeriyle oda anahtarımı uzattı. Anahtarı alıp odama doğru yürüdüm. Bora yerinden kımıldamamıştı. Bizimki resepsiyondaki kıza asılıyor galiba diye düşünüp gülümsedim kendi kendime. Ben otelde yemeği seçmekle bu akşamki kısmetimi tepmiş oluyordum, bari onun şansı yaver gitseydi. Bir an için kızı da akşam yemeğine davet etmeyi geçirdim aklımdan ama hemen vazgeçtim. Bora'yla bu kadar yüzgöz olmanın âlemi yoktu.

Saat sekizde pencere kenarında bir masada, önümüzde birer kadeh buzlu rakı, iki dilim beyazpeynir, Bora'yla karşı karşıya oturuyorduk bomboş lokantada. Burnumuza mutfakta kızarmakta olan balıkların kokusu geliyor, iştahımızı kabartıyordu. Kadehimi kaldırdım, "Haydi," dedim, "bak haydi deyince şimdi, aklıma bir şiir düştü:

Haydi Abbas vakit tamam
Akşam olsun diyordun işte oldu akşam
Kur bakalım çilingir sofдолжны mızı
Dinsin artık bu kalp ağrısı

Şu ağacın gölgesinde olsun
Tam kenarında havuzun.
Aya haber sal çıksın bu gece
Görünsün şöyle gönlümce.
Bas kırbacı sihirli seccadeye
Göster hükmettiğini mesafeye
Ve zamana.
Katıp tozu dumana
Var git,
Böyle ferman etti Cahit,
Al getir ilk sevgiliyi Beşiktaş'tan,
Yaşamak istiyorum gençliğimi yeni baştan."

"Ne güzel bir şiir bu."

"Tarancı. Sizin kuşaklara okutmadılar bu şiirleri. Hoş, benim kuşağım da okulda öğrenmedi bunları. Annem çok meraklıydı şiire, evde Orhan Veli'nin, Cahit Sıtkı'nın, Necatigil'in, Nâzım'ın bütün şiirleri vardı. Anneme çekmişim, ben de on dört, on beş yaşlarımda ezber ettim çoğunu. Hafızaya ilk nakşolanlar asla silinmiyor. Oysa az evvel gazetede ne okuduğumu sorsan, hatırlayamayabilirim."

"Tarancı, Otuz Beş Yaş'ın da şairi değil mi?"

"Aynen.

Yaş otuz beş! Yolun yarısı eder
Dante gibi ortasındayız ömrün
Delikanlılık çağımızdaki cevher
Yalvarmak yakarmak nafile bugün
Gözünün yaşına bakmadan gider.

Yaa işte böyle Bora, ben geçeli çok oldu yolun yarısını ama sen yolun başındasın henüz. Kıymetini bil gençliğinin, yoksa ne diyor şair:

Şakaklarıma kar mı yağdı, ne var?
Benim mi Allahım bu çizgili yüz?
Ya gözler altındaki mor halkalar?
Neden böyle düşman görünürsünüz
Yıllar yılı dost bildiğim aynalar?"

"Sizin ne yüzünüzde çizgi var, ne de şakaklarınıza kır düşmüş ama!"

"Eli kulağındadır Bora. Senin aran nasıl şiirle?"

"Ne yazık ki şiire ayıracak vaktim olmadı okul yıllarımda. Ben gençlerin şiire merak sardığı yaşlarda başka şeylerle meşguldüm."

"Spor mu yapıyordun?"

Bora yanıtlamadı beni, sadece hayır anlamında başını salladı ve kadehindeki son yudumu içip içini çekti. Kendine gizemli bir hava vermeye mi çalışıyordu ne? Beyazpeynirden bir büyük parça kesip tabağına koydum.

"Aç karnına hızlı içme, fena çarpar ha!"

Garson karışık yeşil salatamızı getirdiğinde, Bora'nın bardağını boşalmış görünce salatayı masaya bırakıp koşturdu, doldurdu boşalmış kadehi.

"Şişeyi masada bırakın," dedim, "biraz hızlı gidiyoruz, kendi işimizi kendimiz görelim."

Kadehimi kaldırıp üçüncü kez, "şerefe," dedim masa arkadaşıma. Elini uzatıp masanın üzerinde duran sol elime hafifçe dokundu, "Neyin şerefine?" diye sordu. Eli öyle sıcaktı ki, ateşi mi vardı acaba?

"Neye kaldıralım istersin?"

"Benim isteğim olacak bir şey değil, imkânsıza içeceğimize, sizin isteğinize içelim."

"Aslında benim isteğim de boş bir hayal."

"Neden?"

"Hayatı geri sarmak mümkün değil de ondan."

"O halde yaşanmamış geleceğe içelim biz de. Hayırlı başlangıçlara..."

"Bak, bu iyi işte, hayırlı başlangıçlara. Yarın bir iş bağlayacağız. Hepimize uğurlu olsun."

Kadehlerimizi kaldırdık, birbirlerine değdirdik, Bora'nın gözlerimin içine bakan bakışlarında derin bir hüzün gördüm.

"Senin şu imkânsızın nedir, kuzum? Âşık olduğun kızı babası vermiyor mu sana?" diye sordum.

"Yok öyle bir şey."

"O halde ya evli bir kadına âşık oldun ya da sonu gelmeyecek bir ilişkiye girdin." Bunu söyler söylemez pişman oldum. Aklım sıra Handan'a âşık olduğunu varsaymıştım, ağzını arıyordum. Rakı çenemi çözmüş, gevşetmişti beni, yoksa karşımda oturan genç adamın özeline asla girmezdim.

"Ben hiç âşık olmasam daha hayırlı olurdu." Rakısından bir koca yudum daha aldı. Gözleri mi dolmuştu, yoksa hep mi ıslaktı bakışları böyle? Lafın gerisini getirmedi, ben de üstelemedim ama çocuğun söylemeye çekindiği bir derdi olmalıydı. Âşık olmaktan bu kadar korktuğuna göre, kim bilir belki de cinsel sorunları vardı, sertleşemiyordu ya da erken boşalıyordu. Yumuşak bir sesle, "Artık her derdin devası var, Bora," dedim, "çözülemeyen problem kalmadı günümüzde."

"Ruh yaralarını tedavi etmek pek mümkün değil."

"Olur mu hiç! Psikologlar, ruh doktorları ne güne duruyor?"

"İlhami Bey, siz az önce söylediniz, hayatı geri sarmak mümkün değil diye."

Doğruydu! Hayatı geri saramayacağım için bana hiçbir zaman dönemeyecek olan oğlumu düşündüm, boğazıma bir yumru oturdu. Ben onunla bir masada karşılıklı kadeh kaldıramayacaktım. Onun sorunlarına hayıflanamayacaktım. Onun okullardan mezuniyetini, nişanını, nikâhını, çocuğunun doğumunu kutlayamayacaktım. Rakı bardağımı kafama diktim, içtim lıkır lıkır. Sonra şişeye uzanıp her ikimizin bardağını yeniden doldurdum.

"Buz erimiş, biraz buz getirsene," diye seslendim, mutfağın yakınında, bize uzak bir masaya çökmüş, taleplerimizi bekleyen garsona. Az sonra buzu ve balıkları birlikte getirdi. Balıkları paylaştık, salatayı ortadaki tabaktan yedik ve vurduk kendimizi rakıya.

Sonra ben bir ara, "Yahu dün gece ben senin şu arkadaşının romanına takıldım," dedim.

"Aa, romanı okudunuz mu?"

"Baştan sona değil ama yer yer okudum."

"Beğendiniz mi?"

"Çok çarpıcı bir metin. Gerçek olamayacak kadar sert. Biraz uçmuş senin arkadaş."

"İlhami Bey, o romanın her bir satırı gerçek."

"Yok yahu! Hepsi gerçek olamaz."

"Okuduklarınızın hepsi yaşanmıştır."

"Senin arkadaş seni kandırıyor olmasın?"

"Niye yapsın ki öyle bir şey?"

"Sempati toplamak için, ilginç olmak için... Ne bileyim bir nedeni vardır."

"Sanmıyorum."

"İnsanlar her zaman senin zannettiğin gibi iyi niyetli değillerdir Bora."

"Bilmediğimi mi zannediyorsunuz?" Gülümsedi. Gülünce kocaman gözleri çizgi gibi oluyor, şirin bir ifade veriyordu yüzüne ama gülerken bile gözleri mahzun bakıyordu.

"Bazı şeyleri bilmek için henüz çok gençsin," dedim.

"Haydi bu sefer de gençliğe içelim öyleyse." Kadehleri tekrar tokuşturduk ve uzun süre sustuk. Sessizliğimizi bozmak, sırf laf söylemiş olmak için, "Demek senin bu arkadaşın, yazdıklarının hepsini bizzat yaşamış," dedim.

"Yaşamış."

"İnanılır gibi değil! İnsanların başına neler gelebiliyor bu ülkede..."

"Her yerde olabilir," dedi Bora, "kötülük, inat, cehalet insanın olduğu her yerde var."

"Senin hemşehrin filan mıydı bu çocuk."

"Evet."

"İyi tanıyorsun yani?"

"Çok iyi tanıyorum."

"Nerede yaşıyor şimdi?"

"İstanbul'da."

"Öğrenci mi?"

"Bitirdi eğitimini. Çalışıyor."

"Niye yazmış bu romanı?"

"İçindeki zehri akıtabilmek için. Geçmişinden kurtulmak için bir çaba herhalde... Bir nevi terapi."

"Dilerim akıtmıştır zehrini de, kim kurtulabiliyor ki geçmişinden?"

"Öyle gerçekten," dedi Bora, "insan şehrini, ülkesini de değiştirse, hatta adını bile değiştirse geçmişi hep onunla!"

Sigaramı çıkardım, kutudan iki adet sigara çektim, birini dudaklarıma yerleştirdim, diğerini Bora'ya uzattım.

"Ben içmesem," dedi.

"İç, iç, tüttür bir tane. Tam sigaralığız şu anda Bora. Böyle gecelerde iyi bir arkadaştır sigara. Uzat elini."

Direnmedi, uzattı sağ elini, ben sigarayı avucuna bırakırken gördüm avucunun içindeki yara izini.

"Hayrola?" dedim.

"Çok eski bir yara. Çocukken cam kesmişti. Köyde zamanında dikilemediği için böyle izi kaldı işte."

"Haydi güzel şeylerden konuşalım," dedim, "Karadeniz'e gelmiş miydin daha önce? Bu ne muhteşem bir doğa yahu! Gözlerime inanamıyorum, bu kadar değişik tonda yeşil nasıl iç içe geçer?" Sonra sigaralarımızı yaktım, ben tütünü iştahla içime çekerken o öksürdü.

"Hiç mi içmedin?" diye sordum.

"Kokusunu sevmiyorum," dedi.

"Tamam, söndür o zaman, hatırım için içme."

"Madem yaktım, bitireyim bari şunu."

Doğanın güzelliği üzerine konuşmamız uzun sürmedi. Yine döndük dolaştık, yüreğimizde sakladığımız dertlerimize geldik, biraz da içkinin marifetiyle. Şu rakı, ne zaman fazla içsem hep burgu gibi yüreğimi oyuyor, acılarımı dışarı akıtıyordu. Rakı hep yapıyordu bunu bana. Şampanya ya da şarabın getirdiği iyimser sarhoşluklarla neşelenirken, rakıyla iç dünyama dönüyordum. Meret aynı etkiyi Bora'ya da yapıyor olmalıydı ki, sofraya konanları açlıktan çıkmış gibi silip süpürürken bir yandan da hayat muhasebesindeydik biz iki neşesiz adam. O benim kederimin nedenini herhalde tahmin ediyordu. Ben onunkini bilmiyordum ama ne gam! İkimiz de asla düzelemeyeceğini bildiğimiz yanlışlara içiyorduk karşılıklı. Bir büyükçe tabak içinde getirdikleri dilimlenmiş meyveleri de bitirmiştik ama hâlâ içiyorduk. Hem içiyor hem de konuşuyorduk. Kimsenin bir diğerini can kulağıyla dinlediği yoktu artık, ne onun söylediklerini ben anlıyordum ne de benim söylediklerimi o. Tam bir sağırlar diyaloğu, bir sarhoş sohbetiydi. Herkes kendi gizli derdini döküyor, içiyor, geğiriyor, elinin tersiyle gözyaşlarını siliyor, yine kadeh tokuşturup içiyordu. Ben kendi şeytan üçgenimde çırpınıyordum. Rakıları yuvarladıkça, kendimi kapana sıkışmış bir fare gibi hissettiğimi söylüyordum. O da sanırım gizli bir sevdadan söz ediyordu. Birbirimize hiç soru sormuyor, dinler gibi yapıyor ama aslında umursamıyorduk giderek yayılan, peltekleşen ağızlarımızdan dökülen şikâyetleri. İkinci şişeyi de yarılamış, arada benim başlattığım bir şarkıyı birlikte söylemiştik.

"*... derdimi ummana döktüm, asumana ağladım...*"

"Sizce hangimiz Umman, hangimiz Asuman?" diye sordu Bora. İlk defa gülmeye başladık kahkahalarla. O sırada bakışlarım, uzaktaki masada oturmuş, sabırla çekip gitmemizi bekleyen garsona takıldı. Utandım. Elimle hesap istediğimin işaretini verdim. Ayaklandı, yanımıza koştu hemen. Getirdiği hesabı imzaladım, cebimdeki bozukları kâfi bulmayınca bir yirmilik bıraktım bahşiş olarak. Yüzündeki bıkkın ve yorgun ifade o anda silindi. Ah para, ah!

Bora'yla masadan destek alarak ayağa kalktık. İkimiz de sarhoştuk ama ayağa kalkınca onun benden bin beter olduğunu gördüm, masaya dayanmış, öne arkaya sallanıyordu. Ne de olsa içkiye benim kadar alışık değildi. Yürümeye başlayınca sendeledi. Bir koluna ben girdim, diğerine garson. Ben bütün gücümle sendelemeden, doğru bir çizgi üzerinde yürümeye çalıştım kapıdan çıkana kadar. Kapının önünde garsona teşekkür ettim.

"Odanıza kadar götüreyim, beyim," dedi.

"Sağ ol, biz idare ederiz."

Temiz havaya çıkınca başım büsbütün döndü. Hemen oracıktaki alçak duvarın üstüne çöktüm. Bora da yanıma oturdu.

"Biraz kendimize gelelim," dedim, "çok içtik, hızlı içtik, olacağı buydu."

"Ben hayatımdan memnunum," dedi sarhoş ağzıyla.

Memnundu elbette, yükünü ben çekecektim odasına kadar. Bir müddet hiç konuşmadan oturduk yan yana. Sonra ben, "Haydi bakalım," dedim, "yolcu yolunda gerek." Kalktım, Bora'yı da kolundan tutup ayağa kaldırdım.

"Yaslan bana!" Kolumu beline doladım, sendeleyerek yürüdük dar yolda odalarımıza doğru. Bir ara Bora düşecek gibi bir öne bir arkaya sallandı, tuttum sıkıca. Öğürdü.

"Şuradaki ağaca kadar dayanmaya çalış," dedim. Sözümü dinledi, ağaca varana kadar kusmadı. Ağacı iki eliyle tuttu, eğildi, kustu. Ben kollarımı beline sarmış, arkasında duruyordum. Kusması bitince doğruldu.

"Bırakma ağacı, öyle kal biraz."

Fena sıkışmıştım ve odama kadar dayanamayacağımı biliyordum. Pantolonumun düğmelerini çözüp Bora'nın kusmuğunun yanına işedim. Ağaç dibine kusmak ya da işemek, öğrencilik yıllarımdan sonra hiç yapmadığım işlerdi. Kızdım kendime bu hale düştüğüm için. İşimi bitirince, "Haydi," dedim.

Koluma girdi yine, yarı sürüklenerek, yarı sendeleyerek odaların bulunduğu alana kadar yürüdük, önce onun kapısında durduk. Cebinde uzun uzun anahtarını aradı.

"Kapıyı ne diye kilitledin yahu?"

"Bilgisa...sa..sarayımı... çal..sa..çaldır..." Lafını toparlayamadı ama anahtarını ceplerinin birinde nihayet buldu. Bir türlü yerine sokamayınca ben denedim, zar zor soktum anahtarı deliğine, çevirdim, kapıyı açtım, içeri girdik, ışığa bastım. Çiğ aydınlıkta yemyeşil suratlı iki sarhoş, bakıştık. Sırtını duvara dayadı Bora.

"Ha gayet, yatağa kadar yürü, haydi."

Bıraksam devrilecekti. Belinden tutup sürükledim yatağa. Kendini küt diye bıraktı sırtüstü. Ayağından çekip aldığım ayakkabılarını yere attım. Pantolonunun kemerini çözmek için yatağın kenarına oturdum. Titremeye başladı. Kalktım, yatak örtüsünün üstünde yattığı için, örtünün ancak sarkan kenarını çekiştirip üzerini örtmeye çalıştım. Oda rutubetliydi ve titrediğine göre besbelliki üşüyordu. Yarın ateşlenecek, hastalanacak olursa, ne yapardım ben?

"Bora, haydi oğlum, soyun da gir şu yatağın içine," dedim. Gözleri yarı aralıktı, sızmamıştı henüz.

"Haydi aslanım, yardım et de sokalım seni yatağa... Haydi ama."

Pantolonunu paçalarından tutup çıkarmaya çalıştım. Rahatça çıkarabilmem için hafifçe kaldırdı kıçını. Elimdeki blucini yatağın kenarına bıraktım, aaa o da nesi, artık neyin hayalini kuruyorsa, kamışı bunca içkiye rağmen kabarmış, donunu germişti. Gençlik işte! Bakmamaya çalışarak ve azıcık da gıptayla örtüyü az daha çekeledim göğsüne doğru. Birden kolumu tutup beni kendine çekti. Bir şey söyleyeceğini sanarak eğildim, kulağımı yüzüne yaklaştırdım, aniden bir eliyle başımı yakaladı ve bir anda... dudakları... aman Allahım! Ne yapıyordu bu? Başımı hızla öteye çevrince, ağzıma değil boynuma rast geldi dudakları. Ateş gibiydiler. Şiddetle ittim, başı yastığa geri düştü. Dudaklarının değdiği nokta yanıyordu. Ayağa fırladım. Kapının önünde, odadan çıkmadan önce dönüp baktım ellerimle yatağına yatırıp soyduğum sarhoş adama. Gözleri üzerimdeydi. İki derin kuyu gibi karanlıktı gözleri. Boynumda dudaklarının değdiği nokta hâlâ yanıyordu. Beni o sarhoşlukla bir başkası zannettiğine inanma arzusu içinde çıktım odasından.

Sarhoşluğumdan Bora'nın dudaklarının boynuma değmesiyle sıyrılmış olmalıydım ki, kendi odamın kapısına anahtarı hiç zorlanmadan soktum. Doğru duşa yürüdüm, üzerimdekileri sıyırıp suyun altında dakikalarca kaldım. Suyun tesiriyle kafamın dumanı açıldıkça gecenin ayrıntılarını daha net hatırlıyordum. Hiç gereği yokken çok içmiştik. Restorandan çıkıp sallanarak odalarımıza yürümemiz, benim ayakta duracak hali olmayan genci yatırmaya çalışmam... Sonrasını düşünmek istemiyordum. Düşünmekten korkuyordum.

Ağır ağır kurulandım, üzerime atletimi ve Eda'nın son dakika valizime tıkıştırdığı eşofmanın altını giyip yatağıma girdim. Başım yastığa değer değmez sızdım ve her çok sıkıntılı gecemde gördüğüm karabasanımla bir kere daha buluştum.

Kısa pantolonlu, ilkokulda okuyan bir yumurcaktım. Ben oturma odasında bilyelerimle oyalanırken annemin arkadaşları yemek masasının dört tarafında oturmuş, konken oynuyorlardı. Bilyelerden birini hızlı atmış olmalıyım ki, küçük cam top yuvarlanarak masanın altına kaçtı. Bilyenin peşinden koştum, dört ayak altına girdim masanın. Kadınların yeraltı dünyasına! Kadınların masa altlarında, masa üstlerindeki hallerinden çok değişik bir âlemleri vardı, bilirdim. Bellerinin üstündeki gövdeleri gergin ve dik duruşlu, özenle boyanmış yüzleri neşeli ya da ciddi görünebilirdi ama vücutlarının masa altında kalan kısımları hep gevşek ve vurdumduymaz olurdu. Yine öyleydi, biri yüksek topuklu ayakkabılarını çıkarmış, çıplak ayaklarını karşıya doğru uzatmıştı, bir ayağı ile öteki ayağını kaşıyordu. Bir başkası bacak bacak üstüne atmıştı, pabucunun teki ayağındaydı ama diğeri havadaki ayağının ucunda sallanıyordu. Pantolon giyeni, topuklarıyla ayakkabılarının arkalarına basıyordu. Serpil Hanım bacaklarını ayırarak oturmuştu, beyaz bacaklarının birleştiği yerde kırmızı donu gözüküyordu. Ah! Bir köpek gibi dört ayak, yavaşça yaklaştım, nerdeyse dizlerine değiyordu yüzüm. Gözlerim kırmızı donda, kalbim küt küt atarken, nefesimi tutup bir mucize bekledim. Mucize, Serpil Hanım'ın kımıldanması ve donunun arasından içini görebilmemdi. Benden çok daha büyük çocukların aralarında konuştuklarını hatırlamaya çalışarak, donun içini sadece hayal ederek, o anda bana neler olduğunu hiç anlamayarak ama bir anda değişen kimyamı tüm hücrelerimde hissederek beklerken bambaşka bir mucize gerçekleşti. Kasıklarıma tuhaf bir ağrı düştü, elimle kendimi tuttum, bayılacakmışım gibi içim eziliyordu, o güne kadar hiç tatmadığım bir duygu, bir yoğun şeker tadı mı desem, karnımdan başlayarak tüm vücuduma yayılıyor, elimle sımsıkı kavradığım kamışımda yoğunlaşıyordu. Ben orada dört ayak, kıpkırmızı suratımla, deli gibi çarpan kalbim ve altüst olmuş duygularımla şaşkın, beklerken Serpil Hanım bacak bacak üstüne atmaya karar verdi ve ayağı bana çarptı.

"Ayyy... Bir şey var burada... Kedi var kedi!" diye bağırdı.

Anında annemin masanın karşı köşesinde, baş aşağı eğilmiş yüzündeki yuvalarından firlamış gözlerini gördüm, "Senin ne işin var orada?" diye cırlayan sesini duydum... Başka yüzler hepsi baş aşağı... Ters duran, yan duran gözler... Gülen ağızlar... Kadınların sesleri... Kıkırdamaları... Bağrışmaları... Beni masanın altından çekeleyen elleri... Tarifsiz bir utanç duygusu ve tüm bunlara rağmen aklımdan asla çıkamayan o kırmızı üçgen... Kırmızı donu Serpil Hanım'ın!

Bu gece kâbus bu kadarla bitmiyordu.

Kocaman bir ağıza dönüşüyordu Serpil Hanım'ın donu beni yutmak için. Beyaz bacakları birer hapishane demiri oluyordu. Kaçmaya çalışıyor, beceremiyordum. Nereye koşsam karşıma ya Handan'ın büyük memeleri, ya Serpil Hanım'ın kırmızı donu dikiliyordu. "Korkaak! Korkaak!" diye bağırıyordu kırmızılar giymiş Jülide kocaman kırmızı dudaklarıyla... Sonra boynumda bir ateş... Yüzü olmayan dudaklar ateş topuydu atardamarımda... Serpil Hanım, Eda, Handan, Jülide birbirlerinin içinde eriyorlar, tek oluyorlar ve kocaman bir dudağa dönüşüyorlardı, boynuma değen.

Ter içinde doğruldum, oturdum yatağımda. Bir daha rakı içersem son olsun! Tuvalete kadar gidip yüzüme soğuk su çarptım, işedim, yatağa geri döndüm. Az önce gördüğüm rüya ile arama bir şeyler sokmalıydım tekrar uyumadan önce. Gece lambamı yakıp başucumda duran dosyayı aldım elime, Bora'nın gerçek olduğunu iddia ettiği öyküyü yine rasgele okumaya başladım...

"..

....

.......Bizim orada saat dört oldu muydu gün kararıverirdi kış aylarında. Havanın kararmasıyla herkes evine çekilir, sokaklarda uluyan köpeklerden başka canlı kalmazdı. Babamın eve gelmesini beklerdik huzursuzca. Babam evine her zaman şikâyetle girer, sonra da ev halkını azarlamaya başlardı. Azarlanacak, kızacak bir şey bulamamışsa, bana bulaşırdı mutlaka. Okulda ne gibi haylazlıklar yaptığımı sorgulardı. Zamanımı kâfirlerin kitaplarını okuyarak geçireceğime, hayırlı dualar ederek, Kuran okuyarak geçirmem gerektiğini söylerdi bağıra çağıra. Yemin billah ederdim dualarımı eksiksiz okuduğuma. Babamın gazabı, ocağın üzerindeki tencerenin kokusu tütmeye başladığında son bulurdu. Kızlar yere damalı örtüyü sererler, anam kalaylı tencereyi illa kendi getirir, örtünün tam ortasına koyardı. Hep merak ederdim elleri yanmaz mı bu kadının

diye. Ablam, anamızın ellerinin tenekeyle kaplı olduğunu söylemişti bir keresinde. Salya sümük ağlayan ablamı kocaya gönderdikleri gün, anamın yüreğinin de tenekeyle kaplı olduğuna karar verdiğimi hatırlıyorum.

Sofrada çorbayı önce babam kaşıklardı, doyuncaya kadar. Geğirdi miydi, artık doydu demekti. Evin erkek çocukları dalardık kalan çorbaya, bizden sonra kaşıklayacak kadınları, kızları hiç düşünmeden. Tenceredeki aş herkese yetişmediğinde, karnını doyurmak için anamın ekmeği ıslatıp ağzına attığına defalarca şahit olmuştum. Elleri ve yüreği teneke kaplı da olsa, evde fedakârlık hep anama düşerdi.

Akşam yemeğinden sonra babam oğullarıyla birlikte dışarı çıkardı. O köy kahvesine uğrarken, biz oğulları Kör Hoca'nın evine yollanırdık.

Kör Hoca'nın sol gözü hep yukarı bakardı.

"Mübarek adamın bir gözü hep Allah-u Taalla' nın katında," derdi babam onun için. Pek sayardı Kör Hoca'yı. Ben üçüncü sınıfı bitirdiğim yıla kadar, Hoca sahiden tek gözüyle sürekli gökyüzünü kolluyor zannetmiş, kasabadaki okulumda, hayatımın ikinci şaşısıyla karşılaştığımda şaşırıp kalmıştım. Bizim sınıftaki Eco'nun da bir gözü havayı gözlüyordu hep, tıpkı Kör Hoca gibi ama aklı fikri muzurluktaydı. Dayanamayıp sormuştum.

"Ulan şaşıyım ben be!" demişti, "gökyüzünde Allah'ı gözlediğim filan yok! Aynı benim gibi, senin anlattığın o Hoca da şaşıdır."

Eco'nun dediklerini babama söylediğimde, yüzüme tokat, kıçıma da tekme yemiştim. Bunları öğreneyim diye mi yollamıştı beni okula! Ödüm kopmuştu okuldan alacak beni diye!

Babam kasabada okula gitmemi hiç istememişti çünkü. Köy okulundaki öğretmenim, "Bu çok akıllı bir çocuk, eli de çok marifetli, yazık etmeyin, okutun bunu," diye tutturmasaydı, bu lafları kahvede de söyleyip yaymasaydı, babamın pek saydığı köy ihtiyarları da okula gitmem için babama baskı yapmasalardı, göreceğim eğitim, Kör Hoca'nın dergâhında verdiği din eğitimiyle sınırlı kalacaktı. Babamı kızdırmaya gelmezdi, her an vazgeçebilirdi kerhen aldığı karardan. Bu yüzden ne olur ne olmaz diye, bir daha okulda konuşulanları asla evde tekrar etmemiştim. Ve tek gözü hep Allah'a bakan Hoca'nın akşam derslerini de hiç kaçırmamıştım.

Akşam namazını Hoca'nın evinde hep birlikte kılardık biz, onun müritleri olan çocuklar. Sonra Hoca'nın uzadıkça uzayan vaazlarını dinlerdik. İşte ben o vaazlar sırasında kurardım hayallerimi.

Hayallerim uçsuz bucaksızdı. Beni Allah'ın unuttuğu köyümden alır, büyük şehirlere taşırlardı. Beni mutlu eylerlerdi. Hayal kurmaktayken zaman zaman nasıl bir mutluluk ifadesi belirirdi ki yüzümde, "Ulan it, sen yine nerelerde geziyorsun?" diye bağırırdı Hoca. Diğer çocuklarla nerdeyse iç içe, dizlerimizin üstünde oturduğumuz mekâna hemen geri dönerdim, bakışlarıma hüzün oturtmaya çabalayarak. Hoca'nın öğretilerinde değil gülmek, sırıtmak bile yasaktı. En ciddi ve mahzun yüzlü olanlarımız en makbullerimizdi ve elbette dersini iyi ezber edenlerimiz. İşte ben, bu özelliğimle kurtarırdım durumu, ezberim kuvvetliydi, söylediklerimin ne anlama geldiğini bilmesem de, gırtlağımı çatlata çatlata okurdum tıpkı Hoca'nın yaptığı gibi. Dersin sonunda, iyi ezber edenlere, uslu duranlara demlenmiş çay ikram edilirdi. Ben çoğu zaman nasibimi alırdım bu ikramdan ama Taci'nin ders verdiği günlerde değil.

Hoca bazen derse gelmezdi. Yerine Taci'yi yollardı. Tacettin, onun yetiştirdiği öğrencilerden biriydi, derse geldiği günler çoğumuz dayak yerdik, başta ben olmak üzere. Hoca'nın öğrencilerine gözdağı vermek için hep yanında bulundurduğu ama pek ender kullandığı ince uzun sopayla döverdi bizi. Çocukları dizlerinin üzerine yatırır, pantolonlarını aşağı çeker, kıçları kıpkırmızı olana dek vururdu o ince sopayla. Ben hemen her seferinde yerdim dayağımı. Bizi bir dahaki sefere daha da fazla döver korkusuyla şikâyet etmezdik. İriyarıydı Taci. Kocaman bir kafası vardı. Yaşı kaçtı hiç bilemezdik, yirmilerinde de olabilirdi, otuzlarında da. Zaten bizler o yaştayken, bizden büyüklerin hepsi yaş kavramı olmaksızın 'büyük'tü. Bir de çok ihtiyarlar vardı, babam gibi, amcalarım, muhtar ya da Kör Hoca gibi. Şimdi düşünüyorum da, babamı ihtiyar sandığım günlerde, meğer o kırkına yeni basmışmış. Ne tuhaftır çocuk gözü, yaşı katiyen tayin edemez!

Taci'nin yine Kör Hoca yerine derse girdiği, benim nasıl olduysa dersin sonunu dayaksız getirebildiğim bir kış akşamı, aralarında benim de bulunduğum çayı hak edenler çaylarını içmiş ayrılırlarken, Taci bana kalmamı emretti. Eyvah, demiştim içimden, dayaktan sıyırttığımı sanıyordum, yanılmışım.

"Ben bugün hiç yanlış yapmadım ama..." diye mırıldandım.

"Sen bugün hiç yanlış yapmadığın için çay bardaklarını yıkamada bana yardım etmekle şereflendirildin," dedi sırıtarak.

Sevindim. İnce sopa canımı çok yakıyordu çünkü. Koşa koşa koridorun ucundaki küçük mutfağa gittim. Birkaç kere daha yıkamışlığım vardı bardakları. Musluğun içine bırakılmış cam bardakları teker teker tenceredeki suya batırıp çıkarmaya başladım. Taci peşimden geldi, arkamda durdu. Başımı çevirdim, yüzü kızarmıştı, bakışları bir tuhaftı. Nefes aldıkça göğsü inip kalkıyor, boğazından bir hırıltı geliyordu. Tam da dayaktan sıyırdığımı düşünürken, onu kızdırmış olmaktan korktum.

"Hoca suyu ziyan etmemizi istemez, o yüzden böyle yapıyorum," dedim, "eğer istersen akan suyun altında yıkayayım."

"Dön önüne, işine bak sen," dedi. Ona arkamı döndüm, bardakları yıkamaya devam ettim. Taci pantolonumu aşağıya çekiyordu. Ona doğru dönmek istedim, eliyle başımı tuttu, diğer koluyla belime sarılmıştı.

"Önüne dön, musluğa eğil," dedi. Direndim.

"Direnme, dediğimi yap. Yoksa sabaha kadar sopa yersin benden!"

Küt küt atıyordu kalbim. Korkudan titriyordum. Benden o kadar güçlüydü ki, elinden kurtulamıyordum. Dediğini yaptım, eğildim musluğa doğru, bir bardak daha aldım elime ve o anda hayatımda yediğim tüm dayaklardan, tekmelerden, tokatlardan, kulak ve saç çekmelerden çok daha keskin, korkunç bir acı duydum. Acı azalmıyor, geçmiyordu. Taci bana yapışmıştı, her zorlama daha fazla yakıyordu canımı. Can havliyle bağırırken elimdeki bardağı nasıl sıkmışsam, avucumda parçalanıp, elimi kesti cam. Elim mi daha çok acıyordu, arkam mı bilemiyorum ama böğürerek ağlıyordum, titriyordum ve bütün vücudum tutuşmuş gibi yanıyordu.

Arkamdaki ayı, gürültülü nefes alışları ve inlemeleri kesilince serbest bıraktı beni ve ancak o zaman fark etti tenceredeki suyun kana kestiğini. Telaşlandı, aceleyle şalvarını yukarı çekiştirdi, etrafta bir şey arandı, buldu, elimi kirli mutfak bezlerinden birine sararken bir yandan da söyleniyordu tenceredeki suyu kirlettiğim için. Kanamam durunca kocaman elleriyle ensemi tuttu, gözlerini patlata patlata, "Bu gece olanları bir başkasına söyleyecek olursan, ya Hoca ya da ben seni öldürürüz," dedi, "beceriksiz sen de, bir bardak bile yıkayamıyorsun!"

Ben ne o gece olanları ne de Taci'nin başka gecelerde, başka gündüzlerde, her fırsatta bana tasallutunu hem korkudan hem de utançtan hiç kimseye söyleyemedim. İlk gece geveledığimle kaldım.

Geç bir saatte, elimde kanlı sargıyla nihayet eve vardığımda, babam kapının önüne çıkmış, beni bekliyordu. Karın üzerinde sendeleyerek geldiğimi görünce, "Nerede kaldın eşşek sıpası?" diye bağırdı.

Hıçkırıklarımın arasında, "Elimi kestim," dedim, "kaza geçirdim baba."

"Ne kazası?"

"Cam bardak elimi kesti."

"Yürü, gir içeri beceriksiz herif!"

"Baba... o yardımcısı var ya Hoca'nın, o Tacettin çok kötü bir adam o. Bana fena şeyler yaptı... bana baba..." hıçkırdım yine, "baba o bana..."

"Sus! Serseri! Bir bardağı dahi yıkayamayan serseri! Ne yaptıysa hak etmişsindir."

"Hak etmedim baba... Benim suçum yok baba... O çok kötü bir insan baba..."

"Kuran'ı hatmetmiş hocana kötü insan mı diyorsun sen? Ağzını yırtarım senin. Geç içeri zıbar."

"Elim acıyor. Cam kaldı etimde galiba..."

"Beter ol! Dikkat edeydin. Bir de bardak parası ödeteceksin bana."

"Elim acıyor. Her yanım acıyor baba."

"Başlarım acından. Uyandırma ev halkını bu saatte. Zıbar uyu, sabaha bir şeyin kalmaz."

Ayakkabılarımı çıkardım, içeri girdim, soyunmadan, üzerimdeki giysilerle ağabeyimin yanına uzandım. Elim sızlıyor, ayı Taci'nin zorladığı nokta cayır cayır yanıyor, yüreğim kan ağlıyordu. Gözlerimden akan yaşlara mâni olamıyordum. Ara sıra bir titreme yokluyordu beni. Bir ara ağabeyim, "Uyusana lan," dedi, "ne debelenip duruyorsun."

Acıyan elimi bacaklarımın arasına sıkıştırdım, kıpırdamadan yatmaya çalıştım. Sabaha karşı dalmışım.

Sabah, okula geç kaldığım için söylenip duran ablam uyandırdı beni. Zorlukla kalktım. Bitkin haldeydim. Elim hâlâ çok acıyordu. Üstelik şişmiş ve kızarmıştı. İyice buruşmuş pantolonumu çıkarmaya, donumu görmeye korkuyordum. Üzerimdekileri değiştirmeden gittim okula. Okulda elimin halini gören öğretmenim beni hemen sağlık ocağına yolladı. Bir de azar işittim elimi bu hale getirdiğim için. Sağlık memuru, şişmiş etlerin arasından ince cam kırıklarını ayıkladı, elimi oksijenle yıkadı, bir merhem sürüp sardı elimi. Bir de iğne vurdu kaba etime.

"Sen bugün evine git, dinlen," dedi, "ateşin çıkabilir akşama, baksana, mikrop kaptırmışsın."

Ben okula giderken hayvan yemleyen anam halimi görmemişti. Eve döndüğümde onu leğen başında buldum, çamaşır yıkıyordu genç kumayla birlikte. Elimi sargılı görünce telaşlandı. Anamdan ilk kez ilgi görüyordum, hoşuma gitti, ilgiyi üstümde uzun süre tutmak istedim, ahlayıp ofladım biraz. Ama bunu bile yanıma koymadı Allah. Anam yatağımı serdi uzanayım diye, sonra başıma dikildi, üzerimdeki çamaşırları istedi yıkamak için.

"Veremem," dedim, "şimdi olmaz, elim acıyor."

"Yirmi gündür kıçında aynı don, sırtında aynı mintan. Çıkart üzerinden at hepsini leğenin içine. Çoraplarını da çıkart. Bak güneş var bugün, çabuk kurur çamaşırlar. Bugünü kaçırırsak, kim bilir bir daha ne zaman görürüz güneşin yüzünü. Haydi oğlum."

Oğlum dedi bana anam. İçim ısındı.

"Sen git, ben çıkarır getiririm," dedim. Anam mutfağa gidince soyundum, duvarın kenarına istiflenmiş çamaşırlardan bir temiz don ve mintan seçtim, geçirdim üstüme. Çıkardığım kirlileri birbirine sarıp top gibi götürdüm içeri, leğenin içine attım.

"Öyle topak gibi atılmaz," dedi anam. Leğenden önce mintanı çekti aldı, içinden tamamen ıslanmamış don düştü yere, mintanı silkeledi batırdı suya, sonra donu aldı... Bir dondaki kan lekelerine baktı, bir bana çevirdi dumanlı gözlerini. Bir an takılı kaldı bakışlarımız. Benim dudaklarım titremeye başladı. Anamın gözleri pansumanlı elime kaydı sonra. Bilmiş gibi sanki bir gece önce olanları, yüzü karardı.

"Ana ben... kabahatim yok," dedim, "o hocanın yamağı var ya..."

Anam başparmağını dudaklarının üstüne koyup sus işareti yaptı bana.

"Git yat içerde sen," dedi donu suya batırırken.

Gidip yattım şilteme, acıyan elimi sağlık memurunun tembih ettiği gibi bir yastığın üzerine yüksekçe koydum, derin bir uyku çekebilirsem, her şeyi unuturum, yaşadığım kâbus bir daha tekrar etmez umuduyla, derin bir uykuya daldım, ta ertesi sabaha kadar.

Yanılmışım. Unutmak mümkün olmadı. Ne Taci ne de beni değiştiren, dönüştüren kaderim peşimi bırakmadılar bir daha.

Rüzgâr çıktı. Açık bıraktığım panjur çat çat vurmaya başladı cama. Elimdeki kâğıtları başucumdaki komodine bırakıp çıplak ayak pencereye koştum, camı açtım, çam kokusunu ciğerlerime çektim, sonra panjuru sıkıca kapattım. Uykum iyice açılmıştı, yatağıma dönüp başucumdaki dosyayı aldım, galiba camı açtığımda odaya dolan rüzgârla bir iki sayfa yere savrulmuştu ben panjurla uğraşırken, aldırmadım, okumaya devam ettim.

"............Kör Hoca'nın havı dökülmüş yeşil halısında on-on beş delikanlı ve aralarında biz çocuklar, yan yana oturup sallanmaya başladığımızda, odada oluşan buğunun farkına varır olmuştum o geceden sonra. Bastırılmış cinselliklerimizden sızan elektrik, birbirine değen dizlerimizden, dirseklerimizden mavi bir akım gibi geçerek bizi birbirimize bağlıyordu. Bu bağ, görünmez olmakla birlikte, bir sümüklüböceğin yerde bıraktığı iz ya da bir örümceğin ağı gibi şeffaf ama güçlüydü. Ben adeta dokunabiliyordum o şeffaf dokuya parmaklarımın ucuyla ama diğerleri

de farkında mıydılar, bilmiyordum. Oturduğumuz yerde bir öne bir arkaya sallanarak hu çekerken, genç erkeklerin saçlarından, kaşlarından, sakallarından sıçrayan ter damlacıkları odaya ağır bir tül gibi iniyor, o havasız odada erkekçe bir dayanışmanın hazzını veriyordu bana. Sadece dayanışmanın mı? Genizlerimizden kopup gelen hu sesleri duyarlılığımı zirveye çıkarıyor, başımı döndürüyor, sarhoş ediyordu beni. Duyduğum derin haz, daha sonra derin suçluluk duygusuna bırakıyordu yerini. Hoca'nın evinden ayrılırken, duygularımı anlarlar endişesiyle, gözlerimi yerden kaldıramıyor, ne yaşıtlarımın, ne benden büyüklerin yüzlerine bakabiliyordum. Taci'nin pörtlek gözlerineyse, bakışlarındaki arsız isteği görmemek için bakmıyordum.

Taci'nin tutsağı olduğum akşamın, uyandığımda bitecek bir kâbus olmasını çok isterdim. Ne yazık ki gerçekti. Ve ne yazık ki, ondan nefret etsem de, ben bu yolun yolcusu olmuştum! Ben unutacak olsam, avucumun içindeki yara izi hep hatırlatacaktı bana ne olduğumu, kim olduğumu!

Kâğıtların bir kısmı elimden kayıp düştü. Bacaklarımı aşağı sarkıtıp oturdum yatakta. Öykünün dehşetinden kurtulmak için gözlerimi ovuşturdum.

Birden zihnimde sanki bir şimşek çaktı... Avucundaki yara izi! Tanrım! Tanrım! Nasıl fark edemedim daha önce! Nasıl anlayamadım! Bu oydu, Bora'ydı o çocuk! Arkadaşı filan değil, kendiydi öyküyü yazan! Yemekteki konuşmalarımız teker teker aklıma düşüyordu. Elimi cam kesti demişti... Doğu'da bir köyde doğdum demişti... Eskişehir'de yeniden dünyaya gelmiş gibi hissettim kendimi demişti... Ruh yaralarının tedavisi olmaz... Abartı yok kitapta, hepsi gerçek demişti... Nasıl atladım? Nasıl anlamadım?

Bir kâbustan kurtulayım derken bir başka kâbusun esiri olmuştum.

Çaresiz küçük bir oğlan, defalarca tecavüze uğramanın acısını kimseye anlatamıyor, dinletemiyordu. Duvarları anlayışsızlık olan bir hücrede can havliyle dört dönüyordu. Kocaman gözlerinde korku, nefret ve çaresizlik vardı. Bu ürkek, çelimsiz, sevgi yoksunu çocuk, elimdeki sayfalardan sıyrılmış, yatağımın ucuna gelmiş, kollarını bana uzatmış, benden yardım dileniyordu.

Kâğıtları toparlayıp birkaç sayfaya daha göz gezdirdim... Birkaç sayfa atlayıp yine okudum... Bir on sayfa sonrasını... Askere gidişini... Yüksekokul yıllarını... Değiştirebildiği ve değiştiremediği kaderini... Okuduklarımı kaldıramadım, attım dosyayı yere. Kâğıtlar saçıldı. İki elimle başımı tutmuş, bir öne bir arkaya sallanıyordum yatakta. Dokuz yaşından itibaren korkunç istismarlara duçar olan ve sonunda azmiyle cehenneminden kaçmayı beceren çocuğun hayatla mücadelesi müthişti. İnanılmazdı. Nefessiz kalmıştım, boğulacak gibiydim. Temiz hava almak istiyordum. Kalktım, açık duran valizden eşofman üstünü çekip sırtıma geçirerek balkona yürüdüm, kapıyı aralayıp, ayaklarıma geçirdiğim banyo terlikleriyle usulca süzüldüm dışarı. Ay ufkumdan çoktan çekilmiş, rüzgâr düşmüştü, gece hâlâ karanlık, hava serindi. Ayaklarım üşüdü, ürperdim. Yan balkonda bir kıpırtı duyar gibi oldum. Bora'yı nerdeyse içkiden yarı baygın bırakmıştım odasında, o olamazdı. Bu saatte ya bir kedi geziniyordu ya da esinti dalları kımıldatıyordu. Başımı o tarafa çevirince gördüm balkondaki beyaz hayaleti. Komşum sırtına yatağının üzerindeki pikeyi almış, kollarını balkon demirlerine dayamış, ağaçların uzağında bir yere dikmişti gözlerini.

"Bora?"

Dönüp baktı. "Seni bıraktığımda kötüydün. Daha iyi misin şimdi?"

Cevap vermedi. Usulca yanaştım balkonuna. O da bana doğru geldi. Şimdi aramızda sadece belimizin hizasında bizi ayıran balkon demirleri vardı. Nefesinin sıcağı yüzüme vuruyordu.

"Bora, romanı okudum. O sensin değil mi? Sensin o!"

Yine yanıtlamadı. Gözpınarında bir yaş parıldıyordu. Bu yaralı ceylanı, bu hırpalanmış genç insanı teselli etmek, bebek avutur gibi kollarımda sallamak, acısını dindirmek istiyordum. Yüreğim ona doğru akıyordu. İşaretparmağımı uzattım, gözünden kopup burnunun kenarına sızmaya başlayan gözyaşına şefkatle dokundum. Elimi tuttu, parmağımı dudaklarına götürdü, öptü. Dudakları ateş gibiydi. Pike sırtından kayıp yere düştü. Nasıl oldu hiç ama hiç bilmiyorum, kendimi ona sımsıkı sarılmış buldum. Dudakları yüzümde, gözlerimde, boynumda, alnımda, ağzımdaydı. Dudakları ruhumdaydı. Dudaklarının değdiği her yer alev alıyordu. Bizi ayıran balkon demirleri, etrafımızdaki ağaçlar, ayaklarımı üşüten taş zemin, başımızın üstündeki gök alev alevdi. Bir yangının içinde bulmuştum kendimi ansızın. Söndürülemez bir yangının.

O'YMUŞ ADINA AŞK DENEN

O'YMUŞ ADINA AŞK DENEN

biz şimdi onunla
devrildi devrilecek bir ağacın
nice ölümlere aday
*iki dalıyız**

Sabah yatağımda mutlu uyandım. Gözlerim kapalı uzun bir süre yattım sırtüstü, bir gece öncesini ayrıntılarıyla yeniden yaşayabilmek, hissettiklerimi bir kez daha hissedebilmek için. Sabaha karşı, balkon demirini aşıp odama dönerken ertesi gün yatağımdan pişman kalkacağımı düşünmüştüm. Oysa, aralık bıraktığım pencereden kulağıma kuş sesleri gelir, burnumda mis gibi çam kokusu tüterken mutluluğun doruğundaydım. Hayal dahi edemeyeceğim bir duygu selinde sürükleniyordum. Acaba o da uyanmış mıdır diye düşündüm. Geç saatlere kadar uyanık kalmamış, yorgun ve tükenmiş olmasaydı, balkon demirlerinin üzerinden atlar, odasına dalardım ama herhalde uyuyordu.

Biraz utanarak, Handan'ın evinde geçirdiğim ilk gecenin sabahını düşündüm. Huzursuz uyanmış, Handan'la karşılaşma-

---

* Tekin Gönenç.

mak için evden bir hırsız gibi kaçmıştım. Ne kadar rahatsız ve pişmandım. Büroda odama sığınmış, saatlerce dışarıya çıkamamıştım, kimseyle görüşememiştim, ta ki Handan benim odama gelene kadar. Bir gece önce yaşananları yaşanmamış eylemenin yollarını aramış, bulamayınca karamsarlığa kapılmıştım.

Oysa bu sabah mümkün olsa, ağaçlara takılarak, bulutlarla yarışarak, ipini koparmış serseri bir uçurtma gibi semaya yükselecek, rüzgârımın kesildiği yerde pike yapacaktım yanımdaki balkona. İçimde ne pişmanlık vardı, hayrettir, ne de utanç.

Neydim ben, bir rezil miydim? Bir sapık mıydım? Hayatım boyunca itici bulduğum bir durumun içindeydim ve bundan gocunmuyordum. Yüreğimde sadece sevgi vardı. Onulmaz, tarifsiz bir sevgi! Öyle bir sevgi ki, ne ilk sevdalarımda, ne karıma çok âşık olduğum delikanlılık çağımda ne de kaçamaklarımda böyle yoğun hissedilmemiş, tuhaf bir sevgi.

Yüreğim dün akşam kollarımda tuttuğum genç insanı korumak, kollamak, onu mutlu etmek, gönlünü hoş tutmak, acılarını unutturmak istiyordu, bedenimse sadece onu! Ona dokunmak, sarılmak, gözlerinin içine bakmak, gür saçlarının arasına parmaklarımı daldırmak, sonra saçlarından çekerek yüzünü yüzüme yaklaştırmak, nefesini yüzümde hissetmek, dilimle dudaklarını aralayıp beyaz dişlerine değmek, onu öpmek, onu heyecanlandırmak, heyecanlandığını görmekten haz almak... Nice sonuca ulaşamayan doyumla yetinmeye kanaatkârca rıza gösterirken dahi haz almak... Onu hissetmek, varlığını, sevgisini, bağlılığını hissetmek... Bugüne kadar hayalimde dahi canlandıramayacağım bir aşkla sevmek birini... Onun âşığı olmak, maşuku olmak, babası olmak, ağabeyi, dostu, arkadaşı, yareni olmak, hamisi olmak, ruh ikizi, ruh eşi, efendisi, kulu-kölesi, hocası, müridi olmak!

Bir gecelik aşkla mı Mecnun'a dönmüştüm?

Kuşkusuz evet!

Öyle bir sevişmeydi ki çünkü, bana o güne kadar bilmediğim bir bütüncül şehvet, hazdan ölme, aynı anda hazdan var olma duygusu, binlerce parçaya bölünüp uzaya savrulma hali, kelimelerle tarifi mümkün olmayan bir zevk ânı yaşatmıştı hiçbir kadınla hiçbir ilişkimde tatmadığım. Sadece kasıklarımda, bedenimde değil, beynimin içinde de hissettiğim bir patlama anı.

Bu birleşme, doğduğum andan itibaren bilinçsizce aramakta olduğum ruhumun diğer yarısını, hayatımın aşkını bulma haliydi. Aklımdan geçen tüm düşüncelerin kollarımdaki kişinin de aklında, yüreğimdeki tüm duyguların onun da yüreğinde tezahür etme haliydi.

Kendimi bambaşka bir âlemde tamamen kaybetme ve yine kendimi tam anlamıyla bulma haliydi. İnsanın duygusal ve cinsel anlamda mümkün olan en yüksek mertebeye erişmesi haliydi.

Korktum duygularımın yoğunluğundan. Fırladım yataktan, banyoya koştum, musluğun üzerinde asılı aynada yüzüme baktım. Gözlerimin altı çökmüştü, yüzüm yorgundu ama bakışlarımda tarifsiz bir mutluluk ve huzur vardı. Sordum kendime, bu hale gelmek için bir ilişkiye zaman tanımak gerekmez miydi? Birçok sevişme, birlikte geçirilecek zamanlar, paylaşılacak güzellikler, aşılacak engeller gerekmez miydi?

Yüreğim cevap verdi: Hayır!

Tehlikelerle dolu gizli anların yolculuğuna çıkmak için iki sarhoşun bilinçsizce ve aniden birbirlerinin kollarına düşüp sabaha karşı birkaç saati birlikte geçirmeleri yeterli miydi?

Yüreğim yine cevap verdi: Evet! Evet! Evet!

Az sonra tıraş olmuş, duşumu almış, iki gömlekten hangisini giyeceğime zor karar vermiş ve özenle taranmıştım, hazırdım. Odamdan çıktım, yanımdaki kapıyı tıklattım. Ses gelmedi. Bir kere daha vurdum kapıya. Allah Allah! Odama geri dönüp balkona çıktım, bacaklarımı demirlerden aşırıp yan balkona geçtim, yüzümü cama yapıştırıp içerisini görmeye çalıştım. Ya odada değildi ya da banyodaydı. Odama dönüp kapıdan çıktım ve hızlı adımlarla kahvaltının servis edildiği restorana yürüdüm. Bora denize nazır bir masada oturmuş, ağaçların arasından gözüken Karadeniz'i seyrediyordu. Yavaşça yaklaştım arkasından, ellerimle gözlerini kapattım.

"Kim acaba?" dedi, "bu eller kime ait, bir düşüneyim."

Bir gün önce, kızımın bana sık yaptığı bu çocukça oyunu bir adamın bir başka adama yaptığını görsem, çıldırmış bunlar derdim. Oysa ne kadar doğal geliyordu şu anda, ne kadar içimden geliyordu çocuklaşmak, mutlu olmak ve mutlu olduğumu herkese göstermek. Eğildim, bir öpücük kondurdum boynuna.

"Ne güzel kokuyorsunuz," dedi.

"Sunuz mu? Kim bu?"

"Siz, İlhami Bey!"

Dün akşamki kadar yakın olduktan sonra sizli bizli olmak biraz komik duruyordu ama belki de bu davranışında isabet vardı. Başkalarının yanında konuşurken senli benli olamazdık. Sözlerimize, davranışlarımıza çok dikkat etmek zorundaydık. Oysa ben avaz avaz bağırarak herkesle paylaşmak istiyordum yüreğimden taşan duyguları.

Kahvaltıyı sessizce ama birbirimizin gözlerinin içinde eriyerek ettik, sonra ben cep telefonumdan gideceğimiz yeri arayıp bir kere daha adresi sordum, yolumuzu resepsiyondaki kıza tarif ettirdim.

"Haydi bakalım Bora," dedim, "gidip bitirelim işimizi."

"Gitmeden önce, siz şehri gezerken yaptığım son çalışmaları görmek ister misiniz?"

Ben de onun kadar çok istiyordum odaya dönmek ama vaktimiz kalmamıştı.

"Sürpriz olsun bana," dedim.

"Sürprizleri seviyorsunuz, öyle mi?"

"Kim sevmez?"

"Ben! Nasıl bir duygudur bilmem çünkü. Kimse bana sürpriz yapmadı."

"Her şeyin bir ilki vardır, öğrenirsin sen de," diye mırıldandım nice sürprizler hayal ederek arabama doğru yürürken. Ne dediğimi duymadı Bora. Arabaya bindik, tam yola koyulmuştuk ki, önümüzü bir Mercedes kesti. Kenara çekip yol verdim ama geçmedi. Önümde durmuş, yolu tıkıyordu. Hışımla arabamdan indim, o anda Mercedes'in de kapısı açıldı ve bir çift biçimli bacak dışarı uzandı.

"Jülide Hanım!" dedim şaşkınlıkla.

"Yaa, baskın yaptım size işte!"

"Ah ne kötü bir zamanlama! Geç kaldığımız randevumuza yetişmeye çalışıyorduk. Size bir çay olsun ikram edemeyeceğim."

"Zarar yok, akşama şarabınızı içerim."

"İşimizi bitirince İstanbul'a dönüyoruz. Yarın sabah önemli bir görüşmem var."

"Hay Allah! Neyse, Handan Hanım'a da bir selam vereyim," dedi Jülide, arabama doğru yürürken. Bir an ne diyeceğimi bilemeden durdum, sonra dün söylemekten kaçındığım gerçek döküldü dudaklarımdan, "Handan burada değil."

"Öyle mi?" Gözlerimin içine baktı, "yokken dahi size varlığını hissettiriyor olmalı."

"İstanbul'a gidince selamınızı ileteceğim Handan'a, şimdi izin verin, bir an önce gidelim çünkü gerçekten geciktik."

Hiçbir şey söylemeden arabasına bindi, geri geri giderek yola çıktı ve hızla uzaklaştı.

"Bu hanımı bir yerden gözüm ısırıyor," dedi Bora, yerime oturup arabayı çalıştırdığımda.

"Yayınevine gelmişti. O zaman görmüş olmalısın."

"Ne istiyormuş?"

"Çay içmek."

"Buralı mı?"

"İstanbullu. Onun da belediyede bir işi varmış."

"Ne rastlantı ama!" dedi Bora ve ilave etti, "kadınlar sizi beğeniyor." Gideceğimiz yere varana kadar bir daha hiç konuşmadı. Belki de Jülide'yle aramızda bir ilişki olduğunu, burada buluşmayı planladığımızı zannediyordu. Hiç konuşmadığına göre incinmiş miydi acaba? Başka bir dünyadaymış gibi dalgın oturuyordu yanımda. Bir ara elimi uzatıp kucağında duran elini tuttum, "Benimle ol lütfen," dedim.

Sımsıkı kavradı elimi, küçük bir oğlanın babasının elini tutunca kendini emniyette hissedip uykuya dalıvermesi gibi, gözlerini kapatıp başını koltuğun arkasına yasladı. Merhum yazarın kız kardeşinin evine varana dek tek elle kullandım arabayı. Ömrümün geri kalan kısmında bir elimin hep Bora'nın üzerinde olacağının ilk işaretiydi bu!

***

Yazarın kardeşinin evinden mutlu ve neşeli ayrıldık. İşimiz rast gitmişti. Yaşlı hanım, Bora'nın çeşitli kapaklarını incelemiş, hepsini sevmişti. Yanımda getirdiğim ufak armağanlar makbule geçmişti. Karşılığında ev halkı bize yöresel ikramlarda bulunmuştu. Hafta başında evine gelecek olan noterimiz işi bitirecek, merhum yazarın kitaplarının yayın hakları bize devredilecekti. İyi bir yüzde veriyorduk akrabalarına. Herkes hayatından memnundu.

Evden ayrılıp arabamıza binmek üzereyken ben Handan'ın telefonuna işi hayırlısıyla bitirdiğimizin bilgisini veren bir mesaj attım. İki dakika sonra telefonum çaldı.

"Efendim, Handan," dedim isteksizce, "buyur."

"Eee anlatsana," dedi.

"Mesajda yazdığım gibi işte. Kararlaştırdığımız yüzde karşılığında beş yıllığına hakları aldık."

"Tüm kitapların mı?"

"Elbette."

"Daha neler oldu, söylesene Allah aşkına, iyi karşılandınız mı?"

"Evet. Bora'nın eskizlerinin çok olumlu katkısı oldu. Beğendiler kapak çalışmalarını. Onlar da yeni baskılar için bizim kadar heyecanlı."

"Kaç kişiydiler?"

"O yaşlı hanımefendi, kızı, on-on iki yaşlarındaki torunu ve bir de aile dostları vardı. Oğullarıyla İstanbul'da görüşüp işimizi halletmiştik zaten, böylece hiç pürüz kalmadı."

"O kadınla karşılaştınız mı?"

"Kiminle?"

"Jale miydi Şule miydi neydi, onunla işte."

"Handan, bunları gelince konuşuruz. Şimdi yola çıkmak üzereyiz, Bora arabada oturmuş, beni bekliyor. Haydi canım, eyvallah," dedim, telefonu kapattım ve sessize getirdim arabama binmeden önce.

Yola iyimser duygular içinde koyulduk, radyoda çalan güzel bir müziğin eşliğinde bir saat kadar gittik.

"Onca ikramdan sonra öğlen yemeği yiyecek halde değiliz ama daha sonra acıkırsak güzel bir yerde mola veririz," dedim Bora'ya.

"Abant'a kadar uzanırsak, çok güzel bir motel vardır orada," dedi, "korunun içinde... Kuş yuvası gibidir. Yemek de veriyorlardır eminim."

"Yolu uzak mı?"

"Değil. Oraya vardığımızda acıkmış oluruz zaten. Atıştırırız da."

"Atıştırırız da," demişti Bora, demek ki aklında atıştırmanın yanı sıra başka şeyler yapmak da vardı. Kalbim küt küt atmaya başladı. Nefesim hızlandı. Ellerim titriyordu. Bir an önce bu motele varmak istiyordum. Bolu'ya yaklaşırken yol üzerinde bir başka motel göründü.

"Bora, motel illa kuş yuvası gibi olmazsa itiraz eder misin?" dedim, "ben daha fazla dayanamayacağım."

"Ben de," dedi Bora.

Arabayı motelin önünde park ettim, "Sen bekle," dedim Bora'ya. Bir koşu içeri girdim, resepsiyondaki adama, "Sabahın altısından beri araba kullanıyoruz, çok yorulduk, yol arkadaşımla şöyle uzanıp bir iki saat uyumak istiyoruz. Dinlendikten sonra yolumuza devam edeceğiz. Mümkün mü?" diye sordum.

"Bir gecelik para alırım."

"Tamam."

Odanın fiyatını söyledi.

"Tek oda için mi bu para?" diye sordum.

"İki yataklı tek oda için."

Koşarak arabaya döndüm, "Haydi, gel," dedim. Bora el çantalarımızı alıp fırladı. Motele girdik.

"Parayı peşin alayım, beyim," dedi otelci. Nakit ödedim.

Adamın peşinden merdivenleri tırmanarak ikinci kata çıktık.

"Bu katta müşteri yok, gürültü olmaz, rahatça uyursunuz," dedi otelci.

Ucunda kocaman bir tahtanın sallandığı anahtarla koridorun başındaki odanın kapısını açtı, kapalı perdeleri yanlara çekmek için cama yürüdü.

"Açmayın perdeleri, ışıkta uyuyamayız, kapalı kalsın!"

Adam anahtarı yatağın üzerine bırakıp çıktı. Anahtarı alıp kapıyı adamın arkasından kilitledim, sonra tuvalete girdim. Çıktığımda Bora üstündekileri çıkarmış, ayakta beni bekliyordu. Beni gerçekten çok arzuladığını belli eden işaretlerle bekliyordu. Ben de onu bütün hücrelerimle arzu ederek yürüdüm -hayır yürümedim- aktım ona doğru.

***

Gece yarısına çeyrek kala arabamı evimin karşı kaldırımına park etmiş, apartmana yürürken camda Eda'yı gördüm. Demek pencere önünde beklemişti beni. Asansördeki aynada acaba içimdeki duygular dışıma da vurmuş mu diye yeni ben'e baktım endişeyle. Ruhumdaki değişim yüzüme yansımamıştı. Görünüşte bir gün öncesinden farkım yoktu.

Eda kapıyı telaşla açtı ve, "Çok merak ettik İlhami, kaza filan mı yaptınız," diye sordu telaşla.

"Ne kazası Edoş! Güzel güzel geldik işte."

"İnsan bir telefon etmez mi yoldan? Eve kaçta varacağını haber vermez mi?"

"Çocukmuşum gibi beni merak edeceğini zannetmedim doğrusu."

"Cebin cevap vermedi. Kaç kere telefon ettim."

"Yazarın ailesinin evine vardığımızda, konuşmamız bölünmesin diye telefonu kapatmıştım. Açmayı unutmuşum, kusura bakma."

Yüzüme dik dik baktı karım, "Handan'a telefon etmişsin ama yola çıkmadan önce," dedi.

"O aradı bizi. Cebim kapalı olduğu için Bora'yı aramış, onun telefonundan konuştuk."

"Yayın haklarını aldığınızı da yine Handan'dan öğrendim."

"Müjdeyi yetiştirdi demek! Çok bereketli ve keyifli bir yolculuk oldu."

"Sizi beklemek çok keyifli değildi fakat! Handan saat başı telefon edip durdu. Sonunda beni de telaşlandırdı, kaza yaptığınızı düşündüm. Daha gelmeseydin, polisi arayacaktım."

"Abartmışsınız!"

"Nerede kaldınız sahi? Niye geciktiniz bu kadar? Handan yola çıkmadan hemen önce konuşmuş sizinle, hesapladık ettik, en az iki saat önce burada olmanız gerekirdi."

"Öyle mi anneciğim? Bak, neden olamadık, anlatayım sana. Bir kere çok trafik vardı. Gerçekten uçmuş bu ülke, yollar araba doluydu, bu biir. Öğlen yemeği için konakladığımız yerde servis yavaştı, fazla oyalandık, bu ikiii. Şehre girince Bora'yı evine kadar götürdüm, Dolmabahçe trafiğine takıldım, bu da üç!"

"Sen bunları bir de Handan annene anlatacaksın, oğlum. Kadın deli etti beni."

"Delidir çünkü o, bilmez misin?"

"Nerden bileyim?"

"Doğru, Allah'ın delisiyle sabahtan akşama kadar oturan benim," dedim, "bir duş alayım da kirim pasım gitsin, sonra güzelce sarılacağım sana. Özledim."

"Seni pencereden görünce koşup banyoyu doldurmaya başlamıştım. Dolmuştur," dedi Eda, "hatta taşmış bile olabilir, dur bakayım..." Beni itti, önüme geçerek banyoya koştu. Dün geceden beri ilk defa tuhaf bir rahatsızlık hissettim karımın iyi niyetli sevecenliği karşısında.

"Edoş, Handan ararsa telefonu bana getirme, banyoda dersin emi! Neden geç kaldığımı sen anlat ona, benim halim yok." Lafımı tam bitirmiştim ki telefon çalmaya başladı. Eda bana göz kırpıp, "İyi insan lafı üstüne..." diyerek telefona yürüdü.

KÖŞE KAPMACA

elinde o hoyrat hançer
*denizlerimin kıyısında işin ne**

Yaşamımın Karadeniz seyahatinin ertesinde başlayan faslına "Köşe Kapmaca Dönemi" demek, sanırım yerinde olur. Köşe kapmacayı gündelik hayatımızın pek çok anında ama asıl yayınevinin dört duvarı arasında oynamaya başlamıştık, Handan, Bora ve ben.

Ben Bora'yı, Bora Handan'ı, Handan da beni göz hapsine almıştı. Handan ayrıca sanırım Jülide'yle veya başka bir kadınla ilişkiye girdiğimin kuşkusu içinde telefonlarıma da kulak kabartmaya başlamıştı son günlerde. Telefonumun çalmasıyla birlikte, biliyordum ki odasından çıkıp bir bahaneyle kapıma yaklaşıyordu. Bazen kapımın önünde dikiliyor, bazen de içeri giriyordu. İçeri girmişse, telefonu kapatınca ona dönüyor, "Bir şey mi istedin Handan?" diye soruyordum. Odama gelmek için her zaman geçerli bir bahanesi oluyordu. Bir keresinde cesaretle, "Sen ne istediğimi biliyorsun," demişti.

---

* Tekin Gönenç.

"Burada olmaz, Handan," demiştim, "çok tehlikeli. Çalışanlarımıza rezil oluruz."

"Böyle düşünmüyordun eskiden."

"Hata etmişim."

"O zaman eve gel."

"Eda kuşkulanıyor. Gelemem."

"Eskiden geliyordun!"

"Eskiden kuşkulanmıyordu!"

"Bir daha buluşmayacak mıyız yani?"

Ellerimi çaresizlikle yanlara açmış, boynumu bükerek Handan'a bakmıştım. Tam o sırada bir anlaşma metnini imzaya getiren Nadide imdadıma yetişmiş, kurtarmıştı beni.

Ben ayrıca o günlerde kapımın anahtarını, depo bekçileri gibi cebimde taşır olmuştum, Handan odama girdiğinde kapıyı içerden kilitleyip üstüme gelmesin, Bora odama geldiğindeyse kapıyı ben içerden kilitleyeyim, kimse odama giremesin diye. Kilitli kapımın ardında Bora'nın güzel dudaklı ağzını öpeyim, parmaklarımı saçlarına daldırayım, ona dokunayım hatta gözüm çok dönmüşse, sonuna kadar gideyim diye.

Bazen de benim Bora'nın camlı bölümüne gittiğim oluyordu. Bir çalışmasını görmek, kapak üzerinde fikir yürütmek bahanesiyle küçük odaya giriyor, arkasında durup eğiliyordum bilgisayara doğru, ona değerek, elimi sırtına dayayarak, omzunu tutup hafifçe sıkarak. O da arkaya yaslanarak başını göğsüme dayıyordu. Ortaokul öğrencileri gibi, bu küçük temaslarla heyecanlanıyor, mutlu oluyorduk. Başkalarının da bulunduğu ortamlarda, birbirimize kâğıt, kalem, vesaire geçirirken parmaklarımızın, toplantı masasında otururken bacaklarımızın birbirine değmesi, bakışlarımızın bir anlık buluşması, her ikimizin de kalbini çarptırıyordu. Kendimizi duygularımıza öylesine kaptırmıştık ki, etrafımızdakilere açık verip vermediğimizin farkında değildik. Sanırım onlar da bizden böyle bir şey beklemedikleri için farkına varmıyorlar ya da varıyor ama kondurmuyorlardı.

Bir zaman sonra Handan'ın hassas burnu bir koku aldı. Bir gün olağan aylık toplantımızı yaparken, "Bir şey var sizin aranızda," dedi, "bir şey gizliyorsanız, bize de söyleyin de biz de bilelim."

"Ne gizleyebiliriz ki sizden?"

"Ne bileyim, öyle bakışıyorsunuz, gülüşüyorsunuz. Paylaşsanıza bizimle."

"Arka bahçede define bulduk, gizli gizli kazıyoruz," dedim.

"Silah bulmayın da maazallah, ne bulursanız bulun," dedi Berrin Hanım, "yoksa hepimizi Ergenekon'dan içeri alırlar."

Bora'yla ben başta olmak üzere hepimiz gülmeye başladık. Handan gülmüyordu.

"Berrin Hanım, eminim o Karadeniz gezisinde bize söylemedikleri bir şey oldu, o gün bugündür bir tuhaf bunlar," dedi Handan, "bir şey saklıyorlar bizden."

Berrin Hanım bakışlarında soru işaretleriyle gözlerime baktı.

"Karadeniz gezisinde çok hayırlı bir iş bağladık, bunu hepiniz biliyorsunuz," dedim bıkkın bir sesle, "ha bir de Jülide Hanım'a rastladık, onunla bir çay içtik şehir kahvesinde. Doğrusu bu ayrıntıyı da sizlerle paylaşmaya gerek görmedim."

Berrin Hanım dudaklarının ucunda bir gülümsemeyle gözlerini yere indirdi.

Toplantı sonrasında Bora odama geldi. Kinayeli bir sesle, "İlişkileri bitirmek başlatmaktan daha zordur, İlhami Bey," dedi. Onun da sezgileri güçlüydü anlaşılan.

"Bir bunalım anında başlayan, çok kısa süren bir ilişki," dedim biraz utanarak.

"Anlıyorum. Hepimizin hayatında olabiliyor böyle şeyler."

"Senin de mi oldu?"

"Elbette!"

"Kaç kere? Bora, her önüne gelenle yaptın mı?"

"Ne yaptım mı?"

"Şey işte... Aşk?"
"Ben hayatımda sadece bir kişiyle aşk yaptım."
"Kimdi?"
Elimden çekerek odamdaki küçük banyoya sürükledi beni, musluğun üzerinde asılı aynaya bakmaya zorladı, "İşte, şu anda göz gözesiniz."
"Belki inanmayacaksın ama ben de öyle," dedim. "Gerçek aşkı bulmak için meğer bu yaşıma kadar beklemem gerekiyormuş." Sonra ihtirasla öptüm sevgilimi, o anda daha ileri gidemediğime hayıflanarak.
Sonra Handan'ın odasına geçtim. Masasına ellerimi dayadım, gözlerimi gözlerine diktim, "Handan, toplantıda zor durumda bıraktın beni. Şu Jülide takıntından vazgeç. İnsanlar aramızda bir şey var sandılar."
"Yok mu?"
"Yok! Olsaydı da bu seni alakadar etmezdi. Birine hesap vereceksem, karıma veririm ama inan ki Eda bana senin yaptığını yapmıyor. Çocukça davrandın bugün, hiç yakışmadı sana. Bora'yı da kattın işin içine, sanki benim aşna fişnelerimin sırdaşıymış gibi, zavallı çocuk."
"O benim bilmediğimi bildiğine göre, sırdaşın sayılır. Karadeniz'de yanında o vardı. Senin gizli ilişkini biliyordur mutlaka. Görmüştür."
Birden aynı şeyleri tekrar etmekten, kendimi savunmaya çalışmaktan usanıverdim.
"Olabilir, belki de görmüştür," dedim, "eğer öyleyse, yapabileceğim fazla bir şey yok konuşmamasını temenni etmekten başka."
"Bak, kabul ettin sonunda."
"Ettim," dedim, "madem Jale miydi neydi adı, o kadınla bir ilişkim olmasını bu kadar çok istiyorsun, havlu attım ben de."
"İşte bu yüzden Bora'yla böyle sıkı fıkısın. Konuşmasın diye!"
Handan gözlerinde çok tuhaf bir ifadeyle bakıyordu. Elleri hafifçe titriyordu. Belki de, vahşi hayvan gibi koklayarak iz süren

ve avını parçalamaya hazırlanan Handan'ı başka ava yönlendirmenin yararı olacaktı, üstelik bu kapıyı kendisi açmışken. Kapıyı kendi açmıştı ama Jülide'den şüphelenmesine, hiç farkında olmadan ben sebep olmuştum aslında.

Karadeniz seyahatinin hemen sonrasında Handan'ın bacağındaki alçı çıkartılmıştı. Alçısı çıktıktan sonra işe gelmeye başlayınca beni iş görüşmeleri için evine çağırma nedeni ortadan kalkmıştı. Ayrıca akşamüstleri işten erkence ayrılıp fizyoterapiye gidiyor, evine sekizden, dokuzdan önce varamıyordu. Benim Handan'a ev ziyaretlerimi kesmem için iyi bir bahaneydi bu, çünkü ben de evli barklı bir adam olarak kendi evime makul bir saatte dönmek zorundaydım. Böylece ona gidişlerim, onda fazla şüphe uyandırmadan bıçak gibi kesilmişti. Zaman içinde fizyoterapiler her günden gün aşırıya, haftada ikiye ve bire düşünce Handan yine bekledi beni. Gitmedim. Birkaç kez odama gelip ısrarla çağırdı evine, her seferinde bir bahane buldum. Bahanelere sığınmanın yetmeyeceğini, artık yüz yüze gelerek bu ilişkinin bittiğini söylemem gerektiğini biliyor ama Handan'ın tepkisinden çekiniyor, konuşmayı erteliyordum.

Bugün, o an kendiliğinden gelmişti işte!

"O yüzdenmiş Eda kuşkulanıyor bahaneleri filan. Keşke açıkça söyleseydin, beni peşinden koşturmadan. Ben de aptallar gibi seninle buluşabilmek için fırsat yaratmaya çalışıyordum."

"Bu ilişki aslında hiç başlamamalıydı. Sen benim ortağımsın, dostumsun, karımın da arkadaşısın üstelik..."

Sözümü kesti: "Senin hatırına arkadaş oldum karınla. Seni daha sık görebilmek, seninle daha çok vakit geçirebilmek için..." Bu kez ben onun sözünü kestim: "Ben de bunu kastediyorum zaten, sürekli yanlış yaptık hem birbirimize hem Eda'ya. Doğru olan, bu yanlışın sona ermesidir."

"Bunun için mi o kadını devreye soktun?"

"Yok öyle bir şey..."

"Ben sana âşık oldum İlhami. Birkaç seferlik bir macera değilsin benim için."

"Handan, bundan sonra çok dikkatli ol, evli adamlarla ilişkiye girme. Sonuç genellikle hüsran oluyor çünkü."

"Çık odamdan İlhami!" Elleri gibi dudakları da titremeye başlamıştı Handan'ın.

"Seni üzmek hiç istemedim... İnan bana..."

"Çık dedim sana!"

Yavaşça doğruldum, kapıya yürüdüm, "Her şey bitti zannediyorsan, yanılıyorsun," diye tısladı Handan, "bunu yanına bırakmayacağımı bil! Beni karın için değil, o esmer karı için kırdığını hiç unutmayacağım, hiç affetmeyeceğim!"

Çıktım odadan.

Karmakarışık duygular içindeydim. Yüreğimde hem Handan'dan kurtulmuş olmanın ferahlığı, onu üzmüş olmanın burukluğu vardı hem de onunla ilişkiye girmiş olduğum için derin bir pişmanlık.

Pişmanlık mı?

Bana çok daha büyük pişmanlıklar yaşatacak bir duygu denizinde kulaç atmıyor muydum, aklımı, mantığımı tamamen perdelemiş olarak?

Şu anda içinde bulunduğum durum, daha mı az karmaşıktı bir öncekinden? Bir gün gizli aşkım ortaya dökülecek olursa, ne yapardım, kime anlatırdım halimi? Asıl pişmanlığı o zaman yaşardım. Pişmanlığın ne olduğunu o zaman anlardım.

Odama girdikten sonra kapıyı kilitledim, masamın başına çöktüm ve ileride bir gün başıma gelebilecekleri düşündüm. Handan'la olan yarım yamalak ilişki bile bu kadar zorladıysa beni, yol yakınken son vermeliydim aklımı, ruhumu, kalbimi, bedenimi esir almaya başlayan bu sevdaya! Handan, keskin gözleriyle, iyi koku alan burnuyla vaziyeti kavramadan önce! Bora'ya,

Eda'ya hepimize zarar vermeden, pençeleriyle her birimizi paralamadan, bir an önce gizli ilişkimi bitirmeliydim.

Bora'dan ayrılma ihtimalini düşününce soluğum kesildi, nefessiz kaldım. Güçsüz kuvvetsiz kaldım. Dehşetle farkına vardım ki Bora benim kaderim olmuştu. Tüm ihtimallere, tehlikelere, Handan'a rağmen, hayatımda var olmalıydı. Her şeyi göze alıyordum.

İşte böylesine zor bir köşe kapmacaydı artık benim yaşamım, herkesin bir diğerini kolladığı ya da bir diğerinden kaçmaya çalıştığı. Sonunda her birimizin fena incineceğinin başından belli olduğu, kiminin gönüllü, kiminin gönülsüz oynadığı bir oyundu.

HER ŞEYE DEĞİYORDU GÖZLERİNDE YAKALADIĞIM SEVİNÇ

aşksa o
hiç korkma
nasılsa konuşur
*bütün dilleri**

Bir müddet sonra, Bora'yla ilişkimizi koridorda geçerken birbirimize değmeler ve kapı arkası öpüşmeleriyle sürdüremeyeceğimizi anlayınca bir çare düşündüm. Mutlaka, buluşabileceğimiz bir evimiz olmalıydı. Oysa evli erkeklerin bir garsoniyer tutmaları hayat boyu ne kadar da itici gelmişti bana. Ne haltlar karıştırdığımı bildiğini belli eden bakışlarla yüzüme bakan daire sahibinin karşısında kira kontratı imzalamak! Ne küçük düşürücü, ne utanç vericiydi. Oysa şimdi tam da bunu yapmak üzereydim. Acınacak haldeydim, ikiyüzlülük ancak bu kadar olabilirdi. Sevgilim vardı, üstelik erkekti ama ben bundan gocunmazken, garsoniyer tutmaya utanıyordum! Nasıl bir çelişki çıkmazındaydım, gizli anların yolcusu ben!

---

* Tekin Gönenç.

Allah içimde kopan fırtınalardan dolayı bana acımış olacak ki bir başka yol bulundu. Bora'nın Cihangir'deki evini paylaştığı arkadaşı yurtdışına gitme kararı aldı. Evin kirasının tamamını üstlenerek mekân sorununu halletmiş oldum. İş çıkışlarında, eskiden Handan'a uğradığım gibi, bu sefer de Bora'ya gitmeye başladım. O taraflarda sıkça görünmeme bir bahane bulmak için Taksim'de bir spor kulübüne üye de olmuştum. Haftanın birkaç günü yayınevinden Bora'yla birlikte çıkmaya başlamıştık. Hazır Taksim istikametine gidiyorken, o taraflarda oturan bir elemanımı arabama almamdan daha doğal ne olabilirdi?

Doğal olmayan, evim Etiler'de, işyerim Levent'teyken ve o civarda onlarca spor salonu varken, spor yapmaya Taksim'e kadar gitmeye kalkmamdı. Spor tesisini bir çocukluk arkadaşımın açtığını ve bana indirim yaptığını söylememe rağmen, Eda hiç de olağan karşılamamıştı bu durumu. Suratı asıktı. O da için için Handan'la aramızda bir şey olduğundan şüpheleniyordu herhalde. Ben buna çoktan razıydım, çünkü gönlüm rahattı, artık Handan'la hiçbir alakam kalmamıştı. Beni korkutan Handan'ın karımın aklına Jülide'yi sokmasıydı.

Benim için zor geçmekte olan o günlerin birinde, Derya'nın ara tatil için geleceğini bildiren mektubunu aldık. Bir akşam, yemek masasındayken Eda, "İlhami, bu spor işlerini kız buradayken askıya al," dedi, "zaten on günlüğüne geliyor çocuk, akşam yemeklerinde birlikte olalım."

"Elbette alırım da, zaten yemeklerimizi birlikte yemiyor muyuz, Eda?"

"Sen onlara birlikte yemeğe oturmak diyorsan, evet. Yorgun argın, geç saatte geliyorsun, sofrada tek laf edecek halin kalmamış olarak. Yemek yer yemez de, televizyona yapışıyorsun önünde uyuklamak için."

"Abartma Edoş. Haftada bir veya iki kere gidiyorum spora."

"Geçen hafta üç kere gittin! Cumartesi veya pazar da gidiyorsun bazen."

"Göbeğimi eritmek istiyorum yaz gelmeden."

"Göbeğin mi var?"

"Biraz yağlandım."

"İlhami, sen böyle kendinle uğraşmazdın eskiden. Ne oldu, bir şey mi değişti hayatında?"

"Pardon?"

"Çok yakışıklı görünmeni gerektiren bir durum mu var, dedim."

"Kendini salıvermiş, canından bezmiş biri mi olayım istiyorsun?"

"Sadece eski İlhami olmanı istiyorum."

Ah, keşke eski İlhami olabilseydim! Ama ben içimdeki sevme, sevilme, sevişme gücünü keşfetmiş biriydim artık. Eskisi gibi asla olamayacaktım. Asla!

Kuşkular, şüpheler içinde yaşamaya başlayan bana çok yakın iki kadın, karım ve ortağım da artık eskisi gibi olamayacaklardı ne yazık ki benim yüzümden! Oysa ben bütün bu kuşkuların, endişelerin üzerine çıkmıştım. O kadar mutluydum ki, dünya küçücük kalmış, yüreğim koskocaman olmuştu. Hiçbir şey umurumda değildi. Gözüm sevdiğimin dışında hiçbir şey görmüyordu, sadece onu sevindirmeye, memnun etmeye odaklanmıştım. Evine her gidişimde, ona iyi şaraplar, delikates tadımlıklar götürmenin yanı sıra küçük sürprizler de yapıyordum. Bir keresinde gözlerinin ta derinindeki rengi yakalayacak bir lacivert kaşmir kazak, bir başka sefer sevdiğim parçalarla doldurduğum bir iPod armağan etmiştim. Ama herhalde en çok, büyük boy bir ayının koluna takarak verdiğim Rolex saate sevinmişti. Bana onun vermiş olduğu bembeyaz bir yumuş tavşana arkadaşlık etsin diye götürmüştüm koluna saati taktığım ayıyı.

"Bu ayıyla tavşan bizden daha şanslı, çünkü yirmi dört saat birlikte olabilecekler," demişti onları kucak kucağa şifonyerin üzerine yerleştirirken. Saati görmemişti henüz, ayının tüyleri kapatıyordu saati.

"O halde saat yirmi dört saatte bir çalsın ki, mutlu birlikteliklerini hep idrak edebilsinler," demiştim. Şaşkın şaşkın bakmıştı yüzüme. Ona bir başka gelişimde hediye ettiğim şampanya kadehlerini getirmeye mutfağa gittiğinde, başucunda duran saati yerinden alıp on dakika sonrasına kurdum, oyuncak ayının arkasına sakladım. Alarm çalmaya başlayınca telaşla sesin geldiği yere koştu, ayıyı incelerken Rolex'i buldu. Gözlerinde şaşkınlık, sevgi ve minnetle döndü bana.

"Artık sürprizleri sevmeye başla," dedim, "sana çok güzel sürprizler yapacak biri var hayatında."

"Artık hayatı da seviyorum," dedi Bora.

Sanırım yer tezgâhından alınmış Çin işi bir kol saatinden başka saati olmamıştı ve hayatının ilk değerli saatini koluna geçirirken bir çocuk gibi seviniyordu. Ben de onun gözlerinde mutluluğu yakalayınca, çocuğunun gönlünü hoş etmiş bir baba gibi huzurlu hissediyordum kendimi. Yaptığım her şeye değiyordu; tüm zorluklara, gerginliklere, ürettiğim yalanlara değiyordu; nefes almaya, sabaha başlamaya, günü yaşamaya değiyordu onun gözlerinde yakaladığım sevinç.

O beni bu yaşıma kadar hayatın hiç bilmediğim, bilmek için de çaba harcamadığım bazı katı ve kaba gerçekleriyle tanıştırır, beni olgunlaştırır ve terbiye ederken ben de ona iyi yaşamanın inceliklerini öğretiyordum. Buz gibi bir kadeh Don Perignon'un verdiği tatlı baş dönmesi, Mozart'ın, Bach'ın, Beethoven'ın müziğinin etkisi, tenine has ipeğin, tiril tiril ketenin değmesinin hazzı, kaliteli ayakkabıların ayağını kavrayışı, bir ünlü markanın iyi kesimli pantolonunun, ceketinin üzerinde duruşu... Bunları yeni öğreniyor, öğrendiklerinden memnun kalıyor, iyi şeylere çabuk alışıyordu. Ruhu asildi çünkü Bora'nın. İyi şeyler yapmak, iyi şeylerle çevrelenerek yaşamak için yaratılmış gibiydi. Bora'ya tüm *iyi şeyleri* ben vermek istiyordum onun bana yaşattığı tarifsiz mutluluğa bir parça olsun karşılık verebilmek için. Yılbaşında, doğum gününde, birlikteliğimizin yıl dönümlerinde, her vesileyle, her bahaneyle ona gücümün yettiği pek çok armağan vermek, ona dünyayı gezdirmek, en güzel yemekleri yedirmek, en nadide içkileri içirmek ve en özgün melodileri dinletmek istiyordum.

Çocuğuna düşkün bir baba, imkânları yetmese de ona vermek istedikleriyle nasıl hayallerini, şartlarını zorlarsa, işte ben de aynı duygular içindeydim sevdiğime karşı. Ama nasıl gerçekleştirecektim hayallerimi, olanakları sonsuz olmayan ve zaten bir aile ile sınırlanmış olan ben?

Demek ben de şartlarımı zorlamalıydım bundan böyle! Yeni iş imkânları yaratmalıydım, daha çok çalışmalı, daha çok para kazanmalıydım!

Azar azar da olsa, sabırla, sevgiyle elimden geleni yapmaya başladım onu daha rahat yaşatmak ve mutlu etmek için. Bora'nın evine önce güzel bir müzik seti, sonra geniş, rahat bir yatak yollattım. Onun en sevdiği renkte perdeler ısmarladım. Küçük ama bembeyaz, yalın bir banyo, az eşyalı, modern görünüşlü bir oturma odası, tavana saklanmış gizli ışıklar ve bu odanın bir köşesinde çeşitli içkilerin sıralandığı bir bar! Ucuz mobilyayla döşenmiş tek yatak odalı, çekyat sedirli mütevazı öğrenci evi, hoş bir mekâna dönüşmüştü.

Yaşam standardı da, zevkleri de, alışkanlıkları da değişiyordu yavaş yavaş.

Bir gün evine gittiğimde, onu saat kataloglarını karıştırırken bulmuştum. Hublot'un son modeline bakıyordu hayranlıkla.

"Hayrola? Almayı mı düşünüyorsun yoksa?" diye sordum.

"Belki."

"Küçük bir soygun mu gerçekleştirdin benden habersiz?"

"Bu model için gerçekleştirebilirim." Parmağını sayfanın siyah zemininde ışıldayan saate bastırmış, yüzüme bakıyordu. Evet, her genç insan gibi, pahalı saatlere bariz bir düşkünlüğü vardı.

"Sence bir saat için bir soyguna değer mi?"

"Çok özelse ve tıpkı gerçek aşklar gibi bir ömürlükse değer."

"Günümüzde ne saatler ne de aşklar bir ömürlük."

"Bunu sen mi söylüyorsun?"

Gözlerinde hem kırgın hem muzip ifadeyle bakmıştı bana, beni sınamak ister gibi. Benim ona olan tutkumu bilmesine rağmen sürekli sınıyordu beni. Sadakatimi, cömertliğimi, sabrımı sınıyordu. Ben de açık vermemek için çabalıyordum hep. Orta yaşa yelken açmış, yorgun, yıpranmış erkeğin genç sevgilisine olan zaafını saklamak istiyordum inanılmaz bir beceriksizlikle.

Çok sonra, geniş yatakta koyun koyuna yatarken, aklımdan ona doğum gününde bir Hublot sürprizi yapmayı geçirerek, "Senin doğum günün ne zaman?" diye sordum sevdiğime.

"Nüfus cüzdanıma göre kasım ayında," dedi, "gerçek doğum günümü bilmiyorum."

"Nasıl yani?"

"Benim şimdi kullandığım cüzdanı askerlikten sonra çıkarttım."

"Neden?"

"Diğeri şey oldu çünkü... Kazaya uğradı... İsim filan okunmaz oldu. Yenisini çıkarttım."

"Nasıl kazaya uğrar bir nüfus cüzdanı?"

"Üstüne çay döküldü."

"Peki, eski nüfusunda doğum tarihin neydi?"

"Tarih olarak aynıydı da, günüydü, ayıydı hepsi uyduruktu tabii. Anneme sormuştum ben ne zaman doğdum diye, karlar yeni eriyordu demişti. Demek kasım ayında doğmamışım. Bizim oralarda nüfus cüzdanları okul çağında çıkarılır, artık memurun keyfine kalır hangi ay, hangi gün doğduğun. Zaten yaş da sadece askere giderken önemlidir."

"Bir de kızları evlendirirken herhalde."

"Yoo, babalar kızlara iyi başlık vereni bulunca yaşına bakmadan yollarlar kocaya, yeter ki âdet görmüş olsun. Zaten resmi nikâh da kıyılmaz ki, nüfus kâğıdı gereksin."

"İnsanın şansının nerede doğduğuna bağlı olduğuna hiç şu anki kadar inanmamıştım."

"Çok istenirse, değişebiliyor şans. Her şey değişebiliyor..." Gülümsedi kendi kendine, "ama değişirken bile şansın yaver gitmesi lazım."

"Senin şansın yaver gitmiş olmalı."

"Kesinlikle! Askere gönderildiğim o gün var ya romana yazdığım, ilk anda ölmeyi istemiştim. Oysa her şerde bir hayır vardır, bazen ölümde bile. Askere zorla yollanmamış olsaydım, yeni kimliğime kavuşamaz, yeni bir hayata başlayamazdım."

Ben o anda onun "kimliğim" derken, nüfus kâğıdını kastettiğini bilmiyordum. Aklım, doğum tarihini bilmeyişine takılmıştı.

"Bak ne diyeceğim sana, madem annen karlar erirken doğdun demiş, nisan ayında doğmuş olabilir misin?"

"Olabilir."

"Gel sana bir doğum günü tespit edelim. Yedi uğurlu sayıdır, doğum günün 7 nisan olsun. Aramızda senin doğum gününü kasım ayı yerine, hep 7 nisanda kutlayalım, ne dersin?"

"Olur derim! Doğum günü armağanımı altı ay önce alırım, fena mı?"

"O halde senin yeni doğum gününün şerefine içelim son yudumlarımızı, sonra ben kalkayım, geç oluyor."

Artık ısınmış olduğu için aynı hazzı vermeyen şampanyanın kadehlerimizdeki son yudumlarını içtik, ben giyinmeden önce alelacele bir duş aldım, kapının önünde bir daha hiç görüşemeyecekmişiz gibi kucaklaştık, çıktım. Merdivenleri ıslık çalarak indim, arabama kadar ıslık çalarak yürüdüm, az önce birlikte dinlediğimiz CD'nin arabamdaki yedeğini taktım müzikçalara, onu düşünerek, onu yaşayarak, rüyada gibi aktım, korkunç trafiği fark bile etmeden evime geldim. Her zamanki gibi kapıyı anahtarla açıp içeri süzüldüm.

Eda, oturma odasında televizyon seyrediyordu. Özenle kurduğu sofrayı kaldırmamıştı.

"Yemeğini yemedin mi sen?" diye sordum.

"Seni bekledim," dedi.

"Edoşum, spora gittiğim günler bekleme beni demedim mi! Benim yemek yiyecek halim kalmıyor pek."

"Hayret! Spor yapan insanlar acıkır genelde."

"Ama senin kocan özel!"

Yanına gidip yanağına bir öpücük kondurdum. Yasemin kokuyordu. Eda bir süredir hem giyimine ve makyajına özen gösteriyor hem de tıpkı Handan gibi buram buram yasemin kokuyordu.

"Ne güzel kokuyorsun," dedim içtenlikle.

"Senin için, sen bu kokuyu sevdiğin için... Ne zamandır düşünüyorum İlhami, seni çok ihmal ettim, istemeden seni kendimden uzaklaştırdım. Pişmanım. Çok geç olmadan geri dön." Hayretle karıma baktım.

"Kabuğuma çekilmem, hayata küsmem için çok geçerli bir nedenim vardı ama hayatın devam ettiğini gözden kaçırdım bir ara. Kaybolan zamanımızı geri getiremem ama..." Sesi titredi, "seni kaybetmeyi de göze alamam. Eski hayatımıza geri dönelim İlhami... Kaza öncesine."

"Eda, beni kaybetmen söz konusu değil. Ben senin kocanım."

"Sen iyi bir kocasın, beni şikâyet etmeden çektin, bana sabır gösterdin..." Bir yaş süzüldü yanağına doğru karımın.

"Kaybettiğimiz çocuk, benim de çocuğumdu. Biz birlikte acı çektik."

"Ama sen toparlanmasını bildin. Kızımız için, benim için yaptın bunu. Ben matemimi sürdürdükçe, acının içinde boğuldum... Arada neleri kaybettiğimi, bizi yıprattığımı fark edemeden. İlhami, karar verdim, bitti artık. Bir daha üst kata çıkmayacağım. Seanslara da son verdim. Hayatımı geri istiyorum. Kocamı geri istiyorum."

Eda'nın önünde diz çöktüm, kollarımı boynuna doladım, kedi gibi sokuldu, başını omzuma dayadı. Şefkatle okşadım saçlarını.

"Geri gelemem çünkü gitmedim," dedim.

"Bir anlamda gittin. Epeydir yoksun. Ben tanımam mı kocamı? Ama inan bana, bunun için ne seni ne başkasını, sadece kendimi suçluyorum."

"Eda..." Parmağını dudağıma değdirip susturdu beni, "Lütfen İlhami, hesap sormuyorum, hiçbir şey öğrenmek istemiyorum. Sadece dön bana."

"Haydi gel, içeri geçip yemeğimiz yiyelim," dedim ayağa kalkarken. Kollarından çektim karımı, onu da ayağa kaldırdım, beline sarılmış, onu yemek odasına doğru yürütürken ne yapacağımı, nasıl davranacağımı bilemiyordum. Allak bullak olmuştum. Birden sehpanın üzerinde duran sigara paketi ilişti gözüme, "Eda, kim geldi buraya bugün?" diye sordum.

"Kimse..."

"Handan mı geldi?"

"Nereden çıkartıyorsun?"

"Sigara paketinden! Ondan başka kim içiyor bu zor bulunan ince sigaraları? Kim ha?"

"Bir ara uğradı," diye kekeledi Eda.

"Ve zehrini akıttı değil mi? Seni kuşkulara saldı, sen de bir aptal gibi inandın ona! Bu kimsenin yâr olamadığı, yalnızlıktan bunalmış, kafasında sürekli kötülük üreten kadına, bu kinci deveye inandın! O yüzden bütün bu sözler, öyle değil mi?"

"Neler söylüyorsun İlhami?"

"Doğruyu söylüyorum! Kim bilir neler soktu aklına, ne fesatlar?"

"Niye bu kadar nefret ediyorsun Handan'dan? Ne yaptı sana?" Karımı kollarından tutup sarsaladım: "Bana değil sana yapıyor yapacağını. Mutsuzluğunun, yalnızlığının acısını senden çıkarıyor. Farkında değil misin sahip olduğun her şeyi kıskandığına?"

"Sen aklını kaçırmışsın," dedi Eda, "işyerinde ortağınla bir sorunun varsa, orada hallet! Beni karıştırma. Zavallı Handan aramızın düzelmesi için elinden geleni yapıyor. Bana kendimi toparlamamı, kendime bakmamı, berbere gitmemi, makyaj yapmamı hatta seanslara gitmememi de tavsiye eden, hep o. Seni yeniden eve, kendime bağlamam için yol gösteriyor bana... Bizim iyiliğimiz için. Kötülük asıl senin içinde!"

Eda, kendini benden koparıp odasına yürüdü hızla ve kapıyı küt diye çarparak kapattı. Yemek odasıyla oturma odasının arasında kalakaldım. Handan'ın büyük bir ihtimalle ben göreyim diye sehpada bıraktığı sigara paketinin benimle alay edercesine bana göz kırptığına o an emindim.

Deliriyor muydum acaba?

KARIMDAN UZAK DUR, DEDİM ONA

acılar sabırsızdır
kolayca eskirler sanırdım
bir türlü almıyor aklım
*nasıl da yanılmışım**

Ertesi sabah her zamankinden daha erken gittim yayınevine. Nadide benden önce gelmiş, gazetelerde bizi ilgilendirebilecek haberlerin altını kalın kırmızı kalemle çiziyordu.

"Bana bir fincan kahve, koyu olsun lütfen Nadide," dedim, "Handan Hanım gelince de haber ver."

"Erkencisiniz efendim, kahvaltı etmediyseniz, size simit aldırayım."

"Kahvaltı ettim. Sağ ol."

Odama girdim, odayı bir aşağı bir yukarı arşınlayarak, Handan'a söyleyeceklerimi kendi kendime tekrar ettim. Nadide kahvemi getirdi. Bir sigara yaktım, kahvemden bir büyük yudum aldım. Ağzımın içini, boğazımı yakarak indi mideme sıcak kahve. Yaksın, hatta beter olayım! Kendine sıkıntıyı, derdi, hu-

* Tekin Gönenç.

zursuzluğu kırmızı mühürlü davetiyeyle davet eden ahmak ben! Rahmetli dedem geldi aklıma, "*Yıktın perdeyi eyledin viran*" derdi başını benim gibi belaya sokanlara, Hacivat'ın sesini taklit ederek.

Handan'la yaşadıklarımızı, ona âşık olsam, ondan hoşlansam, bağışlayabilirdim. Sarhoşken yapılmış bir hatayı gereksiz yere tekrarla, uzat, şimdi de içinden çıkmak için kıvran dur, bakalım! İkinci sigarayı yakmadan bir yudum daha kahve içtim, bu kez yanmadı boğazım. Ilınmıştı kahve. Elimde sigaramla pencerenin önüne yürüyüp camı araladım. Dışarda ipil ipil bir yağmur başlamıştı... Tam ahmak ıslatandı, bana layık! Bunları düşünürken, kapımın açıldığını duymamışım, "Beni buyurmuşsun," dedi Handan. Döndüm, odanın ortasında duruyordu.

"Estağfurullah! Nadide geldiğini haber verince uğrayacaktım odana."

"Ben sana geldim. Ne vardı? Ne söyleyecektin?"

"Otursana," dedim yazı masamın karşısındaki kanepeyi işaret ederek. Karşılıklı oturduk.

"Dün bize gitmişsin Handan."

"Eda'ya uğradım, evet."

"Neler anlattın ona?"

"Hangi konuda?"

"Sen biliyorsun hangi konuda!"

"Bilmiyorum İlhami! Bana ne söylemeye çalıştığını hiç bilmiyorum. Daha açık olur musun lütfen!"

"Karımla benim hakkımda konuşmazsan minnettar olurum."

"Senin hakkında niye konuşayım ki?"

"Eda'nın aklına fikirler sokarak, bana kızgınlığını lütfen ondan çıkarma Handan."

Handan ayağa kalktı, "Sen beni ne zannediyorsun be! Karına seni şikâyet ettiğimi mi sanıyorsun? Ya da aramızdaki ilişkiyi anlattığımı?"

"Aramızda bir ilişki yok ki."

"Artık yok. Ama olsaydı da söylemezdim. Bunca zamandır söyledim mi? Onunla hiçbir sorunum yok benim."

"Neden ona süslenip püslenmesi ve bana sahip çıkması için baskı yapıyorsun o halde?"

"Ben sadece aranızı düzeltmeye çalışıyorum. Evliliğinizi kurtarmaya, aranızı yeniden bulmaya..."

"Dur, dur, dur! Handan, biz dargın değiliz. Boşanmıyoruz. Ayrılmayı aklımızın ucundan bile geçirmiyoruz."

"Ama sevişmiyorsunuz! Yatmıyorsunuz!"

"Nereden biliyorsun? Eda mı söyledi?"

Handan yerine oturdu, bacak bacak üstüne attı, "Hayır, sen anlattın. Unuttun mu? Bir gece salya sümük ağlayarak anlattın."

"Çok sarhoştum. Yoksa asla yapmazdım."

"Ama yaptın."

"Tamam, yaptım. Şimdi senden tüm anlattıklarımı unutmanı rica ediyorum. Yalvarıyorum unutman için. Çünkü sen aramızı bulmaya çalıştıkça, Eda hayatımda biri var zannediyor."

"Yok mu?"

"Lütfen Handan."

"Yok muydu? Bunu da mı inkâr edeceksin, yoksa ben mi bir hayal gördüm onca zaman? Bir hayaletle mi seviştim?"

"Vardı. Sen vardın. Asla inkâr etmiyorum. Ama bitti. Handan, Eda'yı incitme, ona önerilerde bulunma, nasihat etme. Bunlar onu endişeye sevk ediyor."

"Beni de azıcık düşünsene."

"Seni de düşünüyorum. Sen benim ortağımsın. Yakın arkadaşımsın. Asla sevgilim olmamalıydın. Bu sana büyük haksızlık oldu, çünkü ben evliyim. Şu andan itibaren Handan, ne olur eski günlerimize dönelim. Yine dost, arkadaş, anlaşan iki ortak olalım, çok sarhoş olduğum o gecenin öncesindeki gibi. Lütfen!"

"O işte mümkün değil, çünkü yaşananlar yaşandı."

"Pekâlâ, o halde beni hayalinde kurguladığın sevgililerimden kurtarmak için Eda'yı kullanma."

"Küstah!" dedi Handan. Kalktı, parmağını burnuma doğru salladı.

Ben de kalktım ayağa, ben de parmağımı onun burnuna doğru salladım, "Bu ortaklık devam etsin istiyorsan, karımdan uzak dur! Şunu da kafana sok, hayatımda başka bir kadın yok. YOK!"

Handan kapıya yürüdü, elini tokmağa koyup bana döndü, gözleri çakmak çakmaktı.

"Sen de şunu kafana koy, İlhami Bey Hazretleri," dedi, "bizim ortaklığımız seks ilişkimize benzemez, senin istemenle ya da tehdidinle bitmez, bitemez!"

O odadan çıktıktan sonra, dedem sanki yukardan beni seyrediyormuş gibi havaya bakarak, "Başıma geleni gördün mü dede?" dedim, "bak işte, ben de yıktım perdeyi, eyledim viran! Bu işin altından bakalım nasıl kalkacağım?"

Ruhlardan medet umduğu için kızdığım karım, beni şu anda görse ne derdi acaba?

TERSİNE AKARDI HEP İÇİMİN IRMAKLARI

köpüren simsiyah saçlarınla
günler boyu koşuşup durdun
*içimin aykırı ırmaklarında**

Kızımızı karşılamaya her zamanki gibi Eda'yla birlikte gittik. Derya bu sefer bize sürpriz yapmamıştı. Saçları kendi rengindeydi. Kulağındaki küpeler duruyordu ama burnunun yanındaki minik halka çıkmıştı. Üzerinde normal bir blucin vardı. Dönüş yolunda, mutlu aile görüntüsü içinde sahil yolundan şehre doğru gelirken, "Annen senin için birkaç restorana rezervasyon yaptırdı," dedim, "o çok sevdiğin güzel manzaralı lokantaya, sonra..."

"Baba, ben buradaki arkadaşlarımla konuşayım önce. Belki onlar da program yapmışlardır, çakışmasın."

"Okuldan arkadaşların mı?"

"Yok canım. Bora'nın tanıştırdıkları."

"Biliyorlar mıydı geleceğini?"

"Bora'ya mail atmıştım."

"Yaa! Yanıtladı mı bari?"

---

* Tekin Gönenç.

"Sen gelince bakarız diye yazdı."

Bak hele, dedim içimden, bak hele! Bana hiç bilgi vermedin Bora Bey!

"Mikla'ya zor yer buldum. Dünyada iptal etmem," dedi Eda.

"Canım, olmazsa Bora'yı da davet deriz," dedim, "arkadaşlarının hepsini götürecek halimiz yok ama Bora gelebilir."

"Eve varınca arayacağım zaten onu," dedi Derya.

Eve vardığımızda odasına kapandı telefonlarını etmek için. Kızımın kapısının önünde dikilip ne konuştuğunu duymak istedim hatta bir an içeri girmeyi dahi düşündüm, sonra kendimi Handan'a benzetip vazgeçtim. Salona gidip bir viski doldurdum bardağıma.

"Hayrola? Biraz erken değil mi?" dedi Eda.

"Baksana bize hiç yüz vermiyor bu yine."

"Verir verir! O âşık şimdi. Etsin telefonunu da rahatlasın."

"Âşık mı?"

"Bora'ya âşık ya!"

"Yok artık, deve! Hoşlanıyor, dersen anlarım, iyi anlaşıyorlar, dersen onu da anlarım. Üç gece çıkmakla âşık mı olunurmuş? Hem bakalım Bora ona âşık mı? Bora istiyor mu böyle bir ilişkiye girmek? Belki Bora başkasına âşık!"

"Ne oluyorsun yahu? Bu kadar kızacak bir şey yok, İlhami!" dedi Eda, "Ah bu kız babaları! Kıskançlıktan gözünüz dönüyor değil mi?"

"Kıskançlıktan gözüm dönüyor, evet," dedim her şeyden habersiz, bir su damlası gibi temiz ve masum karıma.

"O zaman sana tavsiye edeyim, kıskançlıktan vazgeç! Kızın büyüdü! Onun da bir sevgilisi olacak. Âşık olacak, flört edecek."

"Benim yayınevimde çalışan biriyle değil!"

"Nedir bu yayınevindekilerle sorunun senin? İlhami, çok yoruluyorsun, bir de spor çıkarttın şehrin ta öteki ucunda, sinirlerin ıpranıyor. Olur olmaz şeylere kızıyorsun."

"Eda, kızımın benim bir elemanımla gönül macerasına girmesini doğru bulmuyorum."

"Bu Bora'yı sen musallat etmedin mi Derya'ya? Şimdi ne değişti?"

"Ben onun kızıma kavalyelik etmesini istedim sadece, sevgilisi olmasını değil."

Karımın bana kaş göz işaretiyle sustum, başımı çevirdim, Derya arkamda duruyordu, "Baba, Bora benim sevgilim değil," dedi Derya, "siz neyin kavgasını yapıyorsunuz, ikiniz?"

"Doğru olanı budur, yani Bora'nın sevgilin olmaması. Konuştun mu Bora'yla?"

"Konuştum. Yarın akşam beni yemekten sonra alacak, müzik dinlemeye gideceğiz."

"Benim lokantalara rezervasyon yaptığım günleri unutma sakın," dedi Eda, "bir de aile yemeği yiyeceğiz çarşamba günü, büyükannelerinle birlikte."

"Biz zaten gece on birden önce buluşmayacağız," dedi Derya.

"Öyle sabahlara kadar sürtmek yok," dedim, "saat en geç ikide dönersin evine."

"Bakarız," dedi Derya, "Bora'nın sevgilim olmasına gelince, henüz değil ama buna hazırlıklı ol, baba. Ondan hoşlanıyorum."

"Bu ne terbiyesizlik Derya! Babayla böyle konuşulur mu?"

"Ben sadece dürüst davranıyorum."

"Önce saygılı davran! Benimle yüzgöz olma."

"Ben on sekiz yaşındayım. Evlenmek için dahi izne ihtiyacım yok. Ben re-şi-tim!"

"Reşit olmanın paranı kazanana kadar sana bir faydası yok. Şu kapıdan çıktın mıydı, bineceğin taksiyi R harfiyle ödeyemezsin

"O halde üniversiteye gitmem, bir iş bulur, hayatımı ka rım."

O âna kadar lafa hiç karışmamış olan Eda, sesi titrey du: "Kızım, evlenmeye falan mı niyetlendin yoksa?"

"Hayır!" dedi hırçın kızım, "sadece sizin bana hükmetmemenizi istiyorum. Seçtiğim arkadaşlara, seçeceğim sevgiliye karışmayın. Bunun bedeli hayatımı kazanmaksa, ben varım!"

"Sana karışmak gibi bir niyetimiz yok."

"Ama anne, babama baksana..."

"Baban son zamanlarda asabi biraz... İşinde sorunlar varmış, üstüne alınma beboşum."

Ben yerimden kalkıp içkilerin durduğu büfeye yürüdüm, hem bu konuşmaya bir son vermek hem de viskimi yenilemek için. Eda peşimden geldi, "Ne yapıyorsun Allah aşkına, daha gelişinin birinci saatinde uğraşma çocukla," diye fısıldadı kulağıma. Biraz ileri gittiğimin ben de farkındaydım. Canım sıkılmıştı. Sesini duymak için mi, yoksa kızımı zapturapt altına almak için mi, emin değilim, Bora'ya telefon etmek üzere yatak odasına geçtim. Kızımla yapacağı her programı bana bildirmesini ve akşam ikiden geç kalmalarını istemediğimi söyleyecektim. Biraz bozulacaktı herhalde ama bana, "ben sizin kızınızın dadısı değilim" mealinde bir şeyler söylemeyeceğine emindim, çünkü terbiyeli bir gençti Bora. Yine de içimden bir ses şansımı fazla zorlamamamı söylüyordu, zira Bora da biliyordu kızımı başına benim sardığımı. Bu yüzden numarasını tuşladığım halde konuşmaktan vazgeçip hemen kapattım telefonu. Kendi düşen ağlamamalıydı. Anında mesaj geldi Bora'dan. **Aramışsınız,1 şey mi oldu?** diye yazmıştı. Hemen yanıtladım: **Evet, seni çok özledim.** Karşı yanıt geldi: **Yarın?**

Oturma odasına geri döndüm, "Kızlar," dedim, "yarını alışveriş günü ilan edelim mi? Sınırsız alışveriş!"

Beş dakika önceki gerginliği hemen unutup, "Harika," diye bağırdı ana kız.

"Nişantaşı'nı mı istersiniz, İstinye Park'ı mı?"

"Alışveriş merkezlerinden nefret ediyorum," dedi Derya.

"O halde Nişantaşı. Sizi Citys'in önüne bırakır, ben de sporuma giderim."

"Aaa baba!"

"Aman daha iyi, baban takılmasın peşimize, rahat edemeyiz. Onunla öğlen yemeğine buluşuruz kafelerin birinde."

"Söz vermiyorum. Bazen aletler boş olmuyor, sıra beklemem gerekiyor..."

"Artık sen de sporunu eksik yapıver kızın buradayken," dedi Eda.

"Emrin olur karıcığım," dedim isteksizce ama karıma hak vererek. Tekrar yatak odasına yürüdüm, telefonuma son mesajımı yazdım: **Yarın sabah 11'de sendeyim.**

Keyfim yerine gelmişti, Derya'nın her türlü kaprisini, şımarıklığını sükûnetle karşılayacak kıvama ermiştim aniden. Yarını iple çekmeye başladım.

Bora'yla buluşacağım günlerin bir gece öncesinde aşk üzerine kafa yorardım hep. Raflardaki kitaplarımı karıştırır, aşka dair şiirler, aşkla ilgili deyişler bulur, okurdum. Ben baştan başa aşka kuşanmamışsam, geçmek bilmezdi zaman. Gece uzardı. Yine öyle yaptım, ana kızı oturma odasında baş başa bırakıp kütüphaneme kapandım.

Rüzgârla bütünleşmek, insanın ahlaki yargılarından arınıp dünyayı evi olarak hissetmesidir diye yazmıştı bir yazar, *Ustam Rüzgâr* adını verdiği kitabında, *Rüzgâra uymayı reddeden bir denizci, görme, düşünme, hissetme ve içine düştüğü açmaza karşılık verme yeteneğinden yoksun kalır.**

Ertesi sabah, Bora kanepede başı kucağımda uzanır, ben de onun saçlarını içine şefkat serpilmiş bir tutkuyla karıştırıp dururken belleğimdeydi bir gece öncesinde okuduğum bu satırlar. Düşündüm ki aşk da aynı rüzgâr gibiydi, ona boyun eğmek, onunla bütünleşmek şarttı, karşı koymak imkânsızdı. Hele de bir boranın şiddetine kapıldıysanız!

---

* *Ustam Rüzgâr*, Richard Bode, Galata Yayınları.

"Biliyor musun Bora," dedim, "Derya gelmeden önce, çok düşkün olduğum tek çocuğumun, varlığıyla seni ikinci plana attıracağını sanıyordum. O varken seni eskisi gibi özlemeyeceğimi, düşünmeyeceğimi, istemeyeceğimi... Öyle olmadı. Kızım bile önüne geçemedi senin."

Bora, saçlarını okşayan elimi dudaklarına götürüp öptü.

"Bakalım ne yapacağız bu kızla? Sana tutkun galiba?"

"Değil de öyle zannediyor. İnsanlar kendileri gibi yüreklerinde sır saklayanları sezer ve onlara sempati duyar."

"Nasıl bir sır saklıyor Derya, sence?"

"O da çok küçük yaşta acı çekmiş. Belli ki dışarı vuramamış. Derin bir hüzün var yüreğinde. Ben o hüznü gördüm, Derya da gördüğümü anladı."

Elimi Bora'nın saçlarından çektim, doğruldum kaykıldığım yerden: "Konuştunuz mu? Sana kardeşinin ölümünü mü anlattı?"

"Bazen insanlar konuşmaya gerek duymadan da anlarlar birbirlerini," dedi Bora, kucağımdan kalktı, oturdu. Şimdi birbirimizin gözlerine bakıyorduk. Sevgilimin benden başka biriyle içsel bir bağ kurabilmesi karşısında, o kişi kendi kızım da olsa, tuhaf bir kıskançlık duydum.

"Böyle konuşmadan anlaşabildiğin başkaları oldu mu hayatında?"

Hayır demesini bekliyordum ya da evet diyecekse bu kişinin ben olduğumu, kızımın da benim bir parçam olduğundan dolayı onunla iletişim kurabildiğini söylemesini ummuştum ama o yine şaşırttı beni.

"Evet," dedi, "sayıları çok değil ama oldu."

"Anlat bana da öğreneyim nasıl özel olunuyor böyle!"

"İnanmayacaksınız ama o kişiler bakışlarıyla ele verdiler kendilerini. Gözlerinden anladım hep, özel olduklarını. Derya da onlardan biri işte... Duygularını o kadar derinde ve uzun zaman saklamış ki, şimdi biraz hırçın olması o yüzden."

"Vay vay vay! Sen neymişsin böyle! Teknik tasarım yerine psikoloji mi okusaydın acaba?"

Tepkime şaşırdı, kaşları çatıldı bir an.

"Kimdi o başkaları seni böyle gözleriyle müthiş etkileyen?"

"Tanımazsınız ki! Size bir isimden fazlasını ifade etmezler."

"Anlatırsan tanımış olurum. Ha, bazı şeyler anlatılmaz dersen, o başka!"

"Duymak istediğinizden emin misiniz?"

"Elbette. Senin için özel olan kimseleri bilmek isterim."

"İki kişi var ki onlara hayatımı borçluyum diye düşünüyorum..."

"Deme! O kadar yani! Seni ölümden mi kurtardılar?"

"Onun gibi bir şey... Hatta evet."

"Kitabında bahsetmiyorsun onlardan."

"Kitapta canımı yakanları yazdım sadece. Unutmak istediklerimi. Onların yeriyse apayrı."

"Anlatsana Bora. Paylaşsana benimle."

Konuşmakta tereddüt ediyordu, ben de dizginleyemediğim kıskançlığımla üstüne gidiyordum. "Sevgi paylaşmaktır," dedim, "insanın kendini sevdiğinin önünde hiç gocunmadan ters yüz edebilmesidir ayrıca."

Kalktı, pencerenin önüne yürüdü, aramıza mesafe sokup durdu orada. Işığı arkasına aldığı için yüzünün ayrıntılarını göremiyordum onu bir ceza hâkimi gibi sorgularken.

"Bu bir erkek miydi?"

"Evet."

"Nerede tanıştınız?"

"Askerde."

Gözümün önüne ince, uzun, kaslı, üzerinde bir gram fazla yağ taşımayan, güneşten yanmış, çevik ve dinç bir erkek resmi belirdi. Avuçlarımın içi terledi. Ben sevgilimin unutamadığı aşkına merhem mi olmaktaydım yoksa? Dişlerimi öylesine sıkmıştım ki çenem acıyordu.

"Anlat Bora," dedim, "senin hayatını kurtaran adamın hikâyesini duymak istiyorum."

"Kurtaran demeyelim de, değiştiren... dönüştüren..."

Onun hayatını değiştirenin, dönüştürenin ben olduğumu sanıyordum oysa! Kulaklarım çınlıyordu, boğazımdan çıkan sesim bana da yabancıydı, adeta bir emir tonlamasıyla, "Anlat!" dedim yine. Pencerenin önünde yere oturdu, dizlerini karnına doğru çekti, ana karnındaki fetüs pozisyonu aldı adeta.

Sonra belli belirsiz duyulur bir sesle konuştu.

"Askere gittiğimin ilk ayında intihara teşebbüs ettim ben. Bir kutu ilaç yuttum. Beni baygın bulanlar boğazıma parmak sokup kusturmuşlar, kurtardılar, revire aldılar. Sonra bir süre psikolojik tedavi gördüm. İşte o sıralarda revirde görevli bir uzman doktor vardı, benimle o ilgilendi. İçimi ilk defa bu doktora döktüm, önce korkarak, çekinerek, utanarak... Bir kere başladıktan sonra ise yüreğimdeki acıların tüm tortularını ortaya saçarak. Beni kusturmak için boğazıma parmak sokmuşlar ya, doktorum da sanki ruhuma bir parmak atmıştı. Ben çektiklerimi ayrıntılarıyla boşaltırken beni saatlerce, günlerce dinledi. Çocukluğumdan beri yaşadıklarımın hepsini... Babamın tekme tokatlarını, Kör Hoca'nın dayaklarını, yıpranmış halılı loş odanın beni boğan havasını, sonra Taci'yi... Taci'nin salyalı ağzını, pis kokan nefesini, canımı yakan, yakan, yakan... Taci'nin tehditlerini, Taci'nin ürkütmelerini, korkutmalarını... Taci sonrasını... Bu yolun yolcusu oluşumu... Bu yolun yolcusu olmanın getirdiği aşağılanmaları ve yanı sıra ayrıcalıkları ki, onlar da ayrıca onurumu yaralar aklıma geldikçe, ortaokulda, lisede yaşamak zorunda kaldıklarımı, üniversite sınavına giderken zorla askere gönderilişimi ve bardağı taşıran son damla olarak da askerde yediğim dayağı... O her şeyi dinledi büyük bir sabırla. Söyleyecek tek bir lafım kalmayınca sustum. Hakarete uğramayı hatta tekme tokat hemen askerden atılmayı bekliyordum. Hiçbiri olmadı, kimse beni aşağılamadı. İlaçlarımı alarak ve günün büyük bir bölümünü uyuyarak geçirdiğim revirde kaç gün kaldığımın farkında bile değildim ama doktorum bir sabah geldi, "Hafta sonuna çıkışını yazdım," dedi, sonra elini uzatıp yüzüme dokundu usulca. Eli bir an kaldı yanağımda. Sevginin bana ilk değişiydi bu. Allak bullak oldum. Ağlamaya başladım.

"Ağla oğlum," dedi, "gözyaşlarıyla akıt içindeki nefreti, kini, acıyı! Hiç utanmadan ağla! İlaçlarını da altı ay boyunca sakın ihmal etme. Hepsi geçecek. Hepsini unutacaksın."

"Ben unutsam da bana unutturmayacaklar," dedim, "bir gün dönmeyecek miyim köyüme? Babam, Kör Hoca, Taci orada olmayacaklar mı hayatımı karartmak, ne olduğumu, kim olduğumu hatırlatmak için?"

"Dönme köyüne, başka yere git."

"Babam arar buldurur beni."

"Gücü yeter mi koca memlekette seni bulmaya?"

"Onunki yetmez ama ait olduğu cemaat güçlüdür. Beni buldurur."

"Sen bütün kalbinle her şeyi değiştirebileceğine inan. Bunu gerçekten istersen başarırsın," dedi bana bu iyi adam.

Bir pencere aralamıştı bana, o pencereden giren temiz havayı ciğerlerime dolduramıyordum ama kokusunu alıyordum. Bir umut, bir nefes... Acaba?

Biliyor musunuz İlhami Bey, iyilikler de kötülükler de çifter çifter gelir derler ya, o günlerde mucize diyebileceğim bir olay daha oldu. Revirde hademelikle hastabakıcılığı birlikte yürüten bir de çavuş vardı, o da iyi bir adamdı, benim kendimi bilmez yattığım ilk günler bana o bakmıştı. Aramızda bir dostluk kurulmuştu. Taburcu olacağım günün bir gece öncesinde bu çavuş başucuma dikildi, gel hele bahçeye çıkalım, sana bir diyeceğim var, dedi. Peşi sıra gittim, bahçedeki çınarın altına tünedik, bir sigara yaktı, "Doktorla konuşmalarını duydum," dedi, "eğer adını sanını değiştirip başka biri olmak istiyorsan, sana yardım edebilecek birini tanıyorum."

"Yeni bir kimlik için para gerekir," dedim, "benim param yok."

"O halde sen de verebileceğini verirsin. İyi düşün, bir karara varırsan, bana haber ver," dedi. Düşündüm. O gece sabaha kadar, ertesi gün akşama kadar... Sonra çavuşa kararımı bildirdim.

"Çavuş ne istiyormuş karşılığında?" diye sordum Bora'ya, çatallaşmış sesimle. Hiç bilmediğim, tanımadığım, yabancısı olduğum başka bir âlemin kurallarını, usullerini öğrenirken şaşkın ördek gibiydim. Hayat tecrübesi beni fersah fersah aşan genç adamın karşısında bu kadar saf ve bilgisiz olmaktan ötürü utanç duyuyordum.

"Sormaz olur muyum?" dedi Bora, "hatta içimde bir sızıyla sordum, onun da mutlaka bir alacağı olduğunu düşünerek. Oysa benden hiçbir şey istemedi çavuş. Sen bana kendi gençliğimi hatırlattın, dedi, seni kapan o çarkın kollarında ben de dönüp durdum yıllarca, bir yardım eli uzansa, tutunacaktım, olmadı. Ben de asker ocağına sığındım, hiç olmazsa boğazıma girecek lokmayı düşünmeyecektim, dedi. Neyse, sen boş ver beni, geçen gün doktora söylediklerini duyduğumda bir ateş düştü içime, eğer istersen sana yardım edeceğim, dedi. Şu sana anlattığım nüfus memuru var ya, sen hesabını onunla gör, ben senden hiçbir şey istemiyorum, becerebilirsen oğlum, köyüne dönme, yeni bir hayat kur, kurtar kendini! Böyle dedi bana, çavuş."

Bora sustu bir süre. Ben de sustum. Yaşamı bir değil on romana konu olabilecek genç adamın tuhaf renkli gözlerindeki hüznü görmemek için başımı eğdim.

Yine konuşmaya başladığında kaldırdım gözlerimi yerden, Bora pencereden dışarı bakarak anlatıyordu bu kez.

"O güne kadar bana tecavüz edenler benden izin mi almışlardı? Bir fazla ne fark eder diye düşündüm, bu da benden olsun! Benim seçimimle, benim hür irademle olsun!"

Yine sustu Bora. Ben bir sigara daha yaktım. Dışarda yağmur çiseler gibi oldu. Yeniden konuşmaya başladığında sesi çok yorgundu.

"Geçmişimden kurtulabilme umudu doğunca üniversite sınavları için yeniden çalışmaya başladım. Deli gibi çalıştım. Terhisten sonra çavuşa gittim, onun planını tatbik ettik. Kimliğimin üzerine koyu çayı bocaladık. Adımın başharfi hariç geri kalan kısmı, doğum yerim, baba adım, ana adım, hepsi dağıldı, okunmaz oldu. Sonra kimliği yenilemek için çavuşun tanıdığı o kişiye gittik. Çok çok acil kimlik lazım, dedi çavuş, anlarsın ya, çok acil! Çavuşla birlikte önceden bana yeni bir ad, ana baba adı, doğum yeri seçmiştik. Ben çavuşa minnetimi göstermek için ana baba adı olarak onun anasıyla babasının adını, doğum yeri olarak da onun kazasında bir başka köyün adını seçmiştim ama kendi adımı ben koydum."

"Bora! Senin adın Bora değil mi yoksa?"

"Benim adım Bora! O adı ben seçtim kendime. İnatla direnen B harfinin yüzünden ve bir bora gibi geçen sert, acımasız çocukluğumun anısına."

Aklımdan Burhan, Burhanettin, Bedrettin, Bünyamin gibi isimleri geçirerek sordum. "Esas adın neydi?"

Bora söylemek istemedi, "Ben Bora'yım!" dedi. Israr etmedim ama, "O nüfus memuru, kütüğünden kaydını getirtmedi mi? Sana şıp diye inandı mı yani? Olur mu böyle şey?" diye sordum.

"Bu ülkede sahte kimlik çıkartan tek kişi ben değilim. Üstelik olabilmesi için ben o adama istediğini verdim," dedi.

Yalan mıydı? Para, menfaat, ahbap çavuş ilişkileri, derin devlet ya da cemaat korkusu, derin devlet ya da cemaat hatırı, partizanlık, takımdaşlık, ırkdaşlık, dindaşlık, hemşerilik... Bin bir başlık altında her şeyi yaptırabilmenin mümkün olduğu bir toplumda yaşamıyor muyduk?

"Sonra ne oldu?"

"Sonra hayatım nihayet benim kontrolüme geçti. Yeni kimliğimi alınca babama bir mektup yolladım. Bu mektup eline geçtiğinde benim Türkiye sınırları dışında olacağımı, bir daha yurda dönmeyeceğimi, beni aramamasını, beni unutmasını yazdım. Sınavlara yeni kimliğimle girdim, Eskişehir'de üniversiteyi kazandım, bir yıl sonra da İstanbul'a yatay geçiş yaptım."

Ayağa kalktı, "Aşk paylaşmaksa, işte her şeyi paylaştım sizinle. Yüzüme sevgiyle dokunan doktoru, hayatımı değiştiren çavuşu, bana kimliğimi veren ama karşılığını alan memuru... Hayatımın tüm kilometre taşlarını biliyorsunuz artık. İçiniz rahatladı mı İlhami Bey?"

"Bana 'bey' deme," dedim.

"Ama siz benim hayatımdaki ilk beysiniz."

"Biz seninle o kadar yakınız ki, kendi dünyamızın içindeyken bu yakınlığı 'bey'lerle 'siz'lerle zedelemeyelim. Hiç olmazsa senin evindeyken..."

"Bizim evimizdeyken," diye düzeltti beni.

Bora hâlâ pencerenin önünde duruyordu ve bulutlu günün solgun ışığında yüzündeki keder sesine de yansıyordu. Onu her an sadece mutlu etmek isterken acılarını deşmiştim manasız kıskançlığımla.

"Gel buraya," dedim, geldi yanıma oturdu. Onu ilk gecemizde yapmış olduğum gibi kollarımda şefkatimle, sevgimle sardım, sarmaladım, güzel gözlerini, yüzünü öptüm. Öylece ne kadar kaldık bilmiyorum, saatime gözüm kaydığında karımla kızımla olan randevuma bir saat geciktiğimi fark ettim. Bora'yı incitmeden, onu kollarımdan divanın yastıklarına kaydırdım, cep telefonumdan Eda'yı aradım.

"Nerde kaldın? Biz acıktık, ısmarladık yemeklerimizi hatta başladık bile," dedi Eda hırçın bir sesle, "gelmeyecekseni haber verseydin."

"Söyledim ya, koşu bandı bekledim... Saati de fark etmemişim, çıkıyorum şimdi, siz bana da ısmarlayın yediğinizden."

"Bir gün kalp krizi geçireceksin o bandın üzerinde," diye söyleniyordu Eda, kapattım telefonu.

"Şimdi ben koşu bandı mıyım?" diye sordu Bora. Acıyla şakayı ustalıkla harmanlayabilen sevdiğime gülümsedim, "Akşam nereye götürüyorsun Derya'yı?" diye sordum.

"Babylon'a gideceğiz."

"Bu kız sana daha da beter tutulursa ne yapacağız Bora?"

Bora'nın hüzünlü bakışlarında cıvıltılı bir kıvılcım çaktı.

"Gönül ferman dinlemez, patron!" dedi. Şaka yaptığını biliyordum ama yüreğimin derininde bir tel kopar gibi oldu.

"Geç kalmayın," dedim, "saat ikiden önce evde olun."

"Emriniz olur ama sizin kız da ferman dinlemiyor."

Bilmez miydim!

"Bana yine siz dedin!"

"Ağız alışkanlığı, hoşgörün... Hoşgör!"

Güldüm, "Derya'yı almaya geldiğinde evde görüşürüz."

Ben kapıya yürürken Bora da toparlanıp kalktı divandan, kapıya kadar geçirdi beni. Bir an elim cüzdanıma gitti, Bora'ya akşam harcaması için para vermekle vermemek arasında tereddüt ettim, sonra vermenin hoş durmayacağını düşünüp vazgeçtim. Ayrılmadan önce bir kere daha sarıldım sımsıkı: "Aşk paylaşmaktır, iyi ki her şeyi anlattın bana!"

Gülümsedi, "İlhami," dedi, "aşk kıskanmaktır da!"

Merdivenleri koşarak inip sokağa çıktığımda dinlediklerimden allak bullaktım. Beni her an bir başka çarpıcı öyküyle şaşkına çeviren Bora'nın rüzgârında, başım sersem gibi, yüreğim ağır, karıştım kalabalığa, hayatında sıkıntı, acı nedir bilmediklerini düşündüğüm çekirdek ailemle buluşmak üzere bir taksi çevirdim. Adresi verdim, yaslandım arkama ve birden, karımla kızıma hiç hak etmedikleri bir kadirbilmezlik yaptığımı fark ettim.

Ne yaparsa yapsın geri getiremeyeceği oğlunun acısıyla yaşayan karımın ve matemleri yüzünden onu yok sayan ana babasının ilgisini yıllarca bekleyen kızımın çektiklerini nasıl unuturdum!

Acı çekmenin türleri, çeşitleri ve Allah'ın da bir bildiği vardı ki, her kula en azından bir acı mutlaka düşürüyordu. Bir gün kaçınılmaz olarak benim de sevdiklerime vereceğim acıyı düşününce ürperdim, bana biçilen kaderde, şairin dediği gibi, *tersine akıyordu hep içimin ırmakları.*

BARIŞ ÇUBUĞU

BARIŞ ÇUBUĞU

sen aşktan çıktın yola
görmüyor musun
uyurgezer bir şarkının peşinde
*çoktandır firardasın**

Bizim yayınevinin en yoğun olduğu zaman öğle saatleriydi. Günaydın şekerimlerin, dün akşam filanca diziyi izledin mi geyiklerinin bittiği, sabah kahvelerinin çoktan içildiği, kafaların yüksek voltajda çalışmaya başladığı ve herkesin işine odaklandığı bir zaman dilimiydi yemek öncesi. İyi verim almak için ben çalışanlarımı saat bir buçuktan önce salmazdım öğle tatiline. Bilirdim ki döndüklerinde hazım başlayacak, uyku basacak, dikkatleri dağınık olacak ve düzeltmen kızlar yanlış üstüne yanlış yapacaklar. Bu yüzden kafelerin, lokantaların yükünün azaldığı saatlerde, yani ikiye doğru yemeğe çıkar, saat üçte yeniden işbaşı yapardık biz.

İşte tam herkesin pürdikkat işine gömüldüğü bir öğle öncesi, önümüzdeki yıl haklarını satın alıp çevirtmeyi planladığım kitapları dikkatle incelerken duydum, "Hellooo! Haaay! Hepinize

---

* Tekin Gönenç.

merhabaaa! Millet yemek yerken siz ailece neden hâlâ çalışıyorsunuz, Nadide Abla?" diye bağıran kızımın tiz sesini. Kendimi odamın dışına dar attım.

"Derya! Ne işin var burada?"

"Sana da iyi günler babacığım," dedi kızım.

"Habersiz geldin de şaşırdım. Annen nerede?"

"Annesiz sokağa çıkabilecek kadar büyüdüm. Babama uğramak için de haber vermem gerekmez diye düşünmüştüm."

Nadide, önüne bakar gibi yapıyordu ama aramızda geçen her kelimeyi duymak için kulaklarını diktiği gözümden kaçmadı.

"Gel odama geçelim," Derya'nın kolunu hafifçe çekiştirerek odama yönlendirdim: "Bir şey içmek ister misin?"

"Aferin baba, bak böyle ol işte! Nadide Abla bana soğuk bir şey söylesene," dedi Derya içeri girmeden.

"Dün gece o kadar geç geldin ki yine, bu sabah kolayca toparlanamazsın zannetmiştim."

"Baba, biz gençler uykusuzluğa dayanıklıyız, üzülme sen," dedi kızım, "müzik süperdi, sonradan da çorbacıya filan gittik yine, bilirsin işte, sen de genç oldun."

"Sen tatildesin ama Bora değil. O sabahları işbaşı yapıyor."

"Hazır gelmişken ona da uğrayacağım, bakayım iyi mi?"

"Zaten senin yüzünden uykusuz kalmış, bir de dikkatini bölme çocuğun, yetiştirmesi gereken işleri var."

"O halde önce Handan Abla'ya uğrayayım. Bu gelişimde hiç görmedim onu."

"Derya, o da meşgul şu anda. Benim odamda otur ya da git dolan, sonra gel, öğle yemeğine götüreyim seni."

"Öğle oldu bile, baba! Saat yarıma geliyor."

Enerjisi içine sığmayan kızıma çaresizlikle baktım, "Tamam. Şu bilgisayarımı kapatayım, çıkarız," dedim ama Derya söylediklerimi hiç duymamış gibi odamdan fırladı, karşı odanın kapısını vurdu. Yerime oturup yeniden bilgisayarıma gömüldüm. Az sonra Handan ve Derya el ele karşımdaydılar.

"Bizi yemeğe çıkarıyormuşsun," dedi Handan.

Sen hesapta yoktun diyebilirdim ama kendimi tutup duygularımı belli etmeyerek Handan'a ilk barış çubuğumu uzatmış oldum. Son günlerde birbirimizle hiç konuşmamıştık ve aramızın açık olduğunu diğer çalışanların fark etmesine ramak kalmıştı.

"Nereye gitmek istersiniz hanımlar?" diye sordum en tatlı sesimle, "sizi Boğaz'da balık yemeğe götüreyim mi?"

"Bizi Kanyon'daki lokantalardan birine götür, hem yakın hem de Derya alışveriş eder yemekten sonra."

"Harika fikir!" dedim, "Handan, en iyi fikirler hep senden çıkar zaten!"

Handan okuma gözlüklerinin üzerinden bana baktı, bir şey söyleyecekti ama vazgeçti. "Bana beş dakika müsaade," diyerek banyoya yürüdü.

"Annene de haber verelim, o da gelsin," dedim kızıma.

"Annem derneğe gitti, bugün toplantı varmış yine," dedi, "istersen Bora'ya söyleyelim." Dilimin ucuna kocaman bir evet geldi ama yayınevinin diğer çalışanları arasında rahatsızlık uyandırabilir diye düşündüm, tam, "Onu başka bir zaman akşam yemeğine çıkarırız," diyordum ki, Handan gözlüğünü çıkarmış, saçlarını kabartmış, rujunu, rimelini sürmüş olarak yanımızda bitti.

"Kimi?" diye sordu.

"Bora'yı" dedi Derya.

"Bir kuş bana bir aşkın filizlenmeye başladığı haberini mi verecek yoksa yakında?"

"Ne münasebet!"

"Aaa, niye kızıyorsun İlhami, genç onlar," dedi Handan.

"Haydi, siz aşağı inin, ben yetişirim size," dedim ve kapıdan çıktıkları anda, Bora'nın telefonuna Derya'yı yemeğe götürdüğümü bildiren bir mesaj çekmeye başladım. Yarı yolda, kızımla yiyeceğim öğle yemeğinin hesabını vermeyi aşırı bulup mesajı sildim. Ona attığım her adımın hesabını vermek doğru değildi ama ben böyle davranırsam, o da beni yapıp ettiklerinden haberdar eder diye düşünüyordum. Benimle olduğu zamanların dışında Bora'nın ne yaptığını, kiminle olduğunu merak ediyordum çünkü. Ne karıma ne de hayatıma girmiş diğer kadınlara karşı hiç beslememiş olduğum bir kıskançlıktı bu. Aşırı, hastalıklı, fena bir kıskançlıktı.

Öğlen yemeği boyunca Handan, kızımla Bora arasındaki ilişkiyi kurcaladı durdu. Bora'yı kızıma az bulduğum için istemediğimi düşünüyor, beni zor durumda bırakmak adına Bora'yı göklere çıkarıyor, aklı sıra benden intikam alıyordu. Benim için sıkıcı, Handan'la Derya için çok eğlenceli geçen yemek faslı nihayet sona erdiğinde, "Ben yayınevine dönüyorum kızlar, siz isterseniz biraz dolanın buralarda, belki Derya birkaç şey almak ister dedim."

"Baba, ben seninle gelmek istiyorum," dedi Derya.

"O halde seni eve bırakır..."

"Yok, yok! Seninle büroya geleceğim. Konuşmak istediğim bir şey var."

Handan'ın yanında konuşmak istemediğim için hiçbir şey sormadım. Yayınevine dönünce Handan kendi odasına geçti, Derya benim odamın kapısını elleriyle kapatıp karşıma oturdu.

"Kızım, madem söyleyeceklerin vardı, niye geldiğinde konuşmadın?"

"Karnın doysun, keyfin yerine gelsin istedim, baba. Annem der ki, sen açlığa hiç gelemezmişsin... Neydi o laf hani... Aç şey dans etmez mi ne?"

Dik dik baktım kızıma, "Aç ayı oynamaz!"

"Babişkoom! Rica ederim, sen ayı olur musun hiç! Dünyanın en yakışıklı, en hoş erkeğisin sen."

Kendimi tutamayarak, "Bora'dan da mı yakışıklıyım?" diye sordum.

"Babişkom kıskançlık yapıyor! Elbette Bora'dan daha yakışıklısın!"

"Yaşlı baban kadar bile beğenmediğin bu çocukta ne buluyorsun?"

Derya'nın sen yaşlı değilsin demesini boşuna bekledim.

"O senin kadar yakışıklı değil ama *cool* bir yanı var. Binlerce kez yaşamış gibi... Tanıdığım hiç kimseye benzemiyor," dedi.

"Bu *cool* tam olarak nedir kızım? Benim bildiğim kadarıyla, bir zamanlar İngilizcede serin demekti."

"Baba, bal gibi biliyorsun cool ne demek! Sen de Bora gibi kızıyorsun başka dilde laf sokuşturunca ben. Gör işte bak, Bora'yla benzer yanlarınız var. O, çok hoş biri, yani!"

"Hayatının başındasın Derya, daha çok kişi tanıyacaksın. Bora'dan daha hoş, daha derin, daha ilginç nicelerini. Hele bir üniversiteye başla..."

"Ben de seninle bunu konuşmak istiyorum bugün. Sana bir kararımı bildirmeye geldim."

"Hayırdır Derya?"

"Ben üniversiteye..." bir an durdu.

"Sakın gitmeyeceğim deme!"

"Gideceğim ama burada gideceğim."

"Nasıl yani?"

"İstanbul'da gideceğim üniversiteye."

Kanın beynime çıktığını hissettim: "Kızım burada üniversiteye gidemezsin."

"Nedenmiş? Dağ taş üniversite dolu."

"Onların sınavlarını kazanmak kolay mı sanıyorsun? Sen bambaşka bir sistemde yetiştin, başvurularını yaptın. Burada sınava girip hiçbir yeri kazanamazsın, sistem değişik."

"O halde ben de sınava orada girer, bir yıl sonra yatay geçiş yaparım."

Bana zaman kazandıracak bu çözüme hemen onay verdim.

"Ama burada da girerim sınava baba, bakarsın kazanıvermişim," dedi.

"Kaç üniversiteye kayıt yapacaksın? Bedava değil ki bu işler."

"Ben buradakini kazanırsam, oradaki kaydı yakarız, olur biter."

"Kendin kazanmadığın parayı ne kolay harcayıveriyorsun! İstanbul'a dönmek istemenin arkasında yatan sebep Bora'ysa, benim ona ödediğim maaş, bir aylık berber parana zor yeter."

"Ben berbere senede iki veya üç kere gidiyorum."

"Durmadan değişen gökkuşağı rengi saçlarını kim boyuyor?"

"Biz kızlar okulda boyuyoruz. Hem Bora'nın maaşından bana ne? Bora'dan bana ne? Kaç senedir yurtdışındayım, ailemi, ülkemi özlemiş olamaz mıyım?"

"Olabilirsin kızım," dedim, "ama önce etraflıca düşünelim, burada okumanın artılarını, eksiklerini tartışalım. Acele karar vermeyelim ki, sonra pişman olmayasın. Annenin de görüşünü alman lazım."

"Akşam evde konuşuruz annemle."

Derya yerinden kalktı, geldi kucağıma oturdu, başını boynuma dayadı, çocukken yaptığı gibi, "Biliyor musun baba," dedi, "bazen eski günlerimizi çok özlüyorum... Kaza öncesini yani." Kollarımda bebek sallar gibi salladım kızımı bir süre, kokusunu içime çektim. Buram buram masumiyet kokuyordu, davranışlarıyla bir çocuğu, görüntüsüyle genç bir kadını andıran kızım.

"Ben kaçayım artık," dedi, kucağımdan indi, mini eteğini çekeledi, "daha Bora'ya uğrayacağım. Haydi babişkom, eyvallah!"

"Eyvallah? Senin lafin değil bu! Nerden çıktı eyvallah?"

"Bora'yla arkadaşlarının lafi. Ben baybay deyince dalga geçtiler benimle."

"Onlara söyle, bizim Satı'yla Hanifanım da baybay'ı kullanıyorlar."

"İşte Boralar da en çok ona kızıyor zaten. Amerikan budalalığımıza..."

Derya odadan çıkınca düşüncelerimle baş başa kaldım. Bora'yla arkadaşlarının Derya'yı kendi özkimliğine dönüştürüyor olmaları iyiydi ama kızim İstanbul'da kalacak olursa, beni, sadece beni değil, hepimizi çok zor günler bekleyecekti. Telefonu kaldırıp Nadide'ye bana bir kahve söylemesini rica ettim acı kahvenin zihnimi açacağını umut ederek. Az sonra Nadide kahvemi getirdi.

"Derya çıktı mı?" diye sordum.

"Demin içeri geçmişti ama şimdi Handan Hanım'ın odasında."

Derya'nın Handan'la bu kadar yakınlaşması da hoşuma gitmiyordu ama Handan'ın ona sevecen bir abla gibi davranmasına nasıl mâni olabilirdim ki? Ortağım önce karımla, sonra da kızımla sıkı fıkı dostluklar kurarak, nedenini henüz bilmediğim tuhaf bir oyun oynuyordu.

Kahvemi içerken, mayın döşenmiş bir labirentin içine itilmekte olduğumu düşündüm. Handan-Bora-İlhami üçgenine bir de Derya eklenmek üzereydi ve bu tehlikeli çıkmazda ben mayına basmadan yürümeye çalışırken Handan gibi bir düşmana hiç ihtiyacım yoktu. Dostluğunu yeniden kazanmak birkaç yemekle mümkün olamayacağı için ona mutlaka daha geçerli bir barış çubuğu uzatmak zorundaydım.

Derya yine kapımda belirdi, "Baba, annemle o konuşmayı bu gece yapmayalım emi," dedi, "bu akşam arkadaşlarla sinemaya gideceğiz."

"Bu gece erken yatacaksın Derya!"

"Sinema on bir buçukta bitiyor. On ikide evdeyim."

"Bora?"

"Ne olmuş Bora'ya?"

"O da geliyor mu?"

Sorduğun şeye bak gibisinden bir bakış attı bana Derya, "Elbette baba," dedi, çıktı gitti. Bora'ya ilk fırsatta bir daha benden habersiz Derya ile program yapmamasını tembih edecektim. Bir sigara yakıp pencereye yürüdüm, camı araladım. Caddeden geçen halk otobüsünün sesi bana kadar geliyordu. Bir kadın ekose manto giydirdiği kedi büyüklüğündeki süs köpeğinin zincirini çekeledi hayvan ağacın dibinde fazla oyalanınca. İkisi türbanlı, diğeri saçlarını omuzlarına salmış üç kız karşı kaldırımda kıkırdaşarak yürüdüler. Sokağın başında bisikletli bir çocuk belirdi, yaklaştı, akıllı bir sarman kedi onu görünce yolun karşısına geçecekken durdu bekledi, çocuk penceremin altından geçti gitti, kedi yürüdü, karşı taraftaki duvara atladı, kayboldu. Kimsenin benim dertlerimden haberi yoktu... Yalnızlığımdan... Kalabalığımdan... En yakınımdakileri düşman edinmeye başladığımdan... Zaman akıyor ve ben hâlâ pencerenin önünde duruyordum hayatla nasıl başa çıkacağımı düşünerek. Camı kapatıp masamın başına oturdum. Bir süre başım ellerimin arasında, durdum öylece, aldığım kararı tarttım kafamda. Sonra kalktım yerimden, kararlı adımlarla Handan'ın odasına gittim ve ona çok önemli bir şey konuşmak istediğimi söyledim. Handan, telefonu kaldırıp Nadide'ye o haber verene kadar telefon bağlamamasını söyledi, sonra bana döndü, "Seni dinliyorum, İlhami," dedi.

Uzattım ortağıma barış çubuğumu: "Handan, senin bana okumamı tavsiye ettiğin kitap vardı ya..."

"Şu Hollandalı yazarın kitabı mı?"

"Bizim oğlanın arkadaşının kitabı... Hani iyi bir kitap, basalım bunu, demiştin de ben pek oralı olmamıştım."

Handan bir an düşündü, "Haa! Hay Allah unutmuşum! Şu Bora'nın şeyi..."

"Savsakladığım için sana bir özür borçluyum," dedim, "Karadeniz yolculuğunda yanıma almıştım, o gece yapacak başka şey olmadığı için (burayı özel olarak vurgulamaya özen gösterdim) yemekten sonra dosyayı okumaya başladım, hakkın varmış, gerçekten çok güçlü bir hikâye."

"Yani?"

"Yani basalım onu! Yeni basılacak kitapların arasına alalım, broşüre de koyalım."

"Valla İlhami, o kadar söyledim sana! Beni dinleseydin, şimdiye hazır olurdu."

"Zararın neresinden dönsek kârdır, ortak!"

"O zaman Bora'yı çağırıp haber verelim, sevinsin çocuk. Beni her gördüğünde gözlerindeki soru işaretinden kurtulayım böylece."

"Hemen söylemeyelim. Bir daha konuşalım aramızda, basım tarihine filan karar verelim... Söyleriz zamanı gelince." Bu müjdeyi baş başayken kendim vermek istiyordum Bora'ya.

"Doğru. Önce düzeltmenlerin elinden geçsin. Sonra yeniden okutalım, belki bazı yerlerini çıkartırız. Askerlikle ilgili bölümleri mesela. Başımıza dert açmanın manası yok," dedi Handan.

"Handan, askerlerden çekinmek mazi oldu. Bence tarikatlarla ilgili yerleri gözden geçirmeliyiz. Tehlike alanı başka yönlere kaydı, kızım!"

"Yahu İlhami, kitapları kimselerden çekinmeden basacağımız günleri görmeyecek miyiz biz?"

"Biz herhalde görmeyeceğiz, ortak. İnşallah bir sonraki kuşağa nasip olur," dedim. Uzun zamandır yokluğunu hissettiğim aramızdaki o sıcak dostluk ve dayanışma duygusu, odada eser gibi oldu bir an için.

"Bence Bora'ya bildirelim ama arkadaşına henüz haber vermesin," dedi Handan, "bu yanıtı uzun zamandır bekliyordu. Metnin düzeltilmesi sürerken o da birkaç kapak denemesi yapar, ne dersin?"

"Pekâlâ!" dedim aramızdaki olumlu havanın devamı için. Handan telefonu kaldırdı, "Şekerim, Bora'yı yollatsana odama," dedi Nadide'ye.

Üç dakika sonra bakışlarında soru işaretleriyle Bora yanımızdaydı.

"Müjdeyi hangimiz verelim?" diye sordu Handan, bana bakarak.

Ben atıldım, "Bora, senin arkadaşının kitabını okuduk, beğendik, yayımlamaya karar verdik ama bir şartla..."

Kaşları havaya kalktı Bora'nın.

Handan lafı ağzımdan aldı, "Şu aşamada arkadaşına hiçbir şey söylemeyeceksin," dedi, "kitabın bazı yerlerini belki çıkartırız. Düzeltmeleri de yapılsın, ancak ondan sonra haber verirsin. Arkadaşın bizim hazırladığımız son hali kabul ederse, kitabını basacağız."

Bora'nın kaşları hâlâ havadaydı. "Nereleri mesela?" diye sordu.

"Sen okudun mu kitabı?" dedi Handan.

"Okudum," dedi Bora.

"Boracığım, insanların yazılarından dolayı tutuklanıp durduğu şu günlerde çok dikkatli olmalıyız. Kimsenin ayağına basmaya gelmez bu ara."

"Nereleri sakıncalı?"

"Şu anda söyleyemem Bora, baştan aşağı yeniden okunacak. Sakıncalı bölümleri işaretleriz."

"Bilmem arkadaşım kabul eder mi?" Bora'nın gözleri bir ton koyulaşmıştı sanki.

"Valla kendi bilir! İlk kitabını yayımlayan biri dayatma hakkına sahip değildir," dedi Handan, "zaten kim bu çocuk, adını bile bilmiyoruz. Ne iş yapar? Kaç yaşında? Daha önce de yazmış mı? Şunun bize bir de özgeçmişini versene sen. Ya da kendi gelsin, onunla konuşalım."

Hemen araya girdim: "Canım, bunlara zamanı gelince bakarız. Zaten henüz bir şey söylenmeyecek yazarına."

"Arkadaşım İstanbul'da yaşamıyor," dedi Bora. Daha fazla konuşmasına mâni olmak için, "Bora, şimdi sen kitap yayımlanacakmış gibi birkaç kapak çalışması yap bence," dedim.

"Dosyaya da baştan sona bir daha göz atıver," dedi Handan, "kapak için konuyu iyi bilmen lazım. Okurken sen de bazı yerlere takılırsan, not düş yanlarına."

Bora bana bakıyordu.

"Handan, Bora her zaman çizdiği kapakların içeriğini bilir, merak etme sen," dedim ben bir şey söylemiş olmak için.

"Sende bir kopyası var mı?" diye sordu Handan, Bora'ya.

"Şey... Ben bulurum, dert değil," dedi Bora. Uzunca bir sessizlik oldu.

Ayakta dikilen Bora'ya, "Çıkabilirsin," dedi Handan.

Bora çıkar çıkmaz, "Çocuğa bir hal oldu. Kulaklarına inanamadı galiba," dedim.

"Aman valla, bu gençler bir tuhaf kuşak! İnandı inanmasına da, neydi o afra tafrası, sevsinler onu (sesini Bora'nın sesine benzetmeye çalıştı), *bilmem kabul eder miymiş!*"

"Şaşırdı herhalde."

"Bence şımardı biraz," dedi Handan, "senin kızla çıkıyor ya, ayarı şaştı."

"Handan, Allah aşkına nereden çıkarıyorsun çıktıklarını filan. Burada arkadaşı yok Derya'nın, onu gezdiriyor işte tatile geldiğinde. Ben istedim üstelik."

"Sen istemişsin de olacakları görememişsin, ortak! Kız bana kendi söyledi, abayı yakmış Bora'ya."

Kulaklarım uğuldamaya başladı: "Nasıl yani, öpüşmüş etmişler mi?"

"Yatmışlar mı demek istiyorsun, herhalde? Öğreneyim ister misin?"

Yüzüm kıpkırmızı olmuştu. Hiçbir şey söyleyemeden baktım öylece.

"Casusun olayım mı İlhami? Kızın ağzını ararım eğer istersen," dedi Handan.

"Belli etmeden arasana. Bu iş sarpa sarmadan bir önlem alırız belki," dedim.

"Aşk önlem filan dinlemez. Ne yapabilirsin ki?"

"Yaz tatilinde getirtmem kızı buraya. Daha çok genç o, ilk âşık olduğuna takılması doğru değil."

"Haklısın. Hatırın için öğrenmeye çalışayım bir şeyler. Annesine anlatmaz ama bana anlatır, arkadaş belledi ya beni."

Asabiyetten yerimde oturamamış, ayağa kalkmıştım, kapıya doğru yürüdüm, tam çıkarken, "Minnettar kalırım," demek gafletinde bulundum. Handan'ın sesini duydum sonra, "Minnet kâfi gelmez," diyordu. Gerisini duymamak için kendimi kapının dışına dar attım.

YORUCU BERABERLİK

o şaşılası sen
bir gün elbet kendine çıkacaksın
*içindeki yitik ülkenden**

Odama girdiğimde telefonuma Bora'dan bir mesaj düştü: **Bugün iş çıkışı gel**. Hemen yanıtladım: **Emrin olur!** Sonra da Eda'nın telefonuna akşam spora gideceğimin, yemeğe gecikeceğimin mesajını attım.

Yayınevinden her zamankinden erkence çıktım ki Bora'yı arabaya almaya mecbur kalmayayım. Derya ile arkadaşlığının dedikodusu çoktan arka odalara yayılmıştı ve ben, kayınpeder-damat dayanışması veren görüntülere alet olmak istemiyordum.

Cihangir'e vardığımda Bora henüz gelmemişti. Arabayı park edip ara sokaklarda dolaştım, yağmur başlayınca da arabanın içinde oturup müzik dinleyerek, Bora'nın yolun ucunda belirmesini bekledim. Fazla gecikmedi, arabamı görünce adımları hızlandı, kapıyı açmak için anahtarını elinde hazırladığını gördüm. Ben de ona bir an evvel kavuşmak için hemen indim arabadan, kapının önünde buluştuk.

---

* Tekin Gönenç.

"Neden beni beklemedin?" diye sordu.

"Handan işkillenmesin diye."

"Handan senden değil, kızından işkilleniyor."

"Handan bu! Gözünden hiçbir şey kaçmaz onun, dikkatli olmak lazım."

Kapıyı açtı, içeri girdik. Apartmanın loş antresinde ona sarılmaya çalıştım, hafifçe itti beni. Belki bir gören olur diye çekindiğini düşündüm ama yine de sordum.

"Hayrola Bora? Neyin var?"

"Canım sıkkın," dedi. Peş peşe üç kat çıktık. Daireye girince, "Ben de kitap basılacak diye çok sevinçlisin sanmıştım. Kutlamak isteyeceğini düşündüm, o yüzden her şeyi göze alıp geldim," dedim.

"Neyi göze aldın, İlhami?"

"Derya buradayken buluşmuyorduk ya, biliyorsun işte... Aaa! Nasıl unutmuşum, aklıma şimdi geldi yahu, sen onu sinemaya götürmüyor muydun bu gece?"

"Hayır."

"Öyle demişti bana, sinemaya gideceğiz demişti."

"O öyle istemişti, ben değil."

"Yani gitmiyorsunuz sinemaya?"

"Gitmiyoruz."

"Ona haber verdin mi?"

"Bundan size ne İlhami Bey?"

Birden tepemin tası attı, "O benim kızım," dedim, "kırılmasını istemem!"

"Bir baba sıfatıyla meraktasınız yani?"

"Bora! Ne oluyor kuzum? Neden böyle davranıyorsun? Bilmediğim bir şey mi var? Ben buraya kitabını kutlamak için geldim. Böyle yapacağını bilsem, hiç gelmezdim."

"İsterseniz gidebilirsiniz."

"Yine 'siz' mi olduk? Ne var? Ne oluyor?"

"Pek çok şey oluyor ama farkında değilsin İlhami."

Hâlâ kapının önünde dikiliyorduk. İçeriye yürüdüm. Perdeleri açıp solgun akşam ışığını odaya, konsolun üzerinde duran viskiyi de bir bardağa doldurdum. Kanepeye iliştim. Kapı ağzında dikilen Bora'ya baktım: "Anlat! Bekliyorum."

"Bir kere, ben romanıma müdahale ettirmem."

İçimden sen kim oluyorsun, demek geçti ama tuttum kendimi.

"O senin değil, şu aşamada arkadaşının romanı, Bora! Adını açık etmeyi düşünüyor musun? Bunu da konuşmalıyız bir an evvel."

"Karar vermedim henüz."

"Baskıya girmeden karar versen iyi olur."

"Eğer girecekse..."

"Eğer girecekse," dedim.

"Yani romana müdahale etmesine izin mi vereceksin Handan'ın?"

"Bora, romanına eleştiri getirmediğimiz yazar yoktur. Editörler her zaman fikir beyan eder, eleştirir. Yazar ya kabul eder ya da etmez ama ilk romanını bastıracak birinin itirazı, inan, hiç olmamıştır. Mümkün değil bu!"

"O zaman kendime isim aramama da gerek yok."

"Sen bilirsin!"

Bora hızla yatak odasına gitti, kapıyı çarparak kapattı. Bir alık gibi ne yapacağımı bilemeden oturdum bir süre. Neye kızmış olduğunu bir türlü anlayamıyordum. Hak etmediğim muamele karşısında ben de giderek kızmaya başlıyordum. İlişkimizin başlarında, kadın kaprisleriyle, şımarıklıklarıyla, yok doğum günümde hediyemi, yok bilmem ne günümde çiçeğimi unuttun saçmalıklarıyla uğraşmayacağımı zanneder, sevinirken, şu anda sevdiğimin neye kızdığını dahi bilmiyordum.

Viskimi çok yavaş yudumlayarak bitirdim. Bora odasından hiç çıkmadı. Kapısının önüne gidip tıkladım, ses vermedi. Tokmağı çevirdim, kapı kilitliydi.

"Bora, ben çıkıyorum. Yarın ofiste görüşürüz," dedim. Belki arkamdan gelir diye çok ağır adımlarla kapıya yürüdüm, gelmeyince çıktım evden. Merdivenleri de bir küçük ümitle yavaş yavaş indim. Kapının önünde duran arabama binmeden önce başımı kaldırıp Bora'nın penceresine baktım. Oturma odasının perdesi hafifçe sallandı mı, bana mı öyle geldi? Arabama binip gazladım.

Akşam trafiğinde bir saat kaybettikten sonra, evimin kapısını anahtarla açmaya çalışırken kapı açılıverdi. Eda telaşlı gözüküyordu, kulağıma eğildi, "Kız odasına kapandı, ağlıyor," dedi.

"Neden?"

"Sinemaya gideceklerdi, Bora efendi telefon edip iptal etmiş programı."

"Bunda ağlayacak ne var? Başka zaman giderler."

"Sen bir bakıver..."

Trençkotumu portmantoya asıp Derya'nın odasına yürüdüm. Kapıyı hafifçe vurup bir an bekledim ve içeri girdim. Kızım yatağa yüzükoyun uzanmıştı. Yatağın ucuna iliştim.

"Ne oldu benim güzel kızıma?" diyerek saçlarını okşamaya çalıştım, elimi itti.

"Kızımı sinemaya Bora götürmüyorsa, babası götürür. Hem Bora'dan daha yakışıklı değil miydi senin babişkon?"

Derya toparlanıp oturdu yatakta, "Bana şirinlik yapmaya çalışma, baba!" dedi, "sırf gecemi mahvetmek için Bora'ya bu akşam iş buyurduğunu biliyorum! Bunu mahsus yaptın!"

"Ne yaptım?"

"Bir sürü kapak mapak ısmarladın ki beni çıkaramasın! Kendini çok akıllı sanıyorsun ama bu şekilde hiçbir şeyi engelleyemezsin!"

"Neyi engelleyemem?.. Sana soruyorum Derya, neyi engelleyemem?"

"Bora'yla yakınlaşmamızı!"

Ne diyeceğimi bilemediğimden sustum kaldım. Aralarında bir şey mi vardı gerçekten? İkili mi oynuyordu Bora? Yapar mıydı böyle bir şey? Dizlerim çözülür gibi oldu. Kovdum o düşünceyi kafamdan, yavaşça kalktım, çıktım kızımın odasından. Salondaki bara yürüdüm.

Yemek sofrasına peçeteleri koymakta olan Eda, "Bari spordan geldiğin akşam içme de yaptığın spor bir işe yarasın," dedi, "kızı sakinleştirebildin mi? Pek huysuzdu sen gelmeden. Aşk hiç yaramadı buna İlhami, ben gençken âşık oldum mu mutlu, neşeli olurdum, oysa..."

"Başım ağrıyor, Eda. Ben erken yatacağım," dedim karıma.

"Seninle de hiçbir şey konuşulmuyor," dedi Eda, ben yatak odasına yürürken, "yemeğe yetiştin diye sevinmiştim, oturmayacak mısın sofraya?"

"Hayır!"

"Derya da yemek istemiyor! Ne biçim insanlarsınız yahu siz baba-kız!"

Odama girdim, karanlıkta yatağımın üzerine sırtüstü uzandım. Yanan gözlerimi yumdum, öylece yattım bir süre, uyumadan, düşünmeden. Telefonum çaldı, zar zor çıkardım arka cebimden: Bora! Tamamen kapattım telefonumu. İçim kırıktı, yüreğim daralıyordu. Öylece uzanırken, viskilerin tesiriyle olmalı, dalıp gitmişim.

Ertesi güne huzursuz uyandım. Karımla kızım kalkmadan mutfakta aceleyle kahvaltımı edip çıktım. Odamda Nadide'nin getirdiği zehir zıkkım kahvemi içerken bir yandan da e-postalarıma bakıyordum, Bora'dan gelmiş postayı görünce hemen açtım. Gülen bir ayıcık, elinde nerdeyse kendi kadar büyük bir kalp tutuyordu. Başka not yoktu. Kapım vurulunca ekranı kararttım hemen. Handan kafasını içeri uzattı, "İzin var mı?" diye sordu.

Güldüm, "Aramızda teklif mi var, Handan?"

"Bir süredir var, evet."

"Gel ortak, gel... Postalara bakıyordum da... Biraz beklersen sana seçtiğim kitapların listesini göstereyim, bakalım ne diyeceksin?"

Handan masamın arkasına geçti, omzumun üzerinden bilgisayara eğildi. Saçları yüzüme değiyordu. İçimden Bora'nın şu anlarda odama uğramamasını diledim. Az sonra ekranda beliren listeden bir çıktı alıp Handan'a uzattım. Sayfa elinde, karşıma geçip oturunca rahat bir nefes aldım ve "Ne dersin?" diye sordum ortağıma, "itirazın ya da ekleyeceğin kitap var mı?"

"Fena değil ama birkaç eksik var," dedi. Bir şey bulmasa ölür! Ukala kadın!

"Neymiş eksikler?"

"Hiç ödüllü kitap koymamışsın. Bence bir tane koymakta fayda var."

"Booker Ödülü'nü alan romanı ekleyelim mi?"

"Ben okudum, çok sıkıcıydı, burada satmaz. Ben sana bu hafta içinde bir iki öneri getiririm," dedi Handan, "ayrıca öğlen yemeğini kızınla yiyeceğimi de bilgine sunarım."

"Nereye gidiyorsunuz?"

"Onu Paper Moon'a davet ettim."

"Daha neler! Ne gerek var o kadar pahalı bir yere gitmeye. Buralarda bistro mu yok?"

"Sen karışma, davet benim. Kızının bir bardak beyaz şaraba müsaadesi var mı?"

"İçmese daha iyi olur."

"İçmezse, dökülmez."

"Anlamadım?"

"Ağzını arayacaktım ya..."

Fena halde rahatsız oldum, "Handan, sakın öyle bir şey yapma... Bırak iş olacağına varsın."

"Dün böyle demiyordun ama!"

"Düşündüm de, çok ayıp benim yaptığım. Kızımı kollayacağım diye... Olmaz Handan. Bence hiç karıştırma Bora meselesini."

"Keyfin bilir," dedi Handan, "o zaman Derya naneli limonataya fit olacak."

"Doğrusu da o zaten," dedim. Handan kalktı, ben de onunla birlikte kalktım, ofisin arka tarafına geçtim. Bora yerinde yoktu. Olsaydı, bu sabah bana yolladığı eskizi çok beğendiğimi söyleyecektim. Biraz Gaye ile takıldım, düzeltmelerine baktım, Bora hâlâ yerine dönmeyince, "Bora nerde çocuklar?" diye sordum.

"Bora bugün gelmeyecek, İlhami Bey," dedi Yasemin.

"Aaa! Neden? Hasta mıymış?"

"Evet. Az önce telefon etti, kendini iyi hissetmiyormuş."

Bir şey söylemeden odama döndüm. Evini aradım, cevap alamadım. Cebini aradım, kapalıydı. Nadide'ye, "Bir işim var Nadide, çıkıyorum," dedim.

"Öğleden sonraki randevunuzu iptal edeyim mi?" diye sordu. Saatime baktım, on bire on vardı. "Üçteydi değil mi?" diye sordum.

"Evet efendim."

"Etme! Üçe kadar dönerim."

Merdivenleri koşarak indim, Akmerkez'e doğru yürümeye başladım. Elim boş gitmek istemiyordum, bir erkeğe hasta ziyaretine de olsa, çiçek gider miydi acaba? Belki Bora'ya gidebilirdi ama yine de tuhafıma gitti, kapısında elimde çiçekle dikilmek... Hayır, çiçek olmazdı! Bir kutu çikolata çok resmi, bir kutu pasta komik kaçacaktı. Bir hayvancık almayı düşündüm ama yumuk ayılar, maymunlar, köpekler Bora'nın bana sık verdiği armağanlardı ve ben onları evime götüremediğim için evi hayvancıklarla dolup taşmıştı. Hay Allah! Bir kadına hediye seçmek ne kadar kolaydı oysa, binlerce seçenek vardı!

Birden akıl ettim: Kitap!

Akmerkez'e girer girmez, Remzi Kitabevi'ne yollandım. Yeni çıkan kitaplara baktım, dolanıp durdum dükkânın içinde, kitabı bir barışma armağanı olarak azımsamış olmalıyım ki hiçbir şey almadan çıktım, elektronik aletler satan bir başka dükkâna girdim. Oradan çıktığımda kolumun altında küçük boy bir Apple dizüstü bilgisayar paketi vardı. Karşı kaldırıma geçip bir taksi durdurdum.

Az sonra, Cihangir'deki evin kapısındaydım. Zil ancak dördüncü çalışta açıldı.

Kapıyı açan Bora'ya, "Beni içeri almamayı mı düşünüyordun?" diye sordum.

"Uyuyakalmışım," dedi.

"Hayret! Bana yolladığın sempatik ayıcığı sabahın yedisinde postalamışsın."

"Sabahın yedisi, uykusuz geçen gecemin sonuydu. Sonra bir şeyler yedim ve yatıp uyudum."

"İyi misin şimdi?"

"Daha iyiyim."

İçeri geçtik, trençkotumu çıkarıp kanepeye bıraktım, tek kişilik koltuğa oturdum.

"Bir şey içer misin?" diye sordu Bora.

"Hayır. Gel otur şuraya."

Karşımdaki koltuğa ilişti.

"Dün ne oldu Bora?"

"Dün kafam bozuktu biraz."

"Neden?"

"Anlatması zor," dedi, "daha doğrusu, senin anlaman mümkün değil."

"Zor da olsa dene. Çünkü dün hem beni üzdün hem de Derya'yı." Dikeldi koltuğunda, bir şey söyleyecek gibi oldu, konuşturmadım.

"Kızıma niye öyle söyledin... Sana iş verdiğimi... Niye böyle bir şey uydurdun, Bora?"

"Şimdi bunun hesabını mı vermemi istiyorsun?"

"Seni çözmeye çalışıyorum."

"Fazla karmaşık sayılmam, İlhami Bey! Sevgiye susamış bir insanım ben. Nihayet sığınacak bir liman bulduğumda ya da bulduğumu sandığımda dışlandığımı görünce moralim bozulmuştu, hepsi bu."

"Gerçekten anlamadım," dedim samimiyetle, "kim dışladı seni? Biri bir şey mi yaptı ya da söyledi?"

"Anlaman mümkün değil demiştim."

"Seni kırmış olduğumu anladım ama neden, nasıl, niçin, bilmiyorum."

"Şöyle: Tesadüfen pencereden baktım ki Handan ve Derya, benim sevgilimi ortalarına almış, kollarına girmişler, güle oynaya, karşıya geçiyorlardı. Yemek yemeğe gidiyorlarmış! Benim hiçbir zaman parçası olamayacağım bir resimdi bu! Yüreğinin bana ait olduğunu söyleyen adamın sofrasında bana yer yoktu, sormayı akıl bile etmemişti bana, ben de katılır mıydım? Gelmek ister miydim? Önce kırıldım. Sonra düşündüm ki, ben seninle hiçbir lokantada baş başa yemek yiyemeyecektim, bir barda içki içemeyecektim! Benim hayatımın en güzel anları, en güzel saatleri şu gördüğün dört duvar arasına sıkıştırılmıştı. Yetmiş beş metrekarelik bir alana. Benim dünyam, mutluluğum, saadetim, hayatım burasıydı (kollarını açarak evini kucaklar gibi yaptı)."

Gözlerine o tuhaf lacivert renk hâkimdi yine.

"Yanıma gel," dedim. Geldi, dizlerimin dibine oturdu. Saçlarının içine her zaman yaptığım gibi parmaklarımı geçirdim.

"İlhami, sen benim hayatımın odak noktasısın. Benim yaşamım senin etrafında dönüyor. Oysa ben senin indinde karından, kızından, kaybettiğin çocuğundan, ortağından, arkadaşlarından, yaşam biçiminden, herkesten ve her şeyden, bir öğle yemeğinden bile sonra geliyorum. Yeri geliyor, evinde çalışan Satı'dan bile -Satı mıydı adı?- bahsedebiliyorsun ama benden kimseye söz edemezsin."

Ağzını elimle kapattım, "Sen benim canımsın," dedim.

Başka ne söyleyebilirdim ki? Neyin sözünü verebilirdim? O gün Bora'yı severken tüm sevdiklerimin kalbimdeki sevgileriyle de sarmaladım onu. Bu yaşına gelene kadar eksikliğini çektiği sevgiyi, ellerimle, gözlerimle, kollarımla, bütün uzantılarım, bütün hücrelerimle ona aktarmak istedim.

Birkaç saat sonra yerde, birbirimizin kollarında yatarken, "Bora, sana söz veriyorum," dedim, "bir fırsat yaratacağım ve seni, seninle el ele dolaşabileceğimiz, baş başa yemek yiyebileceğimiz bir yere götüreceğim. Kimsenin bizi tanımayacağı, dünyanın bir başka ucuna!"

Hayatımın bana en büyük mutluluğunu veren ama en zor ilişkisini yaşadığımın farkındaydım. Karşımda, örselenmiş, hırpalanmış, dokunduğumda tıpkı bir kelebek gibi dağılmaya hazır, kadife eldivenlerle tutulması gereken bir can vardı. Ne çok yakından tanıdığım kadınların dünyasına aitti ne de bugüne dek tanımış olduğum erkeklere benziyordu. Bora'yla olan ilişkim savrukluk kaldırmazdı, her sözümü dikkatle söylemeliydim, her adımımı doğru atmalıydım. Yorucu bir beraberlik olduğu kesindi ama ben göze alıyordum bunu.

Biraz zorlukla doğruldum yerden. Belim tutulmuştu sert zeminde. Bora'ya belli etmeden bacaklarımı, sırtımı ovuşturdum. Saatime göz attım, iki buçuğa geliyordu.

"Gitmen şart mı?" diye sordu Bora.

"Üçte randevum var," dedim, "yalnızlık çekme diye sana bir şey getirdim." Girişe bıraktığım paketi alıp geldim. "Yokluğumda bununla oyalanır, ilk kitabın yayımlanma aşamasına girdiğine göre, belki de ikinci romanına başlarsın."

Paketi kaptı elimden, hemen açtı, bilgisayarı görünce gözleri parladı.

Bora'yı yeni oyuncağıyla oynayan küçük bir çocuk gibi sevinçli bıraktım evinde, yayınevine döndüm.

Handan, Nadide'ye bir şeyler dikte ediyordu içeri girdiğimde. "Gelsene biraz odama," dedi. Peşinden gittim. Kapıyı kapattı, "Senin kız dümeni İstanbul'a doğru kırıyor, haberin olsun."

"Haberim var. Üniversiteyi burada okumak istiyor."

"Sadece o değil, yayınevinde de kendine bir iş edinmek istiyor."

"Yüz vermeseydin o konuda."

"Vermedim elbette. Onu oturtacak boş oda bile yok."

"Ne odası! Deli misin Handan?"

"Patron kızı olarak havuzda çalışacak hali yok herhalde."

"Patron kızı olarak işi öğrenmek istiyorsa, kırar kıçını, diğerlerinin oturduğu bölümde bir iskemle sahibi olur. Onu da beğenmeyeceğine göre, bu yayınevinde ona iş yok!"

"Ben sana haber vereyim dedim sadece... Ha, öteki meseleyi hiç açmadık bu sefer."

"Hangi meseleyi?"

"Bora meselesini."

"Unut onu Handan. Lütfen hiç kurcalama."

"Nasıl istersen patron," dedi Handan.

"Ben patron değilim," dedim kapıdan çıkarken, "biz ortağız seninle."

Akşam yemekten sonra Derya, iPod'unun kablolarını kulaklarına yerleştirip kendi dünyasına gömüldüğünde, biz de karı koca televizyonun karşısına yerleştik. Eda'ya, "Hani Nihat'la Handan'ın arasını yapmaya soyunuyordun ya, bir akşam çağır bari şu ikisini bir arada, tanışsınlar," dedim.

"Hani tanışıyorlardı?"

"Tanışıyorlar da şey ederler işte... Birbirlerini keşfedebilirler."

"Hayrola! Pek karşıydın çöpçatanlığıma?"

"Handan yalnız ve mutsuz oldukça etrafına kötü enerji saçıyor. Hayatına birinin girmesi iyi gelebilir ona."

"Derya gitmeden bir akşam yemeği ayarlayayım o halde. Nihat da ne zamandır görmedi Derya'yı, iyi olur," dedi karım.

Kanepede yan yana oturup kâh heyecanlanıp kızarak, kâh söylenenleri onaylayarak, siyasi tartışma programlarından birini seyrettik televizyonda. Sonra da Handan'la Nihat'ı çağıracağımız yemeğe başka kimleri davet edebileceğimizi konuştuk. En iyisi aile içinde, samimi bir havada kalmaktı. Nihat kendi çocuklarını da getirebilirdi eğer isterse.

Kocasının eski sevgilisini başından atmak için çare aradığını bilmediğinden, Eda o akşam yatağına memnun ve mutlu yattı. Derya, bir gece önceki sinema programını işini bahane ederek iptal eden Bora onu o gün de hiç aramadığı için keyifsizdi. Benimse tek derdim, sabahın bir an önce gelmesiydi ki, yayınevine gidip sevgilimi göreyim. Bora'nın aynı gece, yeni sahip olduğu bilgisayarında yeni romanına başladığını ben daha sonra öğrenecektim.

TAYFUN KUZEY

sen susunca
askıya alır birileri
senin yerine
senin düşlerini[*]

Çok önemli bir şey söz konusu değilse, Eda beni yayınevinden aramazdı. Cep telefonumda Eda'nın adını görünce heyecanlandım.

"Edoş, hayırdır?" diyerek biraz telaşlı açtım telefonu.

"Duyacaklarına inanamayacaksın," dedi Eda, "Derya Londra'ya dönmeden Handan'la Nihat'ı akşam yemeğine çağırmak istiyorduk ya, Handan'ı çağırdım cuma akşamına, sonra Nihat'ı aradım, söyledim işte, bizim kız gitmeden bir yemek yiyelim, istersen çocukları da getir diye..." Nefeslendi Eda.

"Eee?"

"Bana ne dese beğenirsin? Çocukları değil de sevgilimi getireyim, zaten size tanıştırmak istiyordum, demez mi!"

"Aaa! Sen ne dedin?"

---

* Tekin Gönenç.

"Şaşırdım kaldım. Sakın getirme, biz sana Handan'ı ayarlamıştık diyecek halim yoktu elbette. Ben de dedim ki, daha iyi bir fikrim var, bizim kız gidince dördümüz dışarı çıkalım, Pera'da sürüyle yeni lokanta açılmış, onlardan birine gidelim, daha münasip olur, dedim."

"Ne dedi?"

"Ne desin? Kabul etti."

"Sevgilisi kimmiş, söyledi mi?"

"Ben o kadar hazırlıksız yakalandım ki, sormayı akıl edemedim."

"Cuma gecesi Handan başımıza kaldı, desene! İptal etsek?"

"Ayıp olur. Söylemiş bulundum bir kere. Sen ta en başında itiraz etmeseydin, bu yemeği çoktan ayarlamış olacaktım, belki de... Ah İlhami, ah!"

"Şimdi evlenmiş mi olacaklardı yani?"

"En azından yabancı biri olmayacaktı Nihat'ın hayatında. Neyse, ben sana bu haberi vermek istedim... Akşama geç kalma."

"Tamam. Akşama görüşürüz."

Kapattım telefonu. Yarım bıraktığım işime döndüm ki kapı vuruldu.

"Girin," dedim. Ben odaya Handan'ın girmesini bekledim ama karşımda Bora vardı.

"Ah! Sen misin Bora?"

"İlhami Bey," dedi yapmacık bir ciddiyetle, "bazı çalışmalar yaptım, vaktiniz varsa bakar mısınız?"

"Hani nerde?"

"Bilgisayarınıza yolladım."

İçeri girdi, kapıyı kapattı. Bilgisayarın posta düğmesini tıklayıp bekledim. Bora, masamın arkasına dolanıp yanıma geldi. Birlikte ekrana eğildik.

"Güzel kokuyorsun," dedim Bora'ya, "nedir bu?"

"Polo," dedi. Bora bu gibi aksesuvarlara para dökmeye başladıysa, yakında ona zam yapmam gerekecekti. Nefesini ensemde hissettim, dudakları hafifçe dokundu boynuma, sonra hemen geri çekildi. Ürperdim, beynim karıncalanmaya başladı.

"Bora..." dedim, "yapma bunu bana."

"Pekâlâ. Zaten kapak çalışması filan yok. Sadece özlediğim için geldim."

"Çok iyi ettin ve mademki geldin, otur da şu senin kitabı konuşalım."

Gidip masamın karşısındaki kanepeye oturdu.

"Kitabın yazarının adına karar vermen lazım."

"Evet, biliyorum."

"Kimliği ne olacak?"

"Saklı kalacak."

"İsabet olur. Kitabın adını değiştirmeyi düşünüyor musun?"

"*Karanlığın İçinden*, bence güzel bir ad."

"Başka isimler de düşünelim."

"Şu anda önceliğim, kitabın değil yazarının adı."

"Tayfun olsun," dedim, "Tayfun da Bora gibi bir doğa olayı."

"Olabilir. Biraz düşüneyim izin verirsen."

"Karar senin Bora."

"Soyadı 'Kuzeyli' olabilir mi, doğruluk payı bakımından?"

"Tayfun Kuzeyli! Tayfun Kuzey! Kuzey Tayfun!" Yüksek sesle birkaç kere tekrarladım bu adları.

"Kulağıma en hoş gelen Tayfun Kuzey."

"Biraz yapay kalmıyor mu, roman karakteri gibi?"

"Öyle değil mi zaten?" dedi.

"Daha vaktin var, aklına başka isimler de gelebilir. Sen asıl bu gizemli yazarı ortaya çıkarmamayı nasıl başaracaksın, onu düşün."

"Düşündüm. Yurtdışında yaşıyor olacak. Yazdıklarından dolayı yurda dönemiyor olmasından daha doğal ne olabilir ki?"

"Nerede yaşıyor, pekiyi?"

"Aaa, işte onu söyleyemem! Arkadaşımın başını derde sokacak halim yok herhalde. Bilmiyor da olabilirim. Bana e-postayla yollamış romanını."

“Parası nereye yatacak zamanı geldiğinde?”

“Bak onu hiç düşünmedim doğrusu.”

“Düşünsen iyi edersin,” dedim, “kitap para kazanırsa eğer, o paraların yatacağı bir hesap olması lazım.”

“Hele o gün bir gelsin de,” dedi Bora, “tek derdim o olsun!”

“Aynen, tek derdin o olsun Tayfun Kuzey! Ben senin yerinde olsam, şimdi gider birkaç kapak çalışması yaparım.”

Yüzüme öyle bir baktı ki, “Yaptın mı yoksa bir şeyler?” diye sordum, “dün gece mesela, yeni bilgisayarını kapak resimleriyle mi siftah ettin?”

“Hayır,” dedi Bora, “ikinci romanımla siftah ettim!”

SÜRPRİZ

birden yanan yeşil ışık
aralar dalgınlığınızı
*siz yine hüzünlere geç kalırsınız**

Handan, evimizde aileden biri gibi kabul görüyor olmasının sevinci içinde, sofrada bıcır bıcır hiç susmadan konuşup duruyordu. Sohbet yayıneviyle ilgiliydi ve başkonumuz Bora'nın arkadaşının romanıydı. Dosya bir haftadan beri düzeltmenlerin elindeydi, her okuyanı etki altında bırakan bu hikâyenin gerçek olup olmadığı merak konusuydu. Kızlar yazarının ince, uzun, sakallı ve romantik görünüşlü biri olduğundan neredeyse emindiler. Anlaşmayı imzalamaya geldiğinde mutlaka kendisiyle tanışmak isteyeceklerdi. Bora birkaç tane kapak taslağı çalışması yapmıştı ama hiçbiri içine sinmemişti, yenilerini hazırlıyordu. Gaye, romanı okuduktan sonra dikkat edilmesi gereken birkaç nokta bulmuştu. Yazarına haber gönderilmişti ama onun onayı henüz gelmemişti çünkü esrarengiz yazar şu sırada yurtdışındaydı. Romanı Derya da okumak istiyordu illaki. Annesinin, "Kızım sen

* Tekin Gönenç.

çocukluğundan bu yana hiç Türkçe kitap okumadın. Eğer okuyacaksan, sana birkaç kitap önereyim, onlarla başla," demesine karşın, o henüz basılmamış bu romanla başlangıç yapmakta ısrar ediyordu sırf romanı Bora'nın bir arkadaşı yazdığı için.

"Son halini alsın da bari öyle oku," demişti annesi.

Sonra Handan lafı Derya'nın yayınevinde çalışma isteğine getirmişti. Ben konuyu değiştirmek istedikçe o dönüp dolaşıp aynı yere getiriyordu.

"Derya önce eğitimini tamamlayacak," dedim sonunda ben biraz hırçın bir sesle.

"Baba, ben okumayacağım demiyorum ki," diye itiraz etti Derya.

"Her şey sırasıyla, kızım. Eğer bir yayınevinde çalışmak istiyorsan, bu iş için en uygun eğitime karar vereceğiz, önce diploma sahibi olacaksın."

"Sizler 'yayınevi eğitimi' diye bir dal duydunuz mu?" diye sordu Derya, "İngiltere'de yok da!"

Handan'la Eda güldüler.

"Sen dayak mı istiyorsun?" diye sordum kızıma.

"Sadece yayınevinde çalışmak istiyorum bu yaz," dedi.

"Tatilde çalışacaksın, öyle mi?"

"Evet baba!"

"Arkadaşların denize girerken sen arka odaların birinde oturup metin düzelteceksin?"

"Evet."

"Hangi güzel Türkçenle?"

"Türkçemin eksik kalması benim değil senin yüzünden ve ben de bunun için çalışmak istiyorum yayınevinde. Türkçemi up to date* etmek için."

"O *up to date* olmayan Türkçenle nasıl işime yarayacaksın?"

"Mankafa olmadığıma göre, en kısa zamanda I will catch up."**

---

* Güncellemek.

** Kotaracağım.

"Şunun Türkçesi de var."

"Haklısın baba; açığımı kapatacağım."

"Aferin kızım," dedi Eda, sonra bana döndü, "İlhami, kızımızın babasının işyerinde staj yapmasının ne gibi mahsuru olabilir ki?" diye sordu, "olsa olsa faydası olur, bir gün sen de gönül rahatlığıyla işini kızına teslim eder, emekliye ayrılırsın. Yüz yaşına kadar çalışacak halin yok herhalde!"

"Yüz değil ama kesinlikle altmış yaşıma basana kadar emekli olmayı düşünmüyorum," dedim, "kimse yerime göz dikmesin!"

"Kimsenin yerinde gözü yok!" dedi Handan.

"Kızımın geleceğine izin verin de ben karar vereyim."

"Kusura bakma ama o benim de kızım," dedi Eda.

"Ben kararlarımı kendim alabilecek yaştayım," dedi Derya.

"Bugünün gençleri kararlarını kendileri alıyorlar." Handan'dan geldi.

Handan, sonunda gayesine ulaşmıştı! Şimdi karşımda bana karşı onun yönlendirdiği, üçlü bir cephe vardı. Ve çoğu zaman olduğu gibi, bu manasız gecenin mimarı yine bendim. Kazdığı kuyulara düşmekten vazgeçemeyen ben!

Gece üç sıfır yenilgimle sona erdi. Handan evden ayrılır ayrılmaz, "Bana bak Derya," dedim, "yaz tatilini Bora'yla aynı çatı altında geçirmek uğruna feda etmeyi düşünüyorsan, bu sevdadan vazgeç çünkü Bora yazın memleketine gidecek. Benden tatil için izin istedi bile."

"İnanamıyorum sana, baba!" dedi Derya, "bana hiç mi güvenin yok!"

Bu münakaşanın artçıl dalgaları Eda ile aramızda, odamıza çekildiğimizde de sürdü. Karım, bizlerden kopuk olan kızımızın Türkçesine, memleketine, ailesine, evine hatta babasının işine ilgi duymasına yol açan Bora'ya niye bu kadar karşı olduğumu anlayamıyordu. Açık söylemeliyim ki, ben de mantıklı bir açıklama yapamıyordum. Galiba ışığı söndürmeden önce Eda'ya son sözüm, "Bu Handan bize iyi gelmiyor, ne zaman aramızda olsa, birbirimizi yiyoruz," oldu. O da beni, "Bence sen kafayı yiyorsun, İlhami," diye yanıtladı. Birbirimize sırtımızı dönüp, yattık.

Ertesi sabah, çekirdek ailemizin üç ferdi, doğru dürüst kahvaltı etmeden, birer karış suratla gittik havaalanına. Derya'dan polis kontrol kuyruğunda ayrılırken, "Bak, son kez söylüyorum," dedim, "ben sana rüya gibi bir tatil hazırlıyordum, iyi düşün, gerçekten istemiyorsan, boşuna uğraştırma beni."

"Zorla güzellik olmaz, baba," dedi Derya, "ben yazın İstanbul'da kalmak istiyorum."

Annesine sımsıkı sarıldı, öpüştüler, sıra bana geldiğinde yanağıma bir öpücük kondurdu ve hayatında ilk defa, "Anneme iyi bak," dedi bana.

Kadın dayanışması mı yapıyorsunuz, dedim içimden, ben size bir erkek dayanışması göstereyim de görün!

KAÇAMAK

duyarsın
derinlerde bir yerlerde
*insanın insana bölünmesidir yalnızlık**

Derya'nın okuluna dönmesiyle her şey yoluna girecek sanıyordum. Pek de öyle olmadı. Kızımla arama kara kedi girmişti bir kere. Eskisi gibi benimle sık sık yazışmıyor, telefon mesajları yollamıyordu. Üniversiteyi burada okumasına ve yazın yayınevinde çalışmasına sıcak bakan annesine yöneltmişti bana olan düşkünlüğünü. Alınmadığımı söyleyemem! Bunca zamandır sırlarını, dertlerini benimle paylaşmış olan biricik kızım, palamarlarını çözmüş yelkenli gibi sessizce uzaklaşıyordu benden ve ben bunu hiç hak etmediğimi düşünüyordum.

Eda kaç kere teselli etmeye çalışmıştı beni, "Derya babalığın nasıl bir duygu olduğunu bilemediği için onu kıskanmandan rahatsız oluyor," demişti.

"Benim Derya'yı kıskandığımı mı düşünüyorsun?"

---

* Tekin Gönenç.

"Elbette! Ben de babamın biricik kızıydım ve bana yaklaşmaya yeltenen her erkekten rahatsız olurdu. Hatta nefret ederdi. Babalık böyle bir şey işte."

"Babanın benden nefret ettiğini bilmiyordum açıkçası."

"Etmezdi ki. Sen benim kocamdın. Seni sonunda kabullendi ve çok sevdi. Sen de ileride kızının seçeceği kişiyi seveceksin ama şimdi flörtlerine huysuzlanman çok doğal."

"Bora sence onun flörtü mü?"

"Laf aramızda İlhami, Derya öyle olmasını umut ediyor ama değil."

"Nereden biliyorsun?"

"Aralarında hiçbir yakınlaşma olmamış. Öpmeye yeltenmediği gibi, elini bile tutmamış kızın."

"Sana bunları kendi mi söyledi."

"Evet. Salya sümük anlattı. Sana olan kızgınlığı da bu yüzden. Sanıyor ki Bora senden korktuğu için yüz vermiyor ona."

"Benden?"

"Ee tabii! Bora'nın, patronunu kızdırmak istemediği için ondan uzak durduğunu düşünüyor. İlhami, öyle bakma yüzüme, ben bunun doğru olmadığını adım gibi biliyorum ama o daha çok genç. Çok tecrübesiz. Oğlanın onda gönlü olamayışını birinin üstüne yıkmak işine geliyor, o kişi de sensin."

"Ne yapmamı önerirsin?" dedim karıma.

"Rolünü kabullen ve her şeyi oluruna bırak," dedi Eda.

Oluruna bıraktım. Kızımın hayatını annesiyle yazışmalarından takip ettim ve onu arka planda kalarak yönlendirmeye çalıştım. Mesela, annesi ona benim yazın yayınevinde staj yapmasına ancak bir İngiliz üniversitesine kayıt yaptırdığı takdirde izin vereceğimi yazdı. Üniversite başvurularını ihmal etmesin, sınavlarında iyi not alsın istiyordum çünkü. İçim ancak Derya'nın üniversitelere başvuru formlarını görünce rahat etti. Şimdi bana düşen, Derya'nın yayınevinde çalışacağı süre boyunca Bora'ya bir başka program ayarlayarak onu kızımdan uzakta tutmaktı. Bunu Bora'yı kızımdan kıskandığım için değil, Derya'nın hayal kırıklığını önlemek için yapıyordum.

Oluruna bıraktığım yegâne sorun, kızımınki değildi. Handan'la da ilişkim nadasa yatırılmıştı. Handan sadece dostluk ve ortaklıkla yetinemeyeceğini her firsatta belli ediyor, benim bir zaaf anımı kolluyor, ben de onun tüm hamlelerini görmezden geliyordum. Allahtan o sıra başımızı kaşıyacak vaktimiz yoktu. Ülkenin çeşitli yerlerindeki fuarlarda imza günlerine katılıyor, yeni çıkacak kitaplarımızın tanıtımıyla uğraşıyor, bir tekstil firmasının afişlerini basıyorduk. Ben onca iş arasında, yurtdışındaki kitap fuarlarını kolluyor, özellikle Uzakdoğu ülkelerinde yaz mevsimine rastgelecek bir kitap etkinliği yakalamaya çalışıyordum ki, bir taşla iki kuş vurayım, hem Bora'yı kızdan uzak hem de ona vermiş olduğum sözü tutayım.

Ve bingo! Ağustos ayı içinde, Pekin'de bir kitap fuarı yakaladım!

***

Nihat'la yiyeceğimiz yemek, işlerimizin yoğunluğundan dolayı ertelenip durmuştu ama yeni sevgiliyi merak eden Eda nihayet, Derya'nın müzik dinlediği mekânları araştırırken tesadüfen keşfettiğimiz bistro'da yer ayırtmıştı dördümüz için. Biz biraz erken gidip Mikla'nın nefis manzaralı barında birer kadeh Blush içtik, sonra da yemek yiyeceğimiz La Brize'e yürüdük. Konuklarımız henüz gelmemişti. Eda'yı salonu gören sandalyeye oturtup karşısına geçtim. Ben oturduğum yerden, camın arkasında akan insan trafiğini görüyordum. Havalar ısınmaya başladığından beri sokaklar, lokantalarla meyhanelerden dışarıya taşmış masalarla doluydu ve aralarında yürümek pek kolay değildi. Fakat bu kargaşa, o kadar neşeli ve dinamik bir hava yaratıyordu ki, insan hayatı keyifli yaşayanların şehrinde, dünyanın merkezinde olduğunu hemen anlıyordu.

"Biraz geciktiler, buraya daha önce gelmemişlerse, adresi arıyorlardır," dedi Eda.

"Gelseler de görsek, bizim Handan'ın yerini kim kapmış?" dedim.

"Hep senin yüzünden... Aaa giriyorlar kapıdan içeri," dedi Eda. Ayağa kalkarken yere düşürdüğüm peçetemi almak için yere eğildim, doğrulup arkamı döndüğümde dondum kaldım. Karşımda Jülide duruyordu!

"Dünya küçük!" dedi yavaşça ve hınzırca gülümseyerek.

"Siz Jülide'yle galiba daha önce tanıştınız, İlhami," dedi Nihat, "Edacığım sana Jülide'yi tanıştırayım."

"Reklamcıların gecesinde İlhami Bey'le bir ara aynı masada oturmuştuk," dedi Jülide. Eda, bana neden söylemedin der gibisinden bir bakış attı bana.

"Şu ana kadar arkadaşının Jülide Hanım olduğunu bilmiyordum, Nihat," dedim.

"Şu işe bakın, yine aynı masaya düştük İlhami Bey!"

"Buyurun şöyle." Jülide'nin iskemlesini çektim oturması için.

"Sana daha önce de söylediğim gibi, Eda ve İlhami benim çok yakın dostlarımdır," dedi Nihat ve birinci kadehleri bitirdikten sonra, bütün gece boyunca, okul sıralarından başlayan ve bugünlere varan, ikimize ait bir hatıralar dizisi dökülmeye başladı dudaklarımızdan.

"Siz azıcık soluklanın da biraz da biz konuşalım," dedi Eda sonunda, "ben Jülide Hanım'ı da tanımak istiyorum."

"Ben sana tanıtayım: Son derece hoş, akıllı, kültürlü, esprili biri! Tanıdıkça bayılacaksın sen de benim gibi, Eda."

Eda'nın gözlerinde hüzün gördüm. O anda Nihat'ın rahmetli eşi Sevinç'i hatırladığına ve sırf arkadaşına olan sadakatinden dolayı, Jülide'den nefret ettiğine emindim. Eda'ya evlat acısının bambaşka bir şey olduğunu, hayat gürül gürül akarken Nihat'ı suçlamaması gerektiğini söyleyebilmek istedim, o an sadece bakışlarımız buluşabildi ve ben karıma aklımdan geçenleri gözlerimle aktarmaya çalıştım.

"Bak Jülide, birbirlerine nasıl baktıklarını gördün mü, işte dediğim gibi, bunlar asrın âşıklarıdır," dedi Nihat, "aralarında tükenmeyen bir sevgi var."

"Belli oluyor," dedi Jülide.

Gecenin kalan kısmını kâh fıkralar anlatarak, kâh anılara dalarak, hoş vakit geçirerek bitirdik. Jülide benim firmama iş teklifi getirmesinden ve Karadeniz'deki karşılaşmamızdan hiç söz etmedi. Restorandan ayrılırken, Eda önümüzdeki günlerin birinde bizim evde tekrar buluşmamızı önerdi. Nihat'la Jülide'nin yakınlığını ölçmek için fırsatı kaçırmadım, "Çocuklarla tanıştınız mı Jülide Hanım?" diye sordum.

"Hangi çocuklarla?"

"Nihat'ınkilerle."

"Hayır, henüz fırsat olmadı," dedi Nihat.

"Bizim evde yiyeceğimiz yemeğe onları da dahil edelim şu halde."

"Ben sizin hızınıza yetişemeyebilirim," dedi Jülide, "İlhami Bey, çocuklarla tanışmam için henüz biraz erken."

"Siz birbirinize hâlâ bey ve hanım mı diyorsunuz?" diye sordu Nihat.

"Haklısın Nihat, demeyelim. Ben Jülide'yle konuşurum, bir gün ayarlarız," dedi benim iyi huylu karım.

Onlardan ayrılıp arabamıza binince, "Nasıl buldun Jülide'yi?" diye sordu Eda.

"İçini bilemem ama dışı Handan'dan daha güzel," dedim.

"Ters yüz edelim onu," dedi Eda, "Handan avantaja geçsin."

"Hayrola, içi iyi değil mi sence?"

"Tam parmağımı basamadım ama bir sinsilik sezer gibi oldum."

"Handan'ın kalbi sanki som altından!"

"Değil ama artık o bizden biri... Senin ortağın, benim arkadaşım, kızın Handi'si..."

"Handi'si mi? O da ne?"

"Bu son gelişinde pek anlaştılar ya, Derya ona Handi diyor."

Karar verdim ki, Handan sessiz ve derinden mevzi kazanan, çok iyi bir oyuncuydu. Bundan böyle ona çok daha fazla dikkat etmeliydim!

***

Birkaç gün sonra, yayınevine girdiğimde Nadide başıyla işaret etti odamı, kapıyı açtım ve Handan'ı gözleri çakmak çakmak odamda oturmuş, beni beklerken buldum.

"Eda'yla konuştum dün," dedi, "geçen akşam Jülide'yle yemek yemişsiniz."

"Nihat'la geldi. Geleceğinden bizim haberimiz yoktu."

"Biliyorum, Eda söyledi. Sizin haberiniz olmayabilir ama eminim o biliyordu. Hatta bu yemeği bizzat o ayarlamıştır."

"Jülide mi?"

"Elbette! Seni avucunun içine almak için elinden geleni yaptığının farkında değil misin, İlhami? İş yapmayı denedi olmadı, yoluna çıktı yine olmadı, şimdi de arkadaşın vasıtasıyla ulaşmaya çalışıyor."

"Acaba niçin Handan? Holding sahibi bir milyarder değilim, basın patronu, cemaat başkanı, siyasi lider hiç değilim. Hoca efendi nefesim, sanatçı karizmam da yok! Bu kadın neden vaktini beni tavlamaya harcasın?"

"Bir bilsem?"

"Madem bilmiyorsun, ben sana söyleyeyim; sen kafayı yedin bu kadınla! Nerdeyse diyeceğim ki Jülide'ye gizli bir aşk besliyorsun!"

"Bir aşk besliyorum ama Jülide'ye değil, terbiyesiz adam!" Kapıyı vurup çıktı.

Nadide'ye çiçekçimize mevsim çiçeklerinden bir buket ısmarlamasını ve çiçekler gelince üzerine kartımı iliştirip Handan'ın odasına götürmesini söyledim.

"Yine mi atıştınız, İlhami Bey?" dedi Nadide.

"İş hayatında olağan şeyler bunlar Nadide," dedim ama benimki gibi çapraşık, karmaşık, içinden çıkılmaz durumlara başka işyerlerinde kolayca rastlanmayacağına emindim.

İlkokul çocukları gibi sürekli küsüp barıştığımız Handan'la aramızı tekrar düzelttikten birkaç hafta sonra, ortağım bu sefer de o gün öğlen yemeğimizi Akmerkez'deki lokantaların birinde yememizi önerdi.

"Her zamanki gibi köşedeki lokantadan yemek getirtmek daha akıllıca değil mi?" diye sordum, "baksana gökyüzüne, boşaldı boşalacak."

"Yağarsa bir taksiye atlarız," dedi Handan, "seninle bir şey konuşacağım, burada konuşalım istemiyorum. Yerin kulağı var."

Eyvah, dedim içimden, yine Jülide konusunu açacaktır, sabırlı olmalıyım, ne derse desin hiç kızmamalıyım, alttan almalıyım. Ayrıca yayınevinden çıkmadan önce, dersimi almış biri olarak, Bora'ya bir mesaj attım: **Acele 1 yemek yiyip dönecem, dışardan isteğin var mı?** Bora yanıtladı: **Yok! Afiyet olsun.**

Ben yine de caddeye varana kadar Bora'nın kara gözlerini sırtımda hissederek, Handan'ın yanında oldukça tedirgin yürüdüm. Akmerkez'de Home Store'a girip oturduk, yemeklerimizi ısmarladık. Garson başımızdan çekilince Handan, "Yahu İlhami, sen de fark ettin mi?" diye sordu, "şu bizim Bora'ya son zamanlarda bir şeyler oldu."

"Ne gibi şeyler?"

"Kolundaki saat dikkatini çekti mi?"

"Yoo! Nesi var saatin?"

"Saat Rolex! Bu kadar parayı nereden buldu da aldı?"

"İlahi Handan! Sahtedir."

"Ben de öyle sandım başlarda ama geçen gün dayanamadım, saatin pek güzel, dedim. İnsan çakma der, değil mi? Demedi."

"Çakma saat takıyorum demeyi yedirememiştir."

"Bir şey daha var, öğlen tatillerinde eskisi gibi yemeğe çıkmıyor, harıl harıl çalışıyor odasında..."

"Ne var bunda Handan? Tembellik etsin daha mı iyi?"

"Ben merak ettim ne yapıyor diye, baktım eskiz çizdiği filan yok. Resmen yazı yazıyor."

"İşini aksatıyor mu? Hayır! Geciktiriyor mu? Yine hayır! Oğlanın elinden güzel iş çıkıyor, vaktinde çıkıyor... Şu son roman için bir gecede altı kapak eskizi üretti getirdi, aralarından seçmekte zorlandık, hepsi birbirinden iyiydi. Öğle tatilinde yazı yazıyorsa bize ne?"

"Ya başka bir ajans için metin yazarlığı filan yapıyorsa?"

"Biz reklam ajansı değiliz ki? Yaparsa yapsın."

"Olur mu İlhami? Bizim zamanımızı çalarak, bizim ofisimizde başka iş yapamaz! Ha, bir de şu var, yazılarını bizim bilgisayarda yazmıyor."

"Gördün mü işte, bizimkini yıpratmıyor, insaflı çocuk."

"Ama yazdığı bilgisayar ne biliyor musun? Apple! Hem de son modelinden."

"Yani?"

"Yani nereden buluyor bu paraları bizim kıçı kırık Bora?"

"Ne bileyim ben," dedim, "belki bir sevgilisi vardır, hediye etmiştir."

"Bora'nın sevgilisinde Apple alacak para mı olur! Sevsinler!"

"Belki zengindir sevgilisi... Öyle manalı manalı bakma, Derya'nın harçlığı bunlara yeterli değil! Hayatında olgun biri vardır belki."

"Yani bizimki jigololuk mu yapıyor diyorsun?"

İrkildim. "Ne münasebet Handan! Bir varlıklı akrabası, teyzesi filan olamaz mı?"

"Valla bana pek tekin gelmedi bu işler. O romanı basılacak arkadaşının da sağlam pabuç olmadığı belli, yok buraya dönemiyor, yok parası için bir hesap numarası veremiyor. Neyse, ben senin kulağını bir bükeyim, dedim. Biraz karanlık geldi bana hepsi, birbirine eklenince."

"Hani benim kızla ilişkisine pek sıcak bakıyordun."

"Bilgisayarını, yazılarını filan fark etmemiştim o sırada... Bir gün yemeğe dışarı çıkacak olursa, bakacağım ne yazıyor diye."

"Siz kadınlar hep böyle kuşkucu musunuz?"

"Valla ben pis bir koku alıyorum. Kolunda Rolex, elinde Apple, sırtında kaşmir kazaklar... Bir yerden para geliyor buna. Sen bana inan!"

"İşini iyi yapan adamı, zengin bir sevgilisi var diye işten mi çıkaralım?"

"Sevgilisi varsa bir diyeceğim yok ama ya bir örgüt bağlantısı varsa?"

Kendimi tutamadım, kahkahalarla gülmeye başladım.

Allahtan Handan gülmekten katıldığım için bu sefer kızmadı bana. Hatta biraz abartmış olabileceğini bile söyledi. Yemeği şirketin hesabına yazdık, bahşişi bırakıp ayağa kalktığımızda Home Store'un girişindeki küçük pastaneye yürüdüm.

"Nereye?" diye sordu Handan.

"Bizim ofistekilere çikolata alacağım," dedim.

"Nereden icap etti?"

"Eğer aralarında örgüt üyeleri varsa, bize zarar vermesinler diye onları hoş tutmak isterim."

"Sen benimle alay et ama bil ki benim sezgilerim seninkilerden çok daha güçlü," dedi Handan.

"Gözlerin de öyle," dedim, "Allah bilir güçlü gözlerinle Bora'nın pantolonunun içindeki donunun markasını bile görmüşsündür."

"İlhami," dedi Handan kulağıma yaklaşarak, "sen benden böyle kaçtıkça, söylediğin gerçekleşebilecek bir ihtimaldir."

Yayınevine döndüğümüzde, elimdeki koca paket çikolatayla, arka tarafta çalışmakta olanların yanına gittim. Kızların çikolataya üşüştüğü bir sırada Bora'ya, "Akşam görüşmeliyiz," diye fısıldadım, "sana diyeceklerim var." "Birlikte mi çıkalım?" diye sordu. "Hayır. Evde buluşalım," dedim, "benim biraz işim var."

Uzunca bir süredir, spor salonuna giderken Bora'yı arabama her seferinde almıyordum. Handan'ın söylediklerinden sonra hiç alamayacaktım herhalde.

Ofis boşaldıktan sonra odamda sakince oturup Çin'deki Pekin fuarının kesin tarihlerini bir kenara not ettim, sonra da Derya'nın başvurduğu okulların sitelerine girdim. Her ikisini de ilgilendirecek yaz programını, son dakikaya kadar hiçbirine haber vermeden, yavaş yavaş hayata geçirecektim.

Akşam saat sekize doğru Bora'daydım. Kapıdan içeri girer girmez, "Çok dikkatli olmalısın Bora, sana söyleyeceklerim var," diye başladım ama sözümü kesti.

"Benim de sana söyleyeceklerim var," dedi mutsuz bir sesle.

"Ne oldu?"

"Dairemi satışa çıkarmışlar. Evi üç ay içinde boşaltmamı bildiren bir mektup bırakmışlar kapıma. Ben ne yapacağım şimdi, İlhami?"

"Üzülme. Bir çaresi bulunur."

"Sen ne diyecektin bana?"

"Sen öğle saatlerinde roman mı yazıyorsun?"

"Söylemiştim ya sana."

"Yayınevinde yazma! Handan'ın dikkatini çekmiş. Bir gün yazdıklarını okumaya kalkarsa hiç şaşmam. Ayrıca saatini, bilgisayarını filan... Hepsini nasıl edindiğini merak ediyor."

"Sevgilisi vermiştir deseydin."

"Öyle dedim zaten."

"İlhami, şu anda Handan'ın merakından daha büyük bir derdim var. Sokağa atılıyorum. Ne yaparım ben? Biz ne yaparız?"

"Burasını satın alırız," dedim, "ev sahibiyle konuş bakalım kaç para istiyormuş?"

Bora'nın gözleri her içtenlikle güldüğündeki gibi çizgi oldular, içlerinden ışıklı kıvıltılar geçti ve Candan Erçetin'in içinde

"Ya gelmeseydin, yetişemeseydin?" diye bir soru geçen şarkısını ıslıkla çalmaya başladı. Ben de sözleriyle eşlik ettim ona, "Yarım kalırdım melek... Yanlış yapardım melek."

Cihangir'de asansörsüz bir apartmanda, manzara görmeyen küçük bir daire benim imkânlarımı aşmıyordu. İki hafta sonra, Bora'nın adına alınmış bir evimiz ve biri bende kalacak iki anahtarımız vardı. Ama benim ona hazırlamakta olduğum sürpriz bence çok daha heyecan vericiydi: Ağustos ayı içinde, Çin'de baş başa bir tatil!

AŞK BENİ USTA BİR YALANCIYA DÖNÜŞTÜRÜYORDU

AŞK BENİ USTA BİR YALANCIYA DÖNÜŞTÜRÜYORDU

siz değil miydiniz
gün olur yaşamdan alkışlar alırım diye
uysal bir tambur sesinden merdivenler kurup
*olur olmaz şarkılara tırmanan**

Mayıs sonuna doğru Bora'nın kitabı basıma hazır hale geldi. Kitabın başkarakterinin din kursunda yaşadıklarını Handan'ın ısrarıyla yumuşatmış, askerdeyken başına gelenlereyse hiç dokunmamıştık. Ben huzursuzdum. O güne kadar başımızı hiçbir kitapla belaya sokmamış, marjinal yazarlarla çalışmamıştık, hiçbir siyasi partiye ya da ideolojiye taraf olmamıştık ve ben bu çizgimizi bozmak istemiyordum. Kitabın dengelenmesi açısından yazarın askerde yaşadıklarının da törpülemesini istemiştim ama Handan, askerde çektikleri, Hoca'nın evine dair anlattıklarına karşı bizim sigortamız olacak, bırak benim dediğim olsun diye ısrar etmişti. Bu kitabın hazırlık aşamasına girdiğimizden beri siyaseti yakından takip etmeye, gazetelerdeki siyasi yazıları dikkatle okumaya, televizyonlardaki tartışma ve görüş programlarını sey-

* Tekin Gönenç.

retmeye başlamıştı, ortağım. Genelde siyasetle pek ilgilenmeyen Handan'ın bu yeni ilgi alanına şaşırmıştım ama havayı koklayarak o anda en doğru istikamete yelken açabilme kabiliyeti de gözümden kaçmamıştı. İşini bilen bir kadınla çalışıyordum, vesselam!

Ben de kendimce bir cinlik yapmış, kitabı istediğim tarihte yayımlatabilmek için Handan'a itiraz etmemiştim. O, kitabı piyasaya İstanbul Kitap Fuarı'nın hemen öncesinde, kasım başında çıkartmak istiyordu. Yurtdışında bulunan yazarın, kasıma kadar nasılsa ülkesine döneceğini ve fuarda imzaya oturacağını zannettiği için, "Romanın konusu bir yaz kitabı için çok ağır," demişti, "insanlar kumların üzerine serilip güneşin altında acıklı bir roman okumak istemezler."

Bense yazarının imzaya hiçbir zaman oturamayacağını bildiğimden, baskıyı hızlandırıp yaz aylarına rast getirmeye çalışıyordum.

Handan, biraz da ben ona düzeltmelerde taviz vermiş olduğum için dinledi beni.

Karanlığın İçinden'i yaz kitabı yaptık! Satışa temmuz ayında sunulacaktı.

Bu arada kimse Bora'nın fikrini sormuyordu. Kitap kapaklarını hazırlayan grafikerler eğer yayınevinin ortaklarından biri değilseler, yayın programı üzerinde söz sahibi olmazlardı haliyle. Bora, kimliğini açık etmediği sürece talepleri olamayacağının farkındaydı. Ne basılacak adeti talep edebiliyor, ne çıkartılan kısımlara itiraz edebiliyor, ne yayın tarihi üzerinde fikir yürütebiliyordu. Bunları yapmamasını, şüphe çekmemesi için, ona çok sıkı tembih etmiştim. Sadece kapak seçilirken, benim de desteğimle, onun en beğendiği çizimi kapak yapmıştık. Basım hazırlıkları sırasında uyumlu davranmaya özen göstermişti ama kitabı hakkında söz sahibi olamamanın acısını benden çıkarıyordu. Kitabın hazırlıkları aşamasında, evimizde buluştuğumuzda sadece münakaşa eder olmuştuk. Asabiyetini anlıyordum, o kadar emek verdiği eserine sahip çıkamamak kolay değildi. Röportaj veremeyecekti, imza günleri yapamayacaktı, imzaladığı tek kitabı ancak bana verebilecekti ki, ben de onu kendi evime götüremeyecek, onun evinde rafları dolduran diğer armağanlarımın yanına bırakacaktım. Bunları düşündükçe hırçınlıklarını görmezden geliyor, hep alttan alıyor, bir yandan da telifinin hesabına aktarılabilmesi için çözüm arıyordum.

İşte tam da o günlerde, yayınevinde geçirdiğim zamanımın çoğunu Çin yolculuğunu tasarlamaya ayırmıştım. Bu yolculuğun Bora'ya iyi geleceğine emindim ama her etabını dikkatle çözülmesi gereken bir bulmaca gibi hazırlamalıydım. Bizim yokluğumuzda karım, kızım ve hatta Handan, gönül rızasıyla gidecekleri bir başka yolculukta olmalıydılar. Çin'e gideceğimi son ana kadar hiç kimse duymamalıydı ki, kimse peşime takılmaya kalkmasın. Çin'e gitmek için çok geçerli bir nedenim olmalıydı ve Bora'yla Çin vizelerimiz önceden hazır edilmeliydi. Yayınevindekiler de dahil herkes, ben Çin'deyken Bora'nın ailesinin yanına gittiğini düşünmeliydi. Satranç oynar gibi, özenle, dikkatle her adımımı önceden hesaplayarak, ayrıntılı bir strateji geliştirmeliydim.

Önce Handan'a bir teklif götürdüm.

"Birçok işyeri yaz ayında toplu tatil yapıyor, biz de böyle bir şey düşünelim mi?" diye sordum, "çocuklar izne tek tek ayrılacaklarına hep birlikte gitsinler. Zaten birkaç kişi eksildi miydi kalandan da hayır gelmiyor, böylece biz de kendi tatilimize aklımız yayınevinde kalmadan çıkarız. Ne dersin?"

"Olur mu İlhami? Temmuzda şu henüz tanışamadığımız Tayfun'un kitabı piyasaya çıkacak ya..."

"Tatili ağustosta yaparız. Dağıtımdan sonra kitap için yapılabilecek bir şey kalmıyor. Basın tanıtımı dersen, nasılsa daha önce yapılacak. Bora da ağustosta izin istedi zaten, yeğeninin düğünü mü varmış, ne!"

"Derya ağustosta yayınevinde staj yapmak istiyordu..."

"Ben ona annesiyle birlikte bir Amerika seyahati hazırladım. Henüz haberi yok. Hazır gitmişken birkaç üniversiteyle de görüşsün istiyorum. Ben altyapısını hazırlıyorum da, kesinleştirmek için alacağı notları bekliyorum dönem sonunda. Bora da yoksa, zaten burada tek başına ne yapsın?"

"Bilmem ki... Daha önce hiç böyle yapmadık da..."

"Yahu Handan, bak aklıma ne geldi, sen de kardeşine gitsene bu arada. Hatta Amerika'ya hep birlikte uçalım, New York'ta birkaç gün bizimle kal, gezip tozalım, sonra sen kardeşine geçersin."

Attığım oltaya takılmıştı olmalı ki, Handan'ın gözlerinden bir ışık geçer gibi oldu.

"Bir düşüneyim," dedi.

Odama koşturdum. Bilgisayarımın başına geçtim, Pekin Kitap Fuarı'na girdim, fuarla ilgili tüm bilgileri indirdim. Sonra fuarın kapanış tarihine yakın günlerde uçaklarda ve otellerde yer aramaya başladım. Aylar öncesinde olduğumuz halde, yer bulmakta zorlanıyordum. Fuar dolayısıyla büyük otellerin çoğu dolmuştu. Pekin Hilton'da sadece bir boş suit bulabildim. Ödemesini yapıp ayırdım. İstanbul-Pekin uçuşu için Bora'ya uçakta bir kişilik yer ayırttım çünkü ben Çin'e büyük bir ihtimalle New York'tan uçacaktım. Sonra Pekin Fuarı Organizasyon Komitesi'ne, Türkiye'de bir yayınevi sahibi olarak, kendime ve şirket müdürüme birer davetiye ya da katılma belgesi isteğimi belirten bir e-posta attım. Birkaç yayınevine mektup hazırladım. Çin'le ilgili işlemlerimi bitirdikten sonra, New York yolculuğunun ayrıntılarıyla uğraşmaya başladım. Ağustos başlarında, Türk Hava Yolları'nda kendime, karıma, kızıma ve Handan'a yer ayırttım. Ayrıca bir hafta sonrasına New York-Pekin arasında uçacak bir uçak bakmaya başladım. Singapur bağlantılı bir uçuş bulunca Bora'nın biletini İstanbul-Singapur-Pekin olarak değiştirdim. Bora'nın da Çin'e Singapur üzerinden gelmesi daha uygun olurdu.

Saat ikiye geliyordu, ben hâlâ biletlerle ve otel rezervasyonlarıyla uğraşıyordum.

Kapı vuruldu, Handan kafasını uzattı içeriye: "Yemek yememişsin?"

"İşim yoğundu. Derya'nın üniversiteleriyle uğraştım ve hepimize yer ayırdım New York'a."

"Ben de sana bunu söylemeye geldim, kardeşime mail attım senden sonra. Gitsem mi acaba?"

"Handan, lütfen git. Aileni ihmal etme. Bak yeğenlerin büyüdü, bir gün onlara sokakta rastlasan, tanımayacaksın. Bu kadarı da olmaz ki! İnan bana iyi şeydir aile. İnsana bir yere ait olduğu duygusu verir, güven verir. Mutlaka git, ziyaret et, gör hepsini!"

"Senin bu rezervasyonlar ne kadar zaman için geçerli?"

"Daha bol vaktin var, iyice düşünebilirsin ortak!"

"Tamam İlhami, bir düşüneyim bu teklifini."

Çıktı Handan. Ben tekrar internete girip bu sefer gerçekten kızıma üniversite bakmaya başladım.

Öğleden sonra özel işlerimi bitirip nihayet yayınevinin işlerine vakit ayırmışken kapım vuruldu. Bora, kapıyı Nadide'nin duyabileceği şekilde açık tutarak, "Tayfun Kuzey'den bir mail aldım İlhami Bey, kitap hakkında bazı soruları vardı, görüşebilir miyiz? Vaktiniz var mı?" diye sordu.

"Buyur Bora," dedim. Bora kapıyı kapatıp yanıma geldi. Ayağa kalktım, aceleyle bir öpücük kondurdum dudağının kenarına, kanepeye yan yana oturduk.

"Tayfun Kuzey'e geçmeden önce sana bir sorum olacak. Pasaportun var mı senin?"

"Ne pasaportu?"

"Bora, yurtdışına çıkmak için... Pasaport işte."

"Yok."

"O halde en kısa zamanda bir pasaport edin kendine."

"Neden?"

"Belki benimle bir iş gezisine katılırsın. Bulunsun elinde."

"Nasıl çıkar, hiç bilmem... Hiç gerekmedi bugüne kadar."

"İnternete gir bak, öğren ne lazım, fotoğraf filan. Çok zor değil, gerekenleri hazır edersen, bir hafta içinde veriyorlarmış. Önümüzdeki hafta içinde başvurunu yap emi! Şimdi gelelim senin kitaba Bora, bu iş giderek zora giriyor. Handan işkillenmeye başladı. Tayfun denen kişinin bizi bizzat aramayıp sürekli seni aracı kullanması normal değil. Başka bir formül bulmalıyız."

"Tek bir formül var, o da yazarının kişiliğini açık etmemekteki ısrarı."

"İleride basın da ısrarcı olursa ne diyeceğiz?"

"Niye olsun ki?"

"Çok satarsa, ses getirirse, olabilir."

"Onu da vakti gelince hallederiz, İlhami. Şimdi derdim başka benim."

"Bir derdin mi vardı?" dedim.

"Benim yatak odasındaki balkon var ya, yağmur yağdığında aşağıdaki komşuya akıtıyormuş, bir çare bulmamı istiyor, adam. Balkonu biraz daha genişletip bir kapalı mekân yapmayı düşündüm."

O kadar beklemediğim bir şeydi ki söylediği, ağzım bir karış açık bakakaldım.

"Ne dersin?"

Zor toparladım kendimi, "Şimdi olmaz Bora," dedim.

"Neden?"

"Şu ara çok fazla masrafım var. Balkon önceliği olan bir iş değil."

"Senin için değil, çünkü sen orada yaşamıyorsun ama ben her gün altımda oturan ihtiyarın şikâyetini çekiyorum."

"Biraz daha dayan. Sana yakında balkondan çok daha fazla hoşuna gidecek bir..."

Lafımı bitiremedim, "Hoşuma gideceklerin önceliğine ben karar veremez miyim?" dedi. Sinirlerime hâkim olmaya çalışarak, aklıma ilk gelen şeyi söyledim.

"He who pays the piper calls the tune."*

"Pardon?"

"Boş ver Bora. Öylesine bir laf işte!"

"Bizim oralarda Oxford olmadığından ben kurs İngilizcesiyle idare ediyorum İlhami, anlayamadım o yüzden"

"Boracığım, niye pasaport çıkarttırıyorum sana? Sırf seninle birlikte güzel bir yolculuk yapabilmek için dört kişiye birden tatil organize etmeye çalışıyorum. Karımı, kızımı hatta Handan'ı dünyanın öteki ucuna uçuruyorum, otellerde yer ayırtıyorum. Üzerime aldığım yükün ağırlığını bilemezsin. Bin bir ipi ayrı ayrı çekerken bir de yakalanma korkusu, suçluluk duygusu..."

Lafımı kesti: "Pişman mısın İlhami?"

"Elbette değilim."

"Sen de haklısın. Yakalanma korkusu, suçluluk duygusu zaten taşıması zor, bir de buna balkon masrafı eklenmemeli!"

Bilgisayar başında geçirdiğim onca saatten, ince eleyip sık dokuduğum onca emekten sonra Bora'ya o kadar kızmış ve gücenmiştim ki, içimden küfür etmek geliyordu.

"İstersen sen şimdi odana dön, bunu akşam konuşalım, eve geldiğimde," dedim.

"Ben anladım demin ne demek istediğini İlhami, jeton geç düştü, parayı veren düdüğü çalar gibi bir şey söyledin değil mi?"

"Bora, akşama konuşalım," dedim yine. Yüzümden kan çekilmişti. Bora kalktı, kapıya doğru yürürken kapının tıklamasıyla açılması bir oldu. Handan elinde bir listeyle odaya girdi, "A bak ne iyi oldu burada olduğun Bora, ben de şu arkadaşının kitabının tanıtım listesini göstermeye gelmiştim. Sen de bir göz at hazır buradayken," dedi.

Bora benden önce atılıp aldı listeyi, okudu, yüzünde memnun bir ifadeyle bana uzattı.

---

* Parayı veren düdüğü çalar.

"Esrarengiz yazarımız da dilerim memnun kalırlar. Bütün kitap eklerine ve ayrıca beş gazetenin hafta sonu eklerine ilan veriyoruz."

"Çok güzel," dedi Bora.

"Bu arada tebrik ederim Bora, ailende düğün varmış."

Bora bir bana bir Handan'a baktı şaşkın şaşkın. Hemen atıldım, "Senin ağustos ayında izin istediğini söyledim de Handan Hanım'a... Hani şu sizin düğün için," dedim.

"Ha! Evet!" dedi Bora.

"Bora yaa, şu arkadaşın ne zaman ortaya çıkacak? Haydi yaz günü imza olmaz diyelim ama fuar zamanı ne yapacağız? Fuara gelmez mi?"

"Bilmiyorum," dedi Bora, "ona ulaşamıyorum ne zamandır."

"Bana bak, kitap iyi satış yapar, seninki de ortaya çıkmazsa, paranın üstüne ben otururum ha!" dedi Handan gülerek.

"Hepimiz birlikte otururuz üstüne," dedi Bora, "ben de balkonumu camekânlarım bana düşen kısmıyla... Ben balkondan düşmeden önce."

Handan, "Ne balkonu?" diye sorarken ve Bora tam odadan çıkarken telefonum çaldı. Açtım, Eda'ydı, bana, "İlhami, onlar bizden erken davrandı, bu akşam Nihat bizi yemeğe çıkartmak istiyor. Kabul ettim, lütfen spora gitmeye kalkma," diyordu.

"Peki," deyip kapattım.

"Çok kısa süren bir görüşmeydi," dedi Handan.

"Eda bir şey sordu da."

Sesini çıkarmadı, kanepede yan yana oturup, tanıtım yapacağımız gazetelerin üzerinden geçtik birlikte. Bir gazetenin hafta sonu ekini sildik listeden, bir kitap ekinin ilan boyutunu küçülttük. İşimiz bitince lafı uzatmadı, kalktı, odasına geçti Handan. Odasına gider gitmez, Handan'ın Eda'yı arayıp telefondakinin o olup olmadığını kontrol edeceğinden adım gibi emindim. Nitekim o akşam yayınevinden ayrılırken kapının önünde bana, "Akşama Jülide'yle yemeğe çıkıyormuşsun," dedi.

"Baş başa çıkıyormuşum gibi konuşma, Nihat davet etmiş," dedim.

"Oraya da varacak bu kadın, sonunda. Sabreden derviş muradına ermiş."

Arkamda bir kıpırtı oldu. Başımı çevirince arkamda Bora'yı gördüm. Bana kapıyı açtı, "Spora mı, İlhami Bey?" diye sordu.

"Çok isterdim ama bir işim çıktı Bora, hemen eve dönmeye mecburum," dedim, "yoksa seni Taksim'e bırakırdım."

"Teşekkür ederim ama zaten benim daha işim bitmedi," dedi Bora. Nadide'nin masasına birtakım kâğıtlar bıraktı, arka tarafa yürüdü. O gidince, "Eve dönmeye mecburmuş! Mecbursun tabii, emir 'J' çıkışlı olunca akan sular durur," dedi Handan bana.

"Yarın görüşürüz, Handan," dedim.

Çıktım kapıdan, deli gömleği giymiş bir adamın çaresizliği içinde indim merdivenleri. Beni bir başka zor geçecek akşama taşıyacak arabama doğru yürüdüm.

***

Nihat Boğaz'da, denizin üzerinde bir lokantada yer ayırmıştı. Biraz üşüyorduk ama tam karşımızda o kadar güzel bir mehtap çıkıyordu ki, garsonların getirdiği atkılara bürünüp dışarda kalmayı tercih ettik. Gelişimizin onuncu dakikasında soframız çeşitli mezelerle donanmıştı. Kadehlerimize buz gibi rakı konmuştu. Balıklarımızı seçmiştik ama kızartılmaları için acele etmiyorduk. Jülide'nin sıkılabileceğini pek de umursamadan, yine anılardan, eski günlerden konuşuyorduk. Eda, bu gece Jülide'ye biraz daha alışmış gibiydi. Jülide, Nihat'ın rahmetli eşinden saygıyla, çocuklarından da neredeyse bir anne şefkatiyle bahsederek gönlünü kazanmasını bilmişti karımın. Nihat bir ara, "Çocuklar, birlikte bir yolculuk yapalım," dedi, "yaz için program yaptınız mı?"

Sevinç'in sağlığında çocuklarımızı da alıp çok tatil yapmıştık birlikte.

Eda'nın gözleri dolar gibi oldu ama itiraz etmedi.

“Çok iyi olurdu fakat ben bir yolculuk programı hazırladım ne yazık ki,” demek zorunda kaldım.

“Ne yolculuğu?” diye sordu Eda, “benim hiç haberim yok!”

“Güzelim, sana sürpriz yapacaktım.”

“Sürpriz bozulduğuna göre, söyle bakalım, ne planladın benden habersiz.”

“Ana kız, sizi New York’a götürmeyi planladım.”

“Bunu bana son dakika mı söyleyecektin?”

“Yok, son dakika değil ama...”

“Âlemsin İlhami, böyle bir seyahatin bin türlü işi var, yok vizesi, yok valiz toplaması...”

“Edacığım, vizemiz var bizim. Ağustosa da daha iki ay var. Kıza da okul bakarız hazır gitmişken diye düşündüm.”

“İlla dışarı yollayacaksın kızı. Onun haberi var mı bundan?”

“Yok. Sadece Handan biliyor. O da kardeşine gidecek zaten.”

“Handan’la planladınız yani?”

“Hayır. New York’a kadar olan kısmını ona da sürpriz yapmak istiyordum ama söylemek zorunda kaldım kardeşine haber versin diye.”

“Handan dediğiniz ortağınız hanımefendi mi?” diye sordu Jülide.

“Evet,” dedi Eda.

“Kusura bakmayın ama hayatımda gördüğüm en sevimsiz kadın,” dedi Jülide.

“Aaa, Handan iyi kızdır,” dedi Nihat.

“Bana pek itici geldi. Berrin’in de ona bayıldığını söyleyemem.”

“Siz Handan’ı nereden tanıyorsunuz?” diye sordu Eda.

“İş nedeniyle tanıştık, birkaç yerde görüştük. Aman aman! Yetti!”

“Akıllı, çalışkan kızdır,” dedi yine Nihat, “son zamanlarda hoşlaştı da, dikkat ettin mi İlhami. Zayıfladı mı, ne yaptıysa...”

“Saçını boyadı,” dedi Eda, “aslında gerçekten iyi insandır.”

"Olabilir ama bana antipatik geldi," dedi Jülide.

Konuyu değiştirmek için, "Kadınlara yaranmak kolay değildir Nihat," dedim, "hatta karına sürpriz yaparsın, bakarsın makbule geçmez."

"Şaşırdım da ondan, yoksa sevindim elbette. Bakalım Derya ne diyecek bu işe?" dedi Eda, sonra Nihat'a döndü, "biliyor musun Nihat, bu genç kuşak çok şımarık. Ne laf anlıyorlar, ne laf dinliyorlar. Hep onların dediği olacak. Seninkiler de hemen arkadan geliyorlar, kök söktürecekler sana yakında, haberin olsun. Şimdi babası bizimkine bir yolculuk armağan ediyor değil mi, biz o yaşta delilere dönerdik sevinçten, oysa o nasıl karşılayacak diye ödümüz patlıyor, görüyorsun işte."

"Jülide'yi ilgilendirmeyen konulara son verelim, isterseniz," demek ihtiyacını hissettim.

"Bu konular beni de ilgilendiriyor, İlhami," dedi Jülide, "benim de sizinkilerin yaşlarında bir çocuğum var."

Eda ile Jülide arasındaki sohbet hemen o âna kadar habersiz olduğumuz Jülide'nin çocuğuna kaydı. Kadınlar çocuklarını konuşurlarken Nihat'la ben iş dedikodusu yapmaya, piyasalardan söz etmeye başladık.

Gece güzel geçiyordu ama en iyi yanı, Jülide'nin Handan hakkında olumsuz konuşmalarıydı. Bunu Eda'ya karşı, Pekin Fuarı'na tek başıma gitmek istememde geçerli neden olarak kullanacaktım. Bora'ya olan aşkım bir yandan evliya sabrına sahip olmama neden olurken, öte yandan da beni giderek daha keskin bir Makyavelist, bir stratejist, bir usta yalancıya dönüştürüyordu. Nitekim eve dönerken arabada, "Jülide'nin Handan hakkında söyledikleri için ne diyorsun?" diye sordum.

"Biraz ayıp etti," dedi, "çok gereksizdi."

"Handan için böyle düşünen tek kişi o değil ne yazık ki!"

"Zavallı Handan," dedi Eda, "neden böyle bir tesir bırakıyor acaba insanlarda?"

"Valla bilmiyorum ama negatif elektrik yaydığı kesin. Yayınevinde işine iyi asılıyor tamam da, dış ilişkilerimizden uzak tutmaya çalışıyorum onu. Havalara mı giriyor, dikleniyor mu, ne bileyim ben, üçüncü şahıslarla hep bir iletişim eksikliği yaşıyor nedense."

"Hiç fark etmemişim," dedi Eda.

"Eda... Sana bir itirafta bulunacağım... Ama asla söylemeyeceksin Handan'a, tamam mı?"

"Sen söyleme diyorsan, söylemem elbette, İlhami."

"Pekin'deki kitap fuarından bir davetiye bekliyorum. Henüz Handan'a lafını dahi etmedim, işi bağlamadan da söylemeyeceğim. İki yıl önce Bulgaristan'la böyle bir temasımız oldu, onun yüzünden iş yattıydı."

"Pekin Fuarı ne alaka?"

"Geçen sene Frankfurt Fuarı'nda tanıştım bu Çinlilerle. Çin'e kitap satabilirsek, pazarın büyüklüğü düşünsene!"

"Handan'ın hiç mi haberi yok?"

"Söyleyeceğim ama, son dakikada. Aman Eda, sakın kaçırma ağzından."

"Kaçırmam," dedi Eda ama biraz düşünceliydi kimsenin arkasından iş yapmayı sevmediği için.

Ertesi gün yayınevinde Handan'ın ilk işi bana akşamın nasıl geçtiğini sormak oldu.

"İyi geçti," dedim, "Nihat seni sordu ve senin son zamanlarda giderek güzelleştiğini söyledi."

"Nihat öyle mi dedi sahiden?"

"Aynen!"

Ortağımın gözleri ışıldadı. Handan'ı mutlu ettikten sonra, cep telefonumu çıkartıp Bora'ya mesaj attım: **Bu aksam spora gidiyorum, arabada buluşalım.** Yanıtın olumlu geleceğinden emin değildim. Dün akşamki buluşmamızı son dakikada iptal etmemi, Bora herhalde ona olan kızgınlığıma vermişti. Bana gücenmiş olmalıydı. Ama şimdi düşünüyordum da, Bora'yla aramıza bir gecelik mesafeyi istemeden de olsa koymuş olmam, bana iyi gelmişti, öfkem yatışmıştı. Belki onun da, bana haksızlık ettiğini düşünecek zamanı olmuştu, tıpkı benim, hayatta hiçbir şeyi olmamış bir gencin bir kapalı balkon istemesini ertesi sabah uyandığımda hoş görmem gibi. Telefonum işaret verince mesajlarıma baktım. Gülen bir sarı güneş ve iki adet "s" harfi, "ss" (seni seviyorum) düşmüştü cebime.

FIRINDAN ÇIKMIŞ EKMEK GİBİDİR YENİ BASILMIŞ KİTAP

önce sıyırıp utancını aldılar
*geriye yürek atışları kaldı korkaklığın**

Derya'nın o yaz evine dönüşü vakit aldı. Mezuniyetlerini okullar kapandıktan sonra bin bir çeşit partiyle kutlayan sınıf arkadaşları, Londra'nın yakınlarındaki çiftliklerde yaşayanların evlerinde de hafta sonu tatilleri geçirdikten sonra nihayet ailelerinin yanına dağıldılar ve Derya, benim ısrarımla bir iki değişik üniversiteye ön kayıt yaptırmış olarak İstanbul'a geldi. İş artık hangi üniversiteye kapak atabileceğini anlamak için sınavlarından alacağı notları beklemeye kalmıştı. İngiltere'de ve Amerika'da hiçbir üniversiteye girmeyi başaramadığı takdirde, bir sene boyunca Türkiye'de staj yapıp seneye Türkiye'deki üniversiteleri deneyecekti. Bunda anlaşmıştık. Karşılığında yaz aylarında ayağımın altında dolaşmayacak, tatil yapacaktı. Aklım sıra onu Bora'dan uzak tutmaya çalışıyordum.

Derya yaz tatilinde yayınevinde staj yapmıyordu ama haftanın birkaç günü yayınevine uğruyor, Bora'nın ona ödünç verdiği

---

* Tekin Gönenç.

kitapları okuyup bitirmişse, onları geri getirme bahanesiyle arka bölümde dolanıyor, Bora'yla laflıyor, Handan'la sohbet ediyor, odamda biraz oturup gidiyordu. Aslında son zamanlarda çok kitap okumaya başlamış, aralarında beğendiği birkaç kitabı çevirmemizi önermişti. Seçtiği kitaplar çok isabetliydi ve bir tanesini çevirtmeye karar vermiştik. Pek farkında değildik ama yayınevinde kızım kendi kendini yetiştirmeye başlamıştı. İşi ciddiye almaya başladığından beri de Handan'ın gözünde eski itibarını kaybetmişti. Handan herhalde yayınevindeki dengeleri bozmamak için, benim ailemden bir ikinci kişinin zamanla söz sahibi olmaya başlamasından pek hoşlanmayacaktı. Bunu az çok belli etmeye başlamıştı.

Derya'nın akşam gezmelerini, ben onu kısıtlamaktan çok, mesaisine ihtiyaç duyduğum elemanımdan iyi randıman alabilmek için hafta sonlarıyla sınırlamıştım. Cumartesi akşamları Bora ve arkadaşlarıyla müzik yapılan kulüplerde geziyor, eve sabahın erken saatlerinde dönüyordu ama artık içim rahattı. Derya'dan Bora'nın takıldığı yerleri ve insanları, Bora'dan da kızımın hafta sonu âlemlerini kontrol edebiliyordum.

Temmuz ayının ilk haftalarını böyle geçirdik.

Karanlığın İçinden, Temmuz'un 17'sinde kitapçı raflarında yerini aldığı gün bir şişe şampanya ile Bora'ya gittim. Bora henüz eve gelmemişti. Anahtarımla içeri girip şampanyayı kadehleriyle birlikte buzluğa koydum, güzel bir müzik seçtim, bir sigara yaktım ve kanepeye yerleşip, önce sabırla, sonra da giderek artan bir endişeyle sevgilimi bekledim. Yarım saat sonra artık kanepede oturmuyor, kafesine kapatılmış sinirli bir aslan gibi dört dönüyordum evin içinde.

Bora benden kırk dakika sonra geldi. Kapıyı açarken, "Nerde kaldın? Söylemiştim geleceğimi? Telefonunu da açmadın!" diye söylendim.

Elindeki poşeti bana doğru salladı.

"Sokağın gürültüsünden duymadım telefonu. Beyoğlu'ndaki tüm kitapçılara girip her birinden bir tane kitap aldım, bak!"

Poşette altı-yedi tane **Karanlığın İçinden** vardı. Onları büyük bir özenle oturma odasındaki rafa dizdi, bir tanesini de başucundaki komodine bıraktı.

Mutfağa koşup buzluğa koyduğum şampanya şişesini ve kadehleri alıp geldim.

"Kutluyoruz, gel buraya!"

Yanıma geldi, şişeyi elimden alıp açtı, kadehlere doldurdu. Sarışın içki, sabun köpüğü gibi köpürerek döküldü kadehin birinden. Parmağımla akan damlaları durdurup ıslak parmağımı parfüm sürer gibi kulaklarının arkasına sürdüm Bora'nın, "Senin şerefine, kitabının şerefine, hayatıma girmenin, benim olmanın şerefine," dedim.

Gözlerimin içine baktı, "Hayatımı, kaderimi ve beni değiştirmenin, bana dünyadaki güzellikleri ve mutluluğu tattırmanın şerefine, İlhami," dedi, "kitap dahil olmak üzere, hepsini sana borçluyum!"

İçkilerimizden birer yudum aldık, sonra öptüm onu. Sevgiyle, tutkuyla ve her zamanki gibi şefkatle öptüm. Biraz sonra kadehlerle birlikte halının üzerindeydik.

"Bora, içeri geçelim," dedim biraz utanarak, "ya da en kısa zamanda bu odaya çok kalın tüylü bir halı alayım. Yoksa bir gün doğrulamayacağım yerden."

Gülerek toparlandık, şişemizi alıp yatak odasına geçtik. Müzikçalarda Puccini'nin La Bohem'inin Che Gelida Manina aryası çalıyordu. Rodolfo'nun sesi yüreğime işliyor, şampanyadan ve mutluluktan başım dönüyordu. Bora'nın sarhoşluğunda ise baskıdan yeni çıkmış kitabının etkisi vardı kuşkusuz. Başucunda duran nüshayı bir ara eline almış, burnuna götürüp koklamıştı.

"Fırından yeni çıkmış ekmek gibidir yeni basılmış kitap," demiştim. "İştah açıcı, mis kokulu... İnsanın yiyesi gelir."

Fırlamış, oturma odasında rafa dizdiklerini de toparlayıp yatağa taşımıştı, her birini tek tek koklamak, ellemek için. O akşam kitaplarla birlikte sevişiyorduk, kimi eziliyor, kimi yırtılıyordu aramızda; hiç aldırmıyordu, kitapları yüzüne, gözüne, göğsüne sürüyor, öpüp kokluyor, havalara atıp tutuyordu, o derece coşkuluydu başarısından dolayı. Ne kadar zaman geçti, hiç hatırlamıyorum, hırpalanmış kitaplar, pike, artık boşalmış şişe ve biz bir yumak olmuş haldeydik ki kapı çalındı. İkimiz de aynı anda doğrulduk yatakta.

"Kim geldi?" dedim.

"Bilmem! Kimseyi beklemiyorum."

Kapı bir iki kere daha çaldı. Bora yataktan indi, çarşafa sarılarak parmak uçlarında kapıya yürüdü.

"Kim o?" diyen sesini duydum.

"Bir dakika," dedi, koşarak içeri geldi, yüzü kül gibiydi.

"Derya kapıda, Derya!"

"Açma!"

"Olmaz ki, sesimi duydu."

O üzerine aceleyle rasgele bir blucin ve bir tişört geçirirken ben oturma odasına fırlayıp yerdeki ayakkabılarımı, çoraplarımı, kemerimi, sehpanın üzerindeki telefonumu kucaklayıp yatak odasına geri döndüm. Bütün bunlar belki bir dakikanın içinde oldu. Yatak odasının kapısını kapattı Bora, sokak kapısını açmaya gitti. Ani bir kararla, peşinden koştum, "Açma," demek için ama geç kalmıştım, kızımın sesini duyunca, parmak uçlarımda yürüyerek odaya girdim, konuşulanları duymak için kapıyı aralık tuttum.

"Rahatsız etmedim ya?" diyordu Derya, "yardım etsene... Tutamıyorum, çok büyük."

"Ne diye zahmet ettin? Hiç gerek yoktu?"

"Aaa, olur mu, senin sevgili arkadaşının... Senin de kitabın sayılır. Ben de bu süper olayın şerefine, sana bir suvenir getirdim!"

"Çok düşüncelisin. Teşekkür ederim."

Bir sessizlik, sonra Derya'nın sesi: "Beni buyur etmeyecek misin içeri?"

Bora'nın sesi: "Şey... Ev biraz dağınık... Beklemiyordum hiç... Nasıl buldun adresimi?"

"Nadide'den aldım. Dağınıklığa alışığım ben. Sen bizim odaları görecektin okulda!"

"Derya, sana ikram da yapamayacağım... Keşke haberli gelseydin de hazırlıklı olsaydım..."

"Boş ver be Bora! Tıpkı annem gibi konuştun ha! İkram istemiyorum... Şunu tutsana ucundan... Düşecek şimdi."

Ayak sesleri... Yine Derya'nın sesi, "Aaa Bora, bu müzik babamın en sevdiği parçadır. Durmadan kafa ütüler bununla evde. CD'lerin nerde senin... Şuradalar (ayak sesleri). Rusticana Cavelliaro, Albinoni, Bach, ne bu be? Evime gelmiş gibiyim (gülüyor Derya). Babam mı mecbur ediyor seni bunları dinlemeye? Ha? Sende hiç pop, caz filan yok mu?"

"Derya ben..."

"Bak, bu çerçeveyi şuraya as, emi! Aaa, senin evin bir küçük hayvanat bahçesi... Ne çok hayvan toplamışsın böyle! Çocukluğundan mı kaldılar?.. Bakalım kitaplarına... Şunu ben de okudum... Şiirler, ay ne sıkıcı Bora ya, babamın şairleri bunların çoğu. Yok mu contemporary?.. Nasıl derler, yeni bir şey... Modern... Gençlerin yazdığı filan?"

Bir uzun sessizlik daha...

"Bora, neyin var? Biri mi var yoksa içeride?"

"Şey Derya, habersiz geldin ya..."

"Yatak odanda birini saklıyorsun sen! Baskın mı yaptım yoksa?"

"Yok. Kimse yok."

"Göster o zaman! Bana yatak odanı göster."

Kapıyı usulca kapattım, odadaki iskemleyi kapının tokmağının altına yerleştirdim. Duyabilmek için kulağımı kapıya dayadım.

"Derya, kusura bakma... Haberim olsaydı... (ayak sesleri yaklaştı) dur, dur, gitme oraya... Evet, evet içerde biri var."

"Sevgilin mi?"

Sessizlik.

"Gelsin, tanışalım."

Kızımın sesinde coşkulu tını yok artık.

"Olmaz. Başka zaman."

"Haa şimdi anladım! Ben şey üstüne geldim... Sorry!"

"Hayır ama..."

"Tanıyor muyum? Ofisteki kızlardan biri mi?"

"Vallahi değil."

"Bu kadar saklandığına göre, evli filan mı yoksa?"

"Sizi bir gün tanıştırırım ama şimdi olmaz. Lütfen."

"Aklımın ucuna bile gelmedi sevgilin olacağı çünkü hiçbir akşam yanında öyle biri yoktu. Madem sevgilin vardı, niye ortaya çıkarmadın hiç?"

Bana çok uzun gelen bir sessizlikten sonra, "Neyse, ben bunu getirmeye gelmiştim... Yani sürpriz yapmaya, sürprizi sen yaptın! Kapağın çok güzel olmuş, tebrik ederim... Ben gideyim..." dedi Derya.

"Haftaya çıkarız arkadaşlarla," dedi Bora.

"Keşke telefon etseydim önce..." Kızımın sesi giderek duyulmaz oluyordu. Ben biliyordum adım gibi, şu anda pişmandır geldiğine, gözyaşlarını zor tutuyordur, dudaklarını sarkıtmıştır ve hafifçe titriyordur altdudağı. Kapıdan çıkar çıkmaz ağlamaya başlayacak... Hayatının ilk kalp kırıklığı, ilk hicranı!

Yatağa oturdum. Bora Derya'ya bir şeyler söylüyordu, duymadım. Yüzüm ellerimin arasındaydı. Gözyaşlarım parmaklarımın arasından sızıyordu. Bora odaya döndüğünde, beni yatağın üzerinde bir yerim çok fena ağrıyormuş gibi, öne arkaya sallanırken buldu. Yavaşça başımı kaldırıp baktım, Bora nerdeyse yarı boyunda, kırmızı bir çerçeve içinde, kitap kapağının büyütülmüş ve üzerine kırmızı, kalın bir keçeli kalemle "BOL ŞANS" yazılmış afişini tutuyordu.

***

Eve girdiğimde mutfakta buz çıkartıyordu Derya.

"Kızım babasına içki mi hazırlıyor yoksa?" diye sordum.

"Kendine hazırlıyor."

"Derya! Hayrola kızım! Bayram değil, seyran değil, sen ne zaman içki içmeye başladın böyle?"

"Kafam bozuk, baba!"

"Koy bakayım buzu gerisin geriye. Olmaz!"

Boynunu büküp yüzüme baktı.

"Bebeğim, tamam büyüdün, bir partiye gidersin, bir kutlama vardır, biraz şarap içersin, anlarım. Senin yaşında bir kız evde oturup kafa çekmez. Görmeyeyim bir daha."

"Baba, bugün bir kutlama vardı."

Etrafa bakındım, şişeyi gördüm, beyaz şarap, içmiş bir kadeh, üzerine buz ilave ederek.

"Ne kutluyorsun?"

"Kalbimin kırılmasını. Çat diye, tam ortadan."

Yanına gittim, sarıldım kızıma. Hiçbir şey sormadım ama o anlattı, "Âşık olduğum çocuğun bir sevgilisi olduğunu öğrendim bugün."

"Demek ki bu sevdadan vazgeçmenin zamanı gelmiş!"

"Sen ne derdin bana hep? Vazgeçmek yok, başarana kadar az... amz... Baba neydi o laf?"

"Azmetmek."

"Hah! Ondan yapacağım işte! Yılmak yok. Yolumdan dönmek yok! Öğrenmeliyim, kim o sevgili? Neden beni değil onu prefer... şey... tercih ediyor? Ben ne yaparsam, beni sever?"

"Derya, zorla güzellik olmaz. Etrafına bakacaksın ve göreceksin ki senin sevgine layık onlarca çocuk var etrafta. Bak yakında seyahate gidiyoruz. Belki uçakta yanına çok hoş bir genç oturur... Olmadı, üniversiteye başladığında bir de bakmışsın sınıfında yakışıklı, hoş biri var."

"Ben yakışıklı birini istemiyorum."

"Tamam, gözlüklü, sivilceli, sıska, biraz da kambur biri var."

"Benim şuram acıyor (eliyle göğsünü gösterdi Derya), sen alay ediyorsun."

"Alay etmiyorum, sadece senin kadar ciddiye almıyorum. Sen aslında âşık filan değilsin, inan bana, sadece kafaya taktın bunu. Gurur meselesi yaptın, hepsi bu!"

"Baba, şu yayınevinde arka odada çalışan kızlar... Onların sevgilisi var mı?"

"Gaye evli. Geçen yıl evlendi. Yasemin'in bir sevgilisi var."

"Kim?"

"Sporcuymuş galiba, boylu poslu bir genç. Bir iki kere onu almaya gelmişti de o zaman gördüm."

"Ya Bora'nın?"

"Varmış işte, söyledin ya!"

"Benim neyim eksik, baba?"

"Sadece aklın," dedim.

"Aklımı kullanacağım artık. Onun hayatındaki kızı öğreneceğim ve ona göre hareket edeceğim."

"Nasıl bulacaksın?"

"Gerekirse, evinin önünde bekler, görürüm nasıl biri."

Sırtımdan buz gibi ter boşandı. "Derya! Duymamış olayım. Asla kendini böyle küçük düşürmeyeceksin. Asla! Gel çıkalım şu mutfaktan... Annen nerde sahi?"

"Derneğinin konseri vardı. Seni bekledi bekledi gitti. Çok kızgın olacak döndüğünde, haberin olsun."

"Hay Allah!" diye alnıma vurdum elimi, "tamamen unuttum yahu! Sen niye gitmedin annenle?"

"Hiç havamda değildim. Moralim bozuktu," dedi Derya.

Kızımın koluna girip salona yürüttüm onu.

"Bora Eskişehirliydi, değil mi, baba?"

"Galiba."

"Acaba eski bir okul arkadaşı filan mı, hani insan ilkokulda âşık olur ya?"

"Bak güzelim," dedim, "ilk aşk sabun köpüğü gibi bir şeydir. Biraz da inattır, biliyor musun, takıntıdır, gençler yaşamaktan çok hayalini kurarlar ilk aşkın. Rüzgâr gibi gelir, geçer. Aslında yirmi beşinden önce aşk nedir pek anlamaz insan, şarap gibidir çünkü aşk, tadına varmak için olgunlaşmak lazım. Ayrıca, esas aşk, has aşk, olgun çağda gelendir ki, vurgun yemiş gibi olur insan, feleğini şaşırır."

"Baba, sen ne bilirsin ki aşka dair? Annemden başkasına âşık olmadın ki! Aaa, oldun mu yoksa?"

"Saçmalama. Gel sana aşka dair bir müzik dinleteyim," dedim kızıma, Madam Butterfly'ın aryasını bulup koydum CD çalara. Odayı Kiri Te Kanawa'nın kristal sesinden perde perde yükselen aşk acısı doldurdu.

Derya kanepenin ucuna kıvrıldı, bacaklarını kendine doğru çekip çenesine dayadı müziği dinlerken. Ağlamasını bekledim ama ağlamadı. Gözlerini kapatmış, o gün uğradığı hayal kırıklığını bir kez de sopranoyla birlikte yeniden yaşıyordu herhalde. Bense, Bora'nın evini satıp ona bambaşka bir yerde ev almanın ve adresini saklı tutmanın zamanının geldiğini düşünüyordum.

Bir an evvel! Çin yolculuğundan döner dönmez!

YOLLARDA

yorgunsam
*bil ki yokluğundandır**

Ağustosta ailece seyahate çıkmadan hemen önce, Bora'nın kitabı iki hafta içinde tahminlerimizin de üstünde satış yapmıştı. Matbaada afiş, broşür basımlarını durdurup iki yeni baskıya girmiştik.

"Bak gördün mü, keşke tatile sokmasaydık yayınevini," demişti Handan, "kitabı kim takip edecek şimdi, hepimiz yurtdışında olacağız."

"Handan, matbaa çalışıyor. Ben tembih ettim, son baskılar da tükenirse dağıtıcı firma yeniden sipariş verecek, basacaklar. Başında beklemenin manası yok ki! Üstelik gazeteler, televizyon kanalları aramaya başladı bile. Kitabın yazarı meydanda yok! Onlara cevap yetiştirmek zorunda kalacaktık. Dönüşümüzde işler sakinlemiş olur, fena mı?"

"Benim gözüm fena halde arkada kalacak."

"Kalmasın. Keyfine bak biraz da Handan!"

---

* Tekin Gönenç.

"Keşke ikimiz birden uzaklaşmasaydık."

"İstersen biletini iptal edelim, sen kal," dedim.

"Yok canım! Sen iptal et de sen kal!"

"Bir ihtimal daha var, Bora'yı vekil tayin edelim, göz kulak olsun arkadaşının kitabına." Bunu Handan'ın göstereceği tepkiyi bilerek, özellikle söyledim.

"Eski köye yeni âdet getirme, İlhami," dedi, "sakın ha! Hemen tepemize çıkar. Zaten o da memleketine, düğüne gitmiyor muydu?"

"Evet. Bizden birkaç gün sonra gidiyormuş."

"Senin kız sorup duruyordu Eskişehir'de bir sevgilisi mi var acaba diye."

"Var deseydin keşke," dedim, "bu Bora işi fazla uzadı."

"Yine soracak olursa, öyle derim. Ben erken kaçıyorum bugün, yolculuk öncesi, bir sürü alışverişim var."

"Ben de çıkacağım birazdan," dedim. Handan odasına yönelince arka tarafa yürüdüm. Bora ayaklarını uzatmış, ellerini başının arkasında birleştirmiş, duvarda bir noktaya dalıp gitmişti.

Ben, "Yolculuğu mu düşünüyorsun yoksa?" deyince adeta sıçradı yerinde.

"Kitabı düşünüyordum," dedi yavaşça, "ben yokken yeni baskılar yapacak mı bakalım?"

"Heyecanlı mısın?"

"Hem de nasıl. Bir de bakmışsın, on baskı yapmış."

Bozuldum. Ben günlerdir, New York'tan aniden Çin'e gitmek zorunda kalışımı karımla kızıma nasıl söyleyeceğimin provasını yapıp duruyordum, hep Çin yolculuğunu düşünüyordum. O ilk defa yurtdışına çıkacaktı, nerdeyse dünyanın öteki ucuna, ta Singapur'a kadar gidecekti tek başına, hiç mi heyecan duymuyordu, hiç mi oralı değildi? Önünde benimle yapacağı bir Uzakdoğu yolculuğu dururken insan kitabın baskısını mı düşünürdü?

"Tut ki yeni baskılar oldu, ne yapmayı düşünüyorsun?" diye sordum.

"İlk defa bir bankada, ihtiyaçlarım ödendikten sonra da kalan param olacak. Düşünsene İlhami, PARAM olacak!"

Paranın kimin hesabına yatacağı, kimin adına vergileneceği henüz açıklığa kavuşmamıştı ama keyfini bozmak istemedim.

"O kadar önemli mi para?" diye sordum.

"Çok önemli," dedi Bora. Gözleri laciverte çalıyordu o an, dibi karanlık kuyular gibi. Baktığı yerde, onun gördüğünü benim göremediğimi anladım. Ürperdim.

***

Eda, Derya ve Handan'la Amerika'ya uçak yolculuğumuz keyifli geçti. Derya ile Handan yan yana yerleştiler, bir ön sırada ben Eda'yla oturduk. Ara sıra yer değiştirdik, lafladık, film seyrettik, THY'nin uzak mesafelerde yaptığı ikramı takdir ederek nefis yemekler yedik ve mışıl mışıl uyuduk. Böyle güzel bir başlangıçtan sonra New York'ta otelimize yerleştik, ilk gün saat farkı yüzünden uyum sorunu yaşadıysak da, bu Eda ve Handan'ın alışverişine mâni olmadı. Biz kızımla alışveriş yerine Guggenheim Müzesi'ne gittik, ertesi gün hep birlikte Derya'nın hatırı için açık havada bir caz konserine katlandık, üçüncü günün akşamı Central Park'da, Shakespeare'nin *Tempest*'ini seyrettik, dördüncü gün Handan'ı kardeşinin yaşadığı Miami'ye yolcu ettik ve ailece baş başa kaldık.

Yıllar önce üç kişi yapmış olduğumuz o kederli Londra seyahatini anımsamamak, o günlere gönderme yapmamak için Eda'nın gayret sarf ettiğinin farkındaydım. Zaman en iyi ilaçtı ve karımın kapanmayan yarasını dahi bir nebze onarmıştı. Derya da İstanbul'da yaşadığı gönül kırıklığını unutmuş gözüküyordu. Uzun yıllardan sonra, tekrar hayata gülerek bakabilen bir aile olabilmiştik.

Olabilmiş miydik acaba?

Sabah kahvaltıya karısına ve kızına düşkün bir aile babası kimliğiyle oturuyor, karımla kızım neşe içinde günün programını tasarlarken, onlara birkaç gün sonra oynayacağım oyun yüzünden utanç duyuyor, gözlerinden bakışlarımı kaçırıyordum. Öğle yemeğinden sonra duygularım değişmeye başlıyordu... Onlar alışveriş eder, müzeleri gezerlerken ben bir kahvede ya da barda tek başıma oturuyordum ki Bora'yı arayabileyim. Bora'yı merak ediyordum, ne yapıyordu acaba tam da o anda? Bora'yı özlüyordum, o da beni özlüyor muydu? Bora'nın sesini duymak, Bora'ya dokunmak istiyordum. Ona ne kadar değer verdiğimi göstermek için, katalogda beğendiği Hublot marka kol saatini satın almış, valizime saklamıştım. İstanbul'a dönünce saatin arkasına anlamlı bir mesaj yazdırıp, aramızda saptadığımız doğum gününde vermeyi düşünüyordum. Zaten hep onu düşünüyordum artık!

Eda ve Derya'yla öğleden sonraları bir sinemaya, akşamları mutlaka bir konser ya da tiyatroya gidiyorduk. Beyazperdeye ya da sahneye odaklanmak iyi geliyordu. Ama sonrasında yediğimiz geç akşam yemeklerinde, biraz da içkinin tesiriyle, özlem çekilmez oluyordu. Sabahları kahvaltıda kızımla karımın sesleri bana kuş cıvıltıları gibi gelirken, akşam sussunlar istiyordum. Bora'yla aramda bir engel teşkil ediyorlar diye içimden kızıyordum onlara, sonra sabah sil baştan aynı vicdan azabı... suçluluk duygusu... utanç, tekrardan! Bu yolculukta ben ruhu ortadan ikiye bölünmüş yaralı bir adamdım ama biliyordum ki mutsuzluğum Bora'ya dokunduğum anda geçecek.

New York'taki ilk haftamızın son günüydü, bir İtalyan lokantasında öğlen yemeği yerken telefonum çaldı, açtım, restoranın gürültüsünden iyi duyamadığım için dışarı çıktım. Kapının önünde bir aşağı bir yukarı yürüyerek ve arada bir camekânın ardındaki aileme el sallayarak konuştum ve içeriye döndüm. Masaya sıkıntılı oturdum, "Beklediğim telefon çok kötü bir zamanda geldi," dedim, "şu Çin işi vardı ya Eda..."

"Evet, ne olmuş?"

"Adamlar bana zor ulaştılar. Yayınevi kapalı ya, aramışlar. Neyse, buldular sonunda işte, benim en kısa zamanda Pekin'de olmam gerekiyor."

"Ne!"

"Sana anlatmıştım ya daha önce."

"Baba bu harika! Çin! Haydi, kalkın otele gidip hazırlanalım," dedi gözleri ışıldayan Derya.

"Derya, ne diyorsun sen? Çin'e elini kolunu sallayarak gidemezsin ki. Vize lazım. Vizeyi kendi ülkenden alman şart."

"Sen de gidemezsin o halde," dedi Eda.

"Ben tedbirli bir adam olarak, fuar tarihini kapsayan bir Çin vizesi edinmiştim."

"Eee, ne olacak şimdi?"

"Ben şimdi sizden ayrılıp uçak bileti bakmaya gideceğim. Siz ana kız buranın tadını çıkarırken ben Çin'de kitap satmaya çalışacağım ki, size daha nice tatiller yaptırabileyim."

"İnanmıyorum sana baba!" dedi Derya, "bizi bırakıp gidiyor musun yani?"

"Erkeklerin yazgısı böyle!" dedim alçak ben.

"İyi de, kızın okullarına bakacaktık hani?" Eda'nın canı sıkılmıştı.

"Siz bensiz bakacaksınız artık. Kararı nasılsa Derya verecek, değil mi?"

Tahmin ettiğim gibi, her kafadan bir ses çıkmaya başladı, Eda başka bir şey Derya bambaşka bir şey söylüyordu ama her ikisi de şu ana kadar Çin'den hiç söz etmemişken birden Çin'e gidecek olmama akıl erdiremiyorlardı.

"Eda ben sana ta Nihatlarla yemek yediğimiz akşam söylemiştim, nasıl unutursun?" dedim.

"Hatırlıyorum ama bir daha hiç lafını etmedin ki!"

"Bu işte, kadınla erkeğin arasındaki fark, karıcığım, siz kadınlar her lafi sakız edersiniz, biz erkekler ancak gerektiği kadar konuşuruz."

"Ve karınla kızını şaşkın tavuklar gibi New York'un orta yerinde bırakıp gidersin. Bravo senin erkeliğine!"

"Eda, lütfen! Paranız var, oteliniz ödenmiş, dil biliyorsunuz her ikiniz de. Bana hayatımın fırsatı çıkmış, tepeyim mi?"

Eda'dan hiç ses çıkmadı.

"Kaçırayım mı bu fırsatı? Gitmeyeyim mi?"

"Nasıl istersen öyle yap," dedi kırık bir sesle.

Garsona hesabı getirmesini işaret ettim.

"Madem acelen var, ben öderim, sen git haydi," dedi karım.

Biletim çoktan ayrılmış olduğu için rahattım.

"Bu, New York'ta hep birlikte yediğimiz son yemeğimiz olabilir, bırak hem hesabı ödeyeyim, hem de kahvemi bitireyim bari," dedim.

"Bu gece gitmeyeceksin herhalde, baba!"

"Bilet bulursam bu gece, yoksa yarın. Kızım, kitap fuarına yetişmeye çalışıyorum," dedim, "fuar günlerce sürmüyor ki!"

Kahvelerimizi içerken hiçbirimiz konuşmadık. Ailemin keyfini kaçırmış olduğum için üzgündüm ama planım saat gibi tıkır tıkır yürüyordu. Hesabı ödedikten sonra kalktık, ben onlarla Bloomingdales'e kadar gittim, mağazanın önünde ikisine de sımsıkı sarılıp öptüm, bir-iki saat sonra otelde buluşmak üzere ayrıldık. Üç saat sonra ben, karıma, kızıma veda etmiş, aklı onlarda kalarak göreve giden bir aile reisi pozunda, elimde valizimle, otelin kapısında beni havaalanına götürecek taksiye biniyordum.

GÜNEŞ DOĞUDAN YÜKSELİR

biz aslında
birer sustalıyızdır seninle
ha çıktı ha çıkacak
*kınından**

Çok katlı, kocaman bir yolcu gemisi düşünün. Bu kocaman yolcu gemisini bir gökdelenin üzerine oturtun. Gözünüzün önüne ne geldiyse, işte o görünümdeki Marina Bay Sands Oteli'nin elli ikinci katındaki odamdan limana bakıyor ve insanoğlunun küçücük bir adanın üzerine kurmayı başardığı yapay cennete şaşıp kalıyordum. Bu adada yoksulluk, hırsızlık, pislik, suç yoktu. Ormanın içine kurulmuş şehrin her tarafından çiçek fışkırıyordu. Üstgeçitlerden bile salkım salkım çiçek sarkıyordu. Evler geniş, düzenli, yemyeşil çimenli bahçelerin ortasına yerleştirilmişti, gökdelenlerin balkonları dahi çiçeklerle donanmıştı. Sokaklar tam "bal dök yala" kıvamında temiz, trafik düzenli, insanlar istisnasız temiz pak, alışveriş merkezleri dünyada mevcut tüm markaların butikleriyle doluydu. Pazarlık yoktu, çünkü kazıklama,

---

* Tekin Gönenç.

aldatmaca yoktu; dünyanın bütün tatlarını sunan lokantalarda yemekler enfes, içkiler binbir çeşit, satıcılar, garsonlar, taksi şoförleri, kısacası hizmet sektöründe çalışan insanların tümü son derece nazik ve terbiyeliydi.

Burası Singapur'du!

Bir diktatör tarafından idare edilen, bireysel özgürlüğün diktatörün saptadığı çizgiyle sınırlandığı cennet ada! Hapishaneler boştu çünkü suçlu yoktu. Suçlu yoktu çünkü suç affedilmiyordu. Bir gram kokainle yakalanan idam ediliyordu. Müşterisini kazıklamaya kalkan taksi şoförü kırbaçlanıyor, ruhsatını kaybediyordu. Yere tükürürken yakalanan üzerindeki giysiyle tükürüğünü temizlemek mecburiyetinde kalıyordu. Böylesine zoraki bir cennette yaşayan insanlar nazikti ama mutlu muydular, değil miydiler anlamak zordu.

Bora'nın gelişini beklerken vakit geçirmek için otelin tepesindeki havuza gitmeye karar verdim. Asansörün son düğmesine bastım, en üst katta, palmiyelerle çevrelenmiş, yemyeşil bir bahçeye çıktım. Yürümeye başlayınca "kenarı sıfır havuz" ne demekmiş, hayatımda ilk defa görmüş oldum. Önümde uzanan koskocaman havuzun bir kenarı ufuk çizgisine dayanmış gibiydi. Sanki havuza girip o uca doğru yüzersem, gökyüzüne akacaktım tıpkı bir yıldız gibi.

Uzaktan ufukla birleşiyor gibi duran havuza yaklaştıkça algım değişti. İçine girince, sonsuzluğa dökülen bir şelale hissi veren havuzun o yönüne yüzmeye adeta korktum. Gökyüzüne bu kadar yakın, nerdeyse bulutlara dokunacak gibi yüksekteyken, bir ucu sonsuzlukta kaybolan bir havuzda yüzmek... Bora ne hissedecekti acaba burayı görünce? Bir zamanlar gördüğüm her ilginç şeyi karımla paylaşmak, çocuğuma göstermek isterdim. Bora bende her ikisinin toplamı gibiydi, hem tüm güzellikleri sevdiğimle paylaşmak hem de çocuğuma yeni şeyler göstermek, öğretmek arzumu tatmin ediyordu! Onun o anda yanımda olmasını çok istedim!

Havuzun içinde Singapur'un karşı yakasında yükselen gökdelenleri seyrederken bir yandan da düşünüyordum. Asya, artık duraklama devrine girmiş olan Avrupa'ya on basarak kalkınıyordu. Bu hızlı gelişmede mimarisinin özelliklerini ve ruhunu kaybediyor olabilirdi, Batı'nın özgür, eşitlikçi, demokratik yapısına ulaşması için kırk fırın ekmek yemesi de gerekebilirdi ama küçücük bir adada gördüğüm lüks, zenginlik, düzen ve estetik en görkemli Avrupa kentlerini kesinlikle katlamıştı.

Bu ilginç havuzda değişik duygular içinde yarım saate yakın kulaç attıktan sonra odama indim, giyindim, bir taksi çağırttım ve yol boyunca uçaktan tanıdık birilerinin inmemesini temenni ederek, İstanbul'dan gelen uçağı karşılamaya gittim. Gelen yolcuları karşılayanlar arasında Türk tipli kimse görmeyince içim rahat etti. Az sonra İstanbul uçağının yolcuları arasında geliş kapısından çıkan Bora, ufak valizini çekerek sıyrıldı kalabalıktan, gözleriyle beni aradı ve görünce hemen yanıma gelmedi, sanırım Türkçe konuşan birilerinin çıkış kapısına doğru uzaklaşmalarını bekledi. Sonra birbirimize doğru acele adımlarla yürüdük ve sarıldık. Göğsümün üzerinde onun kalp atışlarını hissettim. Kokusunu içime çektim. Gözleri parlıyordu.

"İyi misin? Uyuyabildin mi uçakta?" diye sordum, "inşallah yorgun değilsindir, sana göstermek, yedirmek, içirmek istediğim çok şey var."

Yanıtı benim soruma cevap değildi.

"İlhami, sen yokken iki baskı daha yaptı kitap," dedi, "gazetelerde kitabın toplatılabileceğine dair bir yazı çıkınca birden fırladı satışlar."

"Aman ha! Yazarını açık etmek zorunda kalabiliriz. Başın derde girer."

"Bir gün açık etmeyecek miyiz zaten?"

"Belki bir gün, sen hazır olunca."

Omuz silkti. Bora'nın bu konuda bir çocuk heyecanı içinde oluşuna inanamıyordum, başarısı başını döndürmüştü.

"Haydi gel, taksi sırasına girelim," dedim, "bırak şimdi kitabı, bak dünyanın bir başka ucundasın. Asya'dasın. Keyfini çıkar."

Takside giderken elini dizimin üstüne koydu Bora. Tedirgin oldum. Bu diktatörlükte, bu tür davranışlara hoşgörü var mıydı, emin değildim. Aynaya bakarak şoförün görüş zaviyesini ölçmeye çalıştım. İncitirim diye Bora'ya elini dizimden çekmesini söyleyemiyordum. Ona tanınma korkusu olmadan, baş başa geçireceğimiz güzel günler vaat ederken bu gerçeği aklıma bile getirmemiş, düşünememiştim. Cebimden mendilimi çıkarır gibi yapıp yana doğru kaykıldım, Bora'nın elinden kurtulunca biraz öteye gittim.

"Güneş mi geldi?" diye sordu Bora.

"Evet. Gözüme giriyordu. Eee, anlat bakalım, memleketten haberler ver."

"Valla beni sadece tek bir şey alakadar etti, o da benim kitap. Her gün İstiklal'de boydan boya yürüdüm, kitapçılara baktım. Alışveriş merkezlerindeki kitapçıları kontrol ettim. Listelerde birle üç arasında oynadı durdu. Ben gelmeden önce beşinci sıraya düşmüştü. Nasıl olur ama İlhami, yeni baskı yaparken nasıl beşe düşer?"

"Bora, kafayı kitaba bu kadar takman doğru değil. Bak ne güzel satıyor işte! Hep bir numarada kalamaz ki, nerdeyse her gün bir yeni kitap çıkıyor."

"Ama o çıkanlar benim aldığım iyi eleştirileri almıyorlar."

"Sen etrafi seyret, bak şu gökdelenleri görüyor musun, biz onlardan birinde kalacağız birkaç gece."

"Bakarsın bir gün buralarda da satarım," dedi.

İçimden, "Bakarsın bir gün şu pencerelerden çiçek yerine senin kitaplarını sallandırırlar salkım saçak," diyerek onunla alay etmek geçiyordu. Nerdeyse kitabı bastığıma pişman olma noktasına gelmiştim.

"İnşallah o günlerde gelir," dedim isteksizce.

"Gelir değil mi İlhami?"

Kitap konusunu kapatmak için, "Aç mısın?" diye sordum, "valizin küçük, istersen seni gökdelenlerin olmadığı tipik bir Çin mahallesinde Çin yemeği yapan bir lokantaya götürebilirim otele gitmeden."

"Yok, önce otele gidelim," dedi, "açım ama yemeğe değil. Yemeği sana doyduktan sonra yerim."

Bu sözleri duyunca, şoförün ne düşüneceğini boş verip elini tuttum Bora'nın, kitap takıntısını hemen bağışladım, kaprislerini, şımarıklıklarını, huysuzluklarını hemen unuttum. Varsın aramıza giren sadece kitap olsundu! Bora elimi sımsıkı tutuyordu. Bindiğimiz araba bir kuşa dönüşsün, hızla uçsun, otele bir an evvel varsın istiyordum. Ruhum, beynim, tüm hücrelerim Bora'nın sıkıca tuttuğu elime odaklanıyor, kalbim onun avucunda atıyordu.

Otelde Bora'ya yanımdaki odayı ayırtmak istemiştim ama yakınımdaki odalar doluydu, ona ancak üç kat aşağıda bir oda bulabilmiştim. Komi önde biz arkada asansöre yürüdük.

"Ayrı odalarda mı yatacağız?" diye sordu Bora.

"Hayır. Sen şimdi sanki orada yatacakmış gibi kendi odana giriş yapacak, valizini bırakıp benim odama geleceksin."

Bora'ya odamın numarasını söyledim, avucuna bir miktar bozuk para sıkıştırdım bahşiş ödemesi için.

"Bu ne?" diye sordu.

"Sen herhalde henüz para bozdurmadın. Bozukları komiye ver, odama gelince para işini hallederiz. Ne olur ne olmaz, üzerinde biraz Singapur doları bulunmalı."

Sesini çıkarmadı. Asansörden önce o indi, ben yukardaki odama çıktım, buzdolabından bir şişe şarap çıkartıp açtım ve pencerenin önünde duran koltuğa, manzaraya karşı oturdum.

Bora'nın hemen geleceğini sanmıştım ama yarım saat sonra ben bir şişe şarabı yarılamıştım, o hâlâ meydanda yoktu. Odasının numarasını çevirdim, açan olmadı. Cep telefonunu aradım, kullanım dışıydı. Her an gelebilir umuduyla odamdan çıkıp onu aramaya da gidemiyordum. Aklıma bin bir türlü olumsuzluk geliyordu. Otelin içinde kaybolmuş olabilirdi. Asansör bozulduysa, asansörde kalmış olabilirdi... Bir ihtimal daha vardı ki, onu kafamdan kovmak istiyordum ama beceremiyordum... Ellerim ter içinde kalmıştı, sağ gözüm seğirmeye başlamıştı... Bora, ona odasını gösteren o genç komiyle... yok olamaz, olamaz... böyle bir şeyi asla yapmaz! Ayağa kaktım, odanın içinde gezinmeye başladım... Neden yapmasın, kendi söylemedi miydi istemeden de olsa, ömrü boyunca bu yolun yolcusu olduğunu, lisede, askerde, üniversitede kim bilir kaç kişiyle, kimlerle? Yatağın ucundaki pufa çarpıp elimdeki şarap kadehini yatağa düşürdüm. Kırmızı leke hareler çizerek yayıldı yatak örtüsünün üzerinde. Tıpkı kan lekesi gibi. Örtüyü banyoya götürüp musluğun altına tutmak istedim ama o kadar genişti ki vazgeçtim. Birden aklıma Eda'nın sofra örtüsüne ne zaman kırmızı şarap dökülse, lekenin üzerine beyaz şarap döküşü geldi. Buzdolabından bir şişe beyaz şarap aldım, tıpasını açıp yarısını örtünün üzerine boca ettim. Leke bin beter oldu. Bora hâlâ gelmemişti. Giderek sinirleniyordum. Ter içinde kalmıştım, önce ceketimi, gömleğimi çıkardım, sonra duş almaya karar verip tamamen soyundum ki kapı vuruldu. Banyodan kaptığım bornozu üzerime geçirip kapıyı açtım.

"Nerede kaldın?" diye bağırdım, şaşkınlıkla yarı yarıya boşalmış değişik renkte şarap şişelerine ve ıslanmış yatağa bakan Bora'ya.

"Duşa girdim," dedi, "böyle tazyikli suyu ilk kez görüyorum ya, hoşuma gitti, sonra da rafta çeşitli banyo köpüklerini bulunca dayanamadım, banyoyu doldurdum, aralarında seçim yapamayıp tam üç ayrı şişeyi boşalttım küvete, köpükler nerdeyse tavana vardı. Baksana, buram buram lavanta, adaçayı ve tarçın kokuyorum."

"Telefon ettim odana, açmadın."

"Banyoyu doldururken su sesinden duymadım herhalde."

"Cebini de aradım."

Cebinden telefonunu çıkardı, "Hay Allah, uçakta kapatmıştım ya, açmayı unutmuşum, iyi ki hatırlattın," dedi, "hemen açayım."

"Telefon mu bekliyordun?"

"Yoo."

"Ne telaş ediyorsun o halde?"

"İlhami, sinirlisin, bir şey mi oldu?"

"Seni merak ettim."

"Merak edecek bir şey yok, söyledim işte sana."

Ona inanmam gerekiyordu çünkü her söylediğinde mantık vardı. Ama bir küçük "acaba" tıpkı bir sivrisinek gibi vızıldıyordu kafamın içinde. O sineği ezmek, öldürmek istiyordum. Bora'ya doğru yürüdüm, ilk kez en ufak bir şefkat duygusu katmaksızın hislerime, dudaklarını hırsla ısırırken, üzerindekileri paralarcasına çıkarmaya çalıştım. Kollarımı bir an için sıkıca tuttu, dövüşe hazırlanan iki horoz gibi durduk karşı karşıya, sonra aynı anda birbirimize geçtik, iki düşman gibi birbirimizi hırpalayarak seviştik.

Daha sonra, üzerimizde bornozlar, şaraplarımızı içerken, "Sana bir şey söylemeliyim," dedim, "belki yeri değil ama kafamı kurcalıyor ne zamandır. Evini değiştirmemiz lazım."

"Neden?"

"Adresinin yayınevinde biliniyor olmasının sakıncaları var."

"Derya yüzünden mi? Yine gelir diye mi korkuyorsun?"

"Sadece o değil. Handan da uğramaya kalkabilir bir gün ya da ofisteki kızlardan biri..."

"Neden uğrasınlar ki?"

"Arkadaş değil misiniz? Yolları düşer, oradan geçiyorlardır, ne bileyim ben..."

"Eğer onlarla aramda bir şey var mı diye ağzımı arıyorsan, zahmet etme. Benim ilgi alanıma girmiyorlar."

"Onlar mı, yoksa genelde kadınlar mı?"

"En geniş anlamıyla kadınlar. Her yaşta, boyda, biçimde ve renkte."

"Hayatında hiçbir kere olsun..." Bora sözümü kesti, "Üniversitedeyken bir kızdan hoşlandığımı sanmıştım. Güzel, tatlı bir kızdı, iyi de anlaşıyorduk üstelik. Denedim. Olmadı. Olamadı."

"Neden ama?"

"Sudan çıkmış balık gibi hissettim kendimi. Yapamadım. Ayrıntılara girmeyelim istersen ama şunu bil, aynı tecrübeyi bir kere daha yaşamak istemem."

"Pekâlâ, ayrıntı filan sormayacağım ama ev değiştirme konusu ayrı bir şey. Onu ciddi ciddi konuşmamız lazım."

"Neyini konuşacağız ki? Yayınevindekilerin gelmek için nedeni yok, Derya da bir kere geldi, bin pişman oldu. Gelmez bir daha."

Bora'ya kızım senin evini gözetlemeyi planlıyor diyemediğim için, "Senin daha güzel bir yerde yaşamanı istiyorum," dedim.

"Ben evimden memnunum. Mahallemi seviyorum, evi de çok güzel yaptık sayende. Bir de balkonu kapatırsak..." Bu kez ben kestim onun sözünü, elimi uzatıp karşımızdaki hareketli denizi gösterdim.

"Şöyle bir manzara mı var da seyrine bakmak için, camekânlayıp oturacağız içinde? O balkon, apartman aralığına bakıyor."

"Olsun, cam kaplanması iyi olacak. Parmaklık demiri de o kadar alçak ki, her yaklaştığımda aşağı düşeceğim diye korkuyorum."

Bora omzumda duran kolunu çekti. Ben içimden, yaklaşma o zaman sen de parmaklıklara diye geçirdim ama hiçbir şey söylemedim. Aynı konu üzerinde ikinci bir manasız tartışma istemiyordum. Biraz sonra yavaşça, "Gönlüm senin o evde değil, teraslı, manzaralı bir evde oturmandan yana," dedim, sanki böyle bir ev alabilecek param varmış gibi.

"Benim iyiliğimi istediğini biliyorum," dedi.

"Ve işte onun için seni şimdi yemeğe götüreceğim, çünkü açsın ve güzel bir Çin yemeği yemek istiyorsun."

"Et yemek istiyorum."

"Et yemek için yarını bekleyeceksin. Bu akşam ördek! Haydi kalk giyin."

"Senin de benden farkın yok ki, sen de giyin."

"Ben önce duş alacağım," dedim.

"Ben de."

"Hani balık gibi yüzmüştün küvette?"

"Hükmü kalmadı."

El ele banyoya yürüdük birlikte duş almak için. Duşun altında ıslanırken bir yıldırım hızıyla, Eda'yı banyoda ve duşta pek çok kere sabunlayışım geçti aklımdan... Evliliğimizin ilk yıllarında, birbirimize çok âşıkken sık seviştiğimiz zamanlarda... Hatta yakın zamanlara kadar, sırf karı koca olduğumuz için ve ikimizin de eli sırtımızın ortasına yetişemediğinden. İnce bir sızı yokladı yüreğimi. Eda Singapur'da bir erkekle olduğumu öğrenirse... Ya kızım öğrenirse... Ürperdim. Bora elindeki süngeri kasıklarımda gezdiriyordu. Kovdum kafamdan beni rahatsız eden düşünceleri ve kendimi, hiç beklemediğim bir anda ve şekilde yolumu kesmiş olan bu deli sevdaya bıraktım.

İlk akşam için işimi şansa bırakmamış, Singapur'da Rochester Park'ın içindeki en iyi Çin lokantası olan Min Jiang'da yerimi daha New York'tayken ayırtmıştım. Karımla kızımı alışverişe yollayıp bilgisayarımın başına oturduğum zamanlarda, aslında tek yaptığım Singapur ve Pekin'de gideceğimiz yerleri ayarlamaktı. Bu lokantanın adını Singapur'a gitmiş olan bir arkadaşımdan duymuştum ama internetten de kontrol etmiştim. Bora'yı hiç unutamayacağı değişik bir tatla tanıştırabilmek için biçilmiş kaftandı burası. Ming Jiang'da sadece dört değişik şekilde pişirilmiş çıtır ördek yeniyordu ve ben, Bora dünya lezzetlerinin en ince örneklerini ilk kez benimle tatsın istiyordum.

Otelden oldukça yorgun ayrılıp lokantada yemeğimizi beklerken bir de buz gibi beyaz şaraplarımızı içince, kızarmış ördeklerin hakkını veremediğimizi itiraf etmeliyim. Bora ilk defa tattığı kızarmış ördeği yerken aklı hâlâ etteydi. Bana da ördeğin dört ayrı çeşidi biraz fazla gelmişti. Kabarık hesabı öderken yolculuğumuz boyunca bir daha ördek yememeye karar verdik.

Ertesi gün, öğle yemeğinde Bora'yı pahalı bir lokanta yerine, resepsiyondaki gencin tavsiye ettiği, halkın da dumpling çeşitleri yemek için çoluk çocuk akın ettiği hesaplı ve basit bir lokantaya götürdüm. Türk mantılarını hatırlatan dumplingleri her ikimiz de dünyanın parasını ödediğim ördekten daha çok sevince, aynı akşam Çin Mahallesi'nde bir lokantada yer ayırttım.

"Zaten Çin'e gitmiyor muyuz yarın? Çin yemeklerini orada yerdik," dedi Bora, taksiye binerken. Ben daha önce Çin'e hiç gitmemiştim ama gitmiş olan dostlarımdan duymuştum gerçek Çin mutfağının kendi ülkemizde ve Avrupa kentlerinde yediğimiz örneklerinden çok farklı olduğunu.

"Öyle sanıyorum ki, Çin'de Çin mutfağını tercih etmeyeceğiz," dedim, "Batı'da bizim ağız tadımıza göre, lezzetler değiştirilmiş, Çin'deki mutfak aynı keyfi vermiyormuş. Üstelik Çinliler kedi, köpek etinden tut, fareye kadar her şeyi yiyorlar. Ne olur ne olmaz, orada biz yemeklerimizi otel lokantalarında yiyelim. Çin yemeğini seviyorsan eğer, hazır buradayken fırsatı kaçırma."

"Taksim'de bir Çin lokantası vardı," dedi Bora, "orada yemiştim birkaç kere, severim Çin yemeklerini."

Çin mutfağı bilgisi Taksim'deki lokantayla sınırlı Bora'nın lezzet ufkunu nasıl genişlettiğimi düşündüm biraz gururlanarak. Ben Çin mutfağını gerçekten çok sevdiğim, Bora da giderek sevmeye başladığı için son günümüzde Orchard Street'te bir başka Çin lokantasındaydık. Yemekten sonra, turistik eşya satan bir dükkândan Bora'ya şans getirmesi, kitabının onlarca baskı yapması için, "gel para, gel para" diye sürekli elini sallayan bir kedi oyuncak aldık. Sonra otele dönüp, ertesi gün Pekin'e uçacağımız için valiz topladık ve sabun köpükleriyle dolu banyoda karşı karşıya uzanıp üç günün muhasebesini yaptık.

Çinlilerin küçücük bir adada dünyanın dört bir yanından gelmiş insanlarla karışıp bir arada yaşadığı ve nedense resmi dili Mandarin değil de İngilizce olan bu ilginç ülke, Bora'da nasıl bir etki bıraktı bilmiyorum ama Singapur benim belleğimde kendine has özellikleri, çiçekleri ve gökdelenleriyle değil, çok tazyikli bir duştan fışkıran suyu ve egzotik sabun kokularıyla kaldı.

PEKİN'DE İMPARATORUN GENİŞ YATAĞININ ÖNÜNDE

nerde yitirsem
hep sende buluyorum
*başlangıçlarımı**

Bora'yla, Yasak Şehir'deki sarayda son Çin İmparatoru Piu'nun bir zamanlar iki karısıyla birlikte uyuduğu geniş yatağın önünde duruyorduk yan yana. Bora benim aklımdan o anda nelerin geçtiğini bilmiyordu. Bu mekânda çekilen *SON İMPARATOR* filmini görmemden bu yana en az yirmi yıl geçmişti ama gözlerimin dolmasına, aşırı duygulanmama mâni olamamıştı zaman!

Filmi ilk kez Londra'da Eda'yla birlikte görmüştük. Aynı filmi İstanbul'a geldiğinde bir kere daha sinemada, iki kez de DVD'de, değişik duygular içinde tam dört kere izlemiştim. İlk seyirde, karımla beraber, o güne kadar gidilmesi yasak olan bir

* Tekin Gönenç.

ülkenin bu film sayesinde aralanan kapısından içeri süzülmüş, Yasak Şehir'in sokaklarında, sarayın koridorlarında, odalarında dolanmış, ihtişamı karşısında büyülenmiş, katı kurallarına isyan ederek Uzakdoğu'nun bize dahi tuhaf gelen törelerini hayretle izlemiştik. Tahta üç yaşında oturtulan minik imparatorun etrafında dönen talanı, yağmayı ve dalavereyi içimiz burkularak ama hiç de yabancısı olmadığımız için anlayışla, Piu okul çağına geldiğinde, miyop olduğunu anlayan İngiliz eğitmenin ona gözlük taktırmak istemesine, bir imparatorun kusurlu olamayacağı varsayımıyla karşı koyan saray zihniyetine şaşarak, nerdeyse çocuk yaşta siyasi nedenlerle evlendirilmesini kendi topraklarımızdan çağrışımlarla seyretmiştik. İkincisi kendi seçimi olan iki karısıyla her gece geniş yatağında oynaşan imparatoru çok sevmiştik.

Yasak Şehir'in sınırlarının dışına çıkamayan, dünyadan habersiz Piu'yu kızıl devrim tahtından etmiş, zindanlara savurmuştu. Hayatı gerçek olamayacak kadar inişli çıkışlı, içler acısı, trajik bir öyküydü ve bir insanın bir ömürlük süreçte nereden nereye gelebileceğinin ibretlik örneğiydi. Kurgu değil, gerçeğin ta kendisiydi üstelik!

İkinci izleyişimde bambaşka duygular içindeydim. Benim de aynı ihtişamla süregelmiş, dünyayı titretmiş ve aşağı yukarı aynı dönemde çökmüş bir imparatorluğum vardı ama altı yüz yıllık bu saltanatın ben yabancısıydım. Okul yıllarımda Osmanlı'nın trajedisi üzerinde hiç durulmamıştı. Tartışılmamıştı. Karı koca, son Çin İmparatoru Piu'nun yaşamından gözyaşı dökecek kadar etkilenmiştik ama kendi son imparatorumuzun hayat hikâyesinden habersizdik. Bu yüzden, kendi devletimin tarihiyle bir paralellik yakalamak, Osmanlı tarihine dair görsel malzemeye duyduğum açlığı kapatmak istercesine, özel bir dikkatle izlemiştim filmi. Her iki saraydaki güçlü kadınların harem entrikalarını kıyaslamaya çalışmıştım.

Filmdeki derin erotizmin farkına ancak üçüncü izleyişimde varmıştım.

Dördüncüsünde, ayakkabılarını ayağına hep uşağının giydirdiği imparatorun gün gelip hela temizlemesinden yola çıkarak, felsefi sonuçlara ulaşmaya çalışmıştım. Ve şu anda işte, o dördüncü izlenimin fena halde tesirindeydim. Bir imparatoru zirveden en dibe savurabilen kader, sıradan bir adam olan beni de esirgememişti rüzgârından. Sıradan bir aile babası olan ben, yanımda erkek sevgilimle, Yasak Şehir'de yasaklara meydan okuyordum.

Şehir niye yasak şehirdi bir zamanlar?

Benim ilişkim niye sakıncalı ve yasaktı?

İki insanı ayrı duygularla aynı anda sevmek mümkünse, niye sakıncalıydı?

Gönül ferman dinlemiyorsa, gönlümün tercihini sevmek niye ayıptı?

Dünyadaki tüm yasaklar neye engel olabilmişti dünya kurulduğundan beri?

Bir zamanlar duvarlarına yaklaşmanın yasak olduğu şehirde, bugün imparatorun yatağı bile teşhire açıktı para karşılığında. Aşk ise, ne kural ne ferman dinliyordu, ne ayıp ne de günah! Duygularına sınır tanımayan biz insanlar, inatla yapımıza, ruhlarımıza aykırı kurallar koyuyor, ayıplar icat ediyor, kendimizi kendi imalatımız kozaların içine istifliyor, sınırlıyor, kısıtlıyor, sonra da bunun ceremesini çekiyorduk? En yakınlarımızla olan ilişkilerimizde bile riya vardı üstelik. Ben yanı başımdaki Bora'ya şu anda içimden geldiği gibi sarılamıyordum çünkü etrafımızdakiler bunu hoş karşılamazdı. Ona, bu sarayda olmanın heyecanını paylaşmak için karımın yanımda olmasını istediğimi de söyleyemiyordum çünkü Bora bunu yanlış anlar, incinirdi. Ben de şu anda kendi ellerimle ördüğüm bir kozanın içindeydim, etrafın ahlak anlayışını ve sevdiğimin duygularını incitmemek adına, en samimi ve masum arzularımı bastırmaya çalışıyordum.

İçimden, "Ey İnsanoğlu," diye bağırmak geçiyordu, "ne onulmaz bir mazoşistsin sen, koyduğun kurallarla sadece kendini incitiyorsun!"

"Daldın," dedi Bora. Silkindim, etrafima baktım. Biz aynı yerde dururken, az önce yanımızda olanlar ilerlemiş, yerlerini başkalarına bırakmışlardı.

"Ne var ki bu yatakta, bir türlü ayrılamıyorsun başından... Yürü haydi... Koca sarayda gezecek daha çok yer var."

Biraz ilerledik, bir başka avluya çıktık.

"Sağ tarafina baksana, şu gördüğün tenis kortunda, imparator on üç-on dört yaşındayken tenis oynamayı öğrenmişti."

"Seninle mi oynamıştı?

"Ne?"

"Öyle bir söylüyorsun ki, sanki imparator küçük kardeşinmiş gibi. Az evvel de adamın çocukken cebinde taşıdığı çekirgeyi anlatmıştın. Bu saraya girdiğimizden beri bir tuhafsın."

"Dünyaya bir önceki gelişimde Çinliydim herhalde ki bu atmosferden çok etkilendim," dedim filmi baştan sona anlatmaya üşenerek.

"Yarın Çin Seddi'nde de böyle hassas olursan, gerçekten inanacağım bir önceki hayatta Çinli olduğuna."

"Beni o zaman da sevecek misin?"

"Daha da çok çünkü bir zamanlar tüysüz ve ipek gibi bir tenin olduğunu hayal edeceğim. Sakalları, bıyıklarıyla yüzümü tahriş etmeyecek bir ırkın mensubu... Ne hoş!"

"Seni bir daha tıraş olmadan öpmeyeceğim," dedim gülerek ama içimde o anki duyarlılığımı anlayamadığı için tuhaf bir eksiklik vardı. Eda ile paylaşabileceğim pek çok anıyı, duyguyu, Bora'da yakalayamayacağımı biliyordum. Karımla az buz değil, tam yirmi yılı birlikte devirmiştik. Oysa Bora, üzerine henüz tek cümle yazılmamış, tertemiz bir günlük gibiydi. Geçmişim değil, geleceğimdi ve gençliği, şakacılığı, hayata karşı açlığıyla beni heyecanlandırıyor, yaşam sevinciyle dolduruyordu. Omuzuna kolumu atıp sevgilimi kendime çektim. O anda etraftakilerin bizi baba oğul veya iki sevgili zannetmeleri umurumda değildi. Bir an, birkaç saniye için hapsedildiğim kutumdan çıktım, dudaklarımı boynuna değdirdim.

"Dikkatli olalım diyen sendin, saray bahçesinden uygunsuz görüntü vermekten dolayı kovulursak görürsün gününü," dedi Bora, elindeki broşürü önüne tutarken.

"Bir tane mi broşürümüz var? Ben ne yapacağım şimdi?" diye sordum.

"Buradan hemen çıkıp benimle birlikte otele döneceksin!"

Sarayın tenis kortunun ardında kalan bölümlerini göremeden, çıkış kapısına doğru acele adımlarla yürüdük, bir taksi bulmak, otele dönmek ve baş başa kalmak için.

Bu, Pekin'de birinci günümüzdü.

İkinci günün sabahında erken kalkıp kitap fuarına gittim. Daha önce irtibata geçtiğim kişiyle buluşarak, ona yanımda getirdiğim dosyayı verdim. İstanbul'da bazı yayınevleri çizgili ve resimli kitaplarını Çin'de bastırmaya başlamışlardı, benim de dosyamda burada bastırtmayı düşündüğüm bir çalışma, ayrıca yayınevimde yayımlanmış iki romanın İngilizce özetleri, yazarları hakkında bilgi vardı. Fuar temsilcisi olan bu kişiden başka, değişik yayıncılarla da görüştüm, birinin öğlen yemeği davetini kabul ettim, olumlu ama sonuçsuz geçen temaslarımın sonunda fuar işlerimi tamamlayıp saat üç buçuğa doğru otele döndüm. Anahtarımla birlikte bir not tutuşturdu elime resepsiyondaki Çinli kız.

"Senden ümidi kestim, otel civarında dolaşmaya çıkıyorum, cadde boyunca yürüyecek, mağazalara bakacağım. Akşamüstü görüşürüz. Öptüm. B."

Hemen cebine bir mesaj yolladım: **Oteldeyim, geç kalma.**

Birkaç dakika mesajıma yanıt bekledim, gelmeyince banyoya gidip, Singapur'dayken Bora'yı baştan çıkaran köpüklü sabunları inceledim, suyu açtım, sandal ağacı esansını seçip, yarı yarıya doldurduğum küvete boca ettim. Köpüklerin içine yan gelip yattım. Bu yolculuğun birinci aşamasını en ince ayrıntısına kadar planlamıştım ama ikinci aşamayı düşünmeyi göze alamamıştım. Dönüş yalanlarımı da imal etmenin vakti hızla geliyordu. Nasıl izah edecektim Handan'a Çin Kitap Fuarı'na ondan habersiz gitmiş olmamı? Eda'dan bunu Handan'dan saklamasını isteyemezdim. Ondan istesem, Derya'dan böyle bir şey isteyemezdim. Köpükler kulaklarıma kadar yükselmişti, ağzıma burnuma doluyorlardı. Ben yolunu şaşırıp sıcak denizlere sapmış, mutsuz bir fokbalığı gibi hiçbir çıkış yolu bulamadan yatıyorum banyoda, köpüklere teslim!

Ertesi gün Çin Seddi'ni gezerken biraz da bu nedenle gergindim. Şehrin bir buçuk saat kadar uzağında olan ünlü duvara bizi taşıyan minibüste Türkiye'den gelmiş kimse yoktu ama Çin Seddi'nin kaleyi andıran kapısına ulaşacak yokuşu tırmanırken arkamda Türkçe konuşmalar duydum. Bora'nın kolunu sıkarak kulağına eğildim, "Sakın Türkçe konuşma benimle," diye fısıldadım.

"Biz Çince bilmiyoruz ki," dedi.

"Şaka yapmıyorum, arkada Türkler var." Yavaşladık, geriye bakmadan, arkadakilerin önümüze geçmelerine izin verdik. Beş altı kişilik çoluklu çocuklu bir grup, aralarında konuşarak yanımızdan geçtiler. Yol boyunca dizilmiş sokak satıcılarının tezgâhlarında oyalandık, araya belirli bir mesafe koyunca yeniden tırmanmaya başladık yavaş yavaş.

"Mümkün olduğu kadar konuşmamaya çalışalım," dedim, "belki başka Türkler de vardır."

"Benim İngilizcem sohbet için yeterli değil, sen sağır alfabesini biliyor musun?"

Ciddiye aldım, "Hayır," dedim.

"Kuşdili?"

"O da ne?"

"Bir dil işte. Öğrenmesi kolay. Bizim kasabada ilkokuldayken kız çocuklarından öğrenmiştim. Bögöylege igiştege."

"Ne diyorsun Bora be?"

"Kuguş digiligi kogonuguştugum! Anladın mı ne dediğimi?"

Hızlı adımlarla yürürken durdum. Beni hiç ciddiye almamıştı Bora. Telaşımı küçümsemişti. Bizi tanıyanların çıkabilme ihtimali ona vız geliyordu, çünkü onun kaybedeceği hiçbir şey yoktu. Birkaç adım tek başına yürüdü, yanında olmadığımı fark edince arkasına dönüp baktı. Olduğum yerde taş kesilmiş, duruyordum. Yanıma geldi.

"Kızdın bana," dedi, "neden ama?"

"Sana her şey oyun gibi geliyor Bora. Burada bizi tanıyan birileri çıkarsa, hesap vermek zorunda kalan tek kişi ben olacağım ama biraz düşünsen, senin de işini kaybetmene neden olabilir bu durum. Yani hesap verecek kimsen yok ama zor durumda kalabilirsin buna rağmen."

"İlhami, bizi tanıyan birileri çıkarsa, ben yayınevinin grafikeri olarak seninle birlikte bu fuara katılmış olamaz mıyım? Kitap kapaklarını incelemeye gelmiş olamaz mıyım mesela? Neden bu kadar büyütüyorsun birkaç Türk'ün bizi görmüş olmasını?"

"Bilmiyorum," dedim içtenlikle, "ama kulağına giderse, Handan'a ne deriz? O senin geldiğini asla öğrenmemeli."

"Mesele Handan değil, mesele senin kendini sürekli suçlu hissetmen. Çok büyük bir günah işlediğini, çok büyük bir ayıp yaptığını sanıyorsun. Oysa, bizim aramızdaki aşk ve ilişki, dünya kurulalı beri var. Korkunun ecele nasıl faydası yoksa, utanmanın da bu işe bir faydası olmuyor."

Ona, utanmıyorum, sadece alışık değilim, hayatımda ilk kez böyle bir ilişkinin içindeyim ve kalabalık yerlerde nasıl davranacağımı kestiremiyorum demek isterken, gözlerim etrafta başka

Türkler var mı diye dört bir yanı tarıyor, kalbim küt küt atıyordu. Ayrıca Bora'yı incitecek şeyler söylemekten, yolculuğun tadını kaçırmaktan korkuyordum.

"Bak sana ne diyeceğim," dedim, "aşağıda, yolun başında bahçeli bir lokanta vardı, gel oraya gidip oturalım, bir şeyler içelim."

"Ben duvarı görmek istiyorum. Eğer istersen orada otur, beni bekle."

"Tamam," dedim, "bana çok sıcak bastı. Sen gez gel. Orada buluşalım, soğuk bir şeyler içelim."

"Minibüs keyfimizi beklemez ama."

"Boş ver. Beklemezse, taksiyle döneriz."

Bora tek kelime söylemeden arkasını dönüp yürümeye başladı. Ben lokantaya gitmedim, yolun kenarındaki alçak duvara iliştim, uzaklaşan Bora'ya baktım ve tuhaf bir telaşa kapıldım. Ben ne demiştim ona aylar önce İstanbul'da, seni ikimizi de kimsenin tanımayacağı bir yere götüreceğim, kimselerden sakınmadan, çekinmeden baş başa bir yolculuk yapacağız, demiştim. İşte şimdi dünyanın öbür ucundaydık ama ben hâlâ görülmekten, tanınmaktan korkuyordum. Hayatımda ilk kez gördüğüm Türklerden bile çekiniyordum. Sevdiğimi Çin Seddi'ne kadar getirmiştim ama yanında rahat hareket edemiyor, her insanın hayalini zorlayan efsanevi duvarın üzerinde yürümenin heyecanını onunla paylaşamıyordum. Kalktım, oturduğum yerden, hızlı adımlarla iyice uzaklaşmış Bora'ya yetişmeye çalıştım, dönemecin ötesinde gözden kaybolmuştu. Tanrım, Bora'yı kaybetmek! Bora'yı bu aşırı kalabalık ülkede, birbirine benzettiğim insanların arasında bir daha hiç bulamamak! Kâbus!

Koşmaya başladım ve nihayet nefes nefese, ona yetiştim. Duvarın kapısında bilet kesilen yerde bir yığılma olmuştu ve o kalabalığın içinde, Türkçe konuşan gruptan uzakta bir yerde duruyordu. Hiçbir şeye aldırmayarak, "Bora," diye seslendim.

Döndü, beni görünce gülümsedi, gözleri çizgi oldular. Yanına gittim, "İçime sinmedi seni yalnız bırakmak," dedim.

"İyi ki geldin, baksana manzara ne kadar güzel. Her taraf yemyeşil. Oysa ben hep buraları kurak zannederdim nedense."

"Benim de ilkokul yıllarımda, atlasta Çin hep sarı olurdu, sarı bende çorak toprağa çağrışım yapar. Bir de bu duvarı hep akıncılar zorlarmış ya, savaşın olduğu yerde ot bitmez diye düşünmüştüm. Ne kadar yanılmışım!"

Üzerinde yürüdüğümüz ucu gözükmeyen uzun duvar, yeşil bir denize doğru atılıvermiş sicim gibi kıvrıla büküle uzanıyordu kilometrelerce.

"Bir resim çekseydik," dedi Bora. Resim çekmek zorunda kalmamak için yanıma fotoğraf makinesini özellikle almamıştım.

"Yolda kartpostal satıyorlardı, alırız," dedim.

Kalabalığa karışıp yürüdük. Üçüncü kuleye yaklaşırken, "Altı bin yıllık tarihin üzerinde yürürken ne hissediyorsun?" diye sordum.

"Ne kadar birikimsiz olduğumu," dedi, "ne kadar önemsiz bir ayrıntı olduğumu şu dünyada."

"Benim için çok önemli bir ayrıntısın."

Aramıza, arkamızdan doğru bir kadın sesi girdi, "Siz Türk'sünüz değil mi? Ay ne hoş! Burada Türklerle karşılaşacağımız hiç aklımıza gelmezdi. Nerelisiniz?"

Tombulca kumral bir kadın, saçları örgülü bir kız çocuğun elinden tutmuş, bize konuşuyordu. Ben dondum kaldım. Bora, sakin sakin, "İstanbulluyuz, ya siz?" dedi.

"Biz İzmir'den geldik. Şey... Rica etsek bizim bir resmimizi alır mısınız toplu halde?"

"Elbette," dedi Bora, kadının elinden fotoğraf makinesini aldı, bir güleç adam, iki aynı yaşlarda kadın, örgülü kız ve bir de iki ön dişi eksik oğlan çocuğu, kadraja sığmak için birbirlerine yanaştılar.

"Güneşi arkanıza almayın, şu tarafa geçin," dedi Bora. Bir itiş kakış oldu, yeniden poz verdiler. Çıt...Çıt... "Bir poz daha, lütfen." Çıt.

"Çok teşekkürler, zahmet oldu... Siz de turistik gezide misiniz?"

"Biz fuar için geldik."

"Aaa, fuar mı var?"

"Kitap fuarı var."

"Öyle mii?"

Konu kitap olunca pek ilgilenmediler. Ben az ilerde, konuşmadan, kıpırdamadan dikiliyordum. Bora lafı uzatmadı, İzmirliler de bir kere daha teşekkür edip, isim filan sormadan ayrıldılar, yürüyerek uzaklaştılar. "Hâlâ canlı mısın?" dedi Bora, "taş kesildin de, merak ettim."

"Canlıyım," dedim, "bak hareket edebiliyorum ama sen keşke fuara geldiğimizi söylemeseydin."

"Gördün işte İlhami, söyledim ama Türkler bırak ilişkimizi, kim olduğumuzu bile merak etmediler. Çin Seddi'nde onlardan başka iki Türk daha, onlar için ilginç olan sadece bu!"

"Bugün niye hep haklısın?" diye sordum.

"Ben hep haklıyım," dedi.

Dönüş yolunda rehberimiz, yol uzun süreceği için, acıktıysak aşağıdaki lokantada bir şeyler yiyebileceğimiz söyledi. İsteyenler parmak kaldırsındı. Çoğunluğun parmakları havaya kalkınca, üçü Alman, dördü İngiliz dokuz kişi, hep birlikte pek de büyük olmayan lokantanın bahçesine doluştuk, masalarda yer bulmaya çalıştık. Yemekleri ısmarlarken Türk aile bahçeye girdi, yanımızdaki masaya yerleştiler.

"Yüz verme," diye fısıldadım Bora'nın kulağına. Bora o tarafa bakmama gayreti içindeydi ama az sonra aile reisi kalktı, yanımıza geldi, "Bir resminizi alabilir miyim?" diye sordu.

"Neden?" dedim biraz ters bir sesle.

"Ta Çin'e kadar gelmişiz, burada Türklere rastlamışız. Az şey mi yani? Bir hatıra olsun sizden."

"Ben fotoğraflarda çok kötü çıkarım," dedim.

"Efendim, ne fark eder?" dedi adam. Bora yerinden kalktı, yanıma geldi, iskemlemin arkasında durdu, "Buyurun, çekin."

Ben masaya bıraktığım güneş gözlüklerimi alelacele taktım. Resmimiz çekildi, aile reisi memnun oldu.

"İsmi alileriniz efendim?"

"Pardon?" dedi Bora.

"Adımızı soruyor beyefendi," dedim.

"Ben Bora, bu bey de Hamdi Bey."

"Bendeniz Şevket Özsanlı."

Ayağa kalktım, adam elini sıkacağımı sanarak bir hamle yaptı, oysa ben, "İzninizle... Tuvalet ne tarafta acaba?" dedim ve kimseden yanıt beklemeden, hemen binaya doğru yürüdüm. Tuvalette gereğinden fazla oyalandım, masama döndüğümde İzmirli adam kendi masasına yerleşmiş, garsona laf anlatmaya, Bora da yumurtalı pirincini iki çubukla başarısız bir şekilde yemeye çalışıyordu. Adamla göz göze gelmemeye çalışarak yerime oturdum.

Bizi şehre geri götüren minibüsten inince otele değil, iki gün önce sarayın yakınında saptamış olduğumuz alışveriş sokağına gitmek istedik. Pekin'in merkezinde, bayraklardan başka Çin'de olduğumuzu gösteren hiçbir iz kalmamıştı ama bu sokak, yaklaşık düzen yan yana dizilmiş, tek katlı dolap büyüklüğünde minik dükkânlarıyla, bez güneşlikleri, kapıların önüne atılmış taburelere tünemiş satıcılarıyla, bize Çin'de olduğumuzu hissettirmişti. Trafiğin her yöne dörder şeritte aktığı çok geniş caddeleri, otuz, kırk katlı gökdelenleriyle, devasa Tiananmen Meydanı'yla Pekin, ne bildiğim Avrupa başkentlerine benziyordu ne de hayalimdeki Çin'e aitti. Tıpkı İstanbul'un bakımsız, izbe ara sokaklarında, karşınıza nasıl birdenbire beyaz martılı masmavi bir deniz parçası çıkabiliyorsa, burada da gözünüze tek tük nostaljik bir sokak ya da rengârenk bir pagoda* çarpabiliyordu. Bu sokağı iki gün önce

---

* Budistlerin dini yapılarına verilen isim.

saraya yürürken tesadüfen görmüş, merak edip rehberimize sormuştuk.

"Alışverişinizi büyük alışveriş merkezlerinde yapın, oralarda her şey daha hesaplıdır, o sokakta el sanatlarının satıldığı birkaç galeriyle birkaç butikten başka bir şey yok," demişti rehber, çok övündüğü büyük mağazaları neden tercih etmediğimize şaşarak.

İki gün sonra biz o sokağı kolayca bulduk ve turistlerin pek dolaşmadığı dar sokakta, birbirimize sokularak, sonuna kadar yürüdük. Sokağın sonuna doğru burnumuza buram buram yemek kokuları gelmeye başlayınca tok olmamıza rağmen, ayaküstü birkaç haşlama dumplingi mideye indirdik. Sonra ben Bora'ya, "Belli bir yerde buluşmak üzere, yarım saatliğine ayrılalım mı?" diye sordum, "karımla kızıma hediye almam lazım. Sen de kendine bir şeyler bak, buluşunca onları da alırız."

"Beraber dolaşsak olmaz mı?"

"Sen sıkılma diye söyledim."

"Sıkılmam. Alışverişi severim ben."

"Tamam öyleyse, gel bakalım," dedim ve önümüzdeki ilk dükkândan içeri girdik.

İçeride has ipekten Çin giysileri satılıyordu. Ben Eda için bir iki parça seçip tezgâhın üzerine bıraktım.

"Eda Hanım'a yeşilin tonları, senin seçtiklerinden daha iyi gider," dedi bir üçüncü giysiyle çıkagelen Bora. Gerçekten de çok güzel bir elbise vardı elinde.

"Derya'ya da seçelim bir tane," dedim.

"Derya'ya kırmızı yakışabilir... Şuna ne dersin?"

"Senin seçtiğini bilse giyer ama ben onun kırmızı giydiğini hiç görmedim, koyu renkleri tercih ediyor galiba."

"Desene kırmızı giymesinin zamanı gelmiş. Al bunu İlhami. Tam onun rengi bu."

O giysiyi de bir kenara ayırdık.

"Sorar mısın, bu dükkânda erkek giysileri de satılıyor mu?"

Biraz şaşırdım ama Bora öyle istediği için satıcı kıza İngilizce olarak sordum. Erkek giysileri üst kattaymış. Yukarda ne bulacağımızı çok merak ederek, Bora'nın peşinde merdivenleri tırmandım. Askılarda sık düğmeli rengârenk ipek ceketler asılıydı. Bora biri bordo, diğeri lacivert iki ipek ceketle karşıma dikildi ve buyurdu: "Giy bunu!"

"Dünyada giymem."

"Giyip sokakta dolaşmayacaksın. Sadece evimizde, biz bizeyken böyle giyineceğiz."

"Evde biz bizeyken giyinik kalamıyoruz ki!"

"Haydi ama, kırma beni."

Lacivert ceketi alıp sırtıma geçirdim, aynaya baktım, "Küçük geldi," dedim kurtuluş umuduyla. Satıcı kız aynı ceketin bir boy büyük yeşilini getirdi.

"Yok, yok, yok! Lacivert kalsın!"

Bora kendi için birkaç değişik renk denedikten sonra arkası ejderha desenli bir siyah cekette karar kıldı. Hiç de ucuz olmayan ceketleri ne yapacağımızı çok merak ederek elbiselerle birlikte ödedim. Bu dükkândaki alışverişi bitirdikten sonra galerilere girip çıktık, resimleri, heykelleri, sanat eserlerini inceledik. Bora'ya yeşimtaşından bir gülen Buda heykelciği armağan ettim. Ellerimiz kollarımız paketlerle dolu, taksi arayarak caddede yürüdük. Büyük şehirlerde taksi bulmanın zorluğunu bilirdim ama daniskasını bu ülkede yaşayacağımdan haberim yoktu. Trafiğin en yoğun olduğu o saatte, taksi bulmak nerdeyse mümkün değildi. Yarım saate yakın, çılgın trafikte öne arkaya koşuşarak, ellerimizi kollarımızı sallayarak, bir taksi bulmaya çalıştık. Tam ümitsizliğe kapılırken yakınımızda duran taksi, yolcusunu indirdi, hemen koştuk, kendimizi taksiye attık ama asıl sorun, biz yerimize oturunca başladı çünkü şoför, hiçbir dilde Hilton Oteli'ni anlayamıyordu. Ne Amerikan aksanıyla Hiltın, ne belki Fransızca anlar diye İlton, ne de Türk usulü Hilton'un bir faydası oldu. Hilton bir yana, "otel"i dahi anlatamadık. Kafasını sürekli hayır anlamında sallayan ve giderek daha çok kızan şoförle anlaşmak mümkün olmayınca sokaktan geçenlerden medet umduk. Bora çok zor bulduğumuz yegâne taksiyi kaçırmamak için bir bacağını içeri atmış, diğeri dışarda, gitmesine mani olmaya çalışırken ben arabadan inmiş, önüme gelene Hilton diye sesleniyordum. Nihayet İngilizce anlayan genç bir Çinli kız imdada yetişti. Şoföre Hilton Oteli'ne gitmek istediğimizi, şoförün kendi yöresel şivesi ile söyledi. Böylece Çin'de hepsi Çince konuşan ama bölge farkından dolayı birbirini anlayamayan Çinlilerin de yaşadığını bizzat öğrenmiş olarak arabaya, yeni baştan nerdeyse zorla bindik, yol boyunca şoförün kendi dilinde homurdanışını dinledik.

Sadece büyük şehirlerde değil, köylerde, kasabalarda bile bir yabancı gördüler mi, ne istediğini anlamaya çalışan, onu memnun etmek için çırpınan Türklerin aksine, yabancılardan hiç hoşlanmayan bir halktı Çinliler. Bunu takside Bora'ya söylediğimde, "İlhami, hangi hayali ülkede yaşıyorsun sen?" diye sordu, "son yapılan anketlerde Türklerin kendilerine benzemeyen insanlarla komşu olmak istemediklerini okumuyor musun? Ne Müslüman olmayanlara, ne eşcinsellere, ne nikâhsız yaşayanlara tahammülleri var. Türbanlılar türbansızı, başı açıklar tesettürlüyü mahallesinde istemiyor. Türklerin yarısından çoğu Yahudileri, Hristiyanları ve başka dinlere mensup olanları sevmiyor. Bırak başka dinleri, Alevilere dahi anlayış gösteremiyoruz."

"Ben böyle olmayan bir Türkiye'ye doğdum ve o Türkiye'de büyüdüm. Yeni halini algılamakta sorunum var, kusura bakma."

"Amma da attın ha! Senin de çocukluğun ve gençliğin komünizm paranoyasıyla, askeri darbelerle, işkencelerle dolu."

"Hiç olmazsa o işleri ülkenin başında olanlar, yönetenler yapıyordu. Halk hoşgörülü ve sevecendi."

"Hoşgörülü ve sevecen halk masalını sakın bana anlatma. Ben büyüdüğüm bölgedeki insanların kendine benzemeyene sevgisizliği üzerine üç roman daha üretebilirim."

"Sen yeni romanını üretmeden önce gölge yazar olmaktan kurtulmanın yolunu bul... Aman Bora, geldik galiba, şoför yine bağırıyor bize, in arabadan, in haydi!"

"Geldikse, Hilton nerede?"

Şoför otelin önüne gitmek varken, girilmez sokağının başında durmuş, arabasından inmemiz için işaretler yapıyordu. Adama kâğıt para mı vereyim, yoksa bozuk paraya mı memnun olur bilemediğimden paraları avucuma koyup uzattım. Homurdanarak bozuklukları aldı, çekti gitti. Suratsız bir adamdı ama beni kazıklamadığına adım gibi emindim.

Otele yürürken, "Acilen bir içkiye ihtiyacım var," dedim, "taksi stresinden kurtulmam lazım." Bora, odamıza çıkar çıkmaz poşetten ceketlerimizi çıkardı, kendininkini giydi, diğerini bana uzattı. Sırtımızda ipek ceketler, bacaklarımızda don, elimizde birer kadeh buz gibi şampanyayla pencerenin önündeki koltuklara oturup Çinlilerin neden bir başka dil öğrenmemekte bu kadar ısrarcı olduklarını konuştuk ve taksi maceramıza kahkahalarla güldük. Şampanyadan mayışıp sarhoş olduğumuz için, yer ayırttığımız lokantaya gidemedik, oda servisine yemek söyledik. Yemekler gelince, garson odadan çıkana kadar ben banyoya kapandım. Bora, her zaman donunun üzerine Çin ceketi giyermişçesine rahattı oysa. İkinci şampanyayı patlatırken bana, "İşte ceketleri böyle özel anlarda giymek için aldırdım sana," dedi. İyi ki girmişti hayatıma! Bana yapmayı hayal dahi etmeyeceğim şeyler yaptırıyor, beni gençleştiriyor, hatta çocuklaştırıyor, yaşam sevinciyle dolduruyordu. İlerde bir gün, Eda'yla olduğu gibi onunla da yüzlerce hatıra biriktirebileceğimi düşündüm ama içimdeki şeytan yine rahat vermedi; ayaklarımda muflonlu terliklerim, dizlerimde battaniyemle, çok yaşlı bir adam olarak tekerlekli sandalyemde oturmuş, hayatımın kilometre taşlarını gözden geçirirken yanımdaki koltukta kim olsun isteyecektim? Eda mı, Bora mı?

Kendime sorduğum sorunun yanıtı içimi acıttı. Ben çok yaşlı bir adam olduğumda, Bora tıpkı benim şu anda olduğum gibi, elinden kaymakta olan gençliğinin peşinde bir orta yaşlı olacaktı. Büyük bir ihtimalle, o günlere geldiğimizde, onu genç birine kaptırmış olarak, hayatımın muhasebesini ben, birlikte yaşlandığım karımla yapacaktım, eğer hâlâ benim yanımdaysa!

Ertesi sabah, otelimizin hemen arkasındaki birkaç katlı alışveriş merkezinde alışveriş telaşındaydım. Bu yolculuk gizli kalamayacağına göre, Handan başta olmak üzere, yayınevinde çalışan herkese bir Çin hatırası götürmek hoş olacaktı. Kluazonelerin satıldığı bölümde, Handan'a bir çift vazoyla bir kolye, kızlara şık birer kalem, Nadide'ye bilezikler, kızımla karıma bir gün önce aldığım giysilere uygun takılar, Bora'ya ve bazı arkadaşlarımıza yemek çubukları, annelerimize yüksükler, küçük küllükler, bir başka reyondan da atkılar aldım. Çakul çukul sesler çıkaran paketleri yüklenip bunca eşyayı zaten dolu olan valizimin neresine sıkıştıracağımı kara kara düşünerek otele döndüm. Bora, giyinmiş, valizini hazırlamış, lobide beni bekliyordu. Ona aldığım çubukları ayırdım, valizine koyması için uzattım.

"Tıklım tıkış dolu valiz," dedi, "senin ipek ceketin de bende, unutma."

"Elbette sende olacak! Eda'ya ne derim? O ceketi bir kere daha giymemi istiyorsan, sen taşıyacaksın."

"O ceketi birçok kere daha giymeni istiyorum. Çin mutfağı kitabı aldım geçen gün sen fuardayken. Böylece İngilizcemi de zorlarım biraz. Çin geceleri düzenleyeceğim."

"Çin geceleri?"

"Sadece ikimiz için İlhami. Başka türlüsü mümkün mü?"

Bora'nın bu tür imaları, genelde bende suçluluk duygusu uyandırırdı ama bu kez onu buralara kadar getirdiğim için vicdanım rahattı. Otel parasını ödedim, taksi çağırttım, havaalanına vardığımızda uçağın kalkmasına daha çok vardı. Bir kafenin taburelerine iliştik. El çantalarımızı nöbetleşe bekleyip dergi, sigara, çikolata, ıvır zıvır aldık. İçtiğimiz kahvelerin parasını da ödedim. Elimde hâlâ birazcık Çin parası kalmıştı.

"İşime yaramayacak parayı yanımda götürmek istemiyorum, istediğin başka bir şey var mı?" diye sordum.

"Yok," dedi.

"O zaman ben son bir tur atayım." Çantalarımızı ve poşetleri bir kere daha Bora'ya emanet ederek kalktım, dükkânların önünde yürümeye başladım. Birden gözüme rengârenk ipek eşarplar çarptı. Yeşilin giderek koyulaştığı, önce maviye dönüşüp sonra kırmızı olduğu, hayal gibi, kaygan, ince, uzun ipekler birbirlerine dolanmış, sallanıyorlardı askıda. Renkler birbirinin içinde eriyordu sanki. İki tane alana üçüncüsü bedava... Yaklaştım, fiyatını inceledim, tam da cebimde artakalan miktara denk düşüyordu. Parasını ödedim, satıcı saç örgüsü gibi birbirine geçmiş ipekleri bir pakete koyup uzatırken avucuma da tek bir bozuk para koydu. Onu hatıra olarak saklamak üzere cüzdanıma attım.

"Ne aldın?" diye sordu Bora, yanına vardığımda.

"Üç adet eşarp. İki alana biri bedava."

"Kızlara mı vereceksin?"

"Hayatımdaki mahşerin üç atlısına vereceğim. Karıma, kızıma, ortağıma."

"Mahşerin dört atlısı değil miydi o?"

"Dördüncü burada, yanımda," dedim.

"Dördüncüye ne aldın?"

"Ona hiçbirine vermediğim, Uzakdoğu'ya bir seyahat armağan ettim. Bir de hatıra olarak bir Çin kuruşu ayırdım." Elimde kalan son parayı uzattım Bora'ya.

Uzandı, bir eliyle parayı aldı, diğeriyle elimdeki poşetten eşarp kümesini çekti, "Üçüne de aynı eşarbı mı aldın İlhami? Bozulmasınlar?"

"Aynı değil. Birbirlerine dolanmışlardı, sanırım biri yeşil, biri kırmızı, diğeri de mavi. Evde Eda ayırır onları, istediğini seçer, diğerlerini Derya ile Handan'a verir."

"Handan'ın boynunda görürsem, onunkinin bedavaya geldiğini söylerim, bak!"

"Ben de senin o kitabın yazarı olduğunu söylerim!"

Bora'nın yanıtını duyamadım çünkü kulağıma bir İstanbul sözü çalınmıştı. Dikkatimi havaalanında o anda arka arkaya yapılan Çince ve zor anlaşılır İngilizce çağrıya verdim. Uçağa çağrılıyorduk.

Uçakta, önceden planlamış olduğum gibi ayrı sıralarda değil, yan yana koltuklarda oturduk Bora ile. Çin Seddi'nde rastladığımız İzmirli ailenin bellek kaydına "Bora ve Hamdi Bey" olarak geçtikten sonra, *battı balık yan gider* demiş, bu tür endişelere boş vermiştim! Sekiz günlük kaçamağımızın sonunda, pek çok tatsızlığın bizi beklediği kürkçü dükkânımıza geri dönüyorduk nihayet, biraz yorgun ve birbirimize iyice doymuş olarak.

KÜRKÇÜ DÜKKÂNINA DÖNÜŞ

KÜRKÇÜ DÜKKÂNINA DÖNÜŞ

bir başladı mı vurmaya
kötü vururdu bu İstanbul
*sen nerden bilecektin**

Yaz sonlarında muhteşemdir İstanbul. Yazlıkçılar evlerine henüz dönmedikleri için şehir tenha, ağustosun son günleri de sonbahara rast geldiğinden sıcaklar kırılmış olur. Havalar limonata kıvamında, eylül mehtabı bakır tepsi gibiyken sahil balıkçılarında balığın ve rakının tadı bambaşka gelir insana. Bu nedenle yaz bekârları, okullar açılmadan, aileler çocuklarıyla itiş kakış şehre geri dönmeden mevsimin son günlerinin keyfini çıkarmaya bayılırlar.

Uçağımızın tekerleri sabah serinliğinin insanı hafifçe ürperttiği bir ağustos sabahı, saat altı sularında yere vurduğunda, şehrimin en sevdiğim haline ve mevsimine, karımla kızımdan bir hafta önce geldiğim için mutluydum. Üstelik daha ne yayınevi çalışmaya başlamıştı ne de Handan dönmüştü. Önümdeki telaşsız, işsiz güçsüz geçecek birkaç günü düşününce keyifle gerindim

---

* Tekin Gönenç.

oturduğum yerde. Uzakdoğu'nun yakıcı güneşinden sonra, tatlı esintilerin ve başıboş kalmanın tadını çıkaracak, Bora'yı ancak hafta sonuna doğru arayacaktım. Her ânı baş başa geçen sekiz günün sonunda her ikimizin de yalnız kalmaya ihtiyacı vardı.

Havaalanından bindiğimiz taksiyle önce Bora'yı evine bıraktım, sonra ben kendi evime geldim. Alışkanlıkla zile bastım. Satı'yı da izne yolladığımı unutmuşum. Kapıyı anahtarla açmaya alışık olmadığım için, önce ceplerimde, sonra çantamın gözlerinde uzun süre aradığım anahtarımı tam telaşa kapılırken buldum. Kapıyı açtım, loş evin havasız kalmış antresinde bir süre ne yapacağımı bilmeden durdum; perdeleri çekip salonu mu aydınlatsaydım, camları açıp evi mi havalandırsaydım? Hiçbirini yapmadım, yatak odasına yürüdüm, yatağımın üzerine uzandım ve daldım gittim. Gözümü açtığımda saat bire geliyordu. Valizimi açmaya üşendim. Soyundum, duşa girdim, evimin içinde yarı çıplak gönlümce salındım, yakındaki pizzacıdan pizza ısmarladım, buzdolabından bir soğuk bira aldım, öğle yemeğimi böylece idare ettikten sonra, yüzlerce gereksiz e-postayı temizlemek zorunda kalacağımı bilerek, Singapur'a uçuşumdan bu yana elimi sürmediğim bilgisayarımın başına oturdum. Onlarca birikmiş postanın arasında Eda'nın gözüme çarpan postalarını teker teker açmaya başladım. Keşke bütün derdim gereksiz e-postaların temizlenmesi olsaymış! Karımın yolladığı postaların hepsinde sözcükler değişik ama konu aynıydı. Eda, kızımızın hiçbir üniversiteye kayıt yaptırmadığından şikâyet ediyor, kışı ille de İstanbul'da geçirmek istediğini yazıyordu ve birbirimize sık sorduğumuz soruyu bir kez daha soruyordu: Ne yapacaktık biz bu çocukla?

Ailevi sorunların içine böylece İstanbul'a varışımın ilk saatlerinde balıklama dalmış oluyordum ve çocuklukla gençliğin arasındaki çizgide duran kızımızla ne yapacağımızı gerçekten bilemiyordum.

Bir e-posta da Derya'dan gelmişti.

Babişko,

Annem anlamıyor. İngiltere'de Gap Year yapmak her öğrencinin hakkı. Madem beni Londra'da okuttunuz, İngiliz sisteminin öğrencilere tanıdığı haktan ben de yararlanacağım. Önümüzdeki kışı canımın istediği gibi kullanacağım, biraz çalışarak, biraz yolculuk yaparak, biraz da eğlenerek. İngiltere'de sistem böyle, bunu anneme anlat! Çok istiyorsanız, üniversiteye bir yıl sonra giderim ama şu anda kitap, defter, ders, ezber... Kusura bakmayın, ııh!*

Öptüm.

Canım o kadar sıkılmıştı ki, Handan'dan gelen postalara bakamadım. Kapattım bilgisayarı, üzerime bornozumu geçirdim, kendime bir bira daha açtım ve kızımla nasıl bir konuşma yapacağımı düşünmeye başladım. Zorla güzellik olamayacağına göre, bu yılı kaybedecekti Derya. Burada yapabileceğim bir şey yoktu. Aynı inatla yayınevinde çalışmak isterse, işte orada sıkı basmam gerekecekti. Belki Nihat'ın ofisinde ona staj yapabileceği bir alan bulabilirdim. Nihat olmazsa, bir başka arkadaşın şirketinde çok iyi İngilizce, biraz da Fransızca bilen, bilgili, görgülü bir kıza halkla ilişkiler alanında bir stajyerlik bulmak zor olmazdı herhalde. Bunları düşünürken, uçağa binerken kapattığım telefonumu açmadığım aklıma geldi. Ceketimin cebinde bulduğum telefonu açmamla birlikte biriken mesajların beni beklediğini bildiren sinyal sesleri bip-bip ötmeye başladı. Mesajlara baktım, Eda'dan iki mesaj vardı: **Dönüşümüzü birkaç gün erkene almaya çalışıyorum** ve **Yarın sabah beş buçukta İstanbul'dayız. Karşılamaya sakın gelme, taksiye atlayıp geleceğiz.**

İçimden önümde duran bira şişesini karşımdaki pencereye fırlatmak geçti bir an!

Bekârlık sultanlıksa, benim sultanlığım yirmi dört saati doldurmadan sona eriyordu!

* Ortaeğitimle yükseköğretim arasındaki bir yılı seyahat ederek ve hayır işlerinde çalışarak geçirmek.

BİR HİNLİK VAR BU İŞTE, DEDİ HANDAN

benim güzel olduğum yerlerde
*siz hiç olmadınız**

Eda yatağın üzerinde sergilediğim armağanlarını görünce, evin kapısından girer girmez kınından çıkarttığı kılıcını kınına geri soktu ve, "Başıma bırakıp gittin huysuz kızını..." tümcesini tamamlayamadan, "Aaa, ne güzel şeyler bunlar böyle," diye bağırdı. Bir an sonra yeşilli ipek giysiyi önüne tutmuş, aynanın karşısında salınıyordu.

"İlhami, bana en yakışan rengi seçmişsin, harika bir şey bu, çok teşekkür ederim canım." Kocaman bir öpücük kondurdu yanağıma, "Ay, ay, ay... Şunlara bak, bu elbise ile takayım diye mi aldın küpeleri de? Aaa, bir de bilezik varmış!"

Ben karımı yanıtlayamadan, elinde kendi yatağının üstünde bulduğu kırmızı giysiyle Derya daldı odamıza, "Babişko, bu çok güzel de ben kırmızı giymem ki! Bunun siyahı ya da moru yok muydu?"

---

* Tekin Gönenç.

"Bilmiyorum Derya," dedim, "yolculuk öncesinde Bora'ya danışmıştım, kızıma Uzakdoğu'dan bir armağan getirecek olursam ne rengi tercih edeyim diye, o da bana sana en çok kırmızı rengin yakışacağını söylemişti, bu yüzden ben de doğrudan kırmızılara git..."

"Bora'ya niye soruyorsun ayol? Bana sorsaydın ya! Ben söylerdim sana hangi renkleri sevdiğini," diye sözümü kesti annesi.

"Maksat hangi renkleri sevdiği değil, ona hangi rengin yakıştığı. Bora'nın sanatçı gözü var, renklerin eğitimini almış, ona sordum haliyle."

Derya'ya döndüm: "Bir zahmet giy de üzerinde görelim, bakalım Bora haklı mıymış?"

"Ben kırmızı hiç giymedim ama!"

"Bora'yı bir akşam eve yemeğe çağıralım, sen bunu giy, bakalım ne diyecek?" dedi Eda. Derya elbiseyi alıp odasına gitti. Kızımız odadan çıkınca, "Bora'ya hangi rengi alacağını yolculuğa çıkmadan önce sorduğuna göre, demek biliyordun Çin'e gideceğini," dedi karım, "bana da yeşil rengi seçmeni o mu salık verdi?"

"Saçmalama Allah aşkına, Eda! Bizimkine, giysi gözüne girsin diye uydurdum. Kızımı koyu renklerin içinde görmekten ruhum karardığı için. Ayrıca ben karıma hangi rengin yakıştığını bilmez miyim? Aşkolsun!"

"Sen yok musun sen! Şeytana pabucu ters giydirirsin!"

Derya armağanını giymiş olarak geri geldi. Tokasını çıkarmış, uzatmaya başladığı kumral saçlarını bir ipek yığını gibi omuzlarına dökmüştü. Hayranlıkla kızımıza baktık karı koca.

"Harika olmuşsun," dedi annesi.

"Ne zaman çağırıyoruz Bora'yı?" diye sordu Derya.

"Handan da dönsün Miami'den, ikisini birlikte çağırırız."

"Handi ne zaman dönüyor?"

"Handi deyip durma dana gibi kadına," dedim, "hiç yakışmıyor."

"Ortağına dana demek de sana yakışmıyor ama!"

"Baban şaka söyledi kızım, o herkese bir isim takar, bilmez misin?"

"Handan haftaya dönüyor," dedim.

"O halde haftaya bizim evde yemek daveti var."

Eda ile bakıştık. "Ben dernek programıma bir bakayım," dedi karım.

"Bu evde en önemli şey, annemin dernek etkinlikleri," dedi Derya, "işi gücü olmayan orta yaşlı kadınların okula gönderilmeyen kızlar için bir şeyler yapmaları comes before all else.*"

"Sen stajyer olmak istiyorsan kızım, önce cümlelerini Türkçe söylemesini öğren," dedi derneğinin alaya alınmasına gücenen Eda.

"Annecik alındı. Onun derneğine laf atmak yasak."

"Ben hiç olmazsa vaktimi hayırlı bir iş için harcıyorum. Bana yüz vermeyen tiplerin peşinde vakit öldürmüyorum."

"Ben de senin yaşına gelince öyle yaparım ama anne BEN GENCİM!"

"Ben de genç oldum ama ne büyüklerime küstahlık ettim ne de gururumla oynattım."

"O başka bir devirmiş. Bugünün kızları istediklerini koparmaya şey ediyorlar..."

"Tuttuklarını koparmak istiyorlar demek istedin herhalde," dedim.

"Evet, haklısın baba, öyle demek istedim. Bakın bu yılı İstanbul'da geçirmem için bir neden de bu: Türkçem tıkanık. Konuşurken sözümün yarısını İngilizce tamamlıyorum, çünkü Türkçesi aklıma gelmiyor hemen."

"Tamam kızım, anlaşıldı, bu seneyi Türkçeyi yeniden öğrenme yılı ilan edeceğiz. Şimdi git odana, çıkart üzerindekini, haftaya Handan gelince Bora'yla onu yemeğe çağırırız."

---

* Her şeyden önce gelir.

"Babişkom, sen de olmasan beni kimse anlamayacak bu dünyada."

"Nankör!" dedi annesi.

Derya odadan çıkınca, "Üstüne gitme," dedim, "ben ona hoşuna gideceği bir iş ayarlamaya çalışacağım. İnatla olmayacak, görüyorsun işte."

"Sen şimdi Derya'yı boş ver de bana Çin'i anlat. Pekin nasıldı? Nereleri gezdin, Çin Seddi'ni görebildin mi? İşlerin rast gitti mi?"

Eda'ya ilk durak olarak uğradığım Singapur'dan pek az söz ederek, uzun uzun Çin'i anlattım. Çinlilerin kibar insanlar olduklarını, beni hem Yasak Şehir'e hem de Çin Seddi'ne götürdüklerini, çok iyi gezdirdiklerini, yedirdiklerini, içirdiklerini, sarayı gezerken de, birlikte görmüş olduğumuz *Son İmparator* filminden dolayı onu çok andığımı, yanımda olmasını çok istediğimi söyledim.

"Herhangi bir iş bağlayabildin mi? Çin'e kitap satıyor muyuz?" diye sordu Eda.

"Onların da bizim gibi işlerini yavaşlatan bir bürokrasileri var. Zaman alacak ama çok umutluyum," demekle yetinip konuyu değiştirmek için lafı Handan'a getirdim.

"Başımıza bir de yemek çıkardı bu kız! Ne yapacağız, çağıracak mıyız Handan'ı yemeğe?"

"İlhami, Handan'ın Çin'e gittiğinden hâlâ haberi yok mu?" diye sordu, Eda.

"Daha dönmedi ki Edacığım, gelince söyleyeceğim elbette."

"Bir mail atsaydın bari. Arkasından iş çevirdiğini zannedecek."

"Ne alakası var? Arkasından iş çevirsem, hiç söylemem."

"Handan'ı tanıdığım için, bu iş pek kolay olmayacak. Kızacak yani."

"Kızmak için bahane arıyor zaten."

"Ben de o yüzden korkuyorum ya! Bana bir telefon etseydin, ben de gelirdim diyecek, görürsün."

"Uzun uçak yolculuğunda ve bir de Çin'de Handan'a katlanmak! Teşekkür ederim, ben almayayım."

"Handan senin ortağın, İlhami. Tahammülün yoksa, bunu başta düşünecektin."

"Bunu biraz geç kalarak düşünmeye başladım. Zararın neresinden dönersen kârdır."

"Eyvah, eyvah! Bizi zor günler bekliyor galiba. Ortaktan ayrılmak kolay değildir."

"Güzelim, bunlar benim dertlerim, sen kafanı bunlara yorma. Haydi giy şunu da üzerinde göreyim," dedim karıma, "bakalım ölçülerini tam tutturabilmiş miyim?"

O soyunurken ben banyoya yürüdüm. Çıktığımda Eda giyinmiş, saçlarını toplamış, kulaklarına küpelerini takmış, bir bahar dalı gibi ince ve zarif, duruyordu karşımda. Ona reva gördüklerimden dolayı içim acıyla doldu, elimi uzatıp güzel yüzüne dokundum.

"Demek imparatorun sarayında beni hatırladın?" dedi, "resim çekseydin bari bana göstermek için."

"Nasıl apar topar gittiğimi biliyorsun. Yanıma fotoğraf makinesi almayı akıl edemedim."

"Bilmez olur muyum! Sen nasıl gittiğine beni değil, geldiğinde Handan'ı inandırmaya bak," dedi Eda.

***

Bir hafta sonra, akşam yemeğinde Handan'la Eda'nın arasında oturmuş, Çin'e niye ona haber vermeden gittiğimi Handan'a anlatmaya çalışırken karımdan destek bekliyordum. Ne de olsa, nasıl aniden ve hiç istemeden Çin'e gitmek zorunda kaldığımı en iyi o ve kızım biliyordu. Ama kızım bu akşam yemekte olamayacaktı. Derya, kırmızı elbisesini Bora çok beğendiği için mutluluktan uçarak, yemeğe oturmadan az önce onunla birlikte Beyoğlu'na gitmişti. Böylece onun yüzünden düzenlediğimiz akşam yemeğinde karı koca Handan'la başbaşa kalmıştık. Aslında isabet olmuştu çünkü ortağıma dert anlatırken etrafımda kalabalık istemiyordum. Handan kapıdan girerken onlar çıkmak üzereydiler.

"Handiciğim, kusura bakma, bugün çok önemli bir müzik olayı var, funky caz yapan bir grup, tek bir konser veriyor, o da bu geceye rastladı," demişti Derya.

"Aaa ne güzel bir elbise, o üstündeki..."

"Babamın armağanı... Çin'den... Sonra anlatırım, haydi şimdi baybaaay."

Handan'ın yanağına bir öpücük kondurup koşar adım merdivenleri inmişti Derya, peşinden isteksizce yürüyen Bora'yla.

Eda masadan Bora'yla Derya'nın servislerini kaldırırken ben içkisini vermiştim Handan'ın.

"Gençlik işte!" demişti Handan, "akıl bir karış havada."

"Evet, gençlik! Gazetede gördü bugünkü programı, hemen Bora'yı aradı. Neyse, aslında iyi oldu baş başa kalmamız, konuşacaklarımız var çünkü. Ama önce seni dinleyelim. Nasıl geçti Miami faslı?"

"Harikaydı," dedi Handan, "iyi ki ısrar etmişsin bana. Vallahi İlhami çok iyi geldi ailemle bir arada olmak. Benim yeğenler büyümüşler, oğlan boyuma yaklaşmış nerdeyse, pek şeker olmuş. Beni Noel tatilinde yine davet ettiler."

"Ne güzel! Kabul etseydin."

"Yok artık! Tam yılbaşı aralığı bizim işlerin en yoğun zamanıdır."

"Haklısın, üstelik işler daha da açılacak gibi duruyor, yılbaşına yakın başımızı kaşıyacak vaktimiz olmayabilir."

"Hayrola?" dedi Handan, "yeni bir kitap mı geliyor yoksa?"

"Son kitabımız umduğumuzdan iyi gitti, biliyorsun. Senin sayende bastık o kitabı ve hayrını gördük. Şimdi de benim sayemde bir gelişme olacak gibi duruyor."

"Masaya gelin de burada konuşun," dedi Eda, "yemeği getiriyorum, soğutmayın ne olur... Haydi ama, hâlâ oturuyorsunuz."

Kalktık, masaya yürüdük. Handan'ı iskemlesini çekerek özenle oturttum.

"Ne gelişmesi bu, İlhami?" diye sordu merakla.

"Gelişme mi desem, müjde mi desem... Handan, çok yakında yeni bir alana açılabiliriz."

"Geveleyip durma, çıkar şu ağzındaki baklayı."

"Pekâlâ, sıkı dur, Çinlilerle iş yapmaya ne dersin?"

"Ne Çinlisi... Ne diyorsun Allah aşkına?"

"Geçen yıl yurtdışı fuarların birinde tanıştığım bir Çinli yayıncıdan ses çıktı."

"Çinli yayıncıyla mı tanışmıştın? Hiç sözünü etmedin."

"Üstünde durmamıştım. Bir sürü insanla tanışmıyor muyuz, bu da öylesine biri sanmıştım, meğer Türk pazarında gözü varmış."

"Deme! Yazıştınız mı?"

"Daha fazlasını yaptık. Buluştuk."

"Burada mı şimdi Çinli?"

"Yok."

"Döndü mü? Beni de bekleyip öyle gitseydi bari."

Eda ile göz göze geldik, derin bir nefes aldım, "O gelmedi, ben gittim Pekin'e," dedim.

"Kaşla göz arasında ne zaman gittin? Yeni dönmediniz mi siz Amerika'dan?"

"Biz Amerika'dayken gitti," dedi Eda, "kızla beni New York'un ortasında bıraktı, apar topar gidiverdi."

"Benim neden hiç haberim olmadı?"

Eda ve ben aynı anda ve bir ağızdan, "Çok ani oldu," anlamında bir şeyler söyledik.

"Tek tek konuşun, anlamıyorum," dedi Handan.

Gözlerimle karıma susmasını işaret ettim, "Anlatayım güzelim," dedim, "şöyle oldu... Biz New York'tayken bu adamdan bir mail geldi..."

"Hangi adamdan?"

"Geçen yıl tanıştığım ve arada bir mail'leştiğim Çinliden. Pekin'deki kitap fuarına katılmam için işte... Ben de fırsatı kaçırmak istemedim, hemen atladım gittim."

"Vahiy mi inmiş adama birdenbire? Kitap fuarlarına öyle elini kolunu sallayarak katılamıyorsun, bir sürü ön hazırlığı var. Demek önceden biliyordun gideceğini, benden sakladın. Çocuk mu kandırıyorsun İlhami?"

"Senin çocuğa benzer yanın var mı, Handan? Edacığım şeyleri getirsene içerden... Handan için aldıklarımı..." Eda fırladı, yatak odamıza koştu.

"Amerika yolculuğunu tasarlarken, ne olur ne olmaz diye bir vize de Çin'e almıştım, hiç ümidim yoktu ama laf ola, son anda bir gelişme olursa diye."

"Çin vizen hazırdı yani?"

Duymazlığa geldim, "İşin olacağından emin olmadan seni boşuna heyecanlandırmak istemedim. Kaç kere öyle ümitlendik, sonra beklentilerimiz boşa gitti, biliyorsun. Sana ancak ufukta bir ışık görününce söyleyecektim. Sonra, ben New York'tayken adamlardan davet alınca, hazır vizem varken atlayıp gideyim dedim, hepsi bu. (Eda, Handan'ın hediyeleriyle geri geldi, paketleri misafirinin önüne koydu.) Bak, sana da birkaç hatıra getirdim Pekin'den."

"Bana hediye yerine haber verseydin daha iyi ederdin," dedi Handan, ilk seçtiği uzun kutuyu açarken.

"Her ikisini de veriyorum işte," dedim.

"Eee, benden bu kadar gizlediğin işin ayrıntılarını da anlat bakalım."

"Sen önce hediyelerini aç, yemeğimizi ağız tadıyla yiyelim, ben sofrayı kaldırırken İlhami anlatır sana," dedi Eda, "ben de beni ilgilendirmeyen iş konularıyla sıkılmamış olurum, ha canım?"

Handan kutudan kolyeyi çıkardı, beğeniyle baktı, "Nedir bu, kluazone mi?"

"Çin'den Çin işi getirilir, öyle değil mi? Adamlar madeni dövüp mineyle işliyorlar. Hepsi el emeği, göz nuru..."

"Pek güzelmiş... Uzatsana bakayım," dedi Eda. Handan ikinci ve büyük kutuyu açıyordu, kolyeyi Eda'ya uzattı.

"Aferin benim kocama, çok zevkli seçmiş. Buna bir şeyler oldu son zamanlarda, göz zevki gelişti, bana da güzel şeyler almış," dedi Eda, kolyeyi incelerken.

"Aaa İlhami, kendini aşmışsın... Bu ne güzel vazo!"

"Sahi beğendin mi? Senin evine yakışacağını düşündüm."

"Çok beğendim. Teşekkür ederim. Üstelik mavi, en sevdiğim renk..."

"Başka renkleri de vardı ama bunu mavi kanepene uysun diye seçtim," dedim göz kırparak, "dur, dur, onu açma, o da bunun eşi. Bu vazoları çift kullanmak daha hoş oluyor. Büfenin iki yanına koyarsın."

Handan yumuşamış görünüyordu, yemeğin sonuna kadar iş konusunu açmadan, onun kardeşini ziyaretinden ve Derya'nın benim yokluğumda yaptığı hırçınlıklardan, biraz da memleket meselelerinden söz ettik. Meyvelerimizi yedikten sonra, Eda kahveleri pişirmek için mutfağa giderken, "Yemek bitti, Eda da içerde," dedi Handan, "sen şimdi bana ayrıntılarıyla anlat bakalım şu Çin işini."

"Gel salona geçelim," dedim, ,"hatta balkonda oturalım, mehtap var." Kalktık sofradan, balkona yürüdük.

Allahım, söyleyeceklerimi inandırıcı kıl, maraza çıkmasın, diye dua ettim içimden, ayaklarım balkona geri geri giderken.

"Hani nerede mehtap?"

"Birazdan şu apartmanın ardından gözükecek...

Rüya gibi bir yazdı/Yarattın hevesinle/Her anını her şiirini hazdan... her neyse işte */Mehtap, iri güller ve senin en güzel aksin/Velhasıl o hatıra duruyor yerli yerinde.* Unutmuşum, tam böyle miydi?"

"Bırak şimdi Yahya Kemal'i de sadede gel," dedi Handan.

Handan'a yarım saate yakın dil döktüm. Sana bir müjdem var demiştim ama somut bir sonuç da yoktu ta oralara kadar yol yapmaya değecek. Aynı lafları tekrar edip duruyordum. Bizi baş başa bırakmak için mutfakta oyalandığını tahmin ettiğim Eda da bir türlü dönmüyordu kahvelerle. Ortağımla dalaşıp, anlaşıp, tekrar dalaşıp hep aynı noktaya dönüyorduk; ben ondan niye saklamıştım bu yolculuğu? Suçluların ezikliği içinde alttan alıyordum ama sabrım da giderek tükenmeye başlamıştı ki Handan, "Mutlaka bir hinlik var bu işin içinde," dedi sonunda, "tamam, bana kazık atmaya kalkmadığını kabul ediyorum da, neden haber vermedin, neden vizeyi gizli aldın, bir sürü yanıtsız neden var. Sen bir kaçamak mı yaptın yoksa İlhami?"

Eda işte tam o anda, mükemmel bir zamanlamayla, elinde kahve tepsisiyle geldi balkona.

"Ne iyi akıl etmişsiniz balkonda oturmayı," dedi, "mehtap da ucunu göstermeye başlamış, baksanıza..." Kimse başını kaldırıp gökyüzüne bakmadı.

"Edacığım, bizler dünyanın dört bir tarafına dağılmışken, bizim arkadaşlar neler yaptılar acaba?" diye sordu Handan, "mesela sizin şu Nihat'la sevgilisi? Onlar da bir yerlere gittiler mi?"

"Daha yeni döndük, aramaya vakit bulamadım onları," dedi Eda saf saf, "bize birlikte bir tekne gezisi yapalım demişlerdi ama biz Amerika'ya gittik, biliyorsun. Belki onlar başka birileriyle çıkmışlardır mavi yolculuğa. Rahmetli Sevinç hayattayken biz her yaz bir tekne tutardık birlikte."

"Belki de ayrı seyahat etmişlerdir. O kadının Nihat'ın çocuklarıyla tatil yapmak isteyeceğini hiç sanmam."

"Öyle deme, onun da aynı yaşta çocuğu varmış, çoluk çocuk gitmiş olabilirler."

"Bana anaç bir tip gibi gelmedi o kadın."

"Görünüşü sofistike olabilir ama tanırsan çok seversin. Hiç göründüğü gibi değil, çok sıcak bir insan."

"Sen kendin o kadar iyisin ki, herkesi kendin gibi sanıyorsun. Sen onu yarın arasan, göreceksin haklı olduğumu, eminim çocuklarla tatile gitmemiştir. O kadın bir baş belası."

"Sizin aranızda tatsız bir şey mi geçti?"

"Yoo! Ama ben senin gibi sevecen biri değilim, insan sarrafıyım ben, anlarım."

Eda'yla Handan'ın insanları sevmek ve sevmemek üzerine başlattıkları manasız konuşmayı konu Çin'den uzaklaştığı için elimden geldiği kadar körükledim. Saat bire geliyordu ve biz hâlâ aynı lafın etrafında dolanıyorduk. Handan, benim Çin'e Jülide ile bir kaçamak yapmış olma ihtimalinin gölgesinde, doldurup duruyordu Jülide'ye karşı karımı. Sonra kapı çaldı ve kırmızı ipek elbisesini iyice buruşturmuş olan kızım eve döndü.

"Aferin, bak saatini geçirmedin, sokaklarda sürtmeden vaktinde geldin," dedi annesi.

"Vaktimi sokakta geçirecek durum mu bırakmışlar! Mahvetmişler Beyoğlu'nu! Bitmiş Pera! O güzelim eğlence yerleri yok artık. O neşe, enerji, gençlik dolu sokakları göreceksiniz... Hayalet şehre dönmüş! Allah kahretsin!

"Hop! Hop! Dur bakalım. Sokaklarda adım atacak yer kalmamıştı, kızım."

"İstanbul'u dünya şehri yapan güzellikleri yavaş yavaş yok ediyorlar, baba."

"Neymiş o güzellikler?" diye sordu Handan, yayınevinde staj yapma ve işi sahiplenme ısrarından beri gözündeki itibarını kaybeden Derya'ya.

"Biliyorsun işte Handi... Sen de biliyorsun!"

"Bence İstanbul'u dünya şehri yapan, oraların sokak masaları değil," dedi Handan. Ortağımın benden sonra bir de kızımla atışmasını istemediğim için laf karıştırdım, "Sakinleş de anlat bakalım Derya, Konser iyi miydi? Nerelere gittiniz?" diye sordum.

"Süperdi."

"Yediğin içtiğin senin olsun, sen bize gördüklerini anlat, derler bizde... Başka ne yaptınız?" diye sordu annesi.

"Sokaklara taşamadığımız için, müzik gürültüsü de mi yasakmış ne, bunaldık içerde. Sıcak bastı. Bir yere oturup atıştırmanın da keyfi kalmamış, tıkışıyorsun karanlık kuytulara, sigara yasağı var ya, kimse de gelmiyor bu yüzden. Berbat bir yer olmuş benim bayıldığım o arka caddeler."

"Kimler vardı sizinle?" diye ben sordum bu sefer, "Bora'nın kız arkadaşı filan var mıydı?"

"Ayol Bora'nın kız arkadaşı Derya değil mi?" dedi Handan.

"Ne münasebet! Onlar sadece arkadaş," dedi Eda.

"Biz arkadaşız sadece... şimdilik," dedi Derya, sonra bana döndü, "hayır baba, hep aynı grup vardı yanımızda... Hep aynı çocuklarla takılıyoruz. Bizim Bora'nın aşkı gizli. Evli bir kadın herhalde."

"Ben sana dememiş miydim?" dedi Handan.

"Ne demiştin babama Handi?" diye sordu Derya.

Lafı değiştirmeye çalıştım, Handan'a kaş göz ettim ama kızım ısrar ediyordu.

Handan lafa girmeden atıldım, "Biz de hiç ortalığa çıkarmadığına göre, sevgilisi varsa, acaba evli olabilir mi diye konuşmuştuk Handan'la aramızda," dedim.

"Ne kadar sürer ki böyle bir relation... Yani şey, ilişki," dedi Derya, "bitmeye mecburdur."

"Evli evine, köylü köyüne!" dedi Handan, gözlerimin içine bakarak ve devam etti, "Evli sevgili seçenler, sonunda donakalır! Kural böyle, kızım Derya."

"İşte ben de onun için sabırla bekliyorum ya, nasıl olsa sonunda bitecek diye."

Bora konusunu değiştirmek için kıvranırken birden aklıma geldi, koşarak yatak odasına gittim, dolabımda unuttuğum eşarpları alıp geri geldim.

"Bakın kızlar, Çin'den ayrılmadan önce üçünüze birden bir hediye aldım havaalanından."

Üçü de merakla elime baktılar. Poşetten birbirine dolanmış eşarpları çıkarttım.

"Burada üç ayrı renk var, tutun uçlarından çekin, artık hangisi kime düşerse..."

"Ben kırmızıyı isterim," dedi Derya.

Eda ile göz göze geldik, hafifçe gülümsedi karım.

"Ben de maviyi."

"Eh yeşile de de ben fit olayım, zaten en sevdiğim renk," dedi Eda, "hiç çekiştirmeyelim, sen aç onları, ver bize."

Eşarp örgüsünü karıma uzattım, "Ben beceremem, al sen çöz."

Eda dikkatle ayırdı birbirinden eşarpları ve hepimiz aynı anda bir ağızdan bağırdık, "Ama bunların hepsi aynı!" diye.

Benim her biri ayrı bir renk sandığım eşarplar, değişik renklerin birbiri içinde eridiği üç eş eşarptı.

"Vay açıkgöz satıcı!" dedim, "sorduğum zaman renklerinin değişik olduğunu söylemişti."

"Boş ver! Bir gün hep birlikte takar, kardeş kardeş Etiler'de yürürüz," dedi Eda.

"Renkleri pek güzel," dedi Handan, "Derya nasılsa yurtdışında olacak, biz de aynı yere gidiyorsak haberleşiriz, ya sen takarsın, ya ben."

"Alt tarafı bir eşarp, aynı anda taksak ne çıkar," dedi Eda ama o sırada Derya, "Ben yurtdışına filan gitmiyorum," diye bağırdığı için sesi kaynadı gitti.

"Tamam kızım. Handan nereden bilsin son kararımızı, daha yeni döndü," dedim. Handan gözlerinde soru işaretleriyle bana bakıyordu. Gözlerimi kaçırdım. Aynı tartışmayı ortağımın önünde yapmaya niyetli değildim ve artık misafirimiz kalksın gitsin istiyordum. Allahtan Derya, "Çok canım sıkıldı şu Beyoğlu'nun haline, konuşacak halim yok, ben yatıyorum," deyince Handan da kalktı. Üçü de ellerinde eş eşarplarıyla kapı önüne yürüyüp vedalaştılar. Handan eşarbını boynuna dolayıp evden çıkarken, "Yarın bir kere daha konuşacağız bu Çin işini," dedi bana. O kapıdan çıkınca, "Mesele çıkmadı ya?" diye sordu Eda, "ben özellikle gelmek istemedim yanınıza."

"Sorun yok," dedim, "hallettik, sen yat, ben balkonda son bir sigara içip geliyorum."

Karım, uzun eşarbı şal gibi omuzlarına alıp yatak odasına yürüdü.

Sigaram bitmek üzereyken Derya balkona, yanıma geldi, "Babişko, artık hiç şüphem yok, Bora evli bir kadına âşık," dedi.

"Bunu daha önce de konuştuk, bebeğim. Onun hayatına karışamayız. Madem öyle, gerçeği kabullen," dedim.

"Kabullendim ama vazgeçmedim," dedi kızım. Eşarbını bandana gibi alnının üzerinden geçirip bağlamış, uçlarını sırtına sallamıştı.

"Sana içtenlikle bir tavsiyede bulunacağım, baban olarak değil, bir erkek olarak, kabul eder misin?"

"Neymiş?"

"Bir erkeğe hayatta en itici gelen şey, üzerine varan kadındır. Baban olarak seninle bunları konuşuyor olmam doğru olmayabilir ama senin kırılman beni o kadar üzüyor ki, sana akıl vermek istiyorum."

"Bora'ya küseyim mi?"

"Asla! Sadece üstüne düşme, onu sevginle boğma. Arkadaşlık et, gezin, tozun, dertleşin, dostluğunuz aşka dönüşürse ne âlâ, yoksa kendine yazık etme, kapılarını başkalarına kapama."

"Baba, benim duygularım aşka dönüştü bile. Hatta onu ilk gördüğüm an, love at first sight* oldum."

"Bir tanem, aşk çift taraflıdır. Tek taraflı aşk, aşk değil eziyet olur."

---

* İlk bakışta aşk.

"Haklısın, annem de aynı şeyleri söylüyor ama ben biraz daha denemek istiyorum. Belki o da bendeki şeyi görür... Belki sevgimden etkilenir."

"O sendeki cevheri görecek olsa, bunca zamandır görürdü. Sevginden etkilenmeye gelince... Sevginden bunalabilir de, unutma."

"Kendime bir yıl süre verdim."

"Bir ay yeterlidir."

"Babişko, haydi gel şunu altı ay yapalım. Altı ay sonra onun gönlünü hâlâ kazanmadımsa, o evli kadının elinden alamadımsa, bu aşktan vazgeçeceğim."

"Söz mü?"

"Söz!"

"Sözünü tutarsan, ben de sana bir küçük araba alacağım Derya, akıllanmanın şerefine!"

"Niye bu kadar çok istiyorsun ondan vazgeçmemi, baba?"

"Yıpranmaman, kapısında beklemek ya da evine baskınlar yapmak gibi kendini küçük düşürecek saçmalıklar yapmaman, onurunu ve kalbini kırdırmaman için, güzel kızım."

"Bir altı ayım daha var, atış serbest."

"Atış serbest değil! Onurlu bir küçükhanım gibi davranacaksın. Anlaştık mı?"

"Evet."

Kollarımı açtım, geldi, kucağıma oturdu, başını boynuma dayadı. Onu, her kucağıma oturuşunda, minicik bir bebekken yaptığım gibi içime sokmak istedim yine. Yüreğimin en içine. O kadar masum, o kadar iyi niyetli ve o kadar gençti ki, sığsa, heyhat yine ben mâni olurdum ayıplarımla, günahlarımla dolu yüreğime girmesine, ona hiç layık olmayan!

Kızım, yanağıma bir öpücük kondurup yatmaya gitti. Sigaramın son dumanını geceye üflerken yine yenildim şeytanıma, Çin'den döndüğümüzden beri buluşamadığım Bora'yı özledim.

Onunla ancak telefonda konuşabilmiştik. Zaman farkına uyumda zorluk çektiğini, geceleri uyuyamadığını, sabahları çok geç kalktığını ve yorgun olduğunu biliyordum. On iki saatlik uzun uçuş onun uykularını, karımla kızımın eve erken dönmeleri de benim tasarladığım düzenimi altüst etmişti. Bora'yla planladığım gibi buluşamamıştık. Ağustos sonunda bayrama rastlayan günler aile ziyaretleri, annelerin, akrabaların bayram ziyafetleriyle geçtiği için bir hafta boyunca, bir akşam olsun ona gidememiştim. Gündüzleri buluşmak da içime sinmiyordu nedense. Erkek milleti gündüz vakti işinde gücünde olmalı diye miydi, koca bir günü sabahtan akşama iki erkek bir evin içinde sıkılmadan baş başa nasıl geçirir diye düşündüğümden miydi, yoksa bizim buluşmalarımız bu şehirde hep gecelere rastladığından mı, bilemeyeceğim, gündüzleri de ben istememiştim gitmek.

İşbaşı yapacağımız günün öncesinde, Bora o akşam beni yemeğe beklediğine dair bir mesaj attı. Geleceğimin yanıtını hemen yollayıp aileme söyleyeceğim bahaneyi düşünmeye başladım.

Karımla kızıma, ertesi gün Boğaz'da geç biten bir öğlen yemeği yedirdikten sonra, güya yokluğumda biriken işleri toparlamak, geç saatlere kadar çalışmak için yayınevine gitmek üzere onlardan ayrıldım.

GEÇMİŞ'E YAKALANMAK

gölgemdi o
*değip geçen gözlerinize**

Bora'ya gitmeden önce yayınevine uğradım. İçerisi uzun zamandır pencereler açılmadığı için havasız ve serindi. Odamın kapısında durmuş, sabahtan akşama her günümü geçirdiğim ama şu anda bana yabancı duran odama tuhaf duygular içinde baktım. Panjurdan sızan ve yazı masama vuran ışıkta milyonlarca toz zerresi dans ediyordu. Işığı yaktım. Masamın sol köşesindeki büyükçe çerçevede karımla çocuklarımın bir yaz tatilinde çekilmiş neşeli yüzlerini yansıtan fotoğrafın renginin uçmuş olduğunu ilk kez fark ettim. Resimde gözlerinin içi gülen iki can çocukla sarışın genç kadının mutlu yüzleri, masal kahramanlarını andırıyordu. Acıyla, kederle henüz tanışmamış üç kişinin fotoğrafi değil de hayali gibiydiler. Resme bakmaya devam edersem, sanki ben de buharlaşarak çerçevedeki hayallere karışacaktım. Işığı kapatıp acele adımlarla çıktım odamdan, Handan'ın odasına girdim. Son zamanlarda sürekli süründüğü koku sinmişti

* Tekin Gönenç.

odaya... Karımdan beni tahrik ettiğini öğrendiğinden beri kullandığı ve bende ters etki yapmaya başlayan yasemin kokusu. Handan, iri göğüslerini masaya yaslamış, gözlerinde şehvetle bana bakıyor gibi geldi. Ürperdim. Hemen gençlerin çalıştığı arka tarafa yürüdüm. Bora'nın iskemlesine oturdum, kapaklarını tasarladığı bilgisayarın üzerinde yüzüne dokunur gibi dolaştırdım parmaklarımı.

Elimde bir şişe şarapla Bora'nın evine vardığımda saat altı buçuğa geliyordu. Kapıyı Çin'den aldığımız ceketi giymiş olarak açtı ama bu sefer altında don değil, keten bir pantolon vardı. Oturma odasının her tarafında mumlar yakmıştı, alçak bir yer sofrası hazırlamış, üzerine çatal bıçak yerine ona hediye ettiğim kluazone çubukları koymuştu. Küçük tabaklarda karidesler, minik börekler, soya fasulyeli sebzeler, haşlanmış pirinç ve tatlı ekşi tavuk parçaları, soslar... İkrama çok emek verdiği, zaman harcadığı belliydi. Bora peşimden oturma odasına gelerek, "Lütfen sen de üzerindekini çıkart, bu ceketi giy," dedi. Bana lacivert ipek ceketi uzatıyordu. Kendimi bir tiyatro oyununun yeteneksiz oyuncusu gibi hissederek ipek ceketi giydim, alçak masanın önüne dizlerimin üzerine oturdum. Bora'ya Çin'e gitmeden önce armağan ettiğim, Gilbert&Sullivan'ın Mikado operetinin Uzakdoğu tınılı müziği tamamladı dekoru. Yer masasında ipek ceketimle otururken içimden gülmek geliyordu ama o kadar özenmişti ki, bu maskaralığa hiç itiraz etmeden uymak zorunda hissettim kendimi.

Bora kadehlerimize getirdiğim şaraptan koydu, karşıma oturdu.

"Bu yemekleri sen mi yaptın?" diye sordum.

"Bazılarını hazır aldım. Sebzeler, tavuk ve pirinç benden."

"Çok iyi aşçısın Bora."

"Çin'den aldığım kitaba bakarak yaptım. Pilav çamur gibi oldu ama bu ilk denememdi. Sen beni oralara kadar götürdün, ben de sana evimizde bir Uzakdoğu atmosferi yaratayım, dedim. Elimden bu kadarı geliyor şimdilik."

"Eline sağlık, her şey çok güzel. Yemekler de çok lezzetli. Bir gün yaptığın işten sıkılırsan bir Çin lokantası açabilirsin."

"Yaptığım işten sıkılınca yazar olacağım."

"Ha sahi, nasıl gidiyor ikinci kitap?"

"İlerliyor."

"Hangi konuda yazıyorsun?"

"Bitirmeden söylemek istemiyorum."

"Merak ediyorum ama."

"Lütfen İlhami, bırak sürpriz olsun."

"Madem öyle istiyorsun, pekâlâ," dedim, "nasılsa ilk bana okutacaksın, öyle değil mi?"

"Elbette. İlk kitabın telif ödemesiyle ilgili bir çözüm bulundu mu?"

"Yayınevi tatildeydi Bora, önümüzdeki hafta muhasebecimle görüşeceğim. Paraya mı ihtiyacın var?"

"Kimin yok ki?"

"Derya'nın yok mesela," dedim, "sanki hayatının sonuna kadar bir kuruş kazanmasa, gocunmayacak."

"Çünkü ona bakan bir babası var."

"Aynı adam sana da bakmaktan gocunmuyor."

"Ama o benim babam olmadığı için ben gocunuyorum."

"Aşkolsun sana! O senin önüne yüreğini sermiş."

"Yüreği bana yetiyor. Ayrıca parasını da istemek fazla olmaz mı?"

"Aramızda bunların lafı olmaz," dedim.

Yemeğimizi fazla konuşmadan yedik. Bora'da bir durgunluk vardı bugün. Bir haftadır görüşememiş olduğumuza mı bozulmuştu acaba? Gece ilerledikçe sıkıntısının benimle ilgili olmadığı anlaşıldı. Bana karşı tutkulu ve sevecendi ama aklı başka bir yerde gibiydi. Yemekten epey sonra, yatakta yan yana uzanırken, "Bora," dedim, "neyin var?"

"Biraz yorgunum."

"Uçak yorgunluğu bu kadar uzun sürmez. Kendini iyi hissetmiyorsan bir doktora görünsene."

"Doktorluk bir şeyim yok!"

"Ama bir şeyin var! Durgunsun, dalgınsın, neşesizsin. İstemeden seni kıracak bir şey mi yaptım?"

"Hayır İlhami, hayır! Seninle ilgili değil."

"Her neyse derdin, benimle paylaşmayacak mısın?"

"Seni telaşlandırmak istemiyorum... Bir şey oldu... Aslında pek öyle de denemez ama..."

Kalbim daha hızlı atmaya başladı. Dirseğimin üzerinde doğrulup gözlerinin içine baktım, "Ne oldu?"

"Biri beni tanıdı."

"Kim? Nerede? Nasıl oldu?"

"Bak gördün mü, heyecanlandın işte! Sakin ol lütfen."

"Kimdi? Askerden mi? Cemaatten biri mi?"

"Kasabadan beni eski kimliğimle bilen biri... Dün Balık Pazarı'nda bu akşamın alışverişini yapıyordum, birinin adımı seslendiğini duydum, esas adımı yani, insan elinde olmadan dönüp bakıyor, biliyor musun? Dönüp onunla göz göze gelince, hiç tanımamış gibi yapıp uzaklarda birini arandım sanki... Sonra yine satıcıya döndüm, aldıklarımı ödedim... Baktım, bana doğru geliyor. Elim ayağım kesildi ama belli etmemeye çalıştım..."

"Aman Allahım!"

"Yanıma geldi, 'Lan Bedri, n'apıyorsun burada? Beni tanımadın mı?' diye sordu. 'Biriyle karıştırdınız beni herhalde,' dedim. 'Yok ulan, bal gibi sensin işte, bizim kara göz Bedrettin,' dedi, kasabamızın adını söyledi, 'İstanbul'a yerleşince kibar mı oldun?' dedi. Renk vermedim, 'Arkadaşım, insanlar birbirlerine benzeyebilir, ben sizi hiç tanımıyorum, o taraflara da ömrümde gitmedim,' dedim. Bir şeyler söylüyordu, hızla uzaklaştım yanından, caddeye çıktım. Peşimden geldiğinin farkındaydım, o sıra tramvay yavaşladı önümde, hemen atladım, o da yetişip bindi. Tramvay tıklım tıkıştı, ben ittire kaktıra diğer uca yürüdüm, atladım aşağı, karşımdaki sokağa sapıp önüme çıkan ilk taksiye bindim. Taksim'de otelin önünde inip bir başka taksiye bindim ve eve geldim."

"Seni takip etti mi?"

"Hiç sanmıyorum. Beni tramvaydan indiğimde kaybetti bence. Ben yine de eve gelince perdenin arkasında durup uzun süre bekledim pencerede, ne gelen vardı ne giden."

"Ne isteyebilir senden?"

"Kimliğimi değiştirdiğimi anlarsa, para isteyebilir."

"Şantaj yapacak yani?"

Sesini çıkarmadı Bora. Fena halde canım sıkılmıştı. Çıktım yataktan, giyinmeye başladım. Bora da kalktı, üzerine yerde duran Çin ceketini giydi yine.

"Bora Allah'ını seversen, üstüne doğru dürüst bir şey geçir de ne yapacağımızı düşünelim, bu iş ciddi," dedim.

"Kravat takmamı da ister misin?"

"Abartıyorum ama telaşlandım çok. Başına iş açabilir bu herif."

"Evimi bilmiyor, merak etme."

"Bir daha sakın Balık Pazarı'na gitme, emi!"

"Bu ara hiç gitmeyeceğim. İyi tarafından bakalım, belki o da tesadüfen oradan geçiyordu, belki bir daha hiç rastlaşmayacağız."

"Belki de orada çalışıyordu. Bana tarif etsene, nasıl biriydi."

"Benim yaşlarımda, benden biraz daha kısa, daha sıska, esmer."

"Çok belirleyici bir tarif, elimle koymuş gibi bulurum!"

"İlhami, niye bulmak istiyorsun ki? Farz et ki buldun, ne yapacaksın?"

"Sadece orada çalışıp çalışmadığını tespit edeceğim. Manavda filan satıcıysa, alışveriş eder gibi yapıp sohbet başlatır, belki oturduğu semti de öğrenirim. Biraz daha ayrıntılı tarif etsene."

"Sana bir resmini çizeyim, en iyisi," dedi Bora. İçeri gidip bir kâğıt kalemle döndü. Üç dakika sonra elimde esmer bir genç adamın karakalem resmi vardı.

"Yoksul görünüşlü, üzerinde solmuş bir siyah tişört, ayağında en ucuzundan bir blucin, saçları köşelerden biraz açılmaya başlamış... Askere gittiği belli yani, asker kepinin altında terlemeye saç dayanmıyor, bilirsin."

Uzattığı resmi aldım, yakından inceledim.

"Adı ne bunun?"

"Hüsam."

"Eğer orada çalıştığını tespit edersem, sana bizim taraflarda bir yer ararız. Burayı kiraya verirsin, bir gelirin de olur böylece," dedim.

"Nasıl anlayacaksın orada çalışıp çalışmadığını?"

"Birkaç gün değişik saatlerde gidip çarşıyı dikkatle baştan aşağı dolaşacağım. Sen hangi balıkçıdan alışveriş ettin?"

Söyledi. Pek aldırmıyor havalarındaydı ama benden çok daha fazla rahatsız olduğuna emindim.

"Şimdi bir kahve yap da hem karşılıklı içelim hem de yine karşılaşacak olursanız, ne yapmalı, onu konuşalım."

Mutfağa geçti Bora. Biraz sonra iki fincan neskafeyle geldi. Çin ceketini çıkarmış, bir gömlek giymişti. Kanepede yan yana oturduk.

"Ben bir kere söylemiş bulundum, bir daha karşılaşırsak ben o değilim diye aynı ısrarı sürdüreceğim," dedi.

"Öyle yap ve sakın ondan ayrılınca evine ya da işyerine gitme. Sokaklarda dolan, bir sinemaya filan gir, izini kaybettir."

"Merak etme!"

"Bak ne diyeceğim, çok ısrarcı olursa, polise gitmekle tehdit et. Belki korkar."

"İlhami, bak kaç gündür görüşemedik, bu tatsız konuyu kapatalım mı?" dedi. Sakin görünmeye çalışıyordu ama huzursuzluğu her halinden belli oluyordu.

Aslında bunca zamandır onu tanımayan birine rastlamamış olması bir mucizeydi. Başka şeylerden konuşmaya çalıştık ama keyfimiz kaçmıştı. Ben yine dayanamadım, "Sen görüntünü değiştirmeyi hiç düşünmedin mi adını değiştirdikten sonra?" diye sordum.

"Yüzümü ameliyat ettirecek param mı vardı?"

"Ben de plastik cerrahi demedim zaten, Bora!"

"Askerde kilo vermiştim, hele revirden çıktığımda bir deri bir kemik kalmıştım. Ayrıca saçlarım usturaya vurulduktan sonra nedense daha kıvırcık çıktılar, hepsi bu! Biliyor musun, bizim oradakiler de pek gelmezlerdi İstanbul'a. Aradan kaç yıl geçti, yani tanınma ihtimalini düşünmüyordum doğrusu."

Geçmişi insanı mutlaka yakalardı. Canını büsbütün sıkmamak için bunu ona söylemedim ama kendi gerçeğimin beni nerede ve nasıl yakalayacağı bir şimşek hızıyla geçti aklımdan. Saat on bire doğru kalktım, tam kapıdan çıkarken akıl ettim, "Bora bir şey isteyeceğim senden," dedim, "şu yemek yerken kullandığımız çubukları versene bana."

Hayretle yüzüme baktı, hediyeni geri mi istiyorsun gibisinden.

"Yarın işbaşı yaptığımızda bizim ofisteki çocuklara Çin'den aldığım ufak tefek armağanları vereceğim. Seni unutmuş olmam garip kaçmaz mı? İşin bu tarafı hiç aklıma gelmedi oradayken, yoksa sana da bir şeyler alırdım," dedim, "çubuklarını bana bir geceliğine ödünç ver, yarın iade ederim."

Gülmeye başladı, "Vermezsem ne yapacaksın?"

"Ben bir şey yapmayacağım. Sen patronun hediye getirmediği yegâne eleman olarak itibar kaybını göze alacaksın."

"Çubukların yerine ceketimi veremez miyim?"

"Veremezsin. O zaman da başka dedikoduları göğüslememiz gerekebilir."

"Bekle," dedi, mutfağa koştu, acele yıkadığı çubukları bir kâğıda sararak elime tutuşturdu.

"Sakın çubuklarımı yanlışlıkla başkasına vereyim deme!"

Öptüm sevgilimi, Hüsam denen adamın resmini montumun sağ cebine, çubukları da sol cebine yerleştirip çıktım kapıdan. Sokakta elimde olmadan dört bir yanıma bakındım, kimseyi göremeyince arabama yürüdüm, evime gitmekten vazgeçip bir taksi çevirdim ve Balık Pazarı'nın arka kapısında indim. Balıkçılar yavaştan kapanıyordu, lokantaların bulunduğu sokaklarda, kafama nakşettiğim suratı aradım. Yoktu. Bora'nın evinin önüne geri geldim arabamı almak için. Ertesi gün hem sabah, hem öğlen saatlerinde hem de akşamüstü gidip kolaçan edecektim pazar yerini, adam orada mı diye. Bu işin nereye varacağını bilemiyordum. Hiçbir şey de çıkmayabilirdi, çok can sıkıcı olaylar da olabilirdi.

Evime vardığımda karımla kızım çoktan yatmışlardı. Eda'nın yanına, yeni endişemi de koynuma alarak uzandım ve bütün gece dönüp durdum yatağımda.

O BENİM AŞKIMI BULMADAN BEN ONDAN KURTULMANIN YOLUNU BULMALIYDIM

denizine varmadan yorulup dönen sular
birden kayboluyorsa
solgun çizgilerinde yüzünün
birkaç kulaç daha kayar
*senden öteye zaman**

Ertesi sabah, bayramı da içine alarak dört haftaya uzayan bir yaz tatilinden sonra işbaşı yapan çalışanlarıma, toplantı odasında toplanmalarını söyledim. Onlara Çin'e gittiğimi, bu büyük ülke ile iş yapabilme olasılığını anlatacak, armağanlarını verecektim. Genç çocuklar ne söyleyeceğimi bilmedikleri için biraz heyecanlı, biraz meraklı, aralarında konuşarak geldiler. Masada üstlerinde adları yazılı hediye paketleri vardı.

"Hepiniz burada mısınız?" diye sordum ve hemen ekledim: "Bora'yı göremiyorum, o nerede?"

"Bora henüz gelmedi efendim," dedi Nadide, "telefon etti, otobüsü mü arızalanmış ne, gecikecekmiş."

---

* Tekin Gönenç.

Aman Tanrım, dedim içimden, Hüsam denen adam ben gittikten sonra kapısına dayanmış olmalı, kim bilir neler oldu? Ya da sabah sokağın başında bekledi Bora'yı. Saatime baktım, on buçuğa geliyordu. Konuşacak halim kalmamıştı ama herkes merakla benim söyleyeceklerimi bekliyordu.

"Bana bir dakika müsaade edin çocuklar, bir telefon etmem gerekiyor, hemen geliyorum," diyerek koşar adım odama gittim, kapımı kapadım, Bora'nın numarasını tuşladım. Uzun uzun çaldı, açılmadı. Ellerim titremeye başladı. Getirdiğim armağanları bir an önce dağıtıp Bora'ya gitmeliydim. Toplantı odasından sesler, gülmeler, kahkahalar geliyordu. Amma gürültü yapıyorlardı! Sinirlenerek içeri girdim ve kızların ortasında Bora'yı görür gibi oldum... Yok, başka biri... O muydu yoksa? Evet, oydu! Saçlarını nerdeyse sıfıra vurdurmuştu ve okuma gözlüğü takıyordu. Allah'a şükürler olsun, sağdı, sağlamdı, gülerek bana bakıyordu. Koşup ona sımsıkı sarılmak geldi içimden ama, "Nedir bu halin?" diyebildim ancak.

Kızlar etrafını çevirmişler, gözlüğün ve yeni saçının Bora'ya yakışıp yakışmadığını tartışıyorlardı aralarında. Her kafadan bir ses çıkıyordu.

"Memlekette ona damat tıraşı yapmışlar zorla," dedi, beni görünce Gaye.

"Bence hemen uzat saçlarını. Hiç beğenmedim," dedi bir başkası.

"Senin gözlük taktığını bilmiyordum," diye geveledim ben.

"Uzun zamandır ihmal ediyordum, bu tatilde nihayet vakit buldum da baktırdım gözlerime," dedi Bora.

"Değişmişsin."

"Sahi mi? Beni yolda görseydiniz tanımaz mıydınız?"

"Yok artık," dedi Yasemin, "abartma."

"Ben tanımayabilirdim," dedi Nadide, "çok değişmişsin. Daha entel görünüşlü olmuşsun. Ama niye kıydın o güzelim saçlarına?"

"Bizim oralar çok sıcaktı, böyle rahat ettim."

"Bitlendin mi yoksa?" diye sordu Gaye.

"Hayır ama şunu da bildireyim, eğer patronların bir itirazı olmazsa, sakal uzatmayı düşünüyorum."

"Saçının yokluğunu sakalla mı kapatacaksın?" dedi Yasemin.

Bora bana baktı, "Sakala izin var mı?" diye sordu.

"Bu işyerinde saç kesmek de, sakal uzatmak da, kulağa küpe takmak da serbesttir. Erkekler işe etekle, kızlar da bikiniyle gelmedikleri sürece istedikleri gibi giyinebilirler. Burası ne devlet dairesi ne de Büyük Millet Meclisi!"

Boğazımı temizledim: "Bora, nihayet sen de aramıza katıldığına göre..."

"İlhami Bey, özür dilerim geç kaldığım için, bu sabah erken varacaktı otobüs ama yolda arızalandı..."

"Biliyorum, haydi geç otur. Şimdi sıra size söyleyeceklerime geldi. Arkadaşlar, ben tatil sırasında Çin'e gittim," diye başladım konuşmaya. Onlara bu yıl içinde olabilecek gelişmelerden söz ettim, armağanlarını dağıttım, Bora'ya çubuklarını uzatırken göz göze gelip gülümsedik birbirimize, sonra sırtımda bir çift göz hissedip arkama döndüm, Handan kapıya dayanmış, yüzünde alaycı bir ifadeyle bana bakıyordu.

"Dereyi görmeden paçaları sıvıyorsun, patron," dedi.

"Kimi insan bardağın boş tarafını görür, kimisi dolu tarafını. Ben ikinci gruptanım, ortak."

"Haydi bakalım iyimser adam, işler senin öngördüğün gibi yürür inşallah!" dedi önce ve hemen sonra çığlığı bastı: "Aaa, Bora, ne yaptın kendine böyle? Kel olmuşsun!"

"Üzülmeyin, yine uzar," dedi Gaye.

"Beni tanıyamadınız mı yoksa?" diye Handan'a sordu Bora.

"Vallahi ilk bakışta tanıyamadım. Hemen uzat saçlarını, hemen!"

"Ben çok beğendim," dedim, "bir olgunluk gelmiş üzerine."

"Bakalım Derya ne diyecek bu işe?" dedi Handan. Kızlar kıkırdadılar.

"Çocuklar, gırgır bitti! Herkes işinin başına, haydi bakalım," dedim ben. Bora çıkarken ani bir hareketle geri döndü, "Çubuklarımı unutuyordum az daha," dedi. Masada duran açılmış paketi aldı, çıktı.

"Niye böyle yaptı acaba bu çocuk?" diye sordu Handan.

"Kim?"

"Bora, işte! İnsan durup dururken güzelim saçlarını keser mi? Bunalıma giriyor olmasın İlhami?"

"Handan, insanların hayatlarına karışmaktan başka işin yok mu senin?"

"Sana da bir şey söylenmez oldu," dedi Handan odadan çıkmadan önce.

Hepsi gittiler. Uzun masanın ucunda tek başıma kaldım. Başa çıkamayacağım kadar büyük dertlerle, yalanlarla, kumpaslarla baş başa ve tek başıma... Yavaşça kalktım yerimden, antreye yürüdüm, Nadide'nin masasında duraladım, "Ben bir iş için çıkıyorum, bir iki saate kadar dönerim," dedim ve Handan'a yakalanmadan, önce kapının dışına, sonra da merdivenleri hızla inip binanın dışına attım kendimi. Bir taksi çevirip Balık Pazarı'na gittim.

Balık Pazarı'nda sadece Bora'nın alışveriş ettiği balık tezgâhının bulunduğu meydanı değil, tüm sokakları arşınladım. Her satıcıyı, her müşteriyi uzun uzadıya inceledim. Bakkallara, züccaciye dükkânlarına girdim çıktım. Arada bir cebimden karakalem resmi çıkarıp inceliyor, tekrar her gördüğüm yüze dikkatlice bakarak turluyordum pazarı. Sonunda pes ettim, İstiklal Caddesi'nde Taksim'e kadar yürüyüp bir taksiye atladım, yayınevine döndüm.

Odamda Handan beni bekliyordu.

"Bu ne güzel bir sürpriz," dedim ortağıma, "uzun zamandır görüşmemiştik. Özlemişim."

"Neredeydin?"
"Metresime gittim."
"Metresle iş bu kadar çabuk bitmez. Nereye gittin sahi?"
"Bugün işi kısa tuttuk."
"Yine attın çünkü senin metres, sen yokken işinin başındaydı."
Kıpkırmızı oldum: "Ne demek istiyorsun, Handan?"
"O kadının ofisini aradım, oradaydı."
Rahat bir nefes aldım, kimi kastettiğini bile bile sordum: "O kadın kim?"
"Madam J."
"Vazgeçmeyeceksin değil mi?" dedim, "bu saplantıdan asla vazgeçmeyeceksin?"
"Sen itiraf edince geçerim."
"Delisin sen. Manyaksın."
"Sen beni bırak da şu Çin dosyalarını göster bakalım."
"Tamam. İzin ver bilgisayarımı açayım, hepsi orada kayıtlı."
"Bekliyorum."
"Tepemde dikilip bekleme Handan. Açılması zaman alıyor. Ben birer çıktı alır, getiririm sana, sende de bir dosya bulunsun zaten."
"Çıktı alma, doğrudan bana postala. Bir de ben inceleyeyim," dedi ortağım.
Masamın başına geçip bilgisayarımı açtım. Handan odasına gitmek üzere kalktı, çıkmadan, "Bir şey sorabilir miyim?" dedi.
"Sor."
"Ona ne aldın Çin'den?" Boş boş baktım önce, jeton düşünce sinirlendim ama belli etmedim. Belki de kurtuluş, ona istediğini vermekteydi, "Bir sürü giysi getirdim," dedim, "hepsi de çok yakıştı."
"Haydi oradan!" Handan yüzünde alaycı bir gülümsemeyle baktı bana, başını iki yana salladı ve kapıyı vurarak çıktı. Kurtuluş, ona istediğini vermekte değil, onun paranoyalarından ve üzerimdeki baskısından tamamen kurtulmaktaydı ama nasıl? Yakında

Jülide'yle aramda hiçbir şey olmadığını anlayınca, hayatıma girenin kim olduğunu bulmak için dikkat kesilecekti. Onda öyle bir azim vardı ki, sonunda bulacaktı. O benim "aşkımı" bulmadan ben ondan kurtulmanın bir yolunu bulmalıydım. Mutlaka!

***

O hafta boyunca her gün Balık Pazarı'na gidip, Bora'yı tanıyan adamı aradım. Sürekli aynı yerde dolanıyor olmam dikkat çekmesin diye birkaç keresinde balık, iki kere de sebze ve meyve almak zorunda kaldım. Elimde poşetlerle emekli aile reisleri gibi yürüdüm Beyoğlu'nda. Her seferinde aldıklarımı Bora'nın evine uğrayıp bıraktım. Son balık paketini bıraktığım akşam, başka balık getirme, sadece ev değil, sokak da balık koktu diye mesaj attı Bora.

Bir hafta süren hafiyeliğimin sonunda, bu kişinin orada tesadüfen bulunduğuna, zaten bir daha görürse, yeni haliyle Bora'yı tanıyamayacağına inandırmaya çalıştım kendimi. Yapabileceğim başka bir şey zaten yoktu, Bora'nın sakalları çabuk uzuyordu, görüntüsü az çok değişmişti, elindeki nüfus cüzdanında ise adı Bora'ydı. Endişelerimi yenerek, hiçbir pürüz çıkmayacağına, bir daha karşılaşmayacaklarına kendimi zorla ikna ettim.

İkna etmem gereken biri daha vardı ki, orada başarı sağlayamamıştım. Derya, yayınevinin dışında bir yerde staj yapmayı kabul etmemişti. Babasının işyeri dururken başkalarının yanında ne işi vardı? Nihat'ın hoş bir jest olarak teklif ettiği dolgunca ücreti dahi kabul etmeyerek, kızım diğer gençlerin oturduğu havuzda bir iskemle edindi ve yayınların reklamlarını hazırlayan bölümde çalışmaya başladı. Beni memnun etmek için evden benden de erken çıkıyor, sıkı çalışıyordu. Türkçesi de iyice düzelmişti. Bora'yla ilişkisi hiçbir aşama kaydedememişti ama hayatından memnun görünüyordu. Ona son tavsiyelerimin faydası olmuş gibiydi. İş arkadaşlarıyla birlikte kahve molası veriyorlar, hep beraber öğlen yemeklerine çıkıyorlar, aralarında konuşuyor, eğleniyor, gırgır geçiyorlardı. Gece çıkmaları da azalmış, iki haftada bire inmişti, çünkü Derya'nın dediğine göre, bu ara Bora'nın önemli bir işi vardı, bir kitap yazıyordu, Bora.

***

Eylülün ortalarına doğru bir akşamüstü, Handan ve Derya ile birlikte İstiklal Caddesi'nde, bir başka yayınevi tarafından yeni basılan bir kitabın tanıtım davetine katılmak üzere hızlı adımlarla yürüyorduk. Hafta içi olduğundan cadde çok kalabalık değildi. Galatasaray kavşağına yaklaşırken, karşıdan tek başına gelen genç adama gözüm takıldı. Esmer, orta boylu, sıska, üzerinde bir ucuz blucin, rengi atmış siyah bir tişört... Kalbim deli gibi çarpmaya başladı. Durdum. Durduğumu fark etmeyen Handan ve Derya yürümeye devam ettiler. Adam yaklaşırken ben Bora'nın çizdiği resmi gözümün önüne getirmeye çalıştım. Oydu... Saçlar köşelerde seyrelmiş... Kesin oydu... Tam yanımdan geçiyordu, ben düşünüyordum, bir şey yapmalıydım ama ne? Sokak ortasında hiç tanımadığım birine ne yapabilirdim ki? Adını söylerdim, döner bakardı, adresini sorardım. Sen kimsin derse, ne derdim, nasıl açıklardım... Fırsat kaçıyordu, geçti yanımdan birkaç adım uzaklaştı... Birden aklıma başka bir fikir geldi, peşinden koşup kolundan yakaladım, durdu, baktı, tanımadığı adamdan kolunu kurtarmaya çalıştı, bırakmadım.

"Bir dakika.. Bir dakika... Dursana kardeşim!"

Hayretle, biraz da korkuyla baktı yüzüme, beyaz sayfadaki karakalem gözleriyle. Aklıma ilk gelen adı söyledim, "Ahmet! Beni tanımadın mı? Yahu Ahmet, beni nasıl tanımazsın?"

Büsbütün şaşırdı, sımsıkı tuttuğum kolunu çekiştirdi ama kurtaramadı.

"Ben Ahmet değilim."

"Ahmet'sin tabii... Nasıl hatırlamazsın beni?"

"Ne Ahmet'i be? Manyak mısın nesin, bırak kolumu!"

"Ulan Ahmet, niye tanımıyor ayaklarına yatıyorsun? Biz askerde aynı bölükte değil miydik yahu?"

Adam etrafımızda yürüyenlere bakarak ve eliyle beni gösterip deli işareti yaparak, "Deli bu! Deliye çattık! Bırak kolumu lan!" dedi.

Kolunu yavaşça bırakırken, "Kalbimi kırdın ama, insan askerlik arkadaşına böyle mi yapar?" dedim. Kurtardığı kolunu ovuşturdu ve hızla kalabalığın arasına karıştı, arkasından baktım, zikzaklar çizerek, koşar adım gidiyordu. Yoluma devam etmek için döndüm, beni hayretle hatta dehşetle seyreden Handan'ı ve kızımı gördüm.

"Ne istedin elin herifinden?" diye sordu Handan.

"Birine benzettim."

"Baba, bizim böyle bir tanıdığımız hiç olmadı!" dedi Derya.

"Sen nereden bileceksin! Sen doğmadan önceydi."

Hiçbir şey söylemeden bana bakmaya devam ettiler.

"Bir an için benzettim işte!"

"Ben de bir an için oynattığını sandım, İlhami. Elin hırpani kılıklı herifinin koluna yapışmış... Nerde öyle tanıdığın oldu senin, Allah aşkına? Serserinin tekiydi."

"Uzatmayın, haydi siz önden gidin, sigara alacağım ben şuradan, yetişirim size," dedim. Gülmemek için kendimi zor tutuyordum. Handan'la Derya şaşkınlıklarını hâlâ üzerlerinden atamamış halde yürüdüler, ben sigara satan büfeye yanaştım, Bora'nın telefonunu tuşladım. Açılmayınca bir mesaj çektim:

Hüsam operasyonu tamam, intikam alındı.

Ertesi gün, Bora'nın evinde, karnımızı tuta tuta gülüyorduk.

"Nerden aklına geldi böyle bir şey yapmak?" diye sordu Bora, kahkahalarının arasında.

"Görsün bakalım, sokakta birine benzettiği kişinin koluna yapışıp illa da osun diye ısrar etmek nasıl oluyormuş!"

"Belki Hüsam bile değildi o adam."

"Belki değildi ama sen de Bedri değildin."

"Ben Bora'yım," dedi, "zifiri karanlığı delen Bora!"

"Şarkı sözü gibi," dedim.

"Şarkı sözü değil, kitap adı."

"Yazdığın kitabın adı 'Zifiri Karanlığı Delen Bora' mı olacak?"

"Hayır, Zifiri Karanlıktaki Işık!"

"Etkileyici. Ne zaman okuyacağım?"

"Bitince."

"Yani?"

"Daha var," dedi Bora, "acele işe şeytan karışır!"

YOL AYIRIMLARI

YOL AYIRIMLARI

Göz gözü görmeyecek kadar mıydı
*yol ayırımları**

Bora'nın telif gelirlerini kimliğini gizleyerek alabilmesini sağlamak, sandığım kadar kolay olmadı. Muhasebe müdürüme, Tayfun Kuzey adlı yazarın bazı siyasi nedenlerle yurtdışında yaşadığını, adını açıklamak istemediğini anlatmış, ona ödemenin nasıl yapılabileceğini sormuştum. Sabri Bey, yazarın "off shore" ya da İsviçre bankalarından birinde, bir numaralı hesap açtırmasını önermişti ama sorun bununla bitmiyordu. Esas sorun, stopajın kimin adına yatırılacağı ve vergisinin nasıl ödeneceğindeydi. Ayrıca numaralı hesap açmak için dahi, hesap sahibinin kimliği ile birlikte, bizzat o bankaya gitmesi gerekiyordu. Yani Bora İsviçre'de isimsiz hesap açacaksa, ufukta bize bir yolculuk daha görünecekti.

Muhasebecimle yaptığım konuşma sırasında anladım ki, sadece Türkiye'de değil, dünyanın her tarafında, hesap sahibinin

---

* Tekin Gönenç.

kimliğini saklaması imkânsız hale getirilmişti. Oysa seksenli yıllarda gizli hesap açan bankalar, televizyonlarda avaz avaz, sırdaş hesap adı altında, bu marifetlerinin reklamını yaparlardı.

Para kaçırmanın bu kadar zorlaştırıldığı bir sistemde, etrafımızdaki onca kara paranın nasıl kolayca aklanabildiğine aklım ermemişti ama ben vergisini her zaman eksiksiz ve zamanında ödeyen bir vatandaş olarak asla bu sularda yüzmeyeceğimi bildiğimden işin o tarafına boş verdim. Benim derdim, sadece Bora'nın işini halletmekti.

Sorun ayaküstü konuşmayla çözülmeyince, bordrolarla uğraşmakta olan Sabri Bey'in vaktini çalmamak için onu öğle yemeğine davet ettim ve hemen Bora'ya telefon açtım, "Bora, Sabri Bey'le şu senin Tayfun'un işini halletmeye çalışıyoruz. Sen de öğle yemeğinde bize katıl da önerilerini dinle. Konuştuklarımızı ilk ağızdan aktarırsın arkadaşına," dedim.

Saat bire doğru Etiler tarafındaki kebapçıların birinde, önümüzdeki tabaklarda birer buçuk İskender, bardaklarımızda buz gibi ayran, bu işi nasıl çözeceğimizi konuşuyorduk. Sabri Bey, Tayfun Kuzey'in yurtdışında açacağı hesaba ödeme yapabileceğimizi defalarca anlattı ama öyle bir kişinin mevcut olmadığını bilmediğinden, işi neden zorlaştırdığımı bir türlü anlayamadı. Çünkü ben paranın o kişinin numaralı hesabına değil, onun kuracağı bir şirkete yatmasından yanaydım. Laf çözüme ulaşamadan uzayıp duruyordu. Ben, "Bora, bir yol daha var," dedim, "bunca zahmete gireceğimize, telif gelirini sana ödeyelim, her şey senin üzerinden işlesin, gerisini (göz kırptım Bora'ya) siz Tayfun'la aranızda halledersiniz ."

"Bilmem ki nasıl olur, Tayfun kabul eder mi?" diye sordu Bora.

"Size küçük bir yüzde verebilir, ayrıca elbette vergileri o öder," dedi Sabri Bey ve tuvalete gitmek üzere kalktı. Masadan uzaklaşınca ben, "Bunu yapmanın tek sakıncası, Handan'ın yazarın sen olduğunu çakma ihtimali," dedim.

"Çakarsa ne olur? Ölüm yok ya sonunda?"

"Ölüm yok ama tatsızlık çıkartabilir. Neden yalan söylediğini araştırır, soruşturur, hiç rahat vermez. Bir de bu öykünün senin hayatın olduğunu anlarsa, sana kızdığı bir anda burnundan getirir. Kısacası, bilmese daha iyi olurdu yani..."

Bora, biraz düşündü sonra dudaklarının üzerine bir bıyık bırakarak ayranını içti. Kimsenin bize bakmadığı bir anda elimi uzatıp sildim. "Karar senin. Nasıl istersen öyle yapalım."

Sabri Bey tuvaletten geri dönüyordu, o sırada uzaktaki masalardan birinde mafya kılıklı bir adamın başında dikilen biri gözüme çarptı. Blucin, demode bir mont, elma kemikleri hafif çıkık, esmer genç adam! Beyoğlu'nda rastladığım! Sırtımdan bir anda soğuk ter boşandı.

"Bora, arkana hiç bakma, hemen fırla, arkamdaki kapıdan dolanarak çık git. Hemen! Hemen!"

"Ne oldu?"

"Hüsam orada. Çabuk ol. Arkanı dönme sakın!"

Bora kalktı. O hızlı adımlarla kapıya yürürken tuvaletten dönen Sabri Bey masaya yanaştı. Ben Hüsam olduğunu var saydığım adamla göz göze geldim. Adam beni daha önce nerede gördüğünü hatırlamak istercesine baktı bana, gözlerini kaçırdı, bir an sonra yine baktı. Başımla selam verdim. Bora lokantanın kapısından o anda çıkıyordu. Adamın gözleri benim uzağımda bir yere takıldı. Onun baktığı yere dönüp ben de bakmak istiyordum; acaba Bora'yı görmüştü de ona mı bakıyordu? Eğer Bora'yı gördüyse, peşinden gitmesine mâni olmak için yerimden kalktım.

"Nereye gidiyorsunuz?" diye sordu Sabri Bey, "kalkıyor muyuz?"

"Bir dakika, birini gördüm de... Hemen geliyorum."

Adamın yanına koştum, "Kardeşim, seni geçen gün rahatsız ettim, bir askerlik arkadaşıma o kadar benziyordun ki! Özür dilerim. Ben İlhami..." Onun da kendi adını söylemesini bekleyerek elimi uzattım.

"Zarar yok. Olur bazen böyle," dedi. Ne elimi sıktı ne de adını söyledi, arkasını döndü bana. Elim havada kaldı. Masama geri gittim.

"Bora nerde? " dedi Sabri Bey.

"Telefon geldi, yayınevinden çağırdılar, acil bir iş mi çıkmış ne... Tatlı ya da kahve ister midiniz?"

"Tatlı yiyemiyorum şekerimden dolayı. Kahveyi de artık ofiste içerim," dediği için hesabı istedim. Hüsam'ı arandım salonda, yoktu. Acaba Bora'nın peşinden mi gitmişti? Acaba o, gerçekten Hüsam mıydı? Eğer gerçekten Hüsam ise, Bora'yla ne alıp verediği olabilirdi?

Ömrünü tekdüze yaşamış, sıradan bir adam için hayatım her geçen gün daha karmaşık bir hal alıyordu.

Sabri Bey'le birlikte kebapçıdan çıktık. Canım sıkkındı, hem yalnız kalmak istiyordum hem de Bora'ya New York'tayken aldığım saatin arkasına bir yazı kazdırtacaktım.

"Ben Akmerkez'e uğrayacağım, Sabri Bey," dedim, "ofiste görüşürüz." Sabri Bey ağır adımlarla işyerine yürürken ben hızlı hızlı Akmerkez istikametine gittim. Karımla kızıma sık alışveriş ettiğim dükkânlardan birine değil, yabancısı olduğum saatçiye girdim. Ceketimin cebinden yayınevindeki çekmecemde kilit altında tuttuğum siyah kutuyu, kutudan saati çıkarttım, beğeniyle baktım elimde tuttuğum Hublot'a. Satıcıya, "Saatin arkasına, 'sonsuza kadar' yazdırmak istiyorum," dedim.

"Bizden mi almıştınız, efendim?"

"Amerika'dayken aldım ama yazısını vaktim olmadığı için oradayken yazdıramadım. Ücreti neyse öderim."

"Çok güzel ve değerli bir saat, her yerde de bulunmuyor." Elinde evirip çevirdi saati genç adam, "bir hafta sonra gelin, alın," dedi, yazdığı emanet fişini alıp çıktım dükkândan.

Sonsuza kadar! Acaba? Bir insanı sonsuza kadar sevebilmek için ona yapışmak şart değildi. Bir arada olmak, yüz yüze bakmak hatta sevişmek dahi şart değildi. Sevgi; şefkati, tutkuyu, özlemi, kıskançlığı, sevgiliye sahip olma isteği kadar sevgili için göze alınan fedakârlığı, cefakârlığı da birbirine harmanlayan bir duygu değil miydi? Bu yüzden, hiç aykırı kaçmayacaktı saatin arka yüzüne itinayla kazınmış "*sonsuza kadar*" sözü. Ben Bora'dan ayrılsam da, sevgisini sonsuza kadar yüreğimde taşıyacağımı biliyordum! O da biliyordu.

Aşağı kattaki kahvelerden birine oturup bir kahve ısmarladım ve Bora'yı aradım. Telefonu kapalıydı. Yayınevini aradım, "Bora'nın masasına bağla beni, Nadide," dedim.

"Daha dönmedi efendim."

"Dönmüştür, geldiğini görmedin herhalde."

"Olur mu efendim? Ben öğle tatilinde çıkmadım ki, hep buradayım. Gelse görürdüm."

"Sen yine de bir bak..." Telefonun zırr zırr çalışını duydum. Açan olmadı.

Nadide bana bir şey söylemeden ben kapattım telefonu. Çoktan varmış olması gerekmiyor muydu? Telaşlandım. Sinirlendim. Kahvemi bitirmeden yayınevine geri döndüm. Beni içeri girerken görünce, "Bora Bey'i gelir gelmez yollarım odanıza," dedi Nadide.

Odamda iskemlemi sokağı görecek şekilde çevirdim, bir sigara yaktım. Hüsam olup olmadığını bile bilmediğim adam yüzünden Bora'yı ikinci endişeli bekleyişimdi bu. Ne kadar zaman geçtiğinin farkında değildim, geldiğini, binaya girişini de göremedim. Kapım vurulunca dönüp baktım, oydu. Sandalyemi eski yerine çekerken sordum: "Bunca zamandır neredesin?"

"İlhami, ne olur ne olmaz diye hemen yayınevine gelmek istemedim. Akmerkez'e yürüdüm, rasgele bir sinemaya girdim, ara olunca çıktım geldim işte."

"O muydu? Adamı gördün mü? Doğru adamla mı konuşmuşum ben?"

"Bilmiyorum, arkama bakmadan çıktım gittim."

Nedense ona inanasım gelmiyordu. Gözlerimi gözlerine diktim Bora'nın, "Bana doğru söylüyorsun değil mi, Bora?" diye sordum.

"Niye yalan söyleyeyim ki?"

"Ben telaşlanmayayım, üzülmeyeyim diye... Ne bileyim ben?"

"Doğru söylüyorum."

"Benden hiçbir şey saklama emi!"

"Tamam. Şimdi çıkabilir miyim, yarım bıraktığım bir iş vardı da..."

Başımla çıkmasını işaret ettim, gidince bir sigara daha yaktım. İçimden bir ses Bora'nın benden gerçeği sakladığını söylüyordu ama yapabileceğim hiçbir şey yoktu beklemekten başka.

***

Sonbahar güneşinin son gayretiyle aydınlanmış mutfağımızdaki küçük masada Eda ile sabah kahvaltısı yaparken bir yandan da gazete eklerine göz atıyordum. Hafta sonu olduğu için Satı gelmemişti, Derya henüz kalkmamıştı.

"Hazır havalar iyi gidiyorken önümüzdeki hafta sonu Nihatlarla Polonezköy'e gitmeyi kararlaştırdık," dedi karım, "ata da bineriz."

"Nerden çıktı şimdi bu? Hafta sonu onca trafiğe girilir mi?"

"Araba kullanmak sana zor geliyorsa, Ada'ya gidelim. Maksat temiz hava almak, biraz hareket etmek ve birlikte olmak."

"Onlarla yazın yapamadığımız tatilin acısını mı çıkartacağız böylece?"

"İlhami, Nihat'la Jülide, çocuklarını bir araya getirip kaynaştırmak istiyorlar. Böyle bir hafta sonuna ihtiyaçları var."

Handan'ın kuşkuculuğu ile,"Bu programı Jülide mi istedi?" diye sordum.

"Hayır, Nihat istedi. Geçenlerde telefon etti, Jülide'yle hafta sonlarında oğlunun yüzünden buluşamıyorlarmış, oysa o, hafta sonlarını çoluk çocuk hep birlikte geçirmek istiyor."

"İkisi çocuklarını alıp baş başa çıksalar daha iyi kaynaşmazlar mıydı?"

"İlhami, bilmez misin, böyle durumlarda hep bir katalizöre ihtiyaç vardır."

"Peki hayatım, ille de Nihat'la Jülide'nin çocuklarına şey edeceksek, gidelim," dedim.

"Kimseye şey etmeyeceğiz, sadece onlarla birlikte olacağız, eskiden olduğu gibi."

Hiçbir şeyin eskisi gibi olamayacağını bildiğimden içimi çekip, Eda'nın nihayet masaya bıraktığı gazeteye uzandım. İç sayfadaki haberlerin bazıları kırmızı kalemle çerçevelenmişti.

"Bu da nesi Eda? Sen mi çizdin yazıların altını kırmızıyla?"

"Sadece seni ilgilendirecek haberleri işaretledim, gözünden kaçmasın diye."

Çin'le ilgili birkaç haberin altı çizilmişti.

"Niye öyle bakıyorsun yüzüme İlhami, Çin'le iş yapmıyor musun? Orada neler olup bitiyor, bilmek istemez misin?"

"Seni de alayım yayınevine," dedim karıma, "vallahi harika asistan olursun. Hatta Handan'ın yerine gel, ben de huzura kavuşayım."

Eda o anda çalmaya başlayan telefona uzanıp açtı, "Günaydın Handancığım," dedi, "yok uyandırmadın, çoktan kalkmıştık, iyi insan lafının üstüne gelirmiş, biz de şimdi senden söz ediyorduk.... Ne mi diyorduk? Şey... Ben gazetede Çin'le ilgili haberleri okuyordum da adın geçti işte.... Hafta sonu olmaz, doluyuz ama hafta içinde yaparsan, memnuniyetle.... Hafta sonu mu? Nihatlarla Polonez'e gideceğiz de... Jülide de gelecek elbette... Olmaz hayatım, söz verdik, değiştiremeyiz..." Eda, dikkatimi çekmek için elini uzattı bana, "Handan bizi yemeğe çağırmak istiyor, cuma olur mu?" diye sordu. Yüzümü buruşturdum.

"İlhami, cuma akşamından gideriz belki diye, cuma olmasın dedi..." Eliyle telefonun ahizesini kapatıp, yavaş sesle, "Çarşamba?" diye sordu bu kez. Ben yavaşça, "Hiç gitmesek olmaz mı?" dedim. Karım kızgın bir bakış attı bana, "Tamam Handan, perşembe olsun. Derya'yı da getirelim mi? Başka kimse var mı?" Eda, bir süre sessiz kalıp karşı tarafı dinledi, "Bize hiç fark etmez, nasıl istersen öyle yap," dedi ve teşekkür edip kapattı telefonu.

"Tuhaf! Nihat'la Jülide'yi de davet edecekmiş. Hani Jülide'yle nefret ediyorlardı birbirlerinden?"

"Handan tutarsızdır," dedim.

"Aslında düşman olmaları için neden yok! Belki de iyi yapıyor çağırmakla ama Jülide'nin kabul edeceğini sanmıyorum."

"Göreceğiz bakalım," dedim, "bizim katalizörlük görevimiz giderek kıymete binmeye başladı."

Karıma renk vermemiştim ama bu gelişmeden çok rahatsız olmuştum. Kim bilir yine neyin peşindeydi Handan?

"Bir çay daha içer misin?" diye sordu Eda.

"Ben içerim. Koyu olsun." İkimiz de dönüp kapıya baktık. Kızımız uyku mahmuru gözleriyle kapıda duruyordu.

"Ayaklarına bir şey giy, üşüteceksin," dedi annesi.

"Terlikten nefret ediyorum."

"Çorap giy bari."

"İyi böyle," dedi Derya, çıplak ayaklarıyla geldi, küçük masada kendine bir yer açtı, "anne, bana bir yumurta yapsana."

"Her zamankinden mi?"

"Evet, Hasan olsun." Üçümüz de güldük. Çocukluğunda sahanda yumurta yerine hasanda yumurta dediği için aramızda sahanda yumurtanın adı "Hasan" kalmıştı. Uzanıp yanağına bir öpücük kondurdum. Annesi çay bardağını önüne bıraktı.

"Süper... Tam şey kanı... Hangi hayvanın kanıydı, baba? Kedi mi?" Eda'yla birlikte kahkahalarla gülmeye başladık.

"Tavşan kanı! Göndermez olaydım seni İngiltere'ye."

"Bir de boku yok muydu bunun? Anneannem hani hep Necmi Amca için öyle söylerdi... Tavşan boku gibi adam derdi."

"Evet. Kokmaz bulaşmaz, hiçbir şeye karışmayan, fikir yürütmeye bile korkan insanlara denir."

"İyi de niye hep tavşan? Alınmaz mı zavallı tavşan?"

"Çok konuşma, al soğutmadan Hasan'ını ye," dedi Eda, küçük sahanı kızının önüne koyarken. Birden içimin ısındığını hissettim. İyiydi ara sıra ailemle birlikte olmak, bir pazar sabahı kahvaltısında, üzerinde kızarmış ekmek, reçel, yumurta ve demlenmiş çay bulunan bir mutfak masasında saçma sapan şeyler konuşmak, olur olmaz şeylere gülmek. Çok iyiydi.

***

Handan'ın evindeki akşam yemeğinden dönerken, arabada zor geçen geceyi konuşuyorduk aramızda.

"Handi'nin yemekleri güzeldi ama çok sinirliydi. Yoruldu herhalde onca yemeği pişirirken," dedi Derya.

"Ne yorulması, yemekleri Arnavutköy'deki İtalyan lokantasına ısmarladı. O sadece salatayla tatlıyı yaptı."

"Tevekkeli değil, balık çok lezzetliydi."

"En iyisi bir tatsızlık çıkmamasıydı. Bir ara, yazın siz nereye tatile gittiniz faslında tartışma çıkacak sandım. Neydi o merakı Handan'ın? Tatile yalnız mı çıktınız? Hangi tarihte çıktınız? Nereye gittiniz? Uzakdoğu'yu gördünüz mü? Sahi görmediniz mi? Sorgu hâkimi gibi üst üste sordu da sordu. İlk defa sana hak verdim, bazen çekilmez oluyor," dedi Eda.

"Anne fark ettin mi, Nihat Amca'ya da çok kırıtıyordu Handi. Bir ara konuşurlarken nerdeyse içine düşecekti."

"O, Nihat'a bayıldığından değil, sırf Jülide'yi sinir etmek için," dedi Eda, "kendini hafta sonuna zorla davet ettirmesi de sırf Jülide rahatsız olsun diye."

"Ne istiyor ki Jülide'den? Bence çok hoş biri."

"Ah bir bilsem! Başından beri sevemediler birbirlerini nedense. Ama her ikisi de karşılıklı çok kibardılar bu gece, öyle değil mi?"

"Birbirlerini sevmiyorlarsa, Handan onu niye davet etti bu gece, Jülide niye geldi?" diye sordu Derya, "ve hafta sonu birlikte olmaya neden itiraz etmedi?"

"Kadınları anlamak zordur, kızım, neyi niçin yaptıklarını kimse bilemez!"

"Hiç de değil baba! Benim sevdiğim de sevmediğim de bellidir. Nedenleri de çok açıktır."

"Sen karakterin oluşurken Batı kültürü aldın, bu kadınlar Bizanslı," dedim.

"Kabul etmiyorum. Annem de Bizanslı ama bunlar gibi mi? Daha bir kişi hakkında kötü konuştuğunu duymadım. Benim okulda ne dalavereci İngilizler var. Lütfen böyle genellemeler yapma!"

"Sözünü sakınmaktan çekinmeyen kızım, haklısın, genelleme yapmak doğru değil," dedim, "ama sen yine de kabul et ki, Handan'la Jülide'de bir içten pazarlık durumu var."

"Sende de bir Handan antipatisi var, hatta bu antipati Jülide'ye de bulaşmış galiba, giderek kadın düşmanı mı olmaya başlıyorsun, ne?" dedi Eda.

"Erkeklerle daha iyi anlaşıyorum."

"E, çünkü erkeksin," dedi karım, "ben de mesela, erkeklerle değil kadınlarla sohbeti, gezmeyi, eğlenmeyi hatta dertleşmeyi tercih ediyorum şahsen."

Başımı çevirip yanımda oturan karıma tuhaf bir endişeyle baktım.

"Orada dur, emi!"

"Deli mi ne bu senin baban!" dedi Eda.

Eve vardığımızda, saat yarıma geliyordu ama saatin geç olması, ana-kızın mutfak masasında oturup tuhaf gecenin dedikodusunu yapmalarına mâni olamadı.

"Böyle çocuklarla hep birlikte hafta sonu tatilleri filan... Bu iş evliliğe gidiyor galiba," dedi Eda. "Handan bence boşuna kırıttı."

"Handi kendini küçük düşürdüğünü göremedi mi anne?" diye sordu Derya, "hafta sonuna katılmak istedi, ben bile fark ettim, onlardan tıs çıkmadı ama o yine de kendi kendine şey oldu... Ne oldu baba?"

"Gelin güvey oldu."

"Ne tuhaf bir dil şu bizim Türkçe. Şimdi şu lafı çevirmeye kalksam bir yabancıya, hiçbir şey anlamaz."

"Batı dillerinin sözlükleri bizimkini ikiye katlayabilir ama bizdeki 'deyiş' zenginliği de hiçbir dilde yok," dedim. Kızım Türkçenin deyim zenginliğiyle ilgilenmedi, "Sence evlenirler mi, anne?" diye sordu.

"Jülide'yle Nihat mı? Bilmem, belki."

"İster miydin evlenmelerini."

"Sevinç'in yerini başka birinin alması yüreğimi burkuyor ama yalnızlık kolay değil kızım."

"Nihat amca yalnız değil ki, çocukları var."

"Çocuklar yarın öbür gün çekip giderler kendi hayatlarını yaşamaya. İnsanın eşinin yanında olmaması büyük yalnızlık. Allah kimseyi bizim yaşlarda yalnız bırakmasın."

Hiçbir yere varmayacak bu konuşmayı daha fazla dinleyemedim. Odama yürüdüm, soyundum ve tek başıma uzandığım yatağımda, geçirdiğimiz gergin geceyi düşündüm. Handan'ın bir tilki kurnazlığıyla sorduğu soruları, iz sürmesini, kendini önümüzdeki hafta sonu programına zorla dahil ettirmesini bir kere daha canlandırdım kafamın içinde ve bir karara vardım. Bu ani alınmış bir karar değildi. Bu noktaya adım adım itilmiştim adeta. Kararım hayatımı etkileyebilir, beni her bakımdan zora sokabilirdi ama üzerinde uzun uzadıya düşünülmüş bir karardı. Kesindi.

Ertesi sabah yayınevine biraz gecikmiş olarak gittiğimde Handan odasındaydı. Kapısını vurdum, içeri girdim.

"Günaydın," dedi.

"Günaydın. Dün gece için çok teşekkürler. Yemekler gerçekten nefisti. İşin var mıydı? Bir şey konuşmak istiyorum."

"Yoo, ne işim olacak? Gel, otur."

Masasının karşısındaki koltuğa oturdum. Tam da o anda cep telefonu çalmaya başladı, açtı, varlığımdan biraz huzursuz, kısa ve kesik kesik konuştu. "Hımm... Hımm... Evet, evet, sonra?.. Öyle mi?.. Ben seni daha sonra arayayım, olur mu?"

Hemen araya girdim, "Handan, dur, kapatma... Ben çıkıyorum, senin telefonun bitsin, sonra konuşuruz."

"Peki İlhami, konuşmam bitince gelirim sana."

Çıktım odasından, kendi odama girdim. Küçük odanın içinde kafesindeki aslan gibi bir aşağı bir yukarı dolaşmaya başladım. Kendimi en hazır hissettiğim anda konuşamamış olduğum için gergindim. Daha önce de kaç kez dilimin ucuna gelenleri zamanında söyleyememiş, sonra da söylemekten vazgeçmiştim. Bugün ki fırsatı kaçırırsam, kim bilir bir daha ne zaman? Belki de hiçbir zaman...

Sanırım bir on beş dakika kadar geçti. Kapı açıldı, Handan!

Onunla her zamanki gibi kanepeye yan yana oturmadık. Handan'ı masamın karşısındaki koltuğa buyur ettim, ben masamın başındaki yerime geçtim.

"Seni dinliyorum," dedi, "de bakalım diyeceğini. Anlat İstanbul!"

"Handan, dün geceki yemekten sonra iyice kanaat getirdim ki ben bu işi daha fazla götüremeyeceğim."

"Hangi işi İlhami?"

"Birlikteliğimizi..."

"Birlikteliğimiz tarafından bitirilmedi mi zaten?"

"Lafımı kestiğin için gerisini duymadın, ortaklığımızı bitirmek istiyorum."

"Ne? Doğru mu duydum?"

"Evet. Biz bir hata yaptık, pardon pardon, ben bir hata yaptım. Büyük bir hata yaptım. Bu hatanın bedelini ödemeye hazırım."

"Bu hata benimle sevişmen miydi?"

"Seninle yatmamdı."

"Sevişmedik ama yattık öyle mi?"

Beni başka alanlara çekiyordu Handan, buna izin vermedim.

"Bu konuyu ilk kez konuşmuyoruz. Biz birbirini çok seven iki arkadaştık. Sevgi aramızda hep vardı. Dostluğumuzun kıymetini bilemediğimiz için çok sarhoş olduğumuz bir gece yatarak dostluğumuzun içine ettik. Yatak arkadaşı olmayı ise hiç beceremedik. Şimdi ben her türlü birlikteliğimizi sıfırlamak istiyorum."

"Ortaklığımızı bozarak mı? Beni ortada bırakarak mı?"

"Seni asla ortada bırakmayacağım. Senin koymuş olduğun sermayeyi ikiye katlayarak sana geri ödeyeceğim. İstersen yeni bir şirket kurarsın."

"Benim bir şirketim var."

"Pekâlâ. O zaman ben ayrılırım, başka bir şirket kurarım."

"Batarsın. Her ikimizi de besleyecek sayıda yazarımız ve okur kitlemiz yok."

"Yayıncılık yapmam şart değil, belki bir reklam ajansı kurarım ya da bir PR şirketi. Derya'yı da ona göre eğitirim mesela... Konu bu değil, konu hangi şartlarda ayrılacağımız. Bunu oturup konuşmamız lazım. Ben, sen ne istersen onu yapmaya hazırım."

"Ben ortaklığımızı sürdürmek istiyorum."

"İşte bu imkânsız Handan. Evlilikler nasıl çatlar bazen, yürütülemez hale gelir, en doğrusu boşanmaktır, bizim ortaklığımız da tam o noktada."

"Buna dün gece mi karar verdin?"

"Daha önce verdim ama dün geceki konuşmalar kararımı açıklamayı hızlandırdı."

"Ben iyi ev sahipliğinden öte ne yaptım sana dün gece İlhami? Bir hata mı yaptım?"

"Evet! Günahın kadar sevmediğin bir kadınla hiç alakan olmayan bir adamı evine davet ettin."

"Nihat'ı yılladır tanıyorum."

"Sadece iş dünyası içinde tanıyorsun. Düne kadar bir sosyalleşmeniz yoktu."

"Nasıl yoktu, onca kokteyl, davet, konferans..."

"Onları evine Jülide'nin Çin'de benimle birlikte olup olmadığını kolaçan edebilmek için çağırdın. Yemek boyunca sürekli Jülide'ye yazın nerelere gittiğini, hangi tarihlerde gittiğini, kimleri gördüğünü sordun. Yüreğinde bir gram fesat taşımayan Eda'nın bile dikkatini çekmiş sorgulama tarzın. Dün gece, ben peşimde bir hafiyeyle dolaşmaktan iyice bıkıp usandığımı anladım! Sabaha kadar düşündüm, bir karara vardım. Bu kararımdan dönmeyeceğim, bunu bil. Şimdi sen bir avukata mı danışırsın, kardeşinle mi görüşürsün, ne yapacaksan yap, bana istediğin formülü bildir. Ama şunu bil ki, biz bir yol ayırımındayız, ortak!"

Handan'ın yüzü bembeyaz olmuştu. Gözpınarlarında yaşlar titreşiyordu. Bana hiçbir şey söylemeden öylece oturuyordu koltukta. Endişelendim, "Bir şey ister misin?" diye sordum, "sana su, çay ya da kahve söyleyeyim mi?"

Başını hayır anlamına salladı. Bir on dakikaya yakın hiç konuşmadan karşılıklı oturmaya devam ettik. Benim içim de onunki kadar acıyordu. Elimle kurduğum, geliştirdiğim, başarıya ulaştırdığım şirketimi heba ediyordum. Sonunu göremediğim bir maceraya atılıyordum... Sonunu göremediğim ikinci maceraya atılıyordum aslında, hem de artık hiç de genç olmadığım bir yaşta, ellime yaklaşırken! Bu karara varırken geçirdiğim onca uykusuz gece, onca endişe ayrıca yıpratmıştı beni. Bu ayrılık, oğlumun ölümünden sonraki ikinci büyük darbe olacaktı hayatımda. İlki kadar keskin, derin, korkunç değildi ama duygusal hayatımın travmalarıyla cebelleşirken şirketimi dağıtmak, yeniden yapılanmaya gitmek hiç ihtiyacım olmayan bir şeydi kesinlikle! Şu anda benim de içimden ağlamak, bağırmak çağırmak geliyordu. Korkuyordum. Yüklenmekte olduğum sorumluluğun ağırlığı altında ezilmekten çok korkuyordum.

"Ben odama geçeyim," dedi sonunda Handan. Sesi korkunçtu. Kalktı, kapıya yürüdü, bir an durdu, "Hemen yarın bir yanıt beklemiyorsun herhalde? Dediğin gibi, avukatımla konuşmam, birilerine danışmam lazım. Zamana ihtiyacım var."

"Elbette."

Çıktı.

Midem bulanıyordu, odamdaki tuvalete koştum, tuvaletin kapağını kaldırıp öğürdüm. Rengim yemyeşil olmuştu. Aynanın yanındaki küçük duvar dolabını açtım, Allah Nadide'den razı olsun, bir koca şişe Rebul kolonyası... Avucuma serpiştirdim, kokladım, kokladım. Odaya dönüp sırtüstü uzandım kanepeye. Kulaklarım çınlıyor, başım dönüyordu. Tansiyonum mu düşmüştü acaba? Yoksa çıkmış mıydı? Boynuma halat gibi dolanan Handan, boynumdan çözülürken sağlığımı da birlikte mi götürüyordu? Şakaklarımda buz gibi ter... Ellerim, ayaklarım boşalıyordu. Nadide'nin telefonunu tuşladım. Açtı.

"Odama gel," dedim, "hemen!"

Bir an sonra Nadide başucumda duruyordu.

"Kimseye belli etme, hele Handan Hanım'a hiç belli etme, telaşa vermesin ortalığı... Bir tansiyon aleti bul, kendimi iyi hissetmiyorum."

"Şu yakınımızdaki klinikten bir doktor çağırayım mı?"

"Hayır, doktorluk bir durum yok..."

"O halde karşıki eczaneden bir tansiyon aleti alıp geleyim hemen."

"Koş! Kimseye bir şey söyleme!"

Nadide çıktı. Ne yapardım ben onsuz? Ayrılırken bana düşecek paya Nadide'yi mutlaka katmalıyım diye düşündüm. Az sonra yanımda haşır huşur tansiyon aletinin paketini yırtıyordu, sekreterim. Paketten çıkan el kitabını okudu, yüksük gibi bir şeyin içine işaretparmağımı sokturdu, ölçtü.

"On dokuza on bir ," dedi, "siz sakın kalkmayın, uzanadurun böyle, ben hemen geliyorum."

Birkaç dakika sonra elinde içine limon sıkılmış bir bardakla geldi.

"İçin efendim bunu. İyi ki Handan Hanım çayını limonlu içiyor da limon bulunduruyordum mutfakta. Son damlasına kadar için, limon iyi gelir yüksek tansiyona."

Uslu bir çocuk gibi söz dinledim, boğazımı yakan ekşi limonu yüzümü buruşturarak içtim.

"Ben şimdi kimse şüphelenmeden yerime döneyim, siz istirahat edin. Yarım saat sonra gelip tansiyonunuzu yine ölçeceğim, bakalım fark etmiş mi? Hâlâ yüksekse, siz şu kliniğe kadar gidiverirsiniz."

Nadide çıktı. Ben gözlerim kapalı yatarken, Handan'la olan konuşmamı aklıma getirmemeye gayret ettim. Olan olmuş, ok yaydan fırlamıştı. Şimdi bana düşen, sonucu beklemekti.

Nadide yarım saat sonra geldi, yazı masamın çekmecesine sakladığı aleti çıkardı yerinden, tansiyonumu yeniden ölçtü.

"On dörde dokuz! İyi, düşmüş biraz ama yine de yüksek sayılır. Neden fırladı böyle, bir şeye sinirlendiniz herhalde?"

Nadide gidince doğruldum, uzandığım kanepede dik oturdum. Hafifçe başım dönüyordu. Eda'ya telefon ettim, "Akşama program yaptınsa, iptal et," dedim, "kendimi iyi hissetmiyorum... Hemen telaşlanma, önemli bir şeyim yok, nezle oluyorum galiba."

Bu akşam kendi kendimle kalmak istiyordum. İç sesimi dinlemek, verdiğim kararın muhasebesini yapmak, ortaklığı bozarken başvuracağım avukatın kim olacağını saptamak ve galiba en çok da işleri bu noktaya getirdiğimden dolayı kendime lanet etmek için!

Akşam yemeğinde önüme bir tavuk çorbası koydu Eda.

"Soğuk algınlığına iyi gelir diye çorba yaptırdım sana ama nezleli bir halin yok," dedi.

"Daha iyiyim şimdi."

"Sana bir şey söyleyeceğim, şaşacaksın. Handan aradı bugün, hafta sonu bize katılmaktan vazgeçmiş."

Karımın yüzüne bakakaldım. Anlaşılan Handan kılıçlarını kuşanmakta hiç vakit kaybetmemişti.

"Ne bakıyorsun öyle, anlamadın galiba, hafta sonu bizimle Ada'ya gelmek için yırtınmıştı ya, dün gece vazgeçmiş."

"Neden?"

"Daha ilginç bir davet almış."

"Başka neler söyledi?"

"Gelmeyeceğini söyledi işte."

"Hepsi bu mu? Yani başka bir şey söylemedi mi?"

"Söyledi elbette, Handan bu! Ben de sizinle geliyorum diye Jülide'nin yüzü düşmüştü, gelmeyeceğimi ona haber ver de kıçına kına yaksın, dedi."

Hayret! Eda'ya yetiştirmemişti sabahki konuşmayı! Bir an karıma Handan'la aramızdaki son durumu söylemekle söylememek arasında kararsız kaldım. Gerçeği ondan saklamak, ileride beni zora sokabilirdi.

"Eda," dedim, "Derya gelmeden sana bir şey söylemeliyim, ben bugün Handan'a ortaklığımızı sona erdirmek istediğimi söyledim."

Bu sefer bakakalmak sırası Eda'nındı.

"Yapma!" dedi.

"Yaptım valla."

"Neden İlhami? Bu çok ciddi bir karar. İyice düşünseydin keşke."

"Onun bana ters gelen bir yapısı var. Mesela ben geçen akşam evinde çok rahatsız oldum. Böyle durumlar iş hayatımızda da oluyor. Karakterleri hiç benzemeyen insanların birliktelikleri kolay değil."

"İyi de, ne olacak şimdi?" diye sordu Eda.

"Henüz bilmiyorum. Belki yayınevini ona bırakır, yeni bir şirket kurarım. Derya'yı da ortak ederim, eğer isterse tabii, bir aile şirketimiz olur."

"İlahi İlhami, Derya'nın aklı fikri işte değil, Bora'yı tavlamakta."

"Bora'yla Nadide'yi bırakmayı düşünmüyorum. Yeni bir şirket kuracaksam, onlar benimle gelir."

"Bora, Handan'la kalmayı tercih ederse, kızına ilişkin hayal kırıklığı yaşamaya hazır ol."

"İkisi de asla beni bırakıp Handan'a gitmezler."

"Sen kimseye pek güvenme. Hem yazık değil mi onca emeğine, ne diye sen bırakacakmışsın kendi kurduğun yayınevini?"

"Pazarlığını yapacağız elbette. Eda, Handan sana madem bu konuda hiçbir şey söylemedi, sen hiçbir şey bilmiyormuş gibi davran, emi. Derya da bilmesin henüz. Şirket ayrılıklarının gerçekleşmesi zaman alır. Yanımızda çalışanlara durumu belli etmeyeceğim son dakikaya kadar."

"Ben ağzımı açmam. Hem bakarsın belki de vazgeçersiniz," dedi Eda.

"Yok! Ok yaydan çıktı."

"Hayırlısı neyse, o olsun," dedi ama ben karımın, Handan'la ortaklığımızın bozulmasını istemediği için, ona verdiğim sırrı hiç kimseye söylemeyeceğine emindim.

***

Handan'la konuştuğumuz günün ertesinde Handan işe gelmedi.

Nadide'den Handan'ın birkaç günlüğüne Ankara'ya gittiğini duyunca biliyormuş gibi yaptım. Oysa hiçbir şey bilmiyordum. Handan herhalde Anıtkabir'i ziyarete gitmemişti. Kendine bir avukat arıyor olmalıydı, üniversiteye Ankara'da gittiği için Ankaralı çok arkadaşı vardı. Belki Ankara'ya bile gitmemişti, evindeydi. Merak ediyordum ama onu aramak istemiyordum. Bana,

"Nerede olduğumdan sana ne?" dediği takdirde, verecek cevabım yoktu.

Yayınevinde sakin birkaç gün geçirdik, sonra Handan Ankara'dan döndü. Kapımda kedi tırmalamaları, "Girin," dedim, çoğu zaman yaptığı gibi, elinde biri benim için hazırlanmış, dumanı tüten iki kahveyle girdi odama, benimkini masama bırakıp kanepeye oturdu. Son derece bakımlıydı. Saçları belli ki kuaför elinden yeni çıkmıştı, kirpiklerine rimel, dudaklarına ruj sürmüştü.

"Ankara'daymışsın?"

"Dün gece döndüm," dedi.

"Hoş geldin."

"Doğrudur, hoş geldim. Birkaç eski arkadaşımı gördüm, iyi oldu. Yaslı gittim, şen geldim."

Her ikimiz de kahvelerimizi içtik hiç konuşmadan.

"Ankara'da bazı görüşmeler yaptım... Benim vekâlet vereceğim avukat yurtdışındaymış, onun dönmesini bekliyorum. Bu ayrılma işini birkaç ay geciktirsek senin için bir sorun olur mu?"

"Bak ne diyeceğim Handan, bir tarih saptayalım. Yılbaşı geçsin, senin avukatın dönsün, ocak ayının ilk haftasına ne dersin?"

"Olur."

"Anlaştık ort..." Ortak diyecekken dilimi ısırıp sustum.

"Söyle, söyle," dedi, "daha ocağa kadar ortağız nasılsa."

"Ocağa kadar halletmemiz gereken bir işimiz daha var: Şu Tayfun Kuzey'in ödemeleri... Diyorum ki, yazar madem Bora'nın arkadaşı, Bora üstlensin her şeyi, biz stopajı filan onun adına yatıralım, parayı onun hesabına çıkaralım, ikisi aralarında halletsinler."

"Temiz iş."

"Bizim açımızdan evet."

"Ama içeriğinden dolayı, ona ait olmayan bir kitapla Bora'nın başı derde girmesin ileride?" dedi Handan.

"Kitap nerdeyse dört aydır piyasada, gireceği varsa, girerdi."

"Biliyorsun, şimdilerde bahane ancak ayağa basılınca bulunuyor."

"Bora köşe yazarı mı? Kimin ayağına ne zaman basacak? Bir şey olmaz."

"Tamam öyleyse. Ben odama geçeyim, yeni çıkan kitapları inceleyeceğim. Ha bir de fuar yaklaşıyor, bir sürü teferruatla uğraşmak lazım şimdi... Fuar işlerini senin kızın üstüne yıkayım diyordum."

"İyi edersin. Madem her gün geliyor, bari bir işe yarasın," dedim.

Handan çıktı odamdan. Herhangi bir tatsızlık olmadan geçirdiğimiz yarım saatin ardından rahat bir nefes aldım. Bana öyle geldi ki, üç ay boyunca hiç sorun yaratmayacaktı Handan, ballı börek olacaktık, tartışmalarımızı unutacak, ayrılma işini zamana yayacaktık ve ben sonuçta ayrılmaktan vazgeçecektim. Bence Handan'ın düşüncesi böyleydi. Öyle veya böyle, ben en azından ocak ayına kadar huzuru satın almıştım kendime.

***

Kasım ayının başındaydık, havalar iyiden iyiye soğumuştu, Bora'nın işleri kitap fuarında kullanacağımız afişlerin hazırlıkları dolayısıyla ağırdı. Derya, Bora'yla birlikte çalışıyor olmaktan fazlasıyla mutluydu. Ben şafak sayıyor, sabırla ocak ayını bekliyordum. Handan en iyi davranışını sergiliyordu, muhasebe bölümüne uğradığı güne kadar.

O sabah, kara bulut gibi daldı odama, gözlerinden ateş fışkırarak, "Demin Sabri Bey'in yanındaydım, yurtdışında bir şirket kurulması söz konusu olmuş. Neden benim bundan haberim olmadı?" diye sordu.

Hiçbir şey anlamadan hayretle yüzüne baktım.

"Ne şirketi?"

"Bora Beyefendi'yle kurmayı düşündüğünüz şirket!"

Gülmeye başladım: "Haa! O mu?"

"Evet o!"

"Handan, şirket filan kurduğumuz yok, biz sadece Tayfun Kuzey'in ödemeleri nasıl yapılabilir diye fikir üretirken ihtimalleri sayıyorduk."

"Neden benden gizliydi bu toplantı?"

"Senden gizli değildi ki..."

"Ama bu yayınevinin dört duvarı arasında konuşmadınız bunu değil mi? Çıktınız, dışarda konuştunuz!"

"Şuradaki kebapçıya gittik."

"Benden gizli! Bana niye haber verilmedi?"

Küfretmemek için zor tuttum kendimi. Hayatımı ağzımdan fırlayan bir küfrün özrü yüzünden karartmamış mıydım? Sakin ol diye telkinde bulundum kendime, sakin ol, sakin ol!

"Sana haber verilmesi gereken bir şey değildi, belki de sen o gün yoktun bile burada."

"Ofis dışına çıkılıyor, bir şirket kurulması dahi konuşuluyor ve ben bunu tesadüfen öğreniyorum."

"Sabri Bey sana ne söyledi?"

"Gerektiği kadarını."

O anda Handan'ı kolundan çekeleyerek muhasebeye yürümek ve Sabri Bey'in karşısına dikilmek geldi içimden ama bunu yapmadım. Kim bilir yine neyi öğrenmek için adamcağızın ağzından laf almaya çalışırken bu çok gizli ve önemli olduğunu düşündüğü bilgiye ulaşmıştı.

"Biz kebapçıda bir öğlen yemeğinde, Tayfun'un telifinin kime nasıl ödeneceğini konuştuk ve parayı Bora'ya ödemeye karar verdik, hepsi bu! Bunu da sana bildirdim zaten. Bir paranoyak gibi davranmaktan vazgeç!"

"Sen de işleri benden gizlemekten vazgeç."

"Ocak ayına kadar tuvalete giderken dahi seni haberdar edeceğim," dedim.

Duymazlığa geldi, kapıyı çarparak çıktı gitti. Sinirim yatıştıktan sonra Sabri Bey'i odama çağırdım.

"Handan Hanım'a ne anlattınız Tayfun Kuzey telifiyle ilgili?" diye sordum.

"Ben bir şey anlatmadım. O kendisi sordu, ödemeyi bu şekilde yapmak doğru mu diye, ben de bu işi bir öğle yemeği boyunca uzun uzadıya konuştuğumuzu hatta sizin bir şirket kurmayı dahi aklınızdan geçirdiğinizi ama en iyi çözümün bu olduğunu söyledim. Vaz mı geçtiniz yoksa bu çözümden İlhami Bey?"

"Yok, vazgeçmedim. Sizi rahatsız ettim, özür dilerim," dedim, "yerinize dönebilirsiniz."

Sabri Bey odadan çıkınca çocukluk arkadaşım Avukat Cemil'i aradım cebinden, meşgul çıktı. Bugün ona mutlaka ulaşmalıydım. Nadide'ye yazıhane ve cep numaralarını verip her ikisini de bulana kadar aramasını rica ettim, sonra Bora'ya mesaj attım: **Bu gece spora girmeyi düşünüyorum, kaçta çıkacaksın, bekleyeyim mi?** Yanıt hemen geldi: **Bugün geç çıkacağım, bitirmek gereken iş var elimde. Yarın?"**

Canım sıkıldı, ne işiydi bu? Bir ara arka tarafa gidip bu çok acil işi öğrenmeliydim. Çok kızgın ya da çok kırgın olduğu birkaç sefer hariç, Bora hiç ret etmemişti beni. Masa telefonum çaldı, Cemil'dir diye açtım ki Handan!

"Özür dilerim İlhami, aşırı tepki verdim, bir daha asla olmayacak," diyordu.

İçimden, asla değil, sadece ocağa kadar, çünkü sonrası yok diye geçirdim ama Handan'a "Tamam, önemli değil, unut gitsin," dedim. Aklım Bora'nın geç saate sarkacak işindeydi.

Biraz sonra, fuarda kullanacağımız afişleri görme bahanesiyle arka tarafa geçtim. Beni görünce Derya yerinden fırlayıp yanıma geldi, "Baba, süper bir şey hazırladık, fikir benimdi ama her şeyi Bora yaptı. Sana şimdi gösteremeyiz! Sürpriz yapacağız," dedi.

"Neymiş o? Çok merak ettim."

"Fuarda göreceksin zaten."

"Şimdi görmek istiyorum."

"Keşke hiç ağzımı açmasaydım! Görürsen sürprizi kalmaz ki!"

"Ya beğenmezsem? Önceden görmeliyim."

"Handan Hanım gördü (diğer çalışanların yanında Handi demeyişini taktir ettim kızımın), çok beğendi. Hem henüz hazır değil, Bora hâlâ üstünde çalışıyor. Zar zor yetişecek zaten."

Demek bana yalan söylememişti Bora. İçim biraz rahat etmiş olarak Handan'ın odasına gittim, kapıyı tıkladım: "Girebilir miyim?"

"Aaa, bu onuru neye borçluyum?" dedi kapıyı bizzat açan Handan, "Sen uğrar mıydın buraya?"

"Abartma Handan," dedim içeri girerken, "Benim kızla Bora ne hazırlıyorlar Allah aşkına?"

"Anlamadım?"

"Fuar için... bir şey varmış, bana sürpriz?"

"Haa, o mu! Işıklı bir pano yapıyor Bora, seninkinin fikriymiş."

"Sen gördün mü? Abuk sabuk bir şey olmasın da..."

"Merak etme, güzel oluyor. Ben eskizlerini gördüm, beğendim. Onlara çaktırmadan dosyayı isteteyim, sen de bak."

Keyfim yerine gelmişti, "Yok, madem sen beğendin, benim görmeme gerek yok."

"Gelmişken bir kahvemi iç."

"Peki," dedim, "ama bir saniye izin ver, bir mesaj atmam lazım."

Bora'nın telefonunu tuşladım: **Yarın akşam tamamdır.**

Kahvemi içerken bu kez benim telefonum çaldı, açtım, Cemil, "Selam İlhami, beni aramışsın," diyordu.

"Seni yarım saat içinde tekrar arayacağım," dedim, "şu anda meşgulüm."

Handan'la göz göze geldik, gözlerini yere indirirken kulaklarını dikti. Kim bilir kim sanmıştı.

"Konuşsaydın. Önemli bir şey miydi?"

"Evet ama acelesi yok," dedim Handan'a. Telefonu kapatıp cebime koydum. Kahvemden bir yudum aldım. Cemil'in telefonundan öncesindeki dostane havadan eser kalmamış, yine kuşku sinmişti odaya. Kahvemi aceleyle içtim.

"Kapat da falına bakayım," dedi Handan.

"Falım belli. Ayrılık görünüyor," dedim ayağa kalkarken.

"Hayırlısı neyse, öyle olsun."

Az önceki ışığı sönmüştü ortağımın. Ruju silinmiş, rimelleri akmış gibi geldi. Epey kilo vermiş olduğunu fark ettim. Masasının ardında, yüzünde anlamsız bir Madonna gülüşüyle bana bakıyordu. Ağlar gibi çarpık bir gülümseme dudağının ucunda... Ben ne yapmıştım bu kadına? Darmaduman etmiştim hayatını. İçim sızladı, bir suçluluk duygusu yoklar gibi oldu vicdanımı. Hayra alamet değildi bu!

TEK YÖN

usulca okşayıp akşamlarınızı
sesimi bırakıp gidiyordum
*duymuyordunuz.**

Bora bana yine Çin yemekleri hazırlamıştı ama bu kez ne üzerine ipek ceketi giymişti ne de yemekleri kendi yapmıştı. Evinin yakınındaki küçük Çin lokantasından karton kutular içinde aldığı birkaç çeşit yemeği sıralamıştı geniş sehpanın üzerine.

"Sevdin sen bu Çin mutfağını," dedim.

"Sevdiğimden değil, kolaylığından. Lokanta hem yakın hem de eve getiriyorlar. Ben Balık Pazarı'na gitmiyorum ya ne zamandır, işime yarıyor. Zaten çarşı pazar gezmeye vakit yok bu aralar."

"Fuar geçsin, işler hafifler."

"Sadece fuar yüzünden değil, kitap yazıyorum, İlhami."

"Bayağı ciddiye aldın sen bu işi. "

"Fena para kazandırmadı ilk kitabım."

"Her kitap aynı başarıyı elde edemeyebilir."

"Yüreklendirmene teşekkürler."

---

* Tekin Gönenç.

"Sonra düş kırıklığına uğrama diye söyledim. Bana okutsana yazdıklarını."

"Henüz olmaz."

"O halde bitince okurum."

"Daha bitmesine çok var ama bil ki bu da çok satacak."

"Zengin oluyoruz yani!"

"İnşallah!"

"Handan'ın yerine seni ortak yapayım bari."

"Gerçekten çok para kazanırsam, hiç çalışmam, sadece yazarım Orhan Pamuk gibi."

Gözünü diktiği yer yüksekti. Hayalleri olan bir adamdı Bora, bana benzemiyordu. Elimi uzatıp artık iyice gürleşmeye başlamış olan sakalını okşadım.

"Biliyor musun, hayatta en nefret ettiğim şeydi sakal. Sakallı adam görünce kaçacak delik arardım bir zamanlar. Şu başıma gelene bak şimdi!"

"Ama görünüşünü o kadar değiştirdi ki, sakalın sayesinde Balık Pazarı'na dahi gidebilirsin."

Yüzünü okşayan elimi tuttu, avucumu öptü. Elimi çektim, "Bora, demin ciddiydim. Önümüzdeki yıl yeni bir yapılanmaya gideceğim. Kuracağım şirkete seni de ortak etmeyi düşünüyorum," dedim.

"Ben ticaretten anlamam ki! Ben sanat adamıyım."

"Sen yaratıcı bölümün başında olursun."

"Kitaptan kazandığım parayı şirkete mi yatırmamı istiyorsun?"

Henüz hesabına bile geçmemiş olan parasından ayrılmak istemediği belliydi. Güldüm, "Paranı isteyen yok," dedim, "sana yüzde on gibi küçük bir hisse vereceğim. Bir aile şirketi olacak bu seferki. Derya, belki Eda..."

Mutfakta bıraktığı telefonu çalmaya başlayınca kalktı, mutfağa yürüdü ve telefonu açmadan hemen geri geldi.

"Kimdi?"

"Derya. Herhalde hazırladığımız panoyla ilgili konuşacaktı."
"Niye konuşmadın?"
"Uzun sürer şimdi. Yarın konuşuruz yayınevinde."

Paranoyak olmakla suçladığım Handan'dan hiç farkım yoktu benim. Eve döner dönmez, kızımın telefonuna hangi bahaneyle bakacağımı düşünüyordum Bora'yı arayıp aramadığını görebilmek için. İçimden bir ses, telefonun başkasından geldiğini söylüyordu. Çok sinsi, çok tehlikeli bir sesti bu. Bazen beni uykumdan uyandırıyordu. Bazen araba kullanırken fısıldamaya başlıyordu kulağıma. Bu şüpheler Hüsam olayından sonra başlamıştı bende ve her geçen gün artıyordu.

"Ben yavaştan kalkayım," dedim, "bugün yorgunum biraz. Erken yatmak istiyorum."

Bora'nın sitem etmesini, henüz erken demesini boşuna bekledim.

"Nasıl istersen," dedi sadece.

"Bir kahveni içeyim gitmeden."

Mutfağa uçtu adeta. Az sonra elinde kahveyle geldi.

"Kendine yapmadın mı?"

"Canım çekmedi."

Ben kahvemi içerken, yemek yediğimiz sehpanın üzerindeki tabak çanağı sanki acelesi varmış gibi mutfağa taşıdı. Kahveyi bitirince kalktım, kapının önünde sarıldım Bora'ya.

"Bunu saymıyorum," dedim.

"Ben de," dedi. Öpüştük. Merdivenleri inene kadar bekledi kapısını kapatmadan önce. Arabama yürüdüm, çalıştırdım arabayı, bir arka sokakta bulduğum park yerine bıraktım, geri geldim, Bora'nın apartmanının karşısındaki evlerden birkaçının kapısını açmaya çalıştım, kilitliydiler. Açık bulduğum bir apartman girişinde mevzilenip bekledim. Bora'nın oturma odasının ışığı söndü. Bir on beş dakika daha bekleyip evime dönecektim ama içimdeki sinsi ses beni yanıltmamıştı. On dakika sonra Bora apartman kapısından çıktı, yokuş yukarı yürümeye başladı. Karşı kaldırımda kalarak onu takip ettim. Kestirme sokakları kullanarak Sıraselviler'e çıkıp Taksim'e doğru yürümeye devam etti. Bir gece kulübünün önünde duraladı, saatine baktı ve başını arkaya çevirdi. Önümde duran arabanın yanında eğilerek hedef küçülttüm, yerde bir şey arar gibi yaptım. Doğrulduğumda yoktu. Karşı kaldırıma geçtim, önünde durup saatine baktığı kapının üzerindeki levhayı okudum. Tek Yön! Tek Yön, tek ihtimaldi. Buharlaşamayacağına göre, adı Tek Yön olan bu kulübe girmişti. Kapıya yaklaştım, iriyarı bir koruma, nazik olmaya çalışarak, "Üye misiniz?" diye sordu.

"Değilim ama giremez miyim?"

"Buranın nasıl bir kulüp olduğunu biliyor musunuz?"

"Evet."

"Daha önce geldiniz mi?"

"İlk defa geliyorum, içeride bir arkadaşla buluşacağım. O benden az evvel geldi."

"Buyurun, girin o halde," dedi adam.

Merdivenlerden indim, nerdeyse göz gözü göremeyecek kadar karanlık bir gece kulübünde, barın önüne yığılmış insanları gördüm. İçerdekilerin hepsi erkekti. Merdivenlerin dibinde iki erkek sarmaş dolaştılar. Birkaç genç adam, ellerinde içki bardakları, müziğe uyarak dans eder gibi sallanıyorlardı. Gözlerim karanlığa alışınca Bora'yı aradım kalabalığın içinde. Önce göremedim, masalarda oturmuyordu, barın önünde de değildi... Uzun saçlı biri eğildi, masada oturan başka biriyle öpüştü; garson elindeki tepsiyi başının üzerinde tutarak kimseye çarpmadan ilerlemeye çalışıyordu... Ah oradaydı işte, bahçeye giden yolun sonunda, sırtını duvara dayamış, biriyle konuşuyordu. Konuştuğu kişinin arkası bana dönüktü ama o karanlıkta bile boyunu ve yapısını seçebiliyordum. Bora'dan az daha kısa... zayıf... Hüsam olmasın? Kolunu Bora'nın omuzunun üzerinden uzatarak elini duvara yasladı. Diğer kolunu da uzatacak olsa, çemberine alacaktı Bora'yı. İyice karanlıkta kaldıkları için Bora'nın yüz ifadesini göremiyordum ama bir şeyler anlattığının farkındaydım? Bora'nın uzaklaşmak ister gibi biraz yana kaydığını mı gördüm, bana mı öyle geldi? Aramıza kalabalık bir grup girdi, göremez oldum onları.

"Ne içersiniz?"

"Ha?" Nerdeyse sıçrayarak döndüm, bir garson ne içeceğimi soruyordu. Bir viski ısmarlamak üzereydim ki, tanıdığıma emin olduğum birini gördüm barın önünde. Adını heyecandan o anda çıkaramıyordum ama sık gördüğüm bir yüzdü... Kimdi? Kimdi?.. Aman Allahım, olamaz! O-la-maz! Ama oydu işte! Kesin oydu! Şu ünlü, yakışıklı işadamı; Nihat'ın reklamlarını yaptığı, finans kuruluşlarından birinin sahibi, kaç kere birlikte olduk Nihatlarda, hem de karılarımızla beraber... Adı neydi, adı? Hatırladım, Zeki Osman Devecioğlu! Nihat'ın, yüzüne karşı Zeki Osman Bey, arkasından Zekos dediği müşterisi hatta dostu. Golf oynarlardı hafta sonları. Geçenlerde Zekos'a yeni bir kampanya hazırladığından bahsediyordu, "Köşe oldun yine," diye takılmıştım.

Gay barda benim onu gördüğümü bilse ne yapardı acaba Zekos? Ya o beni görecek olsa, ben ne yapardım? Utanır mıydım? Burada oluşuma bahaneler mi bulmaya çalışırdım, yoksa boş mu verirdim?

"Karar verdiniz mi?" diye sordu garson.

"Birine bakmıştım, çıkıyorum," dedim. Bar birdenbire kalabalıklaşmış gibi geldi. Kalabalığı yararak kapıya doğru gitmeye çalıştım, Zeki Osman beni görmeden, burada tanıdığım başkaları da varsa eğer, onlar da görmeden, Bora hiç görmeden çünkü onu takip ettiğimi öğrenirse, beni asla affetmezdi. Zaten o da konuştuğu kişiyle birlikte yok olmuştu. Tuvalete mi gitmişti acaba? Bir an için tuvalete kadar gidip içeri bakmak geçti aklımdan ama hemen vazgeçtim. Merdivenleri ikişer üçer atlayarak çıktım, gürültülü, ışıklı caddede bulunca kendimi rahat bir nefes aldım. Hafiften yağmur atıştırıyordu. Hayat kadınları, travestiler tek tük dökülmeye başlamışlardı köşe başlarına, gözlerimi davetkâr bakışlarından kaçırmaya çalışarak, hızlı adımlarla, arabamı park ettiğim sokağa gitmek üzere yürüdüm yine kestirme yolları kullanarak.

Nasıl yapacağımı bilmiyordum ama en kısa zamanda mutlaka yüzleşmeliydim Bora'yla. Mesela yarın!

Ya kendimle yüzleşmem? Onu ne zaman yapacaktım? Hayatımı uğruna bir başka yöne akıtmayı göze aldığım genç adamın kim olduğunu hâlâ bilmiyordum. Tam adını dahi bilmiyordum. Onun gündüzlerine ve haftada en fazla iki gecesine sahip olduğumu zannediyordum bu akşama kadar. Meğer Bora'nın benim dışımda, benden ayrı bir hayatı, hiç bilmediğim, benden sakladığı bir yaşantısı, gece gündemi varmış! Söyleyecek sözüm de yoktu, yakındığım takdirde bana vereceği yanıtı adım gibi biliyordum; senin de bir hayatın var, diyecekti, karın, ailen, dostların... Haklı değildi! Benim hayatım, onun bilgisinin dışında akmıyordu, ben ondan ayrıldıktan sonra gittiğim adresi saklamıyordum ki Bora'dan!

"Bir sigaranız var mı?" Yolumu kesenin kalınca sesli bir hayat kadını olduğunu sanarak başımı kaldırdım. Sokak lambasının yanında, kaşlarının cımbızla inceltildiği belli olan, esmer bir genç duruyordu.

İçimden Bora'dan intikam almak geçti. Bir anda, hızla geldi geçti bu istek. Sakın ha, dedim kendime.

"Yok."

"Tek Yön'den mi çıktınız?"

Yanıtlamadım ama uzaklaşırken, para versem mi diye düşündüm, alır mıydı acaba parayı, karşılığını vermeden? Yakamı kurtarabilir miydim, para verdiğim takdirde? Bora, üniversiteye kapağı atamasaydı, resme yeteneği olmasaydı, bu genç çocuğun sırtını dayadığı sokak lambası, onun da mekânı olacaktı belki. İçim sızladı. Adımlarımı hızlandırdım, koşar adım yürüdüm arabama varana kadar.

Evime, caddenin karşı tarafını kazmaya başladıkları için mecburen Dolmabahçe'ye inerek, bana açık tek yön üzerinden gittim. Artık yönümü ben değil, olaylar tayin etmeye başlamıştı ve bu akşamki yol çalışması, sanki iplerimin elimden alınıp beni aşan bir güce verilmiş olduğunun ilk işareti gibiydi.

***

Ertesi sabah Avukat Cemil'le randevum vardı. Onun Karaköy'deki bürosunda buluştuk. Her tarafta içi dosya dolu kutu yığınlarını görünce şaşırdım.

"Dağınıklığın kusuruna bakma," dedi arkadaşım, "malum, adliye yeni yerine taşınınca burası çok sapa kaldı, biz de taşınıyoruz. Şişli'de bir büro tuttum."

"Bana daha yakın geliyorsun, sevindim. Ara sıra öğle yemeklerinde buluşuruz."

"Tebdili mekânda bereket vardır derler ya, aynen öyle, İlhami. Başta çok üzgündüm alıştığım yerden ayrılacağım için ama her geçen gün bir iyi neden daha çıkıyor. Bak seninle de daha sık görüşebileceğiz."

"Cemil, ben de aynı duygular içinde, ortağımdan ayrılmak istiyorum. Ferahlamak, yenilenmek, kısır döngüden kurtulmak için. Seninle bunu konuşmaya geldim."

Cemil'le bütün sabahı Handan'dan ayrılabilme taktiklerini konuşarak geçirdik. Öğle yemeğini Karaköy Balıkçısı'nda yedikten sonra tekrar ofisine döndük. Saat dörde gelirken elimde Handan'ın itiraz etmeyeceğini umduğum birkaç teklif vardı. Aklı varsa onlardan birini hemen kabul ederdi çünkü benim değil, onun tüm çıkarları düşünülerek hazırlanmıştı. Onu asla mağdur etmek istemiyordum.

"Ben en kısa zamanda bu notları güzel bir dosyaya dönüştüreceğim," dedi Cemil, "Handan Hanım'a sunarsın."

"Bak ne diyeceğim, sunumu sen yap. O şu anda bana tepkili. Ben sizi tanıştırayım, sonra çekileyim aranızdan, sen dosyayı göster, sorularını yanıtla, içi rahat etsin, alsın dosyayı avukatına göstersin."

"Haftaya bir gün vereyim gelin... Yok yahu kadını bu derbederliğin içine sokmayalım, ben geleyim yayınevine."

"Daha iyi bir fikrim var. Handan dışarıda iş konuşmaları yapmaktan hoşlanır. Mesai saati bitince dışarda buluşalım, ne dersin? Daha sıcak bir hava olur."

"Ulaşımı kolay bir yer seç," dedi Cemil, "metroyla gelebileyim."

"Kanyon'da hoş yerler var. Saat altı sularında kalabalık da olmaz oraları. D&R'da buluşalım, nereye gidip oturacağımıza orada karar veririz."

Cemil'in bürosundan çıktığımda trafik başlamıştı. Taksiye binmek ve trafiğe takılmak yerine, yayınevine onun her gün yaptığı gibi vatandaş usulü gitmeye karar verdim. Önce hızlı tramvay, sonra finiküler ve metro, beni bir buçuk saatte zor varacağım yere yirmi beş dakikada ulaştırıverdi, üstelik bir de hayat dersi vererek! İş yorgunu insanların evlerine dönüş yaptıkları şu saatlerde araçların içi tıklım tıkıştı. Bezgin yüzleriyle, çökmüş omuzlarıyla hayata tutunmaya çalışan alt orta sınıfla omuz omuza, yürüyen merdivenlerde yeryüzüne doğru yükselirken, her Allah'ın günü bu eziyeti yaşamak zorunda olmadığıma şükrettim. Tüm sıkıntılarıma rağmen, Allah'ın şanslı kullarından sayılırdım.

Metrodan çıkınca yayınevine yürüdüm. Saat altıyı geçiyordu, Nadide'den başka kimse kalmamıştı ofiste.

"Hayrola," dedim, "erken kaçmışlar."

"Patronlar olmayınca işleri erken bitti," dedi Nadide.

"Handan Hanım yok muydu?"

"Öğlen çıktı, dönmedi. Ben birlikteydiniz sanıyordum." Tek kaşımın havaya kalktığını görünce, "Bir toplantıda filan..." diye düzeltti.

"Bora ne zaman çıktı?"

"Az önce."

"Eh, senle ben de evlerimize dönelim, şu halde," dedim.

Odama girmeye gerek görmeden çıktım yayınevinden, metroya doğru hızlı adımlarla yürümeye başladım. Bora evine gitmek için Taksim'e kadar metroya biner, oradan evine yürürdü. Belki onu metroya binerken yakalayabilirdim. İyice hızlandım. Metro'ya yaklaşırken fikir değiştirmiş, onunla bugün konuşmanın hata olacağını düşünmeye başlamıştım. Konuşma sırasında öfkemin köpürmemesi için araya bir günün daha girmesi iyi olacaktı. Metronun kapısından geri dönüp bu kez telaş etmeden evime yürüdüm.

Derya salonda oturmuş, televizyon seyrediyordu.

"Baba neredeydin bütün gün?" diye sordu.

"Dışarda toplantım vardı."

"Bizim yayınevi Birleşmiş Milletler'e döndü. Sürekli toplantı halinde. Handi'nin de toplantısı varmış, o da yoktu meydanda. Oysa ona bir şey danışacaktım."

"Bana danış, kızım."

"Olmaz. Kadınca bir şey."

"Annene danış eve gelince."

"Annemden anaç yaklaşımlar istemiyorum."

"Annenle Handan'ın arasında çok yaş farkı yok."

"Konu yaş değil, kadın erkek ilişkilerine bakış. Şimdi anneme söylesem yapmak istediğimi, yok gururdu, yok hasiyetti, yok şeydi...

"Söylemek istediğin o kelime, hasiyet değil, haysiyet.."

"İşte gördün mü bak, sizin sözlerinize dilim bile dönmüyor. Handi halimden sizden daha iyi anlıyor."

"Ama senin iyiliğini bizim kadar düşünmüyor. Düşünemez."

"Ben iyiliğimin peşinde değil, âşık olduğum kişinin peşindeyim. Onu keşfetmeye çalışırken Handi bana yol gösteriyor."

"Kılavuzu karga olanın burnu şeyden çıkmaz derler, Derya. Handan'ın aşk konusunda kendine yararı dokunamamış, sana mı yol gösterecek?"

"Ay babişko, baydın beni, odama geçiyorum ben," dedi Derya. Televizyonu, dinlediği abuk sabuk şarkıların kanalında açık bırakıp içeri gitti. Uzaktan kumandayla sessize aldım sesini, Handan'la konuşmak için cep telefonumu arandım. Onu Cemil'le bir an önce buluşturmak istiyordum. Ortağımın kısa zamanda hayatımızdan çıkması, sadece benim için değil, kızım için de hayırlı olacaktı. Kim bilir ne akıllar veriyordu Derya'ya Bora'yla ilgili.

Ertesi sabah erkenden yayınevindeydim. Koridorun başında durup Bora'nın odasına doğru seslendim: "Bora, fuarla ilgili tüm çalışmaları alıp odama gelir misin lütfen."

"Siz zahmet etmeseydiniz, ben yollardım Bora Bey'i size, " dedi Nadide.

Anlamlı bir bakış attım elinde bilgisayarıyla odama girmekte olan Bora'ya.

"Sen bize iki acı kahve yolla. Geceden kalanlarımızın kafası açılsın!"

Odaya girdik, kapıyı kapadım.

"Otur şuraya Bora!"

"Tek bir şey hariç, hepsini göstereceğim," dedi Bora, oturdu, bilgisayarını açtı, "Onu da, Derya'nın isteği üzerine yılın sürprizi olarak fuarda göreceksiniz."

"Bana yılın sürprizini göstermiş bulunuyorsun, Bora!"

"Anlamadım, neymiş bu?"

"Bu, senin geçen akşam benden sonra bir gey kulüpte biriyle buluşman."

"Beni takip mi ettin İlhami?"

"Elbette etmedim. Senin bizimle çalıştığını bilen ve o gece orada bulunan biri ağzından kaçırdı."

Bora kıpkırmızı oldu. Gözlerini yere indirdi ve bana bakmadan sordu: "Senin gey barlara giden dostların mı var?"

"Neden olmasın? O barlarda yukarı doğru yaş sınırlaması yok ki!"

"Bana oralara gittiğini mi söylüyorsun yani?"

"Soruları ben soruyorum bu sabah. Kimdi o görüştüğün adam?"

Bir an düşündü, sonra yavaş bir sesle, "Evet senden sonra gittim bir bara," dedi.

"Onu zaten biliyorum Bora. Sen bana kiminle buluştuğunu söyle."

"Tanımazsın ki! Adı ne fark eder?"

"Söyle."

"Ama İlhami, sen de akşamları karınla birlikte sağa sola gidiyorsun. Ben hesap soruyor muyum?"

Ayakta duruyordum, sağ elimin işaretparmağını farkına bile varmadan tehdit eder gibi uzatmıştım Bora'ya doğru, kapıda bir tıkırtı duyunca hemen yanına oturdum Bora'nın, ekrana bakar gibi yaparken, "girin," dedim. Hanifanım tepsideki kahvelerimizle girdi, fincanları önümüzdeki sehpaya bıraktı.

"Kapıyı kapar mısınız çıkarken."

Kapı kapanınca yine ayakta buldum kendimi.

"Ben hesap soruyorum Bora ve sen bu hesabı vereceksin bana. Ayakta durup uzun uzun konuştuğun o adam kimdi?"

"Ayakta? Vay be! Amma da gammazlamış, kimse o."

"O sadece, 'sizde çalışan çocuk var ya, dün akşam filanca barda, ayakta uzun uzadıya biriyle konuşuyordu. Meğer geymiş, haberin var mıydı?' dedi. O çocuk sensin, Bora. Diğeri kim, ben bunu bilmek istiyorum."

Bora bir süre suskun durdu, sonra, "İlhami, sana söylemek istemedim çünkü telaşlanacağını biliyordum... Şeydi işte, Hüsam'dı. Kebapçıdan çıkışta takip etmiş beni... Sinemaya girdim demiştim ya, karanlıkta gelip yanıma oturmaz mı! Mecburen ara sıra görüşmek zorunda kalıyorum."

"Ne biliyor? Ne kadar biliyor?"

"Adımı değiştirdiğimi bilmiyor. Yurtdışına gidiyorum demiştim babama yazdığım mektupta, gitmediğimi öğrendi işte."

"Ne istiyor?"

"Ne isteyecek... Para!"

"Verdin mi?"

"Vermedim."

"Sakın verme! Sonra sonu gelmez. Bir de adını değiştirdiğini öğrenirse, maazallah... Onu zararsız hale getirmenin bir yolunu bulmalıyız, Bora."

"Dostça davranmak, bir yol bence."

"Yurtdışına gitmek istemez mi? Onu Almanya'ya postalamanın yolunu bulmalı."

"O da bir fikir," dedi Bora.

Kapıda tıkırtılar... "Gel Handan," diye seslendim.

Handan içeri girdi, "Aaa, sen de mi buradaydın Bora?" dedi, "N'apıyorsunuz öyle burun buruna oturmuş?"

"Fuarda kullanacağımız panoları, afişleri gösteriyordum İlhami Bey'e."

"Handan, ben de seninle konuşmak istiyordum, iyi ki geldin," dedim, "Bora'yla işimiz bitmişti, gel otur."

"Anladım zaten, dün beni aramışsın birkaç kere..."

Bora bilgisayarını toparlayıp kalktı. O çıkınca Handan'a döndüm: "Kahve içer misin?"

"Hayır. Ne konuşacaktın benimle?"

"Ben geçen gün avukatıma gittim. Senin hoşuna gidecek birkaç teklif hazırladı, bu akşamüstü işin yoksa, bir içki içelim..."

"Avukatın kim? Hulki Bey mi?"

"Cemil Sancaktar."

"Şu senin mahalle arkadaşın mı, hani ilkokulu beraber okuduğunuz? Buraya da geldiydi birkaç kere, değil mi?"

"Ta kendisi."

"Şirket avukatı mıdır o?"

"Benim güvendiğim biridir."

"İyi! Pekâlâ! Madem ocak ayını bekleyemedin, içelim bakalım içkimizi. Ben de kendi avukatımı getireyim o halde."

"Senin avukatınla buluşma, bir sonraki adım olsun. Önce Cemil, sen ve ben konuşalım hatta seni Cemil'le baş başa bırakayım, sen soruların varsa sor, sonra dosyayı götürürsün avukatına, inceler. İstersen, onunla son toplantıyı da ocak ayında yaparız."

"Acelemiz ne, değil mi ya?" dedi Handan.

"Aynen, "dedim.

"O zaman biz Cemil'le bu içkiyi haftaya bugün içelim."

"Bugün, yarın, öbür gün hep dolu musun?"

"Bu hafta olmaz. İşlerim var."

Zaman kazanmak istiyordu, ne işe yarayacaksa.

"Pekâlâ, haftaya bugün," dedim, "Cemil'e haber vereceğim. Saat yedi gibi buluşuruz Kanyon'da. Sen ne diyecektin bana?"

"Şu yeni başlayan filme bilet alacaktım pazar gününe... Eda'yla sana sorayım dedim, hani eskisi gibi birlikte gidelim mi diye?"

"Ben varım, program için sen Eda'yla konuş."

"Başka bir şey yoksa, odama geçeyim ben."

Handan kırmızı elbisesinin eteğini savurarak ayağa kalktı, çıktı kapıdan. Arkasında kesif bir yasemin kokusu bıraktı. Ben cep telefonumu çıkarıp Bora'ya mesaj çektim: **Lafımız yarım kaldı, akşama buluşalım.**

Yanıt hemen geldi: **O halde birlikte çıkalım yayınevinden.**

Mesajı silip karımı tuşladım, "Edoş, ben bu akşam spora gideceğim," dedim, "boynum tutulmuş, masaj yaptıracağım."

"Hep söylüyorum boynuna bir atkı sar diye ama dinlemiyorsun ki lafımı," dedi.

Akşamüstü yayınevinden çıkmadan önce Bora'nın oturduğu bölüme yürüdüm, "Bora, ben bugün yine Taksim tarafına spora gidiyorum," diye seslendim kapısının önünde, "sen de çıkmak üzereysen, seni Taksim'e bırakayım mı?" Böyle yaparak diğer çalışanlara Bora ile birlikte arabada görünmemizin nedenini açık ediyordum aklım sıra.

"Teşekkür ederim İlhami Bey, bilgisayarı kapatmak biraz zaman alıyor, bekletmeyeyim sizi," dedi Bora.

"On dakika beklerim."

"Sağ olun. Yağmur geliyor galiba, makbule geçecek."

Ön tarafta Nadide'nin masasının başında dikilmiş Bora'yı beklerken Handan odasından çıktı, "Çıkıyor muydun? diye sordu.

"Evet."

"Haydi gel birlikte inelim."

"Bora'yı bekliyorum ben."

"Bakıyorum da siz ikiniz iyice kanka oldunuz!"

"Hazır spora gidiyorken onu Taksim Meydanı'nda bırakacağım."

"Yahu İlhami, ne zamandır söyleyeceğim, unutuyorum, iki sokak arkada yeni bir spor salonu açılmış. Broşür yollamışlardı, gittim baktım, aletleri filan gıcır gıcır. Oraya gitsene, ta Taksim'e kadar eziyet çekilir mi bu trafikte?"

Bora hazırlanmış, yanımıza geldi, "Olur, gidip bakarım," dedim Handan'a, "Sen de o tarafa gidiyorsan, buyur."

"Ben evime gidiyorum, mersi."

Üçümüz birlikte indik merdivenleri. Ayrılırken Handan Bora'ya, "Yakıştı bu sakal sana," dedi, "siyasi ortama da uydu. Haydi iyisin, iyisin!"

***

Bora'nın evinde son derece huzursuzdum. Divana oturup kalkıyor, yerde duran yastıklara ilişiyor, sonra yine kalkıp ayakta dolanıyordum. Hüsam'ın varlığı kadar, Bora'nın gecelerini gey barlarda geçiriyor olması da tedirgin etmişti beni.

Ben ne onulmaz bir aptaldım! Bora'nın özgürlüğünü haftada birkaç akşamlık kaçamaklarla abluka altına alamayacağımı nasıl da akıl edememiştim. Yirmili yaşlarını süren bir genç erkeğin her gece televizyon seyredip, gece yarısından önce yatıp uyumasını mı beklemiştim? Buluştuğumuz akşamlarda bile, ben onu saat on bire dahi gelmeden terk edip evime dönmüyor muydum? Kime, niye kızıyordum ben? Gerginliğimi hisseden Bora, "Sana bir içki vereyim de sakinleş," dedi.

"Soğuk şarabın var mı?"

"Olmaz mı? Buzdolabına Narinceleri kim istifledi, eliyle?"

Ona getirdiğim şaraplardan bir tane açmak için mutfağa geçtiğinde, gözüm sehpaya bıraktığı dizüstü bilgisayarına takıldı, usulca kapağını kaldırdım. Beni beklerken yazıyordu herhalde, açıktı bilgisayar. Ekrandaki dosyaların arasında, **Zifiri Karanlıktaki Işık** adını gördüm. Mutfağa göz attım, Bora şişeyle cebelleşiyordu mantarı açmak için. Ben o dosyayı açabilir miydim acaba, o gelmeden? Açardım ama iki üç satırdan fazlasını okumaya zamanım olmazdı. Yine usulca kapattım kapağını bilgisayarın. Bora elleri dolu çıktı mutfaktan, şarap kadehini bana verdi, şişeyi koyduğu buz dolu kovayı sehpaya bıraktı. Burjuvazinin inceliklerini hemen öğreniyor, içselleştiriyordu.

"Kitap nasıl gidiyor?" diye sordum.

"İyi. Geceleri çalışıyorum evde."

"Evde çalış. Yayınevine getirme yazdıklarını. Okumaya kalkan filan olur."

"Daha neler! Kime ne benim yazdıklarımdan?"

"Benden söylemesi."

"Ben nereye Apple oraya çünkü evde bırakmak istemiyorum, evin ana giriş kapısı kilitlenmiyor ya, hırsızlık çok oluyor bizim semtte. Ayrıca fazla iş olmadığında internette dolanacağıma romanımı yazıyorum. Yani bilgisayarım yayınevinde de yanımda olmalı, tıpkı sevdiğim gibi..."

"Çalınmasından korkuyorsan kapıya bir otomatik taktıralım, hep kilitli dursun."

"Aşağıdaki ihtiyara teklif etmedim mi sanıyorsun. İstemedi. Her zil çaldığında kalkamazmış kapıyı açmak için."

"Bora, kaç kere söyledim ev değiştir diye..."

"Hakkın var, zaten ben de bir karar vermeliyim bugünlerde. Yukarı kattaki kiracı haftaya evi boşaltıyor, Ege'de bir sahil kasabasına taşınıyormuş. Benim belalım da birkaç ay için kızının yanına gidecekmiş yurtdışına, bana da, hazır apartman boşalmışken şu balkon işini halledin, dedi."

"İyi ki söyledin, işçi bulmak lazım..."

"Yok, balkonla uğraşacağıma... Yani hep dediğin gibi, başka bir yer mi baksam buralarda?"

"Büyük lafı dinle boşuna dememişler. Hafta sonu hemen bir emlakçıya git Bora."

"Bu seferki ev belki biraz da deniz görür. Ha, ne dersin?"

Deniz gören evlerin fiyatı hakkında bir fikri yoktu anlaşılan.

"Manzaralı evler kim bilir kaçadır ama kiralamayı..." Lafımı bitirtmedi, "Artık ben de para kazanıyorum İlhami, bu işin altından senin yardımın olmadan da kalkabilirim," dedi.

Güldüm, "Gel yanıma," dedim. Geldi, yanıma oturdu, başını her zaman yaptığı gibi omuzuma dayadı. Konuyu değiştirdim çünkü öğrenmek istediğim başka şeyler vardı.

"Bora, sık gidiyor musun bu tür kulüplere?" diye sordum.

"Takıldığım birkaç yer var."

"İçki içmenin ötesinde başka ne yapılır oralarda?"

"Dans edilebilir, insanlar birbiriyle tanışır, sohbet ederler."

"Bildiğimiz klasik bar konsomatrislerinden gey barlarda da var mıdır?"

"Ben hiç rastlamadım. Merak ediyorsan, bir gece birlikte gidelim, ne dersin?"

İki gece önce Zeki Osman Devecioğlu'na rastlamamış olaydım, belki sırf merakımı tatmin için evet derdim. Orada kendi sosyal çevremden biriyle karşılaşma ihtimali ürpertti beni, "Ben sadece seni merak ediyorum, dedim, "arkadaşlarını, orada ayaküstü tanıştığın kişileri ve tabii en çok da şu Hüsam'ı. Ne yapacağız bu adamla Bora?"

"Takma kafana Hüsam'ı."

"Takıyorum çünkü bana her şeyi anlatmadığını hissediyorum. Sen istemedikçe yardımcı olamam sana. Ondan nasıl kurtulacağına birlikte karar vermeliyiz. Söylemiştim ya, acaba yurtdışına çıkmasının yollarını... " Sözümü kesti, "Bana güvenmesini öğrenmelisin İlhami. Sandığın kadar aciz biri değilim. Bırak bu işi ben kendi usullerimle halledeyim... Hır çıkarmadan, rüşvet vermeden, sadece konuşarak. "

"Para istiyor dedin ama."

"Başka yollar da var."

"Ne gibi?"

"Bu dünyada bir tek benim mi açığım var? Ben de onun sırrını biliyorum."

"Bana da anlatsana, ben de bileyim."

"Olmaz. Senin dünyanda olamayacak şeyler bunlar, tasavvur bile edemezsin."

"Beni cennette bir melek mi sanıyorsun sen?"

"Hayır ama sizin günah türleriniz farklı. Karı kocalar birbirinizi aldatıyorsunuz, vergi kaçırıyorsunuz, kazık atıyorsunuz, hayali ihracat yapıyorsunuz, para aklıyorsunuz filan. Sizler benim şahit olduğum suçların rüyasını bile göremezsiniz, suç hayatınızın bir parçası değil. Yaşam biçiminiz apayrı."

"Yeni romanda bunları mı anlatıyorsun?" diye sordum.

"Yeni romanda yeni Bora'yı anlatıyorum," dedi.

Ağzıma ekşi erik tadı yayılmış gibi oldu: "Adını vererek mi?"

"Korkma, adımı vermeyerek. "

"Korktuğum filan yok," dedim ama doğru değildi bu. Bal gibi korkuyordum. Nedenini bilmediğim, tuhaf bir korku kemirip duruyordu içimi. Uzanıp kovadaki şişeden tepeleme şarap koydum kadehime.

Bora işaretparmağını burnuma doğru salladı: "Şarap bardağın tepesine kadar doldurulmaz diye kim öğretti bana?"

Güldüm, "Bu kadeh, şarap niyetine değil, ilaç niyetine," dedim, "tepeleme doldurup bir dikişte hepsini içmezsem, fayda etmiyor."

"Neye fayda etmiyor?"

"Uykusuzluğuma ve korkularıma."

"Neden korkuyorsun İlhami?"

"Senin için korkuyorum Bora. Senin hayatının karanlıkta kalan bilmediğim yanı için çok korkuyorum. Sen demin demedin mi, benim geçmişteki hayatımı hayal dahi edemezsin diye, insanlar bilmedikleri şeylerden korkarlar."

"Boş ver, korkunun ecele faydası yok!" dedi Bora, "korkma aşkım." Sesi hafifçe titredi bunu söylerken.

"Pekâlâ, konu değiştireyim, sana yeni bir şirket kuracağım demiştim, hatırlıyor musun?"

"Evet."

"O şirkete seni de ortak etmek istiyorum derken şaka yapmıyordum. Bunu ciddiyetle düşün ve bana cevap ver."

"Hemen mi?"

"Hayır. Şirketi yeni yılda kuracağım. Düşünmek için bol bol vaktin var."

"Ciddiyetle düşüneceğim," dedi.

Benim hızla tükettiğim şaraptan dolayı gözlerim kapanıyor, açlıktan içim eziliyordu. Şimdi burada Handan olsaydı, mutfağa girmiş, bana yemem için bir şeyler hazırlıyor olurdu diye düşündüm... Hayır, aman hayır... Handan'dan uzak kalmak için ölümcül açlığı dahi göze alabilirdim... Dünyanın öte ucuna kaçabilirdim pençesinden kurtulmak için. Suratımda gülmekle ağlamak arası bir ifade belirmişti.

"Şarap çarptı seni," dedi Bora.

"Aç karnına içtim."

"Rengin soldu, sen şuraya uzan da kestir biraz, ben karşıdaki şarküteriden bir şeyler alıp geleyim," dedi. İtiraz etmedim. Divana yüzükoyun uzandım. Bora çıktı. Bir ara göz ucuyla hâlâ sehpanın üzerinde duran bilgisayara baktım. Şeytana uymak için ideal zamandı ama hem sevgilimin bilgisayarını karıştırmayı kendime yediremiyordum hem de uyku gözlerime kalın perde gibi iniyordu.

Sızmışım.

Uyandığımda saat nerdeyse on ikiye geliyordu. Bora'nın bir tepsi üzerine hazır ettiği peyniri, salamı, taramayı tadamadan, yüzümü aceleyle yıkayıp eve dönmek üzere arabama bindim ve gecenin ışıkları arasında yollarda akarken içim sızlayarak düşündüm, divanın üstünde sızıp kalan bir sevgiliyle, gey barlara takılmasın da ne yapsındı Bora!

FIRTINA

hadi çıktınız diyelim
peki nasıl ineceksiniz şimdi gerisin geri
karanfil kırıntıları serpe serpe çıktığınız
*o hoyrat merdivenleri**

Kitap fuarının açılmasına on, Cemil'le buluşmamıza ise sadece iki gün kalmıştı. Yayınevi, fuar öncelerinin yoğun trafiğinin dışında sakindi. Adeta fırtına öncesi sükûneti hatırlatıyordu ofisin sütliman havası. Gençler arka bölümde uyum içinde çalışıyorlardı, Derya ve Bora fuarın dekorasyonunu hazırlıyorlardı, Handan sessizdi. Yayınevinde kimse patronlarının ayrılma aşamasında olduğunu bilmiyordu. Çocuklarını boşanma kararıyla üzmek istemeyen ana-babalar gibi, Handan'la aramızda gizli bir anlaşma yapmıştık sanki, hiçbir şey belli etmiyorduk.

Bir öğle vakti, Handan başını odamın kapısından içeri uzatıp, "Son birkaç yemeğimizden birini yemeğe gidelim mi, ne dersin?" diye sordu. Üzerine kırmızı bir ceket giymişti. Beni artık

---

* Tekin Gönenç.

Ralph Lauren'in Polo'sunun tahrik ettiğini bilmediğinden yine yasemin kokuyordu.

"Handancığım, İsa'nın son yemeğinden bahseder gibi yapma Allah aşkına," dedim, "biz sadece ortaklığı bitiriyoruz, dostluğumuzu değil. Daha ne yemekler yiyeceğiz birlikte."

"Yanıt evet mi?"

"Elbette. Nereye gidelim?"

"Epeydir Home Store'a gitmedik."

"İyi olur. Hazır Akmerkez'e girmişken Remzi'ye uğrar, çok satanlarla, yeni çıkanlara da göz atarız."

"Okey. Bugün bendensin."

"Olmaz! Ben erkeğim."

"Bunu bana ispatlaman için yemek ısmarlamana gerek yok ki!" O kıkırdadı, ben kızardım.

"Bu yemeği şirkete mi yazacaksın?"

"Tabii."

"Öyle söylesene. Yani senden değil, bizdeniz."

Yine kıkırdadı: "Evet."

"Cemil'le çıkacağımız akşam, ben bir hoşluk yapıp cebimden ödeyeceğim."

"Eh, beni postalarken o kadar hoşluk yap artık."

"Handan, böyle konuşma," dedim samimiyetle.

"Yalan mı? Postalamıyor musun beni?"

Hayır diyemeyeceğim için yanıtlamadım, cep telefonumu ceketimin cebine koydum, ceketimi omzuma aldım.

"Biz bir yemek yiyip geleceğiz Handan Hanım'la," diye haber verdim Nadide'ye.

Sokakta Handan koluma girdi, ta Akmerkez'e kadar öyle kol kola, konuşa gülüşe yürüdük. Eski zamanlarda olduğu gibi biraz politika konuştuk, biraz dedikodu yaptık. Home Store'da kalabalıktan uzak olmak için sigara içilmeyen bölümde oturduk. Yemeklerimizin gelmesini beklerken gözlerimin içine bakıp, "Sana bir itirafta bulunacağım," dedi Handan, "haklıydın İlhami, biz yatak arkadaşı olmayı beceremedik. Ben beceremedim. Kadınlar erkekler gibi değiller ne yazık ki, âşık olunca dağılıyorlar."

"Handan, bunların hepsi geride kaldı. Yaşandı, bitti."

"Çok düşündüm son günlerde. Dostluğumuzun da ortaklığımızın da içine eden benim. Ben çekilmez bir kadınım."

"Böyle söyleme. Hata benimdi. O gece körkütük sarhoş olmasaydım, bunların hiçbiri yaşanmayacaktı."

"Doğru ama ben de sana uydum. Şimdi vebalini ödüyoruz. Her şeyi tekrardan rayına oturmamız için ayrılmamız şart oldu. Gördüm ki direnmenin faydası yok. Hani bazen evliliklerde bile bir boşanma gerekir ya, yeni baştan başlamak için. İkimizin de temiz bir sayfaya ihtiyacı var."

Garson elinde tabaklarla masaya gelince sustu. Handan'a alıcı gözle baktım, samimi miydi, yoksa rol mü yapıyordu, karar veremiyordum.

Garson uzaklaşınca, "Elimizde sadece dostluğumuz kalacak, bari ona iyi bakalım," dedi.

"Benim de istediğim bu zaten."

"Yangından kaçırabildiğimizin kıymetini bilelim, değil mi?"

Uzandı, masanın üzerinde duran elimi tuttu. Gözleri dolmuştu. Galiba samimiydi.

"Teklifini henüz görmedim ama şirket sana kalacaksa adını değiştirecek misin?" diye sordu.

"Yoo."

"Olur mu! İlhan'ın Han'ını atarsın, İl'i kalır."

"Şirket sana kalacaksa, sen de İl'i atarsın Han kalır."

Gülmeye başladık. Bir süre harflerle oynayarak yeni isimler aradık. Sonra Handan, "Bizim çocuklara ne sebep göstereceğiz? Biz iki ortak yattık, sonra ben kıskançlık yapmaya başlayınca çekilmez oldum, o da benden kurtulmak istedi mi diyeceğiz?" diye sordu.

"Her ikimiz de yeni ufuklara kanat açmak istedik çünkü biz kuşuz, desek?" Birlikte güldük yine... Eskiden olduğu gibi... Biz işleri berbat etmeden önce. Yemeğin sonu, her zamanki gibi Laz hikâyeleriyle geldi. Handan hesabı öderken gülmekten gözlerimizden yaş geliyordu.

"Dönüyor muyuz?" dedi Handan.

"Remzi'ye uğrayacaktık ya. Haydi gel."

Yürüyen merdivenlere yöneldik, o bir basamak önde, ben hemen arkasında bir üst kata çıkmaya başladık.

"Hamdi Bey... Hamdi Bey..." diye biri sesleniyordu.

Handan, "İlhami, galiba adam sana sesleniyor," deyince döndüm ve arkamdaki basamakta duran adamı gördüm. Gözüm ısırıyordu, kimdi bu yahu?

"Hamdi Bey, sizinle Çin Seddi'nde karşılaşmıştık, hatırladınız mı? Ailece resmimizi çekmişti hani Bora Bey... Ben Şevket Özsanlı, İzmir'den..."

"Haa, evet, evet," dedim.

"Dünya ne küçük! Pekin nere, İstanbul nere! İyi ki rastlaştık çünkü sizin Bora Bey'le birlikte resminizi çekmiştim ya, galiba adresi yanlış kaydetmişim, kaç kere postaladımsa, hep geri geldi. Çok güzel çıkmışsınız oysa... Yeniden alayım da adresi...."

Birinci kata ulaşmış, yürüyen merdivenlerden inmiştik. Şimdi hep birlikte ayakta duruyorduk üçümüz. Adam bir şeyler daha söylüyordu ama ben pek duyamıyordum, sadece Handan'ın altüst olmuş yüzünün farkındaydım... Sonra Handan'ın, "Hamdi Bey'in nutku tutuldu, size ben vereyim Hamdi Bey'in posta adresini," diyen sesini duydum. Adam, "Teşekkür ederim, hemen yollayacağım İzmir'e dönünce, Bora Bey'e çok selam söyleyin," gibisinden bir şeyler geveliyordu. Birden her şey silindi, ben yüzü ceketi kadar kızarmış olan Handan'la karşı karşıya kaldım, sadece onu gördüm, onu duydum...

"Alçak! Yalancı Alçak! Çin'e Bora'yla gittin! Benden sadece gidişini değil, onunla gittiğini de gizledin! Arkamdan iş çevirdiniz! Beni o piçe feda ediyorsun, beni o piç kurusunu şirkete ortak etmek için defediyorsun başından! Yerime onu almak için! Aile şirketi kuracaksınız aklınızca! Nasıl anlayamadım, bana hepinizin ailece oyun oynadığınızı! Muhteşem oyuncular sizi! AİLE BOYU İHANET! Masumu oynayan melek yüzlü Eda hanım, numaracı küçükhanım Derya, sinsi sevgilisi Bora efendi ve kabiliyetli İlhami Bey! Çin'de neler çevirdiniz benden gizli? Bir şirket de orada mı kurdunuz yoksa? SİZİ GİDİ ALÇAKLAR!"

"Sus, bağırma," dedim, "öyle değil. Zannettiğin gibi değil!" Kolundan tutmak istedim, şiddetle çekti kolunu.

"DOKUNMA BANA, YALANCI! PİS YALANCI!"

"Allah aşkına bağırma Handan, ofise dönelim, izah edeceğim. İzahı var..."

Parmağını burnuma doğru uzattı Handan: "Bu Bora piçini ben aldım işe. Bir sürü aday arasından, senin karşı çıkmana rağmen, ben ısrarcı oldum bizde çalışması için. Neden? Çünkü onda bir ışık görmüştüm. Tecrübesizdi ama hevesliydi, heyecanlıydı, gençti, ona bir fırsat vermek istemiştim. Aptal ben, meğer yılan beslemişim koynumda. Meğer o benim yerime göz dikmiş, ben uyumuşum! Göstereceğim size! Hepinize göstereceğim! ALÇAKLAR!"

Etrafımıza insanlar toplanmıştı. Herkes bize bakıyordu. Rezil oluyorduk. Bir uğultu vardı kulaklarımda. Şu an yaşadıklarım gerçek miydi, yoksa yine bir köşede uyuyakaldım da bir kâbus mu görüyordum? Tak tak tak, Handan'ın topuklarının sesi... O uzaklaşırken, "Hamdi Bey, neler oluyor Allah aşkına? İyi misiniz siz?" dedi karşımdaki şaşkın, tıknaz adam.

Hiç iyi değildim... Tavan başıma yıkılıyordu... Nadide, bana limon sıksın, yine tansiyonum fırlamış olmalı... Bayılmadan etmeden, herkesin içinde büsbütün rezil olmadan çıkmalıydım buradan.

"İzin verin lütfen..." kalabalıktan sıyrıldım, kendimi dışarı attım. Ben kapıdan çıktığımda Handan caddeden geçen taksiyi durduruyordu, seslendim, dönüp bakmadı bile. Oracıktaki alçak duvarın üstüne çöküp Bora'yı aradım.

"Efendim," dedi.

"Bora, neredesin, ofiste mi?"

"Evet."

"Handan çıldırmış halde geliyor. Çin'e birlikte gittiğimizi öğrendi."

"Nasıl?"

"Sonra anlatırım, Derya orada mı?"

"Evet."

"Nerede?"

"Yanımda şeylerim... dosyalarım."

"Derya yanında mı yani?"

"Hıı."

"Bir bahane bul, çıkar onu ofisten, Handan rezalet çıkartacak, o gelmeden çıkın gidin ikiniz de."

"Ama nereye..."

"Nereye olursa. Çabuk ol!"

Kapattım telefonu. Caddede yukarı doğru yürüdüm, biraz ilerideki kafeye girip oturdum, bir kahve ve bir bardak su ısmarladım. Kulaklarım hâlâ uğulduyordu. Kendimi toparlayınca bu kez Cemil'i aradım.

"Buluşacaktık ya öbür gün, Cemil boşuna gelme Kanyon'a kadar," dedim, "bir aksilik oldu, buluşamıyoruz. Hafta başında ararım seni... Yok canım, şu anda konuşacak durumda değilim... Ararım seni."

Gerçekten kimseyle konuşacak halim olmadığından uçak konumuna aldım telefonu. Kimse aramasın, kimse bir şey sormasındı bana bir süre...

Kahvemi ödedim, kalktım, eve mi gideyim, yayınevine mi döneyim, karar veremiyordum. Acaba bombasını ilk nerede patlatmış, kimi tahrip etmişti Handan, karımı mı, kızımı mı yoksa Bora'yı mı? Önce, hangi yangın yerinde, parçaları bir araya getirmeye çalışmalıydım?

Ayaklarım geri geri giderek yayınevine yürüdüm.

Benim ofise girdiğimi gören Nadide yerinden fırladı, "İlhami Bey, iyi ki geldiniz, ben de sizi arıyor, ulaşamıyordum," dedi, "çok kötü şeyler oldu, İlhami Bey..."

"Odama gel Nadide."

Nadide odaya girince kapıyı kapadım, karşısına geçtim.

"Şimdi anlat."

"Sizden önce Handan Hanım geldi, Bora'yı sordu. Bora'nın Derya Hanım'la birlikte az önce çıktığına nedense çok kızdı, avazı çıktığı kadar bağırdı çağırdı, çok fena şeyler söyledi, İlhami Bey."

"Neler dedi?"

"Bora'yı öldüreceğini söyledi, tabii öldüreceğinden değil ama hakikaten gözü dönmüştü. Ben bunca yıldır onu hiç böyle görmedim, neler söyledi bilseniz! Bu, affedersiniz, piçi yayınevinde işe ben aldım, başka adayların arasından İlhami'ye zorla ben kabul ettirdim, benim sayemde burada çalışmaya başladığını unutup bana ihanet etti, dedi. Bunu ona ödeteceğim, dedi. Neler oluyor İlhami Bey?"

"Nerede şimdi Handan, odasında mı?"

"Hayır, çıktı gitti. Kapıyı bir çarptı, İlhami Bey; en üst kattakiler bile zıplamıştır yerlerinden."

"Tamam Nadide. Yerine dönebilirsin."

Nadide ayakta bana bakıyor, açıklama bekliyordu.

"Bir yanlış anlaşma oldu. Tartıştık Handan Hanım'la. Sen erken çık bugün. Çocuklara da söyle, evlerine gitsinler. Paydos ettik... Ne bakıyorsun öyle... Git söyle arka tarafa, yayınevinin bir gün erken tatile girdiğini... Haydi ama."

Nadide çıktı, arka tarafa yürüdü, ben de peşinden gittim. Lafı ona bırakmadım, "Çocuklar bu öğleden sonrayı tatil ediyorum. İşleri bırakın, çıkın, sinemaya filan gidin," dedim.

"Neden efendim," diye sordu Yasemin.

"İçimden geldi. Uzun hafta sonu, fena mı? Haydi kızlar, yallah!"

Tekrar odama döndüm. Yayınevini Handan geri gelir de rezalet çıkartır diye boşaltmıyordum sadece; kimseyi görmek istemediğim, içimden duvarları tekmelemek, etrafı kırıp dökmek geldiği halde bunu yapamadığım için de insanları evlerine yolluyordum. Kanepeye uzandım. İstiyordum ki gözlerimi kapayıp derin bir uykuya dalayım, uyandığımda bir de bakayım ki hepsi bir rüya imiş. Bir kâbus görmüşüm!

Kanepede biraz uzandıktan sonra toparladım kendimi. Banyoda yüzüme soğuk su çarptım, Nadide'den limon suyu istedim. Limon suyunu içtikten sonra, sakinleşmek için yürümeye karar verdim. Yürümek bana her zaman iyi gelirdi. Odamdan çıktım, Nadide masasını toparlıyordu.

"Ne olduğunu bilmiyorum ama ben çok üzgünüm, İlhami Bey," dedi.

"Bu da geçer, Nadide. Kızlar gittiler mi?"

"Çıktılar. Sabri Bey zaten bugün çalışmıyordu. Kimse kalmadı benden başka."

"Sen de gönlünce gez dolaş bugün."

"Nerdee! Evde sürüyle işim var."

"Bizim tartışmamız bari sana yarasın Nadide, git evine, işlerini bitir," dedim, "ben çıkıyorum."

"Ben burayı toparlar, ışıkları kapar, çıkarım arkanızdan. İyi hafta sonları, İlhami Bey."

Sokakta ancak birkaç adım atmıştım ki, karşı kaldırımda Derya'yı gördüm. Yalnızdı. Bora yoktu yanında.

"Babaaa.!" diye seslendi ve arabaların arasında zikzaklar çizerek yanıma geldi.

"Bora nerede?" diye sordum.

"Deli bu Bora! Ne yaptı, biliyor musun, tam konsantre olmuş çalışırken birden tuttu beni kolumdan, ite kaka dışarı çıkardı, şu köşedeki bankanın galerisinde bir sergi varmış, illa onu görecekmişiz. Sonra da beni oralarda bir kafeye yemek yemeğe götürdü. Baba (göz kırptı bana), oluyor galiba bu iş, bir an önce gidip Handi'ye anlatmalıyım."

"Handan yayınevinde değil. Bugün yayınevini tatil ettik, herkes çıktı, evine gitti."

"Aa, neden?"

"Sebebi yok, içimden öyle geldi. Sen de eve dön."

"Ben aceleyle çıkarken telefonumu masamda unutmuşum."

"Derya acele et o halde, Nadide çıkmak üzereydi, koş haydi, hemen git."

Derya benden ayrılınca arkasından, "Bora nerede?" diye bağırdım, kızım yayınevine doğru koşarken durdu, bana dönüp seslendi, "Bir telefon geldi ona, çok acil işim var diye, paranın üstünü almayı bile beklemeden evine döndü, gizemli Bora Bey."

Derya uzaklaşınca Bora'yı aradım.

"Ben telefonu kapar kapamaz, Derya'yı apar topar çıkardım yayınevinden, Handan'la karşılaşmadık ama Handan beni sürekli arayıp duruyor, açmıyorum telefonu," dedi, "ne oldu tam olarak? Nasıl öğrendi, anlatsana."

"Akşama gelince anlatırım. Biz konuşana kadar ondan uzak dur, telefona da sakın çıkma." Bir sessizlik oldu, sonra Bora, "Ben müsait değilim İlhami, yarın buluşalım," dedi.

"Bora, olur mu hiç, konuşmamız şart!"

"Biliyorum ama bu akşam değil."

"Yarın geç olur."

"Zorlama İlhami, lütfen. Bu akşam verdiğim sözü tutmalıyım."

"Kiminle buluşuyorsun? Yine gey bara mı gideceksin?"

"Eğlence işi değil... Sonra anlatırım."

"Şimdi anlat."

"Vaktim yok şimdi... Bak yanlış anlama, kapatmalıyım telefonu, çünkü arandığımda cevap vermem lazım..."

"Arayacak olan kişi Hüsam mı yoksa?"

"Bu işi bu akşam bitireceğim, İlhami."

"Ben de geleyim. Ben de yanında olayım, para filan isterse..."

"Olmaz, bu benim işim. Ben tek başıma halledeceğim."

Sesi o kadar kesindi ki, ısrar etmedim. "İşin bitince beni ara, çok geçe kaldınsa mesaj at. Beni sakın merakta bırakma," dedim.

"Tamam."

"Ve unutma, Handan'la karşılaşmadan önce mutlaka konuşmalıyız, belki sabah erken uğrarım sana."

"Mesajlaşırız," dedi, kapattı telefonunu Bora.

Ben hızlı adımlarla ta Boğaziçi Üniversitesi'ne kadar yürüdüm, hızımı alamadım, Bebek'e inen yokuştan aşağı da yürüdüm. Bebek Oteli'nin barına girip bir viski söyledim ve Cemil'e telefon ettim.

GECELER ACILARINDIR

Sen gidince
ne mi kalır geriye
bir tutam ay ışığı
uzanıp aldığım
*gözpınarlarından**

Bir saat sonra Cemil'le Bebek'teki balıkçıda karşılıklı oturmuş, rakı içiyorduk ve ben Bora'yla olan ilişkimin haricinde, hayatımın tüm sırlarını, tüm saçmalıklarını döküp saçıyordum çocukluk arkadaşıma. Ne kadar ihtiyacım varmış biriyle dertleşmeye, rakı mı dilimi çözmüştü, yoksa bugün olanlarla kaldırabileceğim yük, son kertesine ulaşmış da gevezelik olarak mı taşmıştı, bilmiyordum ama saatlerce konuştum, konuştum. Sonra ben Cemil'i dinlemeye başladım ve gördüm ki dünyada benimkine benzemeyen başka dertler de varmış. Karşılıklı dert dökme faslı bitince çocukluk anılarımızdan, haylazlıklarımızdan girdik, ilkgençliğimizin aşklarından çıktık, meyhanede bizden başka kimse kalmayınca hesabı istedik. Saat herhalde on ikiye geliyordu. Allahtan gecenin başında Eda'ya iş yemeğinde olduğumun, ge-

* Tekin Gönenç.

cikeceğimin mesajını atmıştım. Kapıdan sallanarak çıktık, temiz havanın tokadını yiyince, ben Bora'yla Karadeniz'de sarhoş olduğumuz geceyi anımsadım, hemen telefonumu çıkarıp zar zor tuşladım ama ulaşılamıyordu Bora'ya. Canım sıkıldı, bir an önce eve dönmek istedim.

"Taksi durağı şu tarafta," dedim Cemil'e.

"Arabamı karşı sokağa bıraktım," dedi Cemil.

"Bu halde araba kullanma, sen de taksiye bin."

"Yarın sabah bana araba lazım. Acı patlıcanı kırağı çalmaz, arkadaşım, gel seni de evine bırakayım."

"Ben taksiye..."

"Ne taksisi lan, evin yolumun üzerinde."

Kolumdan tutup çekti. Birlikte arabasına yürüdük. O arabayı çalıştırdı, ben başımı cama dayayıp gözlerimi kapamadan önce, "Yavaş sür," dedim. Yola koyulduk. İçim geçmiş olmalı, dalmışım, sonra keskin bir fren sesi ve gümmm!

Gözlerimi açtığımda başım ön camdaydı, burnum fena sızlıyordu, Cemil yanımda küfrediyordu. Bebek yokuşunda bir arabaya arkadan bindirmiştik.

Çarptığımız arabanın sürücüsü aramızda anlaşmaya yanaşmadı, polis çağrıldı, gelmesi beklendi, zabıt tutuldu, karakola, karakoldan alkol testine gidildi, hazır hastaneye gidilmişken camda patlayan alnıma iki dikiş atıldı, kafa röntgeninin neticesi beklendi, Cemil aşırı alkollü olduğundan, raporun ifade şeklinde doktorlarla anlaşma zemini arandı, yeniden karakola dönüldü. Arada Eda'ya önemsiz bir trafik kazası yüzünden geciktiğimi bildiren bir mesaj daha attım.

Eve vardığımda gün aydınlanmak üzereydi. Sarhoşluğumdan eser kalmamıştı. Kapının önünde ayakkabılarımı çıkartıp çoraplarımla salona yürüdüm. Eda lambanın altındaki koltukta oturuyordu, giyinikti, yüzü bembeyaz, gözleri kıpkırmızıydı.

"Yatmadın mı sen yoksa? Keşke beklemeseydin, önemli bir şey yoktu..."

Hiç konuşmadan, telaş ve ilgi göstermeden, kan çanağına dönmüş gözleriyle yüzüme bakıyordu karım.

"Eda? Mesajımı almadın mı?" dedim.

"Mesajının önemi kalmadı, İlhami," dedi Eda. Başımdaki pansuman dikkatini çekmemişti zahir. Elimle alnımı gösterdim: "Bir geçmiş olsun, yok mu? Önemsiz de olsa, trafik kazası atlattım."

"Geçmiş olsun değil, geçmiş ola! Bundan sonra senin benden merhamet dilenmeye hakkın yok!"

"Ne diyorsun yahu? İçtin mi yoksa?"

"İçen sensin! Her türlü ahlaksızlığı yapan sensin! Karısına ihanetle yetinmeyip kızına da ihanet eden alçak sensin!"

"Eda! Ne oldu?"

Eda, önündeki sehpada duran ve o ana kadar fark etmediğim bir tomar kâğıdı bana doğru fırlattı. Kâğıtlar uçuşarak sağa sola dağıldılar.

"Kızının saflığına dua et, İlhami; senin ne boklar yediğini henüz fark etmiş değil. Asla öğrenmemesi için ben elimden geleni yapacağım. Bir evladımı kaybettim, hayatta kalanın da aklını senin yüzünden kaybetmesine asla izin vermeyeceğim. Sen kafa çekerken ben kozumu o ibneyle paylaştım. Şimdi sıra sana geldi. Biz yokken ne yapacaksan yap, evden çık ve git. Dönüşümde seninle karşılaşmak istemiyorum. Bir şey daha var, Derya gerçeği asla öğrenmeyecek. Yoksa seni öldürürüm. Anladın mı, hiç şakam yok, öldürürüm!"

Kulaklarım çınlıyordu. Başım mı dönüyordu, yoksa oda mıydı etrafımda fır dönen? Eda, hayalet gibi bembeyaz yüzüyle, bana değmemeye özen göstererek yanımdan geçip gitti.

Zar zor eğilip yerlere saçılmış kâğıtları toplamaya başladım. Üzerlerinde sayfa numaraları olmadığı için istiflemek kolay değildi. Öbekler halinde saçılanları bir araya getirmeye çalışırken, sayfalardan birinin üzerinde koyu ve kalın yazılmış başlığı gördüm: **Zifiri Karanlıktaki Işık.**

ZİFİRİ KARANLIKTAKİ IŞIK

o sendin
onlar gözlerindi
hiç yanılmadım
*yüzbinlerce yaşadım güzelliğini**

Onu ilk kez kalabalık caddede ışığın değişmesini beklerken gördüm. Önümde duran taksiden indi, taksinin ön camına yaklaşıp şoförden parasının üstünü aldı ve o da benim gibi karşıya geçmek için yanıma gelip beklemeye başladı. Uygulamalı bir ödev için şehrin pek iyi bilmediğim bir mahallesinde yoğun trafiği aşarak caddenin öte yanına geçmeye çalışıyordum. Yan yana dururken önce kaçamak bakışlarla, sonra yetinemeyip gözlerimi dikerek, açıkça seyrettim onu. Hayranlıkla, gıptayla, belki biraz da kıskançlıkla seyrettim bir dakikaya yakın bir zaman, ışık tekrar yeşile dönene kadar. Ben nasıl olmayı hayal etmişsem, Allah onu öyle yaratmıştı; uzun boylu, açık kumral, renkli gözlü, düz saçlı (rüzgârın alnına düşürdüğü saç tutamını eliyle geri ettiğinde, içim ezildi) atletik vücutlu, zayıf! Ben yıllarca nasıl giyinmeyi hayal etmişsem, öyle giyinmişti; mavi gömlek, lacivert ceket, çakı gibi ütülü bej pantolon, paramın almaya yet-

---

* Tekin Gönenç.

meyeceği kalitede kahverengi süet ayakkabılar ve elinde bir deri çanta ki sapını kavrayan parmaklarının boğumları aklımdadır hâlâ! Yaklaşmıştım yanına iyice, belli belirsiz bir tıraş losyonu kokusu, denizi hatırlatan ama en çok da insanda temizlik duygusu uyandıran; bu işte temiz bir insan, bu koku temiz bir insanın kokusu, dedirten...

Işık bizim için yeşile döndü. O hızlı adımlarla karşıya geçerken yanı sıra ben de yürüdüm. Ulaştığımız kaldırımda bir an durdu, saatine baktı, hemen yanına gittim, "Saati sorabilir miyim?" dedim. Tekrar göz attı sol bileğindeki kahverengi kayışlı, büyükçe saate, bana vakti söyledi, ne dediğini duymadım, ağzına bakıyordum.

"Teşekkür ederim," dedim. Gülümsedi. Dişleri beyazdı. Bembeyazdı. Eminim en gerilerde bile tek bir çürük dişi yoktu. Eminim nefesi mis gibi kokuyordu. Eminim ağzı hayatı boyunca soğan, sarmısak, rakı, ucuz şarap ve çürük diş kokmamıştı. Eminim şimdi uzansam ağzına doğru, en iyi marka diş macununun naneli kokusunu alırdım. Eminim onunla en ufak bir tanışma imkânım olaydı, onun için ölürdüm, gözümü kırpmadan canımı verirdim ve eminim şu anda pazarlık imkânım olsa şeytanla, onun gibi olmak ve onunla olmak için ömrümün yarısını masaya koyardım.

İşte bu olmalıydı adına aşk denen!

Ve nihayet bana da çarpmıştı yıldırım hızıyla!

Bana saati söyledikten sonra sola döndü ve yürüdü. Ben sağa dönmem ve sonra üçüncü sokağa sapmam gerektiğini biliyordum. Gitmem gereken adrese daha önce de gitmiştim. Ama sağa dönmedim. Onun peşinden gittim. Onun adımlarının hızında yürümeye çalıştım. Caddenin öte yanına geçince biraz yürüdük, soldan ikinci sokağa saptık, az daha gittik, küçük bahçeler içinde şık villaların bulunduğu bir mahalleye geldik. Üç yıldır bu şehirde yaşadığım halde, burayı ilk kez görüyordum. Bahçe içindeki villaların sırasında aniden yükseliveren bir binadan içeri girdi. Onu takibe cesaret edemedim. Bedenim kapının önünde kaldı, kalbimle, ruhum adını bilmediğim güzel adamın peşinden gitti. Biraz bekledim kapının önünde, ne yapabileceğimi düşündüm, sonra ben de girdim içeri, danışmaya yürüdüm, "Demin içeri giren bey... Hay Allah adını unuttum... Hangi kattaydı, bir emaneti var da... Onu getirmiştim." Elimdeki eskiz çantasını işaret ettim başımla.

"Kontrol kayışından geçirin önce," dedi üniformalı adam. Çantayı kayışın üzerine bıraktım, ben kontrol kapısından geçtim.

"Hangi kattı?"

"Neresi?"

"Demin geçen beyin işyeri."

"Oğlum, geldiğin yerin adını bilmiyor musun? Buradan yüzlerce kişi geçiyor."

"Kurye olarak yeni işimde ikinci günüm, kusura bakma abi, adını kâğıda yazmıştım, ofiste unutmuşum. Şimdi az önce girdi buradan...."

Koruma yutmadı yalanımı. Çantamı alıp kapının dışına çıktım, ilerdeki alçak duvara oturup bekledim. Hayatımda ilk kez böyle bir şey yapıyor, birinin peşine düşüyordum, çünkü trafik ışıklarında beklerken, bir melek aracılığıyla, bu adamı benim karşıma Tanrı'nın çıkardığına dair güçlü bir his vardı içimde. O yüzden hiç gocunmadan bekledim. İkinci saatin sonuna kapıda gözüktü, sonra da geldiği istikamete dönüp yürüdü. Peşinden gittim yine.

Bir taksi çevirip bineydi, onu kaybeder, bir daha bulamazdım ama o taksiye binmedi, yürümeye devam etti, ta ki sonradan kendi işyeri olduğunu öğrendiğim binaya gelene kadar. Peşi sıra binaya girdim, birlikte asansöre binip üçüncü kata çıktık. Benim farkımda değildi, o kadar ki, aynı katta indiğimizi dahi fark etmedi. O üçüncü kattaki kapının ardında kaybolunca kapının üzerindeki yazıyı okudum. FAHAN YAYINLARI. Asansöre binip giriş katına indim, dışarı çıktım, yiyecek, içecek bir şeyler alıp geri geldim, yan binanın alçak duvarına oturup bekledim.

Akşamüstü saat altı sularında yanında uzun boylu bir kadınla çıktı binadan. Ben duvarda oturmuş, simidimi yiyordum. Beni görmediler, önümden geçip gittiler. Birkaç gün süreyle gelip gittim bu adrese. Evet, adını bilmediğim ama içimi aydınlattığından dolayı Işık adını verdiğim kişi bu adreste çalışıyordu. Buna emindim artık.

Fahan Yayınları'nda, aynı zamanda, Işık'ın yanında gördüğüm uzun kadın, bir başka kadın daha, orta yaşlı bir adam, bir delikanlı ve bir sürü genç kız çalışıyordu. On gün süreyle hiç üşenmeden göz hapsine almıştım bu işyerini, kimin saat kaçta geldiğini, kimin kaçta ayrıldığını biliyordum ama kimin ne iş yaptığını ancak ben de orada çalışmaya başladıktan sonra öğrenecektim.

Birkaç ay sonra diplomamı cebime koyup koltuğumun altında tanıtım dosyam, desenlerim ve özel olarak hazırladığım hayali roman kapaklarımla Fahan Yayınları'nın kapısını çalıp iş istedikten bir süre sonra...

Kızıl saçlarını topuz yapmış ince yüzlü kadın, holde, giriş kapısına bakan şık bir masada oturuyordu.

"Bizim böyle bir talebimiz olmadı, yanlış yayınevine gelmiş olmayasınız," demişti bana. "Adres doğru, bakın, FAHAN YAYINLARI yazıyor." Adres yazılı kâğıdı uzattım, önüne.

"Yavrum, kim yolladıydı sizi?"

Gazetelerde resmini sık gördüğüm sosyetik bir işkadınının adını söyledim.

"Hande Hanım'ın dostu olabilir, bir sorayım," dedi.

Yalanımı ne kadar uzatabilirdim ki? Yolun sonuna geldiğimin farkındaydım. Az sonra öyle birinin beni tavsiye etmemiş olduğunu öğrenecekler, bana kapıyı göstereceklerdi. Olsun! Hiç olmazsa elimden geleni yapmıştım. Hayallerimin peşinden gitmiştim. İlerde bir gün, aşk nedir diye sorarlarsa bana, Işık adında bir adam diyecektim, ilk görüşte vurulduğum, peşine düştüğüm, yaklaştığım ama hiçbir zaman kavuşamadığım... Tıpkı Mecnun gibi... Hayalimdeki aşkın imgesi, hatta aşkın tarifi olarak bende kalacak, uzun boylu, yakışıklı, iyi giyimli, güzel kokan temiz bir adam! Işık!

O ince yüzlü kadın telefonda bir şeyler konuştu, sosyetik iş kadınının adını da söyledi. Sonra bana baktı, "Hande Hanım görecek sizi," dedi, "şu kapı!"

Şu kapıyı hafifçe tıklatıp açtım. Işık'ın yanında gördüğüm uzun boylu, iri kadın, geniş bir masanın ardında, güleç bir yüzle bana bakıyordu.

"Seni Güler Hanım mı tavsiye etti?" diye sordu.

Yalan söyledim: "Evet."

"Onlarda mı çalıştın?"

İkinci yalan: "Birkaç desen yapmıştım onlara... dışardan... kadrolu olarak değil."

"Göster bakayım işlerini."

Referans olarak doğru ismi vermişim, aferin bana! Dosyamı önüne serdim. Her bir çalışmayı dikkatle inceledi.

"Fena değil yaptıkların. CV'n nerede?"

"Pardon? Ah evet, özgeçmişim... şurada... vereyim hemen." Uzanıp çizimlerin arasında özgeçmişimi bulup verdim.

"Güzel Sanatlar ha? İyi. Yeni mezun! O da iyi. Yeni mezunlar heyecanlı, hevesli olur ama şu anda bizim böyle bir elemana ihtiyacımız yok. Biz kapakları dışarı veriyoruz. Düşünmüyor da değiliz bünyemize almayı. Öyle bir şey yapacak olursak, sana ulaşmak isterim. Telefonunu bırak Nadire Hanım'a. Yanına G.S. diye not düşsün ki hatırlayayım."

Dosyamı toparladım, uçarak çıktım odadan. Nadire Hanım'ın önünde uzun süre oyalandım belki Işık kapılardan birinden çıkar diye. Çıkmadı. Gerçek adını öğrenemedim. Ben tam gitmek üzereyken bir telefon çaldı, Nadire Hanım açtı, "Evet efendim, bağlıyorum Fatih Bey'i," dedi. Gerçek adı Fatih miydi acaba ışığımın?

Kapının dışında ellerimi açarak içimden birkaç dua okudum ve dedim ki o güne kadar elimi tamamen bırakmamış ama pek de sıkı tutmamış olan Allahıma, "Bana bu kapıda çalışmayı nasip et, senden bir daha hiçbir şey istemeyeceğim, Allahım! Söz!"

Mutfaktan gürültüler gelince dikkatim dağıldı ve ancak o zaman farkına vardım, gözümden yaşların aktığını ve dizlerimin üzerinde durmaktan, bacaklarımın fena halde acımaya başladığını. Elimdeki kâğıtları bıraktım, doğruldum, sağa sola savrulmuş birkaç sayfayı toparlayıp sehpaya koydum. Zorlukla ayağa kalkıp mutfağa gittim.

Eda çaydanlığa su koyuyordu.

"Sen bu okuduklarını gerçek mi sandın yoksa?" diye bağırdım karıma, "Sen bir yayıncının karısı olarak, kurgu ile gerçeğin farkını anlayamayacak bir yerdeysen yuh olsun sana!"

"Beni budala yerine koyduğun için sana yuh olsun! Her şey ayan beyan ortada. Sözünü sakınmamış sevgilin. Ortaya da bırakmış ki, Derya okusun da çıngar çıksın, o Derya'dan, sen de benden kurtul, tamamen ona kal! Derya'nın peşinde dört döndüğünü, hayatında kim var diye meraktan öldüğünü, Handan'ın da desteğiyle tabii, kıyı köşeyi karıştırdığını, eminim bal gibi biliyordu. Okunmasını istemese, yazmazdı. Haydi yazdı, ortada bırakmazdı. Amacına ulaştı Bora efendi! Ben Derya'yı alıp gece uçağıyla Londra'ya gidiyorum bugün. Sen ona kalıyorsun!"

"Aklını kaçırmışsın sen!"

"Böyle bir ilişkiyi göze aldığına göre, asıl sen kaçırmışsın aklını! Bu, Handan'la kırıştırmaya, Jülide'yle fingirdeşmeye benzemiyor, İlhami. Şimdi senin bir seçim yapman gerekiyor ki, o şansı tanımıyorum sana. Seçimi ben yaptım. Sensizliği seçtim!"

Karıma kendimi dinletebilmek için kolunu tutmaya çalıştım, itti elimi.

"Can'ın kazasından sonra kolum kanadım kırıldı, sana muhtaç, bir yaralı kuş oldum. Sen hep öyle kalacağımı sandın, bana her şeyi yutturabileceğini... Öyleydi ama geçti. Ben yangınımdan güçlenerek çıktım. Çok küçümsediğin seansların sayesinde hem de..."

"Dur, bir dur yahu! Bir de beni dinle... lütfen Eda..."

"Artık bu evde yalana yer yok!"

"Yalan söylemeyeceğim, dinle beni."

"Sen beni dinle! Kaç zamandır yatmıyoruz seninle, ha? Can'ın ölümünden beri değil mi? Upuzuun bir zaman! Önce ben istemedim, sonra sen istemedin, sen ki seks hayatımızın en canlı dönemlerinde bile benimle yetinemezdin ya da şöyle diyeyim: Küçük kaçamaklarını yaşarken bile tepemden inmezdin."

İtiraz etmek için elimi kaldırdım, "Lafımı kesme!" dedi, "dikkatimi çekmedi mi sanıyorsun bu uzaklığın? Kabahati kendimde bulduğum için aramızı düzeltmek için elimden geleni yaptım, hatta yalvardım sana. Sen oralı olmayınca hayatında biri olduğunu anladım... Belki Handan, belki bir başkạ kadın... Şimdi işte, biliyorum kim olduğunu."

"Bu sonuca okudukların yüzünden mi vardın?"

"Elbette. Hepsi orada. Güzel bir roman, henüz bitmemiş ama olsun, tavsiye ederim, sen de oku. Kızın bir zahmet çıktısını almış, getirdi, bana da okuttu. Şanslısın yine, Derya Fatih'in aslında İlhami olduğunu fark edemedi ama peşinde koştuğu kişinin bir eşcinsel olduğunu nihayet öğrendi. Ona da şükür!"

Sandalyeye çöktüm. Ellerim titriyordu. Eda, fokurdamaya başlayan çaydanlıktan çay koymaya çalıştı cam bardağa, çayın yarısını masaya döktü.

"Bu sabah ilk işim uçak biletlerini ayırtmak olacak. Yalanlarını yeterince dinledim İlhami. Dün Handan'dan Bora'yı Çin'e götürdüğünü duymamış olaydım, o yalanlara yine kanardım herhalde ama...."

"Bunu da mı yaptı, Handan?"

"Hem de nasıl yaptı! Hepimize küfürlerle, tehditlerle... Geldi buraya, önce hiçbir şey anlamadım söylediklerinden ama konuştukça her şey yerli yerine oturdu. Çin'e Bora'yla gittiğini öğrenince, New York'ta bize oynadığın tiyatro gözümün önüne geldi... Utanmaz seni!! Benim başka yalana tahammülüm yok! Annelerimize, eşe dosta Derya'ya aniden bir üniversitede yer açıldığı yalanını atacağım. Dönüşüm zaman alacak ama nihayet döndüğümde, daha önce de söyledim, mutlaka evden ayrılmış ol. Artık aynı çatı altında yaşayamayız."

"Yargısız infaz yapıyorsun. Bunu kabul edemem."

"Ben de bu rezaletin duyulmasını kabul edemem. Kimse ne duyacak, ne bilecek! Kimse kızımın babasının iç yüzünü öğrenmeyecek. Evlenme çağında bir kız o. Onun hayatını mahvetmene izin vermiyorum."

Yerimden kalkıp yürüdüm, Eda'nın tam karşısında durdum.

"Doğru mu duydum? Sen kocanın hayatında biri olduğuna değil, kızının itibarının zedelenmesine hayıflanıyorsun? Bu mudur? Yarın öbür gün kızımla evlenecek olan kişi, onu kendi değerleriyle değil, benim kiminle yatıp kalktığımla değerlendirecek, öyle mi? Ve biz kızımızın böyle biriyle evlenmesine rıza göstereceğiz?"

"Evrensel ahlak kurallarını sen mi değiştireceksin?"

"Buna evrensel ikiyüzlülük denir."

"Şuna bak! Hem suçlu hem güçlü! Bana gerçeği Derya'ya söylemediğim için teşekkür edeceğine kafa tutuyor."

"Sen, seni aldatmama değil, bir erkekle aldatmama takılmışsın. Keşke beni sadece seni aldatmakla suçlasaydın, yüzde yüz haklı olurdun. Ama Eda, ben bir insana âşık oldum... Çok güçlü duygularla sevdim onu, tıpkı seni sevdiğim gibi şefkatle, merhametle, koruma duygularıyla... Bir insan iki kişiyi aynı anda sevemez mi? Sevgi söz konusu olduğunda cinsiyetin hiç önemi kalmıyor, bunu başıma gelmeden önce ben de bilmiyordum. Kadın ya da erkek, hepimiz insan değil miyiz?"

Eda bana beni küçümsediğini göstermek ister gibi, dudaklarını büktü, hain bir ışıltı vardı gözbebeklerinde.

"Madem hepimiz insanız, hepimiz hata yaparız, öyle değil mi?"

"Elbette."

"İyi, al o zaman sana bir itiraf! Ya da sana son bir kıyak, vicdan azabından kurtulasın diye! Mezara götürmeye kararlı olduğum sırrı vereceğim sana şimdi, kıymetini bil! Can'ı kazada kaybettiğim gün, okula onu almaya gitmeden önce ben biriyle buluşmuştum. Sana ihanet etmiştim yani. Aynı gün evladımı kaybedince bunu Allah'ın bana reva gördüğü bir ceza olarak kabul ettim. Onun için kendimi yıllarca affedemedim, matemimi bitiremedim, hayata dönemedim. Hep kendimi suçladım. Yıllarca suçladım. O alay ettiğin seanslarda, oğlumun beni bağışladığına ikna olunca ancak, biraz olsun gayrete geldim. Derya için, senin için toparladım kendimi."

"Kimdi?" dedim. Sesim bir insan sesinden çok, bir kurdun ulumasını andırıyordu.

"Onu asla söylemem."

Koluna asıldım karımın, tırnaklarımı etine geçirdim: "Kimdi?"

"Bırak kolumu! Söylemeyeceğim. Ben nasıl senin bana bulaştırdığın utançla yaşayacaksam bundan böyle, sen de bu merakla yaşa! Aramızda masum yok, hepimiz suçluyuz da, sen yavuz hırsız çıktın, baksana! Tipik Türk erkeği... O her boku yiyecek, karısının bir hatası olursa, katli vacip! "

Çekiştirdi kolunu, tırnaklarımı gevşettim, teninin üzerinde kırmızı izler oluşmuştu. Kolunu bıraktım, "Derya nerede şimdi?" diye fısıldadım, o korkunç, insanlıktan çıkmış sesimle.

"Uyuyor. Burnunu sil, sümüklerin akmış, kendine çekidüzen ver, kız uyandığında seni bu halde bulmasın." Yüzüme tükürür gibi baktı, kolunu ovuşturarak çıktı gitti mutfaktan, beni hayatım boyunca kafamın içinde hep çınlayacak bir soruyla baş başa bırakarak! Kimdi? Kimdi? Kimdi? Belki de yalan söylemişti, sırf benden intikam almak, canımı acıtmak için. Ama eğer doğruysa, ne tuhaftı şu hayat, beni ben ondan uzak dururken değil, çocuğumuzun ölümünden önce, biz birbirimize düşkün, mutlu bir karı kocayken aldatmıştı. Neden? İnsan ruhu doyumsuz olduğu için mi? Sürekli bir arayışta olduğu için mi? Ve eğer söylediği doğruysa, büyük ihtimalle görüştüğümüz arkadaşlarımızın biriyle aldatmıştı beni. O yıllarda sık beraber olduğumuz çiftleri gözümün önüne getirmeye çalıştım. Cüneyt, Erdal, Mekin, Haldun, Nihat ve karıları bir de Feridun... Aramızda ki tek bekâr ki, onun da kadınlarla ilgisi yoktu. Bu tarafını görmezden gelir, hiç dile getirmezdik, zavallı adam sanki bulaşıcı bir hastalığa yakalanmış da telaffuz edersek, bize de bulaşıverecekmiş gibi. Onu bir yana koydum, ya diğerleri? Hangi arkadaşım benim karımla yattı?

Ah Eda, sadece Bora'nın değil, bilmediğini sandığım bütün kaçamaklarımın intikamını da fena aldın benden! Ama sana yalanlamaya gücümün yetmediği Bora, bir kaçamak değildi. O, aşktı! Tutkuydu! Bir yangındı hayatımda. Bunu anlatamayacağımı biliyorum sana, belki de anlamaman daha iyi olur yaralanmaman açısından. Başkaları da öğrenmesin, madem o kadar utanç verici buluyorsun kocanın halini. Ama ben az önce, roman taslağını okurken kararımı verdim, bu sabah Bora'ya gittiğimde, arkasına '*sonsuza kadar*' yazdırdığım Hublot saati, eğer hazır olmuşsa, birlikte saptadığımız doğum gününe kadar beklemeyip, bugünden itibaren başlayacak olan yeni hayatımızı kutlamak için koluna takacağım. Birlikte kahvaltı ettikten sonra Cihangir'in sokaklarında el ele tutuşup yürüyeceğiz. Bir camcıya yatak odasının balkonunu camekânlatmak için sipariş vereceğiz. Camekânın içine, özendiği gibi yan yana iki şezlong atacak, o şezlonglara elimizde içkilerimizle uzanıp apartman aydınlığına bakacağız ama ne gam! Biz birlikte baktığımız her yeri bin bir renge boyamıyor muyuz onunla?

Sonra ben hazırlıklarımı bitirince bambaşka bir yerde bambaşka bir hayata yelken açacağız "*sonsuza kadar*" birlikte olmak için. Ben kesin kararlıyım da, o kabul eder mi acaba? Beni sahip olduklarımdan vazgeçmeye, bana seçim hakkı tanımayan Eda itmiş olabilir ama o, kendi geleceğinden bir aşk uğruna vazgeçmek için henüz genç. Çok genç!

Salona geçip ceketimin cebinden telefonumu aldım, Bora'yı tuşladım. Kapsama alanı dışında... Hâlâ kapalı. Hep kapalı. Yere çömeldim, okuduğum kısmı ayırıp diğer sayfaları, son yazılan satırlarla ilk yazılan satırları karşılaştırarak sırasıyla dizmeye çalıştım. Açık zihinle belki becerirdim ama bu perişanlığımla mümkün değildi. Rasgele bir sayfa çekip okudum:

"...... Fatih'e yalan söyledim. O, Rüstem'in benim peşimde olduğunu sanıyor. Bilseydi ki, ilk kaçışımdan sonra ben peşindeyim onun, her gün Balık Pazarı'nı baştan başa kat ediyorum, arka sokaklarda onu bulma umuduyla dört dönüyorum, parklarda, kuytularda belamı, felaketimi arıyorum, ondan bir zamanlar nasıl kaçtımsa, ondan kurtulmak için nasıl kıvrandımsa, aynı şiddetle onu bulmak istiyorum şimdi, beni hemen bir ruh doktoruna götürür! "

Aman Allahım, doğru mu okudum, Bora neler yazmış böyle! Birkaç satır atlayıp devam ettim okumaya...

Beni Rüstem'e çeken ne aşk ne de alışkanlık. Belki sadece nefret! Rüstem'i bulma arzumun ardında, işlediğim suçlar için kendimi cezalandırma isteği yatıyor olabilir mi? Yıllar önce, babamın Allah'ın evi saydığı yerden kaçışımın vebalini ödemek olabilir mi? Onca nefret ettiğim ortam, bende bu kadar derin ve silinemez bir iz mi bıraktı? Bana doğruyu söylemem, kanaatkâr olmam, bir lokma bir hırkayla yetinmem vaaz edilirken, yalan söylemenin, gözümü yukarlara dikmenin, heveskâr olmanın cezasını mı çektirmek istiyorum nefsime? Yoksa nefretle beslenmek mi istiyorum ben?

Okuduğum sayfalar ne bir öncekinin devamıydı, ne aradan seçtiklerim tesadüfen de olsa, birbirlerini takip ediyorlardı. Elimdeki sayfada yazanları daha fazla okumaya dayanamayınca fırlatıp atıyor, rasgele bir başka sayfa alıyordum, şansıma ne çıktıysa okuyordum.

........Yıllar önce yıldız falıma bakan biri, yıldızın alçak, demişti bana. Yanılmış! Yıldızım hızla yükseliyor. Ne istiyorsam, ne diliyorsam oluyor. Âşığım. Işığımı, aşkımı, yönümü buldum. Gerçekleşeceğine hiç inanmadan yıllarca öykündüğüm hayatın içindeyim. Bana keyif veren bir işim var. Bana çok para kazandıracak bir yeteneğimi daha keşfettim, kitap yazıyorum. Yıldızımın yerlerde süründüğü dönemin kederli günleri ya-

zıya, yazılarım paraya ve üne, hayallerim gerçeğe dönüşüyor. Bir sihirli merdiven konmuş da sanki önüme, tüm güzelliklere bu merdivenin basamaklarına basarak erişiyorum... Hep daha iyiye, daha yukarıya... Ancak rüyamda görebileceğim yere varmaya ramak kala... bir şey oluyor bana! Ruhum çatlıyor ortasından, yarısı karanlıkta kalıyor. Yükselen yıldızım yön değiştirip, hızla bir bataklığa doğru düşüyor. Elimi uzatsam, avucumda tutacak, onu tekrar yükseklere fırlatacağım ama birdenbire kolumu kaldıracak gücüm yok.

Dişimle tırnağımla edindiklerimi... tüm kazanımlarımı elimin tersiyle itiyorum. Neden? Neden içimde bir damar, geldiğim çöplüğe çekiyor beni?

Neden bir vampir gibi sokakların kuytularında dolanıp belamı arıyorum?

Neden mezarlıklarda servi diplerine tünüyor, parklarda esrarkeşlerin etrafında dört dönüyorum?

Yoksa insan sigaraya, alkole, esrara alıştığı gibi kötülüklere de mi alışıyor, tiryakisi oluyor hırpalanmanın, aşağılanmanın, hoyratlığın?

Savurdum elimdeki kâğıdı, gözlerim yanıyordu, canım acıyordu, bir başka sayfa aldım yerden. Bir satır ilişti gözüme:

..

............................Fatih'e gene yalan söyledim. Fatih'e çok sık yalan söylemeye başladım. Bunu istediğimden değil, onu karanlığımdan uzak tutmak, onu korumak için yalan söylüyorum ona ve Rüstem'e kararımı bildirmek için onu.....

Kâğıtların arasında bu cümleyle biten sayfanın devamını aradım deli gibi. Karmakarışıktı sayfalar. Gözlerimin önünde harfler dans ediyordu. Baktığımı göremiyor, okuduğumu anlayamıyordum. Her şey bulanıklaşıyordu. Kafamın içinde, kulaklarımda korkunç bir uğultu... Birden bezdim. Hayır, okumayacaktım! Bir kurgunun içinde gerçek bulmaya çalışmak ancak kötü niyetli insanlara düşerdi... Delilere, çılgınlara, aptallara, kıskançlara, kendini mahvetmek isteyenlere... Bir yaş süzüldü gözümden ya da bana öyle geldi. Neden ihanete uğruyordum hep, ben de sürekli ihanet ettiğim için mi? Bana ihanet etmeyen tek kişi Handan'dı da kıymetini mi bilememiştim yoksa? Koltuğun yanına kadar sürünüp döşemeye başımı dayadım... Omuzlarım sarsılmaya başladı... Salya sümük ağlayan ben miydim? Bu, kurguyla gerçeğin arasına sıkışmış, bu ne yapacağını, neye inanacağını bilemeyen zavallı ben miydim? Boğulacak gibi oluyordum. Böğürüyordum. Adım adım insanlıktan çıkıyor, bir hayvana dönüşüyordum. Sakallarım uzamıştı herhalde, gözlerim kan çanağı gibiydi. Ben etrafima uğursuzluk saçıyordum. Bora'nın hayatını değiştirmeye çalışırken, aklım sıra ona önderlik ederken onu mahvetmiştim, şaşkına çevirmiştim, yapay bir yaşama zorlayıp deliliğin sınırına itmiştim. O Hande Yener dinlemek isterken, kulağının alışık olmadığı müzikler, belki de ona hiçbir şey ifade etmeyen şiirler, kitaplar, o rakı içmek isterken, midesini yakan şaraplar, şampanyalar... Ona kendi dünyamı dayatmaya hakkım var mıydı?

Yok, hayır, yanılıyorum, beni ilk gördüğünde kendine idol seçmişse, onun rızasıyla oluyordu bu değişim...

Allahım, çıldırmak üzereyim! Bana ceza kesiyorsun, biliyorum ama sevdiklerimi esirge bu cezadan... Onlar benim yüzümden keder paylarını yeterince aldılar zaten... Karım, kızım... hatta Handan.

"Özür diliyorum senden, Eda," dedim, karımın konsolun üzerinde duran çerçevedeki resmine, beni eğer gerçekten aldattıysa bile onu bağışlayarak, "Derya, Handan, Bora... Hayatını darmaduman ettiğim hepinizden özür diliyorum, özür diliyorum." Hıçkırdım. "Özür diliyorum."

Sayfaları toparladım, üst üste koydum, ayağa kalkıp çalışma odama gittim. Bir iskemle çekip üzerine çıktım, kâğıt tomarını dolabın zor erişilen en üst rafina sakladım. Salondan telefonumu aldım, kapıya yürüdüm. Üzerimde hâlâ bir gün önce giydiğim giysiler vardı... İlahi Bora! Işığa mı benzetmişti beni? Boruya dönmüş bumburuşuk pantolon, ter kokmuş kazak, leş gibi içki kokan nefes, dünden beri tarak görmemiş saçlar, kan çanağı gözler... Işığın geliyor, heyy Bora! Bana sürekli yalanlar söyleyen, varımı yoğumu ayaklarının altına serdiğim halde, izbelerde kendini becerecek serseriler arayan aşkım.

Telefonu hâlâ cevap vermiyordu.

Birden acele etmenin gereksizliğini fark ettim. Bora evde değilse, daha da kötüsü, evde ama yalnız değilse, ne işim vardı benim orada? Kapıda kalmak için mi koşturuyordum? İçeri alınmamak için mi? Duş almak ve üstümü değiştirmek niyetiyle yatak odasına yürüdüm. Eda yatağın üzerine iki valiz açmış, içlerini dolduruyordu. Hayatım bin parçaya bölünüp etek, bluz, çamaşır desteleri halinde iki valize yerleştirilmekteydi tam o anda. Evliliğim gözlerimin önünde tamir edilemez biçimde paramparça oluyordu.

"Eda... Lütfen Eda..." Sesim bir hayvan hırıltısı gibi çıktı yine, "acele etme. Oturup konuşalım... lütfen... böyle ayrılmayalım, bak ben seni suçlamadım ihanetin için, sen de beni anlamaya çalı...."

Eda, eğildiği valizden doğruldu, bir gün önceden kalma rimelleri son gözyaşlarıyla yanağına akmıştı, gözleri cehenneme uzanan iki dipsiz kuyu gibiydi. Avazı çıktığı kadar bağırdı.

"NEYİ ANLAMAMI İSTİYORSUN? ERKEK DÜZDÜĞÜNÜ MÜ? BUNA MI ANLAYIŞ GÖSTEREYİM?"

"BAĞIRMA... Hişş, bağırma, sus! Kızı uyandıracaksın, duyacak!"

"Hiçbir şey duymaz o! İlaçladım onu! Akşamüstünden önce uyanamaz! Dua et de dün gece yaşadıklarını, gördüklerini bir kâbus zannetsin uyandığında. Dua et de elimize aklını yitirmemiş bir çocuk kalsın!"

"Ne diyorsun sen? Ne gördü Derya?"

"Her şeyi gördü İlhami!"

"Neyi? Neyi gördü?"

"Neyi olacak, babasının kepazeliğinin sonucunu gördü... Belki de görmedi... Bilmiyorum... Vallahi bilmiyorum... Ama senin günahının bedelini kızım sağlığıyla ödeyecek olursa, hesabını soracağım senden."

Koluna yapıştım karımın: "Ne diyorsun yahu? Dilinin altındaki neyse, açıkça söylesene?"

Nefretle itti beni. "Her şeyi mi anlatayım?" diye sordu.

"Bir ihanetin daha mı var yoksa, kiminle yattığını mı söyleyeceksin?"

"Küstah! Dinle o halde, daha beterini söyleyeceğim... Her şeyi öğrenmek müstahak sana! Dün kızın, elinde roman çıktılarıyla iki gözü iki çeşme geldi eve. Elime tutuşturduğu kâğıtları okur okumaz fırladım, ofise koştum. Kapı duvar! Eve dönüp yedek anahtarı aldım, geri gittim. Bora piçi almış bilgisayarını yayınevinden, her yere baktım, bulamadım. Bulsam imha edecektim yazdıklarını. Çaresiz, eve döndüm. Ara ara, telefonu cevap vermez!"

"Niye beni aramadın?"

"Seni hayatımın sonuna kadar görmek, duymak istemediğim için aramadım!" Dudaklarının ucunda bir sahte gülüşle baktı bana, "ama eğer arasaydım, Bora'nın adresini isteseydim, verir miydin? Hiç sanmam. Vermeyeceğini bildiğimden Derya'ya sordum. Açık adresi söyleyemeyince çekeleyip çıkardım onu evden, bir taksiye atladık, neyse ki yolu gösterebildi şoföre... Apartmana girdik, kıza yukarı gelmemesi için yemin verdirdim. Zaten suratını görmek istemiyorum, deyip duruyordu, inandım ona aptal gibi.. Apartmanın girişinde beklemeye söz verdi..."

"Eda, ne yapmaya gittin o eve Allah aşkına?"

"Ne yapmaya gideceğim, bilgisayardaki romanı sildirmeye elbette. Derya'yı aşağıda bırakıp merdivenleri çıktım, kapıyı yumrukladım. Herhalde sen zannedip hemen açtı sevgiliniz beyefendi. Aaa, içerde Handan! Tiz sesiyle car car bağırıyordu, ne istiyorsa artık. Beni görünce ikisi de donup kaldılar."

"Handan orada mıydı?"

"Sadece Handan olsa, iyi, kesme sözümü. Ben olay çıkarmaya gelmedim Bora, dedim, bilgisayarda romanı sildiğini görünce gideceğim, dedim. Bilgisayar burada değil, ofiste diye yalan söyledi. Oturma odasında etrafa bakındım, orada değildi, git getir içerden, dedim, eğer dediğimi yapmazsan, işte o zaman çıngar çıkarırım, dedim. Hemen burnunu soktu Handan devesi. O da görecekmiş benim sildirmek istediğimi. Ben peşimde Handan'la yatak odasına doğru yürürken, Bora bizi itiştirip önümüze geçti, odaya girmemize mâni olmaya çalıştı ama Handan onu hızla yana itti... Odaya ilk dalan ben oldum, yatağın yanındaki komodinde duran bilgisayarı kaptım... Handan, gizli hesapları göreceğim diye bağırıyor, bilgisayarı çekiştiriyordu... Bora da üstüme gelince ben balkona doğru kaçtım ki, fırlatıp atayım aşağıya, paramparça olsun bok alet!"

Eda sustu, derin bir nefes aldı ve gözlerini benden kaçırarak anlatmaya devam etti: "Bora balkonun önüne siper olmuş, kollarını yanlara açmış, bizi durdurmaya çalışıyordu ama ben kolunun altından sıyrılıp çıktım balkona... Ne göreyim... Balkonda bir herif! Sevgilinin sevgilisi yani! Handan aniden gelince onu balkona saklamış olmalı... O da diğer ikisi gibi bilgisayarı almaya çalışmaz mı elimden! Hepimiz bir yumak olduk, itişip kakışıyoruz, bir taraftan da avaz avaz bağırıyoruz, ben bilgisayarı göğsüme bastırmıştım ama biri onu benden kapmayı başardı... Bir çığlık attım... Sonra bir cismin yere vurduğunu... Aynı anda hepimizin sesini bastıran bir başka çığlığı duydum... Döndüm, kapıda Derya duruyordu. Hayalet gibiydi. Ben bilgisayarı filan unuttum, kızımı o halde görünce hiçbir şeyin önemi kalmadı, yanına gittim, kolundan yakaladığım gibi çektim onu, odadan çıkardım, fırladık evden, biz düşe kalka merdivenleri inerken, sağımızdan solumuzdan o balkondaki herifle Handan koşarak geçtiler, dışarı çıkınca, Handan'ın arabası meğer az ilerdeymiş, o arabasına koştu, herif bir gece hayvanı gibi karşı sokağın merdivenlerine doğru uçup kayboldu, biz sola sapıp koşar adım taksi durağına yürüdük, bir arabaya atlayıp evimize geldik. Böyle olsun istemezdim İlhami... Hayır hayır, bunu hiç istemezdim..."

Hıçkırmaya başladı karım, "Derya şoka girdi... Hiç konuşmadı, tek bir laf etmedi, eve varana kadar tir tir titredi. Onu yatağına yatırdım, kendi ilaçlarımın arasından kuvvetli bir müsekkin seçip verdim... Şimdi uyandığında eğer..."

Eda, sesi hıçkırıklarla kesilerek anlatmaya devam ediyordu. Gerisini duymadım, önce salona gidip telefonumu kaptım, sonra kapıya koştum, ayağıma eve girerken kapının önünde bıraktığım ayakkabılarımı geçirdim, üzerime ceket almayı bile akıl edemeden fırladım evden. Kapıcı merdivenlerin son basamağını siliyordu.

"Erkencisiniz beyefendi," dedi. Bana açık tuttuğu kapıdan sokağa çıkıp yokuşun dibindeki taksi durağına koştum. Durakta bekleyen tek taksiye bindim. Telaşımı ve orman kaçkını halimi görünce, "Hayrola beyim, acil vaka mı?" diye sordu şoför.

"Evet."

"Hangi hastaneye?"

"Hastaneye gitmiyorum." Adresi verdim.

"Allah yardımcınız olsun, hastanıza acil şifalar versin," dedi şoför.

Yanılgısını düzeltecek halim yoktu, kaykıldım oturduğum yerde, başımı pencereye dayayıp gözlerimi yumdum. Uyumak istediğimi sandı, sustu. Bu saatte sokaklar bomboş olduğu için verdiğim adrese çabucak geldik. Yolun başını bir çöp kamyonu tıkıyordu, beklemek istemedim, indim. Taksinin parasını öderken telaştan cüzdanımı düşürdüm. Kazağımın kolu araba kapısının sapına takıldı, yırtılıyordu az daha. Şoförden paranın üstünü almadım.

"Allah bereket versin," dedi. Çok uzun bir süre, bana edilmiş yegâne iyi söz, bu sevecen dilek olacaktı.

Apartmana varana kadar koştum yine sokakta. Ana kapıdan içeri daldığımda nefes nefeseydim. Binanın loş serinliğinde nefeslenip pantolonumun cebinde anahtarı aradım. Allahım, almamış mıydım yoksa yanıma? Oh neyse, sağ cebimdeydi, dünden beri oradaydı zaten! Merdivenleri ikişer üçer çıktım, avucumda hazır ettiğim anahtarla kapıyı açıp içeri girdim. Yüzüme o artık çok iyi bildiğim sandal ağacı kokusu çarptı. Demek ki dün gece tütsü yakmış evde. Hüsam'a mı, başka birine mi? Kim bilir? Evin içinde biraz sakinledim. Holün ışığını yaktım. Fanusun sarı camından yumuşayarak dökülen ışıkta bir an durdum, oturma odasına baktım, perdeleri kapalıydı. Abajurun açık unutulmuş ışığı, turuncu perdelerden dolayı odayı tatlı, iyimser bir renge boyasa da, bir savaş meydanını andırıyordu etraf. Üstelik Hendel'in Lascia Ch'io Pianga'sının insanın yüreğini paramparça eden melodisi, Farinelli'nin sesinden küçük odanın duvarlarında yankılanarak patlıyor ve castrato'nun kederini halıya, mobilyalara, duvardaki resimlere bulaştırıyordu. Bora'nın deyişiyle, ölümün müziği! Ona bu parçayı ilk çaldığımda, insanı intihara sürükleyebilir bu müzik, demişti. Benim sabah geleceğimi tahmin ettiği için koymuş olabilir mi bu diski müzikçalara? Koymuş ve tekrara basmış, bittikçe başa dönsün diye... Sanki bilmiş gibi bu sabah ruh halime en uygun düşecek müziği. Zaten bu değil miydi beni ona bağlayan, bu ruh ikizliği, bu aynı anda aynı şeyi düşünebilme, hissedebilme becerisi? Hayır, değildi! Gülümsedim kendi kendime, beni ona esir edenin, aslında çılgın bir tensel, cinsel tutku olduğunu bilerek ve bundan epeyi utanarak. Arka tarafa onu yatakta çıplak ve yüzükoyun yatarken bulacağımı hayal ederek yürüdüm. Sol bacağını göğsüne doğru çekmiş, başı yastığa gömülü, bir kolu yataktan aşağı sarkmış... Hep böyle uyudu birlikte geçirdiğimiz gecelerde.

Ter içindeydim, kalp atışlarımı duyuyordum, ayaklarım geri geri giderek, yüreğim ağzımda yatak odasına girdim. Bora odada yoktu. Yatağı bozulmamıştı bile. Nasıl da kaçıyordum gerçekten, sanki odada bir yere saklanmış da beni duyunca çıkıverecekmiş gibi, "Bora," diye fısıldadım önce. Sonra daha yüksek sesle bağırdım: "Boraaa, Boraaa, BORAAA!"

Hafif bir rüzgârla balkonun yarı açık tül perdesi havalandı... Balkona çıkmak istemiyordum. Hiç istemiyordum. Keşke balkona adım atmadan, kapısından ipini koparmış bir uçurtma gibi gökyüzünde yükselsem ve bulutların arasında kaybolabilseydim... Yaklaştım balkona, elim ayağım, her tarafım titriyordu... Bora'nın hakkı varmış, sahiden alçakmış balkon demirleri... Balkona çıktım, yüzüme bir şey değince sıçradım.. Bir duvardan öteki duvara uzanan çamaşır ipi kopmuş, yılan gibi sallanıyordu. İpe tutunup yaklaştım demirlere, aşağı baktım.

Üç kat aşağıda, beton zeminin üzerinde bir insan bedeni... Sırtüstü... Göğsünde iki eliyle gümüş rengi bilgisayarı tutuyor. Kan! Koyu, çok koyu kırmızı, başına takılmış taç gibi, kafasının çevresine yayılıp kalmış kan... Bir öne bir arkaya sallandım, yer ayaklarımın altından kayarken ipi bıraktım, demir parmaklığa yapışıp çömeldim... Birer şezlonga uzanmış tasavvur ettim ikimizi, dünyanın en güzel manzarasını seyreder gibi, bu balkonda karşı duvara bakıyoruz... Duvardan öte, bize geçit yok!

Balkonda öyle çömelmiş, başım demir parmaklığa dayalı ne kadar kaldığımı bilmiyorum. Belki on dakika, belki bir saat, belki saatlerce. Zaman kavramını tamamen kaybetmiştim. Dipsiz bir kuyuya düşüyordum... Düşüyordum... Sonsuzluğa düşer gibi... kulaklarımda tuhaf bir uğultu... Üşüdüm... Çok üşüdüm... Sonra çöktüğüm yerde dört ayak oldum, dizlerimin üzerinde sürünerek kapıya kadar emekledim, odaya geçtim, zorlukla ayağa kalktım, başım dönüyordu. Duvarlara yaslanarak sokak kapısına yürüdüm, tırabzanlara tutunarak bodrum kata indim, Bora'nın yattığı aydınlığa ulaşabilmek için karanlıkta el yordamıyla bir kapı aradım. Tek bir kapı vardı, o da kilitliydi. Çok zorladım, açamadım. Gözüm karanlığa alışınca tavandan sallanan ampulü gördüm. Duvarda elektrik düğmesini buldum, çevirdim, yanmadı. Karanlıkta çaresizce oraya buraya saldırdıktan sonra yukarı çıktım, eve girdim, balkondan aşağı inebilmek için bu kez bir merdiven aradım evin içinde. Yatak odasında eğilip yatağın altına bile baktım... Bora'ya Çin'den aldığımız terliklerin biri ters dönmüş... Tozlanmış bir gazete... Gözlük kabı. Doğruldum, yatağın kenarına iliştim. Başucundaki komodinde bir çalar saat, bana armağan ettiği minik yumuş ayı, Murat Somer'in *Buse Cinayetleri* adlı kitabı, onun üzerinde, Bora'ya iki hafta önce verdiğim *Karanfil Sesleri*, Tekin Gönenç'ten, on birinci sayfanın açık kalması için, ona Pekin Havaalanı'nda verdiğim son Çin parasını sıkıştırmış sayfanın arasına. Dayanamadım, göz attım şiire:

vakitsiz birer ölüm sanki geceler/ bir bakımlık ay düşüyor herkesin payına/ve hiç dönüp de soran olmuyor/eklenen hangi düşler bir sonraki sabaha.

Bildi mi acaba vakitsiz ölümünü şiiri okurken? Ne zaman okudu bu şiiri, dün gece mi, dün sabah mı, bu şiir mi çağırdı onu ölüme?

Ellerinin değdiği parayı alıp öptüm, yüreğimin üzerine bastırdım ve işte tam o anda takıldı gözüme balkon kapısının az gerisinde yere düşmüş eşarp... Yeşilin giderek mavileştiği ve kırmızıya dönüştüğü, uzun, ipek kumaş yılan gibi kıvrılıp kalmış balkon kapısının arkasında.

Kiminle geldi bu eşarp odaya? Benim günahım, hayatımdaki kadınlarının hangisinin boynuna dolanıp kalacak, kızımın mı, karımın mı, yoksa Handan'ın mı? Hangisinin el izi, DNA'sı, kokusu var bu eşarbın üzerinde?

Fırladım yerimden, oturma odasına koştum, başka şeyler de düşmüşse, unutulmuşsa, onları da bulmak için.

Yerlere saçılmış gazeteleri, dergileri, ayağıma takılan kemeri toparlayıp koltuğun üzerine bıraktım, sonra etrafa göz attım.

Küllüklerdeki tepeleme izmarit, taşıp sehpaya dökülmüştü. Bora sigara içmediğine göre, Handan gelmeden iyice keş bir misafiri ağırlamış dün gece! Kanepenin yanında, yerde boşalmış iki kırmızı şarap şişesi, yan devrilmiş bir şarap kadehi... Neler olmuş bu odada? Şarabı hakaretlerini, tehditlerini dinlerken Handan'a ikram edecek değildi herhalde. Hüsam şarap içer mi? İçmez! Rakı ya da kanyak içer benim gördüğüm Hüsam! Yoksa sahneye biri daha mı girdi son anda, oyunun son sürprizi olarak? Kanepeye çöktüm. O kadar bitkindim ki, oturacağıma uzansam ve gözlerimi kapatsam, çok yaklaşmış olduğum bir rüyaya dalıp gidebilirdim... Uyandığımda onu, başını göğsüme yaslamış, yanımda yatarken bulmuşum, öperek uyandırmışım, sevişmişiz, sonra da ona defalarca sözünü vermek istediğim ama cesaret edemediğim yeni hayatımıza başlamışız bambaşka bir yerde... Güneşin hiç batmadığı, kışın hiç gelmediği ve bizi kimsenin tanımadığı bir sahilde... Yargılanmadan, sorgulanmadan birlikte yaşamayı seçmişiz!

Farinelli yeniden başa aldı.

Kim bilir kaç kere başa dönmüştür dün geceden beri?

Başka şeyler de var kafama takılan. Bora sonsuz uykusunda nihayet huzurlu mu? Ya Derya? Kızım uyandı mı acaba? Benim nerede olduğumu sordu mu? Annesi nasıl bir açıklama yaptı yokluğuma dair? Akşama Londra'ya gidecek ama bu gidişin bir dönüşü olmayacak mı? Döndüğüne babasından hesap sormayacak mı? Ben ona kalbimi açabilecek miyim? Herhalde, evet! O, insan doğası hakkında bizlerden çok daha bilinçli bir kuşağa ait olduğu için suçlamayacak, ayıplamayacak beni, anlayış gösterecek. Buradaki sorun, kızımın âşık olduğu gencin benim sevgilim olması.

Farinelli hâlâ yırtınıyordu, kulağıma artık bir tavuskuşunun sevimsiz sesi gibi cırtlak gelen castrato tınısıyla!

Ölümün soğuk sesiyle!

Kalktım çöktüğüm yerden, ne yapacağımı bilemeden, deli gibi dört döndüm evin içinde. Önce holdeki telefona koştum, vazgeçip salona, vazgeçip yine telefona, yine vazgeçip mutfağa, tekrar yatak odasına koştum. Sonra ani bir kararla eğilip eşarbı yerden aldım, kalbim öyle hızlı atmaya başladı ki, göğüs kafesimi delip dışarı fırlamasından korktum. Eşarbı pantolonumun cebine tıkıştırmaya çalıştım. Sığmadı. Buruşturdum elimde, yine sığmadı. Üstelik, alev olmuş elimi yakıyordu kumaş. Eşarp elimde bir süre öylece çaresiz kaldım, sonra eşarbı boynumun etrafında iki kez çevirdim, sarkan uçlarını kazağımın altına sakladım ve bilinçsizce sağıma solum bakındım, delili yok ettiğimi kimse gördü mü gibisinden!

Bora'yı onunla itişenlerden biri mi itmişti, yoksa kendi mi seçmişti balkondan atlamayı? İntihar mı etmişti, kazayla mı düşmüştü? Her ne olmuşsa, şu anda hiçbir önemi kalmamıştı!

Bora'nın ölüm kararı, ışıklarda durdurduğum taksiden inerken tesadüfen beni gördüğü an alınmıştı. Madem Bora'nın karanlığındaki ışıktım ben, benim aydınlattığım yolda kendi sonuna yürümüştü. Bora'nın katili olmayabilirdim ama eceli kesin bendim!

Çıktım odadan, bu kez koşmadan, yavaş ve kararlı adımlarla gittim holdeki telefona; boynuma elimle doladığım zafiyetim, rezaletim, felaketimle, birazdan ayaklarıma da dolanacak olan. Başımı kaldırınca, masanın üzerine asılmış aynada yüzümü gördüm. Holün sıcak ışığına inat, kül gibiydi rengim. Kanım kurumuştu, gözlerimin feri kaçmıştı. Kulaklarımda sevdiğim şairden ona son okuduğum şiir: *sen gidince/ne mi kalır geriye/bir tutam ay ışığı uzanıp aldığım gözpınarlarından.**

Boynumdaysa, rengârenk ipek eşarp!

Rüküş ölüm meleği, ben!

Gizli anların yolcusu!

---

* Tekin Gönenç.

Telefonun yanında duran kartona büyük büyük yazılmış telefon numaralarından polisinkini seçip tuşladım.

Sesim Farinelli'ninki kadar uğursuzdu!

"Bir ölüm vakası bildirmek istiyorum," dedim, "bir kaza oldu... Biri evinin balkonundan düştü... Evet, ölüm vakası... Adresi veriyorum..."